日本説話小事典

野村純一・藤島秀隆・三浦佑之・高木史人［編］

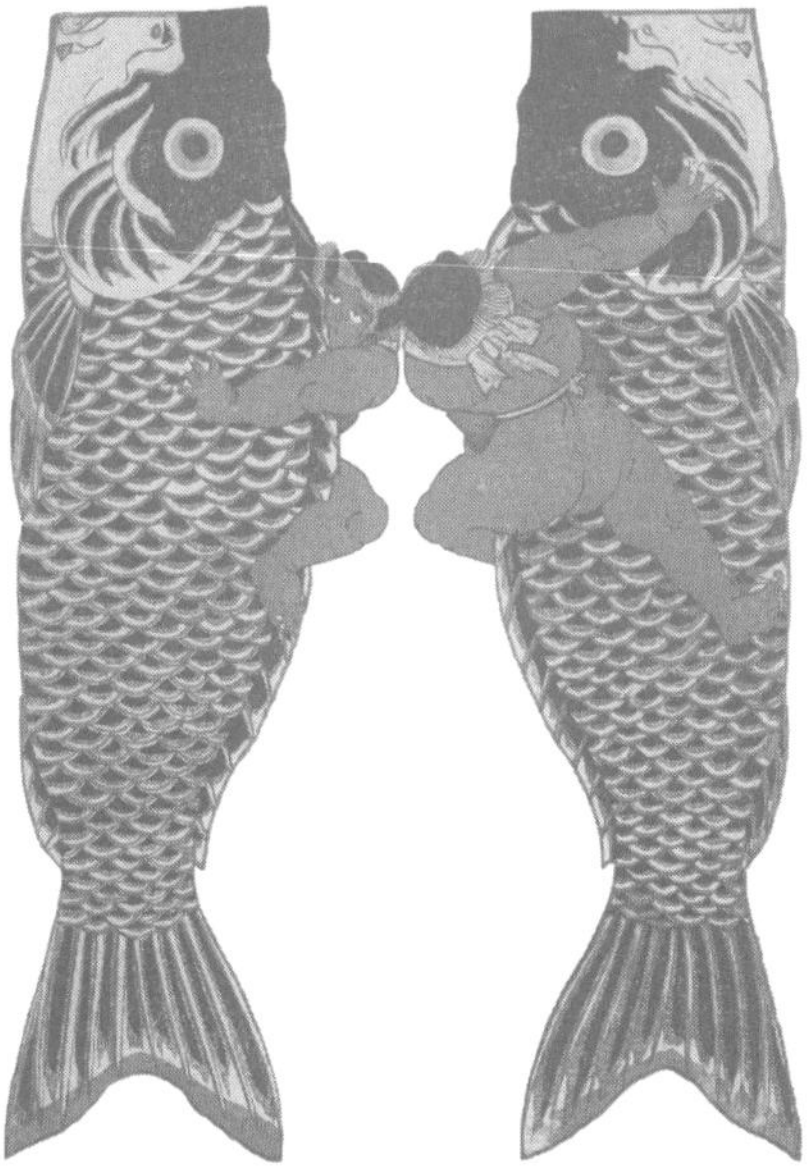

大修館書店

はじめに

ひとつの試みとして、説話とか説話文学の方法を、どこまで近代文学の領域に導入出来るか、もしくは適用し得るか。本小事典でのちょっとした野心は、もともとこの辺りにあった。

その点、理屈からすれば、この種の挑戦はそう簡単ではない。それでなくても、近代の文学、わけても近代小説の理念はいつに人間を描くことにあった。目的としては、内面描写、人間の心理をいかに書くかに腐心した。早くに坪内逍遥は「世態風俗これに次ぐ」（『小説神髄』）と喝破したが、こうした考えは近年までほとんど変わらずにきた。これがため、その間、時代の旗手たちは、いずれも〝個〟と〝独創〟、そしてそれを際立たせるための独自の〝文体〟の獲得に奔走した。〝文体〟は〝思想〟そのものでもあったからである。

これに対して、伝統的な説話は、元来が〝群れ〟を基盤におおよそ〝没個性〟的な〝様式〟のもとに〝約束事〟を重んじて生成されてきた。突然惹起した事件を中心にその顚末を追い、それでも最後は無事完結する。いわば予定調和の世界を楽しんでいた。

いずれが良いのでも、悪いのでもない。傾向として、両者はお互いすでに背馳する原理にあると見做されてきた。しかし、従来のこうした捉え方は、はたしてこのままでよいものか。一言ですれば、この小さな一冊は、そうした発議の中から生まれたものである。そしてもしもこれが、昨今、閉塞を盛んに取り沙汰される日本文学研究に新たな一石を投ずる結果になれば、編者一同の喜び、これに勝るものはない。

二〇〇二年三月

編者のひとり　野村純一

■目次

か

さ

■凡例

一、本事典は、説話及び説話文学を多角的・総合的にとらえることを目的とし、古代から現代まで、それに関わる作品名・人名・用語等を項目として解説したものである。

二、見出し仮名は現代仮名遣いによって示し、五十音順に配列した。ただし慣用を考慮して歴史的仮名遣いで示したものもある。

　はちかづき【鉢かづき】

三、項目の標準的漢字表記を、見出し直後の【　】で掲げた。なお、古典の項目で標準的表記が仮名のものは、【　】内に歴史的仮名遣いを示した。

　きのうはきょうのものがたり【きのふはけふの物語】

四、「古事記・日本書紀」のように、密接な関係にあるものを一つの項目として見出しとしたものがある。その際、適宜、参照見出しを設けて、どちらの項目からでも引けるように配慮した。

　にほんしょき【日本書紀】⇩古事記《こじき》・日本書紀

五、作品の項目については、適宜、〔編著者〕〔作者〕〔成立〕〔初版〕という小見出しを設けて、解説した。

六、年号は、原則、元号で表示し、適宜、（　）で西暦を補った。

七、執筆者名は、項目末尾に（　）で示した。

八、主要な参考文献を、〔参〕以下に掲げた。単行本・雑誌は『　』で、論文は「　」で示し、発行所・刊行年等を（　）内に示した。なお、柳田國男・折口信夫の全集については、巻数のみを示し、他は省略した。なお、特に「新全集」と明記していない場合は、すべて旧全集によっている。

　柳田國男「――」（定本一）　折口信夫「――」（全集一）

九、説話の中には、現在の人権意識から見て不適切と認められる表現がしばしば認められる。本事典が歴史的用語として使った言葉にも、現代の表現としては人権に抵触するものがないとはいえないが、編者の意図は、過去の事実を見据えて、現在も残る不当な差別の撤廃に役立てられることにある。読者の方々のご賢察を賜りたい。

■編者

野村純一（國學院大學教授）
藤島秀隆（金沢工業大学教授）
三浦佑之（千葉大学教授）
高木史人（名古屋経済大学助教授）

■執筆者

青山　克彌　石井　正己　石川純一郎　石原　千秋　石破　洋　磯沼　重治
伊藤　慎吾　伊藤　龍平　猪股ときわ　上田　渡　江藤　茂博　大村誠一郎
岡部　隆志　加美　宏　川島　秀一　小森　陽一　斎藤　英喜　佐野　正樹
清水　章雄　下西善三郎　高木　史人　竹村　信治　多田　一臣　田畑　千秋
常光　徹　内藤　浩誉　長野　隆之　西村　聡　野村　純一　野村　典彦
花部　英雄　原岡　文子　東原　伸明　兵藤　裕己　藤井奈都子　藤島　秀隆
松岡　正子　松原　孝俊　間宮　史子　三浦　佑之　村戸　弥生　矢野　公和
山崎　一昭　山本　則之　山本　一　吉田　司雄

（五十音順・敬称略）

あ

あいごのわか【愛護の若】 説経浄瑠璃。古説経の一つと思われるが、現存の正本はすべて浄瑠璃風。日吉山王大権現（日吉大社）の本地物。一種の「継子」いじめ譚で、後半部には近江の伝説が取り入れられている。嵯峨天皇の御代、宮中の宝競べの席上で、子のないことを六条判官行重から侮辱された二条蔵人前左大臣清平は、無念に思い妻とともに長谷観音に申し子をし、愛護の若を授かる。若が一三の年に母御台は観音に驕慢の心を咎められて、若の行く末を案じつつ死に、父蔵人は若い八条の姫を後妻に迎える。この継母は若に邪恋を抱き日に七度の文を送るが、若の厳しい拒絶にあい、一転して若が家宝を盗んだと蔵人に讒言する。折檻を受ける若の所にイタチとなって亡母が現れ、若を助け、叔父の比叡山の阿闍梨を頼れと教える。若は苦労して阿闍梨の所に辿り着くが、天狗の所為と誤解され、追い出されて山中をさまよう。穴太《あのう》の姥からも打擲を受けた若は、世をはかなみ霧生《きりゆう》が滝に身を投げる。小袖に残された一首から事の次第を知った蔵人は、継母を死罪にして若を追って投身し、阿闍梨や若ゆかりの人々も次々と投身する。若は山王大権現と祀られる。

「申し子」や継母の邪恋のモチーフは、「俊徳丸」説話を扱う説経『しんとく丸』にも共通する。若を助ける手白の猿は山王権現の使者として有名。山の霊童を主役とする比叡の児信仰や、叡山巡礼行のメッカ神蔵寺付近の渓谷の修行者を担い手とする竜神伝承などとの関連も留意される。⇩俊徳丸・継子・申し子　（藤井奈都子）

アイヌのせつわ【アイヌの説話】 豊かな音声言語によってなりたつアイヌ文学のなかに説話あるいは説話文学というジャンルを定位させることはむずかしい。無文字の文学において一般的なことだろうが、アイヌ文学の特徴は韻律的な表現をとるということである。あるまとまった筋をもつ叙事的詞章に限っても、カムイユーカラ（神謡）やオイナ（聖伝）あるいはユーカラ（英雄叙事詩）など、アイヌ文学を象徴する表現はどれも韻律的・音楽的な要素のつよい定型的な言い回しや日常言語とは別の表現をもち、リズムやメロディーが叙事をささえて進行してゆく。しかもそのほとんどが一人称自叙のかたちになっているのが特徴である。一方、日常的な表現で語られる散文的なウェペケレ（昔話）の種類も多く、カムイウェペケレ（神々の昔話）アイヌウェペケレ（人間の昔話）など一人称で語られるものや、パナンペ・ペナンペウェペケレ（川下の者と川上の者の昔話）シサムウェペケレ（和人の昔話）のように三人称で語られるものなど、表現も内容も多様である。他にウパシクマ（ウチャシクマ）と呼ばれる始祖神話的な故事来歴譚もあり、語られる文学のあり方を考察するうえで重要な示唆を与えてくれる。和人との関わりが深く、その影響関係を考えることも重要であるが、樺太・シベリアなど北方諸民族の口承文芸との比較研究なども重要な課題であり、説話分析の方法論の確立が望まれる。　（三浦佑之）

〔参〕『知里真志保著作集』全四巻・別巻二冊（平凡社、一九七三）、久保寺逸彦『アイヌの文学』（岩波書店、一九七七）、中川裕『アイヌの物語世界』（平凡社、一九九七）、中川裕・奥田統己・志賀雪湖「アイヌ文学」（岩波講座『日本文学史』第一七巻、岩波書店、一九九七）

あべのせいめい【安倍晴明】　平安時代中期の陰陽師。天文博士。延喜一九年？～寛弘二年（九一九？～一〇〇五）。著書に『占事略決』一巻。天文密奏・陰陽道祭祀、儀礼・卜事に従事。その活躍は、しかし歴史的な実像よりも、説話化された世界のなかにこそ本領を発揮する。まず晴明の予知能力（卜占）を語るものとして有名な、花山天皇の譲位を天体の異常現象から予告した話（『大鏡』）がある。その優れた力は他の陰陽師との験くらべ譚として語られる。播磨国の法師陰陽師が晴明の力を試すために偽って弟子入りしたが、逆にその意図を暴かれてしまう話（『今昔物語集』）。ある若い蔵人の出世を妬んだ人が、陰陽師に頼んで呪い殺そうとしたが、晴明に見破られて呪詛返しされる話（『宇治拾遺物語』）。そして晴明のライバルとして有名なのが蘆屋道満《あしやどうまん》である。道満と晴明の戦いは同時に、時の権力者藤原道長とその対立者との争いとして描かれ（『宇治拾遺物語』『古事談』『峯相記』）、さらに古浄瑠璃『信田妻』、義太夫『蘆屋道満大内鏡』などで芸能化された。そこでは晴明の出生そのものが、信田森の狐を母とする異類結婚譚の形をもつ。一方、近世期には、晴明を始祖とする説話も多い。晴明が使役していた式神が宮中の官女と通じて産んだ子の子孫が「川原者」（下層の陰陽師）となったという話である（『出来斎京土産』）。晴明の超能力は、現代にも荒俣宏『帝都物語』や夢枕獏『陰陽師』という作品を産んだ。これらは最近のオカルト・占い・魔術などの流行の一翼を担う。　（斎藤英喜）

〔参〕村山修一『日本陰陽道総説』（塙書房、一九八一）、渡辺守邦「清明伝承の展開」（『国語と国文学』一九八一・一一）、斎藤英喜・武田比呂男編『安倍晴明の文化学』（新

紀元社、二〇〇二）

あらくれ

小説。［作者］徳田秋声（一八七一～一九四三）。［初出］大正四年（一九一五）。

自然主義小説の傑作と言っていい。主人公お島の、ただひたすら生きていくダイナミズムが見事である。お島は自立した女性ではない。浮き沈みの激しい社会を自分の腕一つで、人に負けずに生きていこうとするだけで、その生き方が理想的なものとして描かれるわけではない。従って、そこに成立する世界は、市民社会の個人と個人の関係ではなく、ひたすら生活のただ中で生きていくことが作る裸形的な人間の関係である。この関係世界を、掛値なしに描いたとき、この小説は自然主義小説として成功したと言える。

この小説が説話の要素をふんだんにちりばめていることは、そのような関係世界を描くことにかかわっているだろう。まず最初に「六部殺し」の話題が出て来る。そして、主人公お島の登場は「継子譚」そのものとして描かれている。こういった説話の話型をこの小説は、より裸形的な人間関係を印象づける効果として用いているようだ。そこに、この小説の説話の翻案の仕方がある。「継子譚」でも、親子の対立を描くのが目的であり、継子が将来幸福になり継母が復讐されるという筋だてにはなってはいない。お島の生は、不幸とか幸福とかいう範疇を越えた凄絶なものであり、言うなら、読者の「期待の地平」を裏切っているのである。この裏切りに、この小説のリアリズムがあると言ってもいいだろう。

（岡部隆志）

ありわらのなりひら【在原業平】

⇩伊勢物語《いせものがたり》

あんじゅ・ずしおう【安寿・厨子王】

説経『さんせう太夫』（表記は三荘太夫・山椒太夫など何通りかある）に登場する姉弟の名。物語は本地物の形式をもって始まるが、内実は、神仏の前生（人として生きていたときのこと。本地）を語るものではない。金焼《かなやき》地蔵建立の縁起譚である。奥州岩城判官《いわきはんがん》正氏《まさうじ》の子安寿と厨子王は、筑紫国に配流されている父正氏を慕い、領地回復のために母とともに都へ向う。しかし途中の越後国直江津で人買いに欺かれて母は蝦夷《えぞ》（本によっては佐渡）へ、姉弟は丹後国由良《ゆら》の山椒太夫のもとへ売られる。安寿は潮汲みなどで酷使され、それでも厨子王を逃がすことに成功するが、その科により刑死する。厨子王は国分寺に逃げ、聖の援助や金焼地蔵の霊験を被って天王寺の稚児となる。のち帝から所領を賜り父母と再会、山椒太夫を処罰して丹後国に金焼地蔵を祠り、安寿の霊を弔う。安寿と厨子王との関係は、献身的な愛で援助をする女性とそれによって成功に至る男性ということになる。厨子王が艱難辛苦をくぐり抜け成人して成功する過程で、最大の障害となる山椒太夫を除去するための布石が安寿である。領地を没収され主人が流謫の身にある岩城判官家という共同体が再生するための、いわば人身御供とみなすことができよう。この物語は津軽のイタコの祭文「お岩木様一代記」と共通するが、説経と祭文との先後関係は未詳である。また、新潟県佐渡郡相川町には安寿塚があり、伝説が残る。近代文学では森鷗外の『山椒太夫』が有名。（山本則之）

あんちん・きよひめ【安珍・清姫】 和歌山県の道成寺に伝わる説話に登場する男女主人公の名前。

山伏の安珍が熊野参詣に向かう途中、真砂《まなご》の庄司の娘清姫から恋慕され、帰りには必ず立ち寄ると約束するが、そのまま通り過ぎようとしたところ、それを知った清姫は安珍を追い掛け、ついに大蛇に変身して日高川を渡り、道成寺の釣鐘の中に隠れているところを焼き殺したという話。

この説話は『本朝法華験記』『道成寺縁起』や謡曲「道成寺」などにも記されているが、主人公の名前は記されていない。同じ話型に属する『賢学草子』では、僧の名を賢学、娘の名を花姫御料人としている。安珍・清姫という名前がそろうのは遅くて、並木宗輔の浄瑠璃『道成寺現在蛇鱗』（寛保二年［一七四二］初演）からだと言われている。

安珍・清姫の説話は東北の南部神楽、九州の盲僧琵琶などに残され、本拠地道成寺では絵巻を使った絵解きになっている。こうした芸能から出たのであろうか、各地には伝説も残され、『日本伝説大系』も話型の一つに認めている。よく似た説話はインド・中国・朝鮮の文献にも見られるので、道成寺に定着するまでには分厚い伝承があったことが推測される。（石井正己）

〔参〕安永寿延『伝承の論理』（未来社、一九六五）、青江舜二郎『日本芸能の源流』（岩崎美術社、一九七二）、黒沢幸三『日本古代の伝承文学の研究』（塙書房、一九七六）、林雅彦『日本の絵解き—資料と研究』（三弥井書店、一九八二）、阿部泰郎「寺社縁起の構造—道成寺縁起絵巻の深層構造—」（『国文学解釈と鑑賞』一九九一・一〇）

いきょう【異郷】 海や山の彼方、また海底や地底、天上にあると考えられた異世界。祖霊が住む理想郷であると共に、死者たちの暗黒世界でもあった。前者には高天原、常世、妣が国、後者では根の国、黄泉国という呼び名があるが、しかし両者の区別は曖昧で、両義的である。

さて、異郷との交渉をモチーフとする説話や説話文学は多い。例えば浦島説話は、主人公が竜宮城に行ってきて、夢のような素晴らしい時間を過ごしてくる異郷訪問譚。『竹取物語』は、月の都から地上に追放されたかぐや姫が、男性たちからの求婚を退けて月に帰還する話。これは羽衣説話・異類結婚説話のバリエーションといえる。そしてどちらの場合も、最後にはこの世と異郷との往来が跡絶える結末をもつ。ここには異郷との交渉が、この世を不断に活性化する源であると同時に、異郷と接触することへのタブーが共同体を維持する機能となることが見える。神（異人）が去ったのちに、地上の女との間に生まれた子供が共同体の始祖となる神婚説話、また異郷へと去ってしまった異類の母への思慕をモチーフとする信太妻伝承、さらには異郷の母をもつ子供が現世の継母から虐待される継子いじめ譚、異郷に戻ることができなくなった主人公が地上世界をさすらう貴種流離譚など、説話や説話文学の重要な話型が、異郷との関りから生成することが見てとれる。（斎藤英喜）

〔参〕藤井貞和『物語文学成立史』（東京大学出版会、一九八七）

いしどうまる【石童丸】 苅萱譚における主人公・苅萱道心の子。出家して道念坊。

〈苅萱〉が萱堂《かやんどう》聖の拠った高野の萱堂に由来する名であり、その名の人物が室町時代物語『朝顔の露の宮』などに散見され、説話を伝承する唱導の徒の反映が見られるのと同様に、〈石童丸〉も、各地に地名としても残る〈石堂〉に交渉のある聖衆の名称に由来するものであるといわれ、『平家物語』では、高野で出家した維盛の従者の名として出、俊寛僧都の遺骨を頸にかけ、高野蓮華谷で法師になったという有王丸を彷彿とさせる。

このように、高野伝承と深く関わる苅萱・石童丸の物語が、善光寺親子地蔵の本地譚の形を取るのは、萱堂聖が時宗化して、善光寺の時宗聖である妻戸衆と交渉を持ったことによる。時宗が説経との強い結び付きを持つことは、『小栗判官』の例などで知られる。現在、親子地蔵は長野市の浄土宗寺院、西光寺と往生寺に祀られており、両寺とも苅萱絵解きを行っている。

なお、説経浄瑠璃正本には高野山の女人禁制を長々と説く、弘法大師母子伝ともいうべき〈高野の巻〉が見られる（室町末期ごろ絵入写本にはない）が、〈高野の巻〉は苅萱譚と関わるところも少なく、それ自体が独立的に語られていたものと推測されており、説経の側で、その語りを取り込んだものと考えられる。⇩苅萱・唱導・平家物語（藤井奈都子）

〔参〕室木弥太郎『語り物の研究』（風間書房、一九七〇）、菊地仁「説経苅萱と高野巻」（『伝承文学研究』二一、一九七八）

いじょうたんじょうせつわ【異常誕生説話】

脛・股・爪・卵からの誕生、また父なくして、異類結婚によって、極端に長く（短く）母胎内にあって誕生するなどの生まれ方をした者が活躍する説話。あるいは肢体の機能が異常に発達（欠落）している、体が小さいといった身体的特徴を伴って生まれた者の説話。特殊な生まれ方はしばしば子自身の身体の特殊性をともなう。

異常誕生は子が半分異郷の存在であることを示し、刻印づける。王統の始祖、英雄、昔話の主人公と異常誕生の者の知力・体力・技術力は彼らの本国たる異郷に由来した。活躍のみならず流離し、並々ならぬ苦しみを受けることもあるのは、彼らの出生の強いタブー性のゆえである。寺社縁起（中世神話）では、異常誕生者は受苦の果てに死に他者を救済する神として再生する。また異郷の属性を統馭できなければ、「酒呑童子」に見るように鬼人となってしまうこともある。英雄たちはもう一人の、負の自分たる鬼や怪物を退治することで、はじめて共同体に受け入れられた（小松和彦）。

異郷とこの世との接触の結果たる異常誕生は、新たに異郷との交渉が展開してゆく始発でもあった。誕生した子の成長とともに、また子の前代に遡って次々と説話が起こってゆく可能性を秘めているのである。『源氏物語』など物語文学はこれを利用し、主人公の異常誕生により前物語の世界を抱え込むことを可能とした。（猪股ときわ）

〔参〕三浦佑之『古代叙事伝承の研究』（勉誠社、一九九二）、小松和彦『神々の精神史』（〈講談社学術文庫〉一九九七）

いじん【異人】

一般に共同体の外部の異族、放浪民、疎外者、来訪神などを指す。岡正雄『異人その他』が未開社会の異人への歓待／侮蔑に注目し、また山口昌男が『文化と両義性』のなかで、これを人間社会における「両義性」の問題へと理論化した。さらに赤坂憲雄『異人論序説』が、現代思想の原理論へと展開させることで、現代の多様な領域を解読するタームとなった。

さて、説話の問題として注目すべきは、小松和彦『異人論』の「異人殺し」伝承の分析である。定住民の村を訪れる六部・座頭・山伏・巫女といった旅人を謀殺して、その所持していた金品を掠奪した話が、村々で密かに伝えられていた。こうした伝承は、従来の異人歓待・来訪神などの伝承や昔話の裏側の「事実」を暴くといった意味をもつ。宿を求めた座頭が井戸に落ちたので、助け出して蒲団に寝かせて介抱し、翌朝見てみると座頭はお金に変わっていたという話は、親切者が身をやつした来訪神によって恩恵を被る昔話のパターンである。だがその裏側に、じつは座頭は殺され金を奪われたという「異人殺し」があったという構造である。そして異人歓待の話が、別の村や家では異人殺しとして語られたり、また村のなかでは異人殺しの「事実」は知らなかったが、病気や禍いが続く理由として、かっての異人殺しが禰宜の託宣によって明らかにされる形など、世間話・噂・託宣の発生に関わる広がりをもっている。

（斎藤英喜）

いずみしきぶ・こしきぶのないし【和泉式部・小式部内侍】　和泉式部は、平安中期の歌人。生没年未詳。生年は貞元二年（九七七）頃か。大江雅致の女。『和泉式部日記』『和泉式部集』（正・続）の作者。小式部内侍は、その女で歌人。万寿二年（一〇二五）二八歳前後で夭折。

　帥宮敦道親王とのそれをはじめ、華やかな恋に彩られる美貌の歌人、和泉式部は、「小野小町」と並んで、多くの説話・伝説を生む存在となった。瘡疾《そうしつ》を患った和泉式部の、歌徳による平癒を語る説話が、時に小町の話となっていることなど、小町説話との交錯はもとより、和泉式部と小式部との入れ代わり、また御伽草子『猿源氏草紙』の和泉式部の歌「日の本にいははれ給ふいわしみづまゐらぬ人はあらじとぞ思ふ」が、『市井雑談集』では「紫式部」の歌となっていることなどをも含め、その説話伝承には様々の人物の重層的イメージが担わされている。

　一方、和泉式部説話の固有の特色は、歌にまつわる神仏霊験の話の多いことであろうか。「もの思へば沢の螢もわが身よりあくがれいづるたまかとぞみる」（『後拾遺集』）の名歌からは、『後拾遺』の「男に忘られて侍けるころ…」の詞書に発し、道貞と別れた悲しみを胸に貴船に詣で、この歌を詠んだところ、貴船明神の慰めの歌が返ってきたという『無名草子』『古本説話集』『沙石集』『古今著聞集』等の説話が展開した。また、『宇治拾遺物語』に示された和泉式部と道命阿闍梨との関わりは、やがて御伽草子『和泉式部』に荒唐無稽な母子相姦譚として展開されるが、中で「闇《くら》きより闇き道にぞ入りぬべき遙かに照らせ山の端の月」（『拾遺集』）の歌が、罪を悔い性空に救いを求めるものとして位置付けられていることも、和泉式部説話の形成と歌との関わりの深さをも物語ろう。小式部内侍との母娘の情愛を語る説話も多い。小式部の出産による夭折、また残された幼児を前に、和泉式部は悲しみに堪えず「留めおきて誰を哀れと思ふらん子はまさるらん子はまさりけり」（『後拾遺集』）との絶唱を残したという（『栄花物語』『宝物集』『古本説話集』『世継物語』『無名草子』）。小式部内侍が、これに先立って、母の悲嘆に胸を痛め「いかにせむいくべき方もおもほえず親にさきだつ道を知らねば」と天井に向かって詠むと、神仏の助けか「あはれ」の声と共に一時平癒したという話（『十訓抄』『古今著聞集』『沙石集』『無名草子』『誓願寺縁起』御伽草子『小式部』・謡曲「小式部」など）と併せて、死別をめぐる母娘の思いの深さを伝える説話となっている。和泉式部説話はこのように様々な意味で愛情一筋に生きる女の像を伝えているとも言えよう。母娘二代の歌才の秀抜ぶりを伝える「大江山いくの道の遠ければまだふみもみず天の橋立」（『金葉集』）をめぐる説話も、『俊頼髄脳』等に名高い。また、謡曲「貴布禰」等は式部が出家し懺悔の旅をする姿を刻む。さらに中世近世に於ては、彼女の生誕地、遊行旧跡が諸地方に伝承され、歌仙の伝承喚起の力を感じさせると共に、和泉式部の名の下に集積した歌比丘尼の民間信仰の様相をも語っている。⇩小野小町・紫式部

（原岡文子）

〔参〕菊地仁「説話・伝承と和泉式部」（『国文学』一九九〇・一〇）

いせものがたり【伊勢物語】 物語。一巻。〔作者〕源融《みなもとのとおる》をパトロンとする業平とその周辺の歌人たち、在原氏一門、紀貫之、源順《みなもとのしたごう》などが挙げられるが未詳。〔成立〕未詳。少なくとも『古今集』以前に成立した第一次『伊勢物語』から、二次、三次にわたって章段が増益されるなど、複雑な段階的成立が認められる。

『伊勢物語』は、在原業平とおぼしき「昔男」の一代記のかたちを取っており、業平説話の核はここに始発すると言ってよい（但し『古今集』の方が始原とみられることもある）。二条后への恋を語る章段に関して言えば、その人への深切な情を「人しれぬわが通ひ路の関守はよひよひごとにうちも寝ななむ」（五段）と詠んだ男の像は、やがて『古事談』『宝物集』『無名抄』に於て、二条后を盗み出す説話の中で、「業平本鳥きらるる事」（『無名抄』）のように、后を奪い返した兄弟達により髻《もとどり》を切られ、髪が伸びるまで東下りをしたといった話にまで展開する。また、『伊勢物語』東下り章段に発しつつ、「みちのくに」八十島で流離の果てに没した「小野小町」の霊を弔うといった説話（『無名抄』『古事談』）も散見される。『勢語』一二五段の、もともと単に二首並んでいただけの『古今』歌を結び付けあたかも業平・小町が恋を交わしたかに構成した叙述も、この説話の展開に与したものであろう。あるいは、伊勢斎宮との禁忌の恋を描く六九段は、やがて業平と斎宮とは実際に密通し、その結実として高階師尚が誕生したとする説話（『古事談』『江家次第』）を生むことになった。

一方、東下りが貴種流離譚の典型をなしていること、また、二条后など高貴な姫君を盗み逃避行に及ぶ章段(六・一二段)が「女を盗む話」の型を踏まえること、あるいは斎宮章段には一夜孕みの話型が踏まえられていること等、『伊勢物語』にはもとより多様な説話・伝承が取り込まれている。「女を盗む話」に関して述べれば、この説話は『大和物語』(安積山)、『今昔物語集』(巻二七第七)、『更級日記』竹芝伝説等幾つかの例が分布する。竹芝伝説の稀有に高貴なたくましさを生きる姫君の幸福な結末を除いてこれらは、女の死、または社会的制裁を受ける結末などすべて悲劇に終わる。また『勢語』と同じ話を載せる『今昔』が、怪奇に興味を絞るのに対し、草の上の露を「何ぞ」と問うた女の声を思い起こし「白玉か何ぞと人の問ひしとき露とこたへて消えなましものを」と絶唱する男を描く『伊勢物語』には、歌の固有の画定に特色がある。また、二三段、他の女の許に通う夫を嫉妬もせず「風吹けば沖つしら浪たつた山よはにや君がひとりこゆらむ」と一途に案じる妻の心に感じて、元の鞘におさまるとの話は、『大和物語』にも同種のものがみえる。共々に「風吹けば」の民謡的伝承歌を元に成立した章段と考えられるが、同じ説話を軸としながら、筒井筒の恋から始まり象徴的な表現で男女の心の綾を刻む『勢語』に対して、『大和』は胸に当てた金椀の水のたぎりわく嫉妬を抑える妻の切情を詳述する具象的表現に特色があり、各々歌物語、歌語りの特色を浮き彫りにする。⇩小野小町　（原岡文子）

〔参〕鈴木日出男編「伊勢物語を読む」(『竹取物語・伊勢物語必携』学燈社、一九八八)

いそほものがたり【伊曾保物語】 西洋人の渡来によってもたらされた『イソップ寓話集』の翻訳。［成立］文禄二年(一五九三)に天草学林で出版されたローマ字本(原名『ESOPO NO FABVLAS』。イソポのハブラス等と呼ばれる)と、仮名草子(国字本とも呼ばれる)とがある。前者は大英博物館に一本存するのみ。後者は、無刊記と、寛永一六年(一六三九)刊記の古活字本、および絵入整版本が伝わる。

ローマ字本・仮名草子ともに、前半に作者イソップの伝記を配し、後半に寓話を収録する。寓話の部において、それぞれの話に対して処世上の教訓を主とする寓意の説明が付されるのも両本に共通している。ローマ字本の寓話は七〇話、仮名草子は六四話あるが、共通する話は二五話にすぎない。また、共通話において対応する文辞を比較してみても表現上の懸隔は大きく、相互の依拠関係は考えられない。ロドリゲスの『大文典』には『伊曾保物語』からの文語の用例があるが、それらはローマ字本・仮名草子のいずれかに関係を有するものばかりであることから、両者の祖本となった広本が存していたと考えられている。

ローマ字本はその後のキリシタン弾圧によって広く享受されることはなかったが、仮名草子の方は弾圧の時代をくぐり抜けて近世の人々に読まれていくところとなった。享受の跡をたどってみると、早くは元和年間（一六一五～一六二四）刊『戯言養気集』に「烏と狐の事」がとられている。同じく仮名草子の類では、『為愚痴物語』（寛文二年［一六六二］刊）に「鼠の談合の事」、『悔草』（正保四年［一六四七］刊）に、「童子と盗人の事」「出家とゐのこの事」がとられており、また狂言の伝書『わらんべ草』（万治二年［一六五九］成立）には「蝤蝶の事」「蝿と蟻の事」等が引かれている。江戸時代後期に、『絵入教訓近道』（天保一五年［一八四四］刊）が全一九話中一六話を『伊曾保物語』に拠ったことは著名だが、江戸時代中期、『勧化一声電』（宝暦一〇年［一七六〇］刊）という、法文を説話や諺で注釈する説教の書に「鼠の談合の事」の話がとられているのも見のがせない。そして、明らかに『伊曾保物語』を原泉とする昔話も注目されよう。明治三〇（一八九七）～四〇年頃に生まれた人たちの話としていくつかのものが採集されているが、そのうち広島県で採集された「蝤蝶の事」の類話、山梨県で採集された「鳩と蟻の事」「蛙と牛の事」の類話は伝承経路をたどると幕末頃に口誦されていたことが分かる。さらに富山県採集の「蝤蝶の事」を原泉とする話は、伝承過程で真宗の説教僧による説話管理が想定されるが、これは『勧化一声電』という仏書に『伊曾保物語』の話が引かれていたことに通じるものを感じさせる。こうしてみると、『伊曾保物語』の近世における受容は、知識人から地方の非識字層までその裾野は広いものであったといえよう。鎖国下において、天竺・中国・日本という伝統的地理理解を超える異国の物語が親しまれたのは、話そのものの面白味に加えて、動物に人格を与えることが我が国においても室町時代物語の異類もの等をはじめとして既になじみのものであったこと、教訓書的書物がたくさん作られた江戸時代にあって、寓話の持つ通俗的教訓性が時代の好尚に合っていたことなどが考えられる。

（大村誠一郎）

〔参〕新村出・柊源一校注『吉利支丹文学集』下（〈日本古典全書〉朝日新聞社、一九六〇）、前田金五郎・森田武校注『仮名草子集』（〈日本古典文学大系〉岩波書店、一九六五）、小堀桂一郎『イソップ寓話―その伝承と変容―』（〈中公新書〉一九七八）、野村純一『昔話伝承の研究』（同朋舎出版、一九八四）

いっきゅう【一休】　室町時代の臨済の禅僧。応永元年（一三九四）～文明一三年（一四八一）。諱は宗純。狂雲とも号した。後小松天皇の御落胤といわれる。大徳寺住持となるが、大徳寺にとどまったのは僅かの間である。詩歌書画をよくし、一休のもとへは宗長や宗鑑、金春禅竹、音阿弥、村田珠光など、多くの当代文化人が出入りした。五山の禅を批判し、権勢と栄達、虚飾と偽善を憎み、終生、反骨の精神を貫いた。

一休は自由奔放、奇行をもって知られ、その型破りの人生は、七八歳にして盲目の美女「森侍者」を愛し、赤裸々な詩を詠んだことにも窺われる。著作に『狂雲集』、『狂雲詩集』、『自戒集』、『一休水鏡』、『一休骸骨』、『仏鬼軍』などがある。

一休は高貴な出自にして、優れた才能を有し、権力や名利を嫌い、奇行に富んだ一生によって、説話的人物としての資格を獲得し、江戸時代の人々に圧倒的な人気を得た。例えば、『一休はなし』序によれば、「高き御位をもふミちらし、大内を跳出て、十宗をたゞ一目に白眼付《にらみつけ》、達磨宗となり給ひて、九年面壁をも、賊のあとの棒ちぎり木と見立て、其身ハあさがら程にも思ハず、うき世をばへうたんよりかるくもてなし、邪なる萌なく、竹二つにわりたるがごとくの御志なりしや」とあり、「犬うつ童牛つかむ男までよく知」っていたという。

このようにして、一休は近世におけるはなはだ高名な説話的人物となり、一休を主人公とする説話書が次々と編纂せられた。一休を書名に有する作品だけでも、江戸時代に六〇余点にのぼる。『一休はなし』、『一休関東咄』、『一休諸国物語』、『続一休咄』などである。

『一休はなし』は一休を主人公とする狂歌咄四六話（四巻本は四七話）から成る。その内容は、「此はしをわたる事かたくきんぜいなり」との高札を無視して、端でなく真中を渡ったというがごとくの頓智頓才、奇行を伝えるもので、もとより、信ずるに足らず、また、文学性も高くはないが、本書が世に好評をもって迎えられたことは、三種類の版が江戸時代を通じて繰り返し刷られたことからも知られる。

これらの説話は、近世初頭に出された『一休和尚年譜』や『一休和尚法語』、『一休骸骨』、『一休水鏡』、『一休可笑記』などの一休物から取り出され、集成せられたもので、直接の後続作品である『一休関東咄』になると、先行の諸説話を焼き直して一休に仮託し、説話は更に拡大変容されて行く。

『一休諸国物語』（七七話収載）になると、近世に盛行した諸国咄の形式をとりながら、次第に一休の事実から遠ざかり、奇談怪異談に傾斜している。現代においても「一休さん」の人気は高いが、概ね、小僧時代の頓智譚であることは、説話の継承を考察する上で注目すべき点であろう。

（石破洋）

〔参〕三浦理編輯『禅林法話集』（有朋堂文庫、一九一四）、武藤禎夫・岡雅彦編『噺本大系』第三巻・第四巻（東京堂出版、一九七六）、国書刊行会編『近世文芸叢書』第六（国書刊行会、一九一〇～一二）、古谷知新編『滑稽文学全集』第九巻（文芸書院、一九一八）、『狂雲集・狂雲詩集・自戒集』（〈新撰日本古典文庫〉現代思潮社、一九七六）、市川白弦『一休—乱世に生きた禅者—』（〈NHKブックス〉日本放送出版協会、一九七〇）、富士正晴『一休』（〈筑摩書房日本詩人選〉一九七五）、西田正好『一休—風狂の精神—』（〈講談社現代新書〉一九七七）、『日本の禅語録』第一二巻（講談社、一九七八）、柳田聖山『一休—「狂雲集」の世界—』（人文書院、一九八〇）

いっぺん【一遍】　鎌倉期の僧。延応元年～正応二年（一二三九～一二八九）八月二三日。時宗始祖。伊予国河野氏。幼名松寿丸（『一遍上人年譜略』）。法名は始め随縁、のち浄土門（師は太宰府聖達上人—浄土宗西山派の祖証空の弟子）で智真と改名。文永一一年（一二七四）、三六歳の折、熊野権現の神託を授かり「他力本願の深意を領解」（『一遍聖絵』巻三第九段）、「念仏勧進を我が命とす」（同巻五第一一段）として諸国遊行、一遍と名乗る。専ら口称念仏を勧進し、「南無阿弥陀仏〈決定往生／六十万人〉」の札を渡して（賦算）往生を説き、時衆（同行衆）を得て宗門を開いたが、門流遊行者は説話伝播の担い手としても重要な役割を果すこととなった。また〈踊り念仏〉を行い空也をその祖として尊崇、芸能化した念仏踊の流行を導いた。遊行上人、南無阿弥陀仏、捨聖とも称す。一遍の事蹟は『一遍聖絵』『一遍上人絵詞伝』『一遍上人行状』『一遍上人年譜略』に伝わる。『聖絵』は門弟聖戒が没後一〇年の正安元年（一二九九）に編纂した絵伝だが、記された一遍生涯の足跡と逸話・発言・詠歌には既に伝説化が認められる。他に二妾の愛執嫉妬を見ての発心を語る『北条九代記』、また謡曲『誓願寺』『遊行柳』にも一遍を見出す。なお、臨終時に書籍を焼いた一遍の言行は、室町期の遺文集成数種（『播州法語集』等）を整理編集した『一遍上人語録』（宝暦一三年［一七六三］刊）に残されている。

（竹村信治）

〔参〕金井清光『一遍と時衆教団』（角川書店、一九七五）、同『時衆文芸研究』（風間書房、一九八九）

いぶきどうじ【伊吹童子】　御伽草子。室町物語。［作者］未詳。［成立］室町期末頃の成立か。

近江国柏原荘の地頭弥三郎は伊吹明神の申し子で、大野木《おおのぎ》殿（大野木は近江国坂田郡に実際ある土地）の姫君に神が毎夜通った結果、懐妊して産まれた鬼子である。これを伊吹童子といって、酒を好む所から酒呑童子と言われるようになった。大野木殿が世評を恐れ、伊吹山に捨てるが、童子は山中で動物と遊びまわり、不老不死の身となり、仙術を得、多くの鬼神を従えるようになる。伊吹明神によって童子は責め出され、さらに小比叡、大比叡をも追出され、大江山に移って鬼が城を築く。これとは別に赤木文庫旧蔵の伊吹童子の物語がある。これでは伊吹明神と近江国北野郡井口に住む須原長者某の女玉姫御前との間に生まれ、延暦寺で酒呑童子と呼ばれる稚児となった。酒を好んだが、天皇の御前で鬼踊をしてから酒に酔い、さらに鬼面が脱げなくなる。伝教大師に禁酒を命じられていたこともあり、寺から追放される。そして伊吹山に籠るうちに本当の鬼神となってしまう。その後諸国の霊山を経巡ったものの次々と神仏に追放され結局丹波国大江山に至る。いずれにしても酒呑童子が大江山に至るまでの経緯が説かれている。しかし伊吹童子については単に物語草子として読まれていたのではなく、中世、伊吹山の伝承として説話化されていたようである。『三国伝記』巻第六に見え、弥三郎という変化の者が伊吹山に棲んで、人家の財宝を略奪したり、国土を荒らしているので、守護の佐々木頼綱に命じて退治せしめたが、後に悪霊となって人民を悩ませたので、神に祭ったという。この説話自体が御伽草子化されたのではないが、この伝承が物語の伏線となっているとみることはできよう。また伊吹山にしろ、大江山にしろ、霊山として修験の霊場であったことも注意される。伊吹童子が異常な姿や状況で誕生し、山中に捨てられるものの、山野の動物に育まれて成長するというのは、武蔵坊弁慶や『熊野の本地』の王子などの説話と類似する。弁慶説話は『義経記』巻第三、御伽草子『弁慶物語』『自剃弁慶』などに見られ、室町期から説話化されていたが、本物語の成立にも影響を与えた可能性が考えられる。なお伊吹童子出生譚は、蛇聟入型の異類婚姻譚である。（伊藤慎吾）

〔参〕佐竹昭広『酒呑童子異聞』（平凡社、一九七七）、丸山顕徳「伊吹弥三郎伝説の形成」（『日本文学―伝統と近代―』和泉書院、一九八三）

いまものがたり【今物語】　鎌倉期の説話集。一巻。［編著者］未詳。［成立］未詳。

一二世紀を中心にその前後の話題五三話を収める。全体は〈やさし〉（王朝的風雅世界）・〈ふしぎ〉（神仏霊験世界）・〈おかし〉（滑稽譚世界）の三話群によって構成され、話群間及び各話間はゆるやかな連関を保つ。また一話を多義的に読ませる話題相互の響き合い、読者の参加を前提とした語り口なども認められ、小品ながら鎌倉期説話集における表現の諸特性を備えたものとなっている。書名は作品成立時以来のもの。題意は「当代（平安末期から鎌倉初期）説話の集」。一二世紀の話題を当代とする認識に本作品の懐古姿勢が窺われる。

編著者に藤原信実（治承元年［一一七七］～文永二年［一二六五］）が有力視される。成立年は延応元年（一二三九）ががが上限（第三一話）。なお、仁治元年（一二四〇）執筆と推定される『平兵部記紙背文書』（東山御文庫蔵）に「今物語の四帖」とあり、仁治以前成立の『今物語』（四冊以上仕立）の存在が確かめられる。現存『今物語』との関係は不明。

和文体を基調とし、一二世紀の著名人（伏柴加賀・藤原頼長・西行・藤原実定・藤原定家等）や随身（秦兼方・下毛野武正等）にまつわる逸話を紹介したもの。多くは先行書に見えず、同一話題を収める『十訓抄』『平家物語』などとの直接間接にわたる関係が指摘される。なお、岡山大学附属図書館に『今物語絵巻』（白描、一部淡彩。近世中期頃）が伝存する。（竹村信治）

［参］久保田淳・松尾葦江他編『今物語・隆房集・東斎随筆』（三弥井書店、一九七九）、三木紀人全訳注『今物語』（〈講談社学術文庫〉一九九八）

いるいけっこんせつわ【異類結婚説話】

蛇・猿・狐・蟹・鳥・鬼・天女・鬼の娘など人間ならざるものとの結婚をかたる説話。それが神であったり、生まれた子どもが神として祀られるようになる際は神婚説話と称する。異類が女の場合（異類女房）と男の場合（異類婿）とに大別されるが、羽衣説話（天上訪問型）では両者をあわせもつ。説話の型として、都人と鄙人・旅人と村人といった異なる層にある二者間の結婚も異類結婚と見なせば、芸能から恋愛小説類に至るまで広く文芸の原型たることを知る。

神ならぬ異類との結婚は、異類が男女どちらの場合でも破局を迎える。男が蛇・猿・河童・鬼といったおぞましいものどもの場合、彼らは積極的に排除され、結婚が回避されることが多い。異郷から訪れる者が神から動物や妖怪へと零落すれば始祖の誕生をかたる始祖伝承は否定され、異類の訪問は怪異現象となる。蛇神との結婚で始祖が誕生する『古事記』の説話から子の堕胎方法を説く昔話まで有する三輪山説話に、その歴史的変遷が顕著である。また鬼の子孫たることを誇る修験系の始祖伝承から、鬼に攫われた女が子とともに逃走する昔話（「鬼の子小綱」など）への展開には悪鬼羅刹たる鬼の仏教説話が介在したと指摘される。

一方異類女房は報恩譚の形をとることが多く、ときに子を生み、富や幸福をもたらすが、妻から夫へ〈見るな〉のタブーがかせられる。夫は禁を破って覗き見してしまい、妻はやむを得ず本国へと去って行く。出産・機織り・水浴・授乳といった〈見るな〉の場はいずれも、習俗の上では神聖なるまたは不浄なるものとされた。女の〈性〉の力が露わになる場であり、いわばこちら側の世界に抱え込まれた異郷空間と言えよう。したがって『古事記』の豊玉姫がヤヒロワニと変じてのたうち出産していたように、その時異類の女は「本つ国」（異郷）の姿となっているのであった。異類女房と異類婿が併存してかたられている点については、わが国の重層した婚姻制（嫁入婚・婿入婚）を背景にすると説かれる。

　猿・蛇・狐といった異類を忌み嫌う、または憧憬するのはそれらが全く人間とかけ離れた醜い（美しい）形であるとか、人間に類似しているのに自然の本性をむき出しにしていることによる。こうした異形は富・幸福をもたらす力を持つことの証であったが、神が祟り神と変じることがあるように、その力は同時に病気や死をもたらすものでもある。鬼や蛇の子孫とかたる当事者にとって、異類結婚は自らの技や威力の保証であっても、他村・他の家の者にとっては畏怖し忌むべきことであろう。「羽衣説話」「信田妻」「三輪山説話」など多様な拡がりをもつ説話群は、誰の側からどこでかたられたか、といった〈場〉や〈語り手〉・〈聞き手〉への視座からの分析を必要とする。　（猪股ときわ）

〔参〕折口信夫「信太妻の話」（全集二）、山下欣一「天人女房について」（『国文学解釈と鑑賞』一九八〇・一二）、三浦佑之『古代叙事伝承の研究』（勉誠社、一九九二）、古橋信孝『神話・物語の文芸史』（ぺりかん社、一九九二）、岡部隆志『異類という物語』（新曜社、一九九四）

いろうせつでん【遺老説伝】

　琉球王国の正史『球陽《きゅうよう》』の外巻。正巻二二、付巻一からなり、一四一項目、一四二話が収められている。［編著者］鄭秉哲《ていへいてつ》、蔡宏謨《さいこうぼ》、梁煌《りょうこう》、毛如苞《もうじょほう》［成立］一七四五年（尚敬三三、日本年号延享二）で、『球陽』の最初の編纂時と思われる。書名の「遺老」とは「古老」のことで、その古老達が代々説き伝えてきた話の集成という意味での命名である。

　外巻の『遺老説伝』の内容は伝説が主だが、正巻『球陽』の記録は、王家の系譜から政治、経済、外交、文化の万般におよび、地方の行財政や諸々の人事、自然現象にまでわたっている。『球陽』の「球」は琉球国の意味で、「陽」は美称辞である。

　『遺老説伝』に収録されている説話は、北は沖縄本島の北辺国頭《くにがみ》地方から、南は与那国島にいたるまでの琉球王国全域から集められている。内容は琉球の信仰の聖地御嶽《うたき》の由来伝説をはじめ、地名由来、泉や井戸の由来、稲種や田芋の由来等々神話的な伝承が多い。また、村、祭事、習俗、英雄、宝剣等々にまつわる話など多様である。現在流布している昔話との関連からみてもおもしろく、たとえば現在奄美、沖縄地方に濃い伝承を持つ「黄金の瓜種（金の茄子）」等も伝説として入っている。説話研究だけでなく民俗学、民族学、歴史学等々の多くの学問が研究対象としている南島の貴重な説話集である。（田畑千秋）

〔参〕島袋盛敏訳『球陽外巻遺老説伝』（学芸社、一九三五）

いんがものがたり【因果物語】 仮名草子。片仮名本は大本三巻三冊、平仮名本は絵入六巻六冊。仏教唱導の意図をもって談義のために蒐集した因果怪異説話集。近世に流行した諸国咄の代表的作品の一つ。［作者］鈴木正三（一五七九～一六五五）。［成立］片仮名本は寛文元年（一六六一）刊、義雲・雲歩の編。平仮名本は寛文年間刊、恵中の撰か。

収載説話は悪因悪果の話が多い。片仮名本は事実性を強調し、章ごとに類似の説話が集められており、因果の法を教誡する談義本としての意図が一貫しているが、平仮名本は話数も少なく、唱導の目的に加えて興味本位に怪異奇談を語ろうとしている。例えば、片仮名本上の八「愛執深キ女人忽チ蛇躰ト成ル事付夫婦蛇ノ事」は三話から成り、それぞれ、事件の年月や場所、人物、伝聞経路などを明記するが、平仮名本巻一の五「恋ゆへ蛇身に成て夫をとりし事」では、片仮名本三話の中の一話のみをとりあげて物語的にふくらませ、怪異の語りに傾斜し、「かくれなき物がたり也。心にふかくおもひ入たるところ、まことに生ながら衆合地ごくにおちたりとおぼえてあはれなり」と結ぶ。

本書の文学的価値は高いとはいえないが、特に、平仮名本が後続の近世怪異小説に多くの素材を提供している点で重要である。（石破洋）

〔参〕『因果物かたり』〈平仮名本〉（古典文庫、一九六二）、吉田幸一編『因果物語』〈片仮名本〉（古典文庫、一九六二）、吉田幸一「『因果物語』の正本と邪本について—平仮名本と片仮名本との問題—」（『文学論藻』二三、一九六二）、檜谷昭彦「諸国物語の系譜と伝承—『因果物語』と『一休諸国物語』—」「『因果物語』の意義」（『井原西鶴研究』三弥井書店、一九七九）

インドのせつわ【インドの説話】 溯って古く、そして遠いインドの説話と、わが国のそれとの比較や関連については、概要、たとえば岩本裕『インドの説話』（紀伊國屋新書、一九六三）が参考になる。また、比較説話学の視点や立場からは、早くから南方熊楠や松村武雄がしきりに引用して論じてきた。ここではその轍を避けて、今日的、かつ具体的な命題を指摘して向後の研究の指標に供したい。

辛島昇・西岡直樹『インドの昔話』下（春秋社、一九八三）の冒頭の一話「判事の一件」は、わが国に行われる「大岡政談」に通底する。一方でこれは中国の元代の裁判劇、李行道の『灰闌記』と同じである。これへの指摘は金丸邦三の「『灰闌記』と子裁き説話」（「中国俗文学研究」一、一九八三）や、野村敬子「『児引き裁判』をめぐって」（「昔話伝説研究」一六、一九九一）がある。また、同書所収「ティプティパニ」は紛れもなく「古屋の漏」の話である。現行のインドの昔話とわが国の昔話との比較研究は、中国や朝鮮半島のそれと共に、相変わらず魅力に富む古くて新しい話題のひとつである。そのときにヤン・ドゥ・フリースの『インドネシアの民話』（法政大学出版局、一九八四）も視野に入れておくとよい。

察するにおそらく、現在行われるインドの昔話や伝説の多くは、古文献からの流出、転用であろう。『ジャータカ』『パンチャ・タントラ』『カターサリットサーガラ』、そして『シュカサプタティ』がその原典かと思われる。

そこでこの際、改めて『パンチャ・タントラ』所収の話と、現行のわが国のそれとを指摘して参考に供しよう。たとえば「獅子と鬼」は「欲ばり犬」（『日本昔話大成』動物新1、AT三四A）。「亀と二羽の白鳥」は「雁と亀」（動物六四、AT二二五A）。「雀と啄木鳥と蝿と蛙と象」は「鳥獣合戦」（動物新一六、AT二二二）。「鷺と蛇と蟹と黄鼠」も同じ。「猿と王様・泥棒とバラモン」は「産神問答・虻と手斧型」（本格一五一、AT九三四）。「牡牛とジャッカルの夫婦」は「ガモウに食わすぞ」（動物新九、AT七五）。「鴉と梟の戦い」は「鳥の王の選挙」（動物一八、AT二二〇）。「バラモンと三人の悪漢」は「金福輪」（笑話五九六、AT一五五一）。「猿の心臓を取りそこなった鰐」は「猿の生肝」（動物三五、AT九一）。「鼠の嫁入り」は「土龍の嫁入」（笑話三八〇、AT二〇三一）。「地に堕ちた白衣」も同じ。「外国に行った犬」は「山の鼠と町の鼠」（動物三六、AT一一二）。「マングースを殺した女」は「忠義な犬」（本格二三五、AT一七八A）。「四本の腕を持つ双頭の織工」は「猿長者」（本格一九七、AT七五〇）。「臆病な羅刹」は「古屋の漏」（動物三二A、AT一七七）にそれぞれ対応、照合し得る。

〔参〕野村純一「『老鼠娶親』の道」（『昔話伝説研究』一三、一九八七）

（野村純一）

いんねん【因縁】

仏教の根本思想。生じた結果の直接原因を「因」、結果が成立するための間接の原因を「縁」と呼び、この世に存在するものはすべて「因縁」によって生じたと捉える。

思うに任せぬ人の世を説明するのに便利な思想で、説教や唱導の際には因縁を説く話が多く語られた。これらを「因縁話」と呼ぶ。『日本霊異記』以来、日本では数多くの仏教説話集が編纂され、因縁話が収載されてきた。それらの多くは、今日の分類でいう世間話に相当するもので、日常に結びつけて語られていた点に留意したい。

もっとも、世間話として話される因縁話の場合、結果と目される不可思議な現状が先に認識され、そこから遡って原因と見做し得る過去の出来事を探すというのが、実際の話の生成順序である。これを敷衍すると、世間話の生成過程の一端が見えてくる。

因縁話は、昔話にもその影を落としている。柳田國男の『日本昔話名彙』では、派生昔話の一項目に「因縁話」を設け、「歌い骸骨」「運定め譚」「三井寺話」の三話型を掲げているが、他にも因縁を主題とした昔話は多い。しかし、昔話に取り込まれた因縁話は概して仏教色が薄く、筋の面白さに焦点が当てられているものが多い。このことは、因縁話が説教僧の思惑とは別に、娯楽として享受されていたことを意味する。そして、当初の聞き手であった民衆が語り手の立場にまわった際に、いっそうその傾向が強まったものと思われる。（伊藤龍平）

いんよう（テクスト）のりろん【引用（テクスト）の理論】　引用という術語は、通常誰かがすでに用いたコトバを自己のコンテクスト（文脈）に引いてくることをいう。引用論では、引用されるテクスト（先行する作品の断片や素材）をプレテクストと呼び、それが引用の場であるコンテクストの中へ引用されてくることで、新たなテクストが生産されるというふうに考える。それは、J・クリステヴァの〈あらゆるテクストは複数のプレテクストの引用と変形にほかならない〉（『セメイオチケ』）とする相互テクスト性（＝インターテクスチュアリティ）の概念によっている。よく知られている例でいえば、芥川龍之介の『羅生門』は『今昔物語集』などの説話を素材としており、井上ひさしの『新釈遠野物語』は柳田國男の『遠野物語』をパロディ化したものだ。

ただし、それらの典拠を指摘しただけでは、従来の源泉・影響論のレヴェルにとどまる。引用論においては、言説レヴェルでの差異を読み説くことが眼目になる。ことに後者の場合は、井上の『新釈遠野物語』がプレテクストたる柳田の『遠野物語』をどれだけ変形・戯画化しえたのか、それを説くことに読者の「笑い」が賭けられているのだともいえよう。

ところで、テクストという概念は、作品という概念に対置してあらわれてきた（ロラン・バルト「作品からテクストへ」「作者の死」）。作品が作者の意図によって一義的に書かれたもの（物＝固体概念）であるのに対して、テクストはその作品を作者の意図を超えて読者が多義的に読むこと（事＝関係概念）、作品と読者との対話という関係性にある。読むことは、いま読者が読みつつあるコンテクストに、読者の知っている複数のプレテクストを重ね合わせ、織り直し、再構成することである。その再構成による新たな意味生成のことをテクストと呼ぶのである。

近年、引用によるテクストの生産という考え方が文学研究のみならず、あらゆる分野で有力視されるようになってきた。その背景には、作品を創造する主体としての強力な個人（作家）という考え方の基礎をなす西欧の近代合理主義の思想が、揺らいできたことが指摘されている。その思想の中核をなしてきたのがデカルトに代表される固体論である。

〈我思うゆえに我在り〉（『方法序説』）という有名なテーゼは、〈我〉という主体が、自我（エゴ）によって統一的かつ自律的に規定しうるとする仮説であったが、この仮説は二〇世紀初頭S・フロイトによって無意識の領域が発見されることで崩壊してしまった。

フロイトを継承するJ・ラカンによれば、無意識とは自己の内なる他者性の謂いで（『エクリ』）、人間の主体というものは、意識（自我）による自己性と無意識による他者性とに分断されることで分裂したものとして成り立っており、意識によってどれほど統一を保っても、その深層に存する無意識によって自己の統一は壊乱され、自己は自律的には規定しえないものであると説かれている。

分裂した主体によって書かれた作品は、どれほど意識的意図的に構成されていたとしても、無意識的な部分を含み込んで成立してしまっている限り統一はなされておらず、どこか裂け目を抱え破綻をきたしているのである。したがって作品の解釈においても、作者（の意図）という個体（自我）によって統一的に規定することはできず、読者（＝他者）の介入によって他律的分裂的に規定されることになるのである。

このように時代の背景にある思想のパラダイムが個体論から関係論へと転換することによって浮上してきたのが、引用＝テクストという考え方である。

誤解のないように補足しておくと、引用論は作品の形成・成立を説く視座ではない。前述したように、読者が作品と対話することによって読み手の側で新たなテクストを生産する行為であり、あくまでも〈読み〉の視座である。従来、作家が作品を書くことのみが生産的行為と思われ、読者は消費者に過ぎないと考えられてきた。しかし、引用＝テクストという考え方の導入によって、読むことによって読者も意味生産に参加していることが自覚化されることになったのである。

むろん、作家の書くという行為も、読者の読むことと同様に、引用という操作によっていることは間違いないが、一度出来あがってしまった作品から、それ以前、形成・成立の全プロセスを辿り直すことなど、当の作家自身にも不可能なことだと言わざるをえないのである。

⇩新釈遠野物語

［参］宮川淳『引用の織物』（筑摩書房、一九七五）、宇波彰『引用の想像力』（冬樹社、一九七九、新装版一九九一）　（東原伸明）

うきよぞうし【浮世草子】　天和二年（一六八二）刊行の井原西鶴作『好色一代男』以降、宝暦・明和（一七五一〜一七七二）頃までの約八〇年間、上方を中心に流行した作品群を文学史的に浮世草子と呼び慣わしている。

戦国動乱の世の中に於いて仏教的な無常観などから、この世はつらい「憂き世」であるという把え方が一般的であった。徳川幕藩体制の下に平和な世の中が到来するに従い、現実的・享楽的な発想が流行し、浮いて慰むこの世といった意味でウキヨ（浮世）という言葉が用いられた。浮世とは、広義には当世風とか現代的なことを意味し、狭義には享楽的ないし好色的なことを意味している。従って浮世草子とはそうした世態・風俗・人情を活写した娯楽的な散文（小説）と考えて良いであろう。

井原西鶴は、遊里や一般社会の愛欲生活を描いた『好色一代男』『好色五人女』『好色一代女』などの好色物、町人の経済生活を主題とする『日本永代蔵』『世間胸算用』などの町人物、武家社会に取材した『武道伝来記』『武家義理物語』などの武家物、諸国の珍談奇談を集めた『西鶴諸国ばなし』『懐硯』などの雑話物その他を残している。

武家を主題とする伝奇的・長篇的な作品には西沢一風の『御前義経記』『傾城武道桜』などがある。好色物の系譜に立つものとしては『けいせい色三味線』『傾城禁短気』などがあり、版元名から八文字屋本と呼ばれている。様々なタイプの人間の偏気的性癖を誇張して描いたものに気質物とされる作品群がある。　（矢野公和）

うげつものがたり【雨月物語】　読本。五巻五冊。九話の短編物語を収めている。［作者］剪枝畸人（上田秋成）作、桂眉仙画。［成立］自序によれば明和五年（一七六八）に成稿とあるが、現行本の刊記は安永五年（一七七六）四月となっており八年程の差がある。そのため出版に関して複雑な事情が介在していたと考えられ、作品としての成立をどの時点に見るかについて定説をみない。

九編はいずれも人間の心の哀れさや悲しさないしは憤りに基礎づけられた奇談怪異を取り扱ったものであり、わが国怪異小説史上最高の傑作として名高い。中国白話小説やわが国の古典などに広く取材し、翻案・改作を試みており、修辞的な技巧等にも他の追随を許さぬものがある。この作品が基になって口碑・伝承として定着して行ったと考えられるケースも見出される。

〔白峯〕仁安三年（一一六八）の秋、讃岐白峯の崇徳院陵に詣でた西行は、新院の御霊と対面し、保元の乱を企図した新院の非を指弾するが、平治の乱以降の世の乱れは、魔道に堕ちた自分の復讐に他ならないことを宣明した崇徳院は、やがて平家一門を海の藻屑と化すであろうことを誓い予言する。後に西行が思い返して見ると、すべて新院の言葉通りに事態が進行していたという。

〔菊花の約《ちぎり》〕学究の人丈部左門は旅中病に苦しむ軍師赤穴宗右衛門の命を助け義兄弟となる。九月九日重陽の節句の再会を約して出雲の敵情視察に赴いた赤穴は幽閉されてしまったために自刃して約束を果たす。左門は赤穴の従弟丹治を不義の名の下に誅殺し逐電した。

〔浅茅が宿〕秋には帰ると言い残して京に上った夫勝四郎は戦乱等のため帰郷出来ず、七年後に妻宮木と再会する。だがそれは勝四郎一人に命を捧げてしまった宮木の、住古の真間の手児奈にもまして悲しい幽霊なのであった。

〔夢応の鯉魚〕三井寺の僧興義は魚の絵を得意としていたが、仮死状態であった三日の間宿願通り鯉と化して琵琶湖を遊泳していたという。

〔仏法僧〕拝志《はやし》夢然は高野山中を跋扈する関白秀次一行の幽魂と出会い、危うく修羅道に引き込まれそうになったという。

〔吉備津の釜〕吉備津神社の御釜祓いの神意に背いて結婚させられた磯良は自分を裏切って遊女袖と駆け落ちした正太郎に凄絶な復讐を遂げる。

〔蛇性の婬〕風雅に憧れる文学青年豊雄は理想のタイプの女真女子と恋に落ちるが、実は彼女は蛇の化身であり、夢幻の如く甘い恋も遂には覚めなければならないのであった。

〔青頭巾〕極めて品行方正であった僧が、稚児への愛欲の念に心乱れ、病死した童児の死骸を喰い尽してしまったという。鬼僧は快庵禅師から授けられた公案を一年有余も唱え続けていたという。

〔貧福論〕岡左内と人の世の貧福の不思議について、一夜語り明かした黄金の精霊は戦国の世の行末について予言を残した。

（矢野公和）

うじしゅういものがたり【宇治拾遺物語】　鎌倉時代の説話集。一九七話の説話を収録し、序文を有する。〔編著者〕未詳。〔成立〕未詳。成立年時は決め手となる資料を欠き、内部徴証及び依拠資料によって推定することになる。一〇三話が『建久御巡礼記』（建久三年［一一九二］成立）によっていることが確かめられているほか、同文的な話を多く持つ『古事談』（建暦二年［一二一二］～建保三年［一二一五］頃の成立）を直接の出典とすれば、その成立が上限となる。また、一五九話にある「後鳥羽院の御時」という記述に注目すると、後鳥羽院の治政が終った後、あるいは後鳥羽院という諡号の制定（仁治三年［一二四二］）以降の成立となるが、諡号は作品成立後に書き改められたものとみて承久の乱前後の成立とするのが、院政期の説話が多数収録されていることとあいまって自然であろう。

作品の成立については、序文の検討も重要である。そこでは、まず源隆国による『宇治大納言物語』のことがいわれ、その正本が「侍従俊貞といひし人」に伝わったこと、説話の増補が行われたことを伝える。また『宇治拾遺物語』については、『宇治大納言物語』に「もれたるを拾ひ集め」たものであることをいい、最後に書名の由来についての推測を記している。書かれていることをそのまま受け取れば、この序文は作者とは別の人が後に付したものと解されるが、作者自身が他人を装って書いたという見方も有力である。序文を誰が付したのかということは、今は散佚した『宇治大納言物語』と『宇治拾遺物語』との関係をどうとらえるのかという問題とともに『宇治拾遺物語』の成立を考える鍵であり、現在、両者について様々な解釈が試みられている。散佚『宇治大納言物語』は中世の諸書にいくつかの逸文が知られるが、本書一四一話・一四二話はその逸文と共通するもので、それはまた『今昔物語集』『打聞集』中の話とも同文的関係にある。こうしたことからも『宇治大納言物語』は、『宇治拾遺物語』『今昔物語集』『古本説話集』等の共通母体となった作品であるとみられている。このことと序文に書かれていることとを結んで、例えば、序文作者自作説に立ってみると、『宇治大納言物語』の増補は度々行われていたが、その『宇治大納言物語』に対して説話の増補とさしかえをして、今日見られる序文を加えたものが『宇治拾遺物語』であるという見方等ができる。

なお、作者については、序文中の「侍従俊貞」に関連させた源隆国の玄孫源俊貞説や藤原伊通の孫藤原俊貞説、比叡山仲胤僧都のような説法家説、関白藤原忠通周辺の人物、慈円等諸説ある。

『宇治拾遺物語』に収録されている話は、序文で『宇治大納言物語』についていう「天竺の事もあり。大唐の事もあり。日本の事もあり。それがうちに、たふとき事もあり。をかしき事もあり。おそろしき事もあり。あはれなる事もあり。きたなき事もあり。少々は空物語もあり。利口なる事もあり。さまざま様々なり」の通り、多様で変化に富む。登場人物をみても、地方の名もなき庶民や中央の下級官吏から、貴族政治の頂点に立つ摂関家の貴顕や皇族まで、宗教者であれば、民間遊行の聖から名だたる高僧までバランスよく現れる。それぞれの話をみていくと、例えば仏教にかかわる説話では、序文でいう「たふとき話」がある一方で、第五話「随求陀羅尼、額に籠むる法師の事」・第六話「中納言師時、玉茎検知の事」のように、清い行者を装ういかさま法師を笑う話がある。冒頭第一話の道命法師の話では、同じ話を伝える『今昔物語集』『古事談』が読経の名手、往生者として道命をとらえるのに対し、道命の好色ぶりに話の中心がある。このように『宇治拾遺物語』の仏教についての話題は、『今昔物語集』仏法部や『発心集』のように信仰心の賛美に終始することなく、話は仏教的呪縛から解放されている。また、本書の話末評語は簡潔で、『今昔物語集』のそれにみられる教訓臭は薄く、『古今著聞集』や『十訓抄』に顕著な王朝文化思慕の尚古思想からも自由である。まさに『宇治拾遺物語』撰者が見ているものは、西尾光一が「事件中心というよりは人間中心」「さまざまの人間に深い興味をよせ、いわば寛容に人間を理解する」(古典文学大系解説)と評するように、人間そのものの姿なのである。そうしたあり方は、口語や時代語を取り入れたよどみない達意の和文とあいまって作品の文学性を高めている。

そして、益田勝実が注目した、隣りあう説話相互が連想の糸で結ばれ、ひとつの解釈にとらわれない話の理解が広がる説話配列の妙は、その後の研究者によって深められ、当時の知識人で世相に通じている人でなければ簡単に見抜けない意味や批評精神が、話と話の響きあいの中に浮かび上がる構造も明らかにされつつある。たくみな言語遊戯をさりげなく話中に仕組む鋭い言語感覚も指摘されており、こうした高度な知的側面も、作品の文学的な質の高さを物語るものだといえるだろう。

(大村誠一郎)

〔参〕西尾光一・渡辺綱也校注『宇治拾遺物語』(〈日本古典文学大系〉岩波書店、一九六〇)、日本文学研究資料刊行会編『説話文学』(〈日本文学研究資料叢書〉有精堂出版、一九七二)、小林智昭訳注『宇治拾遺物語』(〈日本古典文学全集〉小学館、一九七三)、永積安明『中世文学の可能性』(岩波書店、一九七七)、大島建彦校注『宇治拾遺物語』〈日本古典集成〉新潮社、一九八五)、小峯和明編『今昔物語集と宇治拾遺物語』〈日本文学研究資料新書〉有精堂出版、一九八六)、三木紀人・浅見和彦・中村義雄・小内一明校注『宇治拾遺物語 古本説話集』〈新日本古典文学大系〉岩波書店、一九九〇)、佐藤晃「宇治拾遺物語における言語遊戯と表現」(『日本文芸論叢』四、一九八五)、荒木浩「異国へ渡る人々―宇治拾遺物語序説―」(『国語国文』一九八六・一)、小峯和明『宇治拾遺物語の表現時空』(若草書房、一九九九)

うじだいなごんものがたり【宇治大納言物語】

平安後期の説話集。散逸。〔編著者〕『宇治拾遺物語』序によれば、編者は源隆国(寛弘元年〔一〇〇四〕〜承保四年〔一〇七七〕)。〔成立〕宇治平等院南泉房での避暑の折に往来の者を呼び止めて昔物語を語らせ、これを聞き書いたものという。全一四帖。収載話は天竺(インド)・震旦(中国)・本朝(日本)にわたる「さまざま様々」の話題で『宇治拾遺物語』に近いものだったらしい。平等院完成は永承七年(一〇五二)、作品成立はそれ以後となる。『古今著聞集』序に「夫著聞集者、宇県亜相巧語之遺類」とある如く、江談抄とともにジャンルの先蹤として意識された。逸文は『七大寺巡礼私記』興福寺条・『中外抄』下巻・『宝物集』七巻本一・『愚管抄』巻三・『沙石集』巻二―一・『扶桑蒙求私注』・『異本紫明抄』(末摘花巻、若紫巻、紅葉賀巻)・『雑談集』巻九―九・『真言伝』巻五―一六・『河海抄』末摘花巻・『園城寺伝記』・『花鳥余情』・『是害坊絵詞』『本朝語園』五などに残り、書名も『和歌色葉集』五・『(守覚法親王)古蹟歌書目録』・『八雲御抄』一などに広く見える。また顕昭『古今集註』にも「隆国卿注」なるものの享受が確かめられるが、書名の多様さ、文体の異同、巻数の相違、『宇治拾遺物語』等との混同もあって、実体や受容の実際には見極め難い点を残している。『打聞集』『今昔物語集』『宇治拾遺物語』等、院政鎌倉期成立の説話集の多くは本作品に依拠したと見られ、あるいはかような享受と再編が作品の伝存を難しくしたかともいう。(竹村信治)

うじぶみせつわ【氏文説話】 八世紀末から九世紀に出現した氏族の説話。

斎部氏の『古語拾遺』(大同二年〔八〇七〕)、高橋氏の『高橋氏文』(延暦八年〔七八九〕?『本朝月令』『政事要略』『年中行事秘抄』所引の逸文)、津守氏の『住吉大社神代紀』(元慶三年〔八七九〕以降、長保年間〔九九九〜一〇〇三〕頃以前)、卜部氏の『新撰亀相記』(天長七年〔八三〇〕?)、物部氏の『先代旧事本紀』(延喜年間〔九〇一〜九二三〕以前?)が現存する。ただし、『新撰亀相記』は後世の偽書説があり、古代説話として疑問視されてもいる。

『古語拾遺』は、宮廷祭祀を司る神祇官のなかで、中臣氏の勢力が一方的に増大したことへの不満から、斎部氏の側が、祭祀に関わる自氏の職掌の起源を訴えたもの。『高橋氏文』は、神事の御膳供奉を管掌する高橋氏と安曇氏との行列の前後をめぐる争論から、高橋氏の側の由緒を主張したもの。また『住吉大社神代紀』は、住吉大社の神主を世襲する津守氏が、神社管理上の不手際から神主職を解任されたときに、自氏の職掌への自覚と反省のために神代以来の来歴を記したもの。以上のように主要な氏文説話の成立は、宮廷祭祀を管掌する氏族が、自らの職掌の由来に関わる説話を書き記したところにある。こうした性格は、亀卜を担う卜部氏の『新撰亀相記』、鎮魂を行う物部氏の『先代旧事本紀』にも見ることができる。したがって、氏文説話を読むときは、『古事記』『日本書紀』という国家神話に吸収・解体された原型的な氏族伝承を復元するよりも、宮廷祭祀に関わる氏族たちが、自氏の職掌の由来や来歴を『記』『紀』をもとにして加上・造作した新たな説話世界を見出すべきであろう。これは氏文説話の成立が、律令国家が弛緩してくる八世紀末から九世紀という、特定の時代を背景にしていることとも深く連関する問題であった。たとえば『古語拾遺』を見ると、斎部氏系の氏族（地方土着の斎部氏）たちの始祖神が、鏡・玉・御笠・木綿・麻・矛・盾・鐸などの祭りに使う祭具を造作する神話を、神武天皇の即位譚に結びつけて語っている。『記』『紀』にはない神話であるが、それは宮廷祭祀における幣帛・祭具の造作を管掌する斎部氏の職掌の起源譚として構想されたものであった。ここからは『古語拾遺』の氏文説話が、あたかも技術者・職人たちの由来書のように読めてくる。また斎部氏は大殿祭という祭祀を管掌しているが、『記』『紀』には伝えられていない、大殿祭の起源譚を、神代の岩戸神話や、神武天皇の即位伝承の記述に結びつけて書き記している。それは斎部氏の読誦する大殿祭祝詞とも共通する表現をもっていて、説話の生成と祭祀言語である祝詞との関係という問題も、新たに考えさせてくれる。さらに近年の研究では、「氏文説話」が平安初期の「日本紀講」という『日本書紀』注釈の場と関わることも注目されている。（斎藤英喜）

〔参〕「特集・変成する古代神話」（『古代文学』三七、一九九八）、神野志隆光『古代天皇神話論』（若草書房、一九九九）

うちぎきしゅう【打聞集】 平安後期の説話集。一巻一冊（零本）。【編著者】未詳。なお表紙左下に〈桑門栄源□〉と大書。栄源は生没年等未詳。諸書からの抄出編者、書写者、所持者のいずれとも考えられる。【成立】外題左に見える〈或云尺尊入滅之後至長承三年甲寅二千八十三年也〉云々の書き込みにより、長承三年（一一三四）が現存本成立の下限とされている。もと近江湖東三山の一つ金剛輪寺所蔵。大正一四年（一九二五）、山口光円によって発見紹介された。京都国立博物館所蔵。書名は外題（中央、打付書）による。外題の下に〈下帖／付日記因縁〉とある。原態の巻冊数は二、三帖か。

本文は比叡山関係の文書の紙背に記され、目録・説話本文・覚書・大鏡及び同裏書抄出をもってなる。目録（全二七条）と説話本文（全二七条）とはほぼ対応する。説話集『打聞集』はここまでを指しての称。二七話中二五話は、『今昔物語集』『宇治拾遺物語』『古本説話集』のいずれかに見えるもの。目録末尾〈観（勧）寿（修）寺事〉〈世尊寺事〉は説話本文の第二四・二五話の位置にある注記的な覚書に対応するものだが、同様の覚書は他に目録・説話本文間の余白にも二条（〈書写聖人ハ云々〉〈弘法大師ハ…修因僧都同時人也〉）見え、これを加えれば全二九条。すべて仏教説話で、天竺話題七・震旦話題七・本朝話題一三（一五）からなる。冒頭の三説話（〈達磨和尚事〉〈釈迦如来〉〈仏舎利事〉）は中国への仏法流伝に関する話題、その他〈鳩摩羅仏盗事〉〈玄奘三蔵心経事〉〈慶等聖弘仏法事〉もこれにかかわる。後者三話の末尾には日本への流伝が付記され、他方、本朝話題には智証大師〈三井寺事〉〈不空三蔵験事〉〈智証大師験事〉・弘法大師〈大師投五鈷給事〉〈弘法大師請雨事〉・慈覚大師〈慈覚大師入唐間事〉など入唐僧の説話が多い。かような有り様は、三国にわたる仏法流伝史を構想する『今昔物語集』に近似した関心の向かい方を伝えている。また、天台座主に任じられた僧の話題が多数を占める点（智証・慈覚以外に〈静観僧正事〉〈慈恵大師験事〉〈公野聖事（余慶）〉〈補陀落寺屠児事（延昌）〉）も、本文献の覚書（五人の天台座主等の略伝メモ）部分との関連で注意される。このほか、『枕草子』蟻通明神説話の類話〈老者移他国事〉、物語文芸の趣向の一つ「隠身」を語る〈龍樹菩薩隠形事〉、亀報恩舞の原型〈銭亀買人事〉、霊異記説話〈道丈法師事〉などがある。説話末尾の記事は注記的で、評論と呼べるものは〈羅睺羅事〉〈玉盗成国王事〉〈尊勝陀羅尼事〉に限られる。それらは説経法談の聞書文献『百座法談聞書抄』の説話解説にきわめて近く、本集の成立事情を考える上での重要な材料となっている。現在では口頭伝承の筆録説は否定され、今昔・宇治・古本の共通祖となった作品に依拠したものとの見方が有力だが、所収説話は口頭の語りの面影をなお残しており、〈書くこと〉との交叉点にある説話表現の様態を伝えている。（竹村信治）

〔参〕中島悦次『宇治拾遺物語・打聞集』（有精堂、一九七〇）、東辻保和『打聞集の研究と総索引』（清文堂、一九八一）、森正人「打聞集本文の成立」（『愛知県立大学文学部論集』三二、一九八二）

うばすてやま【姥捨山】　⇩棄老伝説《きろうでんせつ》

うみさちひこ・やまさちひこ【海幸彦・山幸彦】

『古事記』『日本書紀』にある説話。弟の山幸彦（ホヲリ命）は兄の海幸彦（ホデリ命）から借りた釣針を海でなくしてしまう。兄に怒られた弟は、シホヅチ神の助けで針を捜しにワタツミノ神の宮に赴く。しかし山幸彦はワタツミノ神の娘のトヨタマビメと結婚して、この国に滞在してしまう。その後、兄の釣針のことを思い出し、海神の力でなくした針を見つけだし、また兄を苦しめることができる呪文を教わる。地上にもどった山幸彦は、教えのとおりに兄を苦しめ、弟の守り人になることを誓わせた。それで海幸彦の子孫の隼人は、溺れる仕草を演じて宮廷に仕えることになった。

この説話には大きく三つの問題がある。一つは、「失われた釣針」というモチーフの説話・伝承が環太平洋地域に広く分布することから、それがどのような経路で日本に伝播・影響したかをめぐる議論。説話の伝播論である。ここからは、日本の神話や説話がけっして孤立したものではなく、南洋の地域との絶えざる交通のなかで成立したことが考えられる。もう一つは、直接的な伝播・影響関係にたいして、「失われた釣針」モチーフを、説話の話型として扱う視点。話型論である。とくに山幸彦の海神の宮訪問・神海の娘との結婚、そして海神の呪力や呪宝を身につけて帰還する展開が、浦島説話へと通じることは明らかである。ひろく見れば、異郷訪問譚である。また山と海との対立・協調の構造は、山ノ神がヲコゼの手助けで龍宮乙姫と結婚する土佐・いざなぎ流の「山ノ神祭文」にも見出すことができる。

そして最後の問題は、当該説話が『記』『紀』神話の一部として語られる位相についてである。『記』『紀』の文脈では、この説話の主題は、辺境の蛮族とされる「隼人」が宮廷に服属し、宮廷を守護することになる起源譚としてあった。平安時代の資料によれば、隼人は、天皇の即位儀礼や行幸のときに「狗吠え」といった異様な声を発して、儀礼や行幸を妨げる邪霊を制圧したり、大嘗祭のときに「風俗歌舞」の奏上を行っている。『記』『紀』のなかでの山幸彦・海幸彦説話は、じつにこうした隼人の奉仕の起源を語っているわけだ。ここでは、本来あった山幸彦・海幸彦説話が王権神話のなかに組み込まれ、山幸彦がホヲリ命として天皇の始祖となり、一方、海幸彦が隼人の始祖となるように、大きく改変されることが指摘されている。また原型的な伝承者として安曇氏の存在が想定されたりもしている。一方、兄が弟に服属し、弟の守護者となる話の構造は、神武天皇の息子の神八井耳と神沼河耳の兄弟の説話にも見ることができる。力がなく臆病な兄の神八井耳が、弟の勇気と腕力のまえに、弟こそが天皇の位を次いで、自分は弟のために「忌人」となって助けようと誓う話である。この話の構造は、山幸彦・海幸彦説話が「隼人」の奉仕起源譚となるところにも共通していることがわかる。（斎藤英喜）

うめわかまる【梅若丸】 観世元雅作の能〈隅田川〉に出る少年の名。人商人に誘拐され、都から奥州へ下る途中、隅田川のほとりで病死する（一二歳）。商人は見捨てて去るが、土地の人がいたわり、末期に素性を問うと、都北白川の吉田の何某のひとり子で、父はすでになく母と暮らす身であったのをかどわかされたといい、都の人が恋しいのでこの道端に遺体を埋め、墓標に柳を植えてほしいと語る。それから一年後の三月一五日、柳のもとで大念仏が行われているところへ、狂女となった母親が来合わせ、隅田川の渡し守からそのいわれを聞き、わが子の最期を知る。念仏を唱える母親の前に梅若丸の幻（子方として舞台に出す元雅の演出に対して、世阿弥は出さないほうが効果的と考えていた〈『申楽談儀』〉）が現れ、手に抱こうとするが、見えつ隠れつするのみで、やがて東の空が白むのであった。典拠の指摘はいまだなく、しかし人身売買の横行した当時にあっては類似の実話も少なくなかったであろう。そういう人買い悲劇の典型として、この作品は記憶され、近世に入り、浄瑠璃・歌舞伎・舞踊・仮名草子・読本等、様々のジャンルにおいて、隅田川物と呼ばれる作品群を生み出した。その一方、墨田区梅柳山木母寺や埼玉県春日部市満蔵寺には梅若や妙亀（母親）の塚と縁起を伝え、父母の名に能〈班女〉を投影させ、梅若丸は日吉への申し子とするなど、伝説は膨張する。（西村聡）

〔参〕慶応義塾大学国文学研究会編『梅若縁起の研究と資料』（桜楓社、一九八八）、棚橋光男『古代と中世のはざまで』（北國新聞社、一九九七）

うらしませつわ【浦島説話】 「浦島太郎」という話は、「昔むかし浦島は助けた亀に連れられて……」という尋常小学唱歌や国定国語教科書などで多くの日本人に親しまれ、現在でも昔話や絵本として語り継がれ読み継がれている。この話が、子供たちに苛められている亀を助け、お礼に龍宮城に連れていってもらったという展開をとるようになったのは意外に新しく、明治二九年（一八九六）に発表された巌谷小波《いわやさざなみ》作の『浦島太郎』（『日本昔噺』第一八編）であり、唱歌も国定教科書もこの作品を元にしており、いわゆる口承の昔話ではなかったようである。

もちろん、浦島太郎を主人公とする話は古くから伝えられているが、時代やジャンルによって差異が大きく、文学史的な展開を追ってゆくだけでも興味深い問題がさまざまに見出せる。たとえば、恩返し（「報恩説話」）のモチーフをとるようになったのは中世に書かれた室町短編物語（いわゆる「御伽草子」）以降のことで、そこでは太郎が釣り上げた亀を自ら放生してやったと語られている。また、浦島太郎や乙姫、龍宮や玉手箱などといった馴染み深い名称が登場するのも、中世短編小説以降のことで、それ以前の浦島説話は我々の知っている話とはずいぶん違った内容で伝えられている。

現存する文献でもっとも古い浦島説話は『日本書紀』雄略天皇の巻に発端部分だけが記載されているが、その全容は『丹後国風土記』逸文によって知ることができる。雄略天皇の時代、丹後国の水江浦島子という人物が海で五色の亀を釣り、舟に置いて眠っていると美しい女に変身している。女は仙都の者だと名告り、島子を蓬萊山に誘う。仙女に連れられて蓬萊山に行った島子は仙女と三年間の結婚生活を過ごす。ところが故郷が恋しくなり帰りたいと言うと、女は決して開けるなというタブーを科して玉匣《たまくしげ》という箱を渡す。地上に戻った島子は人間の世界では三〇〇年以上もの時間が経過していたことを悟り驚愕し、我を忘れて玉匣を開くと、瞬間的に若々しい体は天空に飛びかけってしまった、というような内容で語られている。それは古代中国で流行した伝奇的な「神仙説話」の影響の濃い表現をもつもので、浦島子と仙境の女との恋物語として語られ、「異郷」と人間界との三年対三〇〇年という時間意識を鮮明にした古代にあっては非常に目新しい物語だったのである。しかも『丹後国風土記』逸文によれば、その内容は伊預部馬養《いよべのうまかい》という人物が書いた作品を元にしたものだとあり、浦島説話が「民間説話」として語り伝えられていたとみるには疑問点が大きい。その伊預部馬養という人物は七世紀後半の官人で、『律令』撰定や史書編纂に携わり、『懐風藻』に漢詩も伝えられる当代一級の知識人であった。雄略紀や『風土記』など奈良朝の浦島説話はこの人物によって書かれた神仙的な伝奇小説であった可能性が大きいと私は考えている。ただし、この見解には反論も根強く、丹後地方で語られていた民間伝承にその発生をみようとするのが現在の通説である。なお『万葉集』巻九に高橋虫麻呂の詠んだ叙事的な長歌と反歌（一七四〇～一）があり、そこでは亀が登場しないなど漢文体の浦島説話とは異質だが、神仙的な色彩が強いという点からみて馬養の作品を元に作歌したとみられる。

こうした漢文体の浦島子の物語は平安時代になっても

さまざまに書き継がれており、『続浦島子伝記』（一〇世紀初期）『本朝神仙伝』所収「浦島子伝」（一一世紀後半、大江匡房編）『扶桑略記』所収「浦島子伝」（一一世紀末）『古事談』所収「浦島子伝」（一三世紀初期）などがその代表的な作品である。内容は少しずつ違うが、神仙的な色彩の濃い内容をもち、仙女と浦島との恋と時間の差異を主題にして語られているという点では古代以来の浦島説話と共通している。また一二世紀以降になると、『俊頼髄脳』をはじめ『奥儀抄』『和歌童蒙抄』など歌論書に浦島説話が紹介されるようになる。それは仮名で書かれていることもあり、宮廷や貴族たちの間に浦島説話をより広く浸透させたらしい。また、丹後地方では浦島明神と呼ばれる神社が浦島子を祭り、人々の信仰を受けるようになる。これも、中央の浦島説話の流行と呼応するかたちで現れてきたものと考えられる。そして中世には、能や狂言として演じられることにもなり、先述の御伽草子とともに浦島説話をポピュラーな作品にしていった。⇩異郷・御伽草子・古事談・神仙説話・俊頼髄脳・風土記・報恩説話・本朝神仙伝・民間説話

（三浦佑之）

［参］重松明久『浦島子伝』（現代思潮社、一九八一）、三浦佑之『浦島太郎の文学史』（五柳書院、一九八九）、林晃平『浦島伝説の研究』（おうふう、二〇〇一）

うんめいろんじゃ【運命論者】 小説。［作者］国木田独歩（一八七一～一九〇八）。

［初出］『山比古』明治三六年（一九〇三）三月。

鎌倉の海浜で、聞き手である自分は、「運命論者」高橋信造の「不幸な運命」を聞かされた。信造の旧姓は大塚といい、父は判事だった。父の命で岡山の中学の寄宿舎から上京して私立の法律学校へ入学した。その時、再び両親と同居して、信造は父から自らの出生の秘密を聞く。信造は父の友人の子だったのである。養子であることを知った信造は、やがて弁護士として独立。横浜の地で知り合った里子と恋仲になり、結婚し、婿養子になる。しかし、里子の母親梅は信造の実母だった。異父同母の妹と結婚した信造は、自らの運命に苦悩する。

これまでの研究では伝記的な関心により、独歩出生の秘密と結びつけられて読まれることが多く、主人公高橋信造の出生の問題が作品の中心に置かれていた。しかし、兄妹相姦という素材に力点を移し、モーパッサンの「港」の翻訳との関連はすでに指摘されている。この同母兄妹という点に留意するならば、『古事記』などの記述にある異母兄妹婚の許容された例に対し、同母兄妹であった第一九代允恭天皇の皇太子軽太子と皇女軽大娘女との死を選ぶ悲恋が示すような禁忌の物語がそこに存在している。さらに、主人公信造と戸籍上次男となる大塚

（高橋の前の姓）夫妻の実子との関係は、継子譚のひとつのバリエーションになる。信造の回想による結婚前までの話は、継子譚的緊張を与えるものである。それが、近代的な立身出世の物語に転じ、さらに、近親婚禁忌の物語の色合を持つようになるのである。（江藤茂博）

えいゆうせつわ【英雄説話】

戦後直後、日本の古代に「英雄時代」が存在したか否かをめぐる議論があった。歴史学的な論争自体は、「英雄」のイメージがギリシャ神話などの勇者を前提としていたために、それほど実りはなかったが、その議論のなかから、実態としての英雄ではなく、「英雄」がどのように説話として語られるかという問題が提起されてきた。その後さらに、構造主義的な説話分析によって「英雄説話」の特質が見えてきた。すなわち、英雄とされる存在と、その対立者となる怪物、魔物、異人との間の構造的な類縁関係の分析である。たとえば、ヲロチを退治したスサノヲは、クシナダヒメを救いだし、土地の王として迎えられる「英雄」であったが、彼はまた高天原の秩序を乱し、そこから追放された悪神でもあった。英雄とは、彼の出自・過去、もう一つの彼の否定として怪物・妖怪・異人を退治することで、社会に迎えられて「英雄」となる（小松和彦）のである。

こうした英雄説話の構造は、たんに古代に限定されず、たとえば御伽草子の「酒呑童子」や「弁慶物語」などにも見出される。酒呑童子は大蛇を父とした異常児だが、彼を退治する頼光以下の英雄たちの出自にも、異類結婚によって生まれた異常誕生の子供としての形跡が見られる。一方義経の家臣である弁慶は英雄の典型であるが、「弁慶物語」のなかの彼は「鬼の子」として山中に捨てられる異常児であった。それは酒呑童子とも通じる姿でもある。

さらに英雄説話には、征服／服属といった問題がつきまとう。しかしそこに見られるのは、征服された側が、征服者を、あたかも自分たちにとっての「英雄」として語る逆説的な構造である。たとえば田村麻呂説話は、関東・東北一帯の寺社の縁起譚と結びついて語られるが、土地の寺社の建立と関わる田村麻呂とは、じつは自分たちの土地にたいする征服者でもあった。それは、土地の荒ぶる悪霊・鬼神などを退治してくれる田村麻呂が、毘沙門天や観音の加護を得ているとともに、彼自身のなかに「荒ぶる神」としての属性が備わっていることに繋がる。英雄による征服が、同時に、その征服されたモノたちへの鎮魂として反転する仕組みである。また英雄説話（英雄語り）が、漂泊・流浪の芸能者たちに伝承された構造も見過ごせない。

英雄説話のもつ鎮魂性は、古代英雄の代表ともいえるヤマトタケル命の説話にもっとも顕著だ。古代王権は征服してきた国々を内部に抱えることで成りたつが、その亡ぼされた側を亡ぼす側の英雄・ヤマトタケルの悲劇的な死として鎮魂するという構造である。ここには「英雄」が、じつは国家の秩序を支えつつ、そこから疎外される存在であることが見えてくる。（斎藤英喜）

〔参〕小松和彦『神々の精神史』〈講談社学術文庫〉一九九七）、古橋信孝『神話・物語の文芸史』（ぺりかん社、一九九二）、兵藤裕己『語り物序説』（有精堂、一九八五）

えとき【絵解き】　壁画や屏風絵、掛幅、絵巻物などの絵の内容を説明すること。絵解き者を指すこともある。絵に対して、我々は特別に親しみを感じるが、その絵が物語性を有すると、殊に興味と関心が深まり、その絵の説明を欲するであろう。絵解きはこのような人間的で自然な欲求に基づいている。

絵解き者が寺社の外に出て、不特定多数の人々を相手に絵解きするようになると、その行動範囲の広さ、あらゆる階層の人々への接近、絵をもって物語るという方法の分かり易さ、語り口の卑近平明などによって、他に類をみない大きな影響力を発揮した。そのありようは、音楽的要素を加えて、現今の視聴覚教育の趣がある。

大陸において、早くから絵解きがなされていたことは、敦煌発現の資料によっても明らかにせられたが、昭君変・降魔変・目連変・王陵変・地獄変などの絵解きが行われていたらしい。近年は、チベット、インド、インドネシア、イランにおける絵解きも報告されている。

敦煌においては、浄土変が圧倒的に多く存し、地獄変は少ないが、わが国においては、逆に、凄惨な地獄変の遺品が多く、地獄は（極楽）浄土よりもはるかに具体的に、鮮明に、人々の脳裏に刻印されていたのである。絵解きにおいても、まず第一に注目すべきは、地獄絵の絵解きである。

院政期から鎌倉期にかけては、造寺造仏が盛んに行われ、経典や教理に基づく説話画はもとより、祖師伝、高僧伝、寺社の縁起や由来、霊験説話などが描かれただけでなく、物語や世俗説話的な内容のものも絵画化せられた。説話と説話画の爆発的な開花盛行は、必然的に、これに伴う絵解きを流行せしめた。特に、太子伝絵の絵解きについては、数多くの資料が遺存している。

わが国における絵解きの現存最古の記録は、『李部王記』延長九年（九三一）九月二〇日条に見える釈迦八相図の絵解きとされている。また、藤原頼長（一一二〇～一一五六）の日乗『台記』には、四天王寺における太子伝絵の絵解きの記事が見え、「禄を説絵僧に賜ふ」「僧をして絵を説かしむ」（原漢文）などとある。『天王寺旧記』もしばしば絵解きせられたことを記すが、『南都巡礼記』（『建久御巡礼記』）によれば、日没のために、法隆寺絵殿の絵解きを中止したという。

中世においても絵解きが盛行したことは『玉蘂』や『民経卿記』、『看聞御記』、『大乗院寺社雑事記』、『三十二番職人歌合』、一休『自戒集』、『御湯殿の上の日記』、『実隆公記』、『後法興院記』などの諸書によって知られる。近世には熊野比丘尼や歌比丘尼、立山曼荼羅を持ち歩いた立山衆徒の絵解きが著名である。

中世以降、下級の僧侶や俗人の絵解き者によって、寺院の内外で、不特定多数を相手に行われるようになる。彼らは『三十二番職人歌合』にあるように「いやしき身、しな同じきもの」と言われていたが、その宗教的信念と情熱、影響力の大きさは注目すべきものが存した。太子伝絵や地獄絵の絵解きは、現在なおいくつかの寺院で行われており、近年結成せられた「絵解き研究会」によって、漸次、報告されている。

絵解きの実際の口吻を伝える資料は、その性格上、殆どないが、西行『聞書集』中の連作「地獄ゑを見て」の詞書は、地獄絵解きの口吻を伝える最古の文献かも知れない。降って、近世の『私可多咄』や『主馬判官盛久』、『一心女雷師』、『立山手引草』などにも実際の絵解きの口吻を窺わせる箇所がある。

絵解きをする際、決まり切った絵の内容を説明する特別の工夫はなく、勢いタレント風になり易かったが、決まり切った内容を補うために「或いは因縁を雑《まじ》へ序《の》べ、或いは譬喩を傍《かたが》た引く」（『高僧伝』巻一三。原漢文）とあるように、譬喩・因縁をおもしろおかしく語る傾向が存し、説話は変容し易かったのである。近年は絵解き台本の紹介が次々になされており、絵解き台本と現行の絵解きの科白《せりふ》との異同、変容を研究することも可能である。　（石破洋）

〔参〕秋山光和『平安時代世俗画の研究』（吉川弘文館、一九六四）、川口久雄『絵解きの世界—敦煌からの影—』（明治書院、一九八一）、林雅彦『日本の絵解き—資料と研究—』（三弥井書店、一九八二）、萩原龍夫『巫女と仏教史—熊野比丘尼の使命と展開—』（吉川弘文館、一九八三）、林雅彦ほか編『絵解き台本集』（三弥井書店、一九八三）、一冊の講座『絵解き』（有精堂、一九八五）、林雅彦ほか『絵解き—資料と研究—』（三弥井書店、一九八九）、赤井達郎『絵解きの系譜』（教育社、一九八九）、徳田和夫『絵語りと物語り』（平凡社、一九九〇）、バーバラ・ルーシュ『もう一つの中世像』（思文閣出版、一九九一）、「特集・絵解き」（『国文学解釈と鑑賞』一九八一・一一）、「特集・地獄、極楽の文芸」（『国文学解釈と鑑賞』一九九〇・八）、西山克「地獄を絵解く」（網野善彦編『中世を考える 職人と芸能』吉川弘文館、一九九四）、『絵解き研究』（絵解き研究会、一九八三・一一〜）。

えまきとせつわ【絵巻と説話】　古代末、院政期から鎌倉期（一二世紀から一四世紀前半）まで、およそ二百数十年間は、説話と説話画が爆発的に開花盛行した時代である。殊に、入末法の年とされた永承七年（一〇五二）を中心として、造寺造仏が一段と盛んになり、法会の流行をみる。寺院は壁画や扉絵、掛幅絵等によって荘厳せられ、多くの祖師伝絵や縁起絵巻が制作せられた。宗教、就中、仏教界におけるこのような動きと並行して、この時期、『今昔物語集』をはじめとする説話集が陸続と編まれ、現存する作品だけでも数十種に達する。正に、絵画と文学との出会いはその機が熟し、この時代に数多くの絵巻が描かれたのである。

絵巻（絵巻物とも）は、古くは何々絵のごとく呼ばれていた。例えば、『長秋記』元永二年（一一一九）一一月二七日条に「源氏絵」とある。巻子本形態の画巻であるが、狭義にはわが国の作品であって、物語・説話・伝記・寺社縁起・神仏霊験譚・年中行事その他を描いた大和絵の巻物（白描のものもある）を指し、大陸制作のそれを画巻、図巻と呼んで区別する。現存する主な絵巻だけでも百数十種、六〇〇巻を超え、説話絵巻と称される作品もその数が多い。ただし、説話はその長短はともかく、諸種の絵巻に含まれており、説話絵巻の範囲を狭く考えることは有効でない。絵巻は詞書と絵とが交互に配置される形が圧倒的多数であるが、絵のみ存し、詞書を伴わない作品もあり、中には詞書だけ別に存したと考えられるものもある。

絵巻は左手で巻物を展げ、右手で巻き込むにつれて、次々に新しい画面が展開する。この方式に最もふさわしいのは説話絵巻である。女絵の代表的絵巻である『源氏物語絵巻』は、画面が孤立し、閉鎖的であるが、説話絵巻は甚だ動的で、その内容が変化に富み、意外性に満ちた説話の展開は、絵巻形式によく適合するものであった。説話絵巻の中にも、『一遍聖絵』のように、詞書を集めれば一つの説話文学として味わうことができるものもあり（この場合は詞書が先に成立していることになる）、詞書を集めても説話の展開をたどりえないものもある。『浦島明神縁起』のように、詞書が存しない遺品もある。『浄土五祖絵伝』は画中の色紙形に詞書を有し、『華厳縁起』には、人物の言葉が画中に書き込まれる。絵と文字との出会いの仕方は甚だ多様で変化に富んでおり、一様でない。文章の上では省略されたり、朧化された表現も、絵に描く以上、細部まで具体化せざるをえないし、夜の場面だからといって、画面を黒く塗りつぶすわけにいかないことは勿論である。詞書が漢文体の『粉河寺縁起』で、夜の出来事を昼間に変えているような変容は起こり易い。

また、年次や人物名、和歌や漢詩、会話問答など、絵にできないものは詞書の助けを借りることになる。『源氏物語絵巻』には、詞書の中に歌を含むものが全一九段中一一段、半ば以上あり、その中に歌問答の形が五ヶ所みられる。『粉河寺縁起』には問答の詞が多く、『直幹申文絵巻』の詞書の中に、『本朝文粋』所収の申文の一節が書き込まれ、『掃墨絵巻』には登場人物の心中語が画中に記されるなど、絵と文字とが補完し合っている様子が知れる。

よく知られているように、敦煌本降魔変画巻には、その裏に絵を説明する詞が書かれており、画巻が絵解きせられたことが明らかであるが、わが国にはこのような遺品は現存しない。しかしながら、『源氏物語絵巻』東屋の段に見られるように、絵を見つつ、耳で物語を聴くという鑑賞方法が存したし、壁画や掛幅のみならず、絵巻を用いて絵解きがなされている。『道成寺縁起』などはその例であるが、いずれにしても、絵巻の形態から見て、限られた人数にしか有効ではなかったであろう。現存の説話絵巻の中で、比較的早い時期に制作せられたものに、『信貴山縁起』・『粉河寺縁起』・『伴大納言絵巻』・『吉備大臣入唐絵巻』の四大説話絵巻がある。男絵の『信貴山縁起』は女絵の『源氏物語絵巻』と共に、わが国絵巻の双璧とされる。信貴山の命蓮説話は『今昔物語集』・『古本説話集』・『宇治拾遺物語』など多くの説話集に収載されているが、絵巻は詞書が簡潔で絵は長大である。例えば、「飛倉の巻」では、説話が「人々みの、しり、あざみさはぎあひたり」とだけ記すところ、絵巻は大いに紙幅をさき、また、山崎長者の贅沢な邸内など、説話では知りえないところを描きたし、「尼公の巻」では、姉弟のこまやかな肉親の情の表現に努力し、あるいは、宝輪や車輪のスポークを多数描き、濃淡をつけて、勢いよく回転するさまを工夫し、僧や犬の口先にすじを施して、音声を表そうと試みる。このようにして、絵画と文学とが互いに補完し合い、融合し、一体となって、語りかける絵巻たりえている。

加えて、話のテンポに従って、巻き込む速度を変えたり、絵解きの口吻を工夫したりもできたから、より一層立体的となり、文章になじめない衆庶にも訴えかける力が大きかったことであろう。

『伴大納言絵巻』は『信貴山縁起』以上に詞書を超えており、例えば、説話が「応天門やけぬ」と記すところ、六メートル余の大画面を作っている。これらの詞書をもとの説話と比較してみると、明らかに絵との併存を予定して絵巻形式にふさわしい創造的な構成を完成していることが分かる。詞書の書としての美しさも加わり、絵と文字との出会いがたどりついた一つの頂点を示しており、わが国独特の絵巻が説話を語りかける姿を示している。

このようにして、海彼の画巻形式は、わが国において独特の展開を見せ、絵と文学、就中、説話文学との幸運な出会いと融合は、新鮮な総合芸術を開拓したが、説話と説話文学の研究の上でも、敦煌変文を中心とする大陸の資料や絵解きとの関係、典拠資料や詞書の本文資料的研究、絵を伴うことによって説話が民衆社会へ飛躍的に拡大していった多大の影響のあとづけ、動的な説話文学の衰退が絵画を静止させることとなり、絵巻はその発展を止めてしまい、御伽草子や奈良絵本、草双紙へと移行する文学史的な系譜の研究など、今後に俟つべきところが多い。　（石破洋）

〔参〕　溝口禎次郎ほか監輯『日本絵巻物集成』（雄山閣、一九二九～三二）、梅津次郎・岡見正雄編『日本絵巻物全集』（角川書店、一九五六～六九）、小松茂美編『日本絵巻大成』（中央公論社、一九七七～七九）、小松茂美編『日本の絵巻』（中央公論社、一九八七～八八）、吉田精一・白畑よし監修『太陽古典と絵巻シリーズ』（第二巻が「説話絵巻」平凡社、一九七九）、益田勝実『説話文学と絵巻』（三一書房、一九六〇）、武者小路穣『絵巻―プレパラートにのせた中世―』（美術出版社、一九六三）、片野達郎『日本文芸と絵画の相関性の研究』（笠間書院、一九七五）、若杉準治編『絵巻物の鑑賞基礎知識』（至文堂、一九九五）、梅津次郎監修『角川絵巻物総覧』（角川書店、一九九五）、若杉準治『美術館へ行こう絵巻を読み解く』（新潮社、一九九八）、「特集・絵巻と文学」（『文学』一九七四・三）、「特集・絵巻物入門」（『国語科通信』三七、一九七八）

えんぎ【縁起】　神社仏閣の創設や沿革、その霊験などを説く文書や詞章。古代から中世、近世までにわたって様々な形が見られる。最古とされるのは『元興寺伽藍縁起』である。本縁起は『日本書紀』の編纂資料にも使われたらしいが、現存テキストは、奈良時代末の成立と推定される。南都七大寺の一つである元興寺の建立が、初期仏教伝来の経緯とも関わるところ、推古天皇、聖徳太子の誓願など興味深い内容をもつ。古代縁起は他に『大安寺伽藍縁起』『法隆寺伽藍縁起』がある。古代縁起の成立は、諸国の寺院の創設の際に、律令国家の仏教統制にともなって、僧尼の名籍とともに「縁起」が添えられて上奏された、一種の公文書にあったらしい。しかしそのなかに、すでに説話的な要素が含まれたことは、たとえば『大安寺伽藍縁起』に、落成した九重塔を地主神の子部明神が怒って雷撃焼失させたという話を載せていること、その話が『三宝絵詞』や『今昔物語集』にも伝えられているところに見ることができる。また雷神の子部明神は、『日本霊異記』の有名な小子部のスガルが雷神を捕えた話とも関わって注目される。

古代縁起と中世的な縁起との過渡期のものとして『粉河寺縁起』がある。大伴孔子古が本寺を開創したという由来の前半は、正暦二年（九九一）の太政官符にも略記され、それが古代縁起の系譜にあること、一方、本寺に関わる僧俗の事蹟や霊異譚で構成されている後半は、霊験記・奇瑞譚・応報譚・高僧伝などの系譜に連なるところである。本書の後半部分が独立し、拡大していくと、特定の寺院の縁日や法会のときに集まってくる信徒や檀越にむけて、寺の霊験や効験を説く形が生まれてくる。中世の「霊験縁起」と呼ばれるものだ。奈良生駒山の信貴山寺に関わる『信貴山縁起』（一二世紀後半成立）はその典型といえる。ここでは寺院の建立縁起であるよりも、一〇世紀初期に本寺を再興したという修行僧・命蓮の一連の奇蹟譚がメインとなる。命蓮が秘法を使って鉢を飛ばし長者の倉を山の上に運ぶ話は有名である。同内容の説話は『古本説話集』や『宇治拾遺物語』にも見ることができ、かなり広く流布したことがわかる。

『信貴山縁起』でもう一つ特徴的なのは、絵巻の形をもつところである。こうした縁起絵巻は、寺社の縁日や祭日に人々のまえで展覧され、また解説される。すなわち「絵解き」である。絵解きのスタイルをもつ縁起には『善光寺縁起』『当麻寺縁起』などがあるが、もっとも有名なのは紀州の『道成寺縁起』であろう。安珍・清姫のよく知られている物語は、現在も絵巻を使って絵解き説法の形で語られている。そこには独特な話芸が成立し、また説法が行われる境内や門前には様々な商いがたち、説話の語られる場がいかなるものかを想像させてくれる。「絵解き」の実態は、近年の説話研究では無視しえない重要な問題である。一方、『道成寺縁起』の説話は、固有な寺院縁起の枠をこえて、謡曲の『道成寺』、御伽草子の『磯崎』、さらに民間に伝承された踊り歌や山伏神楽の詞章へと、きわめて多彩な展開を見せている。清姫と安珍の話がいかに人々に好まれたかをあらわすとともに、寺院の外にむけて説話を流布させていった民間宗教者の姿が想像できる。

寺社縁起の展開を考えるうえで見過ごせないのは、中世期のいわゆる神仏習合思想の問題である。神社の縁起は、じつにこの習合思想によって開花したといってもよい。たとえば日本全国に四千あまりの分社をもつという諏訪神社の縁起。『諏訪縁起』は大きく二つの種類がある。一つは上社系諏訪氏の円忠による『諏訪大明神絵詞』である。祭神のタケミナカタが諏訪に土着した由来から、武神としての諏訪神が活躍する歴史的な記事、諏訪神社の年中祭祀・行事の次第を描いた祭絵、また諏訪神が八幡大菩薩・住吉神と同体とする中世神道説が見られるなど、興味深い内容をもつ。もう一方は、『神道集』に収録された甲賀三郎を主人公とする「諏訪縁起事」である。それは諏方系と兼家系とに分類されるが、こちらは怪物退治・春日姫をめぐる兄弟の争い・地底巡り・蛇体での再生など、説話としての展開が際立ち、また御伽草子『諏訪の本地』など本地物として流布されている。こうした神社縁起としては他に『熊野縁起』があるが、それらは説話研究のうえで、はかり知れない広がりと魅力をもっていることはたしかだ。　（斎藤英喜）

〔参〕桜井徳太郎「縁起の類型と展開」（〈日本思想大系〉『寺社縁起』岩波書店、一九七五）、「特集・寺社縁起の世界」（『国文学解釈と鑑賞』一九八二・三）

えんせきざつし【燕石雑志】　随筆。五巻六冊。〔作者〕滝沢馬琴（一七六七～一八四八）。〔成立〕文化七年（一八一〇）刊。

日常卑近な事物や様々な伝説、俗信、江戸市中の古蹟などについて考証を加えたもの。巻末に添えられた和漢計二三八部の引用書目を駆使して、広く典拠を探っているが、やや牽強附会の感なしとしないが、そこにこそ馬琴らしさが現れているといえなくもない。

主なものについて列挙すれば、「日の神」「更鐘《ときのかね》」「丙午《ひのえうま》」「早馗大臣《さうきだいじん》」「恠刀祢《けとね》（狐の怪異について記したもの）」「物の名」（以上巻一）、「古歌の訛《なまり》」「人口膾炙の謌《うた》」「逃水」「夕立」「匂の花」「鬼神論」（巻二）、「鬼神余論」「蟬丸」「悪禅師」「八幡太郎」「浅草の事実」「地名の訛謬《なまり》」「わがをる町」（巻三）、巻四では「関東方言」「団頭《だんとう》」「藪入《やぶいり》」「猿蟹合戦《さるかにがっせん》」「桃太郎」「舌切雀」「花咲翁（花咲爺）」「兎の大手柄（かちかち山）」「猕猴《さる》の生胆《なまきも》（海月骨なし）」「浦島之子（浦島太郎）」「昔より童蒙のすなる物語」として記されたこれら七種の「童話《むかしばなし》」にはそれぞれあら筋が記され、原話・原拠となるべき先行文献を探り、寓意を読み取ろうとしている。巻五上は「俗咒方《ぞくじゆほう》（様々なおまじないについて記したもの）」「田之怪《たぬけ》（狸の怪異）」「奇異」「県神子《あがたみこ》」「塞翁馬」「西鶴（井原西鶴の評伝）」「実話教」「天禄獣」「伊豆の海」が、巻五下では「六郷の橋」「情死」以下本文に洩れた事柄の追考・再論を付加している。　（矢野公和）

〔参〕『日本随筆大成』第二期19（吉川弘文館、一九七五）、『骨董集・燕石雑志・用捨箱』（〈有朋堂文庫〉有朋堂書店、一九一五）

えんのおづぬ【役小角】　修験道の開祖。七世紀後半の呪術者。大和国葛城を根拠地として活動した。役の行者、役の優婆塞とも。俗姓は賀茂役君、後の高賀茂朝臣。「えんの」は「えの」の音便である。「役は使役の意で、役民を指し、役民の長たりし氏」と言う。

『日本霊異記』（上巻二八）が初めて纏まった形で伝記を記す。同書に次のようにある。役の小角（優婆塞）は、巌窟に居り葛を被て松を餌み、孔雀明王の呪法を修め奇異しき験術を体得した。鬼神等を使い金峰・葛木の二山間に岩橋を渡させた。これを憂えた葛木の一言主神は、小角が「謀して天皇を傾けむとす」と託宣した。この讒言に従い、天皇は、母を捕らえる策を用いて小角を伊豆の島に流刑させた。しかし、小角は、昼は皇命どおり島にいても、夜には鳳のように飛んで駿河の富士の嶺に行っては修行したという。三年後の大宝元年（七〇一）赦されて帰京した。のちには仙となり天に飛んだと伝える。

また、道照法師が新羅の山中で、五百の虎に法華経を講じている時に、小角が現れたともいう。小角の命に背いた一言主神は呪縛され「今の世」に至るまで解脱できないとも伝える。

密教の法、孔雀明王の呪法を修めた役小角が、賀茂氏の在来の神である一言主神の神に勝る事を述べる説話である。

また、金峰山の蔵王菩薩は、小角が祈って出現させたと『今昔物語集』（巻一一、三）は記す。金峰山寺は後に修験道の本山となった。小角が修験道の開祖とされる由来を示す話である。

『沙石集』『三宝絵詞』などにも小角の記事がある。

（清水章雄）

〔参〕西郷信綱「役行者考」（『神話と国家』、平凡社、一九七七）、多田一臣「氏族伝承の変貌」（『伝承と変容』武蔵野書院、一九八〇）、銭谷武平『行役者伝記集成』（東方出版、一九九四）、石川知彦・小澤弘編『図説役行者』（河出書房新社、二〇〇〇）、宮家準『役行者と修験道の歴史』（吉川弘文館、二〇〇〇）、坪内逍遙「役の行者」（〈岩波文庫・復刊〉二〇〇一）

おうじょうようしゅう【往生要集】　仏書。三巻。［作者］源信（通称恵心僧都、九四二～一〇一七）。［成立］永観二年（九八四）一一月に起稿、翌年四月擱筆。

わが国最初の体系的な念仏往生の指導書。序では、「濁世末代」に生きる者には極楽往生のための教行が最重要事であり、「予が如き頑魯の者」には「念仏の一門」こそもっともふさわしく、念仏に限定して経・論から肝要な文章を集めた、と執筆意図を闡明する。いわゆる綱要書であり、依用した経・論は一六〇余種に及ぶ。全十門（章）構成。

まず六道三界の苦の世界と極楽の諸相を並列して描いて読者に二者択一を迫り、次にその極楽におもむくための最有効な手段たる念仏に関し詳説する。世に名高い八大地獄と十六別処の状況描写も『正法念処経』他を依用するが、地獄のイメージを集大成することで、観念としての地獄に実在感を与えたのは独創的。本書により日本人の他界観は一変した。念仏については、阿弥陀仏を心眼で見る観想念仏を正統とし、その能力の乏しい者には称名念仏を説き、臨終時の念仏を重視してその作法を示す。本書が後世の浄土信仰・文学・美術に与えた影響は多大。『栄花物語』、西行の『聞書集』の「地獄絵を見て」と題する和歌連作、寂蓮の釈教歌四首（『新古今集』）、定家の『拾遺愚草』の「寄法文恋五首」、『発心集』『宇治拾遺物語』『平家物語』『太平記』、謡曲等々に摂取されている。石田瑞麿・梅原猛の言及が多い。⇩宇治拾遺物語・源信・平家物語・発心集　（青山克彌）

〔参〕中村元『往生要集』〈古典を読む〉五、岩波書店、一九八三）

おおえのさだもと【大江定基】　平安時代の僧。?～長元七年（一〇三四）。『続本朝往生伝』等によれば斉光の子で、紀伝道を修めて文章生となり、文章に秀でたが、愛妻の死に際して、葬送するにしのびず、死体の変容する様を見るうち、ついに無常を観じて出家を遂げた。寂心《じゃくしん》（慶滋保胤《よししげやすたね》）を師とし、法名を寂照《じゃくしょう》と称したが、在俗時に三河守であったので〈三河の聖〉〈三河の入道〉等とも呼ばれた。寂心の死後、宋に渡り、彼の地で仏道を修し、三二年をすごして長元七年杭州で没した。

発心のきっかけとなった妻について、『今昔物語集』巻一九、『宇治拾遺物語』、『今鏡』昔語《むかしがたり》、『発心集』巻二は先妻を去って娶ったとし、定基が出家後に乞食となって先妻のもとを訪れたことを記す。また前二書は、恋慕の思いに耐えず死骸の口を吸ったところ悪臭がしたので発心したとする。これとは別に、『今昔物語集』巻二四、『十訓抄』第一〇、『古今著聞集』第五などは、愛妻死後の失意の定基のもとに鏡を行商する女が現れ、その鏡の包み紙に、〈今日のみと見るに涙のます鏡なれし影を人に語るな〉とあるのを見て発心したとする。一方、渡宋後、高徳をもって彼の地の人びとを驚かせ、詩一句と歌一首を詠じて往生したことは、『続本朝往生伝』ほかの諸書に記す。⇩宇治拾遺物語・古今著聞集・十訓抄・発心集　（山本一）

おおえのまさふさ【大江匡房】　平安時代後期に生きた〈文人貴族〉。長久二年～天永二年（一〇四一～一一一一）。四歳で読書始め、八歳で『史記』『漢書』に通じ、一一歳で詩を賦して、神童と称された（『暮年詩記』。『江談抄』第五にも自賛記事がある）。官途不遇の折は出家も考えたが、後、東宮学士を三度勤め、白河・堀河・鳥羽三代の侍読として活躍、江家の学儒として異例の中納言昇進、大宰府（権帥）より帰って正二位、最晩年には大蔵卿に任ぜられた。諸道兼学の百科全書家の傾向をもった院政期官僚であり、一代の碩学鴻儒であるとの評価は高い。

著述は多岐に亙る。説話・唱導文学関係では、神仙への傾斜を示した『本朝神仙伝』、往生人の行業を記す『続本朝往生伝』、匡房晩年の言談の風景を伝える『江談抄』、漢文体の著作には、遊女の習俗を写した『遊女記』、田楽に熱中する都人を描いた『洛陽田楽記』など、ほかにも『江都督納言願文集』等の願文、表白の類、儀式典礼についての『江家次第』などの著がある。〈文人貴族〉の存在証明たる「文章経国思想」は、一〇世紀半ばには空洞化していたが、これら多方面の著述は、匡房の〈文人〉意識を基盤に持つ。匡房は、藤原明衡と並ぶ平安後期漢文学史上の重要人物。勅撰歌人でもあり、家集に『江師集』を持つ。また匡房螢惑精説があり、他に『著聞集』『十訓抄』等に記事が載る。（下西善三郎）

〔参〕井口久雄『大江匡房』（吉川弘文館、一九六八）、小原仁『文人貴族の系譜』（吉川弘文館、一九八七）、深沢徹『中世神話の煉丹術―大江匡房とその時代』（人文書院、一九九四）

おおおかせいだん【大岡政談】 実録体小説。名奉行として世に知られた江戸町奉行大岡越前守忠相の活躍を描いたもの。しかし、すでに指摘されているように彼の奉行着任期間（一七一七～一七三六）・転職・死期等以外はほとんど彼が実際に担当した事実はない。多くは先行書や巷談または他人の担当した記録を、彼に托して脚色したものである。大岡政談というのは書名ではなく、『大岡政要実録』『大岡名誉政談』『大岡美談』他の多くの大岡ものの総称である。

内容では「村井長庵」「安間小金次」「畔倉重四郎」「越後伝吉」「後藤半四郎」「天一坊」「喜川主税」「白子屋お熊」「鈴川源十郎」「煙草屋喜八」などが大作として有名であるが、忠相が実際に裁いたのは白子屋一件のみである。中でも有名な「天一坊」は、実際にあった事件だが、担当は稲生下野守であった。時代とともに内容が増殖、発展していったのは、主に講釈師や小説家の手によるものである。天保期（一八三〇～一八四四）には大小あわせて一〇〇近くの話にまでなっている。

典拠となった本は、古くは『棠陰比事物語』（慶安四年［一六五一］）『板倉政要』『本朝桜陰比事』（元禄二年［一六八九］）『日本桃陰比事』（宝永六年［一七〇九］）などの仮名草子・浮世草子があり、近くは『翁草』『近代公実厳秘録』、馬琴の『青砥藤綱模稜案』（文化九年［一八一二］）などがある。大岡政談ものは、小説、講談、落語、歌舞伎等の題材となって江戸中期以降現代にいたるまで庶民に絶大な人気を博してきた。（上田渡）

おおくにぬし【大国主】 古代神話の代表的地霊神。記紀、『風土記』に現れる。大物主、大穴牟遅、葦原色許男、八千矛、宇都志国玉とも言う。多くの名を持つ事から知られるとおり、多様な神格を統合した神である（それは多様な神の話が大国主の名で語られるようになった神話が習合される過程を示している）。須佐之男命の五世の孫。天之冬衣神と刺国若比売の子。

『古事記』は冒頭に、大国主には、兄弟八十神がいたが、「皆国は大国主神に避りき」とし、以下にさまざまな名による話を記す。

①［大穴牟遅（地霊神、火山神とも）］稲羽の八上比売の妻まぎ・受難・根の国訪問の話。大国主は、八上比売を求婚しに行く途中、赤裸の白兎（巫女の神使い）に出会った。「蒲の花を用いよ」と教えて白兎を救ったので、八上比売を得るとの神託を得た。伯耆の国では大石に焼き殺されたが、母ノ乳汁により再生することができた。根の堅州国に行き須佐之男命の娘、須勢理毗売と結婚した。蛇の室、蜈蚣と蜂の室、野火、蜈蚣の虱取りなどの試練を経て根の国から帰還し、ついに王となった。これは王の即位式の起源を語る神話で、成年式の試練がこの話の想像力のもとになるとする考えもあるが、地霊の力を身につけた者が、葦原中国の支配者となることを語る神話である。

②［八千矛（矛の神格化）］越の沼河比売の妻まぎ。歌謡の贈答唱和により構成されている。聖婚の歌物語である。

③［大国主（偉大な国土の王）］少名毘古那との葦原の中つ国の国作りの話。国土の創造神としての話。『播磨風土記』の二神による国土の創造もこの系統の話である。

④［大国主］葦原の中つ国を天津神に国譲りする話。高天原から派遣された建甕槌神に服従し、出雲大社に祭られた。（清水章雄）

［参］益田勝美『火山列島の思想』（筑摩書房、一九六八）、高木敏雄『増訂日本神話伝説の研究1』（〈東洋文庫〉平凡社、一九七三）、石母田正『日本古代国家論 第二部』（岩波書店、一九七三）、西郷信綱『古事記注釈』第2巻（平凡社、一九七六）、講座日本の神話編集部編『出雲神話』（〈講座日本の神話〉有精堂、一九七六）

おきく【お菊】 江戸及び各地方に伝播する皿屋敷伝説、歌舞伎・浄瑠璃・小説・舌耕文芸等の皿屋敷物の主人公。

皿屋敷伝説は、近世の文献では雲州松江、播州姫路、江戸の番町・牛込等のこととし、『日本伝説名彙』は高知・福岡・長崎各県の例を拾う。宝暦八年（一七五八）成立の馬場文耕の実録『新撰皿屋敷弁疑録』では江戸番町の話とし、①主人が下女お菊を虐待②お菊は、皿一〇枚の内一枚を割って指を切られ、古井戸に投身、亡霊となる③高僧による亡霊解脱、の三モチーフ構成。これは皿屋敷伝説の集大成的な形態で、三者揃わないのが伝説の通例。人名・場所もゆれ動く。延宝四年（一六七六）刊の『俳諧類選集』で「菊」の付合いに「皿」とあるのが、版本の類ではもっとも早い例である。延宝五年刊の『諸国百物語』所収話がこれに次ぎ名はお菊、②で皿割りの代わりに主人の飯に針を落とし、③のみを欠く。元禄二年（一六八九）刊の『本朝故事因縁集』では皿割り、①のみを欠く。②の皿割り型と非皿割り型亡霊譚は伝承経路を異にし、近世社会の暗部を反映して①が付加され、皿割り型は廻国僧等によって伝承されて③を伴ったか。皿屋敷伝説の淵源を昔話の「皿々山」譚に求める説もある。ごく早い劇化に享保五年（一七二〇）の歌舞伎『播州評判錦皿九枚館』、寛保元年（一七四一）初演の浄瑠璃『播州皿屋舗』があり、以後劇化では名も「お菊」に固定。お菊虫出現は寛政期（『雲錦随筆』）。地方の伝説にも「お菊」が多いのは劇化の影響か。大正五年（一九一六）初演の岡本綺堂作『番町皿屋敷』は新歌舞伎の名作として世評高く、今日のお菊のイメージは、ほぼこれに拠る。（青山克彌）

〔参〕諏訪春雄『江戸その芸能と文学』（毎日新聞社、一九七六）、同『日本の幽霊』（岩波書店、一九八八）

おくじょうるり【奥浄瑠璃】 宮城県を中心として東北地方に伝えられてきた浄瑠璃の一種。御国浄瑠璃、仙台浄瑠璃ともいう。現在これを語る人は皆無に近い状態で、語り物としては過去のものになりつつある。芭蕉が塩釜を訪れたときの記に「盲目法師の琵琶を鳴らして、奥浄瑠璃と云ふものを語る。平家にもあらず、舞にもあらず。鄙びたる調子うち上げて、枕近うかしましけれ」（『奥の細道』）とある。中世末期の古浄瑠璃の系統がこの地に入ってきて、ザトノボウ・ボサマと呼ばれる盲僧によって語られたとされる。初めは琵琶を伴奏にしたが、扇拍子でも行われ、宝暦（一七五一～一七六四）頃からは三味線が主流となる一方で、一部胡弓も用いられたという。曲目は現在七〇を越える数が知られているが、若月保治は四分類に整理し、古浄瑠璃物として「竹生島の本地」「梵天国」など、判官物として「尼公物語」「烏帽子折」他、地方的特有な物として「田村三代記」「迫合戦」他、近松関係物として「宇治川」他などをあげている。阿部幹男は近松物に代わって本地物を設け、曲目の移動を行いながら新たな分類を試みている。しかしここに数曲あげたのでもわかる通り、説経・古浄瑠璃・幸若などと関係深いものが多い。事実、文化年間（一八〇四～一八一四）まで江戸の絵草紙屋から古浄瑠璃正本として多数送ったことが『用捨箱』に記される。晴眼者も利用したと思われるし、まずは奥浄瑠璃の範疇を明らかにする必要があろう。（花部英雄）

〔参〕成田守『奥浄瑠璃の研究』（桜楓社、一九八六）、阿部幹男「奥浄瑠璃」（『藝能』一九九〇・五）

おぐりはんがん【小栗判官】

説経節『小栗判官』をはじめ、九州の盲僧琵琶、新潟県の瞽女唄、神奈川県藤沢市の花応院の絵解きなどに登場する主人公の名前。

説経節によれば、鞍馬寺の申し子として生まれるが、妻嫌いをして深泥池《みぞろがいけ》の大蛇と契ったために常陸国に流され、武蔵・相模両国の郡代横山の娘照手の姫と結ばれるが、それを知った横山の怒りをかい、計略によって毒殺されてしまうが、閻魔大王の計らいで蘇生し、藤沢の上人の助けを受け、土車に乗せられて熊野本宮湯の峰に行き、湯を浴びてもとの姿に戻り、両親から許され繁栄したという話である。

妻嫌いをして大蛇と契った小栗判官は、父親によって都から常陸国に追放され、その地で横山一門に断りもなく婿入りしてしまう。この展開は貴種流離譚の話型にのっとっている。こうした小栗判官の奔放な行動を〈不調な人〉という表現で説明している。これは人間離れした異常性を表したもので、英雄の特徴であるという。

また、小栗判官は横山の嫡子から〈大剛《だいかう》の者〉とも呼ばれる。小栗判官が鬼鹿毛を乗りこなすのは、〈大剛の者〉が〈大剛の馬〉を制することだった。騙されて毒を盛られ冥途に行った小栗判官は、閻魔大王から〈大悪人の者〉と呼ばれるが、殿原たちの進言で裟婆に戻り、藤沢の上人から〈なりが餓鬼に似たぞとて、餓鬼阿弥陀仏〉と命名される。これは冥界訪問譚の話型に属する。

こうした苦難を経て熊野の地で再生した小栗判官は、妻の照手の姫とともに繁栄し、大往生を遂げて美濃国墨俣《すのまた》（異伝では常陸国鳥羽田《とっぱた》）の正八幡となって祭られる。この正八幡は〈荒人神〉であると書かれている。生前の小栗判官の性格とまさに対応している。侵犯的な荒ぶる人間もひとたび神として祭れば、その強い霊力で人々を救済してくれるという構造だ。

この説経節は、常陸国の小栗氏の御霊を鎮めるために太陽寺の巫女が語りはじめたものが、相模国藤沢の遊行寺に運ばれて時衆の徒の語るものとなり、ついには説経説きの語り物の中に組み込まれたと推測されている。折口信夫は、具体的に、餓鬼阿弥を称する下級念仏衆が身の上の事実談らしく語って歩いたものから出たのではないかと述べている。何はともあれ、各地の伝承が宗教芸能者の仲立ちに集合した語り物であることは間違いない。

『小栗判官』という作品は、遠藤啄郎の脚色・演出による野村万作の「餓鬼供養」をはじめ、平成三年（一九九一）には梅原猛の脚本による市川猿之助のスーパー歌舞伎「オグリ」が上演された。語り物を現代演劇の中に再創造しようとするとき、最も注目される作品であるらしい。（石井正己）

〔参〕折口信夫「餓鬼阿弥蘇生譚」（全集二）、同「小栗外伝」（全集二）、同「小栗判官論の計画」（全集三）、岩崎武夫『さんせう太夫考—中世の説経語り—』（平凡社、一九七三）、福田晃『中世語り物文芸—その系譜と展開—』（三弥井書店、一九八一）、山本吉左右『くつわの音がざざめいて—語りの文芸考—』（平凡社、一九八八）、広末保『漂泊の物語』（平凡社、一九八八）

おこ【嗚呼・烏滸】 ⇩ 嗚呼《をこ》

おちうどでんせつ【落人伝説】 皇族・公家・武家など身分の高い者が政争や戦乱に破れて、中央より逃れ辺境の山間の村落に住みついたと伝える伝説。代表的なものにその落人の末裔と称する人々が存する平家谷や隠田百姓村がある。こうした村々では証拠の品として、系図・持仏・旗・刀などが伝えられるとともに、正月に餅をつかないとか、胡瓜を作らないというように、他の村々とは違った生活習慣や生業形態を伝えている。また、都から落ちてきた者がこの地で亡くなったと伝えるものもあり、この場合にも石・樹・塚・祠堂などの記念物と関連づけて説明される。まことしやかに語られるこうした伝説は、史実をそのまま反映しているというわけではない。里との交渉を断ち山間の厳しい土地に住む村人に語りつがれてきた落人伝説は、歴史的な時間や空間を超えた伝承の時空の中で人々の記憶にとどめられ、村人の共通理解あるいは意識として、村をひとつにまとめていくのに大きな役割を果たしてきたといえるであろう。また、狩人や木地屋など特別の職能者達が、自らの出自と落人伝説を関連づけている場合もあり、こうした漂泊する人々の土着定住化が落人伝説の形成に関係していたと考えられている。一方、落人伝説の背景として貴種流離の思想や、異人歓待の信仰・御霊信仰の影響が指摘されており、巫女・山伏・ボサマあるいは琵琶法師や説教僧などといった民間宗教者の存在が、落人伝説の成長に深く関与していることが考えられている。（佐野正樹）

おちくぼものがたり【落窪物語】

継子いじめを主題とした長編のかな物語。［作者］未詳で、それが男性か女性かもわからない。［成立］一〇世紀末頃に成立したと考えられている。

全体四巻からなるその前半はヒロインである「継子」落窪の君に対するいじめを中心に語り、後半では落窪の君が幸せな結婚をとげた後の、夫である男君による継母およびその周辺への執拗な報復と最後の和解が語られる。登場人物も多彩で、現存するなかではもっとも古い継子いじめの物語である。

宮腹の母に死なれた少女が父中納言の邸に引きとられるところから物語は始まるが、そこで同居することになった継母北の方（正妻）の徹底したいじめを受ける少女は、邸の隅の「落窪」と呼ばれる部屋に住まわされ、「おちくぼ」という蔑みを込めたあだ名を与えられ、腹違いの姉妹たちと差別され、たくさんの縫い物をさせられ、実母の形見の調度品を取り上げられ、あげくの果てに物置に幽閉され、北の方の差し向けた醜い老人典薬の助に襲われて犯されそうになるなど、さまざまな試練を経験する。少女はそれらの試練に耐えて成長し、自分の側に仕えている「あこき」という女性とその恋人の援助によって、今をときめく少将と巡り逢って恋をし、邸から救出されて結婚することになる。その間には、北の方の実子である三の君・四の君という二人の異母姉妹や援助者となる異母弟三郎君などとのエピソードが語られる。ここには平安貴族社会における家族や血筋あるいは母子関係などが象徴的に描かれており、家族制度などを考える上で興味深い問題が含まれている。

後半は、落窪の君が結婚した相手である男君による中納言家と北の方への報復が繰り返されてゆく。清水参詣の折りに車争いをしかけ、北の方が準備した局を横取りして恥をかかせたり、典薬の助をこっぴどく殴打するなどのほか、落窪の君が実母から相続していた屋敷を中納言から奪ったり、実子である三の君の結婚相手を奪い取ったり、四の君に醜い男を通わせたりと、そこで語られる報復は北の方のいじめを超えるのではないかと思える程である。

継子いじめを主題とする最初の物語であるということだけではなく、長編物語としての構成や登場人物の心理・性格・行動などの描写をみても、この作品はすぐれた文学性をもっている。なお、継子いじめの物語は『落窪物語』以前にも数多く語られていたらしく、「民間説話」としても物語文学としても主要な主題であった。それは少女を主人公とした成長物語という性格をもち、成女式に関わる通過儀礼的な側面から論じられることが多い。たしかに試練とその克服という展開は少年の成長物語としての「英雄説話」と対応するとみてよいが、それとともに一夫多妻制社会における複数の妻の対立葛藤や嫉妬という神話以来のモチーフも継子いじめ譚の成立を考える場合に重要な要素をになっているようである。⇩英雄説話・継子・民間説話　（三浦佑之）

〔参〕日本文学研究資料刊行会編『平安朝物語Ⅲ』（〈日本文学研究資料叢書〉有精堂、一九七九）、三浦佑之『昔話にみる悪と欲望』（新曜社、一九九二）

おとぎぞうし【御伽草子】　お伽草子・室町物語・室町時代物語・中世小説・近古小説とも。およそ南北朝期から江戸初期にかけて成立した物語の総称。主として短篇で、冊子ないし絵巻の形式で製作された。物語の総数はおよそ四百種ほどある。狭義には享保年間（一七一六～一七三六）に大坂心斎橋筋の渋川清右衛門が横型の刊本として上梓した二三篇の物語をいう。文学史的には中世後期に位置づけられているが、近世前期の物語草子（主として刊本）の一群である仮名草子との区分は明確でない。事実、鱗形屋《うろこがたや》や松会《まつえ》などでは両方の物語を同時期に数多く刊行している。中には今日御伽草子の範疇にいれられているものでも、『猫の草子』『石山物語』『住吉の本地』『弘法大師の御本地』など、この時期に新たに創作されたものが少なくない。

御伽草子の内容面での分類は、これまで幾つか出されてきた。今日よく知られている分類は次に挙げる市古貞次《いちこていじ》のものである。①公家小説（恋愛談・継子物など）②僧侶小説または宗教小説（児物語《ちごものがたり》・発心遁世談・本地物など）③武家小説（怪物退治談・御家騒動物など）④庶民小説（笑話・求婚談・祝儀物など）⑤異国小説（外国小説・異郷小説）⑥異類小説（怪婚談・歌合物など）。

説話集との交渉は、もちろん近世説話や随筆類には御伽草子に取材したとみられるものもなくはないが、主として説話集から御伽草子への一方的な関わり方をしていると理解してよい。御伽草子と説話単位で直截交渉が考えられるものを挙げれば、『宇治拾遺物語』『三国伝記』『沙石集』『撰集抄』『元亨釈書』『平家物語』『太平記』、また『古今集』『伊勢物語』の古註釈書などがある。その関係の仕方は『三国伝記』から『登曽津物語《とそつものがたり》』、『宇治拾遺物語』から『るし長者物語』のように収録説話に多少の潤色を加えたもの、『平家物語』から『大原御幸』『祇王』のように幾つかの諸本を組み合わせたとおぼしきもの、『沙石集』『撰集抄』から『硯割《すずりわり》』のように物語の主題の一部を取り込んだもの、『元亨釈書』

から『賀茂の本地』のように物語の主題に間接的な説話を挿話として取り込んだものなど多様である。また『胡蝶物語』『小町草紙』『雀さうし』『はもち』を始めとする御伽草子には、『古今集』『伊勢物語』自体ではなく、註に記された説話や知識の方を、これらの註釈書に拠っていると考えられるものが多くある。その点で中世日本紀と併せて重要な分野であるといえるだろう。一方、間接的なものとしては『今昔物語集』や『法華経』の直談《じきだん》資料が代表的である。直談関係では『法華経直談鈔』『直談因縁集』と『鏡男《かがみおとこ》絵巻』、『直談因縁集』と『金剛女《こんごうにょ》の草子』『為世《ためよ》の草子』『大橋の中将』などが挙げられる。また御伽草子ではないが、古浄瑠璃の『弓つぎ』も『直談因縁集』七—四一と類話関係にある。このように『法華経』談義の話材としての説話には、同時期の物語草子との関連を示すものが見出されるのである。

昔話と関係のある物語としては、『一寸法師』『姥皮』『浦島太郎』『瓜姫物語』『藤袋の草子』などが挙げられる。話型に限って見ると、継子型の説話は世界的に見られるが、御伽草子諸篇にも多く見出される。その代表的なものを挙げると『岩屋の草子』『鉢かづき』『ふせや物語』『秋月物語』『朝顔の露』『花世の姫』『美人くらべ』『一本菊』などである。これは『住吉物語』や『落窪物語』などの物語の伝統でもある。伝説との関係は北海道の義経伝承と『御曹司島渡』、葛城山の『土蜘蛛』、長野県南安曇郡穂高町穂高神社の若宮明神と『物くさ太郎』、福井県鯖江市水落の地名と『みぞち物語』など。また寺社縁起物や伝記物も広義に関係があるとみれば、御伽草子には伝説的な事柄を描いた物語が大半を占めているといえる。

いわゆる鎌倉時代物語が概ね王朝物語であるのに対して、御伽草子・室町時代物語の場合、右に示したように、内容面で多岐にわたっている。主人公も公家や上層の武家ばかりでなく、庶民層にも及んでいる。それゆえ系統的にも王朝物語の系譜にある物語のほか、寺社縁起や説話文学、口承文芸に取材したものなど多様である。王朝物語であっても、旧来のごとく場面の詳述は稀で、むしろ説話文学がそうであるように、事件・出来事の展開に対する興味に記述の比重がおかれている。そこで類話や類似プロット、類似モティーフが随所に見出されるのである。これに対する評価には物語文学の零落とする一方で、説話性の獲得とするものもある。（伊藤慎吾）

〔参〕市古貞次『中世小説の研究』（東京大学出版会、一九五五）、徳田和夫『お伽草子研究』（三弥井書店、一九八八）、石川透「室町時代物語における『伊勢物語』享受」（徳江元正編『伊勢物語註』三弥井書店、一九八七）、石川

透編『魅力の御伽草子』（三弥井書店、二〇〇〇）

おとぎぼうこ【伽婢子】 仮名草子。一三巻。［作者］浅井了意（?〜一六九一）。［成立］寛文六年（一六六六）。京都西沢太兵衛によって刊行された。

六八話の怪異譚を収めているが、中でも中国文学に構想を借りて日本の話に改変した翻案ものの怪異小説が、質・量ともに目立つ。現在それらの典拠として『剪燈新話《せんとうしんわ》』一八話、『剪燈余話』二話、『諸皐記《だくこうき》』九話、『霊鬼志』七話、『博異志』『睽車志《けいしゃし》』の各三話、『夢遊録』『剣術伝』の各二話、計四六話が判明している。構想・叙述の比較的単純な唐小説に拠った話の多くは短編の奇談に終わっているが、『剪燈新話』、『剪燈余話』に拠った話などは、原典の艶麗な文体や煽情的な描写を強く意識した雅文体を用い、浪漫的情趣に富む、高い文学性を持ったものとなっている。

書名は『剪燈新話』巻三「牡丹燈記」中の、死者の副葬品にする素焼きの侍女像〈盟器婢子〉によっており、それに幼児の枕元に置くお守り人形〈御伽母子〉を通わせている。序文に童幼の蒙を啓き正直におもむく一助とするとあるが、これは決して子供向きという意味ではなく、謙遜の辞である。

本書は近世に続々と出版された怪談物の作品に多大な影響を与えており、上田秋成の『雨月物語』はその一到達点を示すものといえる。また本書中の巻三「牡丹燈籠」などは、明治時代に三遊亭円朝が「怪談牡丹燈籠」という怪談ばなしの代表作に仕立て直して、現代にまで広く親しまれている。⇩怪談牡丹燈籠

（藤井奈都子）

おののこまち【小野小町】 平安前期の歌人。六歌仙、三十六歌仙の一人。生没年未詳。出自等に関しても、小野篁《たかむら》の孫、出羽国郡司の女、仁明帝更衣、釆女など諸説定まらず、閲歴を含め伝説の霧に包まれた存在だが、『古今集』等の伝える小町の歌は、「思ひつつ寝ればや人の見えつらむ夢と知りせば覚めざらましを」など、夢の世界しかもはや頼み得ぬといった哀切な恋を伝え、あるいは「わびぬれば身をうき草の根を絶えて誘ふ水あらば去なむとぞ思ふ」など男の誘いに対しての洗練された社交的言辞の中にさりげなく詠み込まれた身のはかなさを訴えて、女流文学の始原とも言うべき抒情の輝きを放つ。同時に、この小町の歌こそが、小町説話の原点となるものであることも押さえねばなるまい。小町説話は、おおよそ美人驕慢説話と衰老落魄説話との組み合わせで構成されていると言ってよいが、『古今集』所載の名歌「花の色は移りにけりないたづらに我が身世にふるながめせしまに」に、先の「わびぬれば」の一首を加えるなら、花のように美しいものが衰え枯れ、あるいは落魄流離するという小町の説

話的生涯が既に浮上するのである。

　平安中期成立の『玉造小町壮衰書』（空海作とされたが未詳）は、一乞食老婆（小町）が、貴紳の求婚を斥け帝の寵を求めたもののやがて零落、一猟師と結婚し、驕慢な美女の見るかげもなく衰亡する生涯を自ら語るという内容だが、平安後期から中世に於て、この書は小野小町の事跡を語るものに他ならないとされた。『袋草紙』の小町の姓は玉造氏とする見解、また『無名抄』の小町終焉の場を玉造の小野とする説などが、結び付きの基をなすものであろうか。一方、この『無名抄』の伝える薄の生えた小町の髑髏が「秋風の吹くにつけてもあなめあなめ」と詠ずるのを哀れんだ在原業平が下の句を付け加えたとする説話は、『江家次第』『和歌童蒙抄』『袋草紙』『袖中抄』『古事談』等にもみえる。薄幸の美女の相手として、名高い美男業平が番えられるのは、既に、たまたま『古今集』に二首並んでいた業平・小町の歌を贈答として構成した『伊勢物語』（一一五段）に発する。また、名高い深草少将の百夜通いの説話は、『奥義抄』以来の指摘によれば、『古今集』読み人知らず歌の「暁のしぎのはねがき百羽がき君が来ぬ夜は我ぞ数かく」をもとに展開されたものであって、やがて謡曲「通小町」「卒塔婆小町」に達成されていく。深草少将のモデルは遍昭か。男を拒む小町のイメージは「みるめなき我が身を浦と知らねばやかれなで海人の足たゆく来る」（『古今集』）にも既に画定され、百夜通い説話の遠い源の一つもここに認められよう。他に、狂言『業平餅』等にみえる雨乞説話もある。

　御伽草子『小町草紙』『小町物がたり』、また謡曲はもとより浄瑠璃『七小町』、歌舞伎『百夜小町』等、さらに三島由紀夫『卒塔婆小町』、円地文子『小町変相』に至るまで、美貌の歌人の老残への変転を語るモチーフは、無常と救済という仏教的世界観を基盤に、哀切な女の運命を刻むものとして命脈を保ち続けている。なお、たとえば東北地方の小町伝承を軸に、その発生と変容の歴史を解明する最近の研究の視座は、小町をめぐる新たな展望をさらに拓くことになろう。⇩伊勢物語

（原岡文子）

〔参〕片桐洋一『小野小町追跡』（笠間書院、一九七五）、錦仁『浮遊する小野小町』（笠間書院、二〇〇一）

おぼろぞうし【朧草子】 小説。〔作者〕中里恒子。〔初出〕『文学界』昭和五一年（一九七六）一月。

「わたし」の友人西野あさは舞を習っている。あさの実家の次兄、本田次郎は七年前の茸狩りの日に失踪し、行方不明になっていた。亡くなった母の勘では熊野の奥にいるという。教授夫妻と熊野路を訪れた「わたし」

は、案内役の山番色川さんから、何年か前から山に住みついている眼の悪い森田という人の話を聞き、あさに伝える。あさの老父は森田を訪ねてゆくが…。

「父と子の心情をテーマ」（単行本「あとがき」）にしたこの作品は、安珍清姫にまつわる道成寺の場面から語りおこされ、「原始の土俗信仰」「浄土への宿願」がある熊野の自然を背景に熊野懐紙の話題などに触れるが、とりわけ重要なのは、色川さんには石童丸（「苅萱」）を想わせたという森田を「わたし」は小栗判官と重ね合せつつ、「わたし」の生地である藤沢の遊行寺で画家として鯉と鶴ばかりを画いていたという晩年の判官の「一種の遁世」に思いを馳せている点である。古典や説話や諸国物語などを織り込みがら「自覚した生き方」としての「隠栖」を軸に「古代と現代の接点を求めた物語」が優婉な様式化された世界として構成されているのである。

中里恒子は芥川賞授賞作「乗合馬車」（昭和一三年[一九三八]）のハイカラな作風から出発した作家だが、戦後は古典の造詣や説話への関心を生かした作品も多数執筆し、中将姫伝説を踏まえた「誰袖草」（昭五二）や、『わが今昔ものがたり』（昭五二）などがある。⇩苅萱

（吉田司雄）

か

かいい【怪異】 現世に生きる人間にとって、現実には有り得ない、理解しがたいと思うような不思議な現象のことをいう。古く平安時代前期に紀長谷雄による『紀家怪異実録』、三善清行による『善家秘記』（いずれも散逸）のような世俗怪異説話集が編纂されている。これらは、後代の説話集との関係の深さが推測されており、たとえば『善家秘記』の染殿后が五〇の賀宴で鬼と乱行に及んだ話や賀陽良藤が狐と結婚した話（いずれも『扶桑略記』所引）などは『今昔物語集』等に受け継がれていく。怪異譚の集成として有名なものは『今昔物語集』巻二七本朝付霊鬼である。ここには、跳梁跋扈する霊・精・鬼や狐・野猪などの化ける動物の話が収められているが、平安時代の都市の暗部を照らしだし、説話文学史上白眉のものといえる。『古今著聞集』変化篇にもそのような人心を惑わす鬼・霊・天狗・狐狸の話が収められており、また怪異篇には流星・辻風などの天変地異の話が収められる。総じて怪異はその異常性ゆえ、歴史の変転の予兆として捉えられることが多く、

公家の日記を初め『平家物語』『方丈記』『愚管抄』など様々なジャンルの書にそのような位相で怪異説話が取り込まれている。（村戸弥生）

〔参〕村井康彦「陰の部分への照射―怪異の語るもの」(『国文学』一九八四・九)、大曽根章介「説話における日中比較文学―志怪小説を中心にして」(『別冊国文学』三三「今昔物語集宇治拾遺物語必携」一九八八)、小松和彦篇『怪異の民俗学』全八巻(河出書房新社、二〇〇〇～〇一)

かいだん【怪談】　ハーン(小泉八雲、一八五〇～一九〇四)。短編小説集。［作者］ラフカディオ・

［初版］明治三七年(一九〇四)。

「耳なし芳一のはなし」「おしどり」「お貞のはなし」「乳母ざくら」「かけひき」「食人鬼」「むじな」「ろくろ首」「葬られた秘密」「雪おんな」「青柳のはなし」「十六ざくら」「安芸之助の夢」「力ばか」「鏡と鐘」「日まわり」「蓬萊」以上一七点を収める。これらの小品には、かなりはっきりしたテーマを見て取ることができる。それは、いわゆる人間愛とでも言うべきものである。それが、ハーンの伝えたかった「日本」なのである。たとえば「乳母ざくら」。よく知られた伝説だが、乳母が自分の育てた子のために命を引き換えにし、その記念に桜が一本植えられたという話型にハーンは仕立て上げている。あるいはそういう話型だからこそ紹介した、と言えるだろう。夏目漱石の「夢十夜」の「第一夜」を思わせる「お貞のはなし」も同様である。

ハーンによって有名になった「雪おんな」(東京の調布の農民から聞いた世間話がもとになっている)、「青柳のはなし」は、異類婚姻譚としての型を持っている。「雪おんな」では、雪女が、巳之吉が約束を破って雪おんなの話をしてしまったのに殺さないのは、自分と彼との間に生まれた子供たちへの思いがあったからだということになっている。「青柳のはなし」では、試練を乗り越えて柳の精と結婚した友忠が、故郷の柳が伐られて死んでしまった妻青柳を、出家して供養する。「自然へ帰れ」というメッセージが重ねられている。異類婚姻譚を近代風に解釈すれば、「自然へ帰れ」というメッセージが聞こえて来るわけである。（石原千秋）

がいだんこうわ【街談巷話】　街なかの様々な噂話や評判。世間話、雑談とも関わり深い。街談巷語、巷説、街巷之談など。『漢書』巻三〇・芸文志に「街談巷語、道聴塗説」、『古語拾遺』巻末に「街巷之談」、『和名類聚抄』序に「街談巷説」、『世俗諺文』序・『十訓抄』三に「街談巷説」。

噂や流言の発生の〈場〉は道・ちまた・津など種々の人々が集い、行き交う交通の現場である。どこからともなく起こり流布し、耳に触れてくる言葉の不可思議に、人は神意を感じ大事件の予兆を聞き取ったのであった。この〈場〉はまた説話の種の宝庫でもある。『宇治拾遺物語』は「往来の者、上下」をいわず「物語」させて書き取ったものと序にいう。正統的な歴史としてのフルコト（古語）とは対極に位置するモノガタリの、雑多で怪しげなところが街談巷話に相当しよう。藤井貞和は『紀』のなかのコトワザを含む説話やワザウタを含む説話を「街談巷語」としてとらえ、物語文学成立史の中に位置づける。

時代の変革期に表面化するのが街談巷話でもあった。『中右記』『玉葉』など貴族の日記が風聞を重視し、魅入られたように克明に記すのは古代と中世の狭間にあって、口頭言語と書記言語、正統と非正統、中央と辺境といった区分けが動揺し、転倒や異質なものどうしの混在がくりひろげられた院政期のゆえである。（猪股ときわ）

〔参〕藤井貞和『物語文学成立史』（東京大学出版会、一九八七）、小峯和明「院政期文学史の構想」（『国文学解釈と鑑賞』一九八八・三）

かいだんぼたんどうろう【怪談牡丹燈籠】　三遊亭円朝の口演を、新進の速記者若林玵蔵と酒井昇造の二人筆が記した、日本最初の落語速記本。［初版］和装本全一三篇は、明治一七年（一八八四）七月から一二月まで、東京稗史出版社から刊行された。定価は、一篇七銭五厘。以後、空前の講談落語筆記本ブームをまきおこし、『鹽原多助一代記』の速記本は、当時としては驚異的な一二万部の売れ行きをしめした。

この作品が創作されたのは、文久元年から元治元年（一八六一～一八六四）、円朝が浅草中心地に居住していた頃で、同じ時期江戸の通人や文人が組織していた「粋狂連」・「興笑連」という、三題噺の自作自演を目的とするグループに参加し、そこは出版業界とも結びついた、作品のアイデアを獲得するための絶好の場となっていた。『怪談牡丹燈籠』の題材は、中国明代の怪異小説『剪燈新話』の中にある『牡丹燈記』である。また浅井了意作の仮名草子『伽婢子』（寛文六年［一六六六］）との影響関係も、その主人公萩原新之丞と萩原新三郎の名の類似などをとおして指摘されている。

怪談の主筋は、浪人萩原新三郎と、飯島平左衛門の娘お露との恋であるが、そこに、飯島家のお家騒動と孝助の仇討の筋がからみ、いわば時代物と世話物の両軸がみごとに統一されている。時代と世話の口調の違いの中で、怪談の部分がクローズ・アップされるという、口演の文体の多層性も重要な魅力の一つになっていたと思われる。また萩原の周辺にいる、伴蔵とおみね夫婦といった市井の人物たちをめぐる、生き生きとした言葉の描写は、それまでの文章語には存在しなかった、新しい文の在り方を提示してもいる。

日本の近代文学史の中で、なによりも重要なことは、この作品の口演が、文字化され、講談落語という口承文芸が読物として出版されたという事実であろう。明治一五年頃田鎖綱紀によって体系化されたばかりの速記術をもって、若林玵蔵と酒井昇造は、寄席に通いつめて、円朝の話を速記した。それまで、演説という新しいオーラルコミュニケーションを記述してきた速記術が講談落語というジャンルと結びついたところに、日本における「言文一致」体の形成を規定する重要な条件があらわれている。演説（スピーチュ）は、明治一五年前後、おりからの自由民権運動の高揚の中で、政談演説が主流となっていたが、福澤諭吉などが提唱したもともとの課題は、日本語の口語をあるまとまった内容を伝達し、人を説得しうるような文章語に近づけることにあった。つまり速記術は、文章を意識した音声言語を、ある一定の文のまとまりに翻訳する文字体系でもあったのだ。そのシステムが作中人物の会話や、情景描写をふんだんにとりこんだ円朝の講談落語に適応されたとき、近代小説という新しいジャンルを形成しうる新文体が創出されたのである。二葉亭四迷の『浮雲』（明治二〇～二二年）、山田美妙の『武蔵野』（明治二〇年）が模倣したのは、口演そのものではなく、それを速記し、活字に変換された、活字メディアの中の、新しい文体だったのである。

（小森陽一）

カインのまつえい【カインの末裔】 小説。［作者］有島武郎（一八七八～一九二三）。［初出］『新小説』大正三年（一九一七）七月。

松川農場にどこからともなく小作人として妻子と共に住みついた仁右衛門は、「先づ食ふ事」を自らのおきてとした。彼の暴力的な行為は村人から恐れられる。それは、子どもが病死してからさらに激しくなった。競馬が行われ、参加した仁右衛門は、落馬し馬は足を折る。その事件のきっかけとなった娘がその夜暴行を受けるが、何の確証もないまま仁右衛門が犯人と目されてしまう。彼は、農場での立場や経済的困窮を回復すべく、農場主の所へ向かった。が、そこで暮らしの違いに驚いた仁右衛門は、妻と二人で農場を出ていくことになる。

カインはアダムとイブの子、人類最初の農耕者であり、故郷から追放された殺人者でもある。仁右衛門像に与えられたカインの末裔としてのイメージは、たくましく働く姿や犯罪者として疑われる所作に結びつけられる。従来、評論「惜みなく愛は奪ふ」や自註「自己を描出したに外ならない『カインの末裔』」と結びつけて、作品を作家の内面の表出として読まれてきた。それが、本能的生活者、自然人としての仁右衛門である。また、仁右衛門を「異人」として意味づけ、共同体維持の為のスケープ・ゴートとして読むことで、論の新しい展開が始まった。村人対仁右衛門という図式でみるならば、そこには奇人譚的要素を指摘できる。村の外と内という空間に俗としての仁右衛門の農場入場・退出とを重ねるならば、転倒された貴種流離を読みとることができるのではないだろうか。（江藤茂博）

かがみもの【鏡物】 何鏡と題する歴史物語の総称。うち『大鏡』『今鏡』『水鏡』『増鏡』の四書を四鏡という。

『大鏡』の古本は三巻または六巻。不世出の「さいはひ人」藤原道長の栄華の由来を描くという目的で、文徳天皇即位の嘉祥三年（八五〇）から後一条天皇の万寿二年（一〇二五）までの一四代一七六年間の摂関時代における藤原氏全盛の歴史を紀伝体で叙述する。作者には古くは藤原為業（尊卑分脈）や藤原能信（『日本紀私抄』）説が伝えられ、近代以降源道方・同経信・同乗方・同顕房・藤原資国などの名があげられているが、決定的な説はない。成立期は万寿二年以後四〇ないし九〇年の間と推定される。『今鏡』は一〇巻一〇冊。前書を受けて高倉天皇の嘉応二年（一一七〇）までの一三代一四六年間を叙述する歴史物語。作者は大原の三寂の一人寂超こと藤原為経説が確実視されている。成立は序文に「今年は嘉応二年」とあり、当年の成立と推定される。『水鏡』は三巻三冊。神武天皇から仁明天皇までの五四代一五一〇年間の皇代史を編年体で叙述する。作者は中山忠親説が有力である。成立は忠親を作者とすれば院政期末〜鎌倉初期をおいてない。『増鏡』は一七巻または一九巻。治承四年（一一八〇）の後鳥羽天皇誕生から元弘三年（一三三三）の後醍醐天皇京都還幸までの一五代一五四年間の歴史を叙述する。作者は二条良基説が有力である。成立は南北朝時代と推定される。

これら鏡物の特徴は①紀伝体または編年体により歴史編述をおこなっていること、②対談形式の物語であること、③『水鏡』『大鏡』『今鏡』『増鏡』と並べると神武天皇から後醍醐天皇まで皇統がほぼ連続すること、④しかも『大鏡』『今鏡』は『栄花物語』と重ね合わせるようにして摂関家藤原氏歴代の盛衰を語り、かつ宮廷・貴族社会の説話を列ねていることにある。鏡物は歴史の体現者たる人物を描くことにより、歴史の姿を顕現せしめている。人物の描き方は多分に説話の形で展開し、対談形式と相俟って大きな効果をあげている。歴史を動かしていた人物が立体的にいきいきと描かれ、興趣が尽きない。対談形式の物語においては時と場、登場人物にかかわる趣向やその背景などが大事な要素をなす。『大鏡』

は万寿二年五月の紫野雲林院の菩提講の席において、聴聞に参詣した一九〇歳の大宅世継を語り手として、「ただ見聞き給へし事を心におきて、かくさかしがり申すにこそはあれ」(『昔物語』)と述べさせているように、自らの見聞や体験に基づく歴史を語らしめようとする。聞き役には一八〇歳の夏山繁樹とその妻ならびに若侍を配する。彼らは相槌を打って語りの展開を促すとともに、繁樹は世継の語り足りないところを補足したり異論を挿んだりし、若侍は歴史の裏面を暴露したりする役割をも演じている。これらの人々の談話を、作者が傍らで見聞しつつ記録するという趣向をとっている。『今鏡』『水鏡』『増鏡』ともに寺参詣の折に老女・老尼から歴史物語を聞くという趣向である。たとえば『水鏡』は七三歳の老尼が大和国龍蓋寺に厄払いに参詣し、そのついでに初瀬(長谷寺)の仏前に参籠した折に、修業者がある夜葛城山中で出遇った仙人から聞かされた話を堂中の人々に語るのを聞いてものがたるという趣向をとっている。いずれも語り手に超世間的人物を出現させているが、わけても世継という名は『栄花物語』をはじめとする歴史物語そのものの謂でもある。彼らは世継物語の管理者であり語り部であって、その叙述は御記・貴族の系譜・家記・日記および説話集・打聞集などから採った人物の逸話や伝説を材料としており、『今昔物語集』『続本朝往生伝』『江談抄』『古今著聞集』『宝物集』などと緊密にかかわっている。また儀式典礼や詩歌管弦など宮廷・貴族生活にまつわる説話は言談と密接なかかわりをうかがわせる。さらに語りの場と機会を菩提講や通夜の席に設定していることは、語り手との出遇いの場所としてふさわしいというばかりでなく、物語の真実性がその寺の三法や講座の戒和尚に請じられる仏・菩薩によって保証されるべきものであることをも意味しよう。鏡物は『大鏡』を基としてあとから前後に書き継がれた。『大鏡』は帝紀を第五五代文徳天皇、列伝を左大臣冬嗣に始まる構成のもとに道長にいたる藤原氏の栄華への過程を、『今鏡』はその後の衰勢の過程を語り、藤原氏の歴史叙述が一貫している。

（石川純一郎）

〔参〕 竹鼻績「『大鏡』の説話性」(『鑑賞日本古典文学 大鏡・増鏡』角川書店、一九六六)

かげきよ【景清】

源平合戦の頃の平家方の侍大将。悪七兵衛を冠せられる。生没年未詳。『平家物語』では宇治の橋合戦に名が出たあと、屋島では錣引きの怪力を誇り、平家滅亡の壇の浦を生きて脱出、それを「生き上手」「逃げ上手」と呼ぶ本もあるが、彼が英雄として成長するのは、落人後日談の世界においてである。越中次郎兵衛盛嗣・上総五郎兵衛忠光と行動をともにすることが多く、とくに平家残党となってからの三人の行動は、やがて景清一人に集約される。『平家』増補系諸本では、その死を東大寺大仏供養を前にした干死にとし、舞〈幸若〉の〈景清〉や能の〈大仏供養〉は、これを受けて供養当日、頼朝を襲撃したとする。襲撃は三七度に及び、すべて失敗、そのつど逃走し〈舞〉、霧隠れの術を使うこともある〈能〉。舞では舅の熱田大宮司が頼朝方に捕まったために自首、六条河原で斬首されるが、その前に超人的な怪力で牢を破って参詣、祈誓してあった清水の観音が身代わりとなる。これを知った頼朝は景清を許し、旧に倍する所領を与え、景清も両目をえぐって復讐心を断つ。この目も清水の霊験により元に戻り、そのように英雄像の形成には観音信仰が作用している。能〈景清〉のシテは日向宮崎に流され人となり、盲目の乞食として、来訪の娘人丸と対面する。そして錣引きの武勇談を語る姿は、日向の地の盲僧の面影を伝え、彼を『平家』の原作者とする伝承もある。近世期にも近松の〈出世景清〉をはじめ、多様な景清物文芸が盛行した。（西村聡）

かたりのしてん【語りの視点】

視点（point of view）という概念は、もともとルネッサンス以降の、絵画における遠近法から借用された。したがってここには、神が不在であるような人間中心主義的な文化のイデオロギーと、言語芸術を視覚芸術に置きかえて捉えようとする、近代的な視覚優位の発想方法が刻印されている。

言語によって構築されている文学あるいは文芸は、語り手が聞き手に対して直接語りかけることを基本形式としている。文字で記された諸ジャンルも、この伝達形式を前提にしている。こうした語りの形式の中で、その語りの言葉が作品世界の場面や作中人物の知覚や意識に対して、どのような距離をとっているのかということが、視点の問題として考えられてきたのである。

いわゆる「視点描写」とは、媒介（メディア）としての語り手の存在を、限りなく透明にしようとした手法だ。このように視点という概念は、人称と認知の範囲と心中の表現（意識形態の記述）とが、具体的な表現レベルでは複合化したものなのである。この立場から従来視点の種類は、⑴一人称限定視点、⑵三人称限定視点、⑶三人称全知視点、⑷三人称客観視点などに分類されてきた。限定視点とは、ある特定の作中人物に視点を固定し、他の作中人物の心の中には立ち入らない語り方であり、全知視点とは語り手があらゆる作中人物に対して自由にその心の中にも出入りするという語り方であり、客観視点とは行為や言動だけを外側から捉え、内側には入らないという語り方である。F・シュタンツェルは、人称と遠近法と叙法（対象に対する語りの透明度）の三要素で物語の語りの状況の分類を試みた（『物語の構造』岩波書店）。

しかし複合的概念は小説や物語の大枠での分類には使用できても、厳密な分析概念としては有効ではない。G・ジュネットは「視点」という概念そのものが錯覚に基づいていることを指摘し、特定の作中人物に即した情報の量の問題に限定した「焦点化」という概念を提出した。すなわち(1)焦点化ゼロ（語り手の伝える情報が作中人物が得ることのできる情報より多い場合）、(2)内的焦点化（語り手の伝える情報が作中人物と一致する場合。ある特定の人物とのみ一致する場合が内的固定焦点化、ある人物から別な人物へ動いていく場合が内的不定焦点化、同じ事柄について複数の人物に焦点化する場合が内的多元焦点化という下位概念に分けられる）、(3)外的焦点化（語り手の伝える情報量が作中人物が持っている情報より少ない場合）という三つの領域となる（『物語のディスクール』書肆風の薔薇）。

昔話や説話の多くは、焦点化ゼロと外的焦点化の組み合わせで語られる。なんらかの形で内的焦点化を持ち込むだけで、素材としてのストーリーは近代小説的なプロットを持つことになる。しかし焦点化ゼロや外的焦点化のレベルが多種多様にあることも見逃してはならない。たとえばある作中人物について語ることの背後で他の作中人物について語らないということも、情報操作の重要な特質になるからだ。　　　　（小森陽一）

かたりのすいじゅん【語りの水準】

あらゆる物語は、物語るという行為の中で生み出される。物語るという行為には、どんなに潜在化しているように見えても、語り手と聞き手という、二人の主要人物が存在しているはずだ。そして、物語る行為が成立するためには、この語り手と聞き手が、同じレヴェルの時間と空間にその身を置いているということが前提になる。この言語による伝達をめぐる、ごくあたりまえの前提を基本にすえて、物語行為の分析概念としたのが、G・ジュネットの提起した「語りの水準」というカテゴリーである。

音声で伝達される言語を原型として考えてみるなら、語り手が発話している時間に即していない限り、また物理的にその音声を享受しうる空間的位置に身を置かない限り、聞き手はその言語を受容することはできない。具体的な物語においては、聞き手は潜在項となるので、語り手の位置（時空）と対応するかたちで析出される。ジュネットは、語りの水準を大きく三つに分類している。

(1)物語世界外的水準――これは語り手が、自分の物語る世界の外に身を置いている場合で、物語行為が遂行される時空は、物語の内容が展開していく世界とは断絶していて、時間的にも空間的にも不連続である場合を言う。(2)物語世界内的水準――語り手が自分の語る物語世界の内部に身を置いて語っている場合で、物語行為と物語の内容の時空は、連続的な関係にある。もちろん、その連続性の質は多様ではあるが。(3)メタ物語世界的水準――これは物語世界内部で語られる、入れ子型になった物語における、物語行為の水準である。最も外側に位置する語り手が、太郎と花子の物語を語っていて、太郎が花子に、次郎と雪子の恋の物語を語ったとする。そうすると、太郎と花子についての物語行為が第一次水準、作中人物である太郎が語る次郎と雪子をめぐる物語行為が第二次水準にある、ということになる。もし太郎が語る次郎と雪子の物語の中で、雪子が次郎に、葉子と幹子の物語を語っているとすれば、それは第三次水準の物語行為になる。伝聞や伝承の回路を意識した物語の中では、メタ物語世界的な水準が幾重にも積み重なっている場合もあり、最も外側の水準に至るまで、いくつぐらいの伝達レヴェルが必要であったかを測定することは、その物語の質を判断するうえで、きわめて重要な作業となる。なぜなら、一度語られた物語が再話されるということは、必ずそこになんらかの解釈、それに基づく情報の屈折やノイズが発生するはずだからである。

しかし語りの水準の問題は、G・ジュネットにおいても、語り手という存在をかなり実体化しており、音声的な伝達に論点がしぼられすぎている。文字で書かれた言葉の場合には、逆に時間と空間を共有しない伝達が基本となる。近代小説における書簡や日記の引用などは、語りの水準を書き手と読み手のレヴェルをも導入して考えなければならない。また語り手が語られる事件の当事者なのか目撃者なのかも物語の質を左右する。(小森陽一)

〔参〕G・ジュネット著 花輪光・和泉涼一訳『物語のディスクール:方法論の試み』(書肆風の薔薇、一九八五)

かなざわぶんこぼんぶっきょうせつわしゅう【金沢文庫本仏教説話集】

金沢文庫に所蔵される、一巻一冊袋綴の佚名の古写本。「仏教説話集」は仮題。識語によれば、保延六年(一一四〇)三月二五日に〈浜名之神戸〉郷において〈泉澄〉なる僧が〈執筆〉した由である。本文は、『千手千眼観世音菩薩広大円満無礙大悲心陀羅尼《だらに》経』の紙背を利用して書かれているが、錯簡が甚だしく落丁・誤字・破損もあるので、現状のまま判読するのは困難である。しかし裏面の経文を手掛りに、原形と思しい順序に復原する研究が行われた結果、およその内容が次の三つに整理された。第一部は、発端部が欠落しているが、地獄の苦患・現世の無常・極楽讃嘆・阿弥陀如来の功徳、第二部に阿弥陀三尊図絵の開眼教養と思われる法会の趣旨・譬喩因縁の説話・施主段が述べられて識語が置かれる。ここまでがいわば本篇で、次に付篇ともいうべき第三部があり、釈尊の略伝が記されている。全体に対して説話の占める部分はあまり多くはない。一二一条七話が集中的に連続して収められる（上記の、譬喩因縁の説話の部分）。それらは造寺造塔功徳譚・出家功徳譚・因果応報譚の三種に大別でき、『諸経要素』または『法苑珠林』が出典としては近い位置にある。研究はすすんでおらず、本書の性格についても定説がないが、説話・唱導文学、国語学の資料として貴重かつ重要である。（山本則之）

〔参〕池上洵一「金沢文庫本『仏教説話集』の説話」（『神戸大学文学部国文論叢』一二、一九八五）

かなぞうしとせつわ【仮名草子と説話】　仮名草子は中世の御伽草子を継承しつつ、近世初期の慶長年間（一五九六～一六一五）から、西鶴が浮世草子の第一作『好色一代男』を刊行する天和二年（一六八二）までの、およそ八〇年間の散文作品をいう。現存するもの約二〇〇種とされるが、内容は種々雑多で、十分な整理はなされていない。一応、⑴啓蒙教訓的作品、⑵娯楽的作品、⑶実用的作品に分類せられるが、説話研究の上ではこの分類は有効ではない。

仮名草子のうち、説話書と見るべきものとしては、『智恵鑑』、『孝行物語』、『似我蜂物語』、『因果物語』、『勧孝記』、『堪忍記』、『大倭二十四孝』、『理屈物語』、『三国物語』などがある。また、翻訳物とされる『伊曾保物語』、『見ぬ世の友』、『戒殺放生物語』、『釈迦八相物語』、『棠陰比事物語』、『伽婢子』、あるいは、小咄や怪談を多く含む『きのふはけふの物語』、『醒睡笑』、『百物語』、『私可多咄』、『一休咄』、『一休関東咄』、『狂歌咄』、『杉楊枝』、『御伽物語』、『諸国百物語』、また、女訓物と称される『仮名列女伝』、『女仁義物語』、『女郎花物語』、『本朝女鑑』、『賢女物語』、『女五経』、『女訓抄』なども説話と見て差しつかえない。仮名草子はその多様性から、近世小説の幾つかの源流を為し、西鶴や後続の近世小説に与えた影響は多大であったが、説話文学としての質は高いものではない。しかしながら、説話の宝庫の一つであることは疑えない。

仮名草子はその名称の通り、仮名で書かれた通俗平易な、娯楽的、啓蒙的、教訓的な読み物であったから、女性や子供を含む広範な大衆が対象とせられたことは、説話研究の上で留意すべきである。

仮名草子の研究は、幾つかの著名な作家と作品に集中しており、全般的に遅れているが、より広い範囲の仮名草子作品が説話研究の視野に入るべきであり、翻刻が精力的になされねばならない。

研究が比較的進んでいる仮名草子作者鈴木正三、浅井了意、安楽庵策伝は、揃って僧侶であって、彼らは宗教者として、日頃から説教話材を蒐集していたのである。総じて、仮名草子が短篇であることは、説話と深い関わりを有する証差であるが、幅広い読者を獲得するのに役立っている。

近世は説話が衰微した時代ではない。百万都市江戸を中心とする近世日本の人々ほど説話好きの人々は他になく、むしろ、近世こそ説話の時代というにふさわしい。人口の増加と都市への集中、海陸交通網の整備と出版技術の進展、国民の知識欲の高まりと購買力の上昇など、説話が日本列島を駆け廻る諸条件が整っていた。仮名草子の出現は説話の歴史の上においても、新時代に突入したことを告げるものであった。（石破洋）

〔参〕野田壽雄校注『仮名草子集』上・下〈日本古典全書〉朝日新聞社、一九七二、前田金五郎・森田武校注『仮名草子集』〈日本古典文学大系〉岩波書店、一九六〇、神保五彌ほか校注・訳『仮名草子集』〈日本古典文学全集〉小学館、一九七〇、朝倉治彦・深沢秋男編『仮名草子集成』（東京堂出版、一九八〇〜）、市古貞次『仮名草子について』（大東急記念文庫、一九六二）、岸得蔵『仮名草子と西鶴』（成文堂、一九七四）、田中伸『仮名草子の研究』（桜楓社、一九七四）、青山忠一『近世前期文学の研究』（桜楓社、一九七五）、野田寿雄『近世初期小説論』（笠間書院、一九七八）、坂巻甲太『仮名草子新攷』（笠間書院、一九七八）、水田潤『仮名草子の世界』（桜楓社、一九八一）、青山忠一『仮名草子女訓文芸の研究』（桜楓社、一九八二）、渡辺守邦『仮名草子の基底』（勉誠社、一九八六）

かねうりきちじ【金売り吉次】　鞍馬にいた牛若を奥州藤原秀衡のもとに連れ出す黄金商人。その名は、吉次信高・吉次宗高・橘次末春などとも。また、吉内・吉六の兄弟がいた（幸若『烏帽子折』）とも、義経の郎等堀弥太郎の前身である（『平治物語』等）ともされ、その居住地にも、奥州・京の三条・京の五条などの諸説がある。牛若との奥州下りの経緯についても、源家の御曹司と知って奥州下りを勧めて、供奉していく形（『義経記』）・奥州へ下る彼に同道を頼んだ牛若を、それと知らずに道中虐待酷使する形（『十二段草子』・御伽草子『秀衡入』等）の両様が見られる。

義経伝説においては、牛若との奥州下りにしか登場しないが、吉次伝説は貧しい炭焼きが黄金発見によって長者になるという炭焼き長者伝承と深く関わって、全国に分布。昔話としても語られている。その世界では、吉次は炭焼き長者あるいはその子の名とも、黄金採掘の富豪あるいはその召使いの名ともされ、致富譚の形でも没落譚の形でも語られる。主な伝承地には、山形市滝山・宮城県栗原郡金成町・福島県白河市皮籠などが挙げられる。

　また、『弁慶物語』に金細工師の吉内左衛門信定・腹巻細工師の四郎左衛門吉次が登場することや、『烏帽子折』などで吉次の宿所・義経元服の地とされる鏡宿が鋳物師《いもじ》村とも称されたことなどから、義経・吉次伝説の成長・伝播の背後に、炭焼き・鋳物師・金細工・金商人といった人々の相互交流と関与が推測されている。

（藤井奈都子）

かようとせつわ【歌謡と説話】 説話ないし説話文学と歌謡とのかかわり合い方は、歌謡が説話をともなう（説話が歌謡をともなう）場合と、歌謡それじたいのなかに説話性がはらまれる場合とに大別される。

『古事記』『日本書紀』で登場人物たちがうたう歌は、前者の場合である。説話は、その歌謡をうたったのは誰か、うたわれた時と場はといった歌謡の起源をものがたる。この起源説話のなかで、歌謡は危機を予知し、土地や女を手に入れ、死者を鎮魂する力を発揮していた。昔話の登場人物たちの歌も、羽衣のありかを露顕し、王の子である出自を証すなど、説話展開の核となる重要な役割を果たすことが多い。中世にはうたうことによって神仏が示現し、歌による神言が得られるといった、歌謡（今様）の霊験が説かれ、説話集や楽書に収められた。歌謡の起源が中世固有の神仏習合思想を基盤として、まったく新たなかたちで求められたのである。『梁塵秘抄』に見る「法文歌」「神歌」などは、教義書・神道書類と深くかかわり、比叡山山王信仰や熊野信仰の流布・浸透を担う。広い意味での中世説話と連関し、歌謡自身が口頭の説話世界の一翼であったと見られる（馬場光子「歌謡と説話」『説話の講座』六）。一方『記』『紀』の歌謡にも、叙事を内包するものがある。『記』のヤチホコノカミの「神語り」は歌でありながら「語り」を称し、「歌以て語る」の言い回しが残るように、歌謡の発生の一つは歌と語りの未分化状態の中に考えられている。南島の古謡を視野に収めることで、記紀の歌謡の中に神による事物の生産（〈生産叙事〉）や、神の共同体への訪れ（〈巡行叙事〉）といった叙事の断片が見い出せる（古橋信孝『古代和歌の発生』）。南島の古謡群は国土創造・技術の起源、神女の祖や英雄の活躍等々、叙事歌謡の宝庫であった。同一の説話モチーフが民間巫女の呪詞、短歌謡、昔話、伝説から歴史書、宮廷歌謡にまで見え、山下欣一は歌謡類も含めて「説話」として論考する（『奄美説話の研究』）。山下は儀礼や祭式とその外、「民間」と宮廷、宴など〈場〉によるかたられ方・うたわれ方の相違や、呪詞を担う巫女が島唄のすぐれたうたい手でもある、といった〈担い手〉の問題も提起しており看過できない。短歌謡を男女で掛け合う奄美の「歌掛け」には実在の地名・人物をあげ、ゴシップを噂し合うようにうたう「噂歌」がある。「カンツメ」「浦冨」など、「物語歌」では歌の後、人々はひとしきり「カンツメ」の話をした(小川学夫『「民謡の島」の生活誌』酒井正子『奄美歌掛けのディアローグ』)。古代の市で行われた「歌垣」も歌謡を掛け合い、歌謡にまつわる伝承が語られもする、歌謡と説話の発生と伝播・伝誦の〈場〉であったことが想定される(藤井貞和『物語文学成立史』)。市はワザウタを不吉な事件の予兆と説く噂の発生源でもあり、民間宗教者がかかわっていたことが『日本霊異記』より窺える。現代、学校や塾で「かごめかごめ」など意味不明瞭な歌謡から囁かれる、死や禍に関する噂も新たなワザウタ現象であろう。　(猪股ときわ)

〔参〕山下欣一『奄美説話の研究』(法政大学出版局、一九七九)、古橋信孝『古代和歌の発生』(東京大学出版会、一九八八)、小川学夫『「民謡の島」の生活誌』(PHP研究所、一九八四)、馬場光子「歌謡と説話」(『説話の講座』六、勉誠社、一九九三)、酒井正子『奄美歌掛けのディアローグ』(第一書房、一九九六)

からいとそうし【唐糸さうし】　御伽草子。八幡大菩薩の霊験譚・舞徳説話の要素を持つ孝行譚。

寿永二年(一一八三)、源頼朝は木曾義仲の追討を告げる。鎌倉殿の女房・唐糸の前は木曾殿の侍手塚の太郎金刺の光盛の娘で、お家の一大事と思い、義仲に報告。ちやくいという脇差を賜り、頼朝の命を狙うが、露見し、石牢に幽閉される。信濃国にいた一二になる唐糸の娘・万寿姫は、母の身代わりになろうと鎌倉へ下り、途中鶴が岡の八幡大菩薩に母との再会を祈願する。姫は身元を隠して鎌倉殿の侍従の局に奉公し、機会を窺い再会を果たして、牢内の母をひそかに養う。翌年正月二日、鎌倉殿の座敷に小松六本が生え、それを吉祥として鶴が岡に移し植え、一二人の舞妓を揃えて今様を歌わせることになる。一二人目の舞妓として志願した万寿が見事に歌い舞ったので、頼朝も連れて舞い、八幡も納受したようであった。翌日、万寿は引き出物を与えようとした頼朝に身元を明かして、母の命に自らが代わることを請う。その孝心に感じた頼朝は唐糸を許し、さらに引き出物を賜う。母を助け、宝物を賜って故郷へ帰った万寿は子孫繁昌したが、これすべて万寿の孝心ゆえの鶴が岡八幡大菩薩の方便であった。本話のごとき孝行譚には、中世に普及した儒教道徳が影響していよう。川瀬一馬は、実話に基づく話と推測している。なお、万寿のように寿の字のつく名は、安寿・愛寿・力寿など、中世に多く見られ、『万寿の前（姫とも）』という物語もある。⇩木曾義仲・源頼朝　（藤井奈都子）

からかがみ【唐鏡】　『史記』『漢書』などの正史、その他類書から著名な故事などを抜き出して編んだ、啓蒙的な編年体の歴史物語。全一〇巻（現在するのは六巻まで）。［作者］藤原茂範。［成立］成立年代、未詳。通説は、序文によって茂範出家後間もない永仁二年（一二九四）ころとするが、茂範が鎌倉に在住した期間の終わり、文応・弘長（一二六〇〜六三）ころとする説がある。

「古を以て鏡とす」の意を込めて「鏡」と言い、中国古代からの歴代王朝の歴史に材を取るため「唐」を冠する。「鏡」はまた「鑑」であるから、過去の歴史を鑑戒として今を照らすという政教的立場を保持することになる。『大鏡』『今鏡』のような鏡物の冒頭形式を踏襲して、序文数葉には〈語りの場〉が提示される。著者と思しき人が大宰府の安楽寺に一〇〇日参籠し、法華経一〇〇〇部の転読を果たさんとしていたところ、結願の九月九日重陽の夜、これを聴聞する二人の僧があった。二人は宋朝の僧で、一人の師僧が歴史を語り一人が通辞となり、それを書き留めるという趣向である。内容は「伏羲の御時より当時の宋朝の始太祖皇帝建隆元年庚申年まで一万五千一百三十二年」のことであるとする（序）。現存する六巻本は、「伏羲」より「余晋の恭帝」までであるため、本来は一〇巻であった（『本朝書籍目録』『看聞御記』）ものの、巻七以後が散逸したと見られている。作者藤原茂範は、藤原南家の流、文章道の家に一員となり自身も学識高い文章家であった。（下西善三郎）

［参］吉田幸一・平沢五郎編『唐鏡』（古典文庫、本文篇・一九六五、校異篇・一九六七）

からものがたり【唐物語】　中国の説話を歌物語ふうに翻訳したもの。［作者］藤原成範か。［成立］院政末期。

「からくにのことをのみかきたる物語をからものがたりとなづけ、やまとしまねのことをかきたるをばやまと物語となづけたり」と『伊勢物語知顕抄』にいう。これは、本書が題材的に中国物に限定されていること、及び、形態的に〈歌物語〉であることを適確に指摘するものである。事実、長短さまざまの二七編の物語は、玄宗、楊貴妃の物語をはじめ、宋玉、蕃岳らの美男、王昭君、卓文君、李夫人らの美女を登場させつつ、それら唐土の主人公たちに、いずれも和歌をよませるのである。しかし、〈歌〉と〈物語〉の関係は、それほど密ではない。中国故事の和文化に〈和歌〉が強制されたという趣は、作品の本質として『蒙求和歌』に近しいものがある。また、典拠の問題は複雑で、原拠（白氏文集、史記、晋書などの指摘あり）からの直接翻案かどうか検討を要する。『蒙求』説話との一致などは、当時流布の一般的な漢故事にもとづいて翻案されたかと推察させる。総じて平安時代によく知られた説話が多い所以だ。ただし最末話に載せる獣婚談に特殊な興味もうかがわせ、また、「昔」で始まる冒頭形式、「けり」を基調とする物語文体に乗せて、説話配列の工夫に文芸上の構成意識を見せている。（下西善三郎）

〔参〕清水浜臣『唐物語提要』（國學院大學出版部、一九一〇）、川口久雄『平安朝日本漢文学史の研究』（明治書院、一九五九）、池田利夫『日中比較文学の基礎研究』（笠間書院、一九七四）、浅井峯治『唐物語新釈』復刊（有精堂出版、一九八九）、小林保治編著『唐物語全釈』（笠間書院、一九九八）

かりおうじょうでんしぶん【仮往生伝試文】

小説。〔作者〕古井由吉（一九三七〜　）。〔初出〕平成元年（一九八九）。

作者の現実の時間の推移と、古典から選ばれた往生する人々の生々しい姿とが重ね合わされながら綴られていく、随筆といった体裁の、私小説と言えるだろうか。

作者が興味を抱いたのは、往生の次第がマニュアル化され、往生をめぐる様々な人間模様がリアルに描かれる古典の時代の背後に、自分の了見だけでは死ねず、世間の視線のなかでしか自分の「死」を演じられない、情けなくもこっけいな「生」の姿を見いだしたからだと思える。「死」ぬことそのものが世間の視線にさらされる儀礼としてあった時代に、その世間の思惑と自分の思惑とに揺れる死ぬほんの前の「生」は、それこそ、近代のリアリズムを越えたリアリズムとして作者には見えたのだろう。そのリアリズムは、吉田兼好が「命終ふる大事」と言った「死」の厳粛さを鼻じらませるに十分な程、人間の関係的世界での「死」の演出が愚かでもありまた切実な悲哀を持つことを語っている。作者が説話的世界を踏まえるのは、まさにその関係的世界を説話が描くからだ。説話的世界が多様な話題を網羅することで作り上げる「生」の諸相は、それこそ、関係的世界に閉じられ、そこから抜け出すことの出来ない人間どもの悲喜劇である。その悲喜劇の多様さに作者は注目したのだ。言わば、作者は、説話的世界を、その多様な横の広がりが作る世界として引き寄せることで、自分の狭い幅で縦に伸びる「生」を圧し広げようとしたのだと言える。（岡部隆志）

かるかや【苅萱】 説経浄瑠璃。それ以前の古説経の語りの面影を残す室町末期ごろの絵入写本があり、物語の成立はかなり遡る。

筑前苅萱庄松浦党の総領加藤左衛門重氏は無常を感じて発心、出奔して都へ上り、黒谷の法然上人のもとで剃髪、苅萱道心と名乗る。一三年後、故郷に残してきた御台がまだ見ぬ我が子とともに尋ねてくる夢を見、女人禁制の高野山へ登る。父を追い高野へ来た子の石童丸は、女人禁制のため母をふもとの宿に残して山に登り、父にめぐりあうが、父道心は別人の卒塔婆を見せ、父は死んだと教える。石童が山を下りると、母が亡くなっていたため、道心を頼んで野辺の送りをし、一人故郷に戻るが、故郷では残る姉の千代鶴もすでに亡くなっていた。高野へとって返した石童に、道心はそれでも父とは明かさず、石童を出家させ、道念坊と名付ける。二人は仲良く行いすますが、親子の風聞が立つのを避けるように道心は北国修行に出、善光寺奥の御堂で大往生を遂げる。高野に留まった道念も同日同刻に往生を遂げ、二人は善光寺親子地蔵として祀られた。

『発心集』の「高野南筑紫ノ上人ノ発心ノ事」や『西行物語』等とも類似する、中世に多く見られる発心遁世譚だが、本作では、遁世者の側よりも、あとに残された家族の側の哀話の方が、より前面に押し出されている。謡曲にも『苅萱』があり、石童丸に当たる子方を松若とするが、両者ともに高野の萱《かやん》堂《どう》聖の伝承に取材しているものと想定されている。⇩石童丸　（藤井奈都子）

かんきょのとも【閑居友】 仏教説話集。「かんごのとも」とも。二巻。上巻二一、下巻一一の説話を収める。［編著者］慶政（一一八九〜一二六八）。［成立］承元四年（一二二二）三月。建保四年（一二一六）、上一三の玄賓伝より起稿し、入宋及び往生伝書写の作業等によって一時中断、書き継いだのは承久二年（一二二〇）頃か。慶政は九条良経の息。道家の兄。證月坊、證月上人。天台宗寺門派の僧。自著『比良山古人霊託』猪熊本の勘注によれば、幼時、乳母に取り落とされ「背骨出ル故ニ釈門ニ入ル」という。学徳高く摂関家の出でありながら終生僧綱の座につかなかった。他に『證月上人渡唐日記』（佚書）『法華山寺縁起』等の著作がある。

本書の執筆意図の第一は、高貴の女性（慶政の妹、東一条院立子とする説が有力）に献呈し、これを教化することにあり、上巻主人公のほとんどを男性、下巻を女性とする異色の構成と関わる。第二は、慶政自身既に遁世者であるが、理想・指標としての遁世者説話を採録して座右に備え、自ら求道心を振い起こさんがためである。当然、発心譚・遁世譚・求道譚が中心となる。この態度は『発心集』を先蹤とし、『撰集抄』に受け継がれ、いずれも、編者は、説話の主人公に自らを切実に関わらせ、内省し、その思いを長大な話末評語において表出する。自照的説話集とも呼ばれる所以である。第三は結縁意識であり、理想的遁世者は読者を結縁させたいという意識と、上―二一の如く「いささか見侍りし」人物に慶政自身が結縁し、これを済度しようとする意識と、二通りが挙げられる。上―一〜五は、真如親王・如幻・玄賓・空也・清海と連ね、人物は往生伝他の先行文献と重複させつつも、話柄自体は新しく渉猟して重複を避ける方針を貫く。引用書目についても能うかぎり明示する。清海以後は、先行文献に扱われぬ無名・匿名の人物でほぼ占められ、下巻は建礼門院を除き全てそれである。新出説話で全編を網羅せんとする意欲的な試みと言えよう。これは、『発心集』が安易に先行文献に素材を求めて批判されたことへの顧慮による。話柄としては、高僧の再出家・無名僧の隠徳・節食・不浄観・追善供養・六道の六種類に分類し得る（木下資一氏）。説話群の組織化には「連鎖型の接続法」とも言うべき連纂方式をとる。

思想的には『摩訶止観』の影響が多大で、特に上巻の人物の多くは『摩訶止観』の遁世思想を具現化した理想像として刻まれ、一連の不浄観説話も四話中三話は『摩訶止観』の九想観に基づく。ただし、上―二一・下―三（不浄観説話ではない）・下―九の徹底した女体・女人の不浄や汚穢の描写は、権門の出自ながら女体の美に近づき得なかった慶政の「私怨」がその根底にあるか。「国王の権威に対する畏怖と鑽仰」がない態度（下―八・建礼門院）と併せ、本書の個性はここに際立つ。

仏教説話集としては珍しく仏の霊験や利益をほとんど説かず、巻頭の真如虎害説話や不浄観説話など救いのない話が目立ち、その「苛烈な人間認識」が最大の特徴と言えよう。⇩撰集抄・発心集　（青山克彌）

〔参〕藤本徳明『中世仏教説話論』（笠間書院、一九七七）、広田哲通『中世仏教説話の研究』（勉誠社、一九八七）、小林保治『説話集の方法』（笠間書院、一九九二）、小島孝之他『宝物集・閑居友・比良山古人霊託』（〈新日本古典文学大系〉解説、岩波書店、一九九三）

かんのんせつわ【観音説話】 観音信仰にかかわって観音菩薩の功徳霊験を説く説話。観音はサンスクリット語Avalokitesvara（アバロキティシュバラ、観察することに自在な）の漢訳で観世音、観自在とも訳出される。救世・救世浄聖・施無畏者・蓮華手・普門・大悲聖者はその異名。観音信仰の中身は所依経典によって三種に分類される。即ち、①阿弥陀仏の脇侍として勢至菩薩とともにある観音〈『無量寿経』・『観無量寿経』〉への信仰。この観音は阿弥陀信仰に組み込まれ、来世救済の主題にかかわりつつ六道抜苦・来迎引摂の利益を担う。②内外両面の諸々の苦悩に沈む衆生を称名・観念・礼拝に応じて救済する観音〈『法華経』観世音菩薩普門品＝観音経〉への信仰。ここでは観音は現世利益の主題にかかわり、除災・致富を導く。また観音経は単独に流布し、信仰の対象となって経の功力が説かれるに至る。③補怛洛迦《ほたらか》山（＝補陀落）に住する生身の観音〈『華厳経』入法界品〉への信仰。ここでは観音は現世現身の往生（『発心集』三―五「此世界の内にて此身ながらも詣でぬべき所」）の主題にかかわる補陀落浄土の救主となる。我が国の観音信仰は飛鳥時代以来のもので、奈良時代を通じて②の現世利益が中心であった。この傾向は〈わらすべ長者譚〉の息の長い伝承に見るごとくその後も存続するが、一方一〇世紀以降の浄土信仰の高揚を背景に①来世救済の層を重ねていく。こうした現当二世の利益を兼ねた観音への信仰は、観音供・観音講・観音懺悔をとおして浸透し、やがて京畿周辺の観音寺院（石山・清水・鞍馬・長谷・粉河など）への参詣、観音三十三身に因む西国三十三所巡礼、中世以降の各地三十三所霊場巡礼の大衆的流行を現出せしめる。また欣求浄土の急進者は死後の往生より確実な現身往生を願い、③に基づく生身の観音を求めて本朝の補怛洛迦山たる熊野那智・日光などを目指し、補陀落渡海に及ぶものもあった。

観音説話はこのような観音信仰の様態に深くかかわって生成された。話題内容としては極楽往生譚・冥界利益（含蘇生）譚・霊異譚・補陀落渡海譚・化身譚・観音経功徳譚・縁起由来譚などさまざまだが、現世利益譚が圧倒的に多い。その意味では、阿弥陀仏＝来迎引摂の往生譚、地蔵菩薩＝冥界衆生救済の蘇生譚に対して、現世利益譚＝観音菩薩との一応の色分けも可能である。観音説話を伝える作品は『日本霊異記』（一八話）『三宝絵詞』（三話）『今昔物語集』（巻一六を中心に八三話）などの説話集のほか、『袋草紙』『江談抄』『教訓抄』など幅広いジャンルにわたる。また観音霊験類聚書も『長谷寺験記』『観音験記』（慶政、散逸）金沢文庫本『観音利益集』『観音霊験記』『観世音菩薩感応抄』など、散逸作品を含め多数編纂された。その他、物語文芸の中でも『宇津保物語』（俊蔭巻）『源氏物語』（玉鬘巻）『堤中納言物語』（『貝合』）などに観音説話の話型利用が確かめられ、お伽草子にも関連話題は多い（『伊香物語』『鉢かづき』『観音本地』等）。　（竹村信治）

〔参〕速水侑『観音信仰』（雄山閣、一九八二）

かんのんりやくしゅう【観音利益集】　鎌倉期の観音霊験説話集成。金沢文庫蔵。孤本。現存四五冊（内七冊は断簡）で完本か否か不明。【編著者】未詳。現存本書写者は筆跡から金沢称名寺第二世明忍房剣阿（弘長二年〔一二六二〕～延元三年〔一三三八〕）とされる。【成立】未詳。「興福寺願安〈預観音之利益遁風波之難事〉」（二四）に「承安二年（一一七二）七月」とあり、これが記事の下限。推定書写者の生存期をも勘案すれば鎌倉中期頃までには成立したか。但し各冊の成立は同時ではない。一冊一話題で、各冊一四・二×一一・四センチ、二～六葉の粘葉装。表紙には簡単な題（観音所在・話題主人公名・説話内容を略記した副題）が「粉河十一面観音」（一）、「長谷観音〈空也上人依観音之御告得大般若軸事〉」（五）、「比良大明神観音経聴聞事」（一九）、「余五将軍末孫〈依観音之力遁事〉」（三一）のごとく記される。形態から見て説草（唱導の際の手控え、話材テキスト類）と認められ、説法の場で用いられた話題や説話の語り口の実際を窺わせる資料、また説草の姿を伝える実例としても貴重である。書名は仮題で、金沢文庫の整理書名。

内容はいずれも救済・病気平癒・蘇生・致富を語る観音の霊験譚。説話冒頭は観音の紹介から始まるものと人物紹介から始まるものとがあり、観音縁起的話題と人物をめぐる観音霊験譚に二分類される。『日本霊異記』『大日本国法華経験記』『今昔物語集』『長谷寺霊験記』などに見える話題が多いが、独自話題も含まれる。

（竹村信治）

〔参〕近藤喜博『中世神仏説話』（古典文庫、一九五〇）

きいぞうたんしゅう【奇異雑談集】 近世怪異小説の濫觴。【編著者】未詳ながら、京都東寺所蔵本『漢和希夷』が本書後半部の一〇話と同一で、草稿本的性格を持つため、東寺所縁の僧が関わると目されている。【成立】未詳。

仏教的奇異と中国的志怪との性格を本書は併せ持つ。が、当時新渡の「剪燈新話」の本朝初訳の栄は担うものの、唐土談は四話に過ぎず、所収話の多くは仏教に絡めながらの本朝怪異談である。編著者に於ける本書制作の主目的が、〈奇異〉を標榜しつつも、仏教説話の蒐集にあったと知られる。仏教説話と怪異を結びつける必然性は、怪異現象を畏怖して「菩提を求むるに庶からしめんがため」（櫨鞍橋）と言うにあろう。江戸初期の怪異への好みは、『宗祇諸国物語』（貞享二年〔一六八五〕正月）が典型的な諸国話形式の怪奇談であることにも見られ、本書が、後続の『因果物語』『善悪報い話』等における仏教的な色合いの怪奇談に先行する位置にあって、それらの先蹤文学である事を確認して置く必要がある。より具体的には、本書が、以後の作品に同一素材を扱わせる話柄を所有していることに注目しなければならない。一の一は、『御伽比丘尼』『本朝桜陰比事』や『因果物語』

に、二の二も、『因果物語』に、二の七・四の五・四の七は、『古今犬著聞集』に、三の五は、『善悪報い話』『宗祇諸国物語』に、それぞれ重なることが報告されている。（下西善三郎）

〔参〕吉田幸一「奇異雑談集の世界」（『日本の説話』四、東京美術、一九七四）、富士昭雄「奇異雑談集の成立・資料紹介漢和希夷」（『駒沢国文』一九七二・五）、朝倉治彦・深沢秋男編『仮名草子集成』第21巻（東京堂出版、一九八八）

きいちほうげん【鬼一法眼】

オニイチホウゲンとも。義経伝説に登場する。京の一条堀川（『判官都話』には一条今出川）に住む陰陽師。文武両道の達人で、天下の祈禱の功績により、代々の帝の宝物である兵法書『六韜《りくとう》』を賜って秘蔵する。

御曹司は『六韜』の披見を望んで鬼一宅を訪れるが許されないため、侍女の幸壽前（『判官都話』には更級）の手引きを得て、鬼一の三の姫（『天狗の内裏』や謡曲などには〈皆鶴〉の名が見える）と契りを結び、彼女を通じて『六韜』を盗み読む。これを知った鬼一は高弟の北白河の湛海（『判官都話』には五条の悪とうかい坊）に牛若を討たせようとするが、牛若は逆に湛海を討ち取り、鬼一宅を去る。姫は別れを悲しむあまりに亡くなってしまう。本話は鞍馬天狗伝説・義経島渡伝説とともに、義経への〈兵法伝授説話〉の型式をとる。恋愛譚を含んでいる点には、〈英雄求婚説話〉の型式をも兼ね備えている島渡伝説との関連・同じく義経の恋愛譚である『十二段草子』との交渉が注意され、〈鬼一〉の名に、島渡伝説中の蝦夷が島の鬼王との関係を見る説もある。また、鬼一の住所・一条堀川辺は、陰陽師安倍晴明の伝説や、渡辺綱の鬼退治で有名な一条戻り橋がある所で、鬼一の性格付けにも関わる設定と見られ、中世の陰陽道系の兵法書に記される兵法書の伝来にもつながる、陰陽師や印地の者の本話への関与が推測されている。

本話は、様々に脚色されて、近世文芸に受け継がれていく。（藤井奈都子）

ぎおう・ほとけごぜん【祇王・仏御前】

平安時代末期、平清盛に寵愛された白拍子。生没年未詳。

『平家物語』巻一「祇王」の段によると、都で知られた祇王は白拍子の名手で、清盛に愛されて母とぢ・妹祇女《ぎによ》とともに幸福な生活を営み、世の羨望の的となる。三年後、加賀国出身の白拍子仏御前（一六歳の美少女）が現れ清盛の寵を得るとたちまち祇王は追い出された。のち、祇王はいったんは自殺まで考えたが、出家して嵯峨の奥に隠棲した。そののち、栄華の頂点にあった仏御前は世の無常を悟り、出家して祇王らの庵室を訪れた。祇王たちも感涙にむせび、四人一所に草庵に籠って仏道を修し、往生の素懐を遂げたという。後白河法皇の長講堂の過去帳にも四人の尼の名が記してある。現在の京都奥嵯峨の祇王寺は、その住居の跡に建立された寺と伝える。

加賀の伝承では、仏御前は加賀国能美郡中海村大字原（現、石川県小松市原町）の出身と伝える。京都で往生した仏御前を作り替えて、故郷に帰った仏御前を描いた謡曲「仏原《ほとけのはら》」（作者不詳）では、のちに生国加賀国仏の原の草堂に住み一生を終えたという。言わば往生極楽型の伝承を筋として執筆された作品に、宝永年間（一七〇四～一一）の『仏御前事蹟記』および文化一二年（一八一五）の『仏御前影像略縁起』がある。一方、祇王は近江国の江部荘《えべしよう》（現、滋賀県野洲郡野洲町）の出身と伝え、野洲町中北に妓王寺がある。万治元年（一六五八）の『義王堂縁起』および安永五年（一七七六）の『妓王寺略縁起』があり、いずれも郷土の伝説を伝えている。

（藤島秀隆）

〔参〕藤島秀隆『仏御前』（北国出版社、一九七九）、細川涼一『平家物語の女たち』（講談社、一九九八）

ききがき【聴き書き】

聴きながら、書くこと。書きながら、聴くこと。聴くことと書くことを、並行すること。民俗学では、フィールドワークでの身振りを表す語のひとつとして扱われる。

われわれは説話（物語・お話）を〈口承〉として享受するだけでなく、書かれた説話〈書承〉としても享受してきた。一方、〈聴き書き〉とは、この〈口承〉を〈書承〉に変換する第一の作用、仕組みに他ならない。だが、広義に〈聴き書き〉とは、さまざまなやり方を含み持っている。『古事記』や『日本書紀』にしても、最初の作業は「聴き書き」だったといえる。『百座法談聞書抄』には「聴き書き」の語がみえる。聴き書きは、語られたものを聴き取り、聴き取られたものを書き写すという二段階の作業がある。だが、この作業はいつも同じ結果をもたらすものではない。

われわれがフィールドワークに赴き、「聴き書き」をする。このとき、複数の人間で行って、同様にノートに筆録する。しかし、いったん宿に帰ってノートをあわせると、必ず多かれ少なかれ、話題の区切り方や聴き取った内容に違いがみられる。これは、もちろん、聴き書きの経験の多少による上手下手ということもあるけれども、それだけではない。熟練のフィールドワーカー同士でも聴き取りに違いがみられるからである。というのは、聴き取りは、聴き取るということの中に〈解釈〉という要素を含み持つからである。たとえば、「烏呑爺」

という昔話を聴いたとき、「アヤチュウチュウ、ゴヨノオタカラ、ツツラプンパイ、ピー、ヒョロヒョロヒョロー」と、ある聴き手が聴き書きをした。ところが、ある者は「綾」「五葉の御宝」などと漢字で聴き書きをしているかもしれない。またある者は、これを五線譜の上に聴き書きをしようとするかもしれない。柳田國男の影響で民俗語彙的にカタカナで記述する、古典の中の表現から漢字かな混じりに記述する、音楽学的に記述する、などなどさまざまなレベルでの聴き書きが可能なのである。

ということは、聴き書きとは、決して受動的な身振りではなかった。昔話の聴き手論などからも明らかなように、聴くことは、むしろ能動的ないとなみである。それが「書く」という能動的ないとなみと結びつくのだから、聴き書きの積極性は強調されてよい。

聴き書きに積極性があるということは、聴き書きには聴く側の思想が織り込まれると言い換えることができる。それを集団的に活用したのが、柳田國男のさまざまな採集手帖における聴き書きの構造化の試みであった。

（高木史人）

〔参〕高木史人「〈口承〉として聴く」（須藤健一編『フィールドワークを歩く』嵯峨野書院、一九九六）

ぎげんようきしゅう【戯言養気集】　仮名草子。近世初期の笑話集。二巻二冊。〔編著者〕未詳。〔成立〕元和年間（一六一五〜一六二四）頃。

口承の笑話を文章化したもので『寒川入道筆記』（慶長一八年〔一六一三〕）と並んで最初期の笑話集といえる。上巻四四話、下巻約三〇話の笑話と太閤秀吉の検地帳及び朝鮮出兵の人数帳を収める。秀吉側近のお伽衆の雑談を記録したものと考えられる。本書成立直後に成った『きのふはけふの物語』と共通話が四〇話あるが、本書が素材的で笑話としてこなれていないのに対し、『きのふはけふの物語』は形式、文体とも洗練されており、文章のプロの仕事といえる。

内容は、稚児・新発意・若衆・捻者等を主人公にした寺門の男色関係の笑話が多い。また「佐久間が家来の者は、大りゃく、しとやかに分別もありそうなり」等の武家評や古道三一渓の医書講釈、石田三成や秀次公などの逸話風の話なども多い。さらに話の終りに「評して云はく」として、教訓的評言を付しているのも特長である。これらは本書が未だ純粋に笑いを追求した笑話に成り切っておらず、雑談集の領域に留まっていることの証である。

後代への影響としては、下巻の翠竹道三の「福の神貧乏神の十子」の記事が『長者教』や西鶴の『日本永代蔵』の長者丸の処方へ続くものであること。また、現代でも落語の小話として語られている話（「人まね」、「ん廻し」）も含まれる。いわゆる噺本の基礎を築いた点で、本書の文学史的価値はきわめて高いといえる。（上田渡）

きそのよしなか【木曾義仲】　源義仲。平安末期の武将。久寿元年～寿永三年（一一五四～一一八四）。源義賢の次男。為義の孫。母は遊女。源頼朝とは従兄弟同士。幼名を駒王丸といい、また木曾次郎とも呼ばれる。父が源義平に殺された後、信濃の中原兼遠の下で成長した義仲は、治承四年（一一八〇）以仁王の令旨に応じて挙兵、平氏を討って北陸道から入京した。剛勇無双で優れた戦略家とうたわれた義仲だが、権謀術数に長けた貴族に操られて破滅の道を歩むことになる。「朝日将軍」といわれたその人となりは、『平家物語』や『源平盛衰記』に詳しい。それによると入京後の義仲軍は、民家を略奪し治安を乱し、また都人と山中育ちの者との風習の違いなどにより、人心は義仲から離れていったとされる。「猫間」「鼓判官」ではその義仲の野卑ぶりを伝えている。さらに、源義経らの軍に敗れ都を落ちた「木曾最期」では、死の直前、義仲と乳母子の今井兼平との深い主従の絆を哀調をこめて描いている。また、謡曲「兼平」「巴」は義仲の最期を見届けた者の立場から語られている。一方民間に伝えられる義仲の伝説は、義仲の硯水、鏡岩、洗馬、兜石など木曾街道に沿って多数あり、富山県高岡市や石川県松任《まっとう》市でも義仲が弓で清水を掘り出したと伝えるところがある。また、義仲が隠れ住んだという岩窟・木曾殿安吹《あぶき》が長野県鬼無里《きなさ》村に伝えられている。そのほか各地に義仲の墓が伝えられ、大津の義仲寺をはじめ、木曾の徳音寺、興禅寺などがある。（佐野正樹）

キッチン　小説。［作者］吉本ばなな（一九六四～）。［初版］昭和六二年（一九八七）。

女子大生の桜井みかげは、両親と早く死別したばかりでなく、いっしょに暮らしていた祖母まで亡くした。台所を愛するみかげは冷蔵庫に心の安らぎを覚える。田辺母子のところへ、台所が気に入って移ったが、〈母〉えり子は性転換した彼の父親雄司だった。

みかげが、少し前に宗太郎という恋人と別れたのは、大家族の長男として持ち合わせている彼の健全な明るさについていけなかったからだと言う。「キッチン」が家族をめぐる物語と読まれるゆえんだが、もう少し詳しく見ると、ポイントは〈母〉だということがわかる。みかげには冷蔵庫が〈母〉のように感じられていたし、雄一にはみかげの祖母が〈母〉のようだった。そして、えり子である。その、雄司も継母に育てられていたとなると、〈母〉はいつも継母でしか現れないということになる。〈母〉はどこにでもいて、またどこにもいない。要するに、「キッチン」は継子譚なのである。継子譚では、継子は継母の難題にうち勝って幸福になる。雄司からえり子への性転換は、しだいに恋に落ちてゆくみかげと雄一への最大の難題となっている。なぜなら、この性転換は、性としての家族のありかた、対の幻想に根底的な疑問符をつきつけているからである。「キッチン」の台所には、女が食事を作る場所としての性別が刻印されているが、最後に一度だけ現れる「夢のキッチン」は、その性別を超えているだろうか。そうではなさそうである。

（石原千秋）

きのうはきょうのものがたり【きのふはけふの物語】 噺本。二巻二冊。百数十話の短編笑話集。［作者］未詳。［成立］元和元年（一六一五）以降寛永初年（一六二四）頃。

数種類の古写本、古活字本、寛永一三年整版本等多くの諸本の間で異同が大きく、話数や配列・表現などにも差があるが、『戯言養気集』に次いで噺本の形式を作り上げた作品として注目される。

安土桃山時代の実在する人物名を取り込んだ十数話のほとんどは作品に狂歌を折り込んだ「狂歌咄」である。児《ちご》や僧侶など寺院関係の話が多数を占めているが、僧が禁を犯して女郎買いをする、あるいは児との同性愛での失敗談など、権威があり厳粛であるべきはずのものの裏面を暴いて笑いの種にするという姿勢が貫かれている。こうした発想は人前に出すのが憚られるような性質のものに興味を集中する傾向があり、性《セックス》・食物・病気などが恰好の素材となっているが、若衆と念者ないしは夫婦間のいざこざに関する哄笑的な話が目立っている。

興言利口ないしその裏返しとしての烏滸《おこ》は説話のパターンとして定着しているが、本作の傾向としてはおろか者の話が多い。それらは物知らず・文字知らず・作法知らずのように単純に無知であるが故に笑いものになる場合と、風流を気取って失敗したり、知ったかぶりをして、かえって知識の無さを暴露してしまう等の失敗談に分かれるが、総じてたわい無い笑いがほとんどである。

（矢野公和）

きのはせお【紀長谷雄】 平安時代の漢学者・漢詩人。承和一二年～延喜一二年（八四五～九一二）。参議三善清行に中納言長谷雄が罵倒されることがあった。「無学の博士は、古より今に至るまで世に無し。但し、和主の時に始まるなり」。一言も口を開かなかった長谷雄だが、「龍の咋い合ひは、咋ひ伏せられたりと云へども弊からず」と賛美された（今昔二四―二五）。無論、「長谷雄と言ひける博士」は、「世に並びなかりける学生なり」（今昔二四―一）というのが前提である。道真の遣唐使廃止の議によって遣唐副使の任は果たせなかったが、後年、道真は、配所大宰府における詩集『菅家後集』を都の長谷雄に託することになった。道真亡き後、三善清行と並んで漢詩文壇を担う。『紀家集』は巻一四の断簡のみ現存、和歌は『後撰集』に四首を残す。長谷雄が見聞した怪異談の記録は、『紀家怪異実録』にまとめられたが、今、逸。長谷雄と怪異の関わりは深い。月夜の朱雀門に詩文を朗唱するものをみると、「霊人」であった（今昔二四―一）。欠員の大納言の官を望んで長谷に詣でては、夢告通りの奇妙な死を死んだ（今昔二四―二五、江談抄第一）。『長谷雄卿草紙』なる絵詞には、双六で朱雀門の鬼に争い勝って得た美女が水となって流れ出すという奇話が残る。鬼との約束を破って一〇〇日にみたぬうちに美女と交情したからであった。後、鬼に害されようとしたが、天神の加護で危急を脱した。〈長谷雄〉という名は、彼が長谷観音の申し子で、それに因んだものという（長谷寺霊験記）。

（下西善三郎）

〔参〕桑原博史全訳注『おとぎ草紙』〈講談社学術文庫〉一九八二）、小林茂美編『日本の絵巻』11（中央公論社、一九九四）

きびのまきび【吉備真備】　奈良時代の学者・政治家。持統天皇九年～宝亀六年（六九五～七七五）。本姓下道《しもつみち》氏。下道朝臣国勝の子。霊亀二年（七一六）入唐留学生に選ばれ、翌年僧玄昉《げんぼう》らとともに渡唐。在唐一七年の後、天平六年（七三四）帰国。その後、政権を担当していた橘諸兄の政治顧問となり、天平一二年の藤原広嗣の乱で阿倍内親王（のちの孝謙・称徳天皇）に『礼記』『漢書』等を講じた。官位も順調に進み、天平一八年には、吉備朝臣姓に改賜姓された。藤原仲麻呂政権下では不遇で、筑前守・肥前守に左遷された。天平勝宝四年（七五二）、遣唐副使として再度渡唐。帰国後、大宰大弐を経て、天平宝字八年（七六四）、中央政界に復帰。恵美押勝の乱で勲功を立て、道鏡政権下で異例の昇進を遂げ、ついに正二位右大臣の地位に昇った。道鏡の失脚後、政治生命を失い、宝亀二年（七七一）、その地位を辞した。著作に『私教類聚』（逸文）がある。

真備の説話としてよく知られているのは、『江談抄』第三の「吉備入唐間事」である。諸道芸能に博達した真備に恥じた唐人が、高楼に彼を幽閉する。夜更けて阿倍仲麻呂の化した鬼があらわれ、その助力と真備自身の機才、さらには本朝の神明の加護により、幾多の難題を克服して帰朝する、という伝奇的な物語である。『吉備大臣入唐絵巻』は、これを絵巻化したもの。なお、『鏡神社縁起』には、真備が陰陽道の呪法で広嗣の霊を鎮めたとする伝承が記されている。（多田一臣）

きゆうしょうらん【嬉遊笑覧】 随筆。一二巻に付録一巻。［編著者］喜多村信節《きたむらのぶよ》（一七八三〜一八五六）。［成立］文政一三年（一八三〇）の自序をもつ。

総目を巻ごとにあげると、〈居所・容儀〉〈服飾・器用〉〈書画・詩歌〉〈武事・雑伎〉〈宴会・歌舞〉〈音曲・玩弄〉〈行遊・祭祀仏会〉〈慶賀忌諱・方術〉〈娼妓・言語〉〈飲食・火燭〉〈商売・乞士化子〉〈禽虫漁猟・草木〉の順に並び、最後に〈或問付録〉がくる。当時の風俗習慣にかかわる事項や語彙を取りあげ、古書・文献を用いて考証するスタイルをとっている。当世語の歴史的意義づけといった形の事典の趣をなしている。近世の風俗・言語研究には格好の書といえる。説話・昔話研究の立場からは、とりわけ巻九の言語編が参考になる。俗語の説明からはじまり、言語芸術の部門にまで及んでいる。そのうち興味深い項目として、「巡物語」「百物語」「猿の尻」「瓜姫」「桃太郎」「舌きり雀」「花咲せ爺」「蟹のはなし」などは、現行の昔話とのかかわりが問題となる。また、「酒顛童子」「羅城門鬼」「野間藤六」「曾呂利」「安楽庵策伝」「彦八」「豆蔵」などは説話、咄の衆と関連する。他巻にも「蛍合戦」「なんじゃもんじゃの木」「鼠の嫁入」などの話や、呪文、謎、語り物等、多数散見される。当時の伝承状態と同時に、江戸期の教養人の解釈も参考になる。翻刻に『日本随筆大成』（吉川弘文館）、および『嬉遊笑覧』（名著刊行会）がある。名著刊行会本はページの頭に項目見出しが付され、便宜が図られている。（花部英雄）

ぎょうき【行基】 奈良時代の僧。天智七年〜天平二一年（六六八〜七四九）二月二日。高志氏（『日本霊異記』の「俗姓越史也。越後国頸城郡人也」は異伝）。霊異神験を多く現して生前に〈行基菩薩〉と称され（『続日本紀』卒伝）、没後は文殊化身と崇められて〈行基信仰〉が形成された（『日本霊異記』）。民間での布教伝導活動及び土木事業を中心とした社会福祉事業に尽力し、後には聖武天皇による東大寺盧舎那仏造営にも参与。これらにかかわる逸話が諸書の行基伝や説話集等に残るほか、各地の伝説にも多くその名、行状が伝えられている。また法華八講薪行道の際の「法華経を」の歌は行基詠ともいう（『三宝絵』中一八等）。

天智七年（六六八）誕生。河内国大鳥郡（『行基年譜』）。生時胞衣に包まれ、翌日すでに口をきく（『日本往生極楽記』二・『今昔』一一−二等。異伝は『沙石集』五末−一一等にも）。少年時、隣子村童と仏法賛嘆（『本朝法華験記』上二・『元亨釈書』巻一四等)。天武一一年(六八二)出家(『行基菩薩舎利瓶記』)。諸書の薬師寺出家説は存疑)。持統五年(六九一)受戒。戒師は高宮寺徳光禅師。初め法興寺に住し、次いで薬師寺に移る。道昭を師として(『三国仏法伝通縁起』)法相を学習、利他の行をも修した(『行基菩薩伝』)。文武八年(七〇四)、生家を家原寺とする。この年まで山林に棲息、諸国遊行、池河橋樋溝の土木事業をなし各地で種々不思議を現した(『行基年譜』)。和銅三年(七一〇)、生母逝去。以後三年間、生駒草野仙房に住す(同上)。養老元年(七一七)四月二三日詔、行基の民間布教活動を禁ず(『続日本紀』)。行基追従の輩千人を越す(同上卒伝)。養老六年、右京に菅原寺を建立(後、ここにて遷化。『年譜』)。神亀二年(七二五)、三月長谷寺観音供養。導師となる(『古事談』五—二七)。九月山崎橋再建、帝帰依(『年譜』)。橋上法会のおり俄かに洪水出来し、橋流れ人多く死ぬ(『扶桑略記』神亀三年条。『古事談』三—四は神亀元年)。天平三年(七三一)八月七日詔、高齢の行基信者に出家許可(『続日本紀』)。天平五年、聖武帝より輦車一両・得度三五人を賜わり「とぶくるま」詠を献ず(『年譜』『行基菩薩伝』)。天平八年八月八日、婆羅門僧正を摂津に迎える(『南天竺波羅門僧正碑並序』行基呼称「前僧正大徳」)。天平一四年、任大僧位。諱法行大僧正(『年譜』)。聖武帝、『大菩薩遊行事』一巻を録せしむ(同上)。天平一五年一〇月、帝、東大寺大仏造営の発願。行基参与。説話集等は婆羅門僧正来日をこの折の事とする。天平一七年正月、任大僧正(『続日本紀』)。智光、行基の栄誉に嫉妬し誹謗して地獄に堕ちる(『霊異記』中七、等。『年譜』は天平五年条)。天平二一年正月一四日、聖武に菩薩戒を授け大菩薩の号を賜わる。二月二日遷化。臨終時、弟子に口過を戒め(『十訓抄』四—一)、「かりそめの」詠(『古事談』三—四)。 (竹村信治)

〔参〕井上薫『行基』(吉川弘文館、一九五九)、平岡定海『行基・鑑真』(吉川弘文館、一九八三)

きょうくんしょう【教訓抄】 子孫の教訓や啓蒙のために書き残した楽書。一〇巻。『体源抄』『楽家録』とともに日本三代楽書の一に数えられている。[作者] 狛近真。[成立] 天福元年(一二三三)頃か。

序によれば、家芸の断絶を恐れたことが執筆の理由であるが、楽家が家伝の説に固執、対抗する当時の雅楽界の状況に危惧を抱いたこともあろう。内容は、一〇巻を二部に分け、前五巻を歌舞口伝、後五巻を伶楽口伝と称する。巻一〜三は狛氏の相伝する舞曲、巻四は他家の相伝する舞曲、巻五は高麗楽、巻六は舞のない楽のみ伝わる曲、巻七は舞楽全般に関わる諸心得、巻八は笙・篳篥等の管楽器、琵琶・箏等の弦楽器、巻九は鶏婁・腰鼓等の打楽器、巻一〇は打楽器の奏法、について説いている。

これら口伝の中には、裹頭楽に関する中国説話（巻三）のような説話的興趣のある独自説話もみられるが、たとえば、野行幸に放鷹楽奏者として召された秋宗が心臆して笛を川中へ取り落とす「或記云」としてひかれた話（巻四）などは『十訓抄』にも見られ、他の諸説話集中における歌舞管弦説話の伝承の様相を探る上でも貴重な資料である。また、本書は管弦との関わりの深い往生講式等仏教説話の世界を視野に入れる必要もあろうし、広く芸能史全般の立場から芸術論の書としても見るべきであろう。（村戸弥生）

〔参〕植木行宣「教訓抄」（〈日本思想大系〉『古代中世芸術論』岩波書店、一九七三）、今野達「教訓抄の提起する説話文学的諸問題」（『専修国文』一三、一九七三）

きょうげん【狂言】

中世の民衆喜劇で、発生は南北朝期にさかのぼり、また現代も上演される古典芸能。平安・鎌倉期の猿楽が、やがて劇を充実させ、歌舞を加えて能を分化する一方、本来の滑稽な物真似を継承して、喜劇として発達したのが狂言。狂言的なものは、すでに平安後期の『新猿楽記』記載の諸演技や鎌倉後期の『沙石集』にいう「ツレ猿楽」などに認められ、滑稽に風刺を交えた即興芸の伝統がその前史にあった。それが能と併演される形で、狂言としての実態を持つようになるのは、南北朝期の大寺院における延年芸に「咲（ヲカシ）」や「狂言」の語が見える頃からで、その内容は滑稽を基本としつつ、暦応三年（一三四〇）、法隆寺聖霊院における延年の〈舞へ舞へ蝸牛〉のように、『梁塵秘抄』所載の今様を歌い囃す拍子舞も行われた。「狂言」の語は、白詩にいう「狂言綺語」（虚構の言葉）の受容史が先行するが、芸能としての狂言は、世阿弥の『習道書』によれば、座敷秀句を用い、昔物語の一興あることを素材としたりするもので、そこに民間伝承や説話集との交渉が推定される。同書や『申楽談儀』などには、能と狂言が同一舞台で交互に上演され、また能のアイ（間狂言詞章は能の本文と必ずしも本説を同じくせず、その依拠する説話世界の探査が別個に必要となる）や三番叟の役目も狂言役者が担うこともあるとし、両者ともに笑いから遠く、前者については、世阿弥は「幽玄の上類のをかし」を求めている。このように狂言と能は深いかかわりを保ちながら、その芸態や方法には、たとえば科白の滑稽と歌舞の幽玄、無名の庶民と古典の貴種、現在進行と死後からの回想、といったぐあいに対照的な点が多い。そしてそれらを喜ぶ観客―支持基盤も異なり、能の諸座がその後援を争った貴人に対して、狂言は「公家人疲労事」（応永三一年［一四二四］、伏見御香宮祭礼猿楽）を演じて、その窮乏を笑う側を拠りどころとした。あるいは太郎冠者の大名への抵抗にしても、従来の価値観にとらわれない、下剋上の精神が横溢しているところに、大きな特徴がある。それは祝言的な百姓狂言にしても、天正狂言本の「近衛殿の申し状」などは、農民の立場で中間領主層への抵抗を示すとされ（橋本朝生）、たんに村々を祝福する点でだけで農民と近いのではない。天正狂言本は現存最古の狂言台本で、一五〇曲の目録と筋立て程度の短文ながら一〇三曲の本文を載せ、室町後期の、流派成立以前の狂言の姿を伝える、重要な資料である。その後、室町末期には金春座の狂言方として大蔵流（宗家弥右衛門家、分家八右衛門家）、江戸初期には幕府の式楽とされ、家康の命で観世座狂言方として鷺流（宗家仁右衛門家、分家伝右衛門家）、そして尾張藩に抱えられ、禁裏へも参勤する和泉流（宗家山脇和泉家）、以上三流が確立・伸長し、それぞれ大蔵虎明本（寛永一九年［一六四二］写）・延宝忠政本（延宝六年［一六七八］写）・天理本『狂言六義』（正保三年［一六四六］以前写）を最初に台本が書き留められ（他に読み物としての版本『狂言記』（万治三年［一六六〇］刊）等もある）、内容・表現が固定し、流派を意識しつつ、継承・洗練して現在に至っている。なお、三流とも明治維新時に宗家が中絶し、その後、大蔵・和泉両流は復活したが、鷺流はそのまま廃絶した。現在は山口鷺流狂言保存会が保存伝承の活動を続けている。現在上演される狂言の曲目は、大蔵が一八〇番、和泉が二五四番で、大部分は重複する。それらの作者は、一部に玄恵ら学僧の関与が伝承されるが、ほとんどは役者たちの手に成るものであろう。作品を大蔵虎寛本に基づいて分類すると、(1)脇狂言之類（祝言本位。百姓狂言・福神狂言・果報物。〈末広がり〉等）、(2)大名之類（大名をシテとする。〈粟田口〉等）、(3)小名之類（従者の太郎冠者をシテとする。〈止動方角〉等）、(4)聟女之類（聟をシテとする聟入り・聟取り物、女の相手の男をシテとする夫婦・嫁取り物。〈夷毘沙門〉等）、(5)鬼山伏之類（地獄・蓬萊の鬼や雷が登場する鬼狂言、山伏をシテとする山伏狂言。〈朝比奈〉等）、(6)出家座頭之類（出家をシテとする僧侶物・新発意物、盲人をシテとする座頭物。〈宗論〉等）、(7)集狂言之類（その他の雑狂言）、となる。伝書には、大蔵虎明の『わらんべ草』（万治三年［一六六〇］成る）、同虎光の『狂言不審紙』（文政一〇年［一八二七］成る）、和泉元業写『一子相伝之秘書』（文政年間）などが知られる。（西村聡）

［参］朝本朝生『狂言の形成と展開』（みづき書房、一九九六）、同『中世史劇としての狂言』（若草書房、一九九七）、田口和夫『能・狂言研究』（三弥井書店、一九七七）

きょうげんりこう【興言利口】　『古今著聞集』興言利口編は、様々な滑稽譚を収録するが、編の序文では、興言利口を「放遊境を得る時、談話に虚言を成し、当座殊に笑ひを取り、耳を驚かすこと有るものなり」として、くつろいだ座談の場で人々を楽しませる笑話を巧みに語ることだとしている。そうした即興の話のうち、一回的に消えることなく人々に語り継がれ、結構の整った洗練された語り口を持つようになった話が、説話集に収録するに値する興言利口話となっていくのである。興言利口という語のうち、「利口」は弁説巧みなことで、中国の典籍に典拠を持つ言葉であるが、「興言」の方の語源は明らかでない。『大鏡』や平安時代の貴族日記の用例からその場限りの座興の話という意と知られるが、柳田國男は「嗚滸の文学」(『不幸なる芸術』所収)において、「興言」の興は笑うべきことをいう「ヲコ」からくる宛て字だという。

興言利口は、「ヲコ」と並んで古代中世の笑いの文学を考える上で重要な語である。笑いの文学自体は古代から現代に至るまで普遍のものであるが、中世初頭には、『著聞集』や『今昔物語集』といった説話集において、笑話が組織的に収録されるようになった。そのような笑話を、『著聞集』は「興言利口」という編目でとらえ、また『宇治拾遺物語』はその序文で「利口」ともとらえている。興言利口は、さきに見た通り談話の場を背景とする語であるが、語りと密接に結びつく説話集が、興言利口という概念で笑話を認識するのは興味深いことといえよう。

(大村誠一郎)

きよひめ【清姫】　⇩ 安珍《あんちん》・清姫

ぎょふくき【魚服記】　小説。[作者]太宰治(一九〇九〜一九四八)。[初出]『海豹』昭和八年(一九三三)三月。

本州の北端、ぼんじゅ山脈のまんなかにある馬禿山にある炭焼小屋の娘スワは滝の傍の茶店で父親とふたりで年中そこで寝起きしている。一五になるスワはすこし思案ぶかくなった様子を見せ、父親に「なにしに生きでるば」と問う。やがて、季節は冬近くなり、父親は炭を売りに村へ出る。スワはひとりで茶店にいる。ある夜、スワが眠っていると、外は初雪らしく心が浮き立ったが、帰ってきた父親から襲われる。スワは吹雪の外に出て、滝に飛び込んだ。水底で鮒に変身したスワは、滝壺へむかって行った。

近親相姦の物語である「魚服記」には、スワ自身の変身譚と、そこに誘導する父が語った八郎の大蛇への変身譚が配置されている。いずれも、人間の持つ基本的な欲望である性と食に対して、変身と結びついた別れという処罰が用意されていたのである。それらは、すべての登場人物が別れを経験するという、いわば哀しい人間の物語として、この作品の基調になっていた。また、スワの変身は、民俗社会の神隠し的イメージをも与える。柳田國男によればかしこい子供は隠されやすいという。父に対して「おめえ、なにしに生きでるば。」と問うスワには、それに応えられぬ父との生活をもはや共有できない。父が選びとった解答は、性＝暴力による支配であった。神隠しという死あるいは異界への願望（それは変身譚と共鳴し合うもの）を性という暴力的な関係性で対処したのである。しかし、それはスワを滝壺へと向かわせることになる。滝壺への憧憬は、無論、そこで死んだ「色の白い都の学生」への憧れと結びつくものだった。

（江藤茂博）

きろうでんせつ【棄老伝説】 老人を捨てるという話で著名な信濃国更級郡の姥捨山伝説は、文献上『大和物語』にまで遡ることができるが、古代・中世の文献に現れる棄老伝説は、他に二つのものが知られる。一つは中国で編纂された古孝子伝中の話を原拠とし、『今昔物語集』『私聚百因縁集』『沙石集』に収録された話で、親を捨てようとする父が、息子の知恵によって翻意するというもの。棄老の翻意という点では、『大和物語』の姥捨山の話につながるものがある。もう一つは『枕草子』にみえる蟻通明神の縁起となっている話で、こちらは『雑宝蔵経』棄老国縁、『法苑珠林』不孝編といった仏書に淵源を辿ることができる。この話は、一定の年になった老人を追放するという棄老の掟を持つ国で、その国が大国に難題によって脅された時に、老人の知恵がそれを解決し、それをきっかけに棄老も廃止されることになったというものである。

口承の棄老伝説も全国各地で採取されているが、日本で棄老が行われていたという証はなく、棄老伝説の祖型は外来のものと考えられる。口承のものもいくつかの類型に分けられるが、その構成要素にはさきにみた文献上のものと重なるところもあり、識字階層でよく知られた話が全国各地に浸透するとともに、民間伝承と結びつきながら話を再生させていくところは興味深い。なお、『大和物語』中の、老伯母を山に捨てたことを後悔して詠んだ歌は、先行する『古今集』に読み人知らず歌として見えるが、この和歌は棄老伝説とは関係がないという説が有力である。

（大村誠一郎）

ぎんがてつどうのよる【銀河鉄道の夜】 小説。［作者］宮沢賢治（一八九六～一九三三）。［初出］生前未発表。初期稿と最終稿とに大きく分けられるが、要約は最終稿による。『校本宮沢賢治全集』第九巻、第一〇巻。

父のいないジョバンニは、働いて病気の母を助けている。ケンタウル祭の夜、級友に冷やかされた彼が草むらで銀河のことを考えて、ふと気付くと、友人のカムパネルラと共に銀河鉄道に乗っていた。銀河を旅するうちに友人の姿も消え、夢から醒めた。帰宅する途中、川に落ちたザネリを助けようとしたカムパネルラが溺死したこと、父親の帰って来ることなどを知った。

銀河鉄道の旅は、既に指摘のあるように、北の十字架（白鳥座）から始まって南十字座に終わる、十字架を背負った旅だったのである。ジョバンニは、級友からも、町の祭りからも疎外されている。しかし、教室で銀河が星だという答えを共に言わないことで、カムパネルラと秘かな友情を感じる。しかも、その知識は彼の父の本から得ていて、どこか兄弟譚的な枠組を持っているのである。初期稿を視野に入れ、ジョバンニがカムパネルラの夢に飛び込んだとする意見もある如く、二人の双子的な親密さも指摘できよう。しかし、ジョバンニの孤独はカムパネルラの同情によって増幅されていた。そのカムパネルラの救った意地悪なザネリの幻想界への転移が、憐れむべき鳥捕りだとする説にも従うなら、ジョバンニの異郷訪問は、親密なる者と他者とを交換する旅だったことになる。賢治の文学世界では、鳥捕りは、自分の存在を守るために他の命を奪うものだと言える。何よりも、最後にジョバンニが聞くのは〈父〉の健在なのである。

（石原千秋）

きんせいえどちょもんしゅう【近世江戸著聞集】

雑記。一一巻。［作者］馬場文耕（一七一五?〜一七五八、馬文耕とも）。［成立］宝暦七年（一七五七）九月。

書名は『古今著聞集』・『犬著聞集』等に倣って付けたと序文にある。

内容は、歌舞伎の主人公や役者についての話を一八話収載する。主として世間一般に流布している説をただし、真実を述べることを旨とする。巻一の「八百屋お七秋月妙栄伝」では、目次に「此件は、世上流布のお七伝の疑惑をあかして、其真実を記す所也」という一文が付されている。また各話について「惑解断」の中でその出典・根拠を明記している。巻一については、「八百屋お七一件は、其此の奉行中山殿の日記を、其臣中山独と云者、予に見せしを本とす。」とある。自説の信憑性を補強する効果をねらっての配慮であろう。各話の冒頭には、芭蕉・其角等の発句を配し、その句の解説から話の内容へと展開していく方法をとっている。これは『歌俳百人選』等と共通する手法で、文耕得意のものであった。

講釈師文耕はその生死を含めて未だ謎の多い人物であ

るが、本書の記述により俳人として白兎園宗瑞の弟子であったこと（巻一〇）、また自詠として「鬼灯に舌三寸のやぶれかな」という句を載せていること（巻九）等を知ることができる。さらに、本書収載の白子屋お熊（第三、四）や佐野次郎左衛門（巻九）一件等を考慮すると、いわゆる軍談講釈ばかりでなく、世話物の講談にも手を広げていたことがわかる。

本書成立の翌年、文耕は吟味中の事件（金森家騒動）について公儀批判をしたため極刑に処せられたという。

（上田渡）

きんせいきじんでん【近世畸人伝】　伝記。五巻五冊。続編五巻五冊。［編著者］正編は伴蒿蹊（一七三三～一八〇六）。続編は正編の挿絵画者三熊花顚（蒿蹊加筆）。［成立］正編は寛政二年（一七九〇）八月刊。続編は寛政一〇年（一七九八）正月刊。

内容は江戸時代初期から執筆時に至るまでの約二〇〇人の畸人の伝記集。題言での蒿蹊自身の定義によると、畸人とは、売茶翁や大雅堂のように子供でもそれと認める一般的奇行の人だけでなく、中江藤樹や貝原益軒のように仁義忠孝の人物で、その道を究め尽くした点で奇である人をも含めて言う。よって職業、身分も様々である。若干の人名をあげると、中江藤樹（儒者）、熊沢蕃山（儒者）、貝原益軒（儒者）、小野寺秀和（赤穂義士）、僧鉄眼（黄檗僧）、寺井玄渓（医者）、尼破鏡（箏曲家）、荷田春満（国学者）、賀茂真淵（国学者）、金蘭斎（漢学者）、小西来山（俳人）、駿府義奴（下僕）、木揚利兵衛（下男）等々である。

本書の記述が全て蒿蹊の独創とはいえない。先人の伝をそのまま載せたもの（「長山霄子」は安藤為章『年山打聞』の文章の引き写し）や漢文の原典を和訳しただけのもの（「僧無能」は『五僧記事』の和訳）もある。しかし多くは蒿蹊の執筆によるものであり、文章は簡潔平明でしかも人物ごとに雅俗を書分ける配慮もあり、読み物としても面白い。人選その他で友人の神沢杜口の『翁草』を相当意識して書かれていると思われる。よって伝記資料的価値も高く、明治期に至るまでその影響も大きいものがある。

（上田渡）

きんせいせつわ【近世説話】　現在、民話・昔話などとして伝播・収集されているものの中で、明らかに明治以降の成立になるもの、あるいは中世以前まで遡ることの出来るもの以外は、近世に基盤を置いていると考えられる。その実数は厖大なものになると考えられるが、実態に関しては必ずしも詳かではない。その意味においては現在近世説話とはいかなるものかについて厳密な定義を為し得る状態にはないと云わざるを得ない。さらにもう一つ近世においてはジャンルとしての説話という意識が必ずしも明確ではなかったことも留意しなければならない。

狭義の説話集に該当するものとしては『奇異雑談集』や『新著聞集』近世末期の民間説話を集めた『神国愚童随筆』同じく米沢地方の世間咄集『童児百物語』沖縄本島から八重山諸島に至る伝説・昔話・説話を収めた『遺老説伝』あるいは近世を通じて行われた様々な孝子説話集などが挙げられる。しかしながら周辺の諸ジャンルとの境界をどのように定めたら良いのか必ずしも明確なわけではない。

江戸時代には『伽婢子』や『狗張子』に代表される怪異小説が流行した。中で、上記の二作の場合作者なりの潤色が為されていないわけではないが、極めて説話的要素が濃厚であると云えるであろう。しかしながら説話に立脚していると考えられるものでも虚構化の著しいものの場合、既に説話というジャンルからははみ出してしまっていると云わざるを得ないのである。『雨月物語』『南総里見八犬伝』『優曇華物語』等の読本には昔話・説話・口碑・伝説・縁起などが取り込まれており、これら著名な作品の場合、内容そのものが後には口碑・伝説の基になってしまう場合も珍しくない。

『西鶴諸国ばなし』『一休諸国物語』『宗祇諸国物語』などの諸国咄・諸国物語などは、国内諸国の奇聞・伝説を集録したものであるとの体裁を取ってはいるが、作者の手による虚構化の度合が強く、説話として扱うことは難しいと考えられる。

笑い話の類も広義の説話に含められるであろうが近世では笑話は一つのジャンルを形成するに至っている。『醒睡笑』を始めとする咄本・軽口本、安永期以降の笑話ないしは落語などの大流行をみたわけであるが、これを説話という枠でくくること自体余り意味のあることとも思われない。

逆に説話ないし説話集であることを標榜していないのにもかかわらず、実質的には説話の集成であるような作品群が存在する。

第一におびただしい数の随筆が挙げられる。江戸時代には五〇〇〇点以上の随筆が著わされたと推測され、中には『枕草子』や『徒然草』のような純然たる随筆もなくはないが、多くを占めるのが「雑編」とされるものである。そこに於いては、様々な巷談街説・奇事異聞・逸事逸話・回顧談・文芸芸術・芸談・学芸などについての言及・考証がなされている。主なものに松浦静山『甲子夜話』二八〇巻・神沢杜口『翁草』二〇〇巻・天野信景『塩尻』一〇〇巻などがある。他に口碑・伝説・民話説話を中心に取り上げたものに『耳嚢』『江戸塵拾』『譚海』『諸国里人談』『梅の塵』『兎園小説』『怪談老の杖』

『斉諧俗談』『閑窓自語』『醍醐随筆』『半日閑話』『異説まちまち』『秉穂録』『篠舎漫筆』『梅翁随筆』『反古のうらがき』『以文会筆記』などがある。以上は説話集というわけではないが近世説話を考える場合に無視出来ないものである。

次に紀行文。中には浅井了意の『東海道名所記』のような作品もなくはないが、浅井了意の『奥の細道』のような作品もなく

はないが、浅井了意の『東海道名所記』が仏閣や名所旧蹟の由来、伝説や風俗に触れたように、巡覧記と呼ばれる学者達の紀行文も多くの説話を収録している。主なものに貝原益軒『和州巡覧記』・古河古松軒『東遊雑記』・橘南谿『東西遊記』・菅江真澄の著作などがある。

さらに地誌類にも説話とかかわりを持つものが多く、鈴木牧之『北越雪譜』のように雪という主題を軸にしたものもある。外に黒川道祐『雍州府志』・益軒『筑前国続風土記』・菅江真澄『真澄遊覧記』・赤松宗旦『利根川図志』など。

以上ジャンルとしては随筆であり紀行・地誌とされるものにも説話と深いかかわりを持つものを示したが、これらを分類整理して「近世説話」とは何かという視点を確立するには至っていないというのが現状である。

（矢野公和）

きんだいせつわ【近代説話】

近代文学史で「近代説話」という用語が特定のジャンル、流派を指すものとして用いられることはほとんどない。しかし豊島与志雄に、敗戦直後に「近代説話」と傍題して発表した「白蛾」（昭和二一年）、「高尾ざんげ」（同）など一連の短編小説がある。戦後の新たな社会における人間性の赤裸々なあらわれを直截に追求しようと、写実的な表現と象徴的な表現とを併用しつつ長さを圧縮し、だが筋書みたいな感じにならないよう話述体の文章を用いて余裕と潤いとをもたせた実験的なスタイルの作品群であった。豊島による話述体の採用は童話作品ばかりでなく、戦前の、「小悪魔集」と傍題した『白い朝』（昭和一三年）の表題作や、中国を舞台にし「近代伝説」と傍題した『白塔の歌』（昭和一六年）所収の短編群があったが、「近代説話」シリーズに到って変革期を生きる人間を描くというモチーフと相俟って近代文学の伝統を超克しようとしたのだ。例えば「白蛾」の主人公岸本省平は中学校の頃親しんでいたお千代さんとよく似た「一種の白痴美」を持つ女と焼け跡で出会い、やがて一夜を共にする。だが作品には登場人物の性格もこまやかな恋愛心理も十分に描かれてはいない。ただその夜、岸本が蚊帳の上に見た「白い大きな蛾」のイメージが女と重ね合わされ簡潔な筋の中で強く迫ってくる。

豊島与志雄の「近代説話」から、花田清輝は「近代以前の説話文学をスプリング・ボードにして、近代小説か

ら飛躍したいという作者のはげしい意欲」を受けとり、近代小説と説話文学を「対立させたまま、統一しようとする試みからうまれた」、「転形期」の文学として評価した。このような視野から近代文学史を展望してみれば、大正期の宇野浩二の饒舌体、佐藤春夫のノン・シャランな文体などを先駆に、昭和期の武田麟太郎や高見順らを経て、戦後「新戯作派」とも呼ばれた太宰治、織田作之助、坂口安吾、田中英光ら、さらに花田の『鳥獣戯画』（昭和三七年）、『小説平家』（昭和四二年）などまで含み込んだ広義の概念として「近代説話」を考えることも可能だろう。豊島の試みから触発されたという同人誌「近代説話」（昭和三二〜三八年）の寺内大吉、司馬遼太郎ら、純文学以外にも範囲は広げられよう。

従来、近代文学と説話との関係は芥川龍之介の一連の作品や谷崎潤一郎「少将滋幹の母」のような作品を軸に考えられてきた。だが花田は、芥川は「説話文学を近代小説に仕上げたにすぎ」ず「現代に自足」、谷崎は説話文学を「物語文学のセンス」でとらえ「過去に逃避」したと批判、豊島こそが「説話文学の本来のすがたを回復して未来に生か」そうとしたと述べている。物語内容が『今昔』などの話話文学を踏まえているかどうかが問題ではない。「転形期の精神」たる説話文学と近代文学の葛藤をみることは、「言文一致」以後制度化された近代文学の言説そのものを問い直す課題ともつながってゆこう。

（吉田司雄）

〔参〕花田清輝「解説」（『豊島与志雄著作集』第四巻、未来社、一九六五）

きんたろう【金太郎】 明治三三年（一九〇〇）『教科書適用幼年唱歌』に収められた童謡「キンタロー」が耳に馴染んだ逞しい男の子であるが、それ以外には金太郎飴や五月人形などによって支えられる視覚的な印象が昨今の金太郎像であろう。一八世紀の後半の絵本『公時一代記』には既に「金」の字の腹がけをした童髪の姿が描かれる。また浮世絵の題材としても頻繁に用いられたようである。ただし、金太郎の名が現代でも逞しさを喚起するのは事実で、豪快なサラリーマンを描く漫画の主人公にもその名が受け継がれている。源頼光の四天王として伝えられる坂田金時の幼名は、黒本『金時稚立剛士雑《きんときおさなだちつわもののまじわり》』や黄表紙『昔々噺問屋』（一七八五）に金太郎として現れるより前には、怪童丸が一般的であり、浮世絵に描かれる童子の名も怪童丸だった。一八世紀初期の『広益俗説弁』や『前太平記』には足柄山の山姥を母とする説話があるが、金時の幼年時代は近松門左衛門『嫗山姥《こもちやまうば》』（一七一二）の上演を世間に広まる大きな機会としたようだ。山姥を母とする朱色の体の童髪の怪童丸が動物と相撲をとる様子が四段目に描かれ、常磐津「薪《たきぎ》荷《おう》雪間の市川」など山姥物と呼ばれる所作事などにも影響を与えている。金太郎は伝説としても各地に伝えられ、その地域の山姥の伝説や雷神の信仰との関連に目がいきがちであるが、近世以来の様々なメディアの交錯を視野にいれておく必要がある。（野村典彦）

〔参〕高崎正秀『金太郎誕生譚』（『高崎正秀著作集』7、桜楓社、一九七一）、鳥居フミ子「金太郎の誕生」（『日本文学』六二、一九八四）、中山エイ子「「昔話唱歌」誕生の要因」（『日本学研究』三、二〇〇〇）

くうや【空也】 平安時代の僧。「こうや」とも。延喜三年～天禄三年（九〇三～九七二）。九月一一日、西光寺（本尊十一面観音。後の六波羅蜜寺）にて没。出自不明。没後まもなく成った『空也誄』に皇族出身説が示され、醍醐帝皇子説（『閑居友』上四等）、仁明帝孫説（『本朝皇胤紹運録』）、あるいは化人説（『日本往生極楽記』一七等）もある。「空也」は自称の沙弥名、法名は光勝。市中観念の便りありと市に住したので〈市聖〉〈市上人〉、常に阿弥陀仏を称して教化したので〈阿弥陀聖〉とも呼ばれた。阿弥陀信仰における口称念仏・踊念仏の祖。源信・慶滋保胤などに影響を与えた。また松尾明神に法華の衣を与えた法華経行者としても伝えられる（『百座法談聞書抄』等）。

事蹟は少壮の時、優婆塞として五畿七道遊行。二〇有余歳の折、尾張国分寺にて落髪。その後も諸国遊行（播磨国峯合寺・阿波土佐海上の湯島・陸奥出羽）して、天慶元年（九三八）帰京。阿弥陀井掘鑿、囚徒教化、神泉苑老狐済度、等をなす。天暦二年（九四八）、天台座主延昌に師事、受戒。天暦五年貴賤に金泥大般若経六百巻書写を勧め、応和三年（九六三）賀茂河原での大般若経供養（『空也上人供養金字大般若経願文』『本朝文粋』巻一三）。以後、没するまでの事蹟は『空也誄』『極楽記』及び『打聞集』以下の説話集、近世初期の『空也上人絵詞伝』に逸話が残る。『空也和讃』『六座念仏式』は空也作とされる。（竹村信治）

〔参〕堀一郎『空也』（吉川弘文館、一九六三）、平林盛得『聖と説話の史的研究』（吉川弘文館、一九八一）

くまがいなおざね【熊谷直実】 鎌倉時代の武人。永治元年～承元二年（一一四一～一二〇八）。後に出家、法名蓮生。『平家物語』中の、一の谷の合戦で、若年の大将平敦盛を討った時に武士であることの無常を悟って発心出家した説話が著名である。しかしながらこの発心譚を事実として裏付ける資料はなく、『吾妻鏡』建久三年（一一九二）一一月・一二月の記事によれば、領地争いをめぐる訴訟に敗れたことによる出家とされている。ただし、熊谷家文書建久二年三月一日付の文書中に「地頭僧蓮生」とあることによって『吾妻鏡』の記事も信憑性を疑われ、直実の出家の動機は、なお明らかでない。

そうした事実関係はともかくとして、『平家物語』中の直実と敦盛の説話は、独立した発心譚としての結構を持つと同時に、高野聖によって広く伝承されたようだ。延慶本『平家物語』「敦盛最期」では、後日譚として法然のもとで出家して法名蓮生を名のり、高野の蓮華谷に入って敦盛の後世を弔ったことが伝えられ、四部合戦本でも高野に参籠して敦盛の霊を慰めたことが記されるなど、高野との関係が言われる。なお、法然の門に入った直実は有力な門弟となり、『古事談』に「熊ガエノ入道ガ弘メオキタル一向専修之僧徒」（僧行第三）とあるように専修念仏の布教に力があった。このような直実の背後にある教団等の宗教上の力は、熊谷直実発心譚の伝播・成長と無縁ではあるまい。この発心譚は、室町時代物語、謡曲、幸若舞曲、古浄瑠璃と再生を繰り返していくのである。　（大村誠一郎）

〔参〕水原一「熊谷説話の形成」（『平家物語の形成』加藤中道館、一九七一）

くまのびくに【熊野比丘尼】　⇩八百比丘尼《はっぴゃくびくに》・熊野比丘尼

くめのせんにん【久米仙人】　大和の葛城山または吉野の龍門寺にいたという仙人。

『徒然草』の「世の人の心迷はす事、色欲にはしかず」で始まる第八段で知られる。「久米の仙人の、物洗ふ女の脛の白きを見て通を失ひけんは、まことに手足、はだへなどの清らに、肥えあぶらづきたらんは、外の色ならねば、さもあらむかし。」という。色欲によって呪力を失った仙人として知られている。

『今昔物語集』巻一一の「始めて久米寺を造れること」（第二四）に次のように記す。大和の国、吉野の龍門寺に久米が籠って仙術を学んでいた。久米は仙人となって空を飛んだ。吉野河の辺で若い女が衣を洗っていた。女の白い脛（はぎ）を見て墜落した。女と夫婦になり、自ら「前の仙」と称した。その時に、大和国高市郡に都を造るために人々が労役に集められたが、人々が久米を「仙人」と呼ぶことを行事官が不審に思うと、上記のわけを語った。行事官がたわむれに「仙の法により運べ」と命じると、道場に籠り、断食し七日七夜不断の礼拝を行った。すると、八日目の朝、急に雷雨が降り、後に晴れわたった空に大中小の材木が南の杣山から空を飛んで新都の造営地に来るのが見えた。行事官は久米を拝した。天皇もこれを聞き免田を施した。久米はこの田をもって伽藍を建てた。これが久米寺という。

　この説話は天上に罪を得て流された仙人（謫仙）が水辺で神を待つ女と神婚した話が原型である。もともとは久米寺建立の縁起譚であるが、色欲に迷った破戒僧（仙人）の話とも解される点が肥大して、久米仙人が説話の主人公として興味がもたれてきた。『七大寺巡礼私記』・『扶桑略記』・『発心集』にも記事が見える。（清水章雄）

ぐんきとせつわ【軍記と説話】　中世文学の一ジャンルとしての軍記は、軍記物語とも呼称されるが、これを中世武士団を中心とした合戦・争闘に材をとり、合戦記・軍《いくさ》物語を不可欠な構成要素とする物語文学であり、歴史文学であると規定すれば、『保元物語』『平治物語』『平家物語』『太平記』、それに武士の物語として〃准軍記物語〃ともいわれる『義経記』『曾我物語』などが主たる検討対象となろう。これらの軍記と説話との関わりは、すこぶる深いものがある。例えば『平家物語』については、いわゆる故事先蹤譚・挿話の類を多く載せているばかりでなく、作品全体を、平家一門の興亡や源平合戦にまつわる大小さまざまな口語り・説話・伝承を集成したものととらえ、説話的発想によって叙述された説話文学の一種とみなす見解も存在するくらいである。

　軍記における説話が問題とされる時、その対象となるのは、次の三種のものである。その第一は、主要説話・本系説話などと呼ばれる、物語の本筋を担う説話であり、『平家物語』でいえば、鬼界が島流人説話とか、木曾義仲説話などと呼ばれる説話群がこれにあたる。第二は、従属説話とか、傍系説話とか呼ばれ、物語の本筋からはずれていて、本筋のストーリーに関連したり、付随した形で語られている独立的なまとまりを持った説話である。例えば鬼界が島における康頼らの〃卒都婆流〃の先例或いは類比として語られている中国の蘇武説話（『平家物語』巻二）の類である。

　もう一つは、説話の片鱗を例示的に引いたり、レトリックとして用いたりして、その背後に存在している著名なる説話を想起させようとするもので、一句から一行程度の短い形をとっている。例えば「祇園精舎の鐘の声」や「娑羅双樹の花の色」という句によって釈尊の生涯をめぐる仏教説話を想起させたり（『平家』巻一「祇園精舎」）、清盛の船に鱸《すずき》という魚がとびこんだ話について、「昔周の武王の船にこそ白魚は躍入たりけるなれ」というように故事説話の一部を引く（『平家』巻一「鱸」）といったものである。

　上記の三種の説話的なもののうち、第一のものは本筋のストーリーとの区別がつけにくく、独立性・短編性といった説話本来の性格からもはずれるように思われるし、第三のものも、首尾照応した一まとまりの説話としては、ものたりない形というべきであろうから、軍記における最も説話らしい説話は、やはり第二にあげた従属説話の類ということになろう。この従属説話の類は、『平家物語』語り本（略本）系の「覚一本」でも五〇話近くを数え、読み本（広本）系諸本（『源平盛衰記』など）では、さらにその数が増えることはいうまでもない。『太平記』の場合では全巻では七〇話以上、『曾我物語』でも三〇話以上の従属説話が数えられる。こうした軍記の従属説話は、和漢・天竺の、いわゆる故事説話が大部分を占めているが、作品の中で果たしている機能からいえば、当面の記述対象となった事件・人物・事象を、意味や評価の確定している著名な先例・由緒などによって位置づけ（意味づけ）、確認しようとするものが最も多い。「異国にもかかる例《ためし》あり」とか、「その来由をたづぬれば」とかいった形で語られる先例（先蹤）説話や由緒（縁起）説話がこれである。これらの先例説話・由緒説話を多く引くのは、類似の話、あるいは反類似の話を掲げて、アナロジー（類比）を示し、読者（聴者）の知的興味をそそったり、故事をわかりやすく提示して啓蒙する意識などもあったようである。

従属説話には、このほか例えば、清盛死去の記事の後に「築島」「慈心坊」「祇園女御」という追悼説話が語られ（『平家』巻六）、頼朝の挙兵は文覚のすすめによるという記事の後に、「文覚荒行」「勧進帳」「文覚被流」といった文覚の人となりを示す説話がおかれるように、ある人物の事歴・行動などに関連した、人物説話というべきものも少なくない。

軍記がこうした説話を採る際に、例えば『史記』『漢書』とか、『古事記』『日本書紀』とかいった原典から直接引くのではなく、それらを日本化・平易化した幼童書・通俗書・注釈書などに拠る場合が多いことも、近来明らかにされてきている。研究の進んでいる『平家物語』においては、史実・口語りと説話との関わり、説話的なものの物語的統一の問題、あるいは延慶本など諸本独自の説話の検討などが研究課題となっているが、他の軍記では、説話それぞれの検討の段階にある。

この課題についての近年の研究動向を総括したものに、佐伯真一「軍記物語と説話」（『説話とその周縁―物語・芸能―』〈説話の講座〉6、勉誠社、一九九三）、小峯和明「軍記文学と説話」（『軍記文学とその周縁』〈軍記文学研究叢書〉1、汲古書院、二〇〇〇）などがある。

（加美宏）

けさごぜん【袈裟御前】　『平家物語』には、源頼朝に挙兵をすすめた荒法師文覚が登場するが、その文覚の発心譚の要となる女性。文覚発心譚は『源平盛衰記』巻一九に詳しく、四部合戦状本・南都本・応永書写延慶本『平家物語』もこの説話を載せる。文覚はもと遠藤武者盛遠《もりとお》といった。その従妹の袈裟は、源左衛門尉《げんざえもんのじょう》渡辺渡《わたる》の妻であったがたいそう美しく、橋供養のおりに彼女を一目見た盛遠は恋焦がれる。そこで袈裟の母衣川《ころもがわ》を脅して首尾よく思いを遂げたところ、翌朝袈裟が夫を殺してくれと彼に頼む。彼女と示し合せた盛遠は渡に夜討ちをかけるが、斬った首をみるとそれは袈裟の首であった。袈裟の孝心・貞節に感じ入った盛遠と渡は出家し、各々、盛《じょう》阿弥陀仏、渡《と》阿弥陀仏と称したという。御伽草子『滝口物語』『恋塚物語』はこれが素材である。諸本に異同があって、袈裟の本名を〈あとま〉〈阿津間〉といったり、出家後の渡を〈俊乗坊重源〉と伝えたりする。一説に、文覚発心譚は先に重源発心譚として成立していたのではないかといわれる。袈裟御前ゆかりの地は二ヶ所ある。一つは京都市伏見区下鳥羽の恋塚寺《こいづかでら》で、境内に彼女の菩提を弔う塚が残る。もう一つは同じく京都市の南区上鳥羽の浄前寺門前にある恋塚である。この鳥羽の地一帯はかつて水上交通の要衝であったが、文覚発心譚の中に橋供養の条があったり、渡の出自が渡辺であることなどにより、この話には、淀川周辺の水上交通に携わった渡辺党が関与していたと推測されている。

（山本則之）

げんこうしゃくしょ【元亨釈書】　中国流の組織だった僧伝にならって作った日本仏教史。伝記三〇巻目録一巻。［作者］虎関師錬（一二七八～一三四六）。［成立］元亨二年（一三二二）。

本書は師錬の序によると、仏祖の法を明らかにし、聖賢の事跡を明確に顕彰する意図をもってまとめたものである。構成は三部から成る。第一の僧伝は南天竺菩提達磨がわが国に渡来したとの記事を巻頭に、内外の僧尼・仏徒四一六名の伝記。第二の資治表は欽明天皇から順徳天皇にいたる治世を仏教とのかかわりにおいて編年体で叙述した仏教通史。第三の志は部門誌である。一九巻から成る僧伝は『大日本国法華経験記』『続本朝往生伝』『扶桑略記』などを典拠としており、当代仏教説話の集成の観がある。

本書は僧伝を中心に、寺社の由来・霊験・音芸なども収めている。たとえば「神仙」の項には伊勢皇太神宮・北野天満天神などの神社をはじめ、法道仙人とともに久米仙の伝記もある。また「音芸志」では、経師・声明・唱道（導）・念仏の四項を立てて概説。唱道はとりわけ説話とのかかわりが密接で、注目されるところである。唱道は治承・養和のころの澄憲ならびに寛元のころの定円をもってそれぞれ一家を立て、当今天下に唱演するものみなこの二家にならっているとし、澄憲の安居院の唱道は子孫がその業を継承して著名であると述べている。

（石川純一郎）

〔参〕永井義憲『日本仏教文学』（塙書房、一九六三）、菊地良一『中世の唱導文芸』（塙書房、一九六八）

けんごうせつわ【剣豪説話】

ひとたび刀を手にしては、だれが最も強いとされてきたか。歌の文句を引くまでもない。それは赤胴鈴之助である。しかし、彼の場合「夢は大きな少年剣士」の域に留まっていて、遂に大成するには至らなかった。未完成の剣豪である。しかも少年に始終していたがために、貫いて決定的な〝説話〟もしくはその〝場面〟を生成することがなかった。その意味では、剣豪のイメージには程遠い。

これからして見当がつくように、ここにいう剣豪には、それぞれがそれにふさわしい〝話とその場面〟が欠かせない。宮本武蔵にはご存知、豊前小倉の船島こと、巌流島における佐々木小次郎との対決があった。荒木又右衛門には、伊賀越敵討での三六人斬りがあった。しかも、これらはいずれも、たまたまその〝場〟が形成されたのではなくして、そこに至るまでには実に多くの艱難辛苦、そして臥薪嘗胆の日々が彼等の上に課されていたのである。こうした場面の設定、あるいは話の伸展からも察せられるように、剣豪には、そもそもが単なる剣の名手とか、剣技抜群の手練の荒者とは一味異った意味合いが付加されていた。

それというのも、世に聞こえた名代の使い手となれば、鞍馬天狗・丹下左膳・平手造酒《ひらてみき》、さらには眠狂四郎・木枯し紋次郎といった剣客がいた。しかも彼等はしばしば、独眼、そして左腕のみの隻手であったり、またその氏、素姓からしてもほとんどの場合が履歴不詳で、なおかつ、過去に宿業を背負った痩軀異相の男たちであった。いわば、異端の代名詞とも称されるほどの、孤独で虚無的な存在であった。刺客ですらあった。世にいうニヒリスト剣客の系譜なるものがここに認められる。

しかし、それに対して宮本武蔵・荒木又右衛門、さらには机龍之助といった例になると、そこには明らかに彼等とは異質の、いわば一種格別の人物造型、あるいは人格の付与、付帯といった試みがなされていた。

たとえばこれを証するに、作州吉野郷宮本村出身の新免宮本武蔵《たけぞう》は、後年『五輪書』を著す兵法家武蔵《むさし》の域に達するには、幾多の試練を経なければならなかった。沢庵和尚との邂逅によって、そこでの説法が彼の魂を救い、伊賀上野で鎖鎌の達人宍戸梅軒を倒し、宝蔵院の槍で目を洗われ、ついで一乗寺下り松で吉岡一門と対決する。こうした実戦にもとづいた戦績が、やがて二天

(二刀)流を案出して剣の極意を授かるに至った。同じく、それは一見ニヒルにみえる机龍之助の場合にもいえる。彼には終生貫いて欣求、希求した「上求菩提、下化衆生」の理念、あるいは哲学ともみなされるものがあった。単に甲源一刀流の達人であったのではない。こうして、彼等に共通してあるのはすなわち、自身の剣の道を完成させると共に、人生そのものをも磨き上げて行く、という揺るぎない哲理が流れていたのである。

この意味において、剣豪説話とその主人公たちは、併せてその読者層の成長を促すという役割と機能をも担っていたのである。(野村純一)

げんしん【源信】 平安中期の天台宗の学僧。天慶五年~寛仁元年(九四二~一〇一七)。大和国当麻の人。占部正親の子。幼時比叡山に上り良源(慈恵)に師事。『往生要集』他多数を著し、慶滋保胤らと念仏結社二十五三昧会を起こす。権少僧都に任じられ一年で辞退、隠棲。通称恵心僧都。

初期源信伝として『首楞厳院二十五三昧会結縁過去帳』中の伝、『延暦寺首楞厳院源信僧都伝』、『本朝法華験記』、『続本朝往生伝』中の伝がある。もっとも早い『過去帳』は出生より遷化までの全容をとらえ、『源信僧都伝』『験記』も同様。『源信僧都伝』は前半部が『過去帳』に似る。『験記』は一部『過去帳』に依拠するが大半は独自の記事から成り、生前の源信と直接関わった著者叡山横川僧鎮源が、源信の居住した横川での口伝や新資料を採ったか。『続本朝』は念仏往生者としての源信を強調し、『過去帳』及び「別伝」「恵心別伝」の記事を引用してその信憑性を誇示する感がある。「別伝」記事は『源信僧都伝』と同文。『今昔物語集』巻一二第三二の源信伝はほぼ『験記』に拠る。巻一五第三九は、その母が、学生《がくしょう》源信に、「名僧」になるなかれ、名聞利養に背を向けた「聖人」たれ、と諭す名高い話。原型が『過去帳』『源信僧都伝』に見える。『今昔』以後も新しい話が断片的ながら頻出し、『発心集』では、源信の母の話の他、「聖教と和歌は」「一なり」と喝破した源信を挙げ、数寄即往生行とする思想の裏づけたらしめる。『袋草子』『沙石集』に類話がある。⇩往生要集・今昔物語集・沙石集・袋草子・発心集 (青山克彌)

〔参〕高橋貢『中古説話文学研究序説』(桜楓社、一九七四)

げんぶんいっち【言文一致】 話し言葉と書き言葉に、本来「一致」などという現象がありうるのか。音声言語と文字言語に、「一致」ということがおこりうるのかどうか。おそらくこの項目それ自体への疑いから、「言文一致」という問題への問いははじまるしかないし、その問いかけが消失するところに、日本の近代における言語観の成立をみるべきなのかもしれない。

なぜなら「言文一致」なる幻想を信じえたところに、近代という時代における、人間と言葉をめぐる隠されたイデオロギーが内在しているからだ。

資料的に確認されている「言文一致」の最も早い提唱は、前島密《ひそか》の「漢字御廃止之議」（慶応二年〔一八六六〕）であろう。徳川慶喜《よしのぶ》へのこの建白書では、漢文・漢字を廃止して、日本語の文章を平仮名で書くべきであると主張しながら、前島は「ツカマツル・ゴザル」などの文末詞を用い、「口舌にすれば談話となり筆書にすれば文章となるやうにすべきだ」と説いた。この前島の考えにあらわれているように、「言文一致」は常に「国語国字」問題と連動して問題化されていくことになる。初期の実践として、加藤弘之の『交易問答』（明治二年四月）、『真政大意』（明治三年七月）、西周の『百一新論』（明治七年三月）などの啓蒙書が「でござる調」で書かれた。西には、ローマ字採用を主張した「洋字ヲ以テ国語ヲ書スルノ論」（『明六雑誌』明治七年三月）がある。

漢学の教育を受けていない者にも読むことができる新しい文体に、最も敏感だったのは、当然のことながら、多数の読者を開拓しなければならない、成立したばかりの活字メディアとしての新聞であった。「読売新聞」をはじめとする小新聞は、創刊の当初から口語体・総ルビで出発した。そしてこれら小新聞の中心が、報道と創作をあわせた、いわゆる「つづきもの」と呼ばれる新聞小説であったことも、その後の「言文一致」の在り方を規定している。

明治一五年以後、自由民権運動の高揚の中で、大新聞は政党新聞化し、新しい新聞もぞくぞくと発刊される。政治的主張をひろげることは、読者の拡大であり、その宣伝・営業の必要性から、大新聞でも「つづきもの」の連載がはじまり、漢文脈で統一されていた紙面に変化があらわれる。また自由・改進両政党が経営する小新聞では、社説にも談話体が採用されることになる。

社説という政治的主張までもが、談話体で記述され、新聞に活字印刷されるためには、この時期田鎖綱紀によって構案された、「日本傍聴筆記法」＝速記術という、全く新しい文字体系が必要であった。自由民権運動の時代は、新聞ジャーナリズムの全盛期であると同時に、演説という新しいオーラル・コミュニケーションの手段が全国的にひろがった時代でもあった。国会開設を前にして、演説会や県会などでの演説は、そのまま政党新聞の記事につながっていた。より正確な傍聴筆記をめざす速記者たちが明治一五年の「日本傍聴筆記法」の講習会に集った。その中の一人若林玵蔵が、後に矢野龍溪の『経国美談』後篇（明治一七年二月）を口述筆記し、明治一七年三月には、酒井昇造とともに、三遊亭円朝の新作『怪談牡丹燈籠』を速記し、はじめての速記本として出版された。以後続々と、人情話・政談演説・学術講演の速記出版が行われていく。落語や演説といった、日常の話し言葉とは異質な、文の完結性を内在させているオーラル・コミュニケーションのジャンルが、速記記号という日本語の音韻と文字体系を媒介する中間的記号体系をふまえて、「言文一致体」と呼ばれる文章の基盤がつくられたことは記憶されてよいはずだ。

　物集《もづめ》高見の『言文一致』（明治一九年三月）は、名称としての「言文一致」が使用された最初の例だが、ほぼ同じ時期二葉亭四迷の『浮雲』（明治二〇～二二年）、山田美妙の『武蔵野』（明治二〇年）などの「言文一致体」小説の実験が、やはり新しい活字メディアとしての雑誌や新聞に登場する。日清戦争後、国家的見地から国語問題が問い直され、標準語による国語統一を唱えた上田万年《かずとし》等の主張を媒介に、小説の言文一致化が進み、日露戦争前後にかけて、文学界・教育界をまき込んだ運動が展開され、小学校読本という国民的メディアによって、標準語による口語文体が全国的に普及されることになる。明治末から大正初期の「白樺」派の実践は、学習院という教育環境の中で、近代小説の文章語と同じ口語文体で話す人々の登場をあらわしてもいる。「言文一致体」とは、活字メディアの中で、人工的に造り出された、近代の新文体だったのである。　（小森陽一）

〔参〕山本正秀『言文一致の歴史論考』（桜楓社、一九七一）

こうえきぞくせつべん【広益俗説弁】　俗説の真偽を識別した考証随筆と説話集としての性格を持つ。［作者］熊本藩士井沢《いざわ》長秀（一六六八～一七三〇）。通称、十郎左衛門。蟠龍《ばんりょう》と号した。［成立］正編二〇巻が正徳五年（一七一五）刊、後編五巻、遺編五巻は享保二年（一七一七）刊、附編七巻は享保四年の刊、残編八巻は享保一二年京都柳枝軒の刊行。正編に正徳五年同僚熊谷竹堂（熊本藩儒官）及び蟠龍の序文がある。

　本書（正編）は、先に刊行されていた『本朝俗説弁』（七巻七冊・宝永三年［一七〇六］あるいは宝永四年刊）、『続俗説弁』（三巻三冊・宝永五年刊）、『新俗説弁』（五巻五冊・宝永七年刊）の三書を増補・改訂して、広益の二字を冠したものである。正編巻一～四が神祇、巻五・六が天子、巻七が皇子・后妃、巻八・九が公卿、巻一〇～一三が士庶、巻一四が婦女、巻一五が僧道、巻一六が人物補遺・公卿・士庶・婦女、巻一七が近世、巻一八～二〇が雑類（地理・人物・官職・文籍・器用・音楽・画図・歳時・仏家・草木・畜獣・魚虫）に分類して二六〇条から成る。後編・遺編・附編・残編もほぼこの分類に従っている。

分類の項目名によればその多くは人物に関する俗説である。たとえば正篇巻一〇士庶は「浦島子、蓬萊にいたり三四〇余年を経て帰る説」「俵藤太秀郷、三上山の蜈蚣を射る説、附同人、将門を討説」「源頼光、酒顚童子を討説、附土蜘蛛の説」等のごとく収載されている。各説話の冒頭「俗説云」で始まり以下その概要を記し、次いで「今按るに」の段ではわが国古来の説話・俗話を掲げ、さらに和漢の諸書を博引旁証して批判及び検討を加え、俗説の真偽が判定されるのである。その結論のほとんどが「俗説のあやまりを知るべし」「俗説の相違を知るべし」なのである。

巻二〇の巻末に掲出された引用書は六三二部に及ぶ。本書は正徳五年から享保一二年の完結までに一三年の歳月を費やして仕上げられているが、著者はその続刊ともいうべき終編の刊行を予定していたようであるが、享保一五年一二月、著者の死去（享年六三）により未刊に終わった。

蟠龍の代表的な著述である本書の愛読者として、滝沢馬琴や森鷗外などがいる。また、本書の体裁・内容にならった著書に、谷秦山《しんざん》著『俗説贅弁《ぜいべん》』がある。

（藤島秀隆）

〔参〕井沢蟠龍著・白石良夫校訂『広益俗説弁』（平凡社、一九八九）、渡辺守邦「広益俗説弁」（『研究資料日本古典文学　三　説話文学』明治書院、一九八四）

こうがさぶろう【甲賀三郎】　『神道集』の「諏訪縁起事」や御伽草子『諏訪の本地』などに登場する主人公の名前。

実名を、西日本では兼家、東日本は諏方《よりかた》といい、二系統に分かれる。後の浄瑠璃はすべて兼家系である。

諏方系の『諏訪の本地』によれば、甲賀三郎は甲賀権守の末子に生まれ、春日姫を妻にするが、伊吹の嶽の巻狩で辻風にさらわれてしまい、兄たちと捜し求め、蓼科《たでしな》の嶽の人穴で再会するが、兄たちにだまされ、地底世界を遍歴することになり、地上に出て故郷の釈迦堂に行き、蛇体になっていることを知るが、僧たち（実は諸国の神々）の話を聞いて元の姿に戻り、春日姫と再会し、夫婦で東天竺《とうてんじく》に行って神明の法を得て、帰国後、諏訪大明神として顕れたという話。

この話は、昔話「三人兄弟」の末子成功譚に属するだけでなく、世界の諸民族に伝わる昔話「奪われた三人の王女」や幸若舞曲『百合若大臣』と類似することが指摘されている。こうした話型をもとに、諏訪信仰の唱導者によって作られ広められた話であった。地底遍歴の中で稲を作る四季の国と狩猟で暮らす国とを訪れ、蛇体とな

って地上に出た甲賀三郎は、農耕神と狩猟神を兼ねる諏訪大明神の本質をよく示しているという。⇩神道集

（石井正己）

〔参〕筑土鈴寛「諏訪本地・甲賀三郎―安居院作神道集について―」（〈著作集〉三、せりか書房、一九七六）、柳田國男「甲賀三郎の物語」（〈定本七〉、福田晃『神道集説話の成立』（三弥井書店、一九八四）、徳田和夫『お伽草子研究』（三弥井書店、一九八八）、松本隆信『中世における本地物の研究』（汲古書院、一九九六）

こうしせつわ【孝子説話】　親への忠孝の徳を主題とする説話のこと。本邦古代中世における孝子説話の中心をなしたものは、儒教の影響のもとに中国で成立した話であった。日本への流伝で最初に大きな影響力を持ったのは、劉向の『孝子伝』をはじめとして六朝から唐代にかけて度々編纂された古孝子伝の類、及び『蒙求』である。これらの書に収録された孝子説話のうちいくつかのものは、故事として物語・日記・軍記等あらゆるジャンルにおいて繰り返し引用されることで、深く日本文学に浸透するところとなった。これら孝子説話は、本来は儒教に基づくものだが、恩愛という観点から仏教の側でも受容され、唱導や法語にしばしば引用されたことも注目される。また、『注好選』や『今昔物語集』のように中国の孝子説話を集めて再編する試みもなされた。この二書は、陽明文庫と清原家に伝わる古孝子伝の系統に連なるものである。

そのような盛んな孝子説話受容の中で新しい時代を画するのは、室町時代応徳頃の五山僧による『全相二十四孝詩選』の伝来である。この書は、引用等の受容もさることながら、孝子を二十四人の列伝として整理していくことで、二十四孝ものの範となって、後代に非常に大きな影響を及ぼした。二十四孝ものは、仮名草子『大倭二十四孝』浄瑠璃『本朝二十四孝』の如く、中国の孝子説話を雛形とする日本人の孝行物語を続々と生み出すところともなったのである。このような孝行物語の改作や新作は、封建時代の道徳をなお残す明治期にまで及んでいる。

（大村誠一郎）

〔参〕徳田進『孝子説話集の研究』（中世編・近世編・近代編）』（井上書房、一九六三～六四）

ごうだんしょう【江談抄】　通説では、大江匡房の言談を藤原実兼が筆録したもの（『今鏡』第一〇・敷島の打聞に「蔵人実兼と聞こえし人の、匡房の中納言の物語に書ける文にも、中頃の人この事見あらはしたる事など書きて侍るとかや」とあるによる）。書名は、江家の言談を抄出したもの、の意。「江談」の偏を取り、「水言抄」とも言い、また単に「江談」とも称する（『本朝書籍目録』に「江談六巻」「江談三

巻」とある）。諸本は、雑纂本系統三類（高山寺本・醍醐寺三宝院本・前田本）に類聚本系統をあわせて四類に分類されている。いずれも匡房晩年の数年間における言談を主とするが、匡房没後の年記を持つ項や晩年期以前の言談と推定される項の存することから、何人かの聞書・記憶の集成かと推定され、筆録者の複数存在が説かれている。また、古本系で話の重複する条は、別時の談話が取り込まれたと推定されている。

巻一「公事・摂関白家事・仏神事」、巻二・三「雑事」、巻四「標題欠（漢詩のこと）」、巻五「詩事」、巻六「長句事」（以上、類従本による）に類別される本書は、『江家次第』『孤眉記』などの著述をもつ有職故実家・漢学者としての匡房に似つかわしい。本書は、説話集の源流に立つともいわれるが、ある故実をめぐっての解説、あるいは漢詩句の解釈・訓み方をめぐっての言談、あるいはまた漢詩人をめぐっての逸話など、一つ一つについて解説的な完結性を有しはするものの、粗けずりな骨格のみが示されたに止まると言わば言える。だが、口伝の現場を再現するかのごとき、たとえば「被命云」「被談云」という記述が、言談のいま／ここを指示して、語りの〈場〉そのものの言述となっている点に、本書の特質は求められよう。無論、「古人云」「故老伝云」も、言談の主体は匡房に他ならない。『中外抄』や『富家語』も同様なのだが、語り手主体が誰と断らなくとも明らかである場合に於いてさえ、わざわざ語りの主体を明示するこの方法は、有識故実学の伝承形式の系譜にたつものである。そこには、門外不出の秘事を口授する場におけるような、聞き手の真剣な態度が、大儒の言談の忠実な筆録としてあらわれていると見てよいであろう。なお、本書は、『古今著聞集』序に「江家都督清談之余波」と言い、また『古事談』の典拠となっているなど、説話文学史上における意義はちいさくなく、とくに『今昔物語集』巻二四の、本書に直接典拠を仰いだ漢詩文に関する話題は、いわば『江談抄』の〈文学（漢詩）説話〉を継承するものであったし、『古今著聞集』が、巻第四に〈文学第五〉をたてるのも、『江談抄』を継承するものであった。

（下西善三郎）

〔参〕篠原昭二「類聚本江談抄の編纂資料について」（『中世文学の研究』東京大学出版会、一九七二）、江談抄研究会編『古本系江談抄注解』（武蔵野書院、一九七八）、甲田利雄『校本江談抄とその研究』上・中・下（続群書類従完成会、一九八七～八九）

こうやひじり【高野聖】 小説。［作者］泉鏡花（一八七三～一九三九）。［初出］明治三三年（一九〇〇）。

高野山に籍を置く宗門名誉の説教師六明寺の宗朝が、

車中で知り合った「私」(青年) に、敦賀で同宿した折にせがまれるままに以下のような話をした。――宗朝がまだ若い修業僧として諸国を行脚していた頃、飛驒から信州へ越える峠で、道を誤った薬売りを追って、村人の止めるのも聞かず、旧道へ回ったことがある。はたして、暑さと大蛇と山蛭とに悩まされ、やっとの思いで森を抜けると、馬の嘶が聞こえて、一軒の山家に着いた。そこには、白痴の少年と美しい女主人と出入りの親仁《おやじ》がいた。宿を頼むと、女は、泊めてもいいが、私が都の話を所望しても決して話してはいけないと言う。女に誘われるままに川滝で汗を流しに行くと、女は法衣を脱がせ、蛭に血を吸われた傷を柔らかい手で優しく触れた。うっとりとしてふと気付くと、女も着物を脱いでいた。女は、まつわりつく蟇や蝙蝠や猿に「お客様だよ」と追い払う。宿へ帰ると、親仁が馬を市へ売りに行こうとするがどうしても動かない。ところが、女が裸になって馬の下腹へ潜ると、馬はおとなしく連れて行かれた。夕食の時に少年の唄った木曽節は、この世のものとも思われない程美しい。その少年の世話をする女の優しさに、宗朝は感動した。夜中、魑魅魍魎が家を取りまくが、女はまた「今夜はお客様があるよ」と追い払った。翌朝、宗朝は帰途に就くが、昨日の滝まで来ると女が恋しくなり、戻ろうとすると、例の親仁が現れ、女の正体を話した。女は近寄る男を動物に変えてしまう。あの馬も例の薬売りだ。女は以前村医者の娘で、手で触れて病を治す力があったが、医者がある少年の手術を失敗して白痴にしたので、それを送って山に来た時に、洪水で村の方が全滅してしまった。女は白痴の女房になって、供としてついて来た自分とここに住みついた。しかし生まれつきの色好みで、若い男を誘っては、飽きると動物にしてしまう。だから妄念は起こさず「きっと修行をさっしゃりませ」と。宗朝は、一散に里へ駆け下りた。――こんな話をした翌朝、高野聖は、雪中を雲に駕す如く山越えに向かった。

笠原伸夫は、「高野聖」を、(1)雪の夜の敦賀の宿(「私」の語り)、(2)〈魔の森〉としての幻想空間の妖しい体験(宗朝の語り)、(3)洪水伝説にまつわる山中の美女の超能力の由来を語る部分(親仁の語り)、の三層の入れ子型構造を持つ枠物語で、三層には、〈現世〉から〈他界〉へあいわたる空間性という共通性があるとしている(『泉鏡花』至文堂)。

(1)は、「私」が「参謀本部編纂の地図」を広げているところから始まり、「雪中山越にかかる」宗朝を見送るところで終わるという小説の大枠に当たる。(2)(3)の入れ子の作用によって、終わりに〈他界〉への移行を感じさせるのである。

(2)は、様々な説話的な型によって織り成されている。まず、宗朝が土橋を渡って山家に着くこと、滝と水との至福に注目すれば、この山家が隠れ里的な要素を持っていると言えよう。動物に変えられた男達にとって、女の性の奴隷になることは一種の桃源郷であろう。しかし、女が都の話を禁止することからもわかるように、現実から見れば地獄にすぎない。次に、薬売りが馬に変えられた点に注目すれば、旅人馬型（逃竄譚）の要素を指摘できる。さらに、白痴の少年に注目すれば、竜宮童子型（異郷訪問譚）の要素をも持っていることになろう。この少年には、どこか聖的なものが感じられるのである。しかし、全体としてみれば、当然のことながら、これら一つ一つの型が貫かれているわけではなく、桃源郷的世界と逆桃源郷的世界とが夜と昼とによって交錯する物語なのである。そして、その反転につれて、女もまた、観音力／鬼神力、聖／妖、慈母／妖異といった両面を見せることになる。女は、少年の母でもあり妻でもあるのだが、宗朝にとって、滝での至福は胎内幻想だと言えよう。水は、死の水であり、また、誕生／再生の水でもある。

(3)は、洪水伝説に支えられていよう。洪水伝説も、死と両性の枠組を持つのである。

(1)から(3)までの世界に橋渡しをしているのは何だろうか。(1)から(2)へは、雪にとざされた敦賀の宿がそれに当たる。(2)を語る宗朝の体をまるめたうつぶせの寝姿も、どこか胎児的だし、そもそも僧は、現世と彼岸とを橋渡しする人間であろう。(3)は、里へ行って馬を売って来るというまさに橋渡し的人物である親仁が語っている。こうした語り手達によって、「高野聖」は読者に手渡されているのである。

（石原千秋）

こうわか【幸若】

白拍子の流れを汲む曲舞《くせまい》から展開し、長編の語りへの変貌をとげた、新風の曲舞。一五世紀後半頃から台頭して、戦国期には武将を中心に愛好され、庇護を受けたが、一七世紀前半には急速に衰微した芸能である。音曲の上手であった叡山の稚児、桃井幸若丸がその始祖で、禁裏より三六冊の草紙を賜って節を付けたと伝承する、芸能者集団の一派「越前幸若」の名を借りて、幸若・幸若舞と呼ぶが、他派「大頭《だいがしら》」の名を借りて大頭舞とも、また単に曲舞・舞々などとも呼ばれる。

諸記録に「舞を聞く」「聴聞す」とあって、語りや謡いの芸と曲の内容が主に享受されたらしく、現在唯一上演の行われている福岡県山内郡瀬高町大江天満宮の舞台においても、所作はごく簡単なものである。詞章には常套句・類型表現・繰り返しが多いなどの、語り物としての特徴が色濃く出ている。また曲末尾の結句に必ず、賛嘆の辞や国土安穏・富貴繁栄をことほぐ辞が常套句を用いて置かれていることは、幸若舞が祝言的な一性格を持つことを示している。曲節は、愁嘆や道行などの場面で修辞の凝らされている所に多く用いられるメロディアスな「フシ」、勇壮な戦いなどの場面で調子の良い類型表現の多い所に多く用いられるリズミカルな「ツメ」、曲の冒頭と曲の内容の一段落ごとに次の段落の冒頭に用いられる「コトバ」などが主なものであるが、現段階では、曲節譜によって具体的にそれらの曲節を復元することはできない。

幸若舞のテキストは舞の本三六番と称されるが、正本の体裁で現存しているものだけでも五一番、曲名のみが知られるもの、現存本が草紙の体裁で演目としての確認のできないものを含めると、さらにその数は増える。現存諸本中もっとも古い年記を持つのは、永禄三年(一五六〇)の慶応義塾図書館蔵『築島』であり、諸本いずれも室町末から江戸初期に集中しているためか、曲の内容にまで関わる大きな本文の違いを持つ本は稀で、ほぼ幸若系と大頭系の二系統に大別した範囲内に収まっている。曲目は軍記物系と説話・物語系とに大きく分けられ、『大織冠』『百合若大臣』『信太』『満仲』等の諸曲が説話・物語系に、『鎌田』『浜出』『硫黄島』『敦盛』『景清』『築島』等の源平物諸曲、『烏帽子折』『富樫』『八島』『高館』等の義経物諸曲、『伏見常盤』『山中常盤』等の常盤物諸曲、『一満箱王』『和田酒盛』『夜討曾我』等の曾我物諸曲などが軍記物系に分類される。説話・物語系の諸曲は、「張良説話」を扱った『張良』や、「百合若大臣」の苦難を扱った『百合若大臣』、大織冠の子房前《ふささき》にまつわる「玉取り説話」を扱った『大織冠』など、主に曲全体のストーリーが説話・伝承に基づいている。軍記物系の諸曲は、ストーリー自体は『平治物語』、『義経記』、『曾我物語』等の軍記と大きく関わりながらも、細部には様々な伝説・説話を摂取している。たとえば義経物諸曲などは、義経物全体としては『義経記』のストーリーに重なるが、各曲のエピソードには、『未来記』の「鞍馬天狗」譚・「未来記」譚、『富樫』の「勧進帳」譚など、『義経記』には見えないものや、『烏帽子折』の「義経元服」譚、『八島』『岡山』の「尼公」譚など、『義経記』中の話とは異なる点を多々持つものが多い。そうしたエピソードには、「御伽草子」や「能」などに見える話と、ある程度までは重なりながらも、それらとの直接の影響関係までは想定できないものも多い。

また、『入鹿』の入鹿が語る「還城楽物語」や、『笛の巻』の弥陀次郎が語る笛の由来にからんだ『弘法大師』伝説、『烏帽子折』の青墓の長者が語る「草刈り笛」の物語、『高館』の鈴木重家が語る「熊野縁起」など、曲中の登場人物が語って聞かせる話という挿入説話の形で摂取され、曲のストーリーには関わらない伝説・説話の類も、説話・物語系であると軍記物系であるとを問わず、少なくない。

幸若舞に様々な形で見られる説話・伝説の類は、「能」や「御伽草子」・「古浄瑠璃」などとの関わりを見せながら、中世文芸の背景にある、様々な人々によって担われていた、「民間説話」や「唱導」を初めとする多種多様な世界と、種々の文芸ジャンルとが、雑然と入り交じり複雑に交渉している世界を垣間見せるものである。⇩御伽草子・古浄瑠璃・唱導・能・民間説話・百合若大臣

（藤井奈都子）

〔参〕麻原美子『幸若舞曲考』（新典社、一九八〇）、小林健二「曲舞と幸若舞」（『時代別日本文学史事典中世編』有精堂、一九八九）

こかじ【小鍛治】

謡曲。五番目物。五流現行曲。別名、小狐。［作者］未詳。［成立］未詳。

霊夢を蒙った一条院は三条小鍛冶宗近に鍛刀を命じた。宗近が適当な相鎚のいないのを嘆き氏神の稲荷明神に祈請したところ、明神の化身の童子が現れ、剣の威徳を語った上で助力を約して去る。壇を設け祝詞を上げて、いざ宗近が剣を打とうとした時、神使の狐が童男姿で相鎚に現れ、出来上がった剣を小狐丸と名付けた、という話である。小狐の実体は、藤原摂関家相伝の、直衣始や春日詣での時に帯される儀杖用の太刀で『台記』等の資料に散見する。ところが、後代『保元物語』に信西所持の太刀として登場、この段階で小狐の名は実体を離れて一人歩きしていることの証である。小狐を宗近作とした最も古い記事は、現存する日本最古の刀剣書『観智院本銘尽』に見られ、『保元物語』同様、信西所持の太刀として呈示されている。このことから小狐と宗近の結び付きにおいては、琵琶法師や鍛冶などいわゆる漂泊の民の伝承によるところが大きかろう。

京都三条粟田口付近には、古くから鍛冶が住し、三条鍛冶の名は『義経記』『弁慶物語』等に出、宗近の名は『尺素往来』等に見る。三条鍛冶の代表者としてその名も実体を離れて商売上の有利のために喧伝されたものであろう。

（村戸弥生）

〔参〕八嶌正治「作品研究「小鍛冶」」（『観世』一九七五・一）、須藤敬「『保元物語』信西の太刀「小狐」をめぐって」（『軍記と語り物』二三、一九八七）、村戸弥生「「小鍛冶」の背景—鍛冶による伝承の視点から」（『国語国文』一九九二・三）

こごう【小督】

一二世紀末頃の人。生没年未詳。藤原信西の孫。桜町中納言藤原成範の女。はじめ建礼門院徳子に仕えた女房で、〈宮中一の美人、

琴の上手にてをはしける〉と『平家物語』は伝えている。小督は藤原隆房が思いを寄せる人であったが、中宮徳子の薦めにより、葵の前の死を慰めるため高倉院に仕えることになった。院の寵愛を受けた小督は隆房の愛情を一切拒絶したが、清盛の知れるところとなり怒りを受ける。徳子も隆房の正妻も清盛の女であったからである。二人の娘婿に結ばれた小督を亡き者にしようとする清盛の企みを伝え聞き、小督は宮中を出て嵯峨に身を隠した。院の深い悲しみを見かねた源仲国は、月夜の晩、琴の音をたよりに小督を探し出し、ひそかに宮中に連れ戻した。やがて範子内親王が生まれると、噂を聞き付けた清盛が無理やり尼にして追放した。小督、二三歳のことであった。その後、墨染の姿に身をやつして嵯峨の辺りに住んだと巻六「小督」は語っている。当時の日記類には、その女房の消息を断片的に伝えているものもある。清盛の専横の前にはかなく散った小督の哀話は、『平家物語』の中でも広く人々に親しまれ、とくに嵯峨を訪ねた源仲国が小督を探し出す場面は、王朝物語の影響を受けていると指摘される美しい名文で語られている。またこの場面は後年、謡曲「小督」としてもまとめられている。一方、嵯峨の周辺には、小督塚をはじめ、法輪寺、清涼寺などに供養塔が伝えられている。

（佐野正樹）

ここんちょもんじゅう【古今著聞集】　鎌倉時代の説話集。二〇巻三〇編。序文及び跋文を有し、それによって編者、成立年が知られる。［編著者］橘成季。［成立］建長六年（一二五四）。

収録説話数は約七〇〇にも及ぶ大部の説話集であるが、この内後人の手による後補説話が、『十訓抄』からのもの六〇話ほどを中心に約八〇話認められる。

本書でまず注目されるのは、三〇の編目に分かつ整然とした説話分類であろう。神祇・釈教・政道忠臣・公事・文学・和歌・管弦歌舞・能書・術道・孝行恩愛・好色・武勇・弓箭・馬芸・相撲強力・画図・蹴鞠・博奕・偸盗・祝言・哀傷・遊覧・宿執・闘諍・興言利口・恠異・変化・飲食・草木・魚虫禽獣という多岐に渡る分類は、広がりのある説話世界を現出させていく。この編目の拠りどころについては、神祇・釈教・哀傷という呼称の類似、真名の序、仮名の跋を持つこと、完成時の竟宴から、王朝文化の粋である勅撰集の部立が考えられているが、他に、『倭名抄』『白氏文集』『和漢朗詠集』、中国宋代の類書である『太平広記』が指摘されている。このうち、『太平広記』の神（神仙・道教）仏の世界を冒頭に置いて臣下、良吏、武人といった人事に進み、諸技芸を経て霊異、怪異の世界へと続いて終りの方に草木禽獣を配する構成は、さきに挙げた『著聞集』の構成の骨格に類似することを見てとれる。『著聞集』の編纂は、勅撰集という伝統的権威にあやかりつつ、類書的な広がりを持つ説話集を目指したものといえる。

本書の編纂意図は序文及び跋文から明らかであるが、そこで記されていることと実際に収録された説話との関係をめぐっては、なお考えるべき問題があろう。跋文によれば、詩歌管弦にまつわる物語を絵に書き留めるためにその方面の話を収集しているうちにそれ以外の分野の話もおのずと多数集まり、そこであらためて積極的に、貴顕諸家の日記を調べ、また方々で語られる話の聞書もするようになったとのことが記されている。もともとは、三〇の編目の内の文学・和歌・管弦歌舞・能書・画図・蹴鞠にあたる故実説話の収集を目指していたのが、途中からより大部の説話集を構想しつつ多様な説話の採取に乗り出していった経過を伺うことができよう。そして序文冒頭には「夫著聞集者、宇縣亞相巧語之遺類、江家都督清談之余波也」とあるが、江家都督清談を『江談抄』の中心をなす学芸や公事の故実に類するものとすれば、成季が大部の著聞集を構想する以前のものと性格を同じくするといえる。また、宇縣亞相巧語を『宇治拾遺物語』にその面影を見ることのできる隆国の説話集の如きものと考えると、そこで思いおこされるのは『宇治拾遺物語』序文の「たふとき事もあり。をかしき事もあり。おそろしき事もあり。あはれなる事もあり。きたなき事もあり。少々は空物語もあり。利口なる事もあり。さまざま様々なり」というところである。成季は、当初こそ『江談抄』のような王朝文化の故実を集めていたが、中途より『宇治拾遺物語』序文が言うような「さまざま」なる話の世界に没入していき、それを類書的にまとめていったのが『古今著聞集』ということになろう。『著聞集』の特色の一つである興言利口編（集中最多の説話を収録）の猥雑性は、『宇治拾遺物語』序文がいう「をかしき事」「きたなき事」「利口なる事」に相当するものといえる。一方、『著聞集』前半の『江談抄』的説話を収録する部分においては、話末評後に王朝盛時を尊ぶ尚古的言辞が顕著であるが、これは『十訓抄』等同時代の王朝文化の故実を扱う説話集の評言に共通するものである。このように、『江談抄』的な王朝文化の故実の世界と『宇治拾遺物語』のような自在に広がる世界とを総合した上で、類書的整理を試みる『古今著聞集』は、質・量の両面において鎌倉時代の説話集の一つの頂点を示すものである。

なお、作者橘成季は、跋文において詩歌管弦絵画に心得があることを自ら語るが、『文机談』によると管弦の秘事の伝授に与っていたことが知られる。そうしたことから、管弦歌舞編の説話と『教訓抄』等の伝書の世界との関連も問題となってこよう。また、『明月記』は、成季を九条（藤原）道家の無双の近習というが、作品中に登場する多数の宮廷貴族に対して、成季が立場上どうつながり、それらの人物をどうとらえているのかという興味もつきない。　（大村誠一郎）

〔参〕永積安明・島田勇雄校注『古今著聞集』（〈日本古典文学大系〉岩波書店、一九六六）、西尾光一・小林保治校注『古今著聞集』（〈日本古典集成〉新潮社、一九八三～八六）、出雲路修『説話集の世界』（岩波書店、一九八八）

こじき・にほんしょき【古事記・日本書紀】

『古事記』は和銅五年（七一二）に太安万侶の筆録で成立。『日本書紀』はそれから八年後の養老四年（七二〇）に、舎人《とねり》親王らによって編纂、完成した。どちらも天武朝以降の修史事業を契機に生まれたらしいが、両書の性格の違いは著しい。『古事記』は上巻冒頭に太安万侶による上表文（序）を置き、以下天地開闢から国土の生成、天照大御神、須佐之男命、大国主命といった神々が活躍する神話が続き、国譲りと天孫の降臨という「神話時代」が記述される。中巻は神武天皇から応神天皇まで、下巻は仁徳天皇から推古天皇まで、歴代の天皇の事蹟とそれにまつわる説話から構成されている。中巻以降は「歴史記事」になるのだが、『古事記』の性格は、いわゆる「歴史書」というよりも、歴史の起源としての神代、物事の起源としての歴史を語る「起源の書」（藤井貞和）と呼ぶほうがふさわしい。それは『古事記』の起源としての神代が、高天原と葦原中国、葦原中国と黄泉国・根の国といったように世界を分割しつつ、頂点としての高天原を中心とした、きわめて一元的なコスモロジーを持つことと対応する。したがって中巻以降の天皇の記述も、神話の構造をそのまま「歴史化」したものであった。

　一方、『日本書紀』は「神代」二巻を冒頭に置き、以下神武天皇から持統天皇までの歴史を記述し、全三〇巻で構成されている。『古事記』と同じように「神代」から始まりながら、しかしそこに記される神代はけっして絶対的なものではなく、「一書に曰はく」と異なる神話が列挙され、相対的な扱いを受けている。中心としての高天原という意識は希薄であった。そして神代の記述方法と応ずるように、神武天皇以下の歴代天皇の記述も「編年体」という方法をとっている。絶対的な神代に起源づけられ、そこに回帰・循環する時間にたいして、円環することのない直線的な時間のなかに、ひとり一人の天皇の事蹟が編成し直されたのである（呉哲男）。「歴史」が神話から相対的に自立したわけだ。こうした『日本書紀』の性格は、中国から輸入された律令制度といった新しい世界観と対応していた。

さて、説話文学の問題としては、これまで圧倒的に『古事記』のほうが優位に扱われてきた。『日本書紀』が、律令制国家を支える官人たちの規範となるような漢文体で書かれたのにたいして、『古事記』は原「旧辞」（フルコト）の文体により近いことが、その理由と考えられる。それをもっとも顕著に示すのが、有名なヤマトタケルの説話である。『日本書紀』のヤマトタケルは父の景行天皇の命令のままに東国の平定に赴く国家的・制度的な人物だが、『古事記』のヤマトタケルは父から疎まれ、それを嘆き悲しむ人間的な姿が強調される。こうした『古事記』の造形は、英雄によって征伐される異民族たちを、英雄の悲劇的な死によって鎮魂するといった英雄説話の構造に支えられていた。またサホビコ・サホビメの説話、木梨之軽太子・衣通姫の説話なども、説話文学としての『古事記』の特質をあらわしている。

だが、このように『古事記』が着目されたのは、じつは近世の国学、とくに本居宣長によるところが大きい。説話文学としての『古事記』の優位性は、宣長によって発見されたのだ。しかし近世以前までは、『日本書紀』のほうが重要視されてきた。たとえば平安時代の初期から始まる『日本書紀』の講書（講義）でも、『古事記』はあくまでも『日本書紀』を読むための補助テキストでしかない。こうした現象は、『日本書紀』がまさしく国家の正統的な歴史書だからともいえる。しかし最近の研究では、中世期の和歌や物語、謡曲に関する解釈・注釈の本説として「日本紀云」「日本紀に見えたり」といった形で『日本書紀』の説話が引用されること、さらにそこに引用される『日本書紀』が、正統的な本文そのままではなく、かなり自由に造作・改変・捏造されたような新たな説話を「日本紀云」としていたことがわかってきた。すなわち「中世日本紀」と呼ばれる説話世界である。ここからは、宣長以降の『古事記』の優位性に基づく説話文学論への根底的な見直しが迫られてこよう。

（斎藤英喜）

〔参〕西郷信綱『古事記の世界』（〈岩波新書〉一九六七）、藤井貞和「古事記」（『日本文芸史』一、河出書房新社、一九八六）、呉哲男「日本書紀」（同上）、伊藤正義「中世日本紀の輪郭」（『文学』一九七二・一〇）

こしきぶのないし【小式部内侍】 ⇩和泉式部《いずみしきぶ》・小式部内侍

こじだん【古事談】 鎌倉時代初期の説話集。六巻。〔編著者〕従三位刑部卿源顕兼（一一六〇〜一二一五）。『本朝書籍目録』雑抄の部に「古事談。六巻。顕兼卿抄」とあるところから。〔成立〕未詳。作中第三に大納言法印良宴が建保三年（一二一五）九月に入滅した時の記事があり、成立の上限はその年時に、下限は顕兼没年に求められ、晩年の作であることは間違いない。序跋を欠くため成立の動機や目的は不明である。

顕兼は永暦元年生まれ、建保三年二月、五六歳で没。同世代の藤原定家との交流があり、その日記『明月記』から彼の動向を知ることができるが、朝儀典礼の有識故実に謹直な性格だったらしい。また、『正法眼蔵随門記』三に、栄西の伝記を書いた記事が見られ、文筆家としても名をなしていたようだ。

本書所収の説話は全て、何らかの文献資料に依ったと考えられ、その抄録の方法はみだりに私意を加えない。そのため表記・文体の統一をも図らず、漢文体のものや漢字片仮名交じり文のものが混在する。話末評語や感慨などの編者の主観的言辞はなく、話を収集・抜粋し、分類・構成することによって読者に呈示する。

代表的出典としては、『扶桑略記』などの史書、『江談抄』『中外抄』『富家語』などの故実説話集、『後拾遺往生伝』などの往生伝の類など多種多様である。また、本書が影響を与えたものとして、本書の続編を銘打つ『続古事談』があり、『宇治拾遺物語』『発心集』の出典ともなっている（但し『発心集』先出説もある）。直接関係はなくとも『十訓抄』や『古今著聞集』にも同類話が多数あり、本書は前代の日記記録類を後代の説話集へとつなぐ文学史上重要な作品といえる。

六巻の編目は、第一王道后宮、第二臣節、第三僧行、第四勇士、第五神社仏寺、第六亭宅諸道となっており、社会的階層や職能による分類組織がなされている。

第一は、称徳帝から二条帝に至る各帝や、その治世の廷臣にまつわる話、第二は、藤原摂関家の人々をはじめ、在原業平、伴善男などの廷臣達、女官達の話、第三は、玄賓、良源、源信、増賀、空也など著名な僧侶達の話、第四は、平将門、藤原純友等、承平天慶の乱に関わる武士の話や、源満仲、義家、義朝など清和源氏の話、第五は、前半は神社の話で、顕兼の母方の里でもある石清水八幡宮の話が多く、後半は寺社の話で、東大寺、延暦寺、三井寺等の大寺から地方の寺院に至るまでの縁起・霊験譚、第六は、前半は南殿、東三条殿等の邸宅、後半は管弦、歌舞、文筆、占相、医術、相撲、囲碁の芸道話である。

本書は必ずしも全編にわたってその原則は貫かれているわけではないが、時代順による配列が志向されている。その最たる巻は、全編の首巻たる王道后宮で、各帝にまつわる話（群）が即位順に配され、また、その話群においては、おおむね東宮時代、即位、その治世、出家ならびに崩御、といった年時順に配されている。このことは〈歴史〉を志向していることに他ならない。説話集において重要な意味を持つ巻頭第一話には称徳帝の道鏡への愛欲によって政治が執り行われた、いわゆる道鏡事件にまつわる話が取り上げられている。これには坂口安吾の歴史小説『道鏡』にも通じるものがあり、それは価値観崩壊時代の歴史叙述ということに尽きるであろう。第一に描かれているのは、摂関政治の始発から、まさしく武士の世のはじまる直前である院政期までの歴史である。第一にはまた、夏の降雪の話（第四一話）京中に郭公が充満し二羽食い合って殿上に落ちた話（第九七話）など、いくつかの怪異譚がみられるが、『方丈記』『平家物語』などのそれと同様、〈歴史〉の変転の予兆として象徴的に取り上げられているようだ。

価値観崩壊時代の視点による説話選択のありかたは、第三僧行における高僧説話にも見ることができる。第三話は、東大寺開眼供養の際、来日した婆羅門僧正と和歌のやりとりをした、高僧としての行基が語られるが、その次の第四話は、彼の造った橋が法会中に流されて多数の死者が出たという皮肉なもので、通例の行基観を崩壊させているのである。⇩宇治拾遺物語・行基・源信・江談抄・古今著聞集・十訓抄・増賀・続古事談・多田満仲・中外抄・道鏡・富家語・平家物語・発心集・源義家・源義朝

（村戸弥生）

〔参〕小林保治『古事談』上・下〈古典文庫〉現代思潮社、一九八一）、伊東玉美『院政期説話集の研究』（武蔵野書院、一九九六）、田村憲治『言談と説話の研究』（清文堂、一九九六）、浅見和彦『説話と伝承の中世圏』（若草書房、一九九七）

こじょうるり【古浄瑠璃】

一般的に竹本義太夫と近松門左衛門の提携による「当流浄瑠璃」に対して、それ以前の浄瑠璃諸流派の総称をいう。

浄瑠璃は、音楽性（浄瑠璃節）・演劇性（人形戯）・文学性（語り本文）によって特徴づけられ、古浄瑠璃史もこれらによって概観できる。浄瑠璃の由来となる『浄瑠璃姫物語』が語られたという記述は、すでに文明七年（一四七五）七月の『実隆公記』の紙背に見られる。しかし、ジャンルとしての浄瑠璃は、その後に外来楽器の三味線と結んで浄瑠璃節が成立してからであり、さらにそれが人形劇と結合した操浄瑠璃が確立するのは慶長（一五九六～一六一五）頃のことである。この時期の本文の実態はあまり明らかにされてはいないが、寛永期（一六二四～一六四四）以降は、本文から三期に分けることができる。すなわち、先行文芸を継承した寛永期、いわゆる創作時代を迎える万治・寛文期（一六五八～一六七三）、そして、抒情的古典趣味の傾向が強まり劇的文学性の高められていく延宝・天和期

（一六七三〜一六八四）であり、これを土壌として義太夫と近松による浄瑠璃が花開くことになる。

寛永期以降の本文が比較的豊富に残されているのは、有力太夫らの語り詞文が正本として刊行されるようになり、浄瑠璃本の専門書肆も登場したためである。浄瑠璃本は語り本文の伝承に介在し、また、専門書肆によって、芝居の人気と密接に関係しつつも、語り手集団の意識とは別なところで作品を作り、保有するシステムを持つことが可能となった。そして、後には浄瑠璃作者や芝居関係者も書肆から輩出されている。

しかし、寛永期においては、本文の内容は、いまだ舞曲・小説・軍記・宗教説話といったさまざまなジャンルから借りてきており、それら先行作品の場面の変更や増補にとどまるものであった。それが一変するのが金平浄瑠璃に代表される万治・寛文期の創作時代である。金平浄瑠璃は、承応から寛文頃（一六五二〜一六七三）にかけて流行した古浄瑠璃の一群であり、坂田金平（公平）をはじめとする源家四天王たちの超人的活躍を描いた武勇譚である。その作者として岡清兵衛の名が知られており、近松らの後続作者の劇手法を根本づけた。金平浄瑠璃は、はじめ江戸で爆発的な人気を博し、歌舞伎の荒事の創造に繋がっていった。上方においても、すぐにその人気は飛び火したのであるが、やがてその人気も行き詰まり、寛文最末年には浄瑠璃の題材に古典文学の世界が取り入れられていくようになる。それとともに、郭などの同時代の風俗が盛り込まれ、また、歌舞伎の趣向も摂取された。当流浄瑠璃への橋渡しをしたのが、この延宝・天和期であるが、それによって古浄瑠璃は衰退することになるのである。

（長野隆之）

〔参〕『浄瑠璃の誕生と古浄瑠璃』（『岩波講座　歌舞伎・文楽』七、岩波書店、一九九八）

ごぜ【瞽女】

語り物を語って歩いた盲目の女性の意。「ごぜん（御前）」と言われたことから出た呼称だという。越後では昭和四〇年代頃まで村々を歩いて活動していたが、現在は途絶えた。

中世末期、瞽女は鼓を叩いて曾我物を語っていたが、近世になると、三味線を弾いて瞽女唄を語るようになった。瞽女唄の代表は、「葛の葉子別れ」などの祭文松坂（段物）や「鈴木主水」などの口説である。これらは聴衆を前に瞬時に作りあげられるものであった。こうした瞽女唄は旅先の瞽女宿などで披露されたが、養蚕地帯では蚕の成育にいいと信じられていたので、特に厚くもてなされた。

一生涯を独身でとおした彼女たちは、厳格な仲間組織を作り、年に一度の妙音講で芸と絆を確認した。その折に読み聞かせられる「瞽女縁起」は座頭の縁起を真似たものでで、その起源を嵯峨天皇の皇女としている。仲間の掟を破った者は組織から追放されたが、その様子は水上勉の小説『はなれ瞽女おりん』（昭和五〇年〔一九七五〕）にくわしい。

現在、瞽女唄は晴眼者に受け継がれ、新たなかたちで現代社会を生きのびはじめている。（石井正己）

〔参〕岩瀬博『瞽女の語る昔話―杉本キクエ媼昔話集―』（三弥井書店、一九七五）、鈴木昭英・松浦孝義・竹田正明『伊平タケ聞き書　越後の瞽女』（講談社、一九七六）、佐久間惇一『瞽女の民俗』（岩崎美術社、一九八三）、山本吉左右『くつわの音がざざめいて―語りの文芸考―』（平凡社、一九八八）、鈴木昭英『瞽女―信仰と芸能―』（高志書院、一九九六）

こだいせつわ【古代説話】　ここでいう古代には奈良時代と平安時代が含まれるが、文学史的に説話を考えた場合、古代前期の説話と古代後期の説話とではかなり大きな隔たりが認められる。そこでここでは、前期と後期とにわけて古代説話の概略をたどってゆくことにする。なお個々の作品の内容はそれぞれの項目に譲る。

古代前期において説話と呼ぶ作品は、文学史のジャンルとして定位された説話あるいは説話文学の定義からは外れている。あるひとまとまりの筋をもって表現された出来事あるいはエピソードを便宜的に説話と呼んでおり、それは神話とか伝承とか物語などと呼ばれたりもする。ただ説話は人間を中心にした話をさすという共通の認識はあるようで、『古事記』『日本書紀』の神代巻を除いた部分が古代前期における説話の代表である。そこに描かれた個々の出来事は古代国家の歴史を構成するエピソードとして並べられているが、人間の心理や行動の諸相が読みとれるという点で説話と呼びうる内容をもつが、それは『風土記』の場合も同様である。ことに『風土記』に記載されている説話は土地で語られていた伝承に基づいていると考えてよいが、そこではそれぞれの伝承の独立性はつよく、また漢文的な修辞によって一話ごとの表現のまとまりや完結性が求められてゆくことになった。こうしたあり方は古代後期に登場する説話集の編纂意識などにも繋がるはずである。

そのほかの古代前期の説話としては、『万葉集』の序や左注あるいは歌自体のなかに説話的な記事を含むものが多くある。もともと歌は由来や起源を抱えこんで伝えられる側面があり、「和歌と説話」は緊密につながっている。そのまま直線的に生じてくるとはいえないが、こうしたあり方は古代後期に興隆する短編の歌物語や説話集における和歌説話などに繋がっている。また記紀で成立した国家の歴史を根拠として個々の家の歴史を語る

『古語拾遺』『住吉大社神代記』『高橋氏文』などの「氏文説話」が平安時代に入ると書かれるし、古代後期に流行する伝奇的な「神仙説話」がすでに古代前期に存したということは「浦島説話」などによって知られる。これは中国文学の影響によって生じてくるのだが、古代後期の説話類も含めて、説話文学と中国文学との繋がりは緊密である。

古代後期は文学史的にいえば物語文学の発生した時代であるとともに説話文学を生み出した時代であった。その象徴は仏教説話集が仏教の「唱導」や教化を目的として編纂されていったということである。その出発点に位置しているのが『日本霊異記』であり、質量ともに最高峰にあるのが古代後期の最後を飾る『今昔物語集』である。霊異記に収められた説話の多くは奈良時代を舞台として語られており、すでに古代前期に「仏教説話」が存在していたということは文学史的にみて重要なことである。中国の説話集に典拠を求めているものもあるが、民間において語られていたと思われるものや古代前期の説話の「話型」を受け継いだと考えられるものも多い。『今昔物語集』には一〇〇〇話を越す膨大な数の説話が集成され、しかも明確な分類意識をもつという点でも説話文学として完成されている。そしてそこに至ることができたのは、古代後期という時代が説話に対する強烈な意志と多くの蓄積をもっていたからにほかならない。

この巨大な両書の間には、『日本感霊録』『三宝絵詞』『百座法談聞書集』をはじめ、『日本往生極楽記』など種々の「日本往生伝」、『地蔵菩薩霊験記』など「霊験記」類など多様な仏教に関わる説話集が書かれている。そしてこのあり方は、「中世説話」でもその主流として受け継がれてゆくのである。説話文学は仏教説話によって誕生し育てられていったのであり、そこには人間の心理や行動に対する哲学的な認識や冷徹な観察眼が存した。

その他に古代後期には、前期に萌芽した神仙伝奇小説や和歌説話あるいは故実説話なども隆盛をきわめ、「大江匡房」「紀長谷雄」「都良香」などの文人たちが活躍し、『本朝神仙伝』『江談抄』『紀家怪異実録』や『唐物語』『富家語』などさまざまな説話集が書かれた。和歌説話には『大和物語』や『伊勢物語』のほか『世継物語』があり、多くの説話集の主要な題材ともなり、『俊頼髄脳』など歌論書にも受け継がれ、中世へと続いてゆく。

中世文学もそうだろうが、古代後期の文学は説話文学をもつことで普通の人間たちの生活や心を描くことができたのである。⇩氏文説話・神仙説話・唱導・仏教説話・霊験記・和歌と説話・話型

（三浦佑之）

〔参〕益田勝実『説話文学と絵巻』（三一書房、一九六〇）、小峰和明『今昔物語集の形成と構造』（笠間書院、一九八五）、丸山顕徳『日本霊異記説話の研究』（桜楓社、一九九二）、永藤靖『古代説話の変容』（勉誠社、一九九四）

こほんせつわしゅう【古本説話集】　説話集。上下二巻。鎌倉時代中期書写の写本の原本には、内題、題箋がなく、従って原書名が分からない。現在では、『古本説話集』の通称がすっかり定着している。［編著者］確定したものを持たない。仏道に関心のある文人的一貴族を編者とするか、南都興福寺系の人の撰にかかるか、などと推測されてはいるものの、個人名を特定するには至っていない。［成立］年時、未詳。平安末期成立説、鎌倉初期成立説が並立する。『無名草子』との共通話があって、その先後関係をどう認定するかが、両説を分ける鍵となる。

目録が、前後半の各冒頭に分かれて記されているため、便宜、上巻・下巻と称することが多い。すべて七〇話。上巻四六話は、本朝世俗の説話を収め、〈和歌説話〉を核とする。平安貴族好みの趣味的風流話が主である。下巻二四話は、三話（第五五・五六・六三話）の天竺説話を除けば、本朝の仏法説話である。仏菩薩による霊験・奇瑞談を主とし、特に観音の霊験話を多く収める。

上巻の登場人物たちは、選子内親王、公任、匡衡、赤染衛門、紫式部、和泉式部、御荒の宣旨、伊勢大輔、清少納言、康資王母、長能、道済、高光、貫之など、王朝和歌の世界に著名な、勅撰歌人たちだ。平仮名和文系物語の文章に乗せて、上巻の和歌説話が漂わせている王朝の典雅な香りは、王朝盛時の風雅の世界への追憶と憧憬の意識に支えられている。無論、庶民層も登場する。だが、「樵夫」にしろ、「童」「貧女」にしろ、彼らは立派に歌を詠む。〈和歌的情趣〉に包摂された世界が上巻なのである。但し、上巻所収話が、まったく〈歌徳〉の称揚のみに終始しているわけではない。人物たちの歌は、多く勅撰集の哀傷部に採られ、各話は、死別や出家、また往生等の仏教的な話となる。上巻随一の長編「曲り殿の姫君の事　第二八」（これは芥川龍之介「六の宮の姫君」の典拠説話だ）でも、拾遺集歌を利用しながらの哀調極まる出家因縁説話となる。

下巻所収の仏教（法）に関わる二四話には、観音霊験談が多いが、地獄思想に関わる地蔵説話は登場しない。吉祥天女に恋をした「鐘撞き法師」の話（下巻　第六二）が圧巻。〈愛欲〉が、「白きもの、二桶」にして返品されるという滑稽な哀調に染められて異色の短編となっている。この話は、源氏物語・帚木巻「雨夜の品定め」の若き貴公子たちが吉祥天女を持ち出して笑い合う場面に背後で照応する。零落の姫君を伝承する説話世界の地下水脈（例えば前掲「曲り殿の姫君」の伝承）が、やはり源氏物語の落魄の姫君、宇治の大君・中君の原像でなかったとは言い切れない。本書に初見の王朝好色の滑稽譚「平中墨塗り説話」も、末摘花巻の記述の背後の伝承を示唆するもの、かように、物語文学の背後に説話の豊穣な土壌が存することを知らしめる点に於いても、本書の特異な意義を認め得よう。（下西善三郎）

〔参〕川口久雄『古本説話集』（朝日新聞社、一九六七）、高橋貢全訳注『古本説話集』上・下（〈講談社学術文庫〉二〇〇一）、川口久雄『西域の虎』（吉川弘文館、一九七四）

こんじゃくものがたりしゅう【今昔物語集】　平安後期の説話集。全三一巻（諸本八・一八・二一巻欠）。〔編著者〕未詳。単数・複数（統轄者のもとでの編纂）の両説、また話題傾向からの叡山関係説と鈴鹿本の伝来を重視しての南都関係（東大寺／興福寺）説の対立もあり決着をみない。近世以来一般化した源隆国説は内部徴証により退けられたが、巻二五までの原撰本を想定してその編纂者とする見解もある。〔成立〕一二世紀初めから半ば（一一二〇～一一四〇）頃。外部徴証はなく、収載される話題（登場人物の下限は巻二九第二七話の源章家。保元の乱以降の戦乱関連記事なし）、推定依拠資料（一一二〇年伝来の弘賛法華伝が下限）等による推定。

全三一巻（内、八・一八・二一の三巻を欠く）。天竺（インド）・震旦（中国）・本朝（日本）の三部を立て、各部を仏法・世俗に分かち、当時世界の全体と観念されていた三国の話題を組織的に排置した作品。収録説話数は題目・本文をともに欠く目録題のみのもの（巻七・巻二三中）を含めて一〇七九話、本文部分にいずれかを有するものの総数で一〇五九話（内、題目のみ一九話）。欠巻、説話の欠損、本文の欠損の多くは編纂時以来のものと見られ、意識的な欠字部分とともに本集が未完成作品であったことを伝える。所収説話の多くは先行資料からの書承で、口頭伝承に直接取材したものはほとんどない。ただし依拠の間に編者の主体的営為の介在が認められ、本集独自の表現性を窺わせている。なお、最古の伝本は鎌倉中期写の鈴鹿家蔵本（現在は京都大学附属図書館に寄託。存九巻九冊）で現存諸本の祖本に位置する。書名は鈴鹿本に「今昔物語集」とある。「今昔物語」は略称。但し、「集」の一字は構成配列に果された作品表現にかかわって見逃せない。〈「今ハ昔」の「物語」（説話）の「集」〉が題意。

構成内容は、三国の排置が仏法東漸の伝来史を内容とする歴史認識にかかわり、各部の仏法・世俗は世界像の二分節に由来する。仏法部を仏教の創始伝来弘通史、世俗部を王朝史で始める本集は、三国仏法伝来史を世界史の軸とし、各国仏法・世俗両世界の時空全体、ひいては三国世界の全体を作品に構築しようとしたものとされる。この構築性に見る仏教的世界観の優位を重視する立場からは、仏法部が世俗部を包摂する関係を認めて、仏教に有縁無縁の衆生が生きる現世＝法界の全体を写し出そうとしたとする作品理解が示され、また、世俗部を王法部に読み替え、破綻しつつあった仏法王法相依の関係を再構築しようとした作品の企図を窺う見解もある。

各巻の内容は概略以下のとおり。〈天竺部〉（仏法部）巻一〔三八話〕釈迦誕生から成道及び仏教教団の成立。巻二〔四一話〕釈迦の説法と衆生教化。巻三〔三五話〕釈迦の衆生教化及び入滅。巻四〔四一話〕釈迦滅後の仏法弘通史。（世俗部）巻五〔三二話〕天竺史、雑話。〈震旦部〉（仏法部）巻六〔四八話〕仏教伝来弘通史、三宝（仏・法）霊験。巻七〔四八話〕三宝（法）の功徳霊験。巻八（欠巻）三宝（僧）の功徳霊験。巻九〔四六話〕孝養・転生、因果応報等。（世俗部）巻一〇〔四〇話〕震旦史、雑話。〈本朝部〉（仏法部）巻一一〔三八話〕仏教の伝来と弘通展開―儲大寺縁起―。巻一二〔四〇話〕仏法弘布（塔法会縁起）及び三宝（仏・法―法華経―）霊験。巻一三〔四四話〕三宝（法―法華経―）霊験。巻一四〔四五話〕三宝（法―法華経等）霊験。巻一五〔五四話〕三宝（法）功徳（往生）霊験。巻一六〔四〇話〕三宝（僧―観音）功徳霊験。巻一七〔五〇話〕三宝（僧―菩薩・天）霊験。巻一八（欠巻）三宝（僧）の功徳霊験。巻一九〔四四話〕出家・孝養、三宝加護等。巻二〇〔四六話〕天狗・冥界、因果応報。（世俗部）巻二一（欠巻）本朝史帝紀。巻二二〔八話〕本朝史〈藤原氏の列伝〉。巻二三〔二六話〕技芸（強力）。もと巻二五諸話に続く本朝史〈兵列伝〉巻とも。巻二四〔五七話〕技芸（術道・芸能等）。巻二五〔一四話〕兵列伝（合戦・武勇等）。巻二六〔二四話〕宿報（諸国の奇譚異聞）。巻二七〔四五話〕霊鬼（霊鬼変化等怪異）。巻二八〔四四話〕滑稽（貴賤僧俗の笑話）。巻二九〔四〇話〕悪行（盗賊譚）、動物譚。巻三〇〔一四話〕雑事（歌物語的恋愛譚）。巻三一〔三七話〕雑事（諸話拾遺）。

各話は連関する二話一組が連鎖的に繋がる二話一類様式をもって配列される。

中世・近世前期を通じて流布の徴証はほとんど無い。広範な享受は井沢蟠龍考訂の改編版本（本朝部。前編享保五年［一七二〇］、後編享保一八年）以後。近代になって芥川龍之介など小説家の取材源となった。伝承世界、王朝世界の裏面、野性美、中世的人間形象の先駆を伝えた作品との説話の個別的享受に基づく評価を経て、近年のトータルな作品理解に至っている。

（竹村信治）

〔参〕池上洵一『今昔物語集の世界―中世のあけぼの』（筑摩書房、一九八三）、小峯和明『今昔物語集の形成と構造』（笠間書院、一九八五）、森正人『今昔物語集の生成』（和泉書院、一九八六）、安田章編『鈴鹿本今昔物語集―影印と考証』（京都大学芸術出版会、一九九七）、今野達他編『今昔物語集』〈新日本古典文学大系〉全5冊、岩波書店、一九九三～一九九七）、前田雅之『今昔物語集の世界構想』（笠間書院、一九九九）、小峯和明編『今昔物語集索引』（〈新日本古典文学大系〉岩波書店、二〇〇一）

さ

さいかくしょこくばなし【西鶴諸国ばなし】

浮世草子。五巻五冊。各巻七話、計三五の説話を収載する。内題に「近年諸国咄　大下馬」とある。〔作者〕井原西鶴（一六四二～一六九三）。〔成立〕貞享二年（一六八五）正月刊。

序文に「世間の広き事、国々を見めぐりて、はなしの種をもとめぬ」とあるが、実際には、多く和漢の先行書、当代の地誌類に依拠している。今後も書承関係を精査すべきで、安易に口語りの世界を論じるべきでない。

本書は浮世草子に先立って流行した仮名草子中の諸国物語や百物語に倣った諸国怪異奇談集であるが、序文を「是をおもふに、人はばけもの、世にない物はなし」と結んでいるように、西鶴がしばしば言う「世間の広き事」「世界の広き事」、その中に起こる様々な出来事に対する好奇心、とりわけ、人間に対する興味と関心のありようが、当代流行の怪異小説とは一線を画している。

西鶴の短篇はそのテーマやストーリーについて論じられることが多いが、例えば、巻一の三「大晦日はあはぬ算用」、巻一の四「傘の御託宣」、巻一の六「雲中の腕押」、巻二の七「神鳴の病中」、巻三の一「蚤の籠ぬけ」、巻三の五「行末の宝舟」、巻三の七「因果のぬけ穴」、巻四の七「鯉のちらし紋」など、その文体を見るべきである。そこに周知の素材を用いながら、西鶴独自の表現世界を開拓し、近世の新しい説話を成立せしめていることが認められる。

（石破洋）

〔参〕野田寿雄『校註西鶴諸国咄』（笠間書院、一九六九）、同『井原西鶴集』二（〈日本古典文学全集〉小学館、一九七三）、麻生磯次・冨士昭雄訳注『対訳西鶴全集』五（明治書院、一九七五）、江本裕『西鶴諸国はなし』（桜楓社、一九七六）、江本裕編『西鶴諸国はなし』（〈西鶴選集〉おうふう、一九九三）

さいかくとせつわ【西鶴と説話】

井原西鶴（一六四二～一六九三）は江戸時代の俳諧師、浮世草子・浄瑠璃作者。貞享元年（一六八四）六月五日の大矢数二三五〇〇句は矢数俳諧の最高記録。

西鶴の説話書としては、雑話物と呼ばれる『西鶴諸国はなし』（貞享二年［一六八五］刊、三五話収載）、『懐硯』（貞享四年［一六八七］刊、二五話収載）の他、『本朝二十不孝』、『本朝桜陰比事』、『西鶴俗つれづれ』、『西鶴名残の友』などがあげられる。また、『好色一代男』をはじめとする好色物や『日本永代蔵』以下の町人物その他、西鶴作品全体を一種の説話書と見てもよいかも知れない。少なくとも、西鶴作品の特徴の一つは、その説話性にある。

西鶴の説話はハナシの伝統を継承するものと考えられているが、近年は典拠の指摘が進展しており、「話された文学」としてではなく、「書かれた文学」として把握する立場がいよいよ重要になっている。

説話は事実や体験であることを建前としつつ、虚構を膨らませ、変容して行くが、西鶴説話の特色は、知的要素が強く、説話全体は最初から事実や体験を建前とせず、逆に、虚構であることを明らかにしながら、その中に現実を潜ませている。虚・実を立体的に組み上げ、過去の伝統や近世の現実の基盤を失わない。西鶴説話の最大の特色はこの虚の部分に存する。

西鶴説話を考察する場合には、事物を羅列、列挙する部分や当面の話筋とは関係のない、神・仏・人などの無駄な饒舌箇所に留意することが必要である。一つのテーマを追究して行く近代小説の手法を適用すべきではない。

例えば、『西鶴諸国ばなし』巻一の四「傘の御託宣」においては、傘神が「うつくしき娘をおくら子に」要求するのは、以下のストーリーの展開の上で必要であるが、「此夏中、竈の前をじだらくにして、油虫をわかし、内神迄汚はし、向後国中に、一疋も置まじ」などという部分は全く不必要であり、巻二の七「神鳴の病中」において、旱魃の際の水争いに出現した「火神鳴」がお告げをなすところは、全く無駄な饒舌であって、ストーリーの展開に関与していない。

或いは、『懐硯』巻三の三「気色の森の倒石塔」における猫の怨霊の饒舌部分や巻三の四「枕は残るあけぼの、縁」における二月堂本尊・十一面観音のお告げの場面など、説話文学にありがちな題材主義の非文学性を完全に脱脚し、「いかに表現し得ているか」という点において、各説話が文学として昇華せられており、説話文学が到達した最高点の一つを示していると見ることも可能である。

西鶴はその作品の中で、しばしば「世界は広い」と言い、「世にないものはない」、「人は化物」などと言っているが、このような、世界と人とに対する限りない興味と関心が、説話文学者としての西鶴を根底において支えているものであり、西鶴の諸作品は、説話文学の立場から、一層、研究を推進すべきものであろう。（石破洋）

〔参〕『井原西鶴集』㈠～㈣（〈日本古典文学全書〉朝日新聞社、一九七三～七四）、『西鶴集』上・下（〈日本古典文学大系〉岩波書店、一九五七、一九六〇）、『井原西鶴集』㈠～㈢（〈日本古典文学全集〉小学館、一九七一～七三）、『定本西鶴全集』全一四巻別巻一（中央公論社、一九四九～七五、別巻未刊）、麻生磯次・冨士昭雄訳注『対訳西鶴全集』全一六巻（明治書院、一九七四～八四）、江本裕・谷脇理史監修『西鶴選集』全一二巻（一九九三～九六）

さいぎょう【西行】　平安時代末期の僧侶・歌人。元永元年～文治六年（一一一八～一一九〇）。法名は円位。俗名は佐藤義清（則清、憲清などと表記する場合もある）。左兵衛尉、北面武士として鳥羽院に仕えたが、保延六年（一一四〇）二三歳で出家した。俗名・出家した年とその時の年齢は、藤原頼長の日記『台記』永治二年（一一四二）三月一五日条に、西行から直接語られたこととして記録されているので、確実性が高い。ここからの逆算により生年も判明する。出家後しばらくは京都周辺の山里で草庵を営んだが、康治二年（一一四三）頃、一度目の奥州への旅に出た。その後数年を経て高野山に移り、壮年期はここを本拠に活動したが、仁安三年（一一六八）には四国方面の旅をして、崇徳上皇の墓所を弔っている。晩年は伊勢に本拠を移すが、文治二年には再度の奥州旅行を行う。死の直前には河内の弘川寺に滞在していた。二月一六日の入滅は、かつての自作〈願はくは花のもとにて春死なんそのきさらぎの望月の頃〉を実現したものと受け取られ、俊成・慈円・寂蓮ら親交のあった歌人たちに感銘を与えたことが、彼等の家集から知られる。

生涯にわたって和歌を愛好し、とりわけ桜の花と月、そして旅の感慨を多く詠んだ。最大の家集『山家集』は、現存本では一五〇〇首あまりの歌を収めるが、少なくとも根幹部分は自撰であると考えられる。他に、自撰家集・自歌合として『聞書集』『残集』『山家心中集』『御裳濯河歌合』『宮河歌合』、成立について論の分かれている『西行上人集』系の家集がある。西行が歌人として高く評価されるようになったのは晩年以降で、『詞花集』には作者名を示さない一首のみ、『千載集』には一八首の入集であったのが、死後に編纂された『新古今集』には九四首を採られ、この集の最多入集歌人となった。『新古今集』の下命者、後鳥羽上皇（一一八〇～一二三九）

は〈生得の歌人〉〈不可説の上手〉と評した（『後鳥羽院御口伝』）。

西行の伝記は、家集の詞書や自筆の書簡、同時代の記録や歌集の記載などをもとにある程度の輪郭が知られるが、家集に年次記載が少ないこともあり、不明な点も少なくない。一方、西行の言行をめぐるさまざまな逸話は、かなり早くに流布し始めていたと思われる。既に鴨長明編の『発心集』に西行が登場する二話が見え、それ以後、『今物語』『十訓抄』『古今著聞集』などの鎌倉期説話集、鎌倉北条氏政権の史書『吾妻鏡』、『平家物語』の異本のひとつ『源平盛衰記』、南北朝時代の歌学書『井蛙抄』などの諸書に逸話が収められている。これらの中には、事実との対応関係を認められて西行の伝記資料として利用されているものもあるが、全体的には、西行に近い時代の人々が抱いていた〈西行像〉の諸相を、伝えるものと見るのが妥当であろう。

これらの断片的伝承とは別に、西行像を意図的に構成したものとして『西行物語』がある。具体的な作者や成立事情は不明であるが、鎌倉時代には成立していたと見られる。伝本によってかなり内容に出入りがあり、伝来の間に成長や改編を繰り返したらしい。絵巻の形のものもある。西行の伝記の体裁をとるが、当時の遁世思想を西行の歌と逸話によって肉付けした創作物語である。出家の際、娘を縁から蹴落としたという著名な逸話は本書に見えるが、おそらく『発心集』巻一所収の南筑紫上人の出家譚にヒントを得た創作であろう。なお、西行を編者に仮託した仏教説話集『撰集抄』も、鎌倉期における西行像の意図的構成の一種として捉えられる。

室町期以降は、これらの諸書の伝承を基盤に、『江口』『西行桜』などの能や、狂言・御伽草子の諸作品が生まれ、江戸時代以降は上記の書物の印刷刊行されるに従い、西行像は広く流布した。西行像に影響を受けた江戸期文人に芭蕉がいる。また、個性的な西行像を創造した作品として上田秋成『雨月物語』の一編『白峯』があげられる。なお、これらの書物としての伝承のほかに、旅の途上の西行の事跡とされる言い伝えや伝説も各地に伝存し、柳田國男「西行橋」（大正五年〔一九一六〕）などで注目されている。

（山本一）

〔参〕桑原博史『西行物語全訳注』（〈講談社学術文庫〉一九八一）、久保田淳編『西行全集』（日本古典文学会、一九八二）

さいとうさねもり【斎藤実盛】　鎌倉時代初期の平家方の武将。大治元年?～寿永二年（一一二六?～一一八三）。寿永二年、木曾義仲軍と戦い、加賀国篠原で討ち死にした。『平家物語』諸本は、その年七〇歳にあまるかとするが、古活字本『保元物語』によれば、白河殿攻略のさい、悪七別当の首を取った実盛が、「利仁将軍十七代後胤、武蔵国住人、斎藤別当実盛、生年三十一」と名のりを挙げている。これによれば大治元年の生まれ、享年五八歳になる。当時は源義朝の配下にあり、平治の乱後、平家方に帰属し、やがて維盛旗下の征東軍に編入され、東軍の圧倒的優位と自らの戦死の覚悟を語ったことが、西軍を脅えさせ、富士川から敗走させる誘因となった。これを老後の恥辱とし、汚名をそそぐにはりっぱに討ち死にするほかなく、ついては故郷へ錦を飾りたいと、北国下向を前に宗盛に、錦の直垂の着用を願い出て許される。華麗な衣装に身を包み、鬢髭を黒く染めた実盛は、結局、手塚太郎光盛主従に討たれ、その首は誰のものとも知られぬまま、木曾義仲に実検され、鬢髭を洗われて、白髪を露呈する。木曾の確認によって、実盛が執着した死の形式は完成する。それから二三一年めにあたる応永二一年（一四一四）、篠原に実盛の亡霊が現れ、遊行上人に会って十念を受けたとする話が都に伝わり（『満済准后日記』）、これにヒントを得た世阿弥の手で、まもなく能〈実盛〉が作られる。亡霊出現の理由を、木曾本人と組み討ちする形を死の完成とし、そのたくらみを手塚に阻まれた無念さに求めた点に、新しい主題が見いだされる。（西村聡）

〔参〕中村格『室町能楽論考』（わんや書店、一九九四）

さくらそうごろう【佐倉惣五郎】 近世の義民の代表的存在で、佐倉宗吾ともよばれる。生没年未詳。その実在についても確証とすべき史料は乏しいが、下総佐倉城主、堀田正信（万治三年〔一六六〇〕改易）の時代に、領内の公津村（成田市）に村内でも有数の田畑をもつ惣五郎という人物がいたことは判明している。ただ、この人物が事件に登場する惣五郎と同一であるかどうかはわかっていない。

惣五郎の事件に関する物語には変化が多いが、諸本に共通する内容はほぼつぎのようである。下総国印旛郡佐倉の城主堀田正信は、父正盛のあとをついだが、重税を課したため百姓は困窮した。田畑や家財を売り払う者があらわれたにもかかわらず、租税はますます重くなる。たまりかねた名主らは、堀田家の江戸屋敷に歎願をするが聞き入れられず、つづいて、老中の久世大和守に駕籠訴をおこすが願書は下戻しとなる。ここにおいて、ついに将軍への直訴を企て、惣五郎が代表となって江戸に行く。将軍家綱が上野寛永寺に参詣の機会をとらえ、訴状を差し戻す。要求は受け入れられ、租税の減免が実現するが、城主の怒りをかった惣五郎夫婦は磔刑、男子四人は討ち首に処せられた。その後、惣五郎の祟りで堀田家は断絶したという。

以上のような内容を骨子とする『地蔵堂通夜物語』や『堀田騒動記』などの実録物が出て、義民惣五郎は広く知られるようになった。ただ、今日伝えられる写本の大部分は、文化（一八〇四〜一八一八）以降のものである。

『地蔵堂通夜物語』では、印旛郡大佐倉の勝胤寺の地蔵堂の縁日に、諸国をめぐる六十六部が訪ねてきて一夜の宿を求める。庵主が六十六部に惣五郎の話をするうちに、惣五郎夫婦の亡霊とおもわれる者があらわれて、事件の顚末をくわしく語ってきかせるという構成になっている。

惣五郎夫婦が死後祟りをなすという点は諸本に共通している。祟りが堀田家断絶の原因を説くのは、それが民衆のなんらかの共感と支持をえるだけの背景と影響力をもっていたのであろう。正信が改易（万治三年）になって後、延享三年（一七四六）に、正信の弟正俊の子孫で山形城主堀田正亮が佐倉城主として入封する。『佐倉藩雑史』には、正亮が佐倉城に入部のおり惣五郎の亡霊にあったと記している。以後、正亮が将門山に惣五郎を手厚くまつるのは、当時、堀田家を滅亡においやった惣五郎の祟り伝承が流布していて、それが見過ごせない影響力をもっていたと推察される。

幕末には、惣五郎伝説は芝居や講談で人々の間に膾炙していった。嘉永四年（一八五一）に中村座で『東山桜荘子』（三代瀬川如皐作）が上演された。足利義政の時代設定で、惣五郎を浅倉当吾、堀田家を織越家とし、『修紫田舎源氏』をとりまぜたものだが、評判となり三か月の大入をつづけた。明治になると惣五郎伝説は自由民権運動とも関わって喧伝されていった。（常光徹）

〔参〕児玉幸多『佐倉惣五郎』（吉川弘文館、一九九〇）、高橋敏他『佐倉義民伝の世界』（歴史民俗博物館振興会、二〇〇〇）

さくらのもりのまんかいのした【桜の森の満開の下】　小説。［作者］坂口安吾（一九〇六〜一九五五）。［初出］昭和二二年（一九四七）。

昔、鈴鹿峠の残忍な山賊が、絶世の美女を強奪した。男は、女をあの桜の森の満開の下に似ていると思う。女は、男の女房達を殺させ、男を都へ誘い、人間の首を集めさせて遊び暮らす。退屈した男は、女と山へ帰る。女を背負って桜の森へ入ると、女は鬼と化す。男が鬼をしめ殺すと、鬼は女に、さらに花びらに変わる。孤独自体となった男も消え、虚空だけがはりつめていた。

近代小説として読んだ場合、まず焦点化されるのは男の孤独であろう。これは普遍的なテーマとなり得るので、たとえばイタリア映画の「道」（フェデリコ・フェリーニ、一九五四）との比較も可能になろう。一方、女の美しさに誘われるようにその亭主を殺し、以後、無限の首狩りを退屈と感じるまで続けさせられる男の姿には、美の豊饒が死を内包している恐しさが対応している。こちらの読み方は、女が桜の精と考えなければ成り立たない。では、話型から読んだらどうだろう。この小説は二種の話型から織られている。一つは異郷訪問譚。女にとっては山が、男にとっては都が異郷と感じられている。二つ目は異類婚姻譚。女にとっては山賊が、男にとっては都の女が異類のように感じられている（特に前者は猿聟入と共通点がある）。どちらも相互性に特徴があるが、桜の森の満開の下はそのどちらでもない、つまり、文化にも自然にも属さない場所なのである。だから桜の精は鬼になり得るのだし、永遠が一瞬に凝縮される。

（石原千秋）

ざつざつしゅう【雑々集】 説話集。上下二巻四〇話から成る。［編著者］未詳。

口承、書承の説話を撰者が集成したものと考えられる。［成立］およそ慶長年間（一五九六～一六一五）から寛永期（一六二四～一六四四）初頭の間と推定される。

　種々の先行説話集（『今昔物語集』・『古本説話集』等）と共通話を持つが、直接的には、上巻二〇話中一五話が『世継物語』と共通し、残りの一五話のほとんどは写本系『女郎花物語』と共通している。

　本書の各説話は、冒頭に必ず「いまはむかし」の語り形式をとっており、中世的説話の例に倣っている。また、大部分の説話が歌を伴っており、その出典は古今集や源氏物語等の王朝時代のものである。しかし、説話そのものの内容は、王朝文化讃美のものばかりではなく、中世的色彩の濃い説話（第一九、三〇、三七、四〇話）もある。第一九、二五話に付加された感想批評等を考慮すると、中世武家社会に生きる婦女子に対する教訓的説話集と見ることが可能である（少なくとも撰者の意図はそこにあったと言える）。

　内容的には前述したように新鮮味に乏しく、これといって見るべきものもないが、中世から近世にかけての説話の変遷をさぐる上で、その資料的価値は高いといえる。安楽庵策伝『醒睡笑』にも類話（第一九、三〇話）が見られることなども、口承から書承への変化をさぐる上で大変重要である。

（上田渡）

〔参〕吉田幸一編『雑々集』（古典文庫、一九七一）⇩醒睡笑

さるまるだゆう【猿丸太夫】 奈良、平安朝の伝説上の歌人で、巡遊伶人とみる考えもある。三十六歌仙の一人として実在視されるようになり、貴種（皇族）とする伝えもある。『古今和歌集真名序』に「大友黒主之歌、古猿丸太夫之次也」とあるのが文献初出だが、藤原公任の『三十六人撰』以

後、高く評価される。雑纂古歌集である家集に『猿丸太夫集』があり、『百人一首』に「奥山に紅葉踏み分け鳴く鹿の声聞く時ぞ秋は悲しき」が収められ、百人一首古の注釈書、和歌秘伝書、及び室町期物語などに伝説が見える。

民間伝承としては、畿内・紀伊・近江・信濃・加賀・越中・越後にかけて、屋敷跡、後裔の伝承があり、東北・北関東を中心に、朝日長者譚の伝承がある。後者は『日光山縁起』に依るが、日光（二荒）の男体権現（有宇中将）と女体権現（朝日長者の娘）との子・馬王に子が生まれ、容貌が醜く猿に似ていたので猿麻呂と名付けられ、小野の里に住んだが、二荒《ふたら》の神と赤城の神の争いの時、得意の弓矢で百足に化した赤城の神の目を射貫き退散させ、後、宇都宮明神と化現したという。

伝承のあるところ、小野、田原の地名が多く、近江日吉山王を本拠とする猿女小野氏の神人、強弓で百足退治をした田原（俵）藤太秀郷の武人の狩猟集団の伝承との結びつきが指摘できる。（磯沼重治）

〔参〕柳田國男「神を助けた話」（定本一二）、高崎正秀『物語文学序説』（青磁社、一九四二）、佐々木孝三『猿丸集と猿丸太夫説話』（天使印刷出版、一九七四）、小林茂美『小野小町攷：王朝の文学と伝承構造2』（桜楓社、一九八一）

さんげつき【山月記】 小説。〔作者〕中島敦（一九〇九～一九四二）。〔初出〕『文学界』昭和一七年（一九四二）二月。

隴西の李徴は才能があり、官吏となったが、他人と親しく交わることなく、官職を辞して詩で名を成そうとした。しかし、志を遂げることなく再び官吏となった彼は、発狂し行方不明となる。翌年、李徴の友人であった袁傪《えんさん》が猛虎と化した李徴に出会う。李徴が説明するには、自らの尊大な羞恥心が姿を虎にしたのだという。そうして、李徴はいまだそらんじている詩を袁傪に託す。詩人としての名声にいまだ夢に見るという李徴は、詩を託した後に、妻子への計らいを頼んだ。そのような詩を第一に考える自分を嫌悪しながら虎となった姿を現し去っていった。

この作品は李景亮が撰した「人虎伝」をもとに中島敦が創作したものである。中島はこの「人虎伝」という変身譚にいくつかの手を加えている。まず、李徴の詩に対する執着心を強調。変身の原因を李徴の「臆病な自尊心」と「尊大な羞恥心」として自らに語らせた。作中の語り手は変身前の李徴の消息を「狂悖《きょうはい》の性は愈々抑へ難くな」り「遂に発狂し」て行方不明になったという。ここから、李徴の肥大した自意識の苦悩が作家中島敦の文学者としての内面と重ねられ論じられることもある。しかし、ここで語られる李徴の内面劇は、あくまで虎になった男の語ったものであることも忘れてはならない。表現するものの孤独さを異類という立場に置き換えることで、変身譚を自己認識の物語に再構築したのである。いわば、人間誰もが背負う種々の不条理、それが強烈な自己認識を促した、覚醒の物語である。（江藤茂博）

さんごくいじ【三国遺事】 高麗時代に編纂された私撰史書で、現伝する朝鮮最古の説話集。［編著者］僧一然編纂、無極（一然の弟子）補筆。［成立］一三世紀末。

書名にある「遺事」を正史である『三国史記』（金富軾撰進、一一四五年）の「記し遺した事柄」と理解すべきかは、今なお断定を下せない。

全体は王歴と五巻九篇で構成されているが、内容から見て、王歴と紀異篇とそれ以外の諸篇に三大区分できよう。まず王歴は王の系譜図であり、新羅の始祖赫居世王から高麗太祖の統一に至るまでを、高句麗・百済なども含めて、中国の歴代王朝と年表を用いて図表化したものである。

次に、全体分量の半ばを占める紀異篇（第一～二巻）であるが、この篇の巻頭に「三国の始祖も皆な神異より発《おこ》ること何ぞ怪しむに足らんや」とあるように、一然が積極的に神異論を肯定したお陰で、古朝鮮の檀君神話や新羅の朴赫居世、金閼智・昔脱解神話、そして駕洛の首露神話など、今日に豊富な建国神話が残された。もっとも一然の眼目は、古代中国の聖帝である堯とほぼ同一時期に、朝鮮の檀君が天界から降臨し古朝鮮国を建国したと強調し、新羅国滅亡までの朝鮮民族の歴史体系を記載することにあった。こうした民族意識の成立は、その当時、三〇余年間にわたって異民族の蒙古の侵略に苦しんだ時代的所産に他ならないだろう。

著者みずから高僧であった為に、第三巻以下で、かなり詳細に仏教関係記事を載録している。具体的には、興法篇で仏教美術資料を、義解篇で高僧伝を、神呪篇で仏教史を、感通篇で信仰による奇跡譚を、避隠篇で信仰と社会の問題を、そして孝善篇で信仰と家庭の問題を記述している。

確かに、日本の古代歌謡を連想させる「郷歌《ひゃんが》」一四首も興味深いが、『三国遺事』に収録された主な説話として、延烏郎・細烏女の説話、金堤上の説話、射琴匣の説話、処容説話、孫順埋児説話などが列挙出来よう。説話学的な観点からすれば、『三国遺事』の説話は、仏教縁起説話と朝鮮古代諸国の建国神話、英雄・偉人の誕生説話、地名説話、道仙説話、孝行説話、その他で構成されていると言って良かろう。

こうした説話の中には、『寺中記』などの寺記・僧伝、

『旧三国史』『駕洛国記』などの歴史書、『古記』『新羅異伝（古本殊異伝）』などの古本等々、もはや現存しない貴重な古文献からの引用も数多く含まれている。しかも「古老相伝云〜」とか「街巷之説〜」「俗伝云〜」という形状で、高麗末一然の時代の口頭伝承さえも見出だせる。『三国遺事』以前の説話集が散逸してしまっているだけに、古代の説話世界を知る唯一の手掛かりと言える。

なおギリシヤのミダス王の話として有名な「王様の耳はロバの耳」に酷似する景文王説話などの起源と伝播の経路などの研究は、今後の重要な課題である。（松原孝俊）

〔参〕末松保和校訂『三国遺事』（国書刊行会、一九七一）、三品彰英ほか『三国遺事考証』（塙書房、一九七五）

さんごくし【三国志】 中国初の長編歴史小説。一二〇回。［作 者］羅 貫 中（一三四一〜一三六八）。

正しくは『三国志通俗演義』。『三国志』とは本来は中国の三国時代（三世紀頃）のことを志《しる》した歴史書（晋・陳寿撰）をいう。『演義』は正史『三国志』をもとに、忠義と勧善懲悪を基本の倫理として、覇を争う三人の英雄、魏の曹操、呉の孫権、蜀の劉備とそれをとりまく諸葛孔明、関羽、張飛らの活躍をえがく。とくに曹操を悪役とし、智の孔明、忠義の関羽などの人物の性格を鮮明にえがきわけたことや筋の面白さが民衆をひきつけ、すぐれた文章が読書人にもよろこばれた。三国の物語ははじめ唐宋時代の庶民むけの語り物から発達した。中国の語り物は、四世紀に成立したフシをつけて語る講経のための仏教儀式（「俗講」）が九世紀頃に絵解き（「変文」）を加えて仏寺の興行となり、一〇〜一二世紀の北宋では町の盛り場（「瓦子」）で専門の芸人（「説話人」）が講談（「説話」）を演じる、という形で発展していく。講談には「小説」（巷の事件を語る）、「講史」（軍談）、「説経」（仏教説話）などの派があり、三国志語り（「説三分」）は「講史」の人気の出し物であった。元代には語り物の台本ともみられる絵入りの『新全相三国志』平話も編まれた。『演義』は民間の語り物がよみ物へと展開したものとして意味をもつ。最古の刊本は明代の弘治年間（一四八八〜一五〇五）の「弘治本」二四巻二四〇節（実は嘉靖の刊）、流布したのは清の康熙年間（一六六二〜一七二二）の「毛本」一二〇回。（松岡正子）

〔参〕小川環樹訳『三国志』全八冊（〈岩波文庫〉一九八八）、金文京『三国志演義の世界』（東方書店、一九九三）

さんごくでんき【三国伝記】 説話集。全一二巻、三六〇話収載。［編著者］玄棟。［成立］室町中期。

応永（一三九四～一四二八）の初め、義満治下の泰平を謳歌する頃、来朝した天竺の梵語坊なる僧、大明の漢字郎なる俗、そして江州和阿弥なる遁世者の三人が清水寺に会し、月の出を待つ間、慰巡の物語をくり返したと序にいう。応永の初めがその何年であるのか、文中には「丁亥」とも見えるので同一四年かとされ、成立はそれ以降、また文安三年（一四四六）に成る『壒嚢抄《あいのうしょう》』への書承が指摘され、同年を下限と見なすのが通説。巡り物語の構想には先蹤があり、直接には『太平記』巻三五北野通夜物語を意識し、模倣している。ただし『太平記』の場合は、場所を北野聖廟に設定し、語り手も本朝の三人（法師・雲客・遁世者）が三国の説話を分担する形で進行しており、『三国伝記』の趣向の新しさは、これを三国出身者に振り分けた点に認められる。そのことに加えて、説話の有力な取材源でもあった『太平記』には、状況描写や道行文の技巧をも学ぶなど、大きな影響を受けている（ただしその批判精神までは継承していないとされる）。そして状況の設定や展開には、同時代の夢幻能を思わせる手法を用いることもある。『太平記』以外の取材源には、『発心集』『古事談』『長谷寺霊験記』『沙石集』『日吉山王利生記』、さらに『三宝感応要略録』などとの直接関係が早くに指摘され、最近、ともに応永一二年以前に成る、伝玄恵作『胡曾詩抄』と源高定奥書『和漢朗詠集和談抄』、また『大報父母恩重経』や『目連経』などを原拠とすることが解明され（黒田彰）、『今昔物語集』との例外的な親近さも注目すべき問題である（池上洵一）。それらの、主に仏教説話を書承して、説話の骨格は踏襲、主題の把握にも新味少なく、評論的傾向はむしろ薄れて、それではこの作品の特徴・主張はどこにあるかといえば、雑多な説話知識の披瀝と衒学的ともいえる文飾に見いだせるであろう。前者は周知の書承話以外に、後者を駆使した各地の寺社縁起を得意とすることが挙げられ、とくにこの作品固有の縁起が近江国、とりわけその湖東地方に集中する点が見過ごせない。たとえば神崎郡佐野郷付近の善勝寺・宇賀明神・上山天神等の縁起には、実際の地形が正確に写されており、その地をわが庭とした者の口吻さえ感じられる。撰者玄棟は、それらのことから、善勝寺ゆかりの天台僧であるらしいが、同寺はまた、この作品への流入がいわれる前掲『和談抄』にも深いかかわりを持つ。そのことを含めて、天台教学の学統や山王神道の拡がり、いわゆる〈中世近江文化圏〉（牧野和夫）を見通す、あるいはその範囲で考えるべき説話が少なくない。縁起以外にも、近江を舞台とする出典未詳話の多くは、「近曾」生起したできごとにまつわる民間伝承を採取したもので、作品中、最も精彩を放ち、在地の玄棟ならではの成果といえよう。近江舞台話に限らず、先行説話集等に類話があり、ところが直接依拠したとは認めがたい場合、間に中世日本紀や古今注、あるいは和漢の幼学書・抄物などの介在を想定する必要があり、その方面の資料は、周辺諸分野の研究の進展と連関しながら、今後の発掘が期待される。依拠資料を見定めたうえで、なおそれらに見いだせない、この作品独自の文体的特徴、すなわち華麗かつ難解な表現の装飾性については、背景に時代の好尚もあろうが、説話の時代に遅れて出てきたこの作品の、それが宿命であり、必然の方法でもあったと考えられる。その方法とは、『和漢』『新撰』両朗詠集など収載の佳句を引用して、主人公登場の直前を飾り、山場を予告・認識させ、主題を提示するもので、場面と表現の巧みな連接処理に意を用いて、反転引用による強調効果（意外感・イメージの重層性等）を狙い、和歌の漢詩化も行われた。装飾句と対象とのつなぎ目には〈折境・砌〉等の束ねの言葉を置くなどして、自らの文体へ出典を取り込み、再生する装置が工夫された。それが、得意とする寺社縁起では霊場の荘厳に、また深い関心を寄せる湖国の眺望などに適用されたのである。美人の形容には『玉造小町壮衰書』の使用も確かめられている。諸本は国会図書館蔵（近世初期）・吉田幸一蔵（室町時代）の二写本と寛永一四年（一六三七）刊以下三種の版本の所在が知られるが、最近、天文五年（一五三六）写の最古本、『三国伝記抜書』が紹介され、平仮名本や『新撰沙石集』の位相が論じられている。（西村聡）

〔参〕池上洵一校注『三国伝記』上下〈中世の文学〉三弥井書店、一九七六、一九八二）、黒田彰『中世説話の文学史的環境』（和泉書院、一九八七）、牧野和夫『中世の説話と学問』（和泉書院、一九九一）、池上洵一『修験の道』（以文社、一九九九）

さんしょううお【山椒魚】 小説。〔作者〕井伏鱒二（一八九八～一九九三）。〔成立〕『世紀』大正一二年（一九二三）八月。

岩屋のなかで二年過ごした山椒魚は、そこから出れなくなったことに気づく。その間に体が発育したのである。岩屋の出入口から外の光景を眺めることしかできない山椒魚は、岩屋に、或る日、入り込んだ一ぴきの蛙をそのまま外に出さなくしてしまった。閉じ込められた山椒魚は「よくない性質を帯びて来た」のである。互いに意地を張って激しい口論をはじめた二匹は、一年の後、冬眠からさめても夏いっぱい口論しつづけた。さらに一年後。二匹は互いに黙り込んでいた。

この作品は学生時代の習作『幽閉』を加筆改題したもので、昭和六〇年（一九八五）の『井伏鱒二自選全集』に収録される際にも書き直された。最後の部分が再び削られたのである。削られた部分では、両者の和解が書かれてあった。その経緯はともあれ、『山椒魚』は処女作的作品で、ユーモラスな視点の中に、憂鬱と絶望が秘められていて、井伏文学の特色の一つが示されていると言えよう。主人公山椒魚の冬眠している間に岩屋から出れなくなる程成長してしまう、この愚人譚的要素が、この作品のユーモラスを支えているのだが、それゆえにそれが出られぬ運命を悟った時の絶望は強められる。しかも、異郷人歓待譚とは全く逆の行為をマレビト＝蛙に向けることで、山椒魚の心理が読み手に示されている。閉ざされた空間は、二匹の心理劇の場としてはふさわしい場所だったが、そこから抜け出せぬ二匹にとっては、和解があってもなくても、深い絶望とあきらめにはかわりはないのかもしれない。（江藤茂博）

さんしょうだゆう【山椒大夫】

小説。［作者］森鷗外（一八六二〜一九二二）。［初出］大正四年（一九一五）。

筑紫の国に左遷された父を訪ねる安寿と厨子王姉弟と母親の家族は途中で人買いにだまされ離れ離れになる。母は佐渡へ、安寿と厨子王は丹後の山椒大夫のもとへ売られる。二人は山椒大夫のもとで奴隷としての辛い日々を送るが、姉安寿の犠牲によって厨子王は脱出し、京都で関白に拾われ、国守となる。そして、山椒大夫の奴隷を解放し、佐渡に渡り母と劇的な出会いをするのである。

鷗外は、「興津弥五右衛門の遺書」（大正元年）以来歴史史料の持つ自然を尊重して歴史小説を書いて来た。が、「歴史其儘と歴史離れ」（大正四年）で、この「山椒大夫」を書いた理由について、「わたくしは歴史の〝自然〟を変更することを嫌つて、知らず識らず歴史に縛られた。わたしは此の縛の下に喘ぎ苦しんだ。そしてこれを脱せようと思つた」と述べている。この「山椒大夫」は、説教節や浄瑠璃などで民間に流布されている説話が下敷になっている。その意味では、素材という点で、最初から歴史史料などあてに出来ないのだから「歴史離れ」するには恰好の題材だったと言える。だが、鷗外の合理的思考は、この説話の内容の持つ不合理な点にはさすがにとまどったと見えて、その不合理な点を指摘している。例えば「厨子王」は年齢が一三であるが、その年齢で国守になるのは早すぎるのではないか、といったことである。「歴史離れ」と言っても、それが鷗外の合理的思考に触れない程度の「離れ」かたであったのである。

説話を素材にした近代小説は芥川を初め少なくはないが、この「山椒大夫」が注目されるのは、鷗外が真面目に説話の不合理さもしくはその残酷さに対して忌避の態度を取るところにあると言える。つまり、近代小説の説話とは違う体裁を鷗外がどう信じたのか、あるいは近代小説一般が説話的内容からどう距離を取ったのか、という問題が見えてくるという点なのである。その意味で、小説と説話として流布されてきた物語の内容との違いが重要となる。説話では山椒大夫の息子は五人であるが、多すぎるので三人としたり、姉弟は大夫から額に焼印を押されるが、守り本尊の地蔵に救われその焼印が地蔵の額に移っている奇跡の場面などは、説話では現実の場面であるのに小説では夢の場面になっている。が、やはり、最も大きな違いは、物語の結末の違いということになるであろう。安寿と厨子王を残虐に扱った山椒大夫とその子供達に対して、国守として赴任する厨子王は当然復讐する。その復讐こそ、それこそこの物語の聞き手の「期待の地平」を担うものであるはずである。説教節では、結末は、山椒大夫の首を息子三郎に竹の鋸で引かせるという残酷なものである。しかし、鷗外の「山椒大夫」では、奴婢を解放させ山椒大夫一家は栄えたとある。まるっきり違っているのである。当然、これでは聞き手や読み手の「期待の地平」を満足させるものではなくなるだろう。民間に流布されている物語は、この復讐のところで、悲劇的な最後を遂げた安寿の鎮魂がなされ、聞き手や読み手の溜飲を下げる場面として一番盛り上がったとも言えるのであるから、この改竄は致命的とも言える。その意味で、この改竄に両者の決定的な違いを読み取ることが出来るだろう。

岩崎武夫は、この復讐で終わる説話的結末の効果を「聴き手の魂の問題として、より本質的なことは、づし王の生命の転換と更新を通して獲得された賎↓貴への生命の上昇感と、それに続くさんせう大夫に対する残酷な報復を追体験することによって、彼ら自身が、日常的な拘束された秩序や慣習から脱出し、生命の高揚―自己解放を味わっていたのではないか」（『さんせう大夫考』平凡社、昭四八）と述べている。岩崎は、この説話としての物語に、漂泊民としての語り手によって語られる「貴種流離譚」の性格を見ている。それによれば、厨子王は大夫のもとから逃げ出した後、賎の者として流浪し天王寺という賎が貴に再生する聖的な空間でまさに貴族に拾われ貴として再生するというのである。つまり、貴種として再生するその劇的な浄化の物語が根幹にあるのに、鷗外の小説にはそれがない。その原因は、本来、漂泊民による語りものが持つ「禁忌の問題を蒸発させてしまった知的な抽象性にある」と批判する。この批判は当たっていよう。まさに、鷗外が避けたのは、この種の説話が必然としてまといつかせる「禁忌」の問題だったと言えるからだ。この岩崎の批判は、鷗外の「山椒大夫」を読み、その基となった説話的内容には「致富譚」としての長者伝説があり、そこに伝承する語り手としての「大夫」一族の名前が入り込んでしまったのだろうと推測した柳田國男（「山椒大夫考」定本柳田國男集第七巻）を一歩深めたものだと言える。

小説「山椒大夫」の基になっている物語は、本来、社会そのものを活気づける「禁忌」を孕んだ祝祭空間（寺院や神社）を舞台とし、「禁忌」としての印を帯びた人達によって流布されてきた性格を持つ。それ故に、賎↓貴という浄化と残酷な復讐劇のドラマとが一体のものになるのである。しかし、鷗外は、近代小説にはそのような様式が合わないことを最初から見切っていたと言えるだろう。小説とは、ある意味で、「禁忌」を孕んだ語り手の視線が成立しないことによって登場した新たな語りの様式なのだと考えられる。従って小説「山椒大夫」のソフトさに、われわれは、近代小説の新しい語り手の性格を見て取ることが出来るのである。　（岡部隆志）

さんぼうえことば【三宝絵詞】　仏教の入門書。三巻。【編著者】源為憲。若くして出家した尊子内親王（冷泉天皇皇女）のために撰進した。【成立】永観二年（九八四）。

尊子は三歳で賀茂斎院となり円融天皇の女御として入内もするが、天元五年（九八二）に自ら尼となり、三年後に二〇歳で没した。天皇の血筋を引く編者為憲は受領階級の出で、大学寮に学び各国の国守などを歴任した官僚であるが、源順《みなもとのしたごう》の門人として文才の誉れも高かった。ほかに天録元年（九七〇）『口遊《くちずさみ》』、同三年『空也誄《るい》』、寛弘四年（一〇〇七）『世俗諺文』などの著作があり、漢詩や和歌も諸書に伝えられている。

『三宝絵詞』三巻は仏・法・僧の三宝で構成され、昔・中昔・今という時間が意識されている（序）。本文の各所に「絵あり」という注記があるように絵が添えられていたが、現存写本は説話だけである。「昔の仏の行ひ」を語る上巻は、菩薩（悟りを求める人）のなすべき六波羅蜜行や釈迦の本生譚など一三話からなる。「中頃法のここに広まること」を示す中巻には一八話の説話が載せられているが、うち一七話までが『日本霊異記』を出典とするもので、貴族官人層における霊異記の享受をあかしている。「今の僧」の「勤めること」を述べる下巻には一年間の仏事・法令を歳時記ふうに並べ、その由来や作法を記す。この書物は、僧籍にない為憲という文人によって書かれた仏教の解説・入門書であるところに意味がある。⇩日本霊異記　（三浦佑之）

【参】江口孝夫校注『三宝絵詞』上下（現代思潮社、一九八二）

しおんものがたり【紫苑物語】 小説。［作者］石川淳（一八九九～一九八七）。［初出］昭和三一年（一九五六）。

　王朝末期、歌の家に生まれた宗盛は遠国に左遷されるが、そこで狩りの快楽を覚え、美女に化けた小狐にひかれて鬼神と化す。殺戮の限りを尽くすが、ある時、仏を刻む自分の分身のような不思議な男に挑み、小狐とともに滅んで行く。筆者の奔放な想像力を駆使した不思議な小説である。その聖性故に鬼神と化した一人の男を描いているが、その男を、俗性を超えてしまう芸術家の像と考えることも可能だ。近代において神（芸術）に魅入られることの渇望を、その聖性故に東国に流され、地獄を巡り再生を果すところの小栗判官を擬したような宗盛という主人公に託したのである。その意味で、この物語は「貴種流離譚」である。また、小狐が復讐のために美女に化けて男に近付くが男に情がうつるという筋は、「異類女房」型の説話である「狐女房」が下敷になっているだろう。

　確かに、幾つかの説話を下敷にしていると考えられるが、筆者の腕はその翻案にある。「貴種流離」にしても、小栗判官のような地獄巡りと再生があるわけでは無い。宗盛は仏に挑んで死んでしまう。言わば、「貴種流離」の一番重要な部分を削って、筆者は、鬼神と仏に分離した自己の聖性の崩壊を描いた。また「異類女房」にしても、小狐と宗盛は共に滅ぶ。それは、死と再生という信仰に立脚する説話と、崩壊（死）を描く逆説によってしか、聖性としての生を描けない近代文学の違いでもある。

（岡部隆志）

しかのまきふで【鹿の巻筆】 噺本。五巻五冊。全三九話からなる笑話集。［編著者］鹿野武左衛門（一六四九～一六九九）、挿画は古山師重（一一〇図）。［成立］貞享三年（一六八六）刊。

　当時、座敷仕方咄の第一人者であった作者が、『鹿野武左衛門口伝ばなし』に続いて出した笑話集であり、浮世草子風の文章と当代一流の人気浮世絵師の挿画で見ても楽しい体裁を整えている。しかし、今日的評価はあまり高いとは言えない。双六、将棋、カルタなどをもじった文章は、凝りすぎていて難解であり、せっかくの滑稽味を減殺しているし、歌舞伎や浄瑠璃の場面のパロディにも臨場感が足りない。これは本書が純粋な意味での文芸作品ではなく、座敷仕方咄という話芸の台本であることに起因していると思われる。身ぶり手振りを駆使して役者の声色をやるから面白いのであり、その役者の存在を知らないものが文章化されたものを読んでも、冗長なだけで全くつまらないものに感じてしまう。

　それでも、歌舞伎種の話の中には、当時の歌舞伎の実態を窺い知らせるものも多い。脚本に幸若舞曲を活用していたとか、陰間が依然売色をしていたとか、演劇的発展前夜の歌舞伎のあり様をよく伝えている。

　跋文に、広く読者から面白い作品を募集する旨の呼び掛けをしている点は笑話の発展を考えるうえで大変興味深い。時期尚早で結局成功はしなかったが、雑俳集に学んだ着眼は評価していい。元禄期は民衆文化といってもまだまだ未発達であった。（上田渡）

しき【史記】　中国の正史（二十四史）の一つ。一三〇巻。［編著者］漢の司馬遷（前一四五～八六？）。
　黄帝から漢の武帝までの約二千数百年間の事蹟を紀伝体（個別の伝記形式）で記す。本紀一二巻、表一〇巻、書八巻、世家三〇巻、列伝七〇巻（最終巻は「太史公自序」）。本紀は帝王を中心に事件を年代順にしるし、表は年表、書には礼・楽・律・暦・天官・封禅・河渠・平準があり、世家は諸侯、列伝は英雄豪傑、文人、游侠などの人物の伝記を記す。司馬遷は太史令（歴史編纂官）として膨大な文献を博覧し、二〇代前後の二回に及ぶ全国的な旅行で豊富な見聞を得た。記録体と物語体をくみあわせた叙述形式を用い、高い文学性を示すその書は、父談《たん》の遺志を継ぎ、宮刑という恥辱に耐えてかきあげられ、「発憤の書」ともよばれる。『史記』に描かれた人物や事件はのちの語り物や演劇、文学作品に豊富な素材を提供している。それは司馬遷が「対象とする人間をつねに現実の面で最もありうべき姿にえがき」人間のテーマと典型を追求したこと（田中謙二「『史記』における人間描写」）、それが人々の感動と共感をうんだことに一因する。巻六六「伍子胥列伝」の楚の伍員《ごうん》、子胥《ししょ》の事件、即ち春秋中期、主君に父と兄を殺された伍員の復仇と悲運の生涯は、すでに九世紀頃の俗講（庶民むけの仏教宣布の語り物）に演じられ、敦煌出土の「伍子胥変文」が現存する。また一三、四世紀には李寿卿の「伍員吹簫《ごうんすいしょう》」等の戯曲も編まれた。（松岡正子）
〔参〕野口定男他訳『史記』上中下（〈中国古典文学大系〉一〇～一二、平凡社、一九六八～七一）、田中謙二他訳『史記』全五冊（〈中国古典選〉一八～二二、朝日新聞社、一九七八）、瀧川亀太郎『史記会注考証』一三〇巻・一〇冊（史記会注考証校補刊行会、一九五六～六〇）、武田泰淳『史記の世界』（文芸春秋、一九五九）

しげしげやわ【繁野話】　読本。五巻六冊。［作者］近路行者（都賀庭鐘、一七一八～一七九四？）。［成立］明和三年（一七六六）刊。全九編。

　角書に「古今奇談英草紙後編」とあるように、読本の祖と称される『英草紙』の続編として書かれた翻案奇談集（『莠句冊』を加えて三部作をなす）。

　一口に翻案小説といってもその題材は種々にわたり、

中国白話小説を初めとして『今昔物語集』や甲賀三郎伝説などの日本の説話にまで及ぶ。例えば第二編「守屋の臣残生を草莽に引く話」では、通常聖徳太子と蘇我馬子に仏教移入に反対したことで滅ぼされたとされている物部守屋が、実はひそかに生きのびて岩窟から世の推移を見まもり、一〇〇歳まで生存し、死後荻野明神に祀られたという内容を、『日本書紀』と『今昔物語集』の説話を結びつけて奇談としてまとめている。

全体として歴史小説の形態をとり、正史とは異なる野史伝承の中から題材を探し、自己流の歴史判断を盛り込みながら一つの話としてまとめていくという方法をとっている。神道思想の表明（第二）や南朝贔屓の表明（第四、第九）は、作者が単に翻案奇談小説としてのおもしろさを目的としたのではなく、和漢の歴史的文献を翻案しながら自己の思想を表明することに意義を感じていたことの証左となる。この方法は『英草紙』で確立されていたが、この作品にいたって、その方法論は一層強調されていると言える。『英草紙』とともに上田秋成『雨月物語』に強い影響を与えた。⇩英草紙　（上田渡）

じごく【地獄】　仏語。六道の一つ。現世において罪業ある者が死後に堕ちて苦しみを受ける世界。仏のいる浄土とは対照的な悪所として仏教で説かれ、地下にあって閻魔王が主宰する。八大地獄・八寒地獄が存し、八大地獄の各々に付属する小地獄（別処）があり、合計一三六地獄とされる。牛頭・馬頭などの獄卒が罪人を責めさいなむ。

地獄思想がわが国に伝わったのは奈良時代であるが、その後、平安時代に入って、源信が『往生要集』を著し、浄土と地獄世界を詳述した。本書の地獄描写は末法思想の広がりともあいまって、以後、わが国民に多大の影響を与え、唱導に用いられ、また、描かれて絵解きせられた。

民衆はいつの時代にも苦しい現実に直面していたから、浄土よりも地獄の方に一層切実な思いが存した。仏教がわが国人に与えた最大の影響は地獄思想であったと言っても過言でない。

地獄世界は寺院の壁や掛幅に描かれただけでなく、仏名会の地獄絵屏風も存し、地獄草紙や餓鬼草紙、十王経などの画巻本としても描かれ、六道図や十王図、十界図、あるいは、立山曼荼羅など各種の曼荼羅、北野天神縁起その他の絵巻の中にも描かれた。

それらは唱導や絵解きをともない、広範な民衆世界へ浸透して行った。地獄を見聞し、地獄めぐりをしてきたという説話は日本文学の中で一つの流れを成しており、地獄は説話と説話文学の研究の上で重要な位置を占めている。　（石破洋）

〔参〕岩本裕『極楽と地獄』（三一新書、一九六五）、梅原猛『地獄の思想』（〈中公新書〉一九六八）、宮次男『日本の地獄絵』（芳賀書店、一九七三）、西郷信綱他『地獄と人間』（朝日新聞社、一九七六）、笠原一男『日本史にみる地獄と極楽』（〈NHKブックス〉日本放送出版協会、一九七六）、岩本裕『地獄めぐりの文学』（開明書院、一九七九）、毎日新聞社編『地獄極楽の絵』（毎日新聞社、一九八四）、金岡秀友・宮田登他『地獄と極楽』（〈図説日本仏教の世界〉第五巻、集英社、一九八八）、坂本要編『地獄の世界』（北辰堂、一九九〇）、五来重『日本人の地獄と極楽』（人文書院、一九九一）、速水侑『地獄と極楽』（吉川弘文館、一九九八）、石田瑞麿『日本人と地獄』（春秋社、一九九八）、川村邦光『地獄めぐり』（〈ちくま新書〉二〇〇〇）

ししゃのしょ【死者の書】　小説。［作者］折口信夫（一八八七～一九五三）。［初出・初版］昭和一四年（一九三九）一月～三月『日本評論』、昭和一八年大幅に補訂して出版（青磁社）、昭和二二年、巻末に「山越しの弥陀」を付して出版（角川書店）。

藤原南家郎女（中将姫）は、才優れ、外来文化の漢籍や仏典を書写する日々を送る。春秋の彼岸の中日に、二上山の男嶽と女嶽の間に「荘厳な人の俤」を見、千部書経成就の日に姫は突如自邸を出奔し当麻寺にたどり着く。寺の女人結界の禁を犯した姫は寺にこもるが、そこで、苦心のあげく「荘厳な人の俤」の幻を描いた見事な蓮糸曼荼羅を織りあげる、というのが大体の粗筋である。ただし、その展開は時間が前後して錯綜しており、様々なエピソードが織りこまれていてかなり複雑な構成になっている。冒頭は、七〇数年前に刑死し塚穴に葬られていた死者滋賀津彦（大津皇子）が覚醒する場面である。この覚醒は、出奔した姫を探す当麻家の家人の魂ごいの行によるものであった。死者は寺にこもる姫の前にもあらわれ、阿弥陀仏である「荘厳な人の俤」といつしか二重写しになっていくが、この、この世ならざる「俤」と姫との交感こそ主要なテーマと考えてもいい。

いわゆる近代小説の姿、例えば、多くの近代小説が、人間という概念の探求、あるいは、有り得べき社会というものの追及であったりするような意図によって成立しているその姿を、この「死者の書」はまったく持っていない。それ故に、近代小説の中では異端として扱われている。その性格によってか、最近になってこの小説の評価はとみに高まって来た。理由は、近代小説そのものの衰退にあるだろう。「死者の書」は、歴史小説の体裁をとりながら、そこに現前する時間は、歴史という分節化された時間の限定を越えている。歴史的な時間の刻みのなかで、村落的世界が毎年神を呼んで、そこに歴史的時間を越えた「祭り」を繰り返し現出するそのような時間の越え方がこの小説にはある、と言ってもよい。近代小説は、近代以降の歴史的時間の刻みに過敏に反応し、そこで失われて行く何かを普遍的な「人間」あるいは「個人」の内面として回復しようとするものだった。が、そこには、絶えず前進する歴史的時間への無条件の肯定がある。しかし、その無条件の肯定が、先行き不透明である今崩れつつあるのである。その意味で、近代小説は、現代において、自らの成立の基盤であった歴史的時間を失いつつあると言ってもよい。だからこそ、そのような無条件の肯定とは全く別の場所で、歴史的時間を越えてしまっていた「死者の書」が今見直されるのだと言える。ある意味で、「死者の書」は、現代の混沌の状況のなかで、歴史的時間を容易に越えられる一つの明快な「生」の姿を再現したからである。

「死者の書」の基本的モチーフは「中将姫伝説」によっているが、その「死者の書」の原形をなす作品として、「神の嫁」（大正一一年［一九二二］）という未完の小説がある。神のよりましとなった横佩大臣の娘が、疫病に苦しむ都を救うため、自ら疫病の神に身を捧げようとする、というストーリーだが、この神憑かりというモチーフに、折口が何をどのように「明快」に描きたいのかが見て取れるだろう。それは、近代的個人がどのように頑張ったところで体験しえない、無意識的世界（古代的世界）から発するような「生」の姿である。そのためには、まず、近代小説そのものの輪郭を解体し、意識下に沈潜する闇の世界をあらわな幻想として呼び起こすことが必要だろう。異界をいかに描くのかと言ってもよい。折口は、神のよりましとしての乙女を描くことで、異界を現出させる明快で激しい「生」の姿を描いたのだ。それは、こちら側の世界から異界そのものが見えなくなっている近代で、異界と交流する「生」を描くための小説の明快な方法を示した、と言ってもいい。それは、また、小説が歴史的時間を無視する明快な方法でもあったはずだ。

そのような方法は古代学によって手中にしたものだろう。「死者の書」は、自らの古代学において創出した「まれびと」幻想の、小説における試みなのでもある。が、その視線が、「まれびと」の側にあるのではなく、「まれびと」が訪れる乙女の側にあることに注意したい。いわゆる伝承としての「中将姫伝説」のなかには、「継子譚」になっているものがあり、姫自身が継母に虐待され流浪するというのが前半の話になっている。その意味では、姫自身の「貴種流離譚」でもこれはあるわけである。しかし、折口は、あくまでも、「貴種」の幻想にとらわれる姫自身を描いている。この、「貴種」を「まれびと」として待つ乙女の視線にこだわることに、「死者の書」が、古代学と違い、また、たんに歴史的時間を越えて繰り返されるような物語と言ったものでもない、近代のリアリズムというものを感じさせるのだが、そのリアリズムはまさに古代を憑依しようとする折口の「生」そのもののリアリズムなのであるだろう。

折口が描こうとした、歴史的時間を越える「生」の姿というのは、まさに、説話に描かれる「生」の姿であると言ってもよい。その意味では、折口は、もっとも本質的なところで、説話的世界を意識したと言えるだろう。説話の基本的構成原理である異界との交流を、「あやし」としての話ではなく、まさに、近代における明快な「生」として復権させようと、説話を意識したと言えようか。それは、たんに内容だけの工夫としてではない。全編が、「語り手」によって「語り」が演じられているような印象があるが、まさに、その文体において、そして、構成において、説話が歴史的時間を越えて文字に声に語られ続けてきたその「説話」的存立形式そのものが、意識されているのである。（岡部隆志）

ししゅうひゃくいんねんしゅう【私聚百因縁集】

説話集。［編著者］住信。［成立］正嘉元年（一二五七）。外題及び序文・跋文には「百因縁集」とする。これが本来の書名か。上・中・下の三巻構成。上巻天竺編七三話。中巻唐土編三六話。下巻和朝編三八話。三国別の編集形式は、『今昔物語集』以来の説話集の伝統を継承するもの、後の『三国伝記』とも共通する。各編の冒頭に「仏法王法縁起由来」を置き、三国それぞれの仏教史を総論的に概述する。各国の説話はその後に続く。本書には全体を統一的に括る編纂意識が存したものと知られる。天竺編冒頭話（巻一・一）では、田主王に説き起こし、王孫の系譜を語る中にさまざまな仏の出現を位置づける。唐土編冒頭話（巻五・一）では、三皇五帝から夏・殷の王朝を経て周の昭王の時、仏が誕生したとする。和朝編冒頭話（巻七・一）では、天神七代地神五代より説き起こし、ウガヤフキアヘズノミコトの末期に釈迦が誕生したとする。欽明天皇一三年（五五二）の仏教伝来を説いてすぐに桓武朝・平城朝の最澄・空海の帰朝を述べ、浄土教を中心とした日本仏教の展開を記す。いずれも、王法仏法の相依が言われているわけだが、これらでの「王法」とは、具体的には歴代天皇（王）を意味し、その天皇（王）も皇帝年代記風に記されるのみで、確かに仏法との関わりでは時期を現す目安に過ぎない。つまり、中世に展開される〈王法仏法相依論〉の深みには達していない。だが、〈神祇〉が説話集に取り込まれる中世説話の特色の中にあって、『古事談』第五「神社・仏事」や『古今著聞集』巻一「神祇第一」は神仏習合の影響を見せているにしろ、神話の仏教的解釈ではない。神道固有の天地開闢説に仏教解釈を初めて持ち込んだところに和朝編冒頭話の注目される理由がある。成立事情、編集の趣旨等は、序文・跋文に明らか。正嘉元年、常陸において、編者住信四八歳（彌陀の四十八願を意識して）の時、本書は集記された。「衆生の機根に上中下有」るため、釈迦如来や龍樹菩薩は「真如の妙理」を種々に説いたが、末法濁世の今、愚歓住信が「経論の衆文」を集めて「百法要文」と題し、もって「小聞小見の輩」に与えたいという。編者の心算は衆生に「万法の由来、諸法の因縁、得法の門、開悟の道」を示し、「安楽国」「大菩薩」を共にすることにあった。そのため、本書の説話は、釈迦をはじめ、三国の高僧伝（恵遠、善導、聖徳太子、行基、最澄、円仁、役行者、増賀、法然ら）および有名無名の往生者伝を内容とする。ただし、中世仏教説話集がいわゆる〈説話評論〉を持ち込むことによってその特徴を示してきた説話文学史の中にあって、本書は編者個人の随筆的感懐を持ち込んでいない。唱導資料集としての本書の性格の故であろう。典拠関係文献として『発心集』『日本往生極楽記』『注好選』等との重なりが注目され、近年では『今昔』との出典関係は否定されている。　（下西善三郎）

〔参〕吉田幸一『私聚百因縁集』上中下（古典文庫、一九六九～七〇）、北海道説話文学研究会『私聚百因縁集の研究・本朝編・上』（和泉書院、一九九〇）

しずかごぜん【静御前】

平安末期から鎌倉前期の女性。生没年未詳。源義経の愛妾。母・磯禅師と同じく白拍子。

義経は、源平合戦で平家を滅亡させるが、兄の源頼朝と不仲になり、奥州平泉へと落ち延びた。悲劇の英雄へと一転したその後半生に、静御前は登場する。『義経記』『吾妻鏡』には、①神泉苑での雨乞い成就、賞賛②土佐房昌俊の堀川夜襲に、機転・救助（文治元年［一一八五］一〇月）③大物浦から船出、風雨で難航（一一月六日）④吉野山で義経と別離、蔵王堂にて捕えられる（一一月一五日）⑤鎌倉で義経の行方詰問（文治二年三月）。頼朝・北条政子夫妻の所望で、鶴岡・若宮八幡宮にて歌舞（四月八日）。寄宿先に押し掛けた御家人達の酒宴に激怒（五月一四日）。大姫のために芸を施し禄を賜る（五月二七日）。義経の男児を出産するも、由比ヶ浜に沈められる（閏七月）⑥帰洛（九月）、とある。

静御前の物語は勝長寿院の縁起譚として管理成長したという説や、『吾妻鏡』編纂時には成立していた伝承を取り込んだという見方がある。『義経記』以後の足取りは、信仰に支えられた全国の伝説で窺える。水辺に跡を留めるそれらは、磯禅師と関わる海辺の西日本型、義経と関わる街道沿いの東日本型、生存する義経をさらに追慕する平泉以北型に大別できる。また、「しづか」を名乗り歩く女性や、鎮魂の精神についても指摘されている。『徒然草』二二五段の白拍子起源説、「しづやしづしづのをだまき繰り返し昔を今になすよしもがな」「吉野山嶺の白雪踏み分けて入りにし人の跡ぞ恋しき」の歌が芸能面で、貞女としての姿が道徳面で取り上げられるなど幅広い人気だが、いずれも歌舞の印象が強い。

（内藤浩誉）

〔参〕角川源義『「義経記」の成立』（角川書店、一九八七）、徳江元正「静御前の廻国」（『國學院雑誌』六一、一九六〇）

じぞうせつわ【地蔵説話】　地蔵をめぐる、または、についての説話、の意。地蔵の前生を語り、地蔵の功徳を語り、地蔵の霊験を語り、地蔵の思想を語る、これらすべての説話は、地蔵説話とよばれてよい。そして、地蔵説話は、地蔵信仰と不可分である。

地蔵信仰本来の姿は、信仰の中心経典とされる「地蔵三経」（大乗大集地蔵十輪経、地蔵菩薩本願経、占察善悪業報経）に述べられる。すなわち、地蔵菩薩の最大の特色は、仏の滅して後、弥勒菩薩が次の仏としてこの世に現れるまでの、五濁悪世の無仏世界の衆生の救済を、仏から委譲されたところにある。さて、仏なき末法の世の救い主としての地蔵は、〈利益〉に関して、二つの側面を持つ。日常的な多種多様の現世利益がその一、六道悪趣に堕ちた衆生の抜苦がその二である。〈現世利益〉はたとえば観音信仰にも割り振られた役割であるから、六道輪廻第一の悪趣たる堕地獄の衆生の苦をのぞく、〈地獄抜苦〉こそが、地蔵の本願といえよう。無住『沙石集』巻二の五に、「地蔵菩薩は、…無仏の導師として、悪趣の利益を先とし給ふ…、慈悲深重のゆゑに浄土にも居し給はず、…ただ悪趣を以てすみかとし、罪人を以て友とす」とあるのが、地蔵菩薩の特色を簡明に言い当てている。地獄と地蔵を結び付ける意識は、『日本霊異記』説話にすでにみられるが、未だ地獄抜苦の思想は明らかではない。現世利益信仰から六道抜苦の来世的信仰へと様相を変えるのは、一〇世紀になって貴族社会に浄土教的現世否定の思想が芽ばえ、発達するようになってからである。『往生要集』も地獄抜苦の思想を明示する。民間の地蔵信仰の姿は、『今昔物語集』巻一七に収める三二編の説話にうかがえる。登場人物たちはいずれも庶民であり、地理的分布も、京、近江をはじめ陸奥等、全国に広がる。ただし、各話は阿弥陀信仰、法華経信仰と結んで、地蔵信仰専修を示さない。これには、横川天台浄土教の関与が背景に考えられている。また、修験的色彩の濃いことが指摘されてもいる。なお、『今昔』地蔵説話では、地蔵が「小さき僧」「若き僧」の形で出現する。それは、子供の守護神としての地蔵という日本的解釈の、背後に伏在するものを示していよう。ともあれ、「地獄は必定」という意識が地蔵説話の語りを要請する。『梁塵秘抄』に「我が身は罪業重くして…佉羅陀山なる地蔵こそ　毎日の暁に　必ず来り問うたまへ」とあるのも、民衆の堕地獄の絶望を語る地蔵説話と基盤を同じくする。中世になって、再び、現世利益的功徳をかたる説話が勢力をもって来る。『宝物集』に見る〈泥付き地蔵〉をはじめ、〈田植え地蔵〉〈水引地蔵〉〈鼻取地蔵〉〈矢取地蔵〉〈縄目地蔵〉〈勝軍地蔵〉〈延命地蔵〉など、近世にかけて、多種多様の地蔵説話が、地蔵の〈利益〉に関わって産みだされるのである。（下西善三郎）

〔参〕速水侑『地蔵信仰』（塙書房、一九七五）、高橋貢『中古説話文学研究序説』（桜楓社、一九七四）、大島建彦『民間の地蔵信仰』（渓水社、一九九二）、田中久夫『地蔵信仰と民俗』（岩田書院、一九九五）

じっきんしょう【十訓抄】　鎌倉期の説話集。三巻。［編著者］未詳。「六波羅二臈右衛門入道」説（妙覚寺本奥書。湯浅宗業カ）菅原為長説（『正徹物語』下）がある。［成立］建長四年（一二五二）一〇月（序）。

序文によれば、世間賢愚の振る舞いを引きつつ年少者に処世の教訓を提供しようとしたもの。全巻を通じて一〇の教訓が掲げられ（上巻一～四、中巻五～七、下巻七～一〇）、各編は教訓解説〈小序〉とその敷衍説明をもってなる。したがって作品は説話集というより啓蒙書的色合いが濃く、説話は教訓説示のための事例として敷衍説明部分に引かれるのが一般である。話題は『大和物語』『江談抄』『古事談』『発心集』などに取材したもののほか『今昔物語集』『宇治拾遺物語』との同話も多い。さらに『俊頼髄脳』『袋草紙』等の歌書や楽書、記録、物語、また『和漢朗詠集』注や『百詠和歌』等に記された唐土故事との関連も窺える。説話のほか引証として示される記事には経書経典の章句、和歌漢詩文等もあり、かような多分野にわたる挙例を通じて編著者の豊かな知識ひいては中世初頭の知の様態が観察される。ただし、広範な学識を背景とする敷衍説明は、時として知識が知識を呼んで作品の文脈に〈ずれ〉をもたらす場合も見受けられる。これは年少読者を意識した注釈的部分あるいは関連知識の提供とも見倣しうるが、文脈の動揺が主題を展開させ編著者に認識の深化を導いている箇所も少なくなく、掲げた教訓を軸とした思索の行跡を伝えるものともいえよう。ここに啓蒙書に止まらない本テキストの特性がある。諸本は四系統（平仮名本・片仮名本・二者取合せ本・流布本）に分かれ、片仮名本系統に古態が残るが平仮名本系統によって補える点も多いとされる。書名は「じつくんしょう」とも。その由来は序に詳しい。

各編題目は大略以下の通り。一「人に恵を施すべき事（片仮名本）」（他系統「心操振舞を定むべき事」）二「驕慢を離るべき事」三「人倫を侮るべからざる事」四「人の上の多言等を誡しむべき事」五「朋友を撰ぶべき事」六「忠信廉直の旨を存ずべき事」七「思慮を専らとすべき事」八「諸事を堪忍すべき事」九「懇望を停むべき事」十「才能芸業を庶幾すべき事」。掲げられた教訓は妥協的消極的な印象を与えるが、中世初頭の社会的文化的変動を視野に入れるならば、逆に、危機的な情況下で、人間関係を重んじた具体的現実的な処世の術を積極的に示そうとした作品の意図が了解される。但し、処世観の規範は王朝的な〈心ばへ〉にあり、引証話も平安期の話題が多く、結果、作品世界は王朝懐古的な色合いを帯びる。そこには編著者の知の内実と、これに基づき世を渡る術を見出そうとした模索の営みを窺えるが、一方、これを後嵯峨院時代の王朝復興の動向にかかわるとする見解もある。

受容は『正徹物語』評、『東斎随筆』『体源抄』『悦目抄』による依拠に確認され、近世には元禄六年（一六九三）の版行以来広く流布した。（竹村信治）

〔参〕泉基博『十訓抄本文と索引』（笠間書院、一九八二）、河村全二『十訓抄全注釈』（新典社、一九九四）、浅見和彦『十訓抄』〈新編日本古典文学全集〉小学館、一九九七）

しゃせきしゅう【沙石集】　鎌倉期の説話集。一〇巻。［編著者］無住一円（道暁）。大円国師。嘉永二年〔一二二六〕～正和元年〔一三一二〕。序文）。［成立］弘安二年（一二七九）起筆（序文）、「両三年」の中断の後（米沢本識語）弘安六年八月脱稿（巻一〇巻尾）。流布本識語によれば最後の加筆改訂は徳治三年（一三〇八）五月（巻四巻尾）。その間草稿本が京都に伝わり（流布本巻二第五段末等）「讃敗相半」する批評（雑談集巻一〇）を被ったこともあって、裏書や本文加除添削等が施された。弟子道慧による書写は永仁元年（一二九三）～永仁三年、乾元二年（一三〇三）に行われている（流布本各巻尾）。

前半五巻では話題の後に仏教教理的な解説が付され巻単位の論説展開が認められるのに対し、後の五巻は話題解説が少なく、いわゆる説話集の姿をとる。編纂意図は序文に「狂言綺語ノアダナル戯ヲ縁トシテ仏乗ノ妙ナル道ヲシラシメ、世間浅近ノアラキコトヲ譬トシテ勝義ノ深キ理ニ入レシメムト思」（市立米沢図書館本）とあり、説話による仏教的な啓蒙。伝本は諸種あり、諸本間で本文・話題の有無・配列・巻構成（特に巻六以降）の異同が多く、大きくは広本と略本に分かれる。異同は伝写間のものではなく、編著者の改訂に基づくもの。すなわち広本系統の俊海本・米沢本などが草稿本の面影を残し、略本系統の流布刊本が定本的な位置にあると見なされ、広略あわせた諸本はその間の裏書・添削・加除など数次にわたる改訂の各局面を伝えたものとされる。したがって、作品をいずれかの伝本に基づいて固定化することは実情にあわず、異同をともなう諸本全体、また改訂の動態を『沙石集』テキストとして考えるべき側面をもつ。書名は「させきしゅう」とも。その由来は序文に詳しい。

前五巻は仏法修学の肝要を段階的に論じたもの。巻一は本地垂迹説によって神明と仏法との関係を説き、神威を尊び道を行ずべきことを示す。巻二は諸仏菩薩の慈悲方便利益の話題から信心を勧めたもの。そして世間出世間の人の話題を例に、巻三では用意すべき智を説き、巻四では心を論じ執着への警戒を促す。巻五は仏法修学者の実例列挙から〈学匠と和歌〉話題へと転じ、〈和歌陀羅尼観〉とその挙例に及ぶ。後半五巻は諸本間の構成相違が甚だしいが、大略、説経師話題・衆生煩悩の諸相・滑稽尾籠な話題・正直忠孝の美談・遁世者高僧逸話を巻ごとに収録する。採録説話は他書に見えるものもあるが無住の学識・生涯を反映して多彩。特に東国中部地方の話題は中世庶民の生態を伝えて貴重である。俗語を交えた巧みな語り口、自在な意味の手繰り寄せ、次々と繰り出される説話や引証文によって動的に展開する論脈なども、『沙石集』を特色付ける要素である。また、中世前期の神祇信仰やこれと習合した仏教思想の動向を伝えるテキストとして近年注目を集めてもいる。

受容は抜書本（『金撰集』『金玉集』『見聞聚因抄四』）、後続本（『新撰沙石集』『続沙石集』など）、『三国伝記』『ささめごと』『醒睡笑』西鶴・秋成、及び落語などとの関係に、広範な受容が確認できる。

（竹村信治）

〔参〕小島孝之「沙石集」「無住」（『研究資料日本古典文学』三、明治書院、一九八四）、同『沙石集』（〈新編日本古典文学全集〉小学館、二〇〇一）、片岡了『沙石集の構造』（法蔵館、二〇〇一）、説話文学会編『説話文学研究』35（同会、二〇〇〇）

じゅうえもんのさいご【重右衛門の最後】 小説。［作者］田山花袋（一八七一～一九三〇）。［初出・初版］明治三五年（一九〇二）五月、新聲社から書きおろし出版。

学生時代に知り合った信州の友人と別れて五年後、「自分」はその友人の故郷「鹽《しほ》山村」を尋ねた。そこで重右衛門という「自然児」の罪悪を知る。身体的な障害を馬鹿にされてきたために乱暴無慚となったと考える「自分」は、重右衛門のこうした過去と現在のあり方との因果を考える。やがて、村人は重右衛門とその手下のような小娘による放火に対して、みんなで彼を殺してしまった。事故死にみせかけ、重右衛門を始末してしまったのだが、小娘はその怒りのため村中に火をつけ、自らは焼死してしまった。「自分」はそれを「自然の力」として見た。

重右衛門が「乱暴無慚」の人間になった理由を「生まれつきの身体的障害者」と祖父祖母による「愛情の過度」と見る「自分」の視点は、いわゆる自然主義文学の特色を示すものと言えよう。ただ、因果関係の根底にあるものを、自然と見、それぞれ村も重右衛門も「放恣なる自然の発展」と相互の戦いと位置づけ、重右衛門殺害への批判の目はない。

また、「自分」が東京で出会った杉山、山懸、根本らは、村の外へ出て再び村へ成功して戻るというような貴種流離的世界をこの作品は持つ。しかし、重右衛門は村の中の「異人」として存在した。ただ、村という共同体が形成されている場で、排除=差別される者である重右衛門が外や周縁に追われるのではなく内部にとどまっていることから生じた悲劇が、この作品の物語構造ともいえるであろう。どのような人間にも平等であろうとする近代的な神話の力学と共同体の「異人」排除の力学が拮抗した場所に生まれた劇とも言える。（江藤茂博）

しゅてんどうじ【酒呑童子】　御伽草子。室町物語。「酒呑」は「酒顚」「酒天」「酒典」などとも表記される。［作者］未詳。［成立］南北朝期頃の成立か。

丹波国大江山の鬼神酒呑童子が人を攫って食う。池田中納言の姫君もいなくなったので、公卿僉議をして頼光四天王に退治を命じる。山伏姿で山に向かった頼光らは、山中で住吉・熊野・八幡三神の化身の翁三人に出会い、鬼の岩屋に導かれる。童子とその眷族の鬼共とは酒宴をしており、頼光らも加わる。打ち解けた所で童子は身の上を語る。越後生まれで山寺で多くの法師を刺殺して後、比叡山に住むつもりだったが、伝教大師に追放され大江山に至り、そこでも弘法大師に追出される。しかし大師は高野山に入定したので大江山に戻り今に至るという。宴が一段落して童子が臥所に入った所を頼光らは討取る。それから多くの鬼共も平らげ洛中を凱旋する。また池田中納言の姫君ら囚われの姫君も父母との再会を果たしたという。御伽草子『伊吹童子』は酒呑童子の出自から大江山に至るまでを説いた物語で、『酒呑童子』をもとに作られている。大江山も伊吹山も修験の霊場であった。霊山に棲む変化の物を退治する中世の物語・説話は戸隠山をはじめ、山岳宗教と関わりのある諸山に散見されるところである。また頼光四天王は田原藤太秀郷や坂上田村麻呂と並んで武勇譚の代表的人物であり、これを主人公にする怪物退治譚は、本物語のほかにも『土蜘蛛』『羅生門』『雪女物語』『岩竹』などがつくられ、膝丸・蜘蛛切丸の霊剣説話という側面をもちつつ広く流布した。

本物語は南北朝頃の古い絵巻（香取本）をはじめとして、多くの伝本が残されている。なかでも絵巻の形態で近世前期、多く製作されたことが知られる。後世、昔話として伝承され、さらに戯作や錦絵、川柳など様々なジャンルで多く題材として用いられた。なお出生地として越後国西蒲原郡の砂子塚などが伝承されている。

（伊藤慎吾）

〔参〕佐竹昭広『酒呑童子異聞』（平凡社、一九七七）

じゅほうたん【呪宝譚】 説話の話型分類。主人公が呪宝を得、それにより幸福を得る。あるいは、それをまねた人物が失敗をするという内容の話。呪宝は、頭巾・欠椀・玉などと多様である。記紀の「海幸山幸説話」やお伽草子の「一寸法師」なども呪宝譚として読める。

この名称を話型（群）の分類称呼としたのは、関敬吾『日本昔話集成』が最初。そこでは、「聴耳」「犬と猫と指輪」「五郎の欠椀」「塩吹臼」「生鞭死鞭」「魚の玉」「宝瓢」「宝下駄」「狼の眉毛」が挙げられており、『集成』を補訂した『日本昔話大成』もこの分類をそのまま踏襲している（『大成』一六四～一七二）。

ところが関自身は、『日本昔話の型』（『集成』六所収）においては「五郎の欠椀」を削除し、『集成』で笑話に列していた「若返り水」「打出の小槌」「米倉小盲」「魚石」を加えている。このことは、体系的かつ客観的な分類を目指す近代合理主義のひとつの限界を示しているように思われる。

つまり、呪宝譚に分類するか、笑話に分類するかは、読者としての研究者の主観的な認識の問題であり、少なくとも二項間に宙吊りとなっている限り、それを一義的に規定することには無理がある。要は、どちらの、あるいはまた別の話型として読むことによって見えてくるものの相がどう変化するかにあり、それを説くことがこれからの研究の方向である。⇩話型

（東原伸明）

しゅんとくまる【俊徳丸】 弱法師伝説の主人公。能『弱法師』や説経『しんとく丸』（説経ではシントクマル）で知られる。

河内国高安の左衛門尉通俊《みちとし》の一子俊徳丸は、人の讒言により父に追放され、盲目となって弱法師と呼ばれる乞丐人となるが、後悔した父が行った天王寺施行において親子の対面を果たし、故郷へ帰るというのが能の筋で、作者は観世十郎元雅、クセの部分は世阿弥と考えら

れている。天王寺縁起が取り入れられ、救世観音信仰・浄土信仰を背景に、盲目の美少年の清澄の境地を描く作。説経では、更に父（信吉《のぶよし》長者）の清水観音への申し子譚、しんとく丸と蔭山長者の乙姫との恋愛譚、継母の呪詛・讒言譚などが加わり、全体には乞丐人しんとく丸のイメージが強められている。弱法師伝説の文献的初出は世阿弥能本（自筆本の臨模本が現存）だが、おそらく能以前に説経の祖型をなす伝承が存在して、能も説経もそれに取材しているものと考えられており、『三会定一記』宝治元年（一二四七）の条に見える〈盲法師〉や『太平記』巻五「相模入道弄田楽並闘犬事」に見える〈ヨウレボシ〉を、弱法師もしくはその原型と説く説もある。

弱法師伝説の原拠は、拘拏羅《くなら》説話（『今昔物語集』巻四「拘拏羅太子、扶眼依法力得眼語」等に見える）といわれるが、この説話には継母の邪恋のモチーフが含まれている点、説経『愛護の若』とも近しい。他にも説経『小栗判官』・幸若『満仲』などとの交渉が注意される。
⇩愛護の若・幸若・今昔物語集・能・申し子（藤井奈都子）

しょうくう【性空】 平安期天台宗の高僧。?～寛弘四年（?～一〇〇七）。「しょうぐう」とも。また書写上人、書写聖とも。性空上人の場合は転訛して「しょうぐしょうにん」ともいう。書写山円教寺（兵庫県姫路市）開祖。寛弘四年（一〇〇七）没。九八歳（九一歳とも）。『今昔物語集』巻一二第三四話は性空伝となっており、そこには片手に針を握って生れたという異常出生譚のモティーフが生後第一に見られる。そして一〇歳で『法華経』を学び、一六歳で出家して南九州の霧島に籠り、日夜『法華経』を読誦する。のちに筑前国背振山《せぶりやま》に行き、三九歳の時、暗誦する。その後、播磨国書写山に移り、円教寺を開く。それから円融院御悩平癒のこと、臨終のことなどが述べてある。これが正規の伝記と見られる。その一方で硯割《すずりわり》型ともいうべき伝記も伝わっている。性空はもと藤原時朝（時平の孫）に仕える侍仲太三郎《ちゅうたのさぶろう》といった。仲太はある時、大織冠以来の家伝の硯を割ってしまうが、若君が身替りとなる。しかし時朝は許さず若君を斬首する。これを機に出家し性空と称し、書写山に庵を結ぶ。そこで『法華経』を読誦し、ついに六根清浄を得たという。この説話は『撰集抄《せんじゅうしょう》』が初見であるが、硯割説話自体はすでに『今昔物語集』巻第一九に見られる。

このほか周防国室《むろ》の遊女を生身《しょうじん》の普賢菩薩として拝む説話（『撰集抄』など）、和泉式部の説話（『三国伝記』など）、鳥の声を聴きとる説話（『元亨釈書』『直談因縁集』「法師功徳品」など）をはじめ多くの説話が残されている。いずれにしても、性空は幼少から『法華経』に親しんでおり、性空説話には概ね『法華経』持経者としての側面が顕著である。また中世、書写山では遺品を前に性空の超人性を語っていたことも注意される（『書写山行幸記』、『太平記』巻第一一「書写山行幸事」）。（伊藤慎吾）

〔参〕橋本直紀「奈良絵本『硯わり』と性空上人」（『千里山文学論集』二六、一九八三）

じょうざんきだん【常山紀談】 随筆。正編二五巻、拾遺四巻、付録一巻。

〔作者〕湯浅常山（一七〇八～一七八一）。〔成立〕自序に元文四年（一七三九）とあるが、正編が完成したのは明和七年（一七七〇）。全巻の刊行は著者没（一七八一）三〇年余り後になる。著者が生涯をかけて書き続けた書である。

内容は、戦国時代から近世初頭にかけての武将たちの言行に関する雑談を中心に、戦国の時勢、国初の風俗等を網羅的に集大成したもの。思想的には儒教主義、勧善懲悪主義に徹し、軍記や講談でお馴染みの戦国武将が、勇猛果敢に活躍する様が描かれている。しかし、歴史学者としての見識に従い、史料の客観的価値を傷つけまいとする配慮もうかがえる。例えば、巻之七「甲陽軍鑑虚妄多き事」では『甲陽軍鑑』の記述が如何に真偽の疑わしいものであるかを詳細に述べている。

個々の話では、「道灌」という落語に出ている山吹の話の載っている巻之一「大田持資歌道に志す事」をはじめ、「上杉謙信小田原へ攻め入れし事」「明智光秀信長公を弑する事」「秀吉浮田を欺きて上洛の事」等々史実に基づいた逸話が満載である。他に登場人物だけを記せば、徳川家康、武田信玄、加藤清正、福嶋正則、黒田如水等の戦国武将。井伊直正、大久保忠隣、本多正信、酒井忠勝等の江戸幕府の重臣。細川幽齋、烏丸光広、中院通村等の文人などがいる。

その面白さと平明な文章で、幕末以降の通俗歴史読物の素材として広く活用された。（上田渡）

しょうどう【唱導】 経典や教義を説唱して人々を導化するの意。主として民衆を対象とする仏教教化をいい、説経・説教・説法・法談・法語・布教など、みな、ほぼ同意。唱導には表白体と口演体が存するが、口演体が中心であったから、勢い、制約を離れ、自由な語り口による説話の変容が起こり易かった。

梁・慧皎は『高僧伝』巻一三の唱導論の中で、「唱導とは、蓋し以て法理を宣唱し、衆心を開導するものなり」（原漢文）と述べ、声・弁・才・博の四要素を示し、「すべからく、造形を指示し、聞見を直談すべし」（原漢文）「すべからく、言辞を近局にし、罪目を陳斥すべし」と言っている。わが国の節談説教においても、一声・二節・三男と言い、初めシンミリ（讃題・法説）、中オカシク（譬喩・因縁）、終りタットク（結勧）とも言われた。このような唱導の原則にのっとり、大陸唐代の俗講僧や俗法師、わが国の教化師・化他師・説法師・遊行僧などは、「譬喩、因縁をおかしく語れ」という指示や「大筋ダニタガワザレバ語何ニ替テモ苦シカラズ」（『安居院唱導集』上巻〈法則集〉）との建前を拡大解釈して行った。

唱導書としては、まず、『東大寺諷誦文稿』、『法華修法一百座聞書抄』、『打聞集』、『真言宗談義聴聞集』などがあげられるが、その性質上、多くの説話を含んでおり、説話研究の上で見逃せない。ことに、平安末期から鎌倉初期にかけて安居院流が出て、文学との交渉は一層密になり、『言泉集』や『転法輪鈔』などを残した。この安居院流の唱導が戦記文学、特に『平家物語』に及ぼした影響は多大である。安居院流の澄憲、聖覚より後、真言宗・良季の『普通唱導集』がある。

近世においては熊野比丘尼や歌比丘尼、立山曼荼羅を持ち歩いて勧進した越中立山芦峅衆徒、節談説教師たちの唱導が、説話の伝播の上で注目される。また、安楽庵策伝や鈴木正三、浅井了意らの唱導者が、『醒睡笑』（策伝）、『因果物語』（正三）、『伽婢子』（了意）など、文学史上に知られる書を多く著したことは、説話研究の上で忘れることができない。

『二中歴』第一三（名人歴）には、説経の名人一五名を列挙しているが、『台記』や『民経記』に見られるように、説経師たちの説経は、人々を惹き付けようとして、次第に興味本位になって行く。唱導僧の中でも、説経師、化俗法師、遊行僧、絵解き法師と呼ばれた者たちが、民衆に与えたインパクトは大きかった。就中、聖《ひじり》と称された僧たちの勧進活動や絵解き法師の活動が注目される。

平安後期、ことに院政期は説話と説話画が爆発的に開花盛行した時代であって、それらが法会その他、仏教唱導世界に広範に採り込まれた。説話、唱導は一一世紀以後、全国に拡大せられ、国民を刺激したが、特に、女性や子供に与えたインパクトが大きかった。諸寺諸仏の縁起霊験説話や各種の往生説話、地獄説話の類を持って諸国を渡り歩いた勧進聖や絵解き法師たちの宗教的信念と情熱、行動半径の広さ、幅広い国民への接触、語りや絵解きによる方法の魅力、内容の卑近平明、どの一つをとってみても、その効果は絶大であって、説話や唱導の研究の上で見逃せないものがある。

（石破洋）

〔参〕永井義憲『日本仏教文学』（塙書房、一九六二）、菊地良一『中世の唱導文芸』（塙書房、一九六八）、関山和夫『説教の歴史的研究』（法藏館、一九七三）、筑土鈴寛『中世・宗教芸文の研究』一・二（『筑土鈴寛著作集』三・四、

せりか書房、一九七六）、福田晃・廣田哲通編『唱道文学研究』第一集〜第三集（三弥井書店、一九九六〜二〇〇一）、成田守・森本浩雅編『近世唱道集』（おうふう、二〇〇一）

しょうふ【笑府】　明代の笑話集。一三巻。一三部七〇八話。［編著者］墨憨斎主人。

構成は、全体を古艶、腐流、世諱、方術、広萃、殊稟、細誤、刺俗、閨風、形体、謬誤、日用、閨語の一三の部にわけ、各部ははじめにその特徴を説明し、時に話に評語を付す。古今の笑話を集大成し、笑話文学の冠とされる。作者の墨憨斎とは、明末の通俗文学界の第一人者で、俗語体短篇小説『喩世明言』『警世通言』『醒世恒言』等をはじめとする夥しい俗文学作品を編集した馮夢《ふうむ》龍《りょう》（一五七四〜一六四五）の筆名。夢龍は本格的な笑話を収めた『笑府』と区別して、歴史上の人物の滑稽逸話を集めた『古今談概』（一名『古今笑』）も編んだ。原本は中国では明末に散佚するが、日本には早くから伝わり（内閣文庫蔵）、明和五年（一七六八）の抄訳訓点本、安永五年（一七七六）の風来山人の删訳本などもでて、江戸小咄に多く翻案された（落語の「饅頭こわい」等）。

中国の笑話文学は、すでに先秦の諸子百家《しょしひゃっか》にみえる。笑話は民衆の娯楽であると同時に遊説家にとっては諷刺や説得のすぐれた手段でもあった（『孟子』の「助長」や『韓非子』の「矛盾」等）。やがて二世紀には初の笑話集『笑林』（魏・邯鄲淳）が編まれ、五世紀末には漢訳仏典『百喩経』に大きな影響をうけた。さらに明代中期以降に笑話本が巷に盛行して『笑府』にいたり、清代にはこれを踏襲した『笑林広記』（一二巻八二七話）がでて、日本や中国ではこれが広く読まれた。

（松岡正子）

〔参〕松枝茂夫・武藤禎夫編訳『中国笑話選』（〈東洋文庫〉平凡社、一九六四）

しょうもんき【将門記】　承平・天慶年間（九三五〜九四〇）の平将門の乱に取材した軍記。一冊。［作者］未詳。［成立］一〇世紀中頃。変体漢文で書かれ、公式の文書類のほか、在地の伝承に取材して、乱後遠からぬ時期の成立と見られる。

平安中期の地方内乱を扱った本書の独自性は、同時代の『純友追討記』（『扶桑略記』所収）と比較してもわかる。将門とほぼ同時期に、瀬戸内海で叛した藤原純友の追討記だが、そこでは純友は終始「賊」と呼ばれ、乱の経緯は一貫して純友の「暴悪」の被害者である朝廷側から記される。国府や追討使の上申した公式文書類からまとめられたものだが、同じく公式文書を資料とした『将門記』では、将門が一族の内紛を戦わざるをえない事情、内紛が国家的規模の叛乱にまで拡大する経緯が、終始将門側の視点で記される。

『将門記』末尾には、「田舎人報じて云はく」として、「中有の使」に寄せた将門の冥界消息が語られる。乱後まもない東国で、将門の怨魂を鎮める巫儀がさかんに行われていたことを窺わせる。そうした東国在地の伝承に媒介されて『将門記』は成立する。公的な記録・文書類を資料とした本書が、単なる追討記・鎮定記に終わらなかった理由だが、本書に見える将門の「新皇」即位記事、および下総国での王城建設の話なども、辺境に発生した将門モノ語りの説話化だったろう。（兵藤裕己）

〔参〕林陸朗『将門記』（〈新撰日本古典文庫〉現代思潮社、一九七五）、梶原正昭『将門記』（〈東洋文庫〉平凡社、一九七五）

じょうるりひめ【浄瑠璃姫】『浄瑠璃物語』をはじめ、尾張・三河・駿河地方などに伝えられる伝説の主人公。『浄瑠璃物語』によれば、父は三河の国司、伏見の源中納言兼高。母は矢作の長者とよばれる海道一の遊君。子のないのを悲しんだ夫婦が、峯の薬師（鳳来寺）に申し子して得たのが浄瑠璃姫である。一四歳の時、金売り吉次とともに奥州へ下る途中の牛若（義経）と、矢作の宿で出会い一夜の契りを結んだ。駿河国吹上の浜で病に倒れ棄てられた義経を、正八幡のお告げによって知った姫が駆けつけて蘇生させたという。この物語はもと鳳来寺の霊験利生譚であったものが、比丘尼や遊行の巫女たちによって語られていた海道筋の遊女と貴公子の悲恋物語と合体し、義経伝説に結び付けられて、その独自の世界を漸次成長させてきたといえるであろう。芸能史の浄瑠璃の呼称にも由来し、近世初頭、人形操りの正本として結集され、一二段の構成で上演されるようになった。一方民間には三河の矢作地方を中心に伝説が数多く伝えられ、愛知県南設楽郡鳳来町の鳳来寺周辺をはじめ、岡崎市明大寺町の成就院、同矢作町の誓願寺、静岡県庵原郡蒲原町の七舞坂、吹上六本松などがある。京と矢作には誓願寺があり、その間を行き来した比丘尼が語りの伝承者の一人として注目される。また、薬師信仰を通じ浄瑠璃姫と和泉式部の伝承は密接な関わりがあり、和泉式部の説話を付す『浄瑠璃姫物語』も伝えられるなど、二つの誓願寺と深い結び付きがあるとされている。（佐野正樹）

しょうわ【笑話】笑い話。滑稽な内容の話。昔話の一ジャンルとしての笑話は、本格昔話・動物昔話に対置し、もっぱら聞き手を笑わせる目的のために存在する。代表的分類として柳田國男「大話」「真似そこない話」「愚か村話」（『日本昔話名彙』）、関敬吾「愚人譚（愚か村、愚か婿、愚か嫁、愚かな男）」「誇張譚」「巧智譚（業較べ、和尚と小僧）」「狡猾者譚（おどけ者、狡猾者)」(『日本昔話大成』一二)などがある。これらは人間を主要な登場者とし、その人物の特異性や行為の奇想性を笑うための話群であり、世間話の伝承世界と近接している。

文芸史上、記載された笑話としては、『古事記』のアメノウズメの説話や『播磨国風土記』のオホナムチとスクナヒコナの説話を初めとして『竹取物語』の求婚失敗譚、『源氏物語』の源内侍、末摘花、近江の君のエピソードなどその要素は諸書に見られるものである。まとまったものでは『今昔物語集』巻二八が著名で、そこに見られるものは嗚呼の嘲笑と物言ヒの称揚で、笑いは武器として機能している。一方『宇治拾遺物語』の場合、戯笑譚が多く、明るく解放的な笑いを提供している。笑話には性や排泄にまつわるものが多いが、『古今著聞集』興言利口篇には露骨な艶笑譚が収められている。⇩宇治拾遺物語・興言利口・古今著聞集・古事記・今昔物語集・世間話・嗚呼 (村戸弥生)

〔参〕関敬吾「日本の笑話」(『昔話と笑話』岩崎美術社、一九六八)、織田正吉『日本のユーモア2古典・説話篇』(筑摩書房、一九八七)

じょくんもの【女訓物】 仮名草子の中で、女性の教化啓蒙を目的とする一群の作品をいう。『女郎花物語』、『女訓抄』、『鑑草』、『女鏡秘伝書』、『仮名列女伝』、『女四書』、『女仁義物語』、『大和小学』、『比売鑑』、『本朝女鑑』、『賢女物語』、『女五経』、『名女情比』など。女訓物は中国の女性説話の和刻や翻訳によって流行の端緒を拓いたが、次第にわが国の女性の説話を紹介するようになる。

例えば、『女郎花物語』(慶長頃の写本と万治四年〔一六六一〕の刊本がある。内容はかなり異なる)は和歌に関係のある王朝女性の説話が多いが、写本第三二話のように、上陽人や楊貴妃の説話を含む。

教訓と言っても、「めしつかうものを、おろかにすまじきことなり」「ねたきことありとも、たえ忍ぶべきなり」(写本第三二話)という程度であって、もっぱら、説話の紹介に筆を費やしているから、説話書と見做してよいであろう。万治四年板本は説話を文学的にふくらませているが、文学的価値の高いものではない。また、『本朝女鑑』はわが国の賢女名女のみを集めた作品である。

これらは近世に入って家父長制が強化せられ、婦道を説く必要から生まれたものであるが、読者に女性が多かったことを示している。女性は、一般的に、話し上手、つき合い上手で、彼女たちが説話の伝播に果たした役割を研究する上でも重要である。 (石破洋)

〔参〕青山忠一『仮名草子女訓文芸の研究』(桜楓社、一

九八二）

じょふく【徐福】 日本と中国との学術交流が盛んになってきた。伴って、中国における民間故事の調査・研究も急速に伸展するようになった。わけても、徐福ならびにその伝説に関しては、このところ続いて新たな話題が提起されている。

　それというのも、一九八二年に中国全地域で実施された地名調査の際に、東中国海に面した以前の琅邪《ろうや》郡の地、現在の江蘇省贛楡《かんゆ》県に徐福の故郷と伝えられていた徐福村（現・徐阜村）が確認されたからである。これによって古くからの伝説上の人物徐福に、それの実在性が認められるようになったからである。それからして、徐福とその出生地との関連については、今後、研究は一段と進捗するものと思われる。もっとも、そうだからといって一方、伝説はあくまでも伝説として扱うべきである。わが国に行われる従前の徐福伝説、ならびにそれの研究がこれによって大きく変容するとは、ちょっと考え難い。

　改めて説くようになるが、今日一般にいう徐福、ならびにその伝説とは、わが国への渡来、もしくは漂着を訴える内容である。その意味では、実は楊貴妃伝説の一斑とさして変わるところはない。ただし、徐福の場合は司馬遷の『史記』の中で、都合三か所にわたって、秦の始皇帝に直接その消息をいう場面があった。


　既に已《おわ》るや、齊の人徐市（徐福）ら書を上《たてま》つりて言う、海中に三神山有り、名づけて蓬萊・方丈・瀛《えい》洲と曰い、遷人《せんにん》これに居る。請う、斎戒し、童男女と之を求むることを得ん、と。是に於て始皇は徐市を遣わし、童男女数千人を発し、海に入りて僊人を求めしむ。


というのをはじめとする一連の記事がそうである。なお、文献としては他に『太平広記』巻四や『仙伝拾遺』にも関連の記事がある。それと共に、これを受けて『漢唐地理書鈔』や『頤野王輿地志』には、徐福ならびにそこに随行したかの童たちが、海中の域に至った由を伝え、これを今に「千童城」とするという記事がある。一九八五年に刊行された袁珂の『中国神話伝説詞典』には、独立してこの項が立てられている。

　こうした文献にもとづいてか、どうか。わが国では積極的に徐福の渡来を説く記事があった。『本朝神社考』巻四や『本朝怪談故事』巻二がこれをいっている。一方、民間にあって、とりわけ海に突出した半島の海岸部ではしばしば、徐福の到来を伝える処がある。たとえば、和歌山県新宮市には徐福の墓ならびに七人の侍臣を葬った七塚が存在する。市内阿須賀町の阿須賀神社は直接の漂着地で、しかも社殿背後の山は蓬萊山だったという。また、日本海側では京都府下丹後半島の与謝郡伊根町新井崎の新井崎神社の地がそうだと伝えている。足下に波の打ち寄せる断崖である。印象としては漂着の地よりも、むしろ海に面した墓所、捨て墓といった趣が強い。その他、鹿児島県串木野の冠獄、宮崎県延岡市の海岸にも同様のいわれがある。

〔参〕梅原猛他『徐福伝説を探る』（小学館、一九九〇）

（野村純一）

しんきょくうらしま【新曲浦島】 楽劇。三幕一二景。［作者］坪内逍遙。［初版］明治三七年（一九〇四）一一月、早稲田大学出版部から発刊。

同時に発表された『新楽劇論』の理念を、実際の創作楽劇として具体化したものであり、新舞踊劇運動の発火点となる。西欧の「歌劇《オペラ》」を強く意識しながら、日露戦争後の「第一等の強国」にふさわしい、独自な「国劇」のジャンルをつくりだそうとした『新楽劇論』の、「論旨を補はんと試みたるもの」であると「序」では述べられている。

明治三九年二月一七日、芝公園内にある紅葉館で開催された、文芸協会の発会式で、序曲だけが公開演奏された。この時の作曲は杵屋六左衛門と弟の勘五郎である。しかしそれぞれの「詞《ことば》」にふさわしい曲調の指定があり、それらが謡曲・一中・長唄・竹本・常磐津・清元・俚歌・流行歌に及び、いわば邦楽の総合という壮大な意図があったため、ついに全曲作曲されることもなかったし演じられることもなかった。作者自身も「見本仕立の物」であることを意識し、「すぐに実演とは予期してはゐなかった」（『新曲浦島』を改作した動機に就いて」大一〇・一二）ようである。「曲の白」と「常の白《せりふ》」を分けることによって、日本語の音声の多様な可能性を探ろうとしている。

物語は、浦島伝説に基づいているが、「現世《うつしよ》」を離れ、「自然《おのづから》なる墓所《はかどころ》」としての「蒼海《わだつみ》」に魅かれる浦島の姿のなかに、逍遙の理解していた「想」の内実があらわれている。末尾の「蓬莱《とこよ》移さん現世《うつしよ》に」という一句は、日本的リアリズムの在り方を象徴している。

（小森陽一）

じんぐうこうごう【神功皇后】 古代の巫女（シャマン）的女王。仲哀天皇の皇后、応神天皇の母。気息足姫尊《おきながたらしひめのみこと》、息長帯比売命とも。父は息長宿禰王、母は葛城之高額比売。『古事記』中巻・『日本書紀』神功皇后摂政前紀に事跡を記す。

①［新羅征討伝説］

記紀によると筑紫之訶志比宮で仲哀は神功皇后の神懸り「西方に宝のある国ある」との神託を受けた。仲哀はこの神託を信じないために急死した。皇后は、神懸りし「胎中の子に宝のある国を授ける」と住吉大神の神託を受けた。懐妊したまま新羅に攻め入り、戦わずに新羅王にわが国に朝貢する事を誓わせた。皇后は、征討直前に橿日浦で、「自ら西征せんと欲す。これをもって今頭に海水にすすぎ、もし験あらば髪自ずから分れて二つとならん」と神に誓うと髪は自ら二つに分かれ、群臣に西征の意を示したという。このように巫女の特質が強く現れており、朝鮮半島との国際関係の起源神話の中心人物となっている。後代、蒙古襲来時の八幡神の霊験を説く『八幡愚童記』に詳説されるのもそのためである。

②［鎮懐石伝説］

征討が終わるまで、懐妊していた神功皇后は裙腰に二つ石をつけ出産の時期を延ばした。凱旋の後、応神を出産した。応神は、住吉大神の「申し子」であり、異常出生説話は偉大な王であることを示している。これは応神朝の「御祖」として神功皇后を語っている。『万葉集』（巻五、八一三〜八一四）に筑前の国守山上憶良の鎮懐石歌がある。

③［釣魚伝説］

神功皇后は、松浦県玉嶋里で鮎を釣った。「珍しきものなり」が訛って当地を「松浦」という（『肥前国風土記』）。紀にも地名起源説話を伴う神功皇后説話が多い。

（清水章雄）

〔参〕直木孝次郎『日本古代の氏族と天皇』（塙書房、一九六四）、倉塚曄子『古代の女』（平凡社、一九八六）、講座日本の神話編集部編『古代の英雄』（〈講座日本の神話〉有精堂、一九七六）

しんごえん【新語園】 説話集。一〇巻一〇冊。［編著者］浅井了意（一六一二?〜一六九一）。村田通信序・自序あり。［成立］天和二年（一六八二）刊。

一条兼良の『語園』に倣い、漢籍から故事・逸話・奇談等を抄出し、漢字仮名まじり文に書き下す。全五一〇話。啓蒙教化に資すると共に、一種の和製類書として読者が広範囲に中国故事を知り得る利便性を意図したものと見られる。各巻に題は付されていないが、巻毎に主題的一貫性が認められ、吉田幸一によれば次の如くである。（巻之一）教戒譚、（二）烈女譚、（三）人相・人体譚、（四）器量譚、（五）技倆譚、（六）化成・怪異譚、（七）鳥類譚、（八）獣類譚、（九）虫魚譚、（十）花実譚。巻之一から六までは原則的に説話単位の構成であるが、七以降は、いわば鳥類事典・獣類事典の如き性格を帯び、鳥類・獣類等それ自体の説明のために適宜文献を抄出する傾向にある。各説話標題の下に掲げた出典は『酉陽雑俎』『後漢書』『朝野僉載』『広異記』等々一六〇余種。花田富二夫によれば、実は類書数種から抄出し、巻之一～四の大半は『天中記』、五～八は主に『太平広記』に拠り、『事文類聚』『太平御覧』を補助的に用いたという。話末評語が付加されて了意自身の教訓や批判が直接に披歴されることもあり、了意の仮名草子群の啓蒙教訓性との関連において重要。（青山克彌）

〔参〕花田富士夫「『新語園』と類書―了意読了漢籍への示唆―」（『近世文芸』三四、一九八一）、吉田幸一『新語園』（〈古典文庫〉解説、一九八一）

しんこんせつわ【神婚説話】

三輪山型神婚説話とも通称される。三輪山の大物主神が夜な夜な女のもとに通ってくる。女は神の子供を身ごもり、生まれた子供は共同体の始祖や神の祭祀者となる。これには、男（神）の正体を見きわめるために糸を通した針を着物にさす「苧環型」、神が丹塗矢や箸となって女の陰部を突く「丹塗矢型」「箸墓型」、また一夜のうちに妊娠してしまう「一夜婚型」などのバリエーションがある。その基底には、神を迎える巫女が、神殿に忌みごもり、人知れず神の来訪を待つというタブーが想定できる。神婚説話は、最後に通ってきた男の正体が神であることが見破られる。それは神の姿を見てはいけないという禁忌に触れることでもある。だが説話としては、男の正体が神であると知られなければ、つまりタブーに触れなければ、生まれた子供が神の子として証明されず、始祖神話へと展開できない。一方、禁忌の侵犯から、関係が破綻したり、子孫が地上に残されなかったり、また誕生した子供がこの世ならぬものとして忌まれると「異類婚姻説話」と呼ばれる。通ってくる神が動物・精霊・妖怪へと傾斜するのである。しかし婚姻に関わるタブーとその侵犯という話型において、両者の区別は付けがたい面もある。素性のわからない男との交渉を語る形として『源氏物語』の光源氏と夕顔の物語や、『宇津保物語』の俊蔭の娘と藤原兼雅との物語などへも通じる。（斎藤英喜）

〔参〕古橋信孝『神話・物語の文芸史』（ぺりかん社、一九九二）、三浦佑之『古代叙事伝承の研究』（勉誠社、一九九二）

しんしゃくとおのものがたり【新釈遠野物語】

小説。［作者］井上ひさし（一九三四～　）［初出］①「鍋の中」②「川上の家」③「雉子娘」④「冷し馬」⑤「狐つきおよね」⑥「笛吹峠の話売り」⑦「水面の影」⑧「鰻と赤飯」⑨「狐穴」の九編（『小説サンデー毎日』一九七三・一、三、五、六、九、一九七四・二、三、六。⑨のみ単行本再録時書き下ろし）。

〈犬伏太吉老人〉が語った話を、「語り手」の〈ぼく〉が老人と対話（＝語り）をしつつ聞き書きをしたという体裁をとっている。①の冒頭で柳田國男の『遠野物語』

の序文を引用し、そのパロディであることを明示している。

〈此話はすべて遠野の人佐々木鏡石君より聞きたり。(…)夜分折折訪ね来り此話をせられしを筆記せしなり。鏡石君は話上手に非ざれども誠実なる人なり。自分も亦一字一句をも加減せず感じたるままを書きたり〉

〈これから何回かにわたって語られるおはなしはすべて、遠野の近くの人、犬伏太吉老人から聞いたものである。(…)折々、犬伏老人の岩屋を訪ねて筆記したものである。犬伏老人は話し上手だが、ずいぶんいんちき臭いところがあり、ぼくもまた多少の誇大癖があるので、一字一句あてにならぬことばかりあると思われる〉

パロディといっても、九編のすべてが必ずしもその忠実な裏返しというわけではない。①は、〈ぼく〉が〈犬伏老人〉の素性を詮索する話。老人は、〈どことなく狐を思わせる〉風貌をしていて山腹の穴に住み、トランペットを吹いている。東京の交響楽団の主席奏者だったと言い、今この地にいる理由を語ることになるのだが、それは嘘で結末では、〈トランペットは小道具で、ほかのものに変えれば、また別のはなしが出来るところがみそだ〉とうそぶき、②以下老人の素姓の解明に〈ぼく〉の期待をつなぐことになる。

しかし、勘の良い読者は、話型の先取り(カタドリ)の機能から⑨の結末、〈ぼくは途中で口を噤んだ。というのは男が言うようにぼくが咥えていたのはトランペットではなく松の枝だったからだ。はっとなって犬伏老人を見る…ことはできなかった。ぼくの前にあったのは青草でほとんど入口を覆われた狐穴だったのだから〉を、ほぼ予測しうる。

これは狐に化かされる話、話型としては『日本昔話大成』の「尻のぞき」(二七〇)「山伏狐」(二七五A)などをプレテクストとして引用しているのであって、それを読みとった読者は、いつ・どのようなかたちでそれが裏切られるのかという〈期待の地平〉のもとに、②以下を読み進めることになる。

〈読み〉の問題なのであくまでも便宜的にしか言えないが、以下プレテクストと思われるものを『大成』によって挙げておく。②は「河童駒引」(伝説)、③「長良の人柱」(本格新四六)、④「蚕神と馬」(一〇八A)、⑤「狐女房・聞耳型」(一一六A)「狐の婚礼」(二七三)「狐の嫁取」(二八五)、⑥「話千両」(五一五)、⑦「牛方山姥」(二四三)「天道さん金の鎖」(二四五)、⑧「物食う魚」(補遺三二)、⑨は①と同型である。⇩引用(テクスト)の理論・話型

(東原伸明)

しんせんせつわ【神仙説話】

道教の神仙思想にもとづく説話を神仙説話と

呼ぶ。道教では不老長生を理想としたが、それを実現し、神秘な能力を獲得したものを神仙あるいは真人《ひじり》と称した。神仙となるためには、五穀を断ち、「気」を整え、仙薬を服すなど、さまざまな呪法がもとめられた。神仙の棲む世界が神仙郷で、蓬來・方丈・瀛州《えいしゅう》の三神山がそれにあたるとされた。こうした神仙思想が日本にもたらされたのはかなり早い時期で、その影響は『古事記』『日本書紀』『風土記』『万葉集』などの上代文献に広く及んでいる。「推古記」などに見える聖徳太子の片岡山飢者説話には、「真人」の語があらわれ、神仙の一形態である尸解《しかい》仙が登場する。また「皇極記」には、大生部多《おおふべのおお》という人物が、「富と長生」の成就を説いて、常世神を祀ることを勧め、それが全国的な信仰運動にまで高まったことが記されている。これらの伝承に神仙思想の影響は明白であろうが、とくに後者の場合、常世という我国固有の理想世界が不老長生の神仙郷と重ね合わされているところに、その日本的な展開を見ることができる。神仙思想は、多く知識人によって受容され、一種の教養として彼らの間に広められたらしい。とくに神仙郷に遊び、仙女との甘美な交際を綴った唐の伝奇小説『遊仙窟』の影響は著しく、『万葉集』の柘枝《しゃし》伝説や採竹翁伝説をうたった歌、また大伴旅人の松浦河に遊ぶ歌の序などに、その痕跡をたどることができる。柘枝伝説は、吉野の漁夫味稲《うましね》が、吉野川を流れ下る柘枝を拾ったところたちまち美女と化した、という伝説。『柘枝伝』という漢文伝も作られたらしい。吉野は、当時の人々にとって、一種の理想郷と考えられたらしく、『懐風藻』の吉野詩はこの地を神仙郷としてうたっている。吉野から宇陀にかけては、不老長生の仙薬の原料である水銀鉱床が地下にあり、ためにそこが神仙郷と考えられるようになったとされる。宇陀の一女性が、菜食を続けているうちに仙女となって天に飛んだという話（『日本霊異記』上一三縁）も、神仙郷としてのこの地の意義を示すものといえる。さらに、『万葉集』『丹後国風土記』に見える浦島子の話も、仙女との交渉を伝える神仙思想の色濃い説話である。これも本来は外来の思想に刺激を受けた知識人の創作が混じているらしい。『浦島子伝』などの漢文伝が後に作られた。こうした神仙説話は、我国固有の始祖伝承にも影響を与えている。天人女房譚として知られる『近江国風土記』の伊香小江《いかごのおうみ》の話、『丹後国風土記』の奈具社の伝承などは、天女に神仙のおもかげがつよくあらわれている。民間伝承と習合した神仙思想の日本的な展開の痕をここにも認めることができる。時代が下ると、神仙思想は仏教とも深く結びつくようになっていく。往生伝の盛行する中、大江匡房によって編まれた『本朝神仙伝』は、我国最初の神仙説話の集成で、長寿や神通力を得た神仙を列挙するが、高僧の伝を混じえるなどきわめて仏教的色彩がつよい。これ以後、神仙思想は単独であらわれることはなく、仏教や民間信仰と深く結びついて、修験道などの形成にも影響を及ぼしていく。（多田一臣）

しんとうしゅう【神道集】 中世神道の説話集。【作者】未詳。ただし各巻に「安居院作」と記されており、天台の安居院《あぐい》が東国での唱導に用いた可能性が考えられている。【成立】南北朝期、延文三年（一三五八）以降の成立。巻第二「熊野権現事」をはじめとして、数話の本文中に延文三年ないし文和三年（一三五四）という北朝の元号が見られるからである。東国、とくに上野国の説話が多く、成立圏と見られている。また、より具体的に修験の霊山の榛名山を想定する説もある（松本隆信）。

この説話集は一〇巻全五〇話から成っており、まず「神道由来之事」からはじまり、「諏訪縁起事」で終る。収録される説話は多岐にわたっており、神道の由来、神代の事、神器や神供、鳥居、神楽、禁誡に関するものなどもあるが、主として公的あるいは中世物語風の神社縁起が収められている。このうちには、巻第七の「蟻通明神事」「橋姫明神事」「玉津島明神事」「摂州葦引明神事」や巻第八の「富士浅間大菩薩事」のように和歌説話とも捉えられるものもある。公的な縁起とは異なる内容の縁起としては、例えば子持神社の公縁起では日本武尊の東征説話・木花開花姫の彦火々出見尊出産説話・弘法大師説話が説かれるのであるが、巻第六「上野国児持山之事」の場合は児持御前という人物が主人公として登場する中世物語であった。話型的には御伽草子の武家物『明石物語』や『もろかど物語』に類似するものである。

全体の構成は雑纂的であるが、巻第一から三の前半までは畿内の神、巻第三の後半から五の前半までは関東・北陸の神、巻第六から八までは上野国の神が主に配されており、ある程度のまとまりが見られる。本書の成立に深く関わっている上野国の説話としては巻第六「上野国児持山之事」、巻第七「上野国一宮事」「上野国勢多郡鎮守赤城大明神事」「群馬桃井郷上村内八ヶ権現事」「上野国第三宮伊香保大明神事」、巻第八「上野国赤城山三所明神内覚満大菩薩事」「群馬国那波八郎大明神事」などがある。このうち「上野国一宮事」のみ天竺が舞台となっており、その他は当該地周辺が舞台である。巻頭には神道の由来を説いているが、そこではまず記紀神話風の天地開闢以来の神代の歴史が提示されているが、その後、伊勢太神宮と第六天の魔王との契約、すなわち太神宮が三宝に近付かないかわりに魔王は日本に来ないということが記されてある。つまり日本の仏法は太神宮の守護のもとにあるのである。また「神明神道」と「諸仏菩薩」とは本地垂迹の関係にあることも明言しており、巻頭において本書全体に窺知される中世神道的な思想は表明されているといえよう。それから上野国の諸縁起をはじめとして、諸仏菩薩が人身となって現ずる説話も多い。それは人の憂悲苦悩や苦楽を身に受け、仮初の恨を縁として済度方便の身となるためだからであるという考えが基底にあるからである。

本書の中には室町期の御伽草子（室町時代物語）の本地物・縁起物に密接に関連する説話が多い。巻第一「神道由来之事」（『神道由来事』）、巻第二「熊野権現事」（『熊野の本地』）、「二所権現事」（『伊豆箱根の本地』）、巻第三「熱田大明神事」（『熱田の深秘』）、「祇園大明神事」（『祇園牛頭天皇御縁起』）、巻第四「信濃国鎮守諏訪大明神神山祭事」（『田村の草子』）、「諏訪大明神五月会事」（『青葉の笛物語』）、巻第六「三嶋大明神事」（『みしま』）、巻第七「上野国勢多郡鎮守赤城大明神事」（『赤城の本地』）、巻第八「鏡宮事」（『鏡男絵巻』）、「富士浅間大菩薩事」（『源蔵人物語』）、巻第九「北野天神事」（『北野天神縁起』）、巻第一〇「諏訪縁起事」（『諏訪の本地』）などである。つまり御伽草子には本書編輯に用いられたものと類似する諸縁起を物語草子としたものが散見されるのである。このうち「二所権現事」は昔話の継子譚「お銀小銀」と類話関係にある縁起で、民間伝承の説話とも関連している。また更科の棄老説話が「神道由来之事」に挿入されていたり、『大和物語』をはじめ諸書に見られる、いわゆる芦刈型説話である「摂州葦引明神事」など和歌説話とも関連する神仏の説話もある。このような中古から資料的に押さえられるものばかりでなく、先述の児持山縁起や「上野国一宮事」やまた「熊野権現事」の五衰殿の物語のように、他の文献や在地伝承として残る伝説などに比べて特に古態をとどめる説話も収められており、個別的にも重要な説話集といえる。このように個々の説話単位でみても独自の豊かな伝承を秘めており、それらを神道の名のもとにまとめているのである。

なお本書の影響を受けて成った説話集に『琉球神道記』がある。これは慶長年間（一五九六〜一六一五）に浄土宗僧良定（袋中上人）が著したもので、三国の故事を交えながら、琉球国の諸社の縁起を編輯したものである。『神道雑々集』も本書と関連する説話集として重要である。また真字本『曾我物語』は『神道集』と成立基盤の面で深く関連している。

（伊藤慎吾）

〔参〕福田晃『神道集説話の成立』（三弥井書店、一九八四）、村上学「神道集」（『日本文学と仏教』八、岩波書店、一九九四）、松本隆信『中世における本地物の研究』（汲古

書院、一九九六)、榎本千賀「『神道集』と在地縁起―「上野国児持山之事」を例として―」(『中世文学』四四、一九九九)

しんらん【親鸞】　浄土真宗の開祖。承安三年~弘長二年(一一七三~一二六二)。藤原氏南家日野流有範を父として生まれ、九歳の時に慈円のもとで得度。以後二〇年間延暦寺に住し、不断念仏を行う堂僧として修行教学に励んだ。二九歳の時、愛欲や人生の苦悩を克服するために叡山を下りて六角堂に籠ったが、その時に得た聖徳太子の示現を縁として法然の門に入り、専修念仏(弥陀の本願他力)に帰した。承元元年(一二〇七)の専修念仏停止によって師法然とともに流罪となり、越後国に流される。恵信尼との結婚はこの前後の頃である。赦免の後、建暦元年(一二一四)には常陸国に移住して布教に努め、東国において多くの信徒を得、初期の真宗教団が形成されるところとなった。主著『教行信証』が書かれたのもこの東国時代である。六〇歳の頃に帰京したが、以後も啓蒙的な書、自己の思想の大成を期す著作を続々と書きあげていった。その思想の根本には、貴族や出家者がなす積善功徳に与れない、家庭を持ち生産に従事するものが来世にいかにして救われるかという問題があった。親鸞は自らも妻帯して非僧非俗の愚禿と称し、悪人凡夫の自覚のもとに、自力の行を否定し弥陀の本願を頼む絶対他力の思想を深めていったのである。

著名な法語『歎異抄』は弟子唯円がまとめた親鸞の語録。なお、親鸞の伝として、親鸞の曽孫覚如によって編纂された『親鸞伝絵』がある。一〇数段からなる絵巻であるが、今日でも教団における報恩講に用いられており、中世から近世にかけての親鸞理解に大きな影響力があった。絵巻物による一代記は、詞書も含めて説話文学の一つの側面として注目される。(大村誠一郎)

〔参〕赤松俊秀『親鸞』(〈人物叢書〉吉川弘文館、一九六一)、星野元豊・石田充之・家永三郎校注『親鸞』(〈日本思想大系〉岩波書店、一九七一)、宮崎円遵・源豊宗解説『善信上人絵・慕帰絵』(〈新修日本絵巻物全集〉角川書店、一九六八)

ずいひつ【随筆】　⇩日記《にっき》・随筆と説話

すがわらのみちざね【菅原道真】　平安時代の文人、政治家。承和一二年~延喜三年(八四五~九〇三)。宇多帝に重んじられ、天皇譲位後の昌泰二年(八九九)には右大臣にまで昇るが、延喜元年(九〇一)醍醐帝廃立のかどで大宰権帥に左遷、配所にて没す。一年後右大臣に復し、左遷時の詔書が破棄された。

以上がいわゆる歴史的事実であるが、歴史が説話化されてゆく過程を如実に示しているのが道真をめぐる説話群である。説話化の基底には貴種流離の話型があろう。しかし北野社縁起、『大鏡』『扶桑略記』などの歴史書・日記類から数々の中世説話集、謡曲、古浄瑠璃、近世演劇にも取り込まれてきた道真の祟り・奇瑞・霊験等々の多くは事実と信じられ、説話が歴史を作為してゆく様も見てとれる。神の子としての異常誕生も一一世紀後半にはかたられ出した。道真説話の生成には菅公＝天神信仰の発生と変遷が密接にからむ。死の直後、醍醐帝と反菅原の者どもへの不幸・天変地異が相次ぐ。これらを策謀によって自らを配流へ追いやった者どもへの菅公の祟りとする言説は、九州の菅公の墓所（安楽寺）付近で早くに起こったらしい。菅原氏一門の手になる伝記『菅家伝』（『北野天神御伝』所収、承平～天慶［九三一～九四六］）・『菅家御伝記』（嘉承元年［一一〇六］）によって、悪事を糺す大自在天神が菅原一門の氏神的性格をもって出現したことを窺える。一方『北野天満自在天神宮創建山城国葛野郡上林郷縁起』（天徳四年［九六〇］）、『最鎮記文』（貞元二年［九七七］）、天暦元年（九四七）以降数度の託宣を収める『託宣』（『天満宮託宣記』所収）はいずれも託宣に発する北野社創建のいきさつをかたる。民間巫女多治比奇子と遊行の密教聖満増、近江比良宮禰宜神良種と呪術的活動を行った抖擻行脚の天台僧最鎮など、当時の民間の宗教家たちの手によって複数の北野社縁起が成立してきたことが解る。鎌倉期に聖廟法楽として北野社前で起こった和歌連歌の会はやがて天神講を流行させ、南北朝期には農村にも講が進出することとなる。これに伴い以前の道真説話を体系化するかたちで各地で作成され、また講による連帯の軸ともなったのが数々の縁起絵巻『北野天神縁起』である。その内容は菅公の父なし子の幼童としての化現と生前の事跡、受難と薨去後の怨霊譚、北野社創建と菅公への贈位・贈官、北野社の加護による霊験譚。道真の傑出した詩文・和歌・学問の才と官位昇進の異例さ、と生前の能力・事跡が異例であれば、それだけ不幸な死後神としての威力も強大となる。生前の菅公をかたる説話の側からの、天神信仰の和歌・連歌・学問神、官位栄達神信仰展開への関与も考えられる。江戸期にかけて、信仰の世俗化と、寺子屋など生活レベルに及ぶ浸透によって説話も増幅・変貌をとげてゆく。そして道真をめぐる奇瑞・配流・怪異とのかたり口は他の説話の規範ともなっていったのである。

（猪股ときわ）

〔参〕村山修一編『天神信仰』（雄山閣、一九八三）、桜井好朗『中世日本の精神史的景観』（塙書房、一九八六）、村山修一『天神御霊信仰』（塙書房、一九九六）、藤原克己『菅原道真と平安朝漢文学』（東京大学出版会、二〇〇一）

ずしおう【厨子王】 ⇩安寿《あんじゅ》・厨子王

すみよしものがたり【住吉物語】 物語。一巻。［作者］未詳。曾禰好忠、大斎院選子及びその女房とする説もある。［成立］現存本の成立は、鎌倉期かとされるが未詳。平安中～後期とみる説もある。一〇世紀後半に成立した古本『住吉』の改作本のみ現存するが、古本も現存本も内容に大差はないと考えられる。

もともと古本『住吉』は、『落窪物語』と並んで、平安前期の典型的な継子物語として成立し、その内容は『落窪物語』はもとより、『源氏物語』玉鬘の物語にも影響を与えた。継子いじめ譚は、㈠糠福米福系、㈡お銀小銀系、㈢継子と笛系、㈣手なし娘系の四つに分類されるが、中で『住吉物語』は、無性格な実子が継子の引き立て役を演じるにすぎない㈠型に属す。継母の虐待と、救出後の継母への復讐との間の、四位少将の姫君への恋の物語が、美しく抒情的に叙述される点に『住吉物語』の特色があり、この点を重くみて継子譚よりはむしろ婚姻譚であるとされることもある。『落窪物語』が抒情ではなく、一夫多妻という継子譚の発生の原因究明に大きな関心を寄せたことと対比的である。また、少将と姫君との再会が、長谷参籠による夢告のもたらすものとされることにより、長谷観音の霊験譚も取り込まれている。場面の美しさや分かり易さで親しまれた『住吉物語』は、鎌倉・室町期を通じてなお改変され流動し続け、御伽草子『美人くらべ』『朝顔の露』等の住吉型の作品を成立させることともなった。⇩落窪物語　（原岡文子）

［参］稲賀敬二他校注『落窪物語 住吉物語』（〈新日本古典文学大系〉岩波書店、一九八九）、日本文学研究資料刊行会編『平安朝物語Ⅲ』（〈日本文学研究資料叢書〉有精堂、一九七九）、三角洋一『物語の変貌』（若草書房、一九九六）

せいしょうなごん【清少納言】 生没年未詳。康保三年（九六六）頃出生、治安・万寿年間（一〇二一～二八）没か。清原深養父の孫である元輔の女。『枕草子』『清少納言集』を著す。橘則光との間に則長を儲ける。後藤原棟世とも結ばれたらしい。小馬命婦は二人の間の子か。正暦四年（九九三）より長保二年（一〇〇〇）の定子の死まで、中宮定子に仕え濃やかな主従の情に結ばれた。

清女に関する説話は、『枕草子』以後の晩年の零落に集中する。『古事談』に記された「駿馬之骨ヲバ買ハズヤアリシ」との殿上人を前にしての清女の呼びかけ、あるいは源頼光が兄の清監を打たせた折同宿していた清女がいきなり身体を見せ尼であることを証したという話は、最終生存の確実な資料であると共に、『枕草子』から浮上する、果敢であると同時に滑稽味を漂わせる清女像の延長に刻まれたものと言える。『無名草子』はまた、地方に下りなお「昔の直衣すがたこそ忘れね」と未練に呟く姿を伝えている。晩年の清女の落魄は『清少納言集』所載の老残の身を嘆く歌の数々、『赤染衛門集』の「あともなく雪ふる里のあれたるをいづれ昔の垣根とかみる」との清女晩年の月の輪山荘を詠む言葉、あるいは『紫式部日記』の「あだになりぬる人の果て、いかでかはよく侍らむ」の清女評等からみて、事実に他ならぬものとおぼしく、この現実を踏まえ『古事談』の説話や、『無名草子』に始まる地方下向説話がさらに展開されたと考えられる。近世の『金比羅宮記』等は讃岐の地での清女の死を伝えており、いずれにせよ佳人流離の趣とは遠い、老醜滑稽の色調が清女零落説話の特色と言える。

(原岡文子)

〔参〕岸上慎二『清少納言』〈人物叢書〉吉川弘文館、一九六二)

せいすいしょう【醒睡笑】 仮名草子・噺本。八巻八冊。一〇三〇余話の短編笑話集。［作者］京都誓願寺五五世住職であった説教僧安楽庵策伝。［成立］京都所司代板倉重宗の勧めにより、元和九年(一六二三)成稿、後寛永五年(一六二八)三月一七日重宗に献呈された。

話数を三〇〇余に削った整版本も行われているが、本書の特色は第一に一〇三〇余りという話数の多さにある。自序によれば、幼少の頃から耳にした面白くおかしい話を反故の端に書きとめて置いたとあり、各地を転々としながら布教していた策伝が説教講説のための例話を書き止めていたと考えられる。だが、『宇治拾遺物語』や『寒川入道筆記』『戯言養気集』『きのふはけふの物語』などの先行噺本との共通話も多数見出され、話の内容そのものには説教臭は稀博である。晩年の策伝は当代の文化人達と和歌や狂歌を介して風雅な交友関係を結んでいたが、彼の風流を好む発想は、本書の随所に見出される。

第二に膨大な数の笑話を四二の項目に分類している点が挙げられる。「謂被謂物《いえばいわるるもの》の由来《ゆらい》」(ああ云えばこう云うといった類の牽強附会な笑い話)「落書」(世の中の出来事を諷刺する目的で書かれたいたずら書き。狂歌で表現したものを落首というが、ここはほとんどが狂歌咄である)「ふはとのる」(気がふわっと乗るようにおだてに乗る者の笑い話)「鈍副子《どんふす》」(にぶい坊主の笑い話)「無智の僧」(学問をせず、僧としての智識のない坊主の笑い話)「祝過るもいな物」(縁起をかつぎ過ぎて妙なことになってしまう笑い話)「名づけ親方」(命名に関する笑い話）「貴人の行跡」（身分の高い人に関する笑い話）「鈍副子」（間抜けで知恵の足りない者の笑い話）「各太郎《しわたろう》」（けちん坊な人の笑い話）「賢《かしこ》だて」（利口ぶった者の失敗談）「文字知り顔」（文字を知ったかぶりする者の笑い話）「不文字」（文字を読めない者の笑い話）「文の品々」（手紙や文章での笑い話）「自堕落《じだらく》」（だらしのない坊主の笑い話）「清僧」（品行方正な坊主）「聞へた批判」（道理に合った判断の話）「いやな批判」（見当違いの判断から起こる笑い話）「そでない合点」（早合点による失敗談）「唯有《ただあり》」（当人が意識とはかかわりなしに起こる笑い話）「婲《きゃしゃ》心」（優雅な心による笑い話）「上戸」（酒飲みに関する笑い話）「人はそだち」（育ちの悪い者が上品ぶって起こす笑い話）「児《ちご》の噂《うわさ》」（僧侶が寵愛する稚児についての笑い話）「若道不知《にゃくどうしらず》」（若衆道―男色の道を知らないことから起こる笑い話）「恋の道」（夫婦など男女間に起こる笑い話）「悋気」（嫉妬による笑い話）「詮ない秘密」（余計なことを秘密にしたり不必要に隠しだてをする笑い話）「推《すい》はちがうた」（当て推量が外れたことによる笑い話）「うそつき」（うそつき・ほらふきの笑い話）「思の色を外《ほか》にいふ」（思わずも本音を洩らしてしまった笑い話）「いひ損はなほらぬ」（失言をごまかそうとしてますます窮地に落ちてしまう笑い話）「似合たのぞみ」（分際相応の望みしか持てないことからくる笑い話）「廃忘《はいもう》」（驚きあわて、うろたえてしまった失敗談）「謡」（謡曲についての見当違いな解釈による笑い話）「舞」（幸若舞の詞章についての笑い話）「頓作」（当意即妙に気のきいたことを言う笑い話）「平家」（『平家物語』の詞章についての笑い話）「かすり」（地口・語呂合せなどの笑い話）「しうく」（巧みな洒落による笑い話）「茶の湯」（茶道に関する失敗談）「祝済多《いわいすんだ》」（巻末にちなんで集められたおめでたい笑い話）。以上の分類は何らかの体系によったというわけではなく、云わば便宜的なものではあるが、ともかくも項目別に整然と分類して一書としたという点は注目に値する。

近世噺本の祖《おや》として種々のジャンルの作品に素材を提供するなど後代に与えた影響は多大なものがあるが、成立に関して板倉重宗の名が挙がっているのも注目される。京都所司代として令名の高かった板倉勝重・重宗の法令集・裁判判決の実例を集めたとされるものに『板倉政要』（一〇巻）があるが、中に収められた裁判咄は、名判官が機知に富んだ頓知頓才で難事件を解決する「公事捌」と呼ばれる咄の典型の一つなのである。『醒睡笑』そのものは純然たる笑話集なのではあるが、裁判という厳粛なものと一見相反する笑話との間に何か意外な関係の存在することを窺わせるのではないかと思われ

る。（矢野公和）

〔参〕鈴木棠三『安楽庵索伝ノート』（東京堂出版、一九七三）、武藤禎夫・岡雅彦編『噺本大系』第二巻（東京堂出版、一九七六）

せけんばなし【世間話】

世間の話。とすると、世間とは何か話とは何か、が問われる。

世間話を、一九三一年以後に柳田國男がとなえた語として、考える。まず、「話」について。柳田は、昔話の対極にある話法として世間話を設定した。昔話は「カタリ」に傾斜した「ハナシ」であり、場所も時代も人物も不特定で、語りの場とは一旦距離のある世界でのできごとを、一定の語り口にのせて物語る話法であるとするならば、対する世間話は「ハナシ」の中核をなすものであり、場所や時代や人物がいまここの語りの場と接続した世界のできごとを、自在な話し方を駆使して話すものであるといえよう。柳田は、近代の日本人が学校国語教育による標準語の語彙不足と昔の国語教育（口承文芸）による型に嵌った「カタリ」の蔓延の中で身の丈に合った物言いができないでいることを憂え、子供のころは昔話を聴くことによって「ハナシ」を身につけはじめ、長じて青年期に仲間や大人達と世間話を話し合うことで思いの丈を伝えることができるようになると考え、改良された昔の国語教育の必要を論じた。

次に「世間」。柳田はこれを「土地又は郷土」とは対立する語であり、「弘く他郷を総括して世間とは言つて居たのである」という。したがって、柳田のいう世間話は、他郷についての話、他郷からの話、他郷人の話などということになる。自分の土地のことだけを知るのではなく、他郷の話を知るという立場は、民俗学の持つはずのスタンスであったともいえよう。だが、このように始められた柳田國男の世間話研究は、その後、口承文芸研究の中で注目されることは少なかった。

柳田の用い始めた「世間話」の語が、再び脚光を浴びるようになったのは、一九六〇年代からであり、研究史および理論の整理が行われるようになったのは、一九九〇年代に入ってからである。

まず一九六〇年代、民話運動と連結する形では、民衆の話として、民衆の権力への抵抗をあらわす話として、密造酒の話や炭坑労働者が話す話題などが注目された。また、民俗学では、柳田没後、『西郊民俗』二五号（一九六三年）が「世間話特輯号」として発行された。後者では、世間話研究が「類型」「伝承性」を整理する口承文芸の一員としての研究をめざす（最上孝敬・大島建彦ら）のか、そうではなく言葉の交わされる「時空（場）」の問題として分類よりも、世間・集団・個人の関係性の解明をめざす（井之口章次）のか、という重要な論争が行われた。同時に、桜田勝徳は、世間話が文字化されるときに失われる話のリアリティーに言及し、中島恵子は、話し手と同時に聞き手への注意を喚起するなど、今日の世間話研究に通じる重要な指摘が行われた。

しかし、その後しばらくの間、世間話研究は、この種の論争を深めることなく、折しも一九七〇年代の昔話集刊行ブームの中で、主に新奇な話種の捜索と比較を中心に進められてきた。

日本社会の産業構造の変動などに伴い、従来のフィールドで、従来の聞き方では昔話が聞かれなくなったとされる一九八〇年代、徐々に世間話研究が、口承文芸研究の延命のジャンルとしてクローズアップされていった。たとえば宮田登は『都市民俗論の課題』(一九八二年)で「都市の心意」の章に「世間話の深層」を配列しているが、このように世間話はフィールドを都市に拡大したときに口承文芸研究が占める場所なのである。ちなみに、宮田の『妖怪の民俗学』(一九八五年)では、世間話における境界を実体視しており、これが後の常光徹『学校の怪談』(一九九三年)の論理と重なっている。また、一九八八年からは世間話研究会が組織され、『世間話研究』が刊行されるようになった。

一九八八年、ジャン・ハロルド・ブルンヴァンの『消えるヒッチハイカー』が翻訳されたことが、アーバン・レジェンド(都市伝説)、モダン・レジェンド(現代伝説)という語に目を向けさせることになった。ここでの翻訳者の大月隆寛、菅谷裕子、重信幸彦らは、この翻訳を通して、いまこのための民俗学を考えるようすがとして、本書を紹介したかったようだが、実際には、原著者ブルンヴァン自身の性癖もあってか、話種を集積する方向のみが突出した受け取られ方をした。以後、日本でも都市伝説や現代伝説を集成する話種陳列紹介型の出版が続くこととなった。この中には子供向けの常光徹『学校の怪談』シリーズも含まれるが、それは映画化などを含めて、ひとつの社会現象ともなった。これらはおおむね、最上・大島の路線の延長上に位置付けられよう。

一九九〇年、重信幸彦は「「世間話」再考」(『日本民俗学』一八〇号)において、類型・伝承を重視する従来の農村をフィールドとしていた昔話研究をそのまま都市の世間話研究に相当させることを批判し、柳田國男の世間話研究の読み換えを主張した。また、佐藤健二は『流言蜚語』(一九九五年)において、世間話が口承メディアだけではなく、さまざまに錯綜するメディアの中に立ち現れてくることを分析した。これに山田厳子の話を通して伸縮自在な「世間」の中での「他者」と「自己」との関係性を微細に分析した世間話論や、根岸英之の生活譚論や、野村典彦のメディア論の一環としての世間話の言説分析などを合わせて、これらは井之口の路線の批判的継承であろう。

この大きい二つの研究の流れは、現在の世間話研究にまで及んでいる。また、前者は、近世の珍奇な巷談街説を蒐集する随筆家に類似性を示して好事家的であるのに対して、後者は柳田國男の経世済民の学問という立場に通じた側面を持つことも特色である。たとえば、野村純一『日本の世間話』（一九九五年）は前者のひとつの帰結であり、鈴木久子・野村敬子編『ミナエ婆の「村むがす」』（一九九九年）は資料集ながらも、大きく後者に傾いた試みである。だが、この両者における立論の亀裂は深く、特に伝承・類型に依拠する立場では、その研究のいまここにおける妥当性が強く問われることになり、柳田國男を読み換える立場では、経世済民の持つ啓蒙精神の読み換えもが厳しく問われることになる。（高木史人）

〔参〕柳田國男「世間話の研究」（定本二八）、西郊民俗談話会「世間話特輯号」（『西郊民俗』二五、一九六三）、大島建彦『咄の伝承』（岩崎美術、一九七〇）、宮田登『都市民俗論の課題』（未来社、一九八二）、宮田登『妖怪の民俗学』（岩波書店、一九八五）、ジャン・ハロルド・ブルンヴァン『消えるヒッチハイカー』（新宿書房、一九八八）、重信幸彦「「世間話」再考」（『日本民俗学』一八〇、一九九〇）、常光徹『学校の怪談』（講談社、一九九〇）、常光徹『学校の怪談』（ミネルヴァ書房、一九九三）、根岸英之「『市川の伝承民話』の編集に携わって」（『世間話研究』四、一九九三）、池田香代子・大島広志・高津美保子・常光徹・渡辺節子『日本の現代伝説・ピアスの白い糸』（白水社、一九九四）、佐藤健二『流言蜚語』（有信堂高文社、一九九五）、野村純一『日本の世間話』（東京書籍、一九九五）、鈴木久子・野村敬子編『ミナエ婆の「村むがす」』（岩田書院、一九九九）、山田巌子「うわさ話と共同体」（岩本通弥編『覚悟と生き方』筑摩書房、一九九九）、高木史人「研究者というメディア」（『口承文芸研究』二四、二〇〇〇）、野村典彦「狐にばかされたという事故の話」（『世間話研究』一一、二〇〇一）

せつわときんだいぶんがく【説話と近代文学】

説話と近代文学という問題設定の場合、従来、近代文学が、いかに説話の話型や表現様式（文体など）を素材として利用してきたのかという興味から説明されることが多かった。この場合、「利用する」のは表現主体としての作者ということになるだろう。たとえば、泉鏡花の諸作品などが、説話を引用して著されたと評価される。近頃では、京極夏彦の諸作品である。つまり、近代文学の作者は、説話を意識的に引用して、自身の作品の中に取り込むと考えるのである。

　だが、そのような素朴な読み方は、最近ではかなり後退している。まず、説話を利用するのはそれとはっきりと意識せずとも可能なのである。また、それを説話だと意識するのは、作者だけではなく読者のいとなみの中にもある。さらに、ひとつの書かれた箇所に一つの説話の話型や文体だけを読み取るのではなく、多重に説話の話型や文体を読み取ることが可能である。

　と、このように書いてきて、ここに大急ぎで付け加えるのだが、だからといって、近代文学は多くの話型や文体（ここでは「言説の様式」「語りの水準」の意に用いておく）を縦横に駆使してはこなかった。というよりもむしろ、話型という点からすると近代文学の話型は、異郷訪問譚のごとき話型を一義的に与えて満足してしまう場合が多い。森鷗外の『舞姫』、夏目漱石の『坊ちゃん』、芥川龍之介の『羅生門』、川端康成の『雪国』などを想起されたい。ただし、それぞれに、異類聟入、厄難の克服、財宝獲得、動物援助などの話型を多重に読み取ることは可能ではあるが。あるいは、文体という点からすると近代文学の文体は、古典文学が保持していた多様な助動詞のあり方、特に時制の助動詞（過去と完了）を「た」系に集約したことは、表現の幅を狭めてしまった。また、会話文などを括弧を用いたりして区切るやり方は、自由間接言説などの表現の幅を狭めてしまった。折口信夫の『死者の書』が、そういった中で説話の諸要素を豊かに含み持った、近代のまれな成果の一つであるにしても、それが一般の小説の姿だとはされていないのではなかろうか。

　だが、それでも、近代文学に説話の話型や文体を照らし合わせることで、近代文学の中から、多くの可能性を読み取ることもできるはずである。この事典の近代文学の項目は、そのような目論見を執筆者の共通理解としている。

　それと同時に、近年の近代文学研究が抱えている傾向を、説話とのかかわりの中でも考えておく必要がある。それは、一つには「文化研究」であり、また二つには「ジェンダー／セックス研究」である。文化研究は、従来の文学研究がその枠の中だけで自足していることの不充分を指摘して、文学がより大きな社会やイデオロギーなどと相互に関係し合っていることを、自らの立場を含めダイナミックに捉えようとする。また、ジェンダー／セックス研究は、従来の文学研究がジェンダー／セックスに対して無自覚であったことを指摘して、文学との相互の影響関係を分析しようとする。そのとき、近代文学が説話とどのような相互関係にあったかは、興味深い問題であろう。⇩引用（テクスト）の現論・語りの視点・語りの水準・言文一致・説話の表現（言説）と内容・話

型

（高木史人）

せつわとじどうぶんがく【説話と児童文学】

近代における「児童文学」は、教育制度の改革と、印刷技術の進歩によって児童向けの雑誌や本が大量出版される中で、江戸期の幼童教育や赤本等の流れをくみつつ成立した。それに伴い「説話」は児童文学創作の宝庫となり、昔話や伝説に材を得た作品が多く書かれる一方、活字印刷による再話化が進められ聴くものから読むものへと転換。昔話は児童向けの読みものとして囲い込まれ、近代的なイデオロギーによる修正が施されるという新たな問題も生じた。

近代児童文学の起点と一般にみなされるのは、巌谷小波が「少年文学」と称して発表した『こがね丸』（明治二四年）である。これは黄金丸という犬の仇討物語であるが、冒頭の「凡例」で自ら言うように、ゲーテ「狐の裁判」やグリム、アンデルセン等と「桃太郎」「かちかち山」や日本の説話集等（さらに「八犬伝」）とを基に創作された。以後、日本の児童文学は西洋の童話ないしは日本の説話昔話から材を得たものが主流となってゆく。

巌谷小波は明治二八年（一八九五）一月、博文館から創刊された「少年世界」の主筆となり、毎号巻頭に「お伽噺」と称した創作を発表。また明治二七年から始まった『日本昔噺』全二四冊以降、『日本お伽噺』全二四冊、『世界お伽噺』全一〇〇冊など莫大な再話をまとめる。平明でリズミカルな語りには「小波お伽噺」として児童に親しまれ、久留島武彦らと組んだ口演童話運動へとつながっていった。ナショナリズム的な創作、再話姿勢には批判もあるが、巌谷小波は『桃太郎主義の教育』（大正四年）を上梓するなど生涯にわたって昔話に拘っていった。

明治四三年、小川未明が第一童話集『赤い船』で登場、近代児童文学の新しい一頁がめくられる。大正七年（一九一八）七月には鈴木三重吉の主宰する雑誌「赤い鳥」が創刊され、芥川龍之介・有島武郎ら文壇作家の創作童話・北原白秋らの童謡が数多く掲載されるようになる。大正期にも説話昔話に材を得て近代的解釈を加えたものが多く、芥川龍之介が「赤い鳥」に発表した「蜘蛛の糸」「杜子春」はその代表。小川未明の「赤い蠟燭と人魚」「牛女」なども故郷新潟の伝説に基づく作品であり、この流れは宮沢賢治（「風の又三郎」など）、新美南吉（「ごん狐」など）、浜田広介（「むく鳥の夢」など）にもつながってゆく。

鈴木三重吉自身も「古事記物語」始め多くの作品を「赤い鳥」に載せているが、そのほとんどは世界各国の説話や名作の再話であった。他に、大正期の再話で重要なものには、森林太郎、松村武雄ら撰『標準お伽文庫』（大正九～一〇年）、楠山正雄『日本童話宝玉集』（大正一〇～一一年）がある。総じて大正期の童話・再話は「小波お伽噺」を近代精神を盛ったものに高めたが、童心主義というオブラートに包まれたものが主流だった。

昭和に入ると、坪田譲治の生活童話など説話に基づかない写実的な作品も多く書かれるようになる。だが坪田自身も戦中の『鶴の恩返し』（昭和一八年）から昔話の再話に力を入れ、戦後では松谷みよ子『龍の子太郎』（昭和三九年）や斎藤隆介らの民話風創作が注目される。コロボックル伝説をふまえたさとうさとる『だれも知らない小さな国』（昭和三一年）のようなファンタジーと、説話・昔話との連続性も再考されるべきであろう。⇩桃太郎

（吉田司雄）

〔参〕野村純一ほか編『昔話・伝説小事典』（みずうみ書房、一九八七）

せつわとせっきょう【説話と説教】　説教は神仏の教えを説くことであり、説経は経典の意味を説くことであり、区別されていた。しかし、次第に混同されるようになり、発音も異なり、表記と内容とが対応しなくなった。そこで、関山和夫は、術語としては、説経節と説経浄瑠璃を説経、その他を説教と区別して使うことを提唱した。説経節を語る簓《ささら》説経が説教師の芸から発生したことは、能の「自然居士」からも知られるので、説経と説教のつながりは無視できないが、論点を明白にするためには有効な区別であろう。

説教は説法、法談、談義ともいい、仏事法会において、導師が経典を講釈し、それに関する比喩因縁譚を語り、施主の功徳を讃えるという展開を取る。こうした説教の場で、説話は比喩因縁譚として当意即妙に語られたのである。そうした説教の様子を書き留めたものに、平安末期に成立した『百座法談聞書抄』がある。これは、天仁三年（一一一〇）の二月二八日から三〇〇日間、法華経一品に阿弥陀経と般若心経を添えて講じた聞書の記録である。

こうした説経の場に臨む導師は、経典の詞句の比喩因縁譚として説話を語る必要から、説草と呼ばれる手控えの草稿を用意した。岡見正雄や永井義憲などの研究によって、建保四年（一二一六）の明尊『草案集』や文永五年（一二六八）の『鹿野苑物語』、金沢文庫蔵『院源僧正事』『餓鹿因縁』などの説草が知られるようになった。『草案集』は『宝物集』に、『鹿野苑物語』は『宝物集』『三国伝記』に、『院源僧正事』は『発心集』にそれぞれ類話が見つかる。こうしたことから、仏教説話集は説草を集

めて編集されたことが推定される。鎌倉中期の『私聚百因縁集』は、まさにそのようにして編集された説話集であったらしい。

仏教説話が説教の場で語られていたことは、こうした事例からも容易に推測されるが、岡見はさらに、法華経読誦の利益を説いた比喩因縁譚を書き残した説草として、鎌倉時代の『多田満仲』と『有信卿女事』を取り上げている。特に前者は、その後、能の『仲光』（一名満仲）や幸若舞曲『満仲』になってゆく説話であった。こうしたことから、説教の場に、仏教説話のみならず、世俗説話が次々に取り込まれていった様子を考えてゆく必要が出てくる。そうした説教の通俗化や大衆化は、かなり早くから始まっていたらしい。そうしたことを考慮してゆかないことには、世俗説話集が編集された理由を説明することは難しいと思われる。⇩三国伝記・私聚百因縁集・多田満仲・百座法談聞書抄・宝物集・発心集

（石井正己）

〔参〕岡見正雄「説教と説話―建保四年写明尊草案集中の一説話の釈文―」（『国語国文』二七六、一九五七）、同「説教と説話―多田満仲・鹿野苑物語・有信卿女事―」（『仏教芸術』五四、一九六四）、関山和夫『説教と話芸』（青蛙房、一九六四）、同『説教の歴史的研究』（法蔵館、一九七三）、永井義憲『日本仏教文学研究』（一、古典文庫、一九五六、二、豊島書房、一九六七、三、新典社、一九八五）、武田正『日本昔話「語り」の研究』（置賜民俗学会、一九八三）、小峯和明「鎌倉仏教説話の世界」（『論集日本仏教史』四、雄山閣出版、一九八八）

せつわとたいしゅうぶんがく【説話と大衆文学】

「大衆文学」とは、大正一二年（一九二三）の関東大震災後に、印刷技術の革新と流通機構の近代化に伴って増大していた、新たな「大衆」読者層の要求に応える形で台頭していった文学を一般には指す。しかし当初は「新講談」と呼ばれたことからも窺えるように、講談を始め、近代以前からの口承文芸、説話文学などの流れをくむものであり、題材的にも共通するもの、影響をうけたものが多く見出せる。とりわけ、明治四四年（一九一一）より刊行された「立川文庫」の創作講談、読む講談（『猿飛佐助』など）からの継承が注目される。

大衆文学の源流として最も重要なのは、中里介山「大菩薩峠」（大二～昭一六、未完）である。主人公の机龍之介は「音無しの構え」という邪剣によって人を殺し故郷を出奔、やがて失明というスティグマを負った異形の者として彷徨わざるをえない。一方、大衆文学の名づけ親とも言われる白井喬二の「富士に立つ影」（大正一三～昭和二年）の主人公熊木公太郎もまた築城家の熊木家

の嫡子で父に似ぬ天衣無縫な性格ながら、悪虐な父への怨みを被らざるをえず、数奇な運命に巻き込まれてゆく。「大菩薩峠」が輪廻流転の相をとるのに対し、「富士に立つ影」は生成発展型ではあるが、そのいずれもが幕末を舞台に仇討をからめた、貴種流離譚的な話型を主軸にしたものであった。

　大衆文学の創世期の作品には、この二作に限らず伝奇的傾向を帯びたものが多い。国枝史郎「蔦葛木曾桟」（大正一一～一五年）、「神洲纐《こう》纈《けつ》城」（大正一四～一五年）はその代表作であり、民話、伝説、神話、講談などの要素を生かしながら幻想と妖異の世界を展開し、「立川文庫」と大衆文学を架橋した作品と位置づけられている。

　吉川英治も「鳴門秘帖」（大正一五～昭和二年）や「神州天馬俠」（大正一四～昭和三年）など伝奇性の濃い作品を初期は書いていたが、やがて昭和一〇年（一九三五）から一四年、「宮本武蔵」を「朝日新聞」に連載し、大衆文学史の転機をなす。宮本武蔵は、剣豪説話を踏まえながら、奔放な空想力を歴史とうまく融合させ、当時の世相をも想起させながら、自己完成をめざす武蔵像を築き上げたのである。戦中期には昔話を主人公の性格設計に生かした山手樹一郎「桃太郎侍」（昭和一五年）のような作品も現れた。

　戦後は、大衆文学も風俗小説・中間小説や社会派推理小説などに枝分かれしてゆくが、伝奇性を生かした作品も五味康祐や柴田錬三郎を経て半村良らに到るまで書き継がれている。

　雑誌「新青年」に関係の深かった江戸川乱歩、横溝正史らのミステリーでも、民間伝承や伝記が作品の道具立てとして効果的に生かされているし、SF小説の中にはそのロマンの骨格を異郷訪問譚、貴種流離譚の話型によったものを多く見出すことができる。近年では鈴木光司、坂東真砂子らのホラー小説にも説話的なものの取り込みがみられるし、何よりも民俗学を探偵の方法へと架橋した京極夏彦の登場が注目される。もはや小説が「大衆」の嗜好の中心であるとは言えないが、映画・テレビドラマ・漫画・ゲームなどにも「大衆文学」を経た説話文学的要素が流れ込んでいるのである。⇩剣豪説話

（吉田司雄）

せつわのにないて【説話の担い手】　説話を持ち伝える人の意。「説話の管理者」とも「説話の伝承者」とも呼ばれ、「説話の作者」や「説話の編者」とは区別される。「担い手」という語には、職業的あるいは半職業的な語り手像が意識されているらしい。

　説話の担い手論に最も影響を与えてきたのは、柳田國

男であった。柳田は、説話の中の登場人物に担い手の面影が投影されていると考え、そこから逆に担い手を特定しようとした。この方法は、世界的な研究の中に置いてみた時にも、実に独創的であることに気がつく。しかし、その後は、この方法を安易に適用するばかりで、功罪が問われてきたわけではなかった。

今後の説話の担い手論を考える時、まず注意したいのは、『宿直草《とのいぐさ》』の〈彼の人直《じき》に懺悔《ざんげ》物語りせりと、さる座頭《ざとう》のはなし侍り〉（一―四）のような語り口である。こうした担い手は書かれた語りの方法に取り込められたそれであるが、こうしたところから説話の発生と伝承を具体的に考察することができる。それによって、従来の、仮説の上に仮説を積み重ねてきた説話の担い手論は、もう少し実証的になってくるのではないかと思われる。（石井正己）

〔参〕柳田國男『女性と民間伝承』（新全集六）、同『一目小僧その他』（新全集七）、『昔話と文学』（新全集九）、『物語と語り物』（新全集一五）、谷川健一『鍛冶屋の母』（思索社、一九七九）、小松和彦『憑霊信仰論』（伝統と現代社、一九八二）、石井正己「盲僧の早物語―語り物の表現と語り手―」（『学芸国語国文学』二二、一九八八）

せつわのひょうげん（げんせつ）とないよう【説話の表現（言説）と内容】 従来の説話の研究は、何が語られているのかという内容の類似・同一性を説くことに重点が置かれ、それがどのように語られているのかという表現の差異性の問題は等閑視されてきた。これは話型などとも重なる問題であるが、成立やジャンルの異なるもの同士を比較し、それらをひとつの閉じた体系の中で一義的客観的に整理・分類しようとした研究の近代合理主義的な性格の必然であったといえる。

たとえば記紀の〈海幸山幸説話〉を例に考えてみると、兄弟の闘争に重点を置けば兄弟譚であるし、山幸の勝利を導いた珠を重視すれば呪宝譚となるし、山幸と豊玉姫の結婚に目をやれば異類婚姻譚であり、同時に山幸の異郷訪問譚にもなる。

ひとつの説話のどこに重点を置いて読むかによって分類は複数可能なのである。このように読み手の主観的価値観によっているのであるから、それを客観を装うことによりどこかひとつの項目にだけ一義的な整理を試みることは暴力的な行為だということになる。分類はあくまでも研究の便宜であったはずで、説話が人間の営為（主観）の産物である以上合理的かつ客観的・一義的に分類することは無理があろう。

つまり、従来の研究は科学的な合理性を目指すあまり、無自覚に客観性を装うことで学としての体裁を整えてきたのであった。比較と言いながら、現実には分類・整理に汲汲としてしまい、どのように語られているのかという表現の差異の問題にまでは言及できなかったのが実態である。差異性を説く視座が必要なのは、同一性を説くだけでは、個々の説話の独自性・存在意義が捨象されてしまうからにほかならないからである。

ところで、これからは「表現」という語に換わって「言説」（ディスクール）という術語が多用されることになるはずである。それは表現という語が必ずしも受け手（読者）を前提にされていない表現者（作者）中心の一方通行の思考によるものであったのに対して、言説は受け手との相互交通を前提とした近代合理主義批判の思考・視座に発しているからである。表現が表現主体（作家）、個体の明晰な意識（意図・自我）のみを前提としていたのに対して、言説は意識から無意識まで人間の表出行為のすべての領域を包括しており、かつ個体間の相互性・社会性を前提としている語だからである。

J・ラカンによれば無意識とは自己の内なる他者性の謂いであり、人間の主体は意識（自我）による自己性と無意識による他者性によって成り立っているという。つまり、個々の人間は無意識という目には見えない共通の回路によって繋がっており、相互に交通が可能となるのである。ゆえに自己が他者の言葉を理解することができ、また逆に他者も自己の言葉を理解することができるのだという（『エクリ』）。

説話文学も主体の無意識の領域を含み込むことによって成立している。今後の研究はそうした意識下の領域までも〈読み〉によって掘り起こし、新たなテクストを生産することにあるといえよう。⇩引用（テクスト）の理論・話型　（東原伸明）

〔参〕高木史人「昔話伝承研究の課題」（『昔話の時空　昔話―研究と資料―』一八、三弥井書店、一九九〇）

せみまる【蟬丸】 平安時代の歌人。生没年未詳。『後撰集』雑一に「これやこの行くも帰るも別れつつ知るも知らぬも逢坂の関」という歌の作者として名が出、詞書に関に庵室を構え、往来の人を眺めたとあるのが説話化の始まり。生没年、閲歴等実像は明らかでない。遍昭に和琴を、また源博雅に琵琶を伝えたとするが、両者の生年には一〇〇年の隔たりがあり、史実としては両立しない。いずれも院政期の説話集・歌学書に採録され、以後、中世の説話・芸能の世界で多様な成長・変貌を遂げる。まず『今昔物語集』二四―二三は琵琶の名手敦実親王の雑色とし、盲目ながら聞き習って修得し、三年通いつめた博雅に秘曲を伝えたとする（同話の『江談抄』三はたんに「会坂目暗」とするのみ）。話中、二首の歌を詠み、歌人の像も強化される。とくに「世の中はとてもかくても過ごしてむ宮も藁屋も果てしなければ」（少異あり）は、早く『和漢朗詠集』述懐に作者名不記で載り、これが『俊頼髄脳』以来、蝉丸の作とされ、『新古今集』に入集、上記「これやこの」が『小倉百人一首』に選ばれたのと併せて、歌人の像を確立する。同じ頃、『長明無名抄』には、蝉丸が関の明神と仰がれた事実を記すが、『平家物語』諸本などには延喜第四の宮とし、そういう神格化・貴種化には、逢坂に拠る盲僧・芸能者の関与が想像される。その流れの上に、盲目ゆえに捨てられた蝉丸と逆髪の奇形が疎外された姉宮との再会を描く能〈蝉丸〉が誕生し、数多くの蝉丸物の浄瑠璃・歌舞伎が作られた。（西村聡）

〔参〕室木弥太郎・阪口弘之『関蝉丸神社文書』（和泉書院、一九八七）

せんじゅうしょう【撰集抄】 仏教説話集。九巻。［編著者］未詳。［成立］一三世紀中頃か。

寿永二年（一一八三）讃岐善通寺で執筆した旨の跋文があり、西行（一一一八～一一九〇）の編を装うが、西行を編者とするには内容に矛盾が甚だしく、後人による仮託書（偽書）であることが明白である。ただし、一遍（一二三九～一二八九）の法語に書名が見えることから、鎌倉中期には存在していたと考えられる。現存諸本は、説話数約一二〇話の広本と、大幅に話数の少ない嵯峨本（江戸時代初期の木活字本）などの略本に大別されるが、後者は前者から派生したものと考えられる。なお、広本の説話数が序文に示す八〇話と一致しないことから、広本が既に増補を経ている可能性もあるが、そのような成立過程を具体的に示す伝本や資料は見いだされていない。

西行として設定された人物が、仏道修行者に直接会ったり、書物や伝聞で事跡を知ったりして、それを記しとどめるという形をとっていて、『発心集』『閑居友』を意識して、それらに類似した説話集を仕立てようとした作品と認められる。特に『閑居友』からの影響は顕著で、修辞や文体が踏襲されている。したがって、『閑居友』を模倣しつつ、西行らしい粉飾を加えて作られた書物というのが実態に近い。西行らしさを意識して、実際の西行の作品を含む多くの和歌を採り入れ、実際に西行と交渉のあった人物を含めて、院政時代の著名な文人を登場させている。このようにきわめて創作性・虚構性の強い作品であり、収載説話も、他の文献から書承されたもののほかに、新たに作為されたものがかなり含まれている可能性がある。説話集と呼ばれる他の書物が、概ね伝承された説話を事実譚と認識して収集・編集しているのと較べると、〈疑似説話集〉ともいうべき特異な性格を持つ書と言える。その一方、定家仮託の歌学書を始め、多くの仮託書が作られた時代思潮の一端を示すものとも見られよう。

『発心集』『閑居友』と同様、遁世思想を基盤としており、俗世間や大寺院の俗化した生活を逃れ、山林や辺境で無一物の暮らしをしながら後世の救済を願う生き方を理想とする。ただし、各説話にはしばしば長大な感傷的美文による類型的な評言が加えられ、思想的な厳しさよりも一種の叙情性を感じさせるものになっている。なお、神祇信仰を本地垂迹・神仏同体の観点から鼓吹している点は、『古今著聞集』『沙石集』などにも通じる時代思潮の反映であろう。

仮託書ではあるが、成立後長く西行真作と信じられて流布し、江戸期には嵯峨本以降、何度か製版本として出版された。能や、芭蕉の紀行文など、後世の文芸に与えた影響はきわめて大きい。（山本一）

〔参〕安田孝子ほか校注『撰集抄（上・下）』（〈古典文庫〉現代思潮社、一九八五、一九八七）、安田孝子『説話文学の研究』（和泉書院、一九九七）、小島孝之『中世説話集の形成』（若草書房、一九九八）

せんねんのゆらく【千年の愉楽】 小説。〔作者〕中上健次（一九四六～一九九二）。〔初出〕昭和五七年（一九八二）。

熊野という神話的な土地を舞台に、オリュウノオバという語り手によって、「路地」に住む中本一統の血筋を受け継いだ若者達の数奇な運命が語られる。物語は時代を異にして六編に分かれる。通時的に構成されてはいるが、内容自体は、それぞれが同一人物の物語であってもおかしくないように語られる。つまり、読んでいくうちに、六編の物語の時間が交錯し、曼荼羅絵のように円環してつながっているような巧みな構成になっているのである。

この構成を可能にしているのは、説話的な方法を小説の方法として取り入れているからであろう。まず、「語り手」であるオリュウノオバは年を取らず、あらゆる出来事の目撃者である。これは、説話が歴史的時間を越えて繰り返し語られるための基本的な演出である。実際にその物語が語られる場で、現実の語り手と物語上の「語り手」がいつのまにか重なるという、説話の生きた伝承の方法が、小説の方法として意識されているのである。それから、この六編の内容はほとんど「貴種流離譚」であると言ってよい。主人公達は「貴種」の血を受け継いでいるように描かれる。そのために「流離」という宿命を負う。それは、荒くれやヤクザ、色事師といった、共同体に収まり切れない生そのものの「流離」である。
　このように、「千年の愉楽」は、説話の方法を意識化することで、円環的世界そのものを描こうとした実験的作品と言えるだろう。

（岡部隆志）

そうおう【相応】　平安時代の天台宗僧。天長一八年～延喜一八年（八三一～九一八）。近江国浅井郡に生まれる。一五歳で叡山に登り、一七歳の時に出家。斉衡三年（八五六）、慈覚大師の推により得度し密教の修法や不動明王の法を授けられた。一二年間、山に籠って修行を重ねたが、天安二年（八五八）に藤原良相女多美子（後の清和天皇女御）の病を祈禱で癒して名を成した。その後も多くの霊験を顕したと伝えられている。貞観四年（八六二）には金峰山に入り、同六年に叡山に無動寺を開いて不動明王を安置した。延喜一八年、往生の瑞相を示して入滅。相応は、叡山に今も伝わる「回峰修験」の創始者でもある。
　相応の伝の中核となる資料には、相応没後まもなく成立した『天台南山無動寺建立和尚伝』があり、叡山における苦行と朝廷貴族に対してみせた験力の二面から相応の生涯を描いている。後の『拾遺往生伝』『元亨釈書』『日本高僧伝要文抄』所収の相応伝も、この書あるいはその祖本によっているとみられる。
　相応の伝中で著名なものに、天狗となって染殿皇后（文徳天皇后藤原明子）に取り憑いた紀僧正を、不動明王に祈って調伏した話があり、これは『古事談』『宇治拾遺物語』等中世の説話集があらためて取りあげている。中世における無動寺の隆盛とともに、無動寺の開基、不動明王の験者としての相応は、様々の書に記されるようになった。なお、説話に伝承される相応は、高徳の僧として宮中に招かれる時に、容貌や風体が奇怪でさながらいやしい身分のごときを忌避されるが、それは増賀の宮中における意図的な奇行に通じるものを感じさせる。

（大村誠一郎）

ぞうが【増賀】　平安時代の僧。延喜一七年～長保五年（九一七～一〇〇三）。「僧賀」の表記多く、正しくは「そうが」とよむべきか。
『続本朝往生伝』以来、橘恒平の子とされていたが、増賀は恒平より年上であり、誤伝か。恒平の兄説もある。『私聚百因縁集』では藤原敏行の孫。恒衡（伊衡の誤りともいう）の子。『本朝法華験記』によれば、十歳の時、延暦寺で出家し、良源（慈恵）の弟子になったというが、良源は増賀より僅かに六歳年上であり、両者の師弟関係には疑問も残る。天台教学の学僧として努め、のち多武峰に隠棲。実像としての増賀は、一般的な名僧・学僧の域にとどまる存在であったようだが、説話的世界においては奇行・狂態を重ねることで名利名聞を拒否した特異な風貌が際立つ。増賀説話のもっとも早いものは『本朝法華験記』所収話、『今昔物語集』『続本朝往生伝』他文献は数多い。一連の奇行は事実性に乏しい。増賀は、栄誉ある応和の宗論への出席を辞退し多武峰に隠棲した。この事実が、歳月を経、叡山の世俗化を嫌悪する僧の間に再評価され、増賀の口承説話化を促し、叡山横川僧鎮源はこれを『験記』に採録したか。『発心集』では奇行は『摩訶止観』の思想の実践として意味づけられ、『多武峰略記』には奇行の片鱗すらなく、叡山にあった増賀が多武峰を夢想する話を中心とする。これは『南無坊夢記』が原拠。増賀自記の体裁で「正暦四年(九九三)」に記したとあり、後人の増賀仮託かどうか問題は残る。⇩今昔物語集・私聚百因縁集・発心集

(青山克彌)

〔参〕阿部泰郎「『増賀上人夢記』―増賀伝の新資料について―」(『仏教文学』七、一九八三)、三木紀人『多武峰ひじり譚』(法蔵館、一九八八)、志村有弘・松本寧至編『日本奇談逸話伝説大事典』(勉誠社、一九九四)

そうぎしょこくものがたり【宗祇諸国物語】 浮世草子。五巻三六話。〔作者〕未詳。〔成立〕貞享二年(一六八五)に京都の書肆、西村市郎右衛門の許で刊行される。同年に大坂の池田屋三郎右衛門の許から『西鶴諸国ばなし』が刊行されるが、両書は体裁、内容ともに類似しており、互いに対抗して出版されたと思われる。

序に、宗祇が旅途で見聞した記録を「予が亡祖由緒あつて此の一帖を傳ふ」とあるが、もとより宗祇に仮託した書にほかならない。諸国の怪奇談の類いが主に取り上げられているが、異風・奇習の話題や、狂歌咄風のものもある。〈金剛山の古跡〉〈魂留む赤間関〉〈廣澤の怪異〉などは、不慮の死を遂げた亡霊が現れ、宗祇が回行成仏させるといった内容で、念仏聖の役割を果たしている。諸国の怪異に触れたものに〈無足の蛇七手の蛸〉〈魔境〉〈人面巖に休らふ〉などがある。怪蛸、天狗、人面岩に類した話である。類型性をもつ話に、〈仁王現二相撲一〉すなわち田植地蔵の仁王相撲版。〈話二怪異一〉は百物語の実例と言い、女の生首が現れたという。〈遁不レ終鰐口〉は昔話「鱶が影をのむ」。〈化女苦し朧夜の雪〉は雪女の話。〈墨染桜〉〈賊和レ歌〉は狂歌の徳を示したもの。〈當話雨より速し〉は「西行と童子」の宗祇版と言える。〈連歌に明る月影〉は巧みな連歌咄である。総じて怪異性、珍奇性に満ちているのは、他の諸国話と同様に都人の好奇心を満足させるためと思われる。俳諧叢書『俳人逸話紀行集』に翻刻が掲載されている。

(花部英雄)

そうじんき【捜神記】 六朝時代の代表的な志怪小説。［編著者］晋の干宝（?～三二八）。

原書はすでになく、現行のものには二〇巻本と八巻本（ともに明の万暦年間〔一五七三～一六二〇〕刊行）、句道興撰と題する敦煌出土の一巻本がある。このうち二〇巻本は『太平広記』や『太平御覧』『法苑珠林』等の唐宋代の類書から四七〇話を集録したといわれ、原書に最も近いとされる。構成は各巻がテーマ別に編まれ、もとはそれぞれに題がつけられていたらしい。内容は神仙、方士、占卜・医術の名人、風神・雨神・水神・土地神、凶兆・吉兆・前兆・夢兆、孝子・烈女、異物・妖怪・幽鬼、山川や水陸・動植物の怪異、異婚・異産、再生、動物の報恩・復仇等に関するもの。見聞した怪をそのまま志《しる》すとし（「志怪」）、記録性と素材の豊富さに特徴をもつ。六朝説話の豊庫といわれ、後の小説や戯曲でここに題材をとるものも多い。説話研究の資料としてみた場合、多くの話が神話や伝説、昔話、語り物、のちの文学作品、信仰習俗等に関連している。例えば羽衣説話の類話といえるのが巻二八「董永」や巻三五四「毛衣女」であり、三つの教えは巻六五「費光先」、望夫石は巻二九六「望夫岡」、相思樹は巻二九四「韓憑妻」と、干将莫邪は巻二六六「三王墓」と同様の話である。また敦煌本に収められた、羅振玉の『敦煌零拾』本第二三条の「田崑崙」は羽衣説話の類話である。このほか八巻本四〇条には仏教的な色彩の強い説話が多く含まれている。（松岡正子）

〔参〕荘司格一・清水栄吉・志村良治共訳『捜神記一八巻本』（養徳社、一九五九）、竹田晃訳『捜神記』（〈東洋文庫〉平凡社、一九六四）

ぞうたん【雑談】 〈雑談〉という言葉そのものの一般化は、院政期一二世紀後半あたり。貴族日記にみる「雑談事」「言談雑事」を縮約したもの。古くは、ゾウタンと読まれた。後世の「話（咄）」と呼ばれるものが〈雑談〉にあたる。仏神の聖なる場にかかわっての言談が〈清談〉であるとする認識からは、日常徒然の慰みごとにかかわる言談が〈雑談〉とされた。聖なる〈法談〉、〈実語〉にたいして、日常卑俗の言談、〈妄語〉が、〈雑談〉なのだと言えよう。いわば、非正統的な負の言語としての〈雑談〉という位相が、〈雑談〉に根生いの宿命なのであった。しかし、負の言語としての雑談が、言談のヒエラルヒーの最下位に位置するまさにそのこと自体によって、一方で排除される運命にありながらも、非正統のエネルギーをはらみ持ってもいたのである。説話の源泉・母胎としての〈雑談〉が獲得する位置は、ここに求められよう。隈雑なものは、常に、聖なるものへの対抗としてのエネルギーを秘めている。南北朝以後江戸期にかけて、雑談として語られる言談が、次第に「芸談」「怪談」「笑話」といったテーマ性を獲得していく。それは、雑談が〈正統な雑談〉という衣装をまとって枝分れした姿である。明治以後、〈雑談〉は、ザツダンに変質して、俗の活力をも喪失したかのようである。

(下西善三郎)

〔参〕佐竹昭広『古語雑談』(〈岩波新書〉一九八六)、小峰和明「中世文学の範囲」(『中世文学』三五、一九九〇)

ぞうたんしゅう【雑談集】 言談。巻一~巻一〇の一〇巻立て。各巻には、長短様々の言談が、教理に説話を交え、また説話に教理を付して、四話~一四話載る。［作者］無住(一二二六~一三一二)。［成立］巻一の奥書に、「嘉元二年……沙門無住七十九歳」、巻七の奥書に「嘉元二年　七十九歳」、巻一〇の奥書に、「嘉元三年」の年号をみることにより、嘉元三年(一三〇五)の成立、無住最晩年の所産と知られる。

本書を純粋の説話集と呼ぶのにためらわれるものがあるとすれば、〈雑談〉に名を借りた「述懐」「教諭」に筆を費やすこと多く、所謂「説話」に字数を用いること少ないがためである。「説話」という面からのみ見れば、これは、旧著『沙石集』に比して明らかな後退である。無論、理由はある。『沙石集』は「在家の愚俗」のために書かれた。『雑談集』は、「此物語、同法の請によりて」(巻五)「此雑談集或る同法の所望によりて」(巻八)、「形見」また「遺戒」として書かれた。「説話」は愚俗啓蒙のために有効であり、「同法」のためには八宗兼学の知識をいかした教理の開陳が有効であると信じられていたようだ。だが、教理的部分は非体系的で、各論の断片のアトランダムな集成である。これは、旧著『沙石集』以来の方法でもあり、執筆時、その旧著が座右に参照されていたこと、及び、智覚禅師延寿の『宗鏡録』からの再引用であることが考証されている。博引旁証、八宗兼学の広範な知識を誇示する『雑談集』には、百科全書的書物がタネ本としてあったというわけだ。ただし、儒教・道教からの名文句、また白楽天からの引用、その他典拠不明の名言も随所に顔を出し、日常的な手控えの内に蓄積された教養が、そのために活用されているとみるべきではあろう。「作半」「中道」という適度を計って処する態度・思想、「道理」という言葉も、そこから紡ぎだされている。

「雑談の集」であることを書名とする本書が、〈雑談〉をどのように位置付けていたか。「此物語、雑談といえども、多く是れ述懐なり」(巻二)、「雑談と云ながら、法門多く之を記す」(巻八)。〈雑談〉という日常卑俗の言談が非正統的な負の言語としてかえって持ち得た活力は、諸方面に及び得ることが確信されていたようである。「若し利益有る妄語ならば、反て実語なり」(巻二)

といい、「よく用る時は、狂言綺語の誤り猶転じて、転法輪の縁とする事なり」（巻八）というものの、それは、〈雑談〉と〈実語・聖談〉の対立が言われたのではなく、〈雑談〉の包摂し得る言語の幅が言われたのであったと思われる。著者において、〈雑談〉が「法門」に亙ることも、「自己」を語る「述懐」に及ぶことも、不審ではなかった。巻三の「愚老述懐」は集中的な自伝部だ。〈雑談〉という言語の幅を標榜することにおいて〈随筆〉への契機をはらみながらも、しかし、「自己」は伝記的な自己としてかたられるのみであった。（下西善三郎）

〔参〕山田昭全・三木紀人『雑談集』（三弥井書店、一九七三）、三木紀人「無住の世界─『沙石集』『雑談集』」（『日本の説話』3、東京美術、一九七三）

そがきょうだい【曾我兄弟】

頼朝を討とうとして、その挙兵後に自決した伊豆の豪族伊東祐親の孫にあたり、父河津三郎祐泰（祐重とも）が所領争いから一門の工藤祐経に暗殺されたため、母が再嫁した相模の豪族曾我太郎祐信に養育される。兄一万は一三歳で元服、十郎祐成と名乗る。弟箱王は箱根権現の別当行実のもとに預けられたが、出家を嫌い建久元年（一一九〇）に兄と共に北条時政を訪れ、時政を烏帽子親として元服、五郎時致と名乗った。兄弟は父の仇討ちを志し、建久四年五月二八日夜富士野の狩り場に祐経を討ち果たすが、祐成はその場で仁田四郎忠常に討たれ、時致は御所五郎丸に捕らわれて、翌朝頼朝の尋問を受けた後に処刑される。祐成は二一歳、時致は一九歳であった。兄弟の死後もその怨霊が激しく祟りをなしたため、東国一円の人々の恐れるところとなり、兄弟は御霊神として祭祀されるようになった。この曾我御霊の祭祀は各地の御霊信仰と響き合って全国に広がり、兄弟の伝説もまた、全国各地に広がっていった。

曾我兄弟の史実は『吾妻鏡』に求められるが、その記述には、『吾妻鏡』成立以前に語り出されていた初期の『曾我物語』の影響があると言われる。初期の『曾我物語』は、怨霊鎮めの信仰と関わって箱根・伊豆二山を根拠とする瞽女の団体が語り広めた、在地性の強い、また流動的なものであったと推測されており、地方の盲人が兄弟のことを語ったことが『醍醐寺雑記』に、兄弟の事蹟を絵解きにしていたことが一休宗純の『自戒集』に見える。本としての『曾我物語』の成立は、古態の現存真字本に在地性が濃く、『神道集』との関わりも認められることから、一四世紀後半と考えられている。真字本に次ぐとされる仮名一〇巻本では在地性が薄れ、さらにそれに多くの挿話・後日談を加えた仮名一二巻本が成立し、広く流布するようになった。

英雄曾我兄弟は諸芸能に好んで題材とされた。幸若舞曲には「一満箱王」（幼い兄弟が祐経の讒で処刑されそうになるが、和田・畠山らの嘆願により助命される）・「元服曾我」（五郎、北条時政を烏帽子親として元服）・「和田酒宴」（五郎、十郎と和田との虎をめぐる争いに駆けつけ、その大刀で十郎を救出）・「小袖乞」（五郎、母に勘当を許され小袖をたまわる）・「剱讃談」（兄弟、箱根の別当より宝剱を得る）・「夜討曾我」（祐経を討つ）・「十番切」（兄弟の最期）の七曲の曾我物があり、現存曲中の約七分の一を占めている。謡曲の曾我物は近世の作まで含めると三〇曲近くにのぼり、中でも宮増は「元服曾我」・「夜討曾我」を初めとする八曲もの曾我物の作者と考えられている。これら曾我物の流れは古浄瑠璃や歌舞伎にも受け継がれていったが、近松の「世継曾我」（天和三年〔一六八三〕上演）を初めとする九編の曾我浄瑠璃が書かれるに及び、当世遊里情緒を取り入れる等、曾我物の大幅な当世化が試みられた。近松はまた「曾我太夫染」（元禄八年〔一六九五〕上演）を初めとする曾我狂言も書いている。上方最古の曾我狂言は元禄四年（一六九一）大坂岩井座上演「曾我投島田」、江戸では明暦元年（一六五五）山村座上演「曾我十番切」が最古作である。宝永六年（一七〇九）春の四座競演曾我狂言の大当たりから曾我狂言の初春興行が嘉例となり、明治初期にまで及んだ。

一方、曾我兄弟に関わる伝承を持つ遺址は全国に広く分布している。兄弟終焉の地の富士野には、兄弟を御霊神と祀る浅間大菩薩の客人宮が（『真名本曾我物語』）、あるいは頼朝が遊行上人の勧めで兄弟の霊を祭祀した勝名荒人宮が（『仮名本曾我物語』）あったとされ、現在は兄弟が攻め込んだ井手の館跡に曾我八幡宮が、五郎が斬首された鷹岡には曾我両社八幡宮が、祭祀されている。兄弟ゆかりの箱根権現社には五郎の霊を祭祀する勝名荒神宮があり、その周辺には兄弟の遺物を伝える寺社が多い。兄弟が幼時を過ごした曾我の里にも、曾我谷津の城前寺を中心とした遺蹟がある。また、十郎の恋人大磯の虎御前と関わって伝えられている遺蹟も多い。虎の住居大磯高麗寺の周辺はもちろん、虎が兄弟の死後その白骨を首にして回国修行したという伝承に基づいて、その遺址と伝えられるものが各地に広く分布している。また、兄弟が最後まで伴った家臣鬼王・団三郎と関わって伝えられている遺址も各地に見られ、兄弟の伝説は虎や鬼王たちを自らになぞらえた回国の聖や比丘尼たちによって、兄弟有縁の地のみならず全国に広く伝播されたものと考えられている。
（藤井奈都子）

ぞくこじだん【続古事談】 説話集。六巻。［編著者］未詳。編者については、勧修寺家、九条家に近い者、帝の侍読を勧めた儒者、等の説がある。［成立］跋文によると、一旦筆録してあったものを取りまとめて建保七年（一二一九）四月二三日脱稿したとあるが、この年の四月一二日に承久と改元されており疑問の残る点である。

書名から伺えるように、本書は先行説話集『古事談』の続編としての意識で編纂されたものである。構成も『古事談』のそれにならっており、第一王道后宮、第二臣節、第三欠（『古事談』の編目から考えて、ここは僧行もしくは勇士が入るべきところである）、第四神社仏寺、第五諸道、第六漢朝である。特筆すべきは第六に漢朝の編目を立てたことで、これは本書独自のものであり、編者の漢学の才が偲ばれるところでもある。本書第一の冒頭からは一連の宝物損亡説話が配列され、そのことに象徴されるように、当時一般の思潮である下降史観に作品全体が覆われている。そのような説話選択並びに配列は、本書成立の三ヶ月前に起こった源実朝暗殺事件、二年後に起こる承久の変といった暗雲立ちこめる時代状況から発想された部分が大きかろう。本書はまた、帝王に対する批判意識も伺われ、初歩的な政道論・君臣論が展開されている点で注目されている。⇩古事談

（村戸弥生）

［参］房野水絵「『続古事談』の編纂意識について」（『説話文学研究』一一、一九七六）、木下資一「『続古事談』と承久の変前夜」（『国語と国文学』六五―五、一九八八）、神戸説話研究会編『続古事談注解』（和泉書院、一九九四）、田村憲治『言談と説話の研究』（清文堂、一九九六）

そせいせつわ【蘇生説話】 死んで冥界に赴いたのち、生き返ることができた事情を語った説話、また冥界での体験を述べた説話をいう。

蘇生説話の古い例としては、八十神の迫害を受け、火傷を負って死んだオホナムチが、ウムカヒヒメ・キサカヒヒメの「母《おも》の乳汁《ちしる》」の療治で生き返ったという『古事記』の伝承、仁徳天皇が、髪を解き胸を打ち、屍に跨がってその名を大声で喚び、自殺した弟の菟道稚郎子《うじのわきいらつこ》を蘇生させたとする『日本書紀』の説話を挙げることができる。これらは、いずれも古代人の生命観を反映した話だが、とくに後者は蘇生のための魂よばいの具体的な呪法が記されており、興味深い。古代人は、肉体（カラ）から分離した魂（タマ）を呼び戻せば死者は蘇生することができると考えていた。そのためにおこなわれたのが魂よばいの呪法である。

時代が下り、仏教的な世界観が浸透すると、冥界のありかたに変化があらわれてくる。『日本霊異記』にはいくつかの冥界遊行譚が収められているが、死者の訪れる世界は、地獄と極楽がまだ未分化な状態を呈している。「黄泉《よみ》」の語があらわれること、ヨモツヘグヒの観念

が見えていることは、冥界の姿が確立される以前の過渡的なありかたを示している。『霊異記』説話で興味深いのは、蘇生のためには肉体の保存が不可欠と考えられていることである。ここにも死を肉体と魂の完全な分離と見る古代的な観念が残されている。「我身を火葬にするな」と遺言する死者の話が語られたり、身体を火葬にされてしまい、戻る場所を失った魂が別の死者に宿り、甦ることができた、という奇怪な話が生まれたりするのはそのためである。しかし、『霊異記』の冥界遊行譚の本質は、蘇生した本人の口を通して、地獄の酸鼻な光景を語るところにある。そこに、因果応報の恐ろしさを説く、仏教説話本来のありかたがあったのである。

平安時代に入り、堕地獄の恐怖がよりつよく意識されるようになると、現世で積んだ善行の助けで地獄から生還できた、とする説話が夥しく語られるようになる。とくに地蔵菩薩は、地獄に堕ちた亡者を救う仏と考えられたから、それへの信仰は広範な支持を獲得した。その霊験譚を集めたものに実《じつ》睿《えい》撰『地蔵菩薩霊験記』がある。このほか『今昔物語集』や往生伝類には、生前、『法華経』などの持経者であったり、それらを読誦した体験をもったりした人物が、その功徳により蘇生することを得た、とする伝承が数多く収められている。これらの説話は概ね類型的で、興趣に乏しい面がある。蘇生した源公忠が報告した冥官のことばが契機となって「延長」と改元されたことを伝える『江談抄』の話などは、この時期の蘇生説話としては異色のものといえよう。さらに時代が下ると、蘇生が仏教との結びつきをもたない、単なる奇譚として語られるようになっていく。こうした蘇生説話は、近世の随筆、地誌などの中に数多く収められている。

（多田一臣）

そろり【曾呂利】

曾呂利新左衛門のこと。泉州堺の人で刀の鞘師。鞘に刀を入れるとソロりとよく入ったので「曾呂利」と呼ばれたと言い、秀吉の御伽衆の一人として寵愛されたとも言われる。ただし、実在の人物であったかどうかは疑わしい。「雑談の上手」「弁舌博覧の名誉なる事」（『曾呂利物語』）、「名誉なる狂歌咄の上手」「咄のミにあらず、詩哥にも携り、艶しかりし男」（『曾呂利狂歌咄』）などと言われた。

『狂歌咄』の改題本『曾呂利狂歌咄』の巻頭に曾呂利説話をまとめて収載するが、例えば、秀吉からの褒美はお金よりも耳をかがせて欲しいと言い、諸大名の前で、秀吉に親しく耳打ちしているように見せたなど、その頓智や頓才とせらるるものも、格別目新しくはない。

『曾呂利狂歌咄』は人麻呂・小町・業平をはじめ、幅広い人々の和歌・連歌・狂歌に関する説話一六〇話を収め、『曾呂利物語』は江戸初期の怪異小説に属する仮名草子であって、怪異説話四一話を収める。改題本に『曾呂利諸国咄』とあるように、近世に盛行した諸国咄の一つ。御伽咄の集成本として、近世怪異小説の源流とも言われる。曾呂利は一介の刀工でありながら、その頓智・頓才をもって太閤秀吉と対等にやりあう人物として近世の人々の好尚に適い、説話的人物としての資格を獲得して『曾呂利狂歌咄』や『曾呂利諸国咄』のごとき説話書、怪異小説書の著者に仮託せられたもので、説話と説話文学の研究の上で、見逃せない人物の一人である。

（石破洋）

〔参〕石橋思案校訂『落語全集』〈続帝国文庫〉博文館、一八九九）、塚本哲三編『醒睡笑　一休咄　曾呂利狂歌咄』（有明堂書店、一九一五）、国民図書株式会社編『怪異小説集』〈近代日本文学大系〉国民図書、一九二七）、武藤禎夫・岡雅彦編『噺本大系』第三巻（東京堂出版、一九七六）

た

たいこうでんせつ【太閤伝説】　豊臣秀吉を巡る、いわゆる太閤伝説の種相はなべて単調で魅力に乏しい。理由はかなりはっきりしている。それは、これらの成立はそのほとんどが中央からの発信、つまりはその近辺に在った文筆の徒によって、意図的かつは目的的に作成されたからである。伝説は本来が自然発生的なものであり、これがためにその生成、成立過程にダイナミックな生命を擁するのが自然である。すなわち、それの発生基盤は元来が無文字社会での言語伝承によるのであった。ところが今日巷間に流布する太閤伝説の発祥は、『太閤素生記』や『太閤秀吉出生記』『豊臣太閤素生記』にもとづくものと考えられるからである。

　これらによるとすなわち、秀吉の母は胎内に日輪が入る夢をみて懐妊し、天文五年（一五三六）申年元日に出産した。広くに行われる日光感精説話を採択した例である。しかも、その秀吉は日吉山王の神性を受けたので、これの神獣の猿に似ており、幼名を日吉丸としたと説く。一方ではまた『後太平記』では、秀吉は高麗の遺臣の霊を受けて誕生した。それがため、後年の朝鮮侵攻も、実は祖先の怨念を晴らすのが目的であったとする話も派生するに至っている。

　いずれにしても、そもそもの出自は無名の名主百姓層であった匹夫が、未曽有の立身出世をして、天下の統一を果たし、なおかつ海外にまでも進出した。刮目すべき

その生涯が後刻、多くの伝説を生む要因となったのは当然の成り行きであろう。（野村純一）

たいしせつわ【太子説話】

聖徳太子の説話を太子説話と呼ぶ。太子の死後、ほぼ一世紀の間に太子の存在は次第に伝説化され、さまざまな太子像が生み出されていく。すでに『日本書紀』の段階から、太子の超人性を強調しようとする意識があらわれている。もちろん、冠位十二階の制定、憲法十七条の制定などの記事にあきらかなように、『書紀』は、太子を律令国家体制という新たな制度を体現する人物として把握しようとする志向が著しい。しかし、太子が生れながらによくものを言い、「聖《ひじり》の智《さとり》有り」と評されていること、さらに長じて一度に一〇人の訴えを聞いて、対処を誤らなかったと伝えられていることは、すでに太子が異常な能力の持ち主として捉えられていたことを示している。太子が予知能力にすぐれていたことは、「兼ねて未然を知ろしめす」との評にもあきらかだが、後の伝承でも、百済から渡来した僧日羅の不幸な最期を予知し、崇峻天皇の「傷害之相」を占い、さらには上宮王家の滅亡を予言したとされる。太子の名号の一つである「豊聡耳《とよとみみ》」は、こうした太子の予知能力をあらわすものであろう。太子の予言者としての一面は、中世に入ると、太子が未来予見の書を著したとする「聖徳太子未来記」の信仰を喚び起こしていく。このほか『書紀』には、物部守屋との戦に際して、太子が白膠木《ぬりで》で四天王の像を作り、四天王寺の造営を誓ったという四天王寺開創説話、太子が片岡山で飢者に出会い、飲食と衣服を授けたという片岡山飢者説話、太子の師である高麗僧慧慈が、帰国後太子の死を知り、翌年の命日を期して命終したという慧慈悲嘆説話を伝えている。片岡山飢者説話は、『異本上宮太子伝』『上宮聖徳太子伝補闕記』などにも見える説話であり、本来は太子の仁慈を強調する話であったと思われる。のち飢者の尸解《しかい》譚が付加され、神秘的な傾向が強められたらしい。一方、太子の存在が伝説化される中で、太子のなかに日本仏教の根基を求めようとする太子信仰が生み出されるようになっていく。太子が天台宗の第二祖南岳の恵思禅師の後身であったとする恵思再誕説話（『異本上宮太子伝』『上宮皇太子菩薩伝』）や太子が救世菩薩の化身であったとする伝承（『聖徳太子伝暦』）などはそうした信仰の具体的なあらわれである。仏教に深く帰依した聖武天皇が太子の再誕と信じられたこと（『日本霊異記』など）も、太子が日本仏教の創始者として位置付けられたことと無縁ではない。伝説上の太子像は、時代が下がるにつれて次第にその超人性が強調され、神秘的な色彩が加えられていく。『日本霊異記』『三宝絵』『今昔物語集』などの説話集は無論のこと、さまざまな往生伝にいたるまで、太子説話を記した書物は枚挙にいとまがない。太子の行実を直接に記す太子伝も、『上宮聖徳法王帝説』をはじめとして数多く作られ、これらは平安前期の『聖徳太子伝暦』に集大成される。この中には、小野妹子が太子の法華経を将来したという説話、太子の乗馬である甲斐の黒駒をめぐる説話、太子の夢殿へのこもりを伝える説話などが収められている。なお、近世以降、大工・左官・石屋・畳屋などの職人が太子講を組織し、太子を祖神として祀るようになるが、これも太子信仰の末流として理解することができる。　（多田一臣）

だいしせつわ【大師説話】　大師の事蹟や威徳を伝える話。諸国行脚する弘法大師の奇蹟などを説く民間に流布する伝説と、書物や真言宗系の寺院に伝わる祖師空海の威光・恩徳を慕うなどの説話とに大別される。民間の弘法伝説にはいくつかの型がある。水を求めた弘法に、村の娘がわざわざ遠方から汲んできて差し上げた。そのお礼として、杖で清水を湧出させたという〈弘法水（「弘法清水」とも）〉がある。逆に与えなかったり、濁り水を上げたりしたので、水無川や濁るようになったと伝えるものもある。同様のパターンに、一泊の礼に灰《あく》無しの蕨にしてあげる〈灰無し蕨〉や、三度なれと念じたために年に三度実をつける〈三度栗〉など、食物（他に「食わず芋」「二度柿」「石胡桃」「播かず菜」など）に関した伝説もある。食事の箸が成長したという〈箸杉〉や、差し忘れた竹（桜、梅、銀杏など）の杖が成長した〈杖竹〉などの樹木にまつわるものもある。また腰掛石、礫石、足跡石など、弘法にかぎらない著名な歴史的人物の伝説とパラレルに語られるものもあり、この伝説の特徴を物語っている。すなわち弘法の名のもとに伝説が集積されている傾向を示しているのである。このことは単に人名の置換というにかぎらず、そもそも弘法伝説の本来が、自然現象（湧水、渇水）や、その差違（甘蕨、石芋、形状や生息場所の異なる樹木等）説明としてその名が利用されている自然説明伝説であることと関わってくる。自然現象を奇蹟という形で事由説明し、生活必需の水や蕨・芋・栗などの救荒食物の恩恵者としての弘法大師の名と信仰を喧伝する意図を秘めていたにちがいない。中世末から近世にかけて庶民と接触していった高野聖や下級宗教者、真言宗寺院の布教活動がその役割を果たしたと思われる。弘法伝説の普及と並んで、伝説以外の弘法伝承も民間に見られる。中国留学の際にひそかに麦の種子を持ちはこんだとする〈弘法の麦盗み〉は、日本における穀物盗み神話の伝説化したものとされる。親切な機織り娘に呪宝の機（管）を与えたという〈弘法機〉、麦に代わって蕎麦が寒い川を弘法を背負って渡してくれたという〈弘法と蕎麦〉、着ている僧衣のよしあしで態度を変えることを戒める〈弘法と衣〉などは昔話的であると言ってよいものである。

書物等にあらわれる大師説話では、『今昔物語集』巻一一の九話が委曲を尽くしており、他の説話集にもいくつか見られる。それよりも真言宗派内における「弘法大師行状記」「弘法大師御伝」などの大師伝記に多くの説話を集めている。寺院の大師講や御影供などの行事の際に、こうした大師説話が唱導にも利用されたにちがいない。現在、寺院に弘法作と伝わる堂塔・仏像仏画・経具等の伝説にもこうした大師信仰の強い影響がある。なお寺院を離れた民間の大師信仰には、マレビト歓待の太子（オオイコ）信仰が根底にあるとされる。（花部英雄）

〔参〕宮田登『ミロク信仰の研究』（未来社、一九七五）、斎藤昭俊『弘法大師信仰と伝説』（新人物往来社、一九八四）、渡辺昭五「弘法絵伝の絵解き説話と伝説」（『就実語文』三、一九二八）。

たいちょうだいし【泰澄大師】　奈良時代に白山を開いたと伝える僧。天武天皇一一年～神護景雲元年（六八二～七六七）。泰澄伝の基本的な文献史料は『泰澄和尚《かしょう》伝記』であり、中でも現存最古の書写で善本として知られている正中二年（一三二五）書写の金沢文庫本、福井県勝山市白山神社所蔵本、石川県石川郡尾口村の密谷本、福井県丹生郡朝日町越知神社の所蔵本が著名である。

白山の行人泰澄和尚はもとの名を「越の大徳」といい、天武天皇一一年（一説に白鳳二二年）六月一一日に越前国麻生津《あそうづ》（福井市）に生まれ、父は三神安角《みかみのやすすみ》といい、母は伊野氏といった。一四歳のときに初めて十一面観世音菩薩の霊験によって、越知山《おちさん》（福井県）に登って修行を積んだ。弟子の「臥行者《ふせりぎょうじゃ》」と「浄定《きよさだ》行者」をめぐる説話もある。養老元年（七一七）三六歳のとき白山妙理大菩薩の神告により白山天嶺禅定に到達し、現れた本地十一面観音を拝んだ。養老六年四一歳のときに元正天皇の病気を癒して、神融禅師の号を得、天平九年（七三七）には大流行した疱瘡を鎮めて大和尚位を授与され、泰澄和尚と号するようになった。称徳天皇の神護景雲元年越知山で入定遷化（八六歳没）したという。現今、泰澄は白山だけでなく北陸地方の多くの寺社や温泉の開基と仰がれている。加賀の古刹那谷寺《なたでら》（真言宗）や粟津温泉の開基も泰澄である。また能登の石動山は近世に作られた新縁起では泰澄の開山と伝えている。また、石川県石川郡白峰村『林西寺の縁起』によると、恵美押勝《えみのおしかつ》は謀叛に敗れ、近江から落ちてきて、越知山のふもとで泰澄大師に逢い出家して林西寺を創設したと伝える。石川県『白峰村史』によると、白上の頂上、千蛇ヶ池と蛇塚に関する伝説は、泰澄がこの池に暴れまわる一〇〇〇匹の大蛇を封じ込め、万年雪で蓋をしたという。また凶悪な一〇〇〇匹を斬って塚に埋めたと伝えている。

（藤島秀隆）

〔参〕『白山史料集』上巻（石川県図書館協会、一九七九）、『白山神社史』（白山神社史編纂委員会、一九九二）

たいどくろ【対髑髏】 小説。［作者］幸田露伴（一八六七〜一九四七）。［初出・初版］明治二三年（一八九〇）。初出タイトルは「縁外縁」。

山中に迷った〈露伴〉は、とある民家に宿を頼む。家には若い女がいて、彼をもてなし同衾へと誘う。拒む〈露伴〉に、女は身の上を語った。やがて朝日が昇ると、〈露伴〉の足下には白髑髏が一つ。

「対髑髏」は二つの話型が組み合わされた小説だと言うことができる。まず小説の枠組に注目すれば、男が山中に出かけて戻って来るのだから、異郷訪問譚の相を見せる。幻は、空間（山中）と時間（夜）とに区切られ、境界もはっきりしている。男も類型的で、女の誘惑に負けない真面目な正直者。もし隣の爺型とリンクして欲張り男がこの男の真似をして山中へ行き女と同衾したなら、たぶん彼は髑髏になっているはずである。一方、女の身の上話に注目すれば、「難題聟譚」のような型が入れ子型に仕掛けられていることになる。女は、母の残した小箱の中の書き置きの言葉を守って、ある男からの求婚を断り続けて男が死んだために発心したと言う（枠組の型と反転関係にある）。ところが、書き置きの内容は最後まで明かされない。女は、〈露伴〉に「小説にでも書玉はん御了見か」と語り始め、書き置きの内容を知りたがる〈露伴〉に「其を聞くようでは貴君もまだ人情しらず」だと答えていた。実は、この小説では二つの話型が交錯するわずかな空白に、「小説」の機能が問われていたのである。露伴はこの空白を、当時は遺伝すると信じられていた病を病む、ある女の姿で埋めている。

（石原千秋）

たきぐち・よこぶえ【滝口・横笛】 滝口とは、滝口入道すなわち斎藤滝口時頼のこと。平重盛《たいらのしげもり》（小松殿）に仕えた侍。横笛は建礼門院徳子の雑仕女。この二人は、『平家物語』巻一〇の「横笛」にみえる悲恋物語の主人公である。寿永三年（一一八四）三月、平維盛《これもり》が屋島を脱出して高野山へ行き、父重盛のかつての家来たる滝口入道に会って出家するいきさつが描かれる中に、入道の発心譚として置かれているのが「横笛」の章である。時頼は、一三歳のときに滝口の武士の詰め所へ出仕するが、そこで横笛と出会い相思相愛の仲になる。しかし横笛の身分が低いために、父茂頼《もちより》は反対し、親に背くことのできない時頼は一九歳で出家して嵯峨の往生院に行く。横笛は往生院を訪ねるが時頼に再会を拒否され、奈良の法華寺へ赴きやがて亡くなる。一方、時頼は嵯峨を出て高野山に籠り、横笛の死を伝え聞きながらも修業を続けるのだった。滝口入道については、吉田経房の日記『吉記』養和元年（一一八一）一一月二〇日の条に〈滝口藤原時頼〉の出家の記事がみえることにより、モデルがいたと考えられる。現在、京都市右京区にある滝口寺はもと往生院子院三宝寺で、滝口入道ゆかりの寺として有名であり、奈良市法華寺町の法華寺も横笛像を伝え、近所には横笛堂が現存する。また、高野山においては清浄心院に滝口入道草庵跡、大円院に横笛が鶯になって飛来し力尽きて落ちたという鶯梅・鶯井戸がある。高野聖《こうやひじり》が関与したこの物語は異伝を伴いつつ広まり、近代文学の素材ともなった。（山本則之）

たくあん【沢庵】

安土桃山・江戸初期の僧侶・歌人。?～正保二年（?～一六四五）。名は宗彭《そうほう》。但馬出石（兵庫県出石郡出石町）の人。一三歳で出家、慶長九年（一六〇四）沢庵と号す。臨済宗大徳寺派。慶長一四年三七才にして大徳寺一五三世の住持となるも住山すること三日で堺の南宗寺に帰る。その後一所不住の境涯にあったらしいが、寛永六年（一六二九）いわゆる紫衣事件に抗した科で出羽上山藩に流罪となる。もともと隠遁的傾向にあった沢庵ではあるが、この事件は彼の思想と文学に多大な影響を与えた。後に許された沢庵は将軍家光の帰依を得、江戸品川に東海寺を創建した。正保二年一二月一一日「夢」の一字を書き筆を投げて没したという。七三才。

禅・茶を介して当時の貴紳と交際が深く、和歌・漢文語録・紀行の他『沢庵和尚法語』など仏教関係の著作も多く、また書画を良くした。独特の反骨精神に支えられた隠遁生活や、宮本武蔵・柳生宗矩らの剣客との交渉など沢庵の生涯は伝説的雰囲気に彩られているが、中でも沢庵漬けの創始者として名を残している。

江戸中期の随筆『耳嚢』によれば、東海寺で食事をした徳川家光の何か珍しいものをという望みに応じて献上された漬け物を家光自ら「沢庵漬け」と命名したとされている。これが巷間に伝えられて、乾かした大根を糠と塩で漬けるという製法そのものが沢庵の創始したものの如くに理解されているのは周知の通りである。（矢野公和）

たくせん【託宣】

神霊が巫女などのヨリマシに神懸って発した言葉。神託とも。また夢のなかでは夢託・夢告ともいう。古代の説話のなかで託宣を下す神は、諸国に疫病をはやらせた大物主神や、仲哀天皇を死に至らしめた住吉の神々など、いわば祟りなす神が圧倒的に多い。それは疫病や災厄が起きたときに、ヨリマシに憑いた神が、自分をきちんと祭祀していないことの祟りであると託宣を下す形になっている。託宣を下す神霊は、しっかりと祭り鎮められていない、荒らぶる神でもあった。たとえば『日本書紀』の垂仁天皇条に「一に云ふ」と挿入されている記事では、崇神天皇は倭大国魂神のことをきちんと祭っていなかったために早死にしたと、倭大国魂神自身の託宣で明かされている。もちろん崇神天皇の本伝にはそんな伝承はまったく伝えられておらず、崇神天皇は全国の神々の祭祀を始めた天皇として称えられていたのである。また伊勢神宮の天照大神は、一般に託宣をしない神だが、天照の荒御魂が伊勢の最高巫女である斎宮に神懸りして、神官たちの悪巧みを暴くといった話が『太神宮諸雑事記』に伝えられている。ここには託宣によって明かされたもう一つの「事実」が、新たな説話を産み出す契機となることが見てとれる。託宣は説話を生成させる語りの場の一つであった。

（斎藤英喜）

〔参〕山本ひろ子「神は語るか」（『国文学』一九九〇・一一）、斎藤英喜『アマテラスの深みへ』（新曜社、一九九七）

たけくらべ

小説。［作者］樋口一葉（一八七二～一八九六）。［初出］『文学界』明治二八年（一八九五）一月～二九年一月。

江戸的雰囲気がまだ色濃く残っている明治吉原とその近隣を舞台にした早熟な少年少女の物語。千束神社の夏祭りから一一月下旬の酉の市へと下町の行事が進展していく中で、妓楼大黒屋の娘美登利と彼女をとりまく少年たちの、それぞれの宿命的な環境が求めた〃大人〃になっていく姿が文語調の文体でとらえられている。やがて、美登利が秘かに心を寄せていた竜華寺の藤本信如も僧侶の学校へ行くために町を出ていくのであった。

子どもの世界を描いたこの作品を、前田愛は「日本の子どもたちに押しつけようとした〈未来の大人〉としての役割にたいして、子ども本来の世界をとりもどそうとした」、「理想的な少年像を裏返しにした〈遊戯者としての子ども〉の時間が封じこめられた物語」と指摘した（『都市空間のなかの文学』筑摩書房、一九八二）。しかし、その「子どもの時間」も、やがて大人の時間へと流れ込むのは必然であり、美登利＝遊女と信如＝僧という破戒譚へのイメージを背後に秘めた物語でもあった。この「たけくらべ」の題名については、すでに指摘されているが、「伊勢物語」の筒井筒の段にある幼馴染の少年少女がよみかわした歌に拠る。この先行する物語では、やがて二人は結婚するのだが、美登利の宿命はこうした題名が想起させた物語を裏切るのである。ただ、作品空間は、「子どもの時間」だけでなく祭の時間としても構成されていて、いわば近代社会の枠の外で生成されている。そのため、子どもたちには可能性としてのその後が隠れていて、そこでも読みの多様性が生じることになる。
（江藤茂博）

たけとりものがたり【竹取物語】　現存最古のかな物語。［編著者］特定することはできないが、当時の知識的官人によって書かれたと考えられている。［成立］九世紀末期頃と推定される。

竹取翁によって竹の節の中から見出された小さ子が三ヶ月で立派に成長し、なよ竹のかぐや姫と名付けられる。その噂を聞いて求婚する貴公子たちを拒み続けるが、最後に残った五人の男たちに難題を出し、要求する品物を持ってきたら結婚するという。物語はこの五人の男たちの難題解決の試みと失敗を描くことによって長編化しているが、結局どの男もかぐや姫を得ることができないまま、最後には帝の求婚が語られる。帝との関係は曖昧な部分もあるがやはり成就することなく年月が経過し、満月の夜に翁と嫗の嘆きのなかを月の都からやってきた天人に連れられてもとの世界に帰ってゆく。

物語の枠組みとしては、天女説話や三輪山型説話など、「異郷」から来訪する神と地上の人間との婚姻を語る「神婚説話」の「話型」がふまえられているが、かぐや姫は男たちの求婚を拒否し続けるという点で「民間説話」の様式から離脱している。それはこの物語の登場人物が説話的な図式化された人物像とは異質な個性をもつということにも繋がっている。たとえば狂言廻し的な役柄の竹取翁や求婚者のうちのくらもちの皇子・大伴御行などの行動や性格に顕著にみられ、かな物語における描写性の獲得といった面が見事に示されている。それぞれの場面の構成も書かれた物語の特徴をもち、「物語と説話」との表現の差異を考える上でも重要な作品である。

『万葉集』巻一六の竹取翁の歌（三七九一～三八〇二、序および長・反歌と娘子たちの和した歌九首）や『丹後国風土記』逸文の奈具社の天女説話など類似の先行伝承との関わりが論じられたり、『今昔物語集』巻三一に載せられた竹取翁の説話や『海道記』に記された鶯の卵から誕生するかぐや姫の説話などを根拠に原『竹取物語』が民間説話として広く流布していたのではないかとも考えられている。また、一九五〇年代になって中国で出版されたチベットの民間説話『金玉鳳凰』のなかに『竹取物語』とそっくりの内容をもつ説話が発見され、この物語の原話が中国にあるのではないかというので話題をさらった。ただし、その伝承が孤立的でチベットや他の地域で類話が見つかっていないこともあって、日本から伝わったのではないかとみる研究者もおり、影響関係については決着がついていない。

『竹取物語』の文学史的な影響力は大きく、『源氏物語』が「物語の出で来はじめの祖」と呼ぶように、物語の始祖としての位置を占め、後の物語などに引用されることも多い。また、現在に至るまでかぐや姫は口承説話や児童向けの読み物としてさまざまに伝えられ、市川崑によって映画化されるなどジャンルを問わず取り上げられ続けるヒロインである。⇩異郷・神婚説話・民間説話・物語と説話・話型

（三浦佑之）

〔参〕柳田國男『昔話と文学』（新全集九）、三谷栄一『物語史の研究』（有精堂、一九六六）、伊藤清司『かぐや姫の誕生』（講談社、一九七三）、小嶋菜温子『かぐや姫幻想』（森話社、一九九五）、高橋宣勝『語られざるかぐや姫』（大修館書店、一九九六）

ただのまんちゅう【多田満仲】 源満仲。「みつなか」とも。平安中期の代表的な武将。延喜一二年～長徳三年（九一二～九九七）。六尊王源経基の子。頼光・頼親・頼信・源賢らの父。諸国の守を歴任し鎮守府将軍となる。藤原摂関家と結んでその勢力を伸ばし、清和源氏発展の基礎を固めた。摂津多田に住して多田院を創立したことから多田満仲・多田新発意と称された。強固な武士団を形成し優れた武略で朝廷・公卿に重用された満仲だが後年、その殺傷無慚を憂いた僧源賢のはからいで慈悲の心を悟り、恵心僧都源信に導かれて出家する譚が『今昔物語集』巻一九、『宝物集』下、『古事談』第四に記されている。これら父子の説話は説教唱導の素材として広まり、その後少し形を変えながら伝えられている。満仲の子美女丸が武勇を好んで仏法を疎かにするので、怒った満仲が家臣仲光に殺すように命じるが、仲光は我が子幸寿丸を身代わりにし、助けられた美女丸は発心して円覚という高僧になる。また、小童寺や児文殊の由来で結ばれ、全体として仏教色濃く映し出されている。この説話は幸若舞・謡曲・御伽草子・古浄瑠璃をはじめ、近松門左衛門『嫗山姥』でも採られている。一方民間では、摂津国川辺郡多田荘周辺の多田神社をはじめ、小童寺、満願寺、普明寺や、武庫郡の昌林寺などに、満仲・仲光・美女丸の伝説が伝えられている。また、各地にも満仲・美女丸の伝説が伝えられ、とくに越前、若狭にはそれが多い。これらも回国聖や説教僧によって伝えられたものと思われる。

（佐野正樹）

たむらまろでんせつ【田村麻呂伝説】 平安時代初期の武将、坂上

田村麻呂に関する伝説。歴史上の田村麻呂は、天平宝字二年（七五八）、阿智使主を祖とする武門に生まれた。父は、苅田麻呂。宝亀一一年（七八〇）近衛将監。延暦一〇年（七九一）、征東副使。延暦一四年、征夷の功により従四位下。翌年陸奥出羽按察使兼陸奥守。延暦一六年、征夷大将軍。以後肝沢城、志波城造営。延暦二三年再び征夷大将軍。大納言などを歴任、弘仁二年（八一一）五四歳で没した。

田村麻呂伝説は①清水寺建立の話、②「征夷」に関する話に大別できる。

①は『清水寺縁起』『今昔物語集』（巻一一第三二）などに見える。僧賢心は夢に従い淀川の源の東山に行き翁に会い、山中で行方不明となった。三年後、田村麻呂は鹿を追い東山の滝でその賢心に会った。賢心の造寺の志を田村麻呂が光仁天皇に上奏し、宝亀一一年賢心と共に観音をまつる寺を建立した。この寺が、清水寺である。

②は悪路王を退治する話が典型である。『田村麻呂伝記』は「もし国家に非常の事あるべくむば、則ち件の塚墓（将軍塚）はあたかも鼓を打つが如く、あるいは雷電の如し」として、田村麻呂が死後も国家を守護したと記す。関東・東北の寺社の縁起には田村麻呂が来訪して神を祀り寺社を建立したとする伝説を記すものが多い。国家を守護する神話的人物となった。「怒りて眼を廻らせば猛獣も忽ち斃れ、笑いて眉をゆるめば稚子も速やかになつく」（『伝記』）とあり、①②の伝説を統合する国家の守護者としての田村麻呂像が表現されている。奥浄瑠璃『三代田村』、謡曲『田村』、御伽草子『たむらのそうし』など後世の民間文芸・芸能にも強い影響を与えた。

（清水章雄）

〔参〕堀一郎『我が國民間信仰史の研究（一）』（東京創元社、一九五五）、高橋崇『坂上田村麻呂』新装版（吉川弘文館、一九八六）

ためともでんせつ【為朝伝説】

源為朝（一一三九～七七）は、平安末期の武将。源為義の八男。母は江口の遊女。身体強大な弓術に優れた武人で、父に追われ九州を掠領したが、そのため父は解官された。保元の乱に上皇方として奮戦するも敗れ伊豆大島に流された。その後朝廷に攻められて自害したと『保元物語』は伝える。また異本によると配流後、島の代官の婿となり年貢を横領したことや、鬼ケ島に渡ることなどを記し為朝の英雄化を図っているものもある。後日譚として各地に為朝伝説があり、熊本県下益城郡富合町の飛雁城、鹿児島県出水郡野田町の為朝城、また南西諸島にも伝えられている。なかでも八丈島や沖縄には数多く伝えられ、八丈島の宗福寺は為朝の子の為宗が創建したもので住職は代々その子孫であるとか、為朝が鬼と腕相撲をした、大蛇を退治したなどと伝え、これらは巫女によって語られていたという。また沖縄では、為朝が島尻の大里大按司の妹と結ばれて尊敦が生まれたが、彼はのちに琉球王の祖舜天王になったと伝える。『琉球神道記』や『中山世鑑』に詳しい。為朝伝説はその出自、朝廷への反逆、そして配流と英雄伝説の系譜に連なり、生き残った為朝の八丈島や沖縄への島渡り伝説は、義経のそれと同型であるといえよう。また広く源平合戦後日の伝承の中で、市井の宗教者がこれら伝説の伝播に関与したであろうことが指摘されている。曲亭馬琴は『椿説弓張月』で、為朝伝説を素材にしながら英雄為朝像を描いている。（佐野正樹）

たわらとうた【俵藤太】　平安時代の武将。生没年未詳。異類（地霊）退治の英雄として知られる。父は下野大掾藤原村雄。「藤太」は「藤原氏の長男」の意。延喜一六年（九一〇）一族とともに配流され、延長七年（九二九）にも濫行を糺すという記事が『紀略』に見える。天慶三年（九四〇）平将門の乱に押領使として出陣し、討伐の功により従四位下に叙せられた。この間の事情を『将門記』は「古き計りごとあり」と古来の兵法に通じていたことを記す。後に鎮守府将軍になり、東国に威を示した。

『太平記』（巻一五）・『広益俗説弁』に見える。承平（九三一～九三八）の頃に弓の名手である藤原秀郷が瀬田の唐橋に横たわる竜神の化した大蛇の背をひるまずに踏み渡った。この武勇により、近江国の三上山の蜈蚣の退治を竜神に頼まれた。竜宮に行った俵藤太が、待っていると夜半すぎに蜈蚣が現れた。五人張りの強弓で、矢先に唾を付けた矢を射って退治した。竜神から礼として太刀・絹・赤銅の釣鐘（三井寺に寄進した）・頸結たる俵などの珍宝を得た。その「俵」は中身が無尽であったので俵藤太と称したという（大和の国田原の出身によりその名があるという）。

御伽草子の『俵藤太物語』は、秀郷の蜈蚣退治・竜宮行の伝説・竜神の加護を受けて平将門を征伐する話の三部から成る。七体に分身した将門を討つ説話にも異類退治の名人として登場している。『秀郷草子』（俵藤太雙紙）もある。（清水章雄）

〔参〕市古貞次『中世小説の研究』（東京大学出版会、一九五五）

だんちょうていにちじょう【断腸亭日乗】　永井荷風の大正六年（一九一七）九月一六日から昭和三四年（一九五九）四月二九日の日記。日々の行動や交遊のほか、さまざまな「噂」が書きつけられており、「世間話」研究の貴重な史料でもある。

「街談録」「町の噂」「巷の噂」「噂のき、書」「流言録」などと時に題されたものの中には、説話文学的なまとまりのあるものも少なくない。例えば昭和一六年六月一八日に記された「町の噂」は、外地で医師の家に乱入し娘二人を輪姦した後親子を縛って井戸に投げ込むという暴行をした兵士の一人が、帰還してみると留守中のある夜強盗が入り母も嫁も縛られて強姦されたことを知り、精神に異常を来たすという因果応報譚的な話である。

これに限らず、時勢批判的な意味合いを帯びた「噂」の記述は少なくない。昭和一五年一二月二二日の項で「世上の噂をきくに」として反社会的また廃頽的傾向を有する発句を禁止する日本俳家協会が出来たことに触れ「現代の日本人ほど馬鹿々々しき人間は世界になし」と断言、昭和一八年一月二五日の「街談録」でも「此度《このたび》の戦争の愚劣なる事之を以て推察し得べし」と書き加えている。情報が制限された戦時下に、盛り場や色街で聞いたであろう「噂」を丹念に書き止めつつ、時勢批判を貫いたところに荷風の「自由人」としての面目がある。昭和一八年六月二日、七月二四日など性風俗の変化に触れたものもある。⇩世間話　（吉田司雄）

〔参〕野村純一「危険な話群―『断腸亭日乗』から―」（『民話と文学』六、一九七九）、川上三郎『荷風と東京―『断腸亭日乗』私注』（都市出版、一九九六）

ちいさこせつわ【小さ子説話】　柳田國男は桃太郎と瓜子姫との骨子を「元はおそらく桃の中から、または瓜の中から出るほどの小さな姫もしくは男の子、すなわち人間の腹からは生れなかったということと、それが急速に成長して人になったということ」、「私たちの名付けて「小さ子」物語」であること、と位置づける（「桃太郎の誕生」）。完形昔話と派生昔話という二分類を支える話型、つまりは「神話」が零落したという柳田の昔話観の骨格をなす話型が小さ子譚だった。「半神半人の小子が、最初極度に小さく、後驚くべき成長ぶりを示して、幸福なる婚姻をなし遂げ、立派な一氏族の基を開いた」（「一寸法師譚」）と「神話」を想定することにより、柳田の昔話観は昭和の初期に形を整えていった。ただし、「桃太郎の誕生」は童話作家協会の「桃太郎の話を聞く会」での講演による。「必ず信奉する聴衆を択んで、定まる時定まる場所において、厳粛にこれを語る」（「一寸法師譚」）条件を必要とする「神話」は「子供のための話または子供に向く文芸」（「桃太郎の誕生」）の対極に想定されたことになる。「純然たる童話になり切ったように見える」桃太郎を「なお地方によっては子供に用のない妻覓めなどを、中心として説いている例もある」（「昔話と伝説と神話」）と小さ子譚の発想によって「固有信仰のまだ活きて働いていた時代の名残」を見出そうとする地平に解き放つことは、昔話研究そのものを成立させることでもあった。そこでは「芸術と宗教との交渉点」が浮き彫りとされ、小さ子譚の周辺には水の神の信仰が見出される。そして、「神話」の零落してゆく経過を推測する資料として蛇聟入譚が認められることも繰り返してはいるが、中世に盛んに行われた申し子譚への目配りもあって、「桃から生れた桃太郎でないと、鬼が島を攻めて金銀珊瑚綾錦を、持って還り得るとは信じられず、そうして彼等は何とかしてそれを信じてみたかった」（「昔話解説」）と「誕生の奇瑞」を重視する柳田は小さ子譚に基づく昔話の体系化を完遂、『昔話採集手帖』（昭和一一年［一九三六］）を経て『日本昔話名彙』（昭和二二年［一九四七］）で桃太郎や瓜子姫を冒頭に据えた三四一話型の排列を完成させる。小さ子譚の中でも「最後に説話が近世に入って急に成熟し、元の樹の所在は不明になったが、まだその果実の新鮮味を失わぬもの」（「桃太郎の誕生」）である桃太郎や瓜子姫から昔話を見渡すことは、文字に記録される古代の伝承への短絡を阻む効果もあったが、二番めにある力太郎の配置も考え合わせると、古風とおぼしき桃太郎の採集・復元によって、想定される「神話」への遡及に弾みをつけようという期待をも含んでいたはずだ。なお、佐々木喜善の『聴耳草紙』における目次番号と、アールネ・トンプソンを踏まえた関敬吾の三分類とに囲まれながら柳田が小さ子譚を芯に据えた見取り図を練り上げてゆく過程は、高木史人「話型の認識」（関一敏編『民俗のことば』所収）を参照。（野村典彦）

ちえかがみ【智恵鑑】 仮名草子。一〇巻一〇冊。［編著者］橘軒散人。［成立］自跋に万治三年（一六六〇）とある。

序文に「帰隠の後、諸史百家の内より智恵のたよりとなるべき故事共を撰び出し、十の品をわかち諺解してついに智恵鑑と名付」とあるように、中国の古い説話のなかから智恵あるものの話を一〇に分類収集し、和訳して著したもの。その分類は、巻第一から順に「上智」「明智」「察智」「胆智」「術智」「捷智」「語智」「兵智」「閨智」「雑智」となっている。各巻の最初にその「智」についての簡潔な説明がある。それによると、「上智は最上の智なり。思慮分別をまたずして、自然と道理にかなうを上智とす。」「明智はあきらかなる智なり。」「察智はあらわれたことを推察する智なり。」（以下省略）となっている。「上智」を最上の智恵に置き、以下、順に下っていき、「閨智」「雑智」を最下位とする。ちなみに「閨智」とは女の智恵、「雑智」とはこざかしい小智恵のことを言う。各巻の中に九話から三三話の中国古代の説話を集める。その総数二〇一話。上位の智恵の説話の主人公は漢の高祖、楚の荘王、魯の公孫儀などの国王や宰相の歴史的逸話が中心であり、下位の説話は賢人、軍師、孝子から一般民衆まで様々な人物が登場する。内容は主として明の馮夢龍の『智嚢』により、『内訓』『史記』などにも広く説話を求めている。武力より才智を求められるようになった武士階級の好個の読物であった。

（上田渡）

ちめいきげんせつわ【地名起源説話】 主に古代説話における国や郷、山、丘、川などの名前の来歴・由緒を説明する方法。『風土記』に多い。巡り渡ってきて神が、鎮座するときに発した言葉、神の名前がその地名の起源になる形（『出雲国風土記』）や、また神々が土地の占有を争ったときの行為から、地名ができた（『播磨国風土記』）という類いが多い。これら地名起源譚の基層には、ある場所に人々が住み始め、村落を営むようになった根拠を語る村建て神話が想像できる。神が住むべき土地を求めて巡行し、その果てにすばらしい土地を発見し鎮座した。自分たちの村は、神が鎮座した土地に始まった。神によって選ばれたすばらしい場所であることを保証するのが、地名であった。もう一つのパターンは、亡ぼされた先住民や荒らぶる地主神に因んだ地名起源である。たとえば、常陸国の茨城郡は、山の佐伯・野の佐伯が殺されたときの「茨ラ」から名づけられていた（『常陸国風土記』）。これらは征服された先住民や荒らぶる地主神が祟らないように鎮魂するために、それらの来歴に関わる地名がつけられたのである。地名そのものには、かならず謂れ・伝承がついている。しかしそれが説話として生成するためには、特定の土地との結びつきを離れる必要もあった。地名起源説話には、土地そのものの伝承と、そこから自立してくる説話との緊張関係が見えてくるのである。

（斎藤英喜）

〔参〕「特集・風土記」（『古代文学』二六、一九八七）、三浦佑之『古代叙事伝承の研究』（勉誠社、一九九二）

ちゅうがいしょう【中外抄】 院政期説話資料。二巻。諸本『中外抄上』の尾題を持つ上巻に、下巻と認められる尊経閣文庫蔵『久安四年記』を合わせての称。［編著者］藤原忠実（知足院関白。富家殿。承暦二年～応保二年〔一〇七八～一一六二〕）の談話を大外記中原師元（天仁二年～承安元年〔一一〇九～一一七五〕）が筆録したもの。［成立］上巻は諸本巻首の一部を欠くが、抄出本『富家語抜書』（東山御文庫蔵）によって補えば保延三年（一一三七）正月五日から久安四年（一一四八）閏六月四日までの八六箇条、下巻は久安四年七月一日から仁平四年（一一五四）一一月六日までの五八箇条。なお諸本奥書は源顕兼本の存在を伝え、本テキストから一五条を引く顕兼編著『古事談』を介した中世説話集への影響を知る。書名は上巻諸本の尾題による。他に『中内記』。ともに後人による筆記者名（中原大外記師元）からの命名。抄出本『富家語抜書』は談話者名（富家殿忠実）に基づく。下巻現存伝本題とあわせ題の多様さが作品成立および受容の場の位相を窺わせる。

話題は摂関家の故事、有職故実、等。記録類や史書また『宇治大納言物語』（下三一）などを引用した記事も見受けられる。筆録された話題の多くは忠実や師元を取り巻く諸状況にかかわって発話されたもので、同じく忠実談の『富家語』（高階仲行筆録）大江匡房談の『江談抄』（藤原実兼筆録）などとともに、平安後期における拝承の場の言談様態、またそこでの説話語りの実態を伝えている。（竹村信治）

〔参〕宮田裕行『校本中外抄とその研究』（笠間書院、一九八〇）、同『校本中外抄・富家語とその研究』（勉誠社、一九八二）、池上洵一「中外抄・富家語の総合的研究」（科研費報告書、一九九〇）、田村憲治『言談と説話の研究』（清文堂、一九九五）、池上洵一『説話と記録の研究』（和泉書院、二〇〇一）、山根對助・池上洵一他『江談抄・中外抄・富家語』〈新日本古典文学大系〉岩波書店、一九九七）

ちゅうこうせん【注好選】　平安後期の幼童啓蒙書。三巻。［編著者］未詳。学僧または儒者か。［成立］未詳。一二世紀初以前か。観智院本書写奥書（現存本欠、伴信友『東寺古文類聚』）の仁平二年（一一五二）、金剛寺本書写奥書の元久二年（一二〇五）、及び『今昔』との関係認定による推定。

序文は「本文」（典拠となる文章詩句）習得の必要を説き、粗々これを注して「小童」に譲ると述べる。すなわち類書的性格をもった「本文」学習参考書として編まれたことを知る。『今昔物語集』天竺震旦部・『私聚百因縁集』の依拠資料となったと目され、『続教訓抄』『体源抄』等に引用されている点もあわせて、広く中世諸作品の形成に直接間接にかかわったことを窺わせている。伝本は東寺観智院蔵本と河内長野市金剛寺蔵本との二系統が伝わる。さらにそれらに見られる校合注記は別系統伝本の流布を教える。書名は観智院本・金剛寺本の巻首・尾題による。題意は〈好きことを注す選集〉という。「選」は「撰」とも。

構成は巻首下の注記によれば上「俗（唐）家」・中「付法家、明仏因位」・下「付禽獣、明仏法」。但し、観智院本は上巻一〇二条（一二後半〜一六前半欠落）・中巻四七条（四一〜四七は下巻二六〜三二と重複）・下巻四九条（四九は中途まで）、金剛寺本は中巻六〇条（四

○まで観智院本と同）・下巻九条（観智院本と同）からなり、『三蔵義見聞』八所引の話題は中巻逸文。その全貌はなお測り難い点を残している。　（竹村信治）

〔参〕東寺貴重資料刊行会編『注好選』（東京美術、一九八三）、後藤昭雄『金剛寺蔵注好撰』（和泉書院、一九八八）、今野達他『三宝絵・注好選』（〈新日本古典文学大系〉岩波書店、一九九七）

ちゅうごくのせつわ【中国の説話】

中国文学では、国文学や日本民俗学にいう「説話」の概念に一致するものが明確ではなく、説話文学というジャンルも確立されていない。しかし「巷《ちまた》に語られたはなしを見聞したまま志《しる》す」とした書は膨大な量にのぼり、その内容も奇事異聞を主として、神話や伝説、昔話、習俗等に及び、とくに神鬼妖怪に関する怪異譚は極めて豊富である。よって中国の「説話」は、魏晋六朝の頃（紀元前三～四世紀）に流行した「志怪」小説や、その流れをくむ歴代の「筆記」小説、先行の文献の記事を分類して項目をたて、原文のまま集録した「類書」（百科全書）等にみいだすことができる。「説話文学」系の書としては、先秦・漢代には神話を集めた『山海経』『神異経』があり、六朝時代には志怪小説の『博物志』『捜神記』『捜神後記』『幽明録』『述異記』『異苑』等のほか、神仙思想や仏教が盛行して『神仙伝』『宣験記』が編まれた。しかし原本はほとんどが早くに逸して伝わらず、後に復元されたものは類書等から集められたものであるため、後世の混入に注意しなければならない。また唐代の『酉陽雑俎』、宋代の『夷堅志』も重要である。類書としては、唐の『芸文類聚』『初学記』、宋の『太平広記』『太平御覧』、明の『永楽大典』、清の『欽定古今図書集成』等がある。魯迅の『古小説鉤沈』はこれらの古小説の逸文を集めたものである。⇩酉陽雑俎　（松岡正子）

〔参〕澤田瑞穂『鬼趣談義』（国書刊行会、一九七二）、高橋稔『中国の説話』（評論社、一九八八）

ちゅうしゃくしょとせつわ【注釈書と説話】

注釈は前代の作品を古典と意識し、その十全な理解には何らかの補足が必要と感じられた時に試みられる。たとえば『日本書紀』や『万葉集』など漢字及び万葉仮名表記の奈良時代作品は、正確に訓読するだけでも困難が伴い、前者は成立直後から朝廷で講書が始まり、後者も平安中期には古点が施される。そのように、古典とその時々の読者との隔たりは、まずは表記や言葉遣いの異なりに、さらに作品を支える教養や背景にある習俗の違い、つまりは発想や感覚のずれに及んで、様々の水準で認められる。それは時とともに大きくなり、注釈の必要度も増すはずであるが、具体的な書物の形をとって注釈が量産されるようになるのは、歌学の隆盛とも連動して、院政期ころからである。そして説話が、注釈の対象としてでなく、その手段あるいは材料として用いられ、それ自体、生成・流動する一方、広範なジャンルの作品創造に大きな影響を与えた点において、以後の数世紀が最も注目される。まず『日本書紀』に関しては、平安末に藤原通憲(信西)、鎌倉半ばに卜部兼賢の各著作が知られるが、室町中葉に一条兼良が出るまでの間、じつに多くの、今日から見れば奇矯な神話解釈が横行した。それはしかし、この時期の説話集一つにとどまらず、軍記や物語や各種の芸能に対して、話材を提供し、表現を制約し、構想に暗示を与えるなど、中世文学の豊かな創造土壌でもあった。従来、研究史にどう位置付け、また活用するか、といった観点でしか顧みられることのなかった注釈を、このように創造への積極的な関与に着眼し、両者の交流を動的に把握する研究の端緒となったのが、伊藤正義「中世日本紀の輪郭―太平記における卜部兼員説をめぐって―」(『文学』四〇―一〇、一九七二)である。そこには了誉『日本書紀私鈔』、良遍・頼舜『日本書紀第一聞書』、『日本書紀私見聞』などの注釈が駆使され、〈中世日本紀〉の形成の一端が解明された。伊藤はまた『神代巻取意文』『神祇官』等の資料を翻刻紹介するとともに、能諸曲の詞章構成の基盤に『伊勢物語』や『古今集』の中世的理解があることを例証したが、そうした研究方法を可能にしたのは、片桐洋一『伊勢物語の研究』研究篇(一九六八)・資料篇(一九六九)及び『中世古今集注釈書解題』一―六(一九七一～一九八七)の二つの業績に代表される資料の発掘であった。とくに『冷泉家流伊勢物語抄』や『古今和歌集序聞書三流抄』などの所説は、各ジャンルの作品研究に欠かせない。これらのほか、『和漢朗詠集』等〈四部の書三注〉と称される幼学書群、禅籍・漢籍の〈抄物〉、『庭訓往来』とその注、『法華経』や『三教指帰』『聖徳太子伝暦』の注釈、仙覚・由阿の万葉注、『源氏物語』の梗概書などに、説話世界との交渉が認められる。

(西村聡)

〔参〕黒田彰『中世説話の文学史的環境』正・続(和泉書院、一九八七、一九九五)、牧野和夫『中世の説話と学問』(和泉書院、一九九一)、山崎誠『中世学問史の基底と展開』(和泉書院、一九九三)

ちゅうじょうひめ【中将姫】 奈良時代の人で、横佩大臣《よこはきのおとど》藤原豊成の娘。生没年未詳。当麻曼荼羅の発願者とされる。

鎌倉初期の『建久御巡礼記』に、横佩の娘が極楽を願い、当麻寺の曼荼羅を写すことを思い続けていると、一人の化人が現れ、一夜の間に織り成したとし、寛喜三年

（一三二）頃写の『当麻寺流記』は、南方縁・北方縁に分けて「当麻曼荼羅経文」を掲げ、続いて縁起を記すなかで、「横佩右大臣尹統《マサムネ》息女」に「字中将」と注記し、以後、しだいにこの称が定着する（「中将内侍」「中将局」などとも）。その「経文」にある韋提希夫人の受難と救済は、やがて室町時代に雲雀山の継子いじめと再会譚（能〈雲雀山〉・西誉聖聡『当麻曼荼羅疏』等）へと変容し、縁起部分は姫が出家の発願に生身の阿弥陀を観ずる志を立て、これに応じて阿弥陀が観音を織姫に遣わし、自らも化現して言葉を交わし、のちに中将姫も往生を遂げたとする。この縁起が光明寺本『当麻曼荼羅縁起』ほかの諸縁起、また『古今著聞集』『私聚百因縁集』『続教訓抄』『元亨釈書』へと流伝し、世阿弥の〈当麻〉に至るが、同じ頃の『疏』や〈雲雀山〉にうかがえる出家以前の継子譚への関心は、享禄本『当麻寺縁起絵巻』のみならず、室町時代物語の『中将姫本地』、古浄瑠璃や説経の『中将姫御本地』、歌舞伎の『中将姫京雛』、致敬編『中将姫行右状記』などに継承され、一代記に膨張・肥大化する。（西村聡）

〔参〕元興寺文化財研究所『中将姫説話の調査研究報告書』（同研究所、一九八三）

ちゅうせいせつわ【中世説話】

平安初頭に仏教教化のために編まれた『日本霊異記』を始発とし、院政期の『今昔物語集』において、それ以前のさまざまな仏教説話・世俗説話を吸収し再構成して、大きな文学的達成をみせた説話文学は、古代末から中世にかけて、とりわけ鎌倉時代において、その黄金時代、説話の季節というべきものを迎えることになる。

　中世の説話文学は、世俗説話集（一般説話集）と仏教説話集とが二つの大きな流れを形成している点においては、古代と同様であるが、両者ともに前代にはみられなかった新しい特色をもった説話集が出現してくる。まず世俗説話集では、鎌倉期の初めに、公卿の日記や故実についての談話録『中外抄』『富家語』などから抄出した王朝貴族社会の故実や秘話を集めた『古事談』『続古事談』などが著されるが、これらは貴族社会に基盤をおき、それにまつわる話の集成として、貴族説話集ともよばれている。

　『古事談』は、『今昔物語集』にみられたような編者の私意や論評を厳に排して、話自体のおもしろさを主眼としているところに大きな特徴がみられるが、そうした説話そのものを楽しもうとする自由な精神が横溢した説話集が『宇治拾遺物語』である。『宇治拾遺物語』には、『今昔物語集』など先行の説話集との共通話が多いし（こぶ取り・腰折れ雀などの他書に共通話のみえないのは約五〇話）、仏教関係話も約六〇話を載せるが、そこには教訓性や教化性はまったくみあたらず、すべての話が、いわば世間話の楽しさともいうべき基準によってとらえ直され、平明な文体によって書かれた統一感のある文学世界が形成されている。また全一九七話が連想や感興の発展にしたがい、時にはつながり時にはとぎれるといった連鎖と転換の妙を楽しむように配置されており、これまでの多くの説話集が背負っていた類別・類聚の様式から完全に解放されているという点でも新たなタイプの説話集が登場したといえよう。

こうした自由闊達な説話集の出現は、王朝的秩序の拘束から解放された新しい時代の気分や、この時代には人々が一座して「巡り物語」「雑談」「談論」を楽しむ風があったことなどと無縁ではあるまい。中世はまた啓蒙の時代でもあった。古代の貴族文学の時代には全く文芸と無縁であった武士や庶民が台頭してきた時代であり、そうした階層の人々や「童蒙」を啓発・教導するために書かれた教訓説話集というべきものもあらわれてくる。建長四年（三五二）成立の『十訓抄』がそれである。序文によれば「古今の物語」を種として「少年の類」に「心をつくる便」を示そうとしたもので、「心操、振舞を定むべき事」「憍慢を離るべき事」など一〇の教訓のもとに説話を集めている。同様の啓蒙意識から、より百科全書的に、さまざまな分野の説話を類聚して、教養書的役割をめざしたと思われるのが、ほぼ同時期の建長六年に成った『古今著聞集』である。「神祇」から「魚虫禽獣」に至る三〇の篇目のもとに、約七〇〇の説話を収載した大部な説話集であり、王朝の風流話も中世の卑俗な話柄も網羅・混在するのを特色としている。

古代から中世への転換期であった鎌倉期には、新仏教が台頭する一方、旧仏教側も対抗して布教につとめたという状況があり、仏教説話集もそうした時代相を背景に相次いで編まれた。その中でもとりわけ中世的な特色を示しているのが、鎌倉初頭に著わされた鴨長明の『発心集』や慶政の『閑居友』などである。これらは、他者の教化のためというよりは、編者自らの「発心」や「結縁」の指針として説話を集めており、各話の後に長い評語を加えて、人間の業や死についての内省・省察を記すことが多い。娘夫婦への嫉妬から親指が蛇に変ってしまった母親の話（『発心集』巻五）に代表されるような、すさまじい妄執を克服して出離・往生を強く願う方向は、西行に仮託した『撰集抄』にも継承されている。

この時期には隠遁者・聖の手に成る仏教唱導のための説話集が多かったが、その先駆は平康頼の『宝物集』（一二世紀後半）であり、説話を引きつつ仏法こそ「宝物」とする法談を進めている。この法談・説教説話集の性格をうけつぎながら、地方・在地を基盤とした仏教説話集が一三世紀中頃に出現する。往信の『私聚百因縁集』や無住の『沙石集』『雑談集』がそれである。『沙石集』は卑俗な尾籠《おこ》説話を載せ、笑話本の祖とされるような特異な性格を持つ。在地（とくに東国）の寺社縁起集『神道集』（南北朝期頃）やインド・中国・日本三国の説話を三人の法師が順次語るという形をとった『三国伝記』（室町初期）は中世説話の最後の展開相を示している。（加美宏）

ちょうせんのせつわ【朝鮮の説話】　古くから、「古談・奇聞・瑣談・野談」などの漢字語で、また「イェーンイヤギ・イェーンマル」といった固有語で呼ばれた伝承があったが、これらを「説話《ソルファ》」と総称し始めたのは、おそらく一九二〇年代に入ってからであろう。崔南善《チウェナムソン》を鼻祖とする朝鮮の説話研究は、当初から比較研究に重点が置かれ、仏典・中国説話・北方系説話そして南方系説話などの中に、説話一つ一つの身元調べが活発に行われた。

そうした経緯の中で判明した朝鮮説話の特徴の一つとして、近隣諸民族の説話との類似性の高さを指摘できよう。たとえば日本の比較では、約六〇パーセントに達する。

もう一つの特徴に朝鮮王朝時代（一三九二〜一九一〇）に盛行した野談《ヤダム》がある。なるほど檀君神話に代表される古朝鮮・高句麗・百済・新羅などの建国神話や、現在までに採録された約三万五千におよぶ伝説・昔話（韓国では民譚《ミンダム》とも呼ぶ）もあるにはある。だが漢文体の野談の主な読み手は、儒教倫理体系を信奉する知識人の両班《ヤンバン》であった。代表的な文献に、『大東野乗』『稗林』などの叢書類や、『於于野談』『青丘野談』等の単行本がある。ワイ談あり笑話あり、またゴシップ、世間話、噂話ありの、いわば説話のオン・パレードである。

三番目の特徴として、特にパンソリ系小説を中心とした、漢字やハングルで書かれた朝鮮王朝時代の説話小説（当時、「イヤギ（話《チェク》）本」と呼称）を取り上げたい。作者の多くも判明していないが、例えば「昔、昔、ある男が〜」と始まる『薔花紅蓮伝』は「手無し娘」を、また『金円伝』はペルセウス・アンドロメダ型モティーフを素材にして、それぞれ小説に形象化されている。パンソリ（一二篇の「謡物語」）は一八世紀以降に発展していくが、どうやら、民間説話——パンソリ——パンソリ系小説—口語りへと至る図式的理解は、そう見当外れでもなさそうである。

さて一九七〇年代から韓国において、政府レベルで説話採集作業が開始され、百巻近くの報告書が刊行された。これによって量的には飛躍的に充実したものの、質的には孫晋泰が一九三〇年に上梓した『朝鮮民譚集』一冊に及ばないと分析する研究者もいる。一九一〇年から三六年間に亘った日本統治、一九二〇年代から始まった口演童話運動によるグリム童話などの外国童話の移植、一九五〇年の朝鮮戦争による南北分断等、未曾有の説話的環境に置かれたからであろう。

こうした朝鮮における口頭伝承の概要を知る手掛かりとして、二種類の説話タイプ・インデックスが便利である。尚、残念なことに、朝鮮民主主義人民共和国の説話学界の動向はほとんど知られていない。

〔参〕崔仁鶴『韓国昔話の研究』（弘文堂、一九七六）、曺喜雄『韓国説話の類型的研究』（韓国研究院、一九八三）、松原孝俊『研究資料集成朝鮮神話』（私家版、一九九一）（松原孝俊）

つきのかるもしゅう【月刈藻集】

三巻。［作者］未詳。［成立］未詳。ただし、下巻の収録話の中に、細川幽斎が登場する。生没年代がわかるうちでは最も時代の下る登場人物なので、成立年代の上限としてはひとまず幽斎の没年慶長一五年（一六一〇）前後を想定することができる。一方、宮内庁書陵部本に「于時宝永庚寅春書写之。件本寛永午春トアリ。所々後人追加アリ。可考。」という覚書きがあるのによれば、「寛永午」の年すなわち七年（一六三〇）か一九年（一六四二）あたりが成立下限とみなされる。

上中下巻とも、神祇説話から始まり天皇に関する説話などが並んでゆき、和歌説話が大半をしめる。ある程度の編纂意図もしくは配列傾向が伺えるが、作者や成立事情がはっきりしていない現時点では本書へのアプローチはテクスト論的にならざるを得まい。しかし、本書の本文がそのような解読に耐えられるか否か、やや問題が残るところであろう。

各説話を個別にみれば、『日本霊異記』や『今昔物語集』、『江談抄』などをはじめとする中古・中世・近世の諸説話集との共通話が少なくない。説話の一系統をたどる研究資料としての可能性は充分にあると思われる。例えば上巻末の平中墨塗り譚などは、『古本説話集』所収のそれとは異なり、説話の成長変化、もしくは派生をたどる材料になり得よう。翻刻は、続群書類従第三三輯上。

〔参〕上岡勇司「『月刈藻集』の成立に関する問題―『本朝語園』との対比から」（『国文学研究資料叢書6』和歌と説話文学篇Ⅰ、北海道教育大学札幌分校、一九九〇）、上岡勇司「『月刈藻集』の成立に関する諸問題―その説話構成の再検討から(1)」（『史料と研究』二一号、一九九〇）、上岡勇司「『月刈藻集』の成立に関する諸問題―その説話構成の再検討から(2)」（『国文学研究資料叢書7』和歌と説話文学篇Ⅱ、北海道教育大学札幌分校、一九九一）（山本則之）

つまあらそいせつわ【妻争い説話】 一人の神女を二人あるいは三人の男が争うという説話。広義には一男を二女が争う説話(『住吉大社神代記』)、「ねたみ妻」、「妻離り」の説話を含めて言う。

『万葉集』で妻争いを主題とする歌は、畝傍・耳成山・天の香具山を主人公とした三山歌(巻一、一三〜一五)が初見であるが、他にも桜児の歌群(巻一六、三七八六〜三七八七)、縵児の歌群(巻一六、三七八八〜三七九〇)、真間の手児名を歌った山部赤人(巻三、四三一〜四三三)高橋虫麻呂(巻九、一八〇四〜一八〇六)、菟原処女を歌った高橋虫麻呂(巻九、一八〇九〜一八一一)田辺福麻呂(巻九、一八〇一〜一八〇三)大伴家持(巻一九、四二一一〜四二一二)の歌群などがある。

菟原処女の歌では菟原壮士と和泉国の血沼壮士が争い、処女は自死し、二人の男も後を追って死んだという。この説話の系譜は平安朝の『大和物語』(一四七段)では菟原処女を主人公とした歌物語に連なる。生田川に投身したので「生田川伝説」とも呼ばれる。中世では、謡曲『求塚』の題材になった。

妻争い説話は水争いの説話と重なることを折口信夫が指摘している。『播磨風土記』揖保郡の条では、石龍比古と石龍比売は別々の村に川の水を流そうと争い、ついに妹神は密樋を作り南方の村に水を流した。故に美奈志川という。ここでは兄妹神と表現されるが、祭祀を司る女性を妻として得るのは政治権力を得る事であるので、支配者となろうとする者たちが妻争うという論理が共通している。それは菟原処女が同村の壮士でなくむしろ他国である和泉国の血沼壮士に心を寄せたこと(万、一八一一)からもうかがわれる。争いの対象が「美女」とされるのは水神を讃える表現である。美女が入水する点に水争いとの本質的な関連があらわれている。(清水章雄)

〔参〕折口信夫「恋及び恋歌」(全集八)、檜谷昭彦『二人妻伝承考』(〈NHKブックス〉日本放送出版協会、一九八〇)

つゆがはなし【露がはなし】 噺本。五巻五冊。題簽角書に「御存じかるくち」、傍書に「さしあいなし」とある。序跋なし。〔編著者〕露野五郎兵衛(一六四三?〜一七〇三)。〔成立〕元禄四年(一六九一)刊。

九〇話を収録。どれも短く、巧みな落ちが付いている。いわゆる小咄、落し咄の類である。辻咄と称する大道芸を得意とする五郎兵衛の語りをもとに編集刊行されたものらしい。『醒睡笑』や『きのふはけふの物語』『寒川入道筆記』等の先行書の再録が多いのも彼が笑話の創作より語りに生きる芸人であったためである。

内容的には文字を読めぬ人・下人・地方の人・長老・富貴・乞食・坊主・麁相《そそう》等を主人公とする伝統的な笑話が中心であるが、「本国寺大門に植松の事」「六波羅の勧進の事」「たこ薬師への日参」等の題目が示すように京の町を舞台にしているものも多い。当時の京の風俗を知るうえでもなかなか興味深い。

　辻咄の名人としてすでに当時から全国的に有名であった五郎兵衛であるが、その生涯は不明である。『拾椎雑話』に、晩年は剃髪して露休と名のったとある他は、ほとんどなにも伝わっていない。関西落語の祖、軽口咄の祖として現代でも広く知られている人物だけに残念である。しかし、所詮は大道芸人であるわけで、むしろそれが当然のことかもしれない。本書の価値は内容そのものより、むしろ、作者五郎兵衛の軽妙な語り口と笑いに対する鋭敏な感覚を想像させるところにあると言えるだろう。　（上田渡）

つるのそうし【鶴の草子】　室町時代の物語。「異類結婚説話」及び「報恩説話」の形をとる、昔話「鶴女房」を骨子とする。流布本と別本の二系統の本文がある。以下の（　）内は別本の相違点を記す。

　宰相（大矢の兵部少輔）が殺されそうになっていた鶴を助けた翌日の夜、下女を連れた美しい女房が現れて彼の妻となり、女房のおかげで彼は裕福になる。守護（地頭の子）が女房に横恋慕し、軍勢で攻め寄せる（難題を出す）が、女房が招いた異形異類の物の働きで追い払い（女房の里の異郷から難題の物を持ち帰り）、守護は反省して出家する（驚いた地頭が引き出物を与える）。宰相は女房の里の異郷に招かれ不老不死の酒と黄金をもらい繁昌するが、女房は彼に助けられた鶴であると正体を明かし、形見の一筆をもらって飛び去る。その頃子供を授かるよう天に祈っていた三条の内大臣に姫君が生まれ、玉鶴姫と名付けられる。姫の不自由だった左手のわきの下から、かつて宰相が女房に与えた短冊が出、そのおかげで宰相は女房の生まれ変わりの姫と結ばれ、末繁昌を遂げる（地頭のもとより帰宅し、女房が正体を明かして飛び去った所で物語が終わる）。

　流布本では超現実的な仏の御利益という点に主眼が置かれ、別本の方が昔話に近い素朴な内容を持っているが、昔話中の重要素材〈機織り〉は両系統とも含んでおらず、それに代わって流布本では攻め寄せる軍勢が、別本では難題「菜の種一石」「わざはひ」が用いられている。⇩異類結婚説話・報恩説話　（藤井奈都子）

どうきょう【道鏡】　奈良時代の僧侶。？〜宝亀三年（？〜七七二）。弓削連、河内国弓削の人。志貴皇子の後胤、あるいは物部守屋の子孫との説もある。師は、路真人豊永、僧正義淵。初期密教の呪法宿曜の秘法を修めた。始め宮中の内道場に入り、看病禅師として孝謙（称徳）女帝に仕えた。恵美押勝の乱の後の天平神護元年（七六五）、太政大臣禅師、翌年法皇となった。神護景雲三年（七六九）、さらに「道鏡を天位に即かしめば天下太平ならむ」との宇佐八幡の託宣を得て帝位をうかがったが、和気清麻呂の活躍に妨げられ、即位できなかった。宝亀元年（七七〇）の孝謙死後、下野薬師寺別当として左遷され、宝亀三年に同地に没した。『続日本紀』に薨伝を記す。薨伝にも天平宝字五年（七六一）保良宮に行幸した時に「寵幸を被る」と見える。

『日本霊異記』（下三八）には、孝謙天皇の代に「法師らを裙着たりと、な侮りそ、そが中に腰帯・薦槌さがれるぞ、弥発つ時々畏き君や」・「我が黒みそひ、股に宿たまへ人と成るまで」の歌が流行し、これは女帝と「同じ枕に交通し」て天下の政を攝る表相であり、また「正に木之の本を相れば大徳食肥れてぞ立ち来る」は法皇となる表相であったと記す。

この〈童謡〉のように絶大な性の力により帝位を窺った奸智にたけた人物として説話化された。『古事談』ではこの傾向がさらに強くなり、「巨根説」も窺われる。「密教による国家の略奪」を企てた玄昉、道鏡、空海という僧侶の系譜が考えられるという（山折哲雄）。説話では卓越した法力が性的な力と表現されている。

（清水章雄）

〔参〕横田健一『道鏡』（〈人物叢書〉吉川弘文館、一九五九）、北山茂夫『女帝と道鏡』（〈中公新書〉一九六九）、山折哲雄『みやびの深層』（〈日本文明史〉四、角川書店、一九九〇）、瀧浪貞子『最後の女帝 孝謙天皇』（吉川弘文館、一九九八）、今東光『弓削道鏡』（文芸春秋、一九六〇）

とうしかでん【藤氏家伝】

『藤氏家伝』は、藤原氏の祖鎌足の伝（「大織冠《たいしょくかん》伝」）とその孫武智麻呂《むちまろ》の伝からなる（ほかに「貞恵《じょうえ》伝」「史《ふひと》伝」があり、広義にはこれらを含めて『藤氏家伝』と称する）。「大織冠伝」は、藤原仲麻呂の作。天平宝字四年（七六〇）ころ成立。鎌足一代の事績を記す。誕生の奇瑞、少年時代の好学、中大兄皇子との出会い、蘇我氏打倒の顛末、天智朝の治績などが述べられ、最後にその死と殯葬のことが記される。蘇我氏打倒の記事はことに詳細で、『日本書紀』との重複も少なくない。本伝の原資料が『書記』編纂の素材とされたらしい。独自記事も多く、軽皇子（孝徳天皇）が寵妃を鎌足に与えた話、鎌足が天智天皇と大海人皇子の不和を諫止した話などは、説話的な興味さえ感じさせる。「武智麻呂伝」は、仲麻呂家の家僧延慶の作。「大織冠伝」と同じころの成立。不比等の長子武智麻呂の伝で、その生涯の経歴を編年的に叙している。近江守在任中の記事はことに詳細である。藤原京時代の大学の状況を記した部分、神身離脱の思想を反映した気比神宮寺の建立譚などは、独自な内容を伝えており注目される。武智麻呂への無批判な賛辞に満ちており、各界の名士を列挙した部分では、大伴旅人など藤原氏の対立者の名は意識的に除いてある。『藤氏家伝』は、「貞恵伝」「史伝」をも含め、仲麻呂の手によりまとめられた可能性が高い。叔母光明皇后の死後、不安定な己れの地位を強固にするため、鎌足以下の藤原南家の祖先の功業をこのようなかたちで顕彰しようとしたのだろう。（多田一臣）

どうじょうほうしでん【道場法師伝】 元興寺に居たと伝えられる怪力の僧道場法師の伝。一巻。［編著者］都良香（八三四～八七九）。［成立］未詳。『本朝文粋』所収。『都氏文集』の現存部分には収載を欠く。

『日本霊異記』上三縁を抄出、簡略化したもの。敏達天皇の御代、尾張国阿育郡の一農夫が、目の前に落ちた雷のために、楠で船を作り水を入れ、竹葉を浮かべて、天に帰してやる。その報謝として授かった子は、頭に蛇を巻き付けて生まれた。その子は大力の持ち主で、上京して元興寺の童子となり、鐘堂に夜な夜な現れる鬼を撃退する。その時引き剝いだ鬼の頭髪は、寺宝として長く保存される。その後、出家した童子は道場法師と名告った。以上が伝の内容だが、『霊異記』では、上京した一〇余歳の法師が力自慢の王と力比べをして勝ったこと、さらに元興寺の寺田に水を入れるのを妨害した王たちを、その力で懲らしめたことが記されている。法師の怪力は尾張国の孫娘にも伝わり、その活躍は『霊異記』中四、二七縁に描かれている。法師も孫娘も背丈の低い、いわゆる小さ子であったことは注意される。雷神信仰を背景とした伝承だが、雷神の申し子たる法師の活躍が語り広められたのは、それを通じて仏教の優位を説こうとする元興寺の信仰圏においてであろう。本来は、孫娘の話をも含め、尾張国という地域性をつよく帯びた在地の伝承であったと考えられる。いわゆる「力を天の神に授かった一族の物語」である。なお、本伝は、『扶桑略記』『水鏡』等にも引用される。民間伝承的潤色の加わる『打聞集』所収話の存在も注意される。（多田一臣）

とうぞくせつわ【盗賊説話】 古代中国の伝説的大盗賊・盗跖が、孔子の論しに理をもって説き返し、かえって孔子を撃退するという話（今昔巻一〇・一五）には、説話者の風刺家の面影が看取されよう。日本の盗賊では、「袴垂」。史書には不見の、説話集にのみ現れる人物だ。捕縛中の袴垂が大赦によって出獄、たちまち賊団の長となる（『今昔』二九

—一九）。「袴垂保輔」も有名。保輔は保昌の弟、『尊卑分脈』に「強盗の張本」とあり、盗賊・悪行に関連深い人物、「袴垂」と同一視された。他に多衰丸、調伏丸、大殿、小殿、文野八郎などの名が説話集に見える。さてまた、説話の文章は、事件の骨格を骨太く語りながら、微細な人間の心理・感情に触れることがあった。馬盗人を追いかける親子の絶妙な意気投合。賊の侵入を恐れ、障子に映る人影に怯える武者。夜道に賊に会い、賊の首を掻き切った本人が、翌朝、下手人を名告る別の男の手柄話を現場で聞くこそばゆい戸惑い。盗賊の女首領を見初めてしまった男の驚き。旅中を賊に襲われ、目前に犯される妻をみる夫、等々。驚怖し、動揺し、不審に思い、勇敢に立ち向かい、失意する、そんな有名無名の人々の心のひだを浮き彫りにもする。『今昔』巻二九「悪行」は、『古今著聞集』巻一二「偸盗第一九」と並んで盗賊説話の宝庫。悪心を改めるモチーフ、女盗人、放免の活躍、臆病、滑稽等、様々な話に満ちている。説話の文章は、伝説・歴史上に著名な大盗賊を描くのみではない。

（下西善三郎）

〔参〕小峯和明『説話の森　天狗・盗賊・異形の道化』（大修館書店、一九九一）

とうだいじふじゅもんこう【東大寺諷誦文稿】

数十の断章からなる一巻本で、内容的に説話としての整った体裁をもっていないが、これは読むための書物というより、法会における表白、仏教の教化のための「唱導」などに用いる覚え書きとして書かれたものだったという事情によるらしい。そういう点で貴重な資料である。また、最古の片仮名交じり文であるというところにも、本書の資料的価値がある。［作者］未詳。［成立］平安時代初期（八世紀末から九世紀初頭）と考えられている。

なお、この書名は一九世紀になってから知恩院貫主徹定によって名付けられたものである。

内容は雑多で断片的だが、父母への恩や孝養を説く「孝子説話」の類が中心になっているらしい。その出典は中国の『蒙求』『後漢書』あるいは『冥報記』に依拠しているということが指摘されているほか、本文中に『日本霊異記』によるという注記があり、日本最古の仏教説話集である霊異記の影響を受けているのは明らかである。この書物は仏教の唱導のための文案としての性格をもっているわけだが、僧たちはそうした説教のための資料として『日本霊異記』の諸説話を用いていたということが、ここから明らかになる。また、こうした覚え書きを見ながら教えを語るという唱導の実態を窺うことができるのも、興味深いことがらである。同様の資料は他にも無数に存在したはずである。⇩孝子説話・唱導・日本霊異記　（三浦佑之）

〔参〕中田祝夫『東大寺諷誦文稿の国語学的研究・改定新版』（風間書房、一九七九）、築島裕編『東大寺諷誦文稿総索引』（汲古書院、二〇〇一）

とうだいわじょうとうせいでん【唐大和上東征伝】

日本に戒律を伝えた唐僧鑑真の伝。一巻。［編著者］淡海三船（元開、七二二〜七八五）。［成立］宝亀一〇年（七七九）。鑑真に随行した唐僧思託の著した『大唐伝戒師僧名記大和上鑑真伝』（『広伝』）をもとに撰述された。

全体は、大きく三部に分けることができる。第一部は、鑑真の出自・閲歴を簡略に述べた部分、第二部は、六度にわたる渡海の苦心を述べた部分、第三部は、唐招提寺の開創と鑑真の死について述べた部分である。中心となるのは第二部で、叙述の大半をしめる。留学僧栄叡《ようえい》・普照の懇請により渡日を決意したものの、同行僧間の対立、官の妨害など、さまざまな困難に出会う。数度にわたる難船を経験、栄叡や愛弟子祥彦の死、さらには鑑真自身の失明といった不幸を乗り越えて、遣唐使とともに来朝するまでが描かれる。とりわけ、天長七年（七四八）、五度目の渡海時の、いわゆる大漂流の記事は詳細で、日記体の叙述の中に、風浪に翻弄される一行の姿がよく写しだされている。同時に白色の飛魚や怪鳥などの海上の神秘が、空漠とした時間の流れの中に描きだされている。こうした伝奇的性格は、従来の伝記の表現にはない文学的な特質をもたらしている。聖徳太子が南岳恵思の再誕であったこと、長屋王が千の袈裟を唐僧に施した篤実な仏教信者であったことを伝える記事は、説話的にも興味深い。潯陽の龍泉寺で、地に立てた鑑真の錫杖から泉が湧いたという話も高僧説話の一類型を伝えている。　（多田一臣）

とおのものがたり【遠野物語】

遠野の物語。明治末期の岩手県上閉伊郡遠野町とその周辺一帯すなわち「遠野郷」の物語。一つには、明治四一年（一九〇八）一一月から四二年初夏にかけて、岩手県上閉伊郡土渕村出身の作家志望の青年、佐々木喜善（一八八六〜一九三三、筆名・鏡石）が柳田國男に伝えた、遠野郷の物語。二つには、その物語が柳田國男の「聴き書き」によって文章となり、明治四三年六月に「柳田國男『遠野物語』」（自刊、三五〇部）として、書物として世に問われたその物語。三つには、それ以後の『遠野物語』をめぐって流通する物語で、これは、最近の「遠野市物語」にまで続いている。

その書物の刊行に際しては、草稿本、清書本、初校本が存しており、また、出版後には幾たびも形を変え、増補が施され、また文庫本化、口語訳化、あるいは雑誌の特集化がされ、あるいは折口信夫による同名の詩などになって、刊行されなおしているから、ここにはn個の『遠野物語』が、形として、存している。

さて、書物としての『遠野物語』であるが、「この書を外国に在る人々に呈す」と記された扉があり、つづいて「此話はすべて遠野の人佐々木鏡石君より聞きたり」から始まる長めの序がある。序には、「感じたるま丶を書きたり」「平地人を戦慄せしめよ」「是目前の出来事なり」「要するに此書は現在の事実なり」などの、その後よく引かれる文言がちりばめられている。

序の後、「題目」として、本文中の一から一一九までの番号を付した物語が三四項目（そのうち三項目はさらに小項目に分けられている）に分けられて、配列されている。それによると、「地勢・神の始・里の神・家の神・山の神・神女・天狗・山男・山女・山の霊異・仙人堂・蝦夷の跡・塚と森と・姥神・館の址・昔の人・家のさま・家の盛衰・前兆・魂の行方・まぼろし・雪女・河童・猿の経立・猿・狼・熊・狐・色々の鳥・花・小正月の行事・雨風祭・昔々・歌謡」と分けられているが、このうち「山の神・山男・昔の人・家の盛衰・魂の行方」あたりの物語が多い。それからして『遠野物語』には「山」「家」「魂」に対する興味が強いと括ることもできよう。

「山」は、里人が山で山人（異人）と出会う世間話が多い。これは昔話に一般的な異類婚姻譚や異郷訪問譚などよりも、より単純な形での異人との接触・邂逅の物語である。当初は、これらの物語をもって原日本人の残影を証するものとしようとしたようであり、「山人」は、柳田が民俗学を始発させるときの問いの一つに数えられている。それと同時に、「家」「魂」の問題は、柳田の民俗学の終着でもある『先祖の話』を想起させる点が、興味深い。

文体は、「き」「たり」を基調とする独特の文語体である。ちなみに河童伝承を取り扱った『山島民譚集』（大正三年〔一九一四〕刊）の昭和一七年（一九四二）再版本の「再版序」には「大げさな名を附けるならば苦悶時代、即ち俗に謂ふ雅文体が段々行き詰まつて、今見る「である文」はまだ思ひ切つて出あるけない一つの過渡期」の「失敗した試みの一例」として『山島民譚集』の文体が位置付けられているが、『遠野物語』の文体は、おそらく柳田にとっての、最後の「雅文体」の成功した試みの一つなのであろう。ただし、とはいえ、その成稿段階での文章の変化は、古文の文体が持っていた、たとえば

「移り詞」などの多義的な特質が、近代的な一義的な意味を伝える文体へと変化していく過程を垣間見せてもいる。（高木史人）

〔参〕『遠野物語』（定本二）、石井正己『遠野物語の誕生』（若草書房、二〇〇〇）

ときわごぜん【常盤御前】　平安時代末を生きた女性。生没年未詳。近衛帝の后藤原呈子（九条院）に仕える女官（雑仕女）であった。容姿の美しさにかけては右に出る者がなく、例えば金刀比羅宮蔵本『平治物語』下巻には、都随一の美女であり〈異国に聞えし李夫人・楊貴妃、我朝には小野小町・和泉式部もこれにはすぎじとぞみえし〉という。一六歳のときに源義朝と結ばれ、今若（阿野全成《あのぜんせい》）・乙若（卿公円済《きょうのきみえんせい》）・牛若（源義経）を生むが、平治の乱で義朝は敗れ、平清盛が義朝の遺児の探索を始めたため都落ちをする。途中で清水寺に立ち寄って観音に子供の助命を祈願し、大和国宇陀郡龍門《りゅうもん》の岸岡に落ち着く。しかし母親が平氏に捕えられたのを知り、三子と共に上洛して一同の助命と引き換えに清盛の妾となった。清盛との間に廓御方（建礼門院の雑仕女）、のち藤原長成に嫁いで能成を産む。常盤御前の話は『義経記』や幸若舞曲にもみえ、とくに後者では「伏見常盤」「靡《なび》き常盤」「常盤問答」「山中常盤」という連作が一代記の体裁をなす。常盤譚は、観音信仰にからみつつ清水寺周辺の芸能者や大和国宇陀の盲僧座と関わって広まり生成されたらしい。波乱の生涯を送った美女、英雄義経の母として人々の心を強く惹きつけたであろう。絵画化も行われており、『看聞御記』応永三一年（一四二五）一一月四日の条には〈常盤絵二篇〉がみえる。なお、奈良県宇陀郡菟田野《うたの》町下芳野には、常盤御前と当地の妙香寺及び岸岡家との結びつきを語る伝説がある。（山本則之）

としよりずいのう【俊頼髄脳】　歌学書。一巻。「俊頼無名抄」「俊秘抄」「俊頼口伝（集）」「唯独自見抄」など。［作者］源俊頼（一〇五五？～一一二九）。［成立］天永二年（一一一一）から永久二年（一一一四）末。

源俊頼が関白藤原忠実の依頼により関白の娘勲子（鳥羽院皇后泰子、高陽院）のために作った。序、和歌の種類、歌病、歌人、和歌の効用、題詠の手引き、秀歌、和歌の技法、異名、歌語・季語の由来、古歌の本説から成る。由来や本説は姨捨山、継子子鍋、蟻通明神、三輪山説話、浦島の子、七夕説話など昔話や伝説・神話と関わるもの、中国の故事、天皇・貴族をめぐるものまで多彩。他に出典をみないものがある。『日本書紀』『日本霊異記』『大和物語』『今昔物語集』といった書と共通するものも、姨捨山の歌を姨のよんだ歌に為すなど、本書独自の筋書きに変換されている点が看過できない。また「日本紀にみえたり」とあっても『日本書紀』本文ではなく実は『日本紀竟宴和歌』の詞書から引き写すなど、学問書でありながら厳密さに欠け誤解を犯しているとされてきた。しかし原典からの逸脱は新たな説話や神話の生成と考えることができる。小川豊生は、和歌をめぐる注釈の言説が異説を次々と作り出し、ときに架空の神話を捏造してゆく「中世日本紀的世界」が本書の背後に存在したと想定する。（猪股ときわ）

〔参〕小峯和明「『俊頼髄脳』の歌と語り」（『中世文学研究』九、一九八三）、小川豊生「院政期歌学書の言語時空」（『日本文学』三七—六、一九八八）、同「歌論と中世神話」（『国文学解釈と鑑賞』一九九五・一二）

ともえごぜん【巴御前】 源義仲の妾として著名。平安末期から鎌倉初期を生きた女性であるが、その実在の正否については未詳。木曾の豪族中原兼遠の娘。兄今井四郎兼平と同様、義仲の乳母子《めのとご》であった。武術にすぐれ戦場の義仲につき従った。『平家物語』巻九「木曾の最期の事」には、〈巴は色白く髪長くして、容顔誠に美麗なり。有難き勁弓精兵《つよゆみせいびょう》、弓矢《ゆみや》・打物《うちもの》取つては如何なる鬼にも神にもあふと云ふ一人当千の兵《つわもの》なり〉とある。美女でありながら、敵の将の首をねじ切るほどの大力を持っていた。しかし義仲は自分が討死をする前に、彼女を戦場から離脱させる。百二十句本においては巴の戦場離脱の理由を、義仲の後世を弔うためとし、『源平盛衰記』巻三五「東使木曾と戦ふ事」では、義仲の妻子がいる信濃国へ下り人々に最期のありさまを語って後世を弔うためという。そしてのちに鎌倉へ召し出され、和田義盛の妻となって朝比奈三郎義秀を産む。義秀の死後、巴は越中国石黒《いしぐろ》に赴き出家、九一歳まで生きたと伝える。ただし、『吾妻鏡』にみえる義秀の年令に鑑みると史実としては無理がある。戦場から生還した巴は、義仲の物語を語る証人及び亡魂供養者であると判断されるが、実際に巴を名乗って義仲主従の物語を語って歩いた芸能者がいたのではないかとも推測されている。民俗学的立場からは巴に〝妹の力〟を見ることができよう。なお、能の修羅物に「巴」がある。（山本則之）

〔参〕細川涼一『女の中世』（日本エディタースクール出版部、一九八九）

な

なぞなぞ【謎々】　単に「謎」ともいう。「なぞなぞ」と言って問いかけたことから出た名称。主な様式には、問いと答えとからなる二段謎と「…とかけて…と解く、心は…」というかたちの三段謎とがある。

平安中期には「なぞなぞ物語」などと呼ばれ、貴族社会で流行し、「謎合」(『小野宮右衛門督家歌合』)も行われた。この頃の謎々は、問いに対して和歌で答えるものなどいくつかの様式があったが、中世になると、二段謎に固定され、『なぞだて』などの謎々集も書き残された。近世になると、三段謎が庶民の間で流行し、二段謎に取って代わった。この三段謎は芸人などが得意とするもので、奥州出身の盲人春雪のような名人も現れた。

また、文献に残された謎々のほかに、日本各地には多くの伝承があることが民俗学の進展とともに明らかにされた。民間では、謎々は大人が子供に与えたり、子供同士で出しあったりすることが多く、通過儀礼の性格が色濃い。それらの謎々は昔話「謎昔」や「謎解き聟」などの話にも取り入れられている。広く謎言葉ということでは、『俊徳丸』『物くさ太郎』などにも見られる。謎を解くという能力は、説話の主人公に求められた資質の一つだと考えていい。⇩俊徳丸・物くさ太郎　（石井正己）

〔参〕柳田國男『なぞとことわざ』(新全集一九)、鈴木棠三『新版ことば遊び辞典』(東京堂出版、一九八一)、同『なぞの研究』(〈講談社学術文庫〉一九八一)、同『中世なぞなぞ集』(〈岩波文庫〉一九八五)

なまみこものがたり【なまみこ物語】　小説。［作者］円地文子(一九〇五～一九八六)。［初版］昭和四〇年(一九六五)。

よりましとしての能力に優れた二人の姉妹あやめとくれはの物語。くれはは道長の策で定子の偽の生霊を演じるが、肝心な時に本物の定子の生霊が現れ、策は失敗する。そのためにくれはは咎を受けるが、定子を慕うくれはは定子の死とともに自らも死ぬのである。内容の展開は、作者がかつて読んだことがあるという「生神子物語」の筋を追う形になっている。この架空の物語は、姉あやめがくれはの恋人であった武士行国と邂逅し、思い出を語るという「語り」になっている。そこで語られる話は言わば定子の「生霊」の話であり、その意味では、「あやし」の物語としての説話的世界が踏まえられているだろう。しかし、作者の意図は、定子の「生霊」を定子の真摯な「生」の証として描くことにある。

この架空の物語において、説話的世界は入れ子のように物語のなかに組み込まれている。道長というリアリストは、一条帝や世間を、「生霊」という「あやし」の説話的出来事を演出し、その説話的世界の中に閉じ込めようとするが、本当の「生霊」に敗れてしまうのである。この場合、本当の「生霊」は、説話的世界から到来したものではない。明らかに、作者の読者へのメッセージを担う小説世界における出来事である。この偽と本物の説話的世界の描き方の使い分けこそ、この小説の基本的構造と言えるだろう。近代小説の古典援用の見事な一例がここにあると言ってもよい。（岡部隆志）

ならやまぶしこう【楢山節考】

小説。［作者］深沢七郎（一九一四～一九八七）。［初出］『中央公論』昭和三一年（一九五六）一一月。

民間伝承の「棄老伝説（姥捨山）」を踏まえた小説で、自ら進んで山に捨てられに行こうと思う主人公おりんのストイックな生き方、反ヒューマニスティックな民話的世界の創造が、発表当時から衝撃を与えた。しかし関敬吾は、実際に伝承されている親捨山の伝説は巧智譚の形で「親に孝行をつくすことを説いた」道徳的目的をもつものだと指摘、「食にこまって親をすてることが日本の過去の慣習であり、これが日本人のなん千年ものあいだつづけてきた生き方であると速断し、感心する」ことの危険を戒めている。

だが、親捨ての習俗が過去に存在していたかどうか定かでなく、また実際の伝承と異なっているとしても、この小説が共同体の秩序の冷徹な側面をみごとに浮かび上がらせていることも確かだろう。むしろプレテクストとしての親捨山伝承をズラすことで、唄や儀式という形で共同体の成員を縛る黙契の制度、共同体における〈道徳〉の現場を露呈させたテクストだと言うべきであろう。

おりんは、慢性的な食糧不足の状態である閉じた共同体から、ある意味で人身御供＝スケープゴートとして排除されるが、そのことで自らは〈神〉となる。親を捨てたことの罪意識は、山まで背負っていった、しかも三つの掟を二つまで破った一人息子の内面にだけ刻印されるのである。⇩棄老伝説

〔参〕関敬吾「姥棄山考」（『昔話と笑話』岩崎書店、一九五七）、赤坂憲雄「異相の習俗・異相の物語」（『ユリイカ』一九八八・一〇）（吉田司雄）

なんそうさとみはっけんでん【南総里見八犬伝】

読本。九輯一〇六冊。『水滸伝』に範を取った長編伝奇小説。［作者］曲亭馬琴（一七六七～一八四八）。［成立］文化一

一年（一八四一）一一月初輯刊、天保一三年（一八四二）三月九輯結局編刊。

完成まで二八年の長さを要した本作の執筆中、既に齢七五才に達していた馬琴は両眼の明を失い、彼が口述するところを嫁のおみちが苦心惨憺して筆記したという。

時は室町時代、敵に包囲された安房の領主里見義実は、飼犬の八房《やつぶさ》に敵将を倒したならば息女伏姫を与えると約した。手柄を立てた八房は伏姫ともども富山《とみさん》の洞窟に隠棲する。伏姫救出のため八房を銃撃した弾丸は誤って伏姫をも打ち倒してしまう。純潔の証しを立てるべく伏姫が腹を切ると、仁義八行の玉が宙に飛散した。やがて関八州の各地から、それぞれ仁義礼智忠信孝悌の字を現した玉を持ち、牡丹形のあざを身に記した八人の犬士が登場し、鎌倉管領扇谷定正の悪政に叛旗を翻す戦いの中で全員が会同する。この間八犬士が様々な悪人や妖怪と戦いを繰り広げるという波瀾万丈の物語を、馬琴は『水滸伝』や犬祖神話、『房総志料』その他の典拠を自在に駆使して記しており、一大伝奇ロマンの世界を構築している。

本作は、勧善懲悪主義的発想が極めて強いことから様々な褒貶にさらされて来たが、場面・人情の描出、悪人の造形など表現手法の面でも見るべきものが多く、日本文学史上類例を見ない傑作であると云える。

（矢野公和）

なんとうのせつわ【南島の説話】　南島（奄美、沖縄）の説話群は主に口承で伝承されてきた。唯一書承の『遺老説伝』も一七四五年に民間に流布していた伝説類を集成したものである。この口承の説話群は、ノロ（村の祭祀を司どる）やユタ（個人的な霊能者、占いや口寄せ等をする）などといった神を祀る者達によって伝承されてきた神謡から、一般の人々が伝承してきた伝説、昔話、世間話、歌謡（叙事的内容を持つもの）等々まで多様である。神謡群はまさに神語りであり、歌うがごとく語るがごとくゆったりとした抑揚をもって発せられる。これは神の口《くち》（言葉）として意識されており、最も威力のある言葉である。創世神話である「島建てシンゴ」、稲の由来を語る「米のナガレ」、芭蕉布の起源を語る「芭蕉ナガレ」などがこれであり、この神謡群が南島説話の原点である。南島は本土に較べ、より古代性を残しており、言霊の信仰も強く、多くの話が信じられている。このことは「話半学」（話を知るだけで学問の半分は済んだも同じの意）とか「話は遺言」ということわざが生きて使われていることとも関連してこよう。また昔話に関していえば、結末句や相槌などの叙述形式が未発達であるという特徴がある。内容的には由来譚的性格をおびやすく、兄弟譚的形式をとる傾向がみられる。また南島は独自な話型を多く有するかわり、本土で一般的に語られる多くの昔話の伝承が稀薄であったり、採集例がなかったり、本土と対立する大きな説話圏を形成している。（田畑千秋）

にちれん【日蓮】 日蓮宗開祖。承久四年〜弘安五年（一二二二〜一二八二）。安房国に生まれる。出自は未詳。自らを「海人の子」と称し、民の子の自覚を持っていた。一二歳の時、安房国清澄寺に登山。一六歳で出家した後、鎌倉や叡山等で諸宗を修学し、独自の法華経理解にもとづき真実の仏法を明らかにするのは法華経のみであるという結論に達した。建長五年（一二五三）には帰郷し、以後鎌倉を中心として盛んな布教活動を行うが、それには日蓮自身が「折伏《しゃくぶく》」と呼んだ激しい他宗批判があったため、方々からの非難と度々の迫害を受けるところとなり、ついに文永八年（一二七一）に佐渡流罪となった。この配所での生活は厳しいものであったが、かえって思想を内的に深めていく契機ともなり、ここで『開目抄』『観心本尊抄』を著した。文永一一年に赦免された後は身延山に隠栖して、門弟の教育や思索と著述の生活に親しみ、『報恩抄』『撰時抄』等を書いた。

易行である題目によって多くの信徒を得た日蓮であるが、天災の続発や元寇など社会不安の増大した時代にあって、『立正安国論』（さきにあげた四書とあわせて「五大部」という）や再三の為政者に対する諫言にみられるように、社会的な混乱と邪宗の流布との関係をつくことによって現実の政治に対する批判を展開させていったのも彼の思想の重要な特色である。

なお、日蓮の伝には、佐渡配流の途上であやうく処刑されそうになったところ、「光りもの」の出現によって難をのがれ得た話など、霊験奇端を語るものが多い。日蓮の著作や書簡に故事や説話の引用が多いこともあわせて、説話文学の側から注目されるところである。

（大村誠一郎）

〔参〕大野達之助『日蓮』（〈人物叢書〉吉川弘文館、一九五八）、戸頃重基・高木豊校注『日蓮』（〈日本思想大系〉岩波書店、一九七〇）

にっき・ずいひつとせつわ【日記・随筆と説話】 説話が日記の中にもっとも生き生きと取り込まれた例として、『更級日記』の「まののてう」、竹芝、富士川、あるいは姨捨等の伝説を挙げることができる。とりわけ大きく取り挙げられた竹芝伝説は、一介の衛士が皇女を掠奪、武蔵国まで逃げ、やがてその地で二人共々に幸福な生活を送るという浪漫的色彩の濃いもので、東国より都への旅の途上土地の人の語るこの伝説がいたく孝標女の心を動かしたのは、安積山伝説等の「女を盗む話」の話型を踏まえつつも固有に示されたハッピーエンドの故でもあったか。益田勝実によると、この竹芝の男をめぐっては、武蔵の国造となり異例の昇進を遂げた不破麻呂という、実在の人物が考えられるとされる（『説話文学と絵巻』三一書房、一九六〇）。ともあれ東国の息吹をさながらに伝える伝承が、「と語る」との生《なま》の「語り」のかたちで王朝日記に取り込まれたことは興味深い。一方、随筆『枕草子』には、主として「歌語り」が大きく選び取られた。「清涼殿の丑寅の隅の」の章段で、「年ふればよはひは老いぬしかはあれど花をし見ればもの思ひもなし」の『古今』歌を、「君をし見れば」と詠みかえた清女の機知を喜ぶ定子が、村上帝女御芳子の『古今集』二〇巻をすべて暗誦していた教養を語る部分をはじめ、猿沢の池にまつわる采女詠、「芹摘みし」の歌等々、歌をめぐる伝承は至るところに見出され、『枕草子』を大きく支えるものの在処を窺わせる。「社は」の段での『今昔物語集』等にもみえる蟻通明神の説話の詳述も注目される。（原岡文子）

にほんおうじょうごくらくき【日本往生極楽記】

わが国往生伝の嚆矢。一冊。『慶氏日本往生記』『日本往生伝』略称『往生極楽記』とも。［編著者］慶滋保胤（?～一〇〇二）。［成立］永観元年（九八三）から永延元年（九八七）の間。保胤出家の寛和二年（九八六）以前に初稿本成り、のち保胤は「往生五六輩」の伝を得て兼明親王に増補・潤色を依頼、親王没後、その遺志を体して聖徳太子・行基伝を追補した。

保胤は本姓賀茂氏、近江掾・大内記、卓越した文人にして浄土信仰にあつく、仏法と詩文の勧学会を主宰、出家して叡山横川に入り、源信・増賀に師事。法名寂心。本書は唐の『浄土論』『往生西方浄土瑞応刪伝』に触発され、国史・諸人別伝や故老の口伝から探し得た、四二話四五人の往生人の伝を収める。菩薩・僧・尼・男・女という構成は『浄土論』『瑞応刪伝』に倣うが、さらに人物を現世での身分秩序に従って配列した点に官人意識を見る説もある。『続日本紀』『聖徳太子伝暦』他、典拠の明らかな人物は七人。全体の三分の二を占める同時代の人物は典拠を示し得ず、保胤の体験・口伝・散佚諸人別伝等に拠るか。同時代人中、権門貴族の一名も収録しない点には、体制内で不遇であった文人保胤の屈折をよみとるべきか。往生人の潔白な心や慈悲心を重視する態度は、のちの『発心集』に見られ注目される。往生人の信仰態度は法華・念仏兼修が圧倒的に多い。後続の往生伝、『今昔物語集』巻一五（本書所収往生伝のほとんどを吸収）、仏教説話集等に与えた影響は大きい。（青山克彌）

にほんおうじょうでん【日本往生伝】

往生伝とは、確実に浄土往生を遂げたと編者が認定した人物の伝を、列伝体形式で集成した著作をいう。中国に先蹤があり、わが国では、院政期を中心に成立した一群と近世に叢生したそれとに二大別される。

永観元年(九八三)~永延元年(九八七)に『日本往生極楽記』(慶滋保胤)、約一世紀をおいて康和三年(一一〇一)~康和六年に『続本朝往生伝』(大江匡房)成立。以後、約五〇年間に、『拾遺往生伝』(三善為康)、『後拾遺往生伝』(同)、『三外《さんげ》往生記』(蓮禅=藤原資基)、院政期往生伝の最後として仁平元年(一一五一)に『本朝新修往生伝』(藤原宗友)がそれぞれ成立。計六種(中世往生伝は後述)。『新修往生伝』(源信)は散佚したか。『続本朝』以下は先行往生伝との連続性を意識し、その遺漏を補ったと称するのが通例。

この間、浄土思想が種々の様態を示しつつ盛行し、法然の浄土宗立宗には未だ至らない時期にあたる。往生伝は唐代のそれを範としつつ、源信らの浄土往生の理論を、往生の事例を集成することで実証し、編者自らの往生の確信を得ようとする営為に他ならない。また、僧伝が僧中心であるのに対し、往生伝は在俗者をも多く採録し、特権的な上層貴族や顕密諸大寺の高僧貴僧は少なく、僧伝が一顧だにしなかった聖・沙弥・上人等の私度僧を重視するなど、脱権威、脱階層的志向が著しい。これは、編者らが、保胤の如き門閥の外に置かれた官吏や受領層であったことと関わり、浄土思想の、貴族から民衆への移行を反映するものでもあろう。

個々の所伝は、大略、出自・行業・臨終時と没後の瑞相という順序で構成され、必然的に内容、表現ともに類型的概念的たらざるを得ず、文学的と言うより記録的と言うにふさわしい。往生伝は説話集の素材になり得たことで辛うじて文学の周辺に留まるとの評価がなされる一方、浄土思想の理論・教説を霊異・瑞相の浪漫的話柄に置換して類聚した結果、個々の所伝はともかく、作品全体としては「往生霊異記」とでも称すべき一箇の文学に止揚されているとの観方も行われている。

『日本往生極楽記』の詳細は別項に譲る。『続本朝往生伝』(一冊)は、一条帝以下四二人を配し、天皇・公卿・僧綱・在俗の男女・尼という配列順で、現世での身分秩序を踏襲する。僧は天台・叡山関係がほとんど。大江氏一門が四人、編者匡房が大宰権帥であったため、大宰府近郊の僧三人を採録するなど編者色が濃い。原拠未詳の伝多く、口伝・見聞を主資料としたか。悪人往生譚が初めて見られる。『拾遺往生伝』(三巻)は、上巻に僧、中・下巻に在俗の男女・尼を配し、九五人を収録。

上巻では年代順配列を基本とし、中・下巻ではこれを無視する。悪人及び地方の無名人の往生譚がやや個性的か。『本朝法華験記』に依拠することが多い。

院政期後半の往生伝においては在俗者の占める比率が急増し、『後拾遺往生伝』（三巻）では、全七五人中、四割が在俗者。『後拾遺』は『拾遺』の脱身分秩序の志向を継いでさらに徹底せしめた感があり、配列には貴賤・僧俗・男女・年代等はほとんど考慮されていない。上巻序に悪人往生の可能性が示される。原拠の判明した伝は僅か。『三外往生記』（一冊）は、慶滋・大江・三善の往生伝に洩れた人物を収録したとするが、『拾遺』『後拾遺』との重複もみられ、現行本（慶政書写本）は、慶政によって『拾遺』との重複五人が削除されている。五〇伝五一人の配列順は『後拾遺』と同性格。焼身・入水等の異相往生譚、悪人・小児往生譚、数量念仏による往生譚が特徴的。『本朝法華験記』依拠例が若干ある。『本朝新修往生伝』（一冊）は、自序によれば編者宗友に近い時代の人物を意図的に採録している。全四一人。冒頭五人を除き、没年を記して年代順に配する。数量念仏往生譚が目立ち、四天王寺信仰を反映した伝もみられる。『後拾遺』に一部依拠する。

中世には、鎌倉期の『高野山往生伝』（如寂）、『三井往生伝』（昇蓮）、『念仏往生伝』（行仙）等がある。『三井』は昭和四八年（一九七三）に初めて紹介された。近世に至り、元禄元年（一六八八）の『緇白往生伝』（了智）を皮切りとして復活し、特に後期に夥しい数の往生伝が上板され、明治まで続いた。編者は主に浄土真宗・浄土宗の僧。往生人は専修念仏を行業の中心とし、封建道徳の体現者たることが要求されている。（青山克彌）

〔参〕志村有弘『往生伝研究序説』（桜楓社、一九七六）、伊知地鉄男『中世文学　資料と論考』（笠間書院、一九七八）、笠原一男『近世往生伝集成』（山川出版社、一九七八〜八〇）

にほんかんれいろく【日本感霊録】

仏教説話集。〔編著者〕元興寺の義昭という僧らしいが、経歴などはわからない。〔成立〕平安時代初期（九世紀半ば以降）。

現存本は一冊一五話の抄出本で、脱落部分の多い不完全な本文が伝わるだけだが（『続群書類従』二五下に活字化されている）、もとは上下二巻五八話の説話が収められていたということが現存写本に注記されている。

残されている説話は、元興寺に関わる仏教的な善悪応報や霊異譚であり、信仰によって病気が治ったとか寺の財物を盗んで悪報を受けたとかいった現世利益的な仏教の功徳を語る説話が多く収められている。それぞれの説話の表題が「……縁」となっていたり、各説話の末尾に「賛」が添えられているなど、その形態は『日本霊異記』と同様であり、その書名からも想像できるように、『日本霊異記』の影響がつよいとみられている。ただし、霊異記の説話を直接に引用したりすることはなく、編者が自ら見聞した出来事をまとめたという体裁をとっている。

現存本は元興寺関係の説話で構成されているが、完本にはそれ以外の寺院に関わる説話も含まれていたようで、別の書物に引用されて残った逸文二話は東大寺と壺坂寺に関する説話である。文学史的には『日本霊異記』によって先鞭のつけられた「仏教説話」としての意義をもつが、完本が失われてしまったのが惜しまれる。⇩日本霊異記・仏教説話

〔参〕辻映子『日本感霊録の研究』（笠間書院、一九八一）　（三浦佑之）

にほんしょき【日本書紀】　⇩古事記《こじき》・日本書紀

にほんりょういき【日本霊異記】　平安初期の仏教説話集。三巻。書名は、正しくは『日本国現報善悪霊異記』、略して『霊異記』ともいう。［編著者］薬師寺の僧景戒《きょうかい》の撰。［成立］本書の成立過程は複雑だが、最終的な完成は弘仁（八一〇～八二四）末年ころと考えられている。

仏教伝来後に発生した仏教説話を録したもので、奈良朝の説話が多く、主として仏教の因果応報の原理が説かれている。民衆を対象とした布教活動の中で語り伝えられた説話の集成で、平安以降の説話集のさきがけをなす。

『霊異記』は、各巻それぞれに序文をもち、説話のあるものには賛が付されている。この形式は、唐の『金剛般若経集験記』などの仏教説話集の形式に依拠している。しかし、『霊異記』はこうした外来説話集の体裁と方法を受け継ぎながら、あくまでも「自土（本国）の奇事」の集成としての原則を崩しておらず、そこに本書の独自な達成を見ることができる。

『霊異記』には、仏験の霊異にかかわる説話一一六条が三巻に分けて収められている。これらの説話は、基本的には私度僧の間に語り広められた伝承である。私度僧は、律令体制の秩序から疎外された存在であり、弾圧の対象でもあったが、『霊異記』説話にはその立場を擁護・肯定しようとするものが少なくない。私度僧の信仰はきわめて直接的であり、現実的であったから、『霊異記』の説く因果応報のありかたもまた、直接的な現報であることをたてまえとしている。

『霊異記』の説話配列は、原則として年代順のそれに拠っているが、同時に撰者景戒の歴史意識のはたらきを認めることができる。上巻序、中巻序に略述される仏法

史の概観は、そうした意識の直接の反映といえるが、それ以上に聖武天皇の時代＝天平を仏験の生起する聖代と捉え、我国仏法史の頂点に位置付けようとするところに、その歴史意識を端的に見ることができる。こうした歴史意識のありかたは、過去・現在・未来と流れる仏教的な時間意識の成立とも呼応する。三世を貫く仏法の原理への確信は、仏法そのものの含みもつ世界的な普遍性の中に、この日本国を位置付けることを意味した。ために、景戒の仏法史構築への意志は、自国に対するつよいこだわり（自土意識）を生み出すことにもなったのである。『霊異記』説話には、出来事の日時や場所、人名等を詳述しようとする傾向が著しい。もとよりそれは、説話の実録性を保証する手立てではあったが、同時にこの日本国という均質な空間の内部に、それらの出来事を正しく定位しようとする意図が含み持たれていたのである。

仏教的な時間意識の確立は、一方で未来への不安をつよく喚び起こしている。『霊異記』説話には、地獄めぐりの話が数多く収められているが、このことは、この時代の人々にとって、堕地獄の恐怖がいかに深刻なものであったのかを物語っている。撰者の景戒が執拗なまでに未来を予見しようとこころみていることも、そうした未来に対する不安と畏れを示す例証といえよう。さらに、『霊異記』には、日本仏教の黎明期における、神話的世界との緊張を伝える説話も少なからず収められている。仏験の霊異を説く個々の説話は、その根底に前代の伝承世界との絆をつよく保ち続けている。そこには、いわば仏教定着期における神話的世界の仏教的世界への包摂の過程が示されているともいえる。こうした『霊異記』世界のありかたは、本質的には仏教という新たな信仰理念を受容する基盤、すなわち共同体（村落）の変質のもたらした結果でもあった。仏教の浸透は、律令体制の均質性に覆われる中、共同体の伝承世界が普遍的な原理として仏教を受容したところに始まったが、伝承世界の担い手である巫覡《ふげき》もまた、共同体の変質とともに巷間に流浪していくのである。その一部が仏教信仰に同化し、私度僧集団を形成していくのである。私度僧の信仰を反映する『霊異記』世界が、仏教的な価値意識による伝承世界の変容を説く説話を数多く収めている理由はそこにある。本来、共同体の始祖伝承であるべき異類婚姻譚が否定すべき話として取り上げられ、そこに「業の因縁」が強調される例（中四一縁）などは、その典型的なあり方を示している。他にも神身たることの苦患を感じ、仏法による済度を願う神の話（下二四縁）など、伝承世界の変質をうかがわせる事例を数多く見いだすことができるのである。

なお、『霊異記』は、現存する我が国最古の仏教説話集として、『法華験記』『三宝絵』『今昔物語集』などにも多大な影響を与えている。

（多田一臣）

にょにんせつわ【女人説話】

女人、すなわち女性にまつわる説話の謂であるが、女性全般にわたる説話ではない。女人の語は女人禁制、女人結界などと用いられるように仏教との関わりにおいて特別な意味を有する。そこでここでも、女性と仏教との関係、なかでも女人往生、女人結界に関する説話に絞って考えてみたい。仏教では女人は〈五障三従〉の障りを持つために成仏できないとされる。しかし仏教がしだいに庶民化していく過程のなかで新たな解釈がほどこされていく。九世紀初めの『日本霊異記』には女人往生の話はないが、女人が仏教信仰のおかげで現世利益を得たというのがある。これより後の一〇世紀末から一一世紀初めにかけて、『日本往生極楽記』『法華験記』『続本朝往生伝』などの往生伝が記され、女人往生のさまなどが述べられる。慈悲・柔和の女性が念仏功徳によって来迎の確証を得て、その最期に異香を放ったというパターンの話が多い。そのなかで法華験記に載る肥後国の比丘尼の話は変わっている。この比久尼は幼女のころから法華経に親しみ、その読経は美しく聞く者を感動させた。ある時法師の講読を聴聞していたところ、講師から尼の身で男の座に交じるのかと批難されるが、仏法の平等を説いてついに講師との問答にうち勝ったという。人々はこの尼を舎利菩薩と呼んで敬したが、実は彼女は姿は女であったが女根はなく、尿道があるにすぎなかったと伝えている。女の性を越えたところに女人の成仏を説く思想が、この話では象徴的に語られているようである。仏教では女人成仏は女性の姿のままでなく〈変成男子〉の形で成仏するとされる。こうした考えは古代往生伝と違って、専修念仏の易行を説いた法然の女人往生論にも生き続いている。とはいえ法然や親鸞、日蓮、道元などのいわゆる鎌倉新仏教が女人結界を否定したことは、女人説話に新たな展開を注ぎこんだ。比叡山、高野山、大峰山などの諸山寺では聖域を設け、女性の立入りを厳しく禁じた。この女人禁制の地を果敢にも越えようとした女性たちがいた。比叡山の都蘭尼、高野山の都藍尼、白山の融の姥、立山の止宇呂などのトラン尼と呼ばれる女人たちは、結界の地に踏みこもうとしたが仏（神）罰を受けて達成できず石に化したなどと伝えられる。ところが世阿弥能の「多度津の左衛門」では、高野山の結界破りをした二人の女性が父である聖に杖で打たれることによって親子再会するというストーリーになっていて、結界侵犯に新たな意義づけが加わる。善光寺の内陣に入り込む「柏崎」も母子再会譚である。幸若舞

「常盤物語」、奥浄瑠璃「鞍馬破り」はついに鞍馬山の女人禁制の終焉を高らかにうたいあげたものである。こうした機運を盛り上げていったのは鎌倉新仏教の庶民性であったといえる。そもそも女人結界の説話が、天皇・貴族と結びついた寺院が聖性を強調しようとしたふしがある。それが庶民世界のなかで変質を余儀なくされたともいえる。　（花部英雄）

〔参〕笠原一男『女人往生思想の系譜』（吉川弘文館、一九七五）、阿部泰郎「女人禁制と推参」（『巫と女神』平凡社、一九八九）。

のう【能】　中世芸能の一つ。猿楽能と田楽能の両種あり、後者が比較的短期間で衰微したこともあって、前者をさしていうのがふつう。明治以前は多く単に猿楽、以後は狂言と併せて能楽とも呼ばれる。その原流は奈良時代に渡来した唐散楽にさかのぼり、やがて滑稽な物真似を主体として、平安時代には猿楽を称し、その流れが発達して、南北朝期に狂言を生ずる一方、鎌倉時代の猿楽者たちは各地の寺社の呪師や翁を勤め、座を結成して、やはり南北朝期から歌舞劇を演じ、観阿弥・世阿弥父子の登場を待つことになる。その頃、田楽能も隆盛し、京都白河の本座の一忠、奈良新座の喜阿弥らの名手が出て、猿楽能にも大きな影響を及ぼした。演能記録の最も早いものでは、貞和五年（一三四九）の春日若宮臨時祭において、巫女の猿楽能と禰宜の田楽能が行われ、西行や紫式部などの役を「御前」たちが演じている。その年は四条河原の桟敷崩れの勧進田楽でも知られるが、大和猿楽の勧進は貞治三年（一三六四）、京都薬王寺での興行が最初とされ、同年（または前年）に生まれた世阿弥が一二歳の年、観世父子は将軍足利義満の臨席のもと、京都今熊野社で演能し、四〇歳過ぎの観阿弥は、芸能界での地位を不動のものにする。彼は物真似や儀理（文句の面白さ）に長じ、鬼神系の演技を得意としただけでなく、曲舞のリズムを取り入れて、〈白髭の曲舞〉以下を作曲、新しい大和音曲（観世節）を確立し、〈自然居士〉〈卒都婆小町〉などの能を作った。当時は大和に外山（宝生）・結崎（観世）・坂戸（金剛）・円満井（金春）の四座、近江に山階・下坂・比叡の三座、ほか伊勢・河内・丹波・摂津に猿楽の諸座が割拠したと『風姿花伝』にいう。なかでも近江猿楽比叡座の犬王は、天女ノ舞に代表される幽玄な歌舞主体の芸風により、義満晩年に高い評価を受け、世阿弥をして、物真似重視の大和猿楽を、その方向に転換させた。その世阿弥は、観阿弥没後、二〇代初めに観世大夫を継ぎ、三〇代半ばで天下の名声を得るが、犬王や田楽の増阿弥（四代義持が後援）ら台頭する競争相手の長所を巧みに摂取して、自らの芸風や芸論を深化・充実させていく。しかし、六代義教が将軍に就くや、甥の元重を強力に後援し、世阿弥父子には圧迫を加えるなか、永享二年（一四三〇）に次男元能が遁世、二年後には長男大夫元雅が伊勢で客死、翌年大夫を元重が継ぐが、これに異を唱えて義教の怒りに触れたか、さらに翌年、世阿弥は七〇歳を越えて佐渡に流され、没年も明らかでない。役者活動のほかに、世阿弥の残した業績には、能の新・改作と能楽論の著述がある。彼の手に成ることの確実な作品は、〈高砂〉（脇能）・〈忠度〉（修羅物）・〈井筒〉（鬘物）・〈砧〉（四番目物）・〈融〉（切能）等約五〇曲、物狂能以外は大半が夢幻能で、この形式の整備が、歌舞主体の幽玄な能を完成に導いた。序破急五段の構成を基本とし、『伊勢物語』や『平家物語』などの古典から歌舞に適したシテを選んで、本説世界を亡霊の現在から追想させ、それへの執着を主題とするもので、能の諸作品はこの形式と、生時を現在として複数の人物の対立によって進行する現在能とに大別される。詞章は和歌の修辞を駆使し、連歌の展開にならい、和漢の佳句を織り混ぜつつ、イメージの統一が図られ、叙事と抒情が一体の行文が達成されている。そのような能の作り方や花・幽玄の美学、それを体現するための習道論などは、『風姿花伝』以下二一種の理論や芸談の伝書に説かれている。世阿弥の次の世代には、〈隅田川〉の作者で、その演出をめぐり、父とは異なる方向をめざした早逝の元雅、〈芭蕉〉ほかの実作と『六輪一露之記』ほかの理論の両面で世阿弥の後継者たる女婿金春禅竹、そして賛辞を独占し、他の勢力を圧倒した音阿弥元重らが輩出して、今日に至る流れの基盤を固めた。さらに室町後期には、音阿弥の七男小次郎信光（〈紅葉狩〉等の作者）、その子弥次郎長俊（〈輪蔵〉等の作者）、禅竹の孫禅鳳（〈嵐山〉等の作者）らによって、世阿弥作品の類型から脱し、多人数で華麗な舞台、超自然・空想的な筋書、ジャンル横断の構成などを特徴とする風流能の時代を迎え、また宮増を名乗る（複数の）役者が中・後期に活躍し、曽我物・判官物に新分野を開拓した。織豊期や江戸時代にも、能は時の権力者に愛好・保護され、武士や町人に謡や仕舞が流行、高い関心は現代まで持続している。（西村聡）

〔参〕横道万里雄ほか編『岩波講座能・狂言』一―八（岩波書店、一九八七～九二）、表章『喜多流の成立と展開』（平凡社、一九九四）、天野文雄『翁猿楽研究』（和泉書院、一九九五）、竹本幹夫『観阿弥・世阿弥時代の能楽』（明治書院、一九九九）、三宅晶子『歌舞能の確立と展開』（ぺりかん社、二〇〇一）

のういん【能因】 平安中期の歌人。永延二年～？（九八八～？）。永承五年（一〇五〇）まで活動の記録がある。俗名は橘永愷。古曽部《こそべ》入道とも称する。

出家後は摂津に住み、また奥州をはじめ各国を旅した。『能因歌枕』はその著とされるが、現存本が能因撰の形をどの程度伝えているかは不明である。自撰の家集『能因法師集（能因集）』が伝存する。また私撰集『玄々集』を編んでいる。勅撰集には『後拾遺集』以下に六五首を入集する。

和歌に対する偏執的なまでの熱中（数奇《すき》）を物語る逸話が多く、手を洗いうがいをして歌を詠んだ事（『俊頼髄脳』）、『古今集』に歌われた〈長柄の橋〉のかんな屑と称するものを秘蔵していた事（『袋草紙』）などがある。『袋草紙』雑談には特に多数の説話があり、院政期の人びとの能因への関心の高さを思わせる。

実際には奥州に行かずに〈都をば霞とともに立ちしかど秋風ぞ吹く白河の関〉の名歌を詠み、世間には奥州行を称して身を隠しておいたのち披露したというのも『袋草紙』に見える話であるが、『古今著聞集』では、旅行を本当と見せるため、縁先で顔を陽にあぶったという話へ発展している。降雨を祈る歌を詠んで雨を得た話も、『俊頼髄脳』から『袋草紙』希代歌・『十訓抄』『古今著聞集』へと伝えられた。

旅の歌人・数奇の歌人としての能因像は、後世の西行・芭蕉等にも影響を与えた。⇩袋草子　（山本一）

〔参〕川村晃生『能因集注釈』（貴重本刊行会、一九九二）

は

はえ【蝿】 小説。［作者］横光利一（一八九八～一九四七）。［初出］大正一二年（一九二三）。

この短編小説については、従来から映画的視線（カメラ的視線）ということと、音楽のソナタ形式的構成ということが指摘されている。また、新感覚派的なノイエザッハリヒカイトな描写という指摘もなされている。内容は、一〇節に分かれている。

蜘蛛の巣にかかる死の危機に遭った蝿が助かり、一方で日常の活動をしていた人間が、御者の居眠りによって事故死するという対比は、「産神問答（運定め話）」の話型を想起させる。同時に、宿場に次々と人がそれぞれの人生の物語を持って集う形式は「昔話の語り合い」のようでもあり、また累積譚でもある。共に旅立つのは最後に話型を裏切るが「馬と犬と猫と鶏の旅行」のようであり、また町という異郷への失敗した異郷訪問譚であり、居眠りする御者に視点を転ずれば失敗した「夢買長者」でもある。

話型によって物語を読むというい となみが、読者に許された読書の想像力である以上、このようにさまざまな話型および未達成の話型を読みこむことは当然である。そのいとなみによって、どのように読みの世界に豊饒をもたらすかが、また問われることにもなる。それは横光の意識の域外のできごとであるが、また、横光自身もひとりの読者であったことは間違いないことである。

(高木史人)

〔参〕日本文学研究資料刊行会編『横光利一と新感覚派』(有精堂、一九八〇)

はかい【破戒】

小説。〔作者〕島崎藤村（一八七二～一九四三）。〔初版〕明治三九年（一九〇六）。

差別という社会問題を扱った問題作だが、そのテーマゆえに、現実の被差別民に対する認識が甘いという批判がなされてきた。確かに、「破戒」には被差別民を啓蒙の対象として見ようとする視線がある。近代市民社会では差別問題は生じないから、被差別民を市民社会の個人として啓蒙しようとする近代への楽観主義がそこにはある。そのように「破戒」の思想の貧しさを認めることは出来るが、しかし、一方で、「破戒」は小説としてよく出来ているのであって、それは、逆に、そのような楽観主義が届かない、社会の無意識の世界が扱われているからだとも言えるのだ。

「破戒」では、社会の無意識の作為である「噂」が小説の展開に大きな役割を果している。「世間話」を生み出す「噂」の働きが、丑松の心理の葛藤の遠因であることに注意するべきだろう。この「噂」こそが、丑松にとって、自分が共同体から排除される「異人」であるような意識を作ってしまう要因なのであり、従って、共同体から排除されてしまうのかどうかという心理の負担を自らに呼び込むのである。丑松は、近代的人間として自立しようとする苦悩とは別に、この「噂」の呪縛による、言わば説話的世界に起因する「異人」の苦悩を過剰に負っているとも言えるのである。その意味で、丑松の苦悩は、彼自身が啓蒙的に生きたとしても、そう簡単に解決はしない。そこにこの小説の持つテーマの深刻さがある。

(岡部隆志)

はごろもせつわ【羽衣説話】

異郷の者たる天女が男に羽衣を奪われ、結婚し子を生む。昔話や伝説として日本全国に分布。『雑話集』『遺老説伝』『中山世譜』、『風土記』(近江、丹後)その他の書物にも。神婚説話、異類結婚説話のひとつ。天女が羽衣を見つけて昇天する離別型、その後天女を追って天にのぼった男が難題に立ち向かう天上訪問型に大別される。柳田國男・高木敏雄らによって早くから注目されて以降、多岐にわたる研究方法でアプローチされてきた。世界に分布する白鳥処女説話（Swan Maiden）

との比較研究や、日本文化の基層（焼畑耕作文化・農耕民と非農耕民との接触通婚の時代の存在）を探る文化人類学的研究、構造論的分析がある。

沖縄の羽衣説話は様々な言語領域にわたって見られ、神婚説話から異類結婚説話へといった一般認識を阻んでいる。天女の生んだ子供が王や王夫人となる王朝の始祖譚として文献に散見される一方、ユタ（民間巫女）の呪詞やウタキ（御嶽）の由来、昔話ミカルの話、カー（井）へ出没するアモレオナグの伝説やうわさ話、さらに琉歌や長い歌謡・口説に至るまで羽衣説話ないしその断片が認められ、組踊り「銘刈子」もある。沖縄固有の神女信仰の実態を見据え、歌謡・昔話・伝説・呪詞を広く「民間説話」として相互の関連を動的に論じる山下欣一の方法が説話研究に提起するものは多い。（猪股ときわ）

〔参〕関敬吾『昔話の歴史』（至文堂、一九六六）、臼田甚五郎『天人女房その他』（桜楓社、一九七三）、山下欣一『奄美説話の研究』（法政大学出版局、一九七九）

はしひめ【橋姫】 橋に祀られた神霊。境界を守る道祖神の性格を持ち、各地に伝説が残る。

とりわけ宇治の橋姫が名高く、『古今集』恋歌四の「さむしろに衣片敷き今宵もや我を待つらむ宇治の橋姫」ほか二首の影響下に、早くは『源氏物語』宇治十帖が構想され、やがて清輔『奥義抄』をはじめとして、中世歌学とその交流圏に歌語として定着するとともに、多くの変奏譚が生成した。清輔のいう「橋姫の物語」は水死した男をめぐる二人妻の古伝承で、宇治橋とは直接結び付かず、顕昭はこれを否定、宇治の橋下の姫大明神へ離宮神の通う話、及び住吉明神の宇治への通婚（隆縁説）を紹介している。当時、「（宇治の）橋姫」なる物語が書物の形で伝存したことは定家などの証言があるが、その実態は不明である。以後、清輔・顕昭らの説を、各種古今注が脚色を加えつつ継承し、室町時代物語、また古浄瑠璃としての『橋姫物語』や『はしひめ』に流入する。これには『平家物語』剣巻から能〈鉄輪〉に至る、本妻橋姫への、あるいは本妻橋姫による、後妻妬みの説話系譜が絡み合う。宇治以外にも、同じく『古今集』の仮名序にいう摂津長柄の橋に関して、その注釈史において、難工事の人柱となった女の話が「物言へば」の歌に付会して形成される。人柱には男が立てられ、悲嘆して入水した妻が橋姫となったとする『神道集』巻七、橋姫明神事はその一変形である。（西村聡）

〔参〕吉海直人「橋姫物語の史的考察」（『国学院大学大学院文学研究科紀要』一三、一九八二）

はちかづき【鉢かづき】 御伽草子。いわゆる「継子」いじめの物語。民間伝承を色濃く反映する。

河内国交野辺《のかた》の備中守さねたかの姫君は、一三の時に亡くなった母が観世音との誓いによって鉢をかぶせたため、頭から鉢が取れない。父君が再婚し継母に娘が生まれると、継母から「かかる不思議の片端者」と呼んで憎まれ、その讒言によって父君に捨てられる。姫は亡母を慕い川に身投げするが、鉢が浮いて果たせずに助けられ、国司山蔭の三位中将の目にその異様な姿がとまったことから、湯殿の火焚きとして召し使われる。中将の四男宰相殿の目にとまり契りを結ぶが、宰相殿の母は子息たちの嫁くらべを行い、姫に恥をかかせて追い出そうとする。嫁くらべの日、姫の頭から鉢が取れ、その美しい姿が現れるとともに、鉢と一緒に頭上から取れた手箱からは金銀財宝・衣裳がでてきた結果、姫は嫁くらべの席で宰相殿の妻と認められ、その後は幸福な生活を送った。鉢は姫に数々の困難を通過させ、その窮地を救いつつ、苦難を経た上でこそ得られる最上の幸福へと導いており、観世音の御利生を象徴している。この鉢には、時節が到るまで操を守る一種のタブーの機能・水の神としての河童の皿に通じる、生命力の匿し場所・神聖なものが宿る円形容器、などの読み解きが、また財宝の出る手箱には、「浦島説話」の不老不死の玉手箱にも通じる異能の箱、という読み解きもなされている。⇩浦島説話・継子（藤井奈都子）

〔参〕市古貞次「継子物」（『中世小説の研究』東京大学出版会、一九五五）

はちのき【鉢木】

四番目物の能の曲名。［作者］観阿弥説（『自家伝抄』ほか）と世阿弥説（『能本作者注文』ほか）があるが未詳。

上野国佐野のあたりで大雪に行き悩み、宿を借ろうとする旅の修行者（ワキ）に対して、主人夫婦（シテ・ツレ）は住まいの見苦しさを理由に一旦は断ったものの、痛わしくて呼び戻し、泊めることにする。貧しい夫婦はせめてものもてなしに粟の飯を出し、秘蔵の鉢の木（盆栽の木）を火にくべて夜寒を暖める。僧が名を問うと佐野の源左衛門常世と名のり、一族どもに横領されて零落したが、鎌倉に大事あらば一番に駆け付け、命を捧げる覚悟だと語る。話を聞いて僧は、鎌倉へ上る折には訪ねられよと言い残して立ち去る（中入）。やがて東八か国の軍勢が鎌倉に召集され、常世も痩せ馬に鞭打って馳せ参じたところを、御前に呼び出される。そこには先夜の僧（じつは北条時頼〈号最明寺。一二二七〜六三〉）がいて、言葉を違えず馳参した忠誠を褒め、本領を返し与えたうえ、梅桜松の鉢の木の返報に加賀の梅田・越中の桜井・上野の松枝の三か荘を授ける。常世は喜んで佐野へ帰って行く。この能以前に、『増鏡』草枕や『太平記』巻三五（能〈藤栄〉はこれに取材）に時頼の回国伝説を載せるが、常世との本話は能作者の創作らしい。時衆が広めたとされる伝説の背景には、在地の御家人の負担を軽減し、土地を保護する時頼の政治姿勢があり、『徒然草』二一五・二一六段にうかがえる心やさしい倹約家の印象もあずかったことであろう。（西村聡）

はちまんぐどうくん【八幡愚童訓】　縁起・霊験記。上下二巻。［作者］石清水《いわしみず》八幡宮の神官か。［成立］一四世紀初頭。書名は〈八幡大菩薩〉の縁起と威徳を平易に説くという意味で、本地垂跡《すいじゃく》・神仏同体の思想に立って八幡神について啓蒙的・教訓的に述べた書物である。上巻は〈一垂跡事〉〈二名号事〉にはじまる七項目で、八幡神の縁起を述べ、下巻は〈一正直事〉以下の七項目で、八幡神が勧める徳目を説く。

難解な神道説を避けて、和文で平易に説こうとする姿勢が見られ、各時期における八幡神の託宣の文言の他に、それに関連する説話を多く引用して、霊験・威徳を具体的に述べている。

中世における八幡菩薩信仰の概要を窺い知るに格好の書物と言えよう。

なお、同一の書名で呼ばれる別内容の書物で、蒙古襲来時の八幡神の霊験を主に説いているものがあり、やはり石清水八幡宮の関係者の著かと思われるが、成立はやや遅れるものと見られている。『日本思想大系』は、両書を翻刻する際、蒙古襲来関係の方に〈甲〉、他に〈乙〉という符号を与えて区別している。八幡信仰を宣揚するという点は共通するものの、内容上はいちおう全く別の書物であるので、利用の際には注意を要する。（山本一）

〔参〕桜井徳太郎・萩原龍夫・宮田登校注『寺社縁起』（〈日本思想大系〉岩波書店、一九七五）

はっぴゃくびくに・くまのびくに【八百比丘尼・熊野比丘尼】　諸国を廻行した女性唱導者。歩き巫女《みこ》に属する。八百比丘尼は若狭を根拠地とし、複数の女性が歴世これを名乗った。伝説・遺跡は全国的に分布。若狭青井の明徳元年（一三九〇）比丘尼没とする伝説、文安六年（一四四九）比丘尼上洛の記事（『康富記』他）から、活動期を窺い得る。比丘尼は人魚の霊肉を食べて不老不死の身を得たと伝え、霊肉とその父が蓬萊山または竜宮から持ち帰る型（『若狭国伝記』『拾樵雑記』『野史』）、山中からとする例（『本朝神社考』）等がある。『北国奇談巡杖記』の若狭の遠敷《おにゅう》大明神（若狭彦＝彦火々出見命・豊玉姫・玉依姫）に関する縁起は、比丘尼の閲歴と酷似し、二姫神は比丘尼の祖先神とみられ、その神婚譚や神の子の養育譚を一人称で語ったか。源平の合戦譚、特に義経北国落ちを実見談として語る者もいた（『提醒紀談』）。熊野比丘尼は熊野三山の信仰を唱導勧進し、活動は中世から近世末にまで及ぶ。熊野牛王《ごおう》を売り、物語りをし、簓《ささら》を鳴らしつつ歌を歌う。表芸は女性を主な対象とした絵解きで、『勧心十界曼荼羅』（地獄極楽図）『那智参詣曼荼羅』『熊野の本地』絵巻の三種を用いた。特に地獄の絵解きに長じ、中でも女性に関わる石女《うまずめ》・両婦・血盆（血の池）の各地獄のそれは女性衆庶を戦慄させ、血盆経信仰を説くのに役立った。「地獄語りの文学」として見直される。既に近世初期、絵解きは次第に廃れ、歌と売色に傾いた。

（青山克彌）

〔参〕林雅彦『増補 日本の絵解き―資料と研究―』（三弥井書店、一九八四）

はなぶさそうし【英草紙】 読本。五巻五冊。［作者］近路行者（都賀庭鐘、一七一八～一七九四?）。［成立］寛延二年（一七四九）刊。角書に「古今奇談」とある。中国白話小説の翻案奇談集。続編の『繁野話』『莠句冊』と合わせて三部作をなす。

内容は九編からなり、『警世通言』『古今小説』『古今奇観』『喩世明言』等の白話小説を原典とし、翻案世界としては主に『太平記』及びその時代をあてている。翻案態度は一様ではなく、大枠のみを借りているもの（第一編）や筋や構想を柔軟に使いこなしているもの（第二、三、四、五、九編）、また原話をもとに自己流の思想や論理を展開したもの（第六、七、八編）などがある。単なる外国文学の翻案小説にとどまらず、かなり自由に自己の方法論的な創意工夫を凝らそうとした実験的態度にこの作品の意義がある。文学史的に見れば、町人階級の享楽的現世主義にささえられてきた浮世草子が、文学の大衆化商品化という役割を終え、武士や医者等の知識人階級の知的要求を充足するために読本が登場してくるわけだが、その読本台頭の嚆矢となったのがこの作品である。文学の中に思想性を盛り込むことで、語り手の存在を明確化しようとした試みは画期的であり、雅俗折衷、和漢混交という文体を用いたことも、想像の形象化のために有効であった。しかし仏教や儒教の思想にもとづいた倫理観、運命観などでは、やはり一面的な人間理解しかできず、複雑な人間の内面の問題は置き去りにされている。

（上田渡）

〔参〕中村幸彦校注・訳『英草紙他』（〈日本古典文学全集〉小学館、一九七三）

ばのものがたり【場の物語】 物語の場を作品に取り込んだ物語の意味。森正人が説話や作り物語、歴史物語、評論などの作品を分析するのに用いた術語である。従来の国文学は、ジャンル別・時代別に作品を研究する傾向が強いが、この方法は、構造の共通性から個々の作品を捉えようとする点で新しい。森の方法を引き継いだ阿部泰郎は「対話様式作品」と呼びかえ、さらに多くの作品を視野に入れようとしている。

この場の物語には、漢文学の『三教指帰《さんごうしいき》』、王朝物語の『このついで』、歴史物語のうち鏡物といわれる『大鏡』『今鏡』など、評論の『無名草子』、室町物語の『三人法師』『高野《こうや》物語』などがあるほか、『源氏物語』帚木巻の「雨夜の品定め」や『太平記』巻第三五の「北野通夜物語事」のように一場面に取り込まれているものもある。

説話集として、森は『宇治拾遺物語』『宝物集』を挙げるが、前者は序文からの読みであり、後者は鏡物の系譜下にあるという。『江談抄』のように、問答の場が具体的に記された説話集は、むしろ少ない。説話文学を場の物語の系譜から見た時、どのような読みの可能性が拓けてくるかは、今後の課題であろう。

また、森は場の物語とともに物語の場も論じている。語り手一人の独白、語り手二人の対話、語り手三人以上で各物語が完結的な巡談、各物語が非完結的な雑談に分類している。この分類は、アフリカの口頭伝承を研究対象にしてきた川田順造のいうモノローグ、ディアローグ、シンローグ、ポリローグという分類（『社会史研究』二、一九八三）にほぼ対応している。これは、物語の場を広く口頭伝承の場の中に置いてみる必要があることを示唆している。こうして物語の場の考察を積み重ねることによって、それらを整序するかたちで場の物語が書かれたしくみが、さらに明らかにされてゆくにちがいない。

こうした物語の場に対する意識は、前近代の説話集を否定して編集されてきたはずの昔話集や伝説集の場合も、きわめて低かったと思われる。柳田の『遠野物語』は、一貫して、独白・モノローグを聞く筆録者の立場から書かれている。以後の昔話集や伝説集も、専らこうしたスタイルで作られてきた。

それに対して、井上ひさしは『新釈遠野物語』で、物語の場を意識化した場の物語を書いてみせた。この試みは、物語の場を軽視してきた研究に対する痛烈な皮肉であった。今後、場の物語を考察することは、おそらく研究とか創作とかの姿勢そのものを問うことにもなるにちがいない。⇩宇治拾遺物語・江談抄・新釈遠野物語・遠野物語・宝物集

（石井正己）

〔参〕森正人「場の物語としての宇治拾遺物語」（『日本文学』四〇四、一九八七）、同「〈物語の場〉と〈場の物語〉・序説」（『説話論集』一、清文堂、一九九一）、高木史

人「「昔話の聴き手」と昔話の語り合い—その整理と分析及び話柄・新しい昔話について—」(『国学院大学大学院文学研究科論集』一二、一九八五)、阿部泰郎「対話様式作品論序説—『聞持記』をめぐりて—」(『日本文学』四二〇、一九八八)、石井正己『絵と語りから物語を読む』(大修館書店、一九九七)

はやものがたり【早物語】 祝福や滑稽な事柄を内容として、早口に語る物語の意。「早口物語」あるいは「てんぽがたり」(テンポは嘘の意)などともいう。室町期の『経覚私要鈔』『言継卿記』や江戸期の『はしわのわかば』『北越月令』などから、古くは、座頭が「平家」や「奥浄瑠璃」を語った後に、そのもどきとして早物語を語っていたことが知られる。これを語るのは、主に初心の盲人で、長編の語り物を語る前の口ならしでもあった。その語りを岩手・秋田・宮城・新潟・福島各県で活動していた座頭がよく伝えてきたが、今は途絶えた。

　一方、この物語は、江戸初期の『雑兵物語』『世間胸算用』などから、一般の人々によっても語られていたことが知られる。戦後、口承文芸の調査が飛躍的に進み、山形県(特に庄内地方)の村々に多くの早物語が残されていることが明らかになった。それらはこの地方を歩いた祭文語りなどが残したとも言われるが、それだけでは説明できない。この地方で早物語が発達を遂げた背景には、自作を残した岩浪太郎右衛門や庄司弥右衛門のような優れた語り手を生みだす民俗的文化が存在したことを思わないわけにゆかない。⇩平家・奥浄瑠璃　(石井正己)

〔参〕安間清『早物語覚え書』(甲陽書房、一九六四)、矢口裕康『出羽の庄内早物語聞書—庄司弥右衛門の伝承—』(東北出版企画、一九七七)、野村純一「舌疾の文芸—早物語の現在—」(『国語と国文学』、一九八五・一一)、石井正己「盲僧の早物語—語り物の表現と語り手—」(『学芸国語国文学』二二、一九八八)、同『絵と語りから物語を読む』(大修館書店、一九九七)

ばんだいなごんえことば【伴大納言絵詞】 絵巻。三巻。［作者］絵は伝常磐光長筆。詞書は伝藤原雅経筆、藤原教長説もある。［成立］一二世紀後半。長寛から安元(一一六三〜一一七六)の間とする説が有力。『宇治拾遺物語』に同文的同話があり、この説に従えば『絵詞』の成立が先。ただし『宇治拾遺』本文の方が古型を留める。

　貞観八年(八六六)三月の応天門炎上事件の顚末の説話化。上巻の詞書を欠くが『宇治拾遺』により補い得る。大納言伴善男は左大臣源信《まこと》の放火だと讒訴し、太政大臣藤原良房の努力によって信は冤罪は免れる。真犯人は当の善男。事件当夜、善男父子が応天門にいたのを右兵衛の舎人が目撃する。舎人の子と伴家の出納の子の喧嘩がもとで、舎人がこの事実を口外し、善男の罪の糺明、配流へと急転。『大鏡』裏書では、右大臣藤原良相《よしみ》（良房弟）が善男と共謀し、藤原基経（良房養子）に信の放火を訴え、基経は良房に急報する。絵巻中、良房の清和帝密奏の絵における謎の束帯姿の人物は、詞書に全く現れない基経か。絵画化には、この事件での基経を重視する伝承が関わったか。『三代実録』では、善男を告発したのは大宅首《おびと》鷹取。事実は、善男も冤罪で、良房が炎上事件を利用して善男を葬ったとみられる。本書にその成立した後白河院政期の政情不安の反映を認め、諷諭性を指摘する新見がある。詞書末尾の「いかにくやしかりけむ」は、政争に敗れた「善男の霊への慰撫」と解したい。⇩宇治拾遺物語　（青山克彌）

〔参〕小峯一明「宇治拾遺物語と絵巻」（『説話文学研究』二一、一九八六）

ひえさんのうりしょうき【日吉山王利生記】

鎌倉期の説話集。九巻。［編著者］未詳。［成立］未詳。一三世紀末頃か（文永年間［一二六四～一二七四］以後。巻九末尾段、内閣文庫本跋語。巻三後三条院段、参照）。もと絵巻か。天台宗比叡山延暦寺の守護神〈山王権現〉にまつわる、衆生利益の霊験譚を集成した〈日吉山王霊験記〉類の一。同類の作品、絵巻零本が数種伝存し、同一話題を収めるなど相互に関連をもつが、巻数・話題・配列・本文などに相違があり、このうち内閣文庫本（白描絵あり）・早大教林文庫本（外題『山王縁起』）・東大図書館本・叡山文庫本・続群書類従本等の一類をもって『日吉山王利生記』とする。伝存する山王絵巻零本のほとんどと対応関係を示す妙法院蔵『山王絵詞』（一四巻一冊）は別作品。該書の祖本は一五巻仕立てであったといい、『言継卿記』天文一九年（一五五〇）条に見える『山王縁起』『日吉霊験絵』（一五巻）との関係は不明だが、本作品の再編本と考えられる。なお、絵巻零本のうち里見家蔵は本作品系絵巻。書名は内閣文庫本等の外題による。その他『山王縁起』『山門僧伝』とも。

日吉社・叡山の縁起を記した〈序〉と叡山住僧をめぐる山王利生の話題三五（六一図）からなり、凡夫の信心を勧めようとしたものという（序）。『発心集』『今物語』『十訓抄』『古今著聞集』等の先行説話集、また『三国伝記』『源平盛衰記』等の後出作品とのかかわりも窺える。（竹村信治）

〔参〕梅津次郎「山王霊験記絵巻雑記」（『国華』九八四、一九七五）

ひたちぼうかいそん【常陸坊海尊】

源義経の従者。比叡山の僧とも

三井寺の僧ともいわれ、『義経記』では、義経の都落ちで活躍するが、衣川合戦の折は物詣でに出かけて居なかったとされる。主君と最期をともにしなかった常陸坊海尊について、海尊を称する盲人が生きているという風説が室町から江戸中期にかけて行われた（『本朝神社考』『本朝故事因縁集』）。義経伝承を語る盲人が、生き残りの海尊を詐称したものだろうが、海尊が盲目となり、成仏を許されずに生き続けたことも、主君と最期をともにしなかった者の業罰だったろう。それは曾我兄弟や義経・義仲語りの伝承者たちが、しばしば主人公に死に遅れた恋人を名のったことにも共通する。海尊の長寿の説明として、不思議な老人から赤魚を貰って食べた、富士に登って岩上の飴をなめた、人魚の肉を食べた（八百比丘尼と同工）などと説かれるのも、じつは食べてはならぬものを食べた罪の懺悔語りだったろう。

なお、主家の滅亡を生き残りの従者が語るというパターンは、とくに平家の侍大将景清が著名である。「逃げ上手」の景清は、しばしば座頭の元祖として伝承されるが、「後ニハ法師ニナリテ常陸国ニ有」ともいわれる（延慶本平家）。平家座頭の祖神、常陸宮人康親王と同様、常陸＝日の立つ国という盲人の光明願望の表現だろうが、古浄瑠璃『常陸坊海尊』で、海尊が主家の仇を狙う暗殺者として造形されることも、幸若舞・古浄瑠璃の『景清』と同様の伝承的発展であった。

〔参〕柳田國男「東北文学の研究」（定本7）

（兵藤裕己）

ひつじをめぐるぼうけん【羊をめぐる冒険】

小説。［作者］村上春樹（一九四九〜　）。［初出］昭和五七年（一九八二）。

主人公はある羊の探索をするはめになる。その羊は人間にとりついて不思議な力を発揮させ、何かの野望を遂げようとしているらしいのだ。その羊は右翼の大物から今は友人の鼠に取り付いた。主人公は北海道でその鼠と会い、すでに鼠が羊を道連れにして自死したことを知る。

説話と関連さすならば、羊が憑くという話から「憑きもの譚」になるが、でも、この羊は「昔話」に出て来る狐のようではなく、むしろ、SFのエイリアンといったものである。説話的というより全編SF仕立てであることに注目するべきか。説話とSFの違いは、ともに「あやし」の物語であったとしても、説話では説話的現実が現在の「あやし」として信じられているが、SFでは、あくまでも現在というものの拒否の上に成り立っていることであろう。「狐憑き」の話がリアルなのは、その類いの事実が現在的であるからである。SFの生命は、徹底して、非現在的であることであり、だからこそ、その非現在そのものが喩としてのインパクトを齎すのである。筆者が、この作品をSF的にせざるを得ないのは、作品にまとわりつく現在をなるべく拒否し、何かの喩に過ぎないまでに解体してしまおうとしているからだと思われる。その意味で、この小説は、現代の小説が描く物語の現実が、不可避に抱える現在のつまらなさからどうやって逃げるかの、一つの試みである。とりあえず逃げることには成功したと言えるだろうか。（岡部隆志）

ひとまろでんせつ【人麻呂伝説】 歌聖と仰がれる人麻呂（あるいは人丸とも）にまつわる伝説、説話。歌人説話の一つといえるが、他の歌人たちに比して神格化されている点に大きな違いがある。島根県には人麻呂にまつわる伝承が数多くあり、樹下生誕の地とされる益田市戸田をはじめ、神として祀っている柿本神社、海難に遭い死んだとされる安来市には墓などがある。人麻呂の墓は京都壬生寺、奈良県吉野町他にもある。「ほのぼのと明石の浦の」の歌で有名な兵庫県明石市には柿本神社があり、この神社に盲人が祈願して視力が回復したという伝説も残されている。柿本人麻呂に関わる神社は全国各地に多数あるが、中世以降歌聖として人麻呂影供が催され、神格化されるのに符丁を合わせて、小野氏の一族によって各地に分霊されたと説かれる。栃木県にも人丸社は多く、中に人丸を祀った人丸石も伝えられている。人麻呂は「人生《ひとう》まる」「火止《ひと》まる」にも通じることから、歌神以外にも、安産、火伏せの神としても信仰されている。奈良県天理市櫟本の柿本寺では、かつて「我宿のかきのもとまでやけしとも一こえたのめそこで火とまる」の歌を書いた神符が配られていたという。近世の修験関係の書物にも同様の歌が記録されており、下級宗教者などによって人麻呂伝説が広汎に伝わっていったと考えられる。また、中世の古今伝授の世界において神秘的宗教解釈が施されたことも、人麻呂伝説、説話を考える上で見のがせない。（花部英雄）

〔参〕大和岩雄『人麻呂伝説』（白水社、一九九一）、花部英雄『呪歌と説話』（三弥井書店、一九九八）

ひゃくざほうだんききがきしょう【百座法談聞書抄】 仏教説話。一巻。［編著者］未詳。［成立］天仁三年（一一一〇）。

ある内親王（諸説あり）の発願により天仁三年二月二八日から一〇〇日間、さらに二〇〇日延長し計三〇〇日間、『法華経』『阿弥陀経』『般若心経』を講じた際の説経の聞書。本書は、その原本から二〇日分を平安時代末期に抄出したものであり、当時の口語を髣髴とさせる漢字片仮名交り文で叙述されている。各条には日付、講師名、講じられる『法華経』の品名が掲げられている。元来の書名がないことから「法華修法一百座聞書抄」「百座法談」「百座聞書」などとも称される。法隆寺鵤文庫蔵本が唯一の伝本。

　百座講経は平安時代、特に中期以後盛んに行われたもので、本書の成立はこれらを背景としている。記録されている説経の講師は南都北嶺の諸宗派からなり、いずれも当代きっての説経唱導の名手である。説経は来意・釈名・入文判釈・経釈・譬喩因縁・施主段という伝統的方法に則して展開される。これらは当時盛行した唱導の実態をよく示しているとともに、安居院《あぐい》の説経以前の唱導の有り様をも窺わせる点で貴重である。特に譬喩因縁は口語りによる説話の希少な例であり、説話と唱導の場との密接な関係を示すものとして重要である。譬喩因縁は、天竺（インド）一八、震旦（中国）一六、本朝（日本）一の三五話からなり、それらの出典として『法華伝記』『三宝感応要略録』『法苑珠林』『経律異相』『雑宝蔵経』等が挙げられている。また『今昔物語集』『宝物集』『古事談』『発心集』『十訓抄』『私聚百因縁集』『雑談集』『三国伝記』等に共通の説話が見られるが、影響関係は明らかではない。（山崎一昭）

〔参〕永井義憲「法華百座聞書抄の諸問題」（『王朝文学』九、一九六三）

ひゃくものがたり【百物語】 咄本。大本二巻二冊。題名のとおり百話の物語を収録する。〔編著者〕未詳。〔成立〕万治二年（一六五九）刊。翌年、挿絵入り小本が再版される。

　序文に、〈百物語をすれば、かならずこハき者あらハれ出る〉という語り伝えによって、ある雨の夜、小賢しい子供がどうなるか試してみたことが記されている。しかし、実際に収められた百話の内容は、愚かな村人や息子の笑い話や漢詩・狂歌にちなんだ話、一休・幽斎といった有名人の逸話であって、怪談とは関係がない。百物語の行事に則りながら一冊の本にまとめたものだが、泰平の世における百物語が遊戯的な雰囲気を色濃くしていたことが如実に示されている。

　その後に出た『諸国百物語』（延宝五年〔一六七七〕刊）『御伽百物語』（宝永三年〔一七〇六〕刊）などがみな怪談集であるのに、この作品が怪談集でないことを不審に見るむきもあるが、百物語の様式を利用したパロディーと見れば不自然なことはない。

　森鷗外の小説『百物語』（明治四四年〔一九一一〕刊）に見られるように、百物語の行事は近代まで継承され、怪談を発達させる重要な場として機能したが、それをいちはやくもどいてみせたところにこの作品の意義があったにちがいない。（石井正己）

〔参〕前田金五郎「「百物語」雑考」（『言語と文芸』四〇、一九六五）、同「近世初期笑話の一源流」（『国語と国文学』五〇―一、一九七三）、野村純一「「百物語」の方法」（『説話・伝承の日本・アジア・世界』桜楓社、一九八三）、太刀川清校訂『百物語怪談集成―叢書江戸文庫二』（国書刊行会、一九八七）

ふくろぞうし【袋草紙】　平安時代の歌学書。〔作者〕藤原清輔《きよすけ》（一一〇四～七七）。〔成立〕上巻は平治元年（一一五九）頃に成立したとされる。下巻もほぼ同じ頃に成立か。

藤原清輔は平安末期の歌人・歌学者で、『奥義抄』とともに清輔の歌学を代表する。上下二巻より成り、歌会における作法などいわゆる〈故実〉、『万葉集』『古今集』以下の撰集の成立や歌人についての考証、および〈雑《ぞう》談〉等を上巻に収める。下巻は歌合《うたあわせ》の故実について述べている。説話文学という観点から注目されるのは、歌人の逸話を集めた〈雑談〉（その結尾には神仏や権化の人の歌等を集めた〈希代歌〉を付す）である。これ以前にも説話的要素を多く含んだ歌学書として源俊頼《としより》（一〇五五～一一二九）の『俊頼髄脳』があり、これと〈雑談〉には共通話もあるが、とくに歌人逸話に注目して集成している点に特色がある。歌学書に〈雑談〉の項を設けることは、下って頓阿《とんあ》（一二八九～一三七二）の『井蛙《せいあ》抄』に踏襲された。また個々の説話は、次世代の歌学書『無名抄』のほか、『十訓抄』等の説話集に伝承されている。なお、『清輔雑談集』は、本書の〈雑談〉部分を独立させた書物で、江戸期の板本のみが伝わる。正確な成立事情は判っていないが、〈雑談〉が一種の説話集として享受され得たことの証左である。⇩無名抄　（山本一）

〔参〕小沢正夫・後藤重郎・島津忠夫・樋口芳麻呂『袋草紙注釈』（塙書房、一九七三）、藤岡忠美・芦田耕一・西村加代子・中村康夫『袋草紙考証』（和泉書院、一九八三）、藤岡忠美『袋草紙』（〈新日本古典文学大系〉岩波書店、一九九五）

ふけご【富家語】　知足院関白藤原忠実の談話を高階仲行が執筆したもの。一巻。主として「仰云」の形で始まる二五八か条から成る。〔成立〕『中外抄』の後を継いだ形で、久安七年（一一五一）正月から忠実没の前年にあたる応保元年（一一六一）までの一一年間にわたる談話記録であるが、その大半は忠実が保元の乱（一一五六年）の責めを負って知足院に幽閉されてからのものである。

内容は故事や有職故実の断片的記事が中心で、すなわち、白河院・堀河院や、忠実の先祖の忠平・師輔・頼忠・道長・頼通・師実・師通・教通などの様々な人物の逸話や、相撲・競馬・剣などにまつわる逸話、四方拝・

除目叙位・更衣・諸社奉幣など行事における作法などであるが、『中外抄』に比して衣装や食事など美的感覚を基とする記事が多いことが指摘されている。

『富家語』は説話伝承の系譜を探るにあたって重要な文献であり、特に後代の説話集への影響は多大である。中でも、小野宮実資邸の四足門の話（一二二六、一二二七話）、敦実親王所持の宝剣説話（一五七話）、陽成院の奇行譚（一八三話）など『古事談』へ採録されたものは一七話に及び、他に『続古事談』『古今著聞集』との関係も指摘されている。⇩古今著聞集・続古事談・中外抄

（村戸弥生）

〔参〕益田勝実「富家語の研究」（『中世文学の世界』『西尾実先生古希記念論文集』岩波書店、一九六〇）、池上洵一「話題の連関—『中外抄』『富家語』私記—」（『甲南国文』二九、一九八二）、田村憲治『言談と説話の研究』（清文堂、一九九六）、山根對助・池上洵一「富家語」（〈新日本古典文学大系〉『江談抄・中外抄・富家語』岩波書店、一九九七）

ふじのひとあなそうし【富士の人穴草子】　御伽草子。一巻。『吾妻鏡』に材を取った源頼家の家臣の異界遍歴譚。〔作者〕未詳。〔成立〕室町期。

慶長八年（一六〇三）、同一二年（一六〇七）の年記のある写本はじめ、寛永四年（一六二七）以降に数多くの版本が版行されているところから、室町期から近世前期にかけて盛んに読まれたらしい。また近世末期から明治期にかけての、人穴に拠る富士講盛行期の写本が多くある。物語は富士西麓にある人穴（富士宮市人穴の地底洞穴）を舞台としている。鎌倉二代将軍頼家の命を受けた和田平太が人穴探険に赴いたところ、洞中で機織る女房に追われてむなしく引き返す。頼家は所領四〇〇町歩を懸けて仁田四郎を再度人穴探険に赴かせる。洞中八棟造りの御所を見、さらに奥に入ると浅間大菩薩が毒蛇となって現れ、昼夜三度の受苦を鎮めるために仁田の劔・太刀を請う。やがて童子に変化した大菩薩は、報恩と称して六道を案内する。仁田は地獄の苦患の諸相を見、さらに極楽にいたり、大菩薩から黄金の草紙を賜って生還する。そこで頼家の命により、三年三月の間他言を禁じた大菩薩の戒めを破って異界の有様を語ると、天に声があって、その非を咎め、その日の暮れに落命した。題材を『吾妻鏡』の富士狩倉の記事に得、これに当世物語好みの題材たる地獄・極楽廻りを組み込んだ趣向に特色がある。

（石川純一郎）

〔参〕小山一成「「富士人穴草子」研究ノート（上）」（『立正大学国語国文学』一一、一九七六）

ふじぶくろのそうし【藤袋草子】

御伽草子。室町物語。［作者］未詳。［成立］室町末頃の絵巻が伝世しており、成立もその頃か。

近江国の山里に住む翁が山中で子を拾う。その子が一二、三歳の美しい少女に育つ。ある時、猿が畑仕事を手伝うかわりにその子を嫁にもらうという約束をする。猿は嫁を棲家に迎える途中、慰めるために珍しい木の実を取りにいく。その間、猿は娘を藤袋に容れて木に括り下げておく。狩人平次という弓の上手がその縄を射切り、娘のかわりに犬を容れておく。婿の猿がこれを開くと犬が飛び出して喉に食い付いてきたので、猿達は逃げ去る。平次はこの娘と夫婦となり、高名を得、家は富貴となる。これは清水観音の利生という。すなわち異類を退治する試練を経た上で、幸福な結婚に至るという物語である。

この物語は話型的に昔話との関係が深い。すなわち猿が農作業を手伝うかわりに娘を嫁にもらう約束をするが、人間の機智が勝り娘は救われるプロットは異類婚姻譚の「猿聟入」に類似する。また狩人が猿を退治して奪われの身にあった娘を取り戻し嫁とするプロットは『今昔物語集』巻第二六第七話、八話や『宇治拾遺物語』巻第一〇第六話などはやくから文献にも見出される「猿神退治」に類似する。しかし福田晃はこれら昔話よりも「狸の占い」が最も近いものと指摘する。いずれにしても、このようなあり方から、この物語が口頭伝承されていた物語を基に物語草子化されたものである可能性が一応は想定される。なお猿を主人公にした御伽草子には、このほか『猿の草子』『猿源氏草子』『のせ猿草子』などがある。

（伊藤慎吾）

〔参〕福田晃「昔話と御伽草子―『藤袋の草子』をめぐって―（上・下）」（『国学院雑誌』七九―一〇、八〇―五、一九七八～七九）

ふじわらのさねかた【藤原実方】

平安中期の歌人。？～長徳四年（？～九九八）。一般に「実方中将」と呼ばれる。家集に『実方朝臣集』があり、『拾遺和歌集』以下の勅撰集に六七首入集している。長徳元年（九九五）、陸奥守として奥州に赴任し、同地で没。死後、さまざまな伝承が生まれる。

陸奥守に任ぜられた経緯は、宮中において藤原行成と口論になり、冠を落としたための左遷と伝えられ、『古事談』等には一条帝の「歌枕見て参れ」という言葉が記されている。

一条帝の言葉からも判るように、奥州での実方説話には、五月五日に菖蒲の代わりにかつみを葺かせた話、名跡である阿古屋の松を探した話など、鄙の地にあっても風雅の心を忘れぬ貴公子の面影を伝えるものが多い。一方で、女陰をかたどった笠島道祖神を侮り、その祟りで落命した話もあるが、これも都鄙の文化差に基づいており、発想としては同根のものと見做せるだろう。

他には、いわゆる「実方雀」の話が有名である。奥州で無念の死を遂げた実方が、死後、雀と化して都に戻り、台盤をつついたという話で、平安後期成立の『今鏡』が初出である。以後、近世の黄表紙に至るまで、もっとも人口に膾炙した実方説話であった。

実方の説話は、史実における彼の人生が、貴種流離譚の話型に当てはまったため生じた。それらは今日の定義でいう伝説に相当するが、説話の発生当初は、貴族社会という仲間内で話された世間話であったと思われる。

（伊藤龍平）

ふじわらのなりみち【藤原成通】

平安時代末期の公卿。承徳元年～？（一〇九七～？）。父・権大納言宗通、母・藤原顕季の女の四男として生まれる。院の寵臣だった宗通、顕季の関係で幼い頃から院に伺候し、長治三年（一一〇六）、九歳で叙爵、久寿三年（一一五六）、正二位大納言に至る。保元三年（一一五八）に辞職し、翌年、六三歳で出家、法名を栖蓮という。応保二年（一一六二）、六六歳で没す。

成通は蹴鞠、笛、今様、馬術、有識故実等、多芸多才であった。歌人としても『成通卿集』という家集がある。また、今は存しないが、『本朝世紀』久安五年（一一五二）八月三日の条から、『侍従大納言成通卿記』という日記があったことも知られる。

成通にまつわる逸話は数々あるが、後代、鞠聖として崇められるように（『蹴鞠口伝集』序、『尊卑分脈』『諸社根源記』）、蹴鞠関係のものが最も多く、その大半は成通に仮託されたと覚しき『成通卿口伝日記』に収められている。

たとえば、千日鞠満願の日の夜、日記を記していると、三人の鞠精が現れ長く守りとなることを約して去った話、籠居のつれづれに台盤の上で沓音をさせずに、また、侍たちの肩の上で彼らに踏んだのを感じさせずに鞠を上げた話、清水寺の舞台の高欄上で鞠を上げ父宗通の勘気を蒙った話などである。

（村戸弥生）

〔参〕井上宗雄『平安後期歌人伝の研究・増補版』（笠間書院、一九八八）

ふそういんいつでん【扶桑隠逸伝】

伝記。三巻三冊。

［作者］元政。

［成立］寛文四年（一六六四）一一月刊。

扶桑（日本）の古代から中世に至る七五人の隠遁者の小伝並びに挿絵を集めたもの。各伝の末に添えられた賛ともども全篇が漢文で記されている。

作者の元政は、江戸時代の漢詩人・歌人。元和九年(一六二三)二月二三日に京都で生まれ、幼時より学問に志し、一時彦根藩に出仕するが、二六才にして出家し日蓮宗を修めた。三三才の時伏見の深草に称心庵を営み修行の場としたことから深草元政と通称される。漢詩文・和歌を良くし、主な著作に『草山和歌集』『身延道の記』『釈氏二十四孝』『本朝法華伝』などの他仏典の注釈・校訂もある。

所収人名は以下の通りである。〔上巻〕役小角・伏見翁・民黒人・竹溪道慈・開成皇子・道融・玄賓・善謝・徳一・惟山人・大中臣淵魚・藤春津・勝尾勝如・一演・行巡・七叟・猿丸太夫・成意・安勝・白箸翁・亭子皇子・蟬丸・喜撰・木幡山盲館。〔中巻〕嵯峨隠君子・南山白頭翁・藺笥翁・南山亡名處士・清原深養父・空也・千観・覚超・増賀・仁賀・書写性空・藤高光・慶保胤・野人若愚・行真・藤義懐・能因・延殷・源顕基・大瀬三郎・平真近・東聖・増叟・翁和尚・独覚樵夫・禅林永観・大原三寂・平康頼。〔下巻〕西行・心戒・明遍・鴨長明・證真・解脱・明慧・證明・盛親・平惟継・藤藤房・頓阿・兼好・七百歳・寂室・宗久・紀俊長・紀行文・福司・宗祇・牡丹花・日充・妙旨。

(矢野公和)

ぶっきょうせつわ【仏教説話】 説話は、例えばことわざなどと同じように、人生や社会の一断面を短くえぐりとって印象的に提示し、それを聞く者や読者をおのずから教化・啓蒙しようとする性質を備えたものであるから、これが仏教と結びつき、その教化・布教のために用いられるようになるのは、ごく自然のなりゆきであったといえよう。

奈良時代、次々に建立された仏教寺院では、多くの帰依者を集めるべく、各寺院の縁起譚や本尊の霊験譚などを語り広めようとしたし、民間で布教にあたった「沙弥」とか「聖」とか呼ばれた説教僧たちも、因果応報や仏者の霊験を具体的な譬え話・比喩因縁譚などによってわかりやすく説き、民衆を教化しようとした。

このような仏教宣布のために語られた短い話が仏教説話の原型をなすものであるが、さらにそのもとになったものは、仏が親しみやすい例話で弟子たちに教えさとした形態の仏教経典(『譬喩経』の類)や三宝(仏法僧)の霊験譚などを集めた中国の仏教説話集(『冥報記』など)と考えられる。

これらが仏教と共に伝来され、日本の古伝承などとも接合して日本化された仏教説話なり、口承で語り伝えられていたのであるが、それを最初に集成し、説話を説話文学とする契機を作ったのが、奈良時代と平安時代との交の頃に成ったと考えられる『日本霊異記』である。

奈良薬師寺の僧景戒によって編まれた『日本国現報善

悪霊異記』三巻は、その書名や各巻の序文に明示されているように、善悪の状・因果の報の具体相が提示された霊異・奇事を集め記して、悪心を改め、善道を修せしめようとしたものであり、中国の仏教説話集『冥報記』『金剛般若経集験記』などの形態にならいつつも、日本独自の説話集を選述することを意図したものであった。

『霊異記』の説話には、死後の転生譚・冥界譚もあるが、来世での往生を説く話などはほとんど見当らず、経典読誦・祈念礼拝などの善行によって、息災招福など現世での利益を得るという「現報」譚が多いのが特徴である。そうした因果霊験譚の中に、凡庸な人間の生きざま、物心両面の生活が活写されているところに、この書が最初の説話文学作品とみなされるゆえんがあろう。

こうして『霊異記』が切り開いた仏教説話集の仏教的性格や文学的方法は、続いてあらわれた『日本感霊録』『三宝絵』などの仏教説話集や、『本朝法華験記』『地蔵菩薩霊験記』などの「霊験記」の類に継承され、院政期の『今昔物語集』に流入・集成されることになるのである。

本朝最大の説話集『今昔物語集』(一二世紀初め頃成立か)は、通常仏教説話集とは呼ばれないが、全体の七割は「仏法部」と呼ばれる仏教説話が占めており、世俗説話にも仏教とかかわるものがあり、仏教色がすこぶる強い説話集といえる。

そこには、天竺(印度)における釈迦仏の関係説話を始めとして、中国・本朝の三国を舞台とした、霊験譚・冥界譚・奇瑞譚・功徳譚・高僧譚・発心譚・転生譚といった、あらゆるタイプの仏教説話が、各話の後に批評や教訓を付して収められている。これまでふれてきた先行の仏教説話集ばかりでなく、『日本往生極楽記』に基づく往生譚などもとりこまれていて、仏教説話のすべてのパターンが出揃い、古代仏教説話が集成されているといえる。

古代末期以降の社会不安や鎌倉新仏教の興隆などにより、仏教はますます人々の心をとらえ、鎌倉期に入って仏教説話集も最盛期を迎える。この期に多く著わされた仏教説話集も、仏教の理解や布教に資する目的を持って編まれたという点では、古代の場合と基本的に変らないが、中世的な新しい潮流も認められる。その一つは、他者の教化よりも編者自らの「発心」や「結縁」を目的として編まれた説話集が出現したことである。『発心集』『閑居友』『撰集抄』などにおいては、発心や往生に至る心的過程が重視され、編者による各話の批評が増大して自照性が強くなり、発心遁世譚が「集」の中核をなしているのである。

また『宝物集』『私聚百因縁集』『沙石集』『雑談集』などにおいては、仏伝・僧伝や仏教説話を利用して、法談・法語を語ったり、説教の資料を作ったりするというように、唱導的・法語文学的色彩を持つようになっている。室町初期の『三国伝記』は、仏教説話集の最後の余燼といえよう。

　近年の仏教説話に関する研究は、こうした仏教説話集それぞれの作品研究や位置づけ、あるいは仏教と説話(文学)との関わりの検討のほかに、唱導・説教・談義・法語・往生伝・縁起・故実・注釈・絵解きなどとの関わりの追究まで、広がりをみせている。　(加美宏)

ぶどうでんらいき【武道伝来記】 浮世草子。八巻八冊。[作者] 井原西鶴《いはらさいかく》(一六四二～九三)。[成立] 貞享四年 (一六八七) 刊。各巻四話、全三二話より成る。西鶴の武家物の代表作。角書《つのがき》に「諸国敵討」とあるように、敵討が本作品の主題となっている。その意味では、近世に流行した、武辺話を題材にした作品の系譜に位置づけられる。しかし各話の内容はバラエティーに富み、単純な武家社会礼賛に終始するものではない。話の舞台も多様で、諸国咄の型式がとられているのは、他の多くの西鶴作品と同様である。

　三二話のうちには先行作品に典拠が求められる話がある一方、実際にあった敵討との関連が指摘されている話も三分の一ほどある。後者のなかには、同時代の文献資料に拠った話もあろうが、序文に「中古武道の忠義、諸国に高名の敵うち、其はたらき聞伝て」執筆したとあるように、当時、口頭で流布されていた世間話を素材とした話も少なくなかったと推測される。むろんその場合でも、衆道や女色を取り入れるなど、原話が換骨奪胎されているのは言うまでもない。これは西鶴の個性であるのと同時に、時代の特徴でもある。

　出版文化の隆盛した近世とは、説話が商品化され、消費された時代である。その結果、従来、語りの場を共有していた語り手と聞き手が分離する事態が生じた。すなわち「作家」と「読者」の誕生である。こうした説話の有り様は、今日まで引き継がれていると言える。　(伊藤龍平)

ふどき【風土記】 和銅六年 (七一三)、大和朝廷から各国に出された命令に従い〈解《げ》(上申文書)〉として提出された書物。天皇を中心として国家の歴史を語る『古事記』『日本書紀』が時間を軸に据えているのに対して、『風土記』は国家と地方との関係を空間軸として認識する。そしてその両者によって古代律令国家の世界観が確立するのである。

　朝廷から出された命令には、郡郷名には好字をつける、郡内に生ずる物産目録を作成する、土地の肥沃状態・山川原野の名の由来・古老の相伝する旧聞異事を記録する、という五項目の要求事項が示されている (続日本紀)。そのうちとくに地名の由来と旧聞異事という二項目は、古代の「民間説話」のありようを考える上で貴重である。もちろん、そこに記載された説話が民間で語られていたままかどうかは大いに疑問もある。たとえば、音声で語られていた伝承を文字に移す際に生じたであろう変貌や改変は相当に大きかったはずである。しかし、そうした事情を考慮しても、『風土記』に記載された説話群によってしか窺い知ることのできない「古代説話」は多いのである。残念ながら、現在までほぼ完全な姿で残されているのは出雲・常陸・播磨・豊後・肥前の五か国の『風土記』だけであり、そのほかには後世の文献に引用されて残った各国風土記の逸文が伝えられているにすぎない。この現存する五風土記の内容をみてゆくとそれぞれに特徴が認められる。

『出雲国風土記』は、現存する風土記のうちで唯一成立年のはっきりしている書物で、その奥付によれば、風土記撰進の命令が出されて二〇年も後の天平五年(七三三)に、出雲国造であった出雲臣広島の管轄下に成立した。この成立時期が他の風土記に比して遅いのか否かは議論の分かれるところだが、命令を受けた国々にとって、その編纂作業が容易ではなかったということは言えそうである。またほとんどの場合、風土記の編纂は朝廷から派遣された国司および中央官人が担当したと考えられるが、『出雲国風土記』は土着豪族層である各郡の郡司層を実質的な執筆者として土着国造出雲氏を責任者にもっているという点で異質であり、それゆえに「国引き詞章」(意宇郡)のような在地王権において語り継がれていたと考えられる様式化された口誦の国土創成神話などが記録されることにもなった。また国家の歴史を語る記紀神話で大きな分量を占める出雲神話とは別個の土地の神々の神話が数多く記載されているのも興味深い。

これと対照的なのが『常陸国風土記』である。文章は修飾の多い純粋漢文体によって表記されており、漢文に造詣の深い中央から派遣された官人層によってまとめられたものと考えられている。成立年・編纂者ともに未詳であるが、常陸国守であった藤原宇合《うまかい》や下級官人として赴任していたらしい高橋虫麻呂などが編纂者と目されたりする。昔話「大年の客」の話型に連なる外者歓待譚の福慈《ふじ》神と筑波神の説話(筑波郡)や三輪山型「神婚説話」のパターンをもつクレフシ山の説話(那賀郡)など様式化され整った説話が多く、童子女《うない》の松原における恋物語(香島郡)や自然神と人間との関わりを描く夜刀《やと》神説話(行方郡)など古代説話を考える上で貴重な資料も多い。

『播磨国風土記』には短い地名起源説話が多く、そこには現代にも伝わる笑話昔話にも繋がる説話がみられたりする。民間でどのような説話が語り継がれていたかということを知る上で興味深い。また、地理的な関係からみても播磨国は古くから大和朝廷と緊密なつながりがあったようで、当該風土記は景行や仁徳など記紀の説話で主要な位置をしめる天皇たちを主人公とする説話も多い。ここからは地方と中央とがいかなる関係にあったのかということを知ることができる。

　現存する九州の二風土記『豊後国風土記』と『肥前国風土記』は欠落部分が多く完全なものではない。在地の伝承もあるが、景行紀をもとにしたと考えられる記事も含まれ、成立は養老四年（七二〇）以降であるとみてよく、大宰府の監督下にまとめられたらしい。なお、後世の文献に引用されて残った逸文には、「浦島説話」の原話である浦島子や天女伝説・賀茂神社の起源説話などよく知られた説話が伝えられており、古代における民間説話の広がりや多様性を確認することができるのである。⇩浦島説話・古事記・古代説話・神婚説話・民間説話

（三浦佑之）

〔参〕秋本吉郎『風土記の研究』（ミネルヴァ書房、一九六三）、志田諄一『風土記の世界』（教育社、一九七九）、永藤端『風土記の世界と古代の日本』（大和書房、一九九一）、植垣節也校注・訳『風土記』（〈新編日本古典文学全集〉小学館、一九九七）

ぶんしょうそうし【文正草子】　御伽草子。しほやき文正、ぶん太物語なども。祝儀物の性格が強い。

　常陸国鹿島大明神の大宮司に仕える雑色文太は、大宮司の勘気を蒙って追放され、「つのをかが磯」の塩屋で働くうちに塩焼きで成功して長者となり、「文正つねをか」と名乗る。子に恵まれぬため、鹿島大明神に「申し子」した所、蓮華・蓮の姉妹の姫を授かり、姉妹は才色兼備の美女に成長するが、殺到する求婚には見向きもしない。姉妹の噂を聞いた都の二位の中将が小間物売りに身をやつして常陸に下り、巧みな商人口上で文正を面白がらせて邸内に宿を与えられ、姉姫の寝所へ忍び入って身分を明かし、契りを結ぶ。大宮司を招いた管弦の席で中将の正体を知った文正は狂喜し、中将はめでたく姉姫を伴って都へ帰る。ついで妹姫が帝に召されて皇子を出産し、中宮となる。妹姫と共に上洛した文正夫妻も、文正は宰相の位に昇り、妻は二位殿と仰がれて栄華を極め、一〇〇余歳の長寿を保った。

　立身出世・公家貴族への昇格・都での栄華・女主人公の果報等々、始終一貫して意外性に富んだ、めでたい事ずくめの内容であるだけでなく、物語の冒頭文や結語においても〈めでたきこと〉とさらに強調される、祝言性の非常に濃厚な作品である。御伽文庫二三篇中の第一に

も据えられ、また女子の正月の読み初めの吉書とされたり、嫁入りの調度品に加えられるなどして、豪華な絵巻物や奈良絵本に数多く作られた。⇩申し子　（藤井奈都子）

へいけでんせつ【平家伝説】　平家の落人が世を逃れて隠れ住んだとされる土地を平家谷・平家村という。落人の名は平維盛・知盛・清経・資盛など物語中の著名な人物が多く、村人はその直系の子孫や従者の後裔を称している。おそらく平家ダネの芸能に接した山間住民が、平家＝貴種に仮託して村の同族的結束を図ったものだろうが、しかし権威の象徴となる系図や由緒書は、特定の旧家、村の支配層に伝えられる。それらの貴種の家筋は、村に来臨する以前の特殊な出自を窺わせるものが少なくない。流離する平家一門＝貴種の語り手が、神人遊幸の信仰を介して、村の指導的位置についた場合も多かったと思われる。

『源平盛衰記』によれば、那智沖で入水した平維盛は、じつは那智の山中に隠れて「彼の人の子孫繁昌しておはす」とある。記録に現れた最古の平家谷伝説だが、和歌山県有田郡清水町上湯川の小松家は、かつて那智修験の管轄下にあった紀州日光社の神職であり、今も小松殿維盛の子孫を称している。日光社の参詣曼荼羅を所蔵する同家の出自が窺えるが、小松家三代（平重盛・維盛・六代）の物語は、『平家物語』において熊野信仰色・時衆色・観音信仰色などが濃い。特定の宗教民（柳田國男のいう小松太夫）が小松家の物語伝承に関与していたことを窺わせる。たとえば、全国に十数ヶ寺ある小松寺の伝説では、平重盛の刻んだ観音像を、郎等の平貞能が背負ってきて祀ったというパターンが一般的である。小松太夫を名乗る宗教民の足跡が想われるが、平家座頭が小松帝（光孝天皇）を祖神としたこと、盲人芸能者の元祖とされる平悪七兵衛景清の伝説が、清水観音の信仰と不可分に伝承されることなども、特定の宗教民が平家伝説の担い手だったことを窺わせる。

平家谷の伝説地は全国で百数十は下らないといわれる。著名なものでは、熊本県五個荘、宮崎県椎葉、徳島県祖谷《いや》谷、岐阜県白川、新潟県三面などだが、とくに五個荘、祖谷谷など、西日本の平家谷伝説地では、しばしば安徳天皇の潜幸・陵墓伝説が付随している。外祖母の二位尼に抱かれて入水する安徳天皇の姿は、すでに『平家物語』において姥と幼童の入水伝承のパターンを想わせる。水辺の母子神・雷神少童の信仰だが、年に一回賀茂川畔で安徳天皇の供養会（経流し）を修した当道座（平家座頭の座組織）というのも、考えようによれば安徳天皇の神霊奉斎集団であった。平家谷の信仰的中核がしばしば安徳天皇の古塚であることも、安徳天皇（水土神＝雷神＝竜蛇神）の信仰を宣布する宗教芸能民の土着・定住の歴史を窺わせる。伝説発生の場としての古塚は、かつての祭場跡であるのが一般的であった。平家ダネの芸能が土地や集団の信仰に結びついて神話化・伝説化した平家伝説の流布は、中世から近世初頭にかけての遊行民の遍歴・定住の歴史と密接に関連している。

(兵藤裕己)

〔参〕柳田國男「史料としての伝説」(定本四)、武田静澄『落人伝説の旅』(社会思想社、一九六九)、松永伍一『平家伝説』(中央公論社、一九七三)

へいけものがたり【平家物語】 平家一門の栄華と滅亡を描いた物語。〔作者〕未詳。〔成立〕未詳。おびただしい異本があり、巻数・記事内容ともに、諸本によって異なる。ただし一般的に読まれるのは、南北朝期の琵琶法師、覚一検校が残した正本(覚一本一二巻、付灌頂巻)、ないしはその系統の転写本である。

平家物語の成立には、およそ二つの動因が考えられる。一つは、平家一門の急速な繁栄と滅亡が、乱後の知識人(貴族や僧侶)に、事件に対する関心を喚び起こしたことである。たとえば、壇の浦合戦からまもなく、仁和寺の守覚法親王は、義経を召して合戦の次第を語らせている(『左記』序)。平頼盛の息子光盛が所持した「平家記」なる記録は、貴族の間でしばしば借覧されたらしい(『玉蘂』一二一〇年四月二〇日)。源平合戦の記録や資料が、当時切実な関心をもって迎えられたことが窺えるが、その延長上に、『平家物語』成立の一つの動因も考えられる。作者として、古くから葉室時長(『醍醐雑抄』)・吉田資経(『醍醐雑抄』)・菅原為長(『臥雲日軒録』『蔗軒日録』)など、学者的な文人貴族が比定されることも、『平家物語』の成立が、歴史記録の延長にあった事情を伝えている。

しかし平家物語が作成される動因には、もっと切実な社会的必要があったろう。たとえば、平家滅亡から四カ月後、京都を襲った大地震の折には、「平家の怨霊によって世の失すべき由」(『平家物語』巻一二)が噂される。また、建久二年(一一九一)の後白河院の病悩(翌年二月死去)にさいしては、崇徳院とともに安徳天皇の怨霊の祟りがいわれ、建久一〇年(一一九九)の頼朝の変死、つづく鎌倉幕府の争乱の原因についても、慈円の『愚管抄』では「平家の怨霊」がいわれている。災厄の原因が「平家の怨霊」「安徳天皇の怨霊」として明かされるのは、そこに怨霊の言葉を一人称的に語る(口寄せする)巫覡が存在したからである。

たとえば、『徒然草』二二六段には、後鳥羽院の時代に「信濃前司行長」が天台座主慈円に扶持され、「平家物語を作りて、生仏といひける盲目に教へて語らせけり」とする成立伝承がみえる。「信濃前司」行長なる人物は実在せず、『徒然草』の所伝をそのまま信じることはできないが、しかしこれに関連して注意されるのが、慈円が元久元年（一二〇四）に建立し、翌年後鳥羽院の御願寺となった大懺法院である。慈円の発願文によれば、大懺法院の建立は、「保元以後乱世」の横死者の滅罪供養を意図していた。「怨霊」の「廻向に依」て「王法」（具体的には後鳥羽院政）の「安隠泰平」が祈念されたのだが、その大懺法院には、「供僧」として顕密の僧侶のほかに、説経・声明・音曲に堪能の輩が規定される。慈円が「一芸ある者を下部までも召しおきて」という『徒然草』の記述を裏付けている。

おそらく平家怨霊の祟りが恐れられた鎌倉初期において、怨霊の慰鎮を国家的規模で要請された寺院とは、王城の鬼門＝東北に位置して、創建当初から「鎮護国家の道場」を自認していた比叡山延暦寺だろう。とくに院政期以降の比叡山は、南都興福寺とならぶ寺院権門として、院政期以降の（権門体制ともいわれる）国家体制をイデオロギー的に支えている。その延長上で、「かの怨霊を済度し、この朝家を扶助するは、ただ仏法の法力に在り」とする大懺法院も発願されるのだが、発願文の「保元以後乱世」をかりに「治承・寿永」とでも改めれば、大懺法院建立の趣旨は、そのまま『平家物語』編纂の趣旨にもなるのである。またそのような成立事情は、『平家物語』の基本構想にそのまま投影している。

『平家物語』の前半は、王朝末期の危機的な状況を述べて、その原因として、くり返し平家一門の王法・仏法の破壊を語っている。後半の平家都落ちは、犯された「悪行」「罪業」の贖罪としての流離物語である。比叡山で企てられた国家的規模の怨霊慰鎮は、共同体（村落↓国家）祭祀という点で、村落レベルの怨霊鎮めと連続する。『平家物語』全体が、共同体の浄化儀礼の過程とパラレルな構造をもつ理由だが、もちろんそれは、平家のモノ語りが村落や都市共同体の浄化儀礼の中から発生・成長したことと不可分の問題である。原『平家物語』の成立にしても、その編集・著述の論理は、乱後まもない京都で、また源平合戦が戦われた日本の各地で行われた共同体祭祀（御霊鎮め）の延長上に存在したのである。

（兵藤裕己）

〔参〕高木市之助・小澤正夫・渥美かをる・金田一春彦編『平家物語』（〈日本古典文学大系〉岩波書店、一九六〇）、兵藤裕己編『平家物語・語りと原態』（〈平家物語研究資料新集〉7、有精堂出版、一九八七）

へいちゅう【平中】　平《たいらの》貞文《さだふん》の呼び名。?～延長元年（?～九二三）。貞文は定文とも記し、好風の子、『古今集』に九首、『後撰集』に六首を採られた歌人で、〈色好み〉としても知られた。〈平中〉(平仲とも記す)の名は、前代の色好み在原業平の呼び名〈在中〉にかけたものと思われる。『和歌色葉』は兄弟三人の中に生まれたためとするが、真偽は不明。貞文に近い時期の成立かと推測される『平中物語』は、『伊勢物語』の奔放な情熱とは対照的に、小心で女に侮られたりもする主人公の恋愛遍歴を哀感もまじえて描いている。『大和物語』にも貞文は〈平中〉の名で登場する。そのうち第一〇三段は、平中になびいた武蔵の守の娘が、翌晩から平中が所用で来られなくなったのを捨てられたと早合点して出家してしまったという話で、いくぶん滑稽譚に傾く。『今昔物語集』巻三〇、『十訓抄』第五にも同話がある。『今昔物語集』巻三〇には、大臣時平の家の女房に思いをかけた平中が、さんざんに翻弄されてついに恋死にするという話があり、『宇治拾遺物語』『十訓抄』第一にも同話を収める。こうした滑稽譚的平中説話の最たるものは、『古本説話集』第一九の後半の〈墨塗り説話〉であり、これは『源氏物語』末摘花巻にも引用されていて、よく知られた話であったらしい。ただし、『河海抄』等には『宇治大納言物語』(散佚)所収の説話とする。

〔参〕萩谷朴『平中全講』(同朋舎、一九七八)

(山本一)

べんけいせつわ【弁慶説話】

悲劇の英雄「源義経」に、その忠実な郎等たる豪傑弁慶を配し、対比的な構図の中に両者を鮮やかに印象付けるものだが、それだけにとどまらず、様々な伝説・説話に彩られた弁慶の一代記が、形成されている。

熊野別当の子とも紀伊国田辺の娘と天狗の間の子(『弁慶願書』)とも、また熊野権現への「申し子」ともされ、胎内期間が長く出生時には三歳児ほどの状態であったとする「異常誕生説話」や、そのため鬼子とされ捨てて子されるモチーフが、「御伽草子」弁慶物を始めとする諸書に見える。また山での修行時代の聡明さと悪行、自らの剃髪といったエピソードは、鞍馬時代の義経に底通している。弁慶の名は、剃髪時に父と師匠から一文字ずつ取ったものと説明される。義経との出会いには弁慶の太刀奪い・義経千人斬りの二系統の説話があるが、どちらも九十九伝説を背景として、主従の出会いを劇的なものにしている。『平家物語』諸本中では『源平盛衰記』が、弁慶の活躍にもっとも詳しいが、彼の真価が発揮されるのは、やはり『義経記』・「能」・「幸若」などに描かれる、義経の失意時代においてである。そこに語られる彼の才智・機転・豪傑ぶりは、主君義経の影を薄くするほどであり、歌舞伎等を始めとする後世の諸文芸に広く受け継がれてゆく。また、弁慶岩(能登地方)・弁慶水

(比叡山東塔西谷)等の地方伝承、〈弁慶の泣き所〉等の諺にも、弁慶説話の広汎な拡がりが窺われる。⇩異常誕生説話・御伽草子・幸若・能・平家物語・申し子

(藤井奈都子)

ほうおんじゅりん【法苑珠林】 仏教書。一二〇巻。〔編著者〕唐の西明寺沙門釈道世(?〜六八三)。〔成立〕総章元年(六六八)。

仏教に関する百般の事項を項目別に分類編纂したもので、仏教百科事典ともいうべき内容をもつ。中国仏教史の研究に不可欠の書とされる。構成は、一二〇巻を項目別に一〇〇の「篇」にわけ、各篇をさらに六六八の「部」に細別する。たとえば第二五変化篇(第三二巻)では、述意部、通変部、厭欲部の三つの「部」に分かれ、さらに「感応縁」がたてられている。内容は、まず述意部で篇目の大意をのべ、次に通変部、厭欲部で「如華厳経云」という形式で経論等を引いて説明し、さらに「感応縁」で諸書から各種の実例をひく。変化篇の感応縁には『捜神記』から一五例、『異苑』『幽冥録』『齊諧記』『顧微廣州記録』『述異記』『雒陽寺記傳』から各一例、『山海経』から三例、『續捜神記』から二例をひく。篇目は、却量、三界、日月、六進、千仏、敬仏、敬法、敬僧、致拝、福田、帰信、士女、入道、慚愧、奨導、説聴、見解、宿命、至誠、神異、感通、住持、潜遁、妖怪、変化、眠夢、興福、攝念、発願、法服、燃燈、懸幡、香華、唄讃、敬塔、伽藍、舎利、供養、受請、輪王、君臣、納諫、審察、思慎、倹約、懲過、和順、誡勗、忠孝、不孝、報恩、背恩、善友、悪友、擇交、眷属、校量、機辯、愚戇、詐偽、堕慢、破邪、富貴、貧賤、債負、諍訟、誣謗、祝術、祭祀、占相、祈雨、園果、漁猟、慈悲、放生、救厄、怨苦、業因、受報、罪福、欲蓋、四生、十使、十悪、六度、懺悔、受戒、破戒、受齋、破齋、賞罰、利害、酒肉、穢濁、病苦、捨身、送終、法滅、雑要、伝記。内外の典籍を広く引用し、所引のものは四百数十種に及ぶ。説話研究においては、「感応縁」に魏晋六朝以来の志怪小説が多く引かれていること、そのなかには今に伝わらない原本が含まれていることが重要である。たとえば唐代に盛行した『冥報記』は、日本に伝来して最古の仏教説話集『日本霊異記』にも影響をあたえたとされるが、現存するのは『法苑珠林』や『太平広記』に収められた一部にすぎない。また六朝説話の宝庫といわれる『捜神記』も、現行の二〇巻本は明代に復元されたもので、後人の加筆や他書からの混入が疑われているが、全話の四分の一あまりはこの書に引かれていることから、少なくともそれらは唐代以前の説話であることが確認できる。『法苑珠林志怪小説引得』(“*An Index to stories of the Supernatural in the Fa yuan chu lin* Jordan D.P.、成文出版社、一九七三）には、冥祥記、冥報記、冥報拾遺、捜神記、捜神傳記、捜神異記、續捜神記、冤魂志、幽冥録、異苑、述異記、志怪集、博物志、霊異志、玄中記、神仙傳、神異經、列異傳、異物志、齋諧記、韓詩外傳、三寶感通記、李歸心録、述征記、祖臺志怪、臨海記、趙泰傳の三〇種、及び西國傳、西域傳記、西域志、弘明雑傳の書名があげられている。日本には江戸時代に寛文一二年（一六七二）の書林村上勘兵衛版の和刻本があり、いまは大正新脩正蔵経（一九二四～三四）五三巻に収められている。四部叢刊四九〇～五二五、説郛二六、唐人説薈五に所収。

（松岡正子）

ほうおんせつわ【報恩説話】　人間のやさしい振る舞いに対して動物などが恩返しとして富を与えたり、きれいな女性に変身して現れ男と結婚したりする説話。破局を迎える結末も多い。どちらも昔話や説話では普遍的で安定した語り口である。たとえば「魚女房」「鶴女房」など異類女房型の昔話の多くは、傷ついたり殺されようとしていたりする動物を助けてやった男のもとに、魚や鶴などが女に変身して現れて結婚し男を裕福にするが、見るなというタブーを男が破ったために、女は元の世界にもどってしまうという展開をとる。また「猫檀家」のように長い間かわいがられていた猫が、飼い主である和尚さんに恩返しをして貧乏な和尚を裕福にするといった語り方をとるものもある。あるいは「笠地蔵」のように、爺さんの徹底したやさしさが地蔵の報恩を招来させるといった語り口も一般的である。ただ、この「笠地蔵」などは恩返しというよりは信心深い人間が神仏から祝福を受けるというかたちをとる「霊験説話」と繋がっており、報恩と霊験とは共通する要素をもっているとみることができる。

報恩説話の場合、恩返しの内容は、人間に変身して結婚し男を幸せにしようとする「異類結婚説話」に展開する場合と、黄金や宝物をもたらして男を裕福にする致富譚型の展開をもつものとにわかれる。結婚型の報恩説話の場合には、「神婚説話」における神と人間との結婚という神話的なモチーフに繋がる古い要素をもつが、報恩というモチーフ自体は仏教の浸透とともに生じたと考えてよさそうである。報恩というモチーフは、基本的に放生という要素と結ばれており、その放生モチーフは明らかに仏教思想によって生じてきたと考えられるからである。いうまでもなく、放生という観念は、仏教における戒律である殺生と対応するものであり、もともと日本人に動物を殺すことが悪いことだという認識があったとは考えられない。中世以降の説話や昔話においては、ごく当たり前のように生き物を助けてやる（放生する）ことによって、恩返しを受けるという展開が、心のやさしさと呼応するかたちで圧倒的な支持を受けることになる。この展開が最初にみられるのは仏教説話集『日本霊異記』であり、仏教における「唱導」の場や「仏教説話」において一般化していったとみられるのである。

　ちなみに、上代の文献で報恩モチーフが読みとれるのは、『日本書紀』の欽明天皇の巻に記された秦大津父《はたのおおつち》という人物にまつわる逸話だけである。ある時、山の中で二匹のオオカミが殺し合うのに出会った大津父が、その争いを止めさせオオカミの体の血を拭ってやるということがあった。するとオオカミは天皇の夢に現れ、大津父をとりたてるようにというお告げを下したという説話である。欽明は仏教伝来で有名な天皇であり、この書紀の説話も仏教思想の影響によって生じたらしい。

　報恩説話に日本人の心のやさしさの本質をみようとするような認識や発言は単純すぎるだろう。⇩異類結婚説話・神婚説話・唱導・日本霊異記・仏教説話　（三浦佑之）

ほうじょうのうみ【豊饒の海】

小説。[作者]三島由紀夫（一九二五〜一九七〇）。[初出]『春の雪』『奔馬』『暁の寺』『天人五衰』の四部作（『新潮』一九六五・九〜六七・一、六七・二〜六八・八、六八・九〜七〇・四、七〇・七〜七一・一初出）。

　松枝侯爵の嫡子松枝清顕は綾倉伯爵の子女綾倉聡子に心を寄せているが、彼女には勅許をえた婚約者洞院宮治典王がいる。二人は老侍女蓼科の手引きにより関係を結ぶ。大審院判事の子息本多繁邦は清顕の親友で、二人の逢瀬に協力する。結果、聡子は妊娠し、月修寺門跡の許で剃髪出家をする。清顕も、本多に自己の転生の夢を綴った日記を残し二〇歳で病没する（『春の雪』）。

　控訴院判事となった本多の前には、清顕の転生として飯田勲（『奔馬』）やジン・ジャン（『暁の寺』）が現れるが、いずれも夭逝してしまう。さらに本多の前には清顕転生の証し、三つの黒子を持った安永透が現れる。本多は透が転生の贋物ではないかという疑惑を抱きつつも、自らの養子とする。透は老いた本多を嫌悪し虐待するが、本多は透が二一歳までに死ねば清顕の転生と認知してすべてを許そうと考える。清顕の日記を読み秘密を知ってしまった透は服毒自殺を図るが、死にきれずに失明する。その醜悪な姿に、本多は五衰の相を見る。

　老衰と癌とに蝕まれ死期を悟った本多は、月修寺に八三歳の老門跡聡子を訪ね共に清顕との思い出を懐古しようとするのだが、彼女は清顕の存在そのものを本多の幻想として退ける。本多は呆然とするばかりであった（『天人五衰』）。

三島自身は『春の雪』の後註で、〈『浜松中納言物語』を典拠とした夢と転生の物語〉とする。だが、読み手は必ずしも『浜松中納言物語』典拠に一義的な拘束を受ける必要はない。たとえば藤井貞和は『天人五衰』の聡子に、『源氏物語』「夢の浮橋」巻における蘇生後の浮舟をプレテクストとして重ね合わせ、『源氏物語』との差異を説いているし、小嶋菜温子にも『竹取物語』をプレテクストとする意欲的な論がある。引用（テクスト）論の視座からすれば、『浜松中納言物語』も複数のプレテクストのひとつにすぎないのである。
　さて、主人公たちの転生の軌跡は認識者としての本多の視線に支えられている。そうであるならば、そこでの出来事は本多の能識により幻視されたもの（所識）にすぎないともいえる。清顕と本多との関係は主人公と脇役だが、〈ルビンの杯〉が反転図形であるように、地と図、主と従の関係は一変する。
　本多は清顕の遺志〈転生の夢〉を、正に夢見ることで清顕の欲望を模倣し（R・ジラール〈欲望の模倣〉）、作中を生かされている。清顕の夢は、また本多の夢である。彼等は二人でひとつの人格であると見做しうる。本多は清顕を補完する存在、C・Gユングの説く〈影〉、〈分身〉的存在。清顕が本体で本多がその分身ということになるのだが、地と図とを反転させてみると、むしろ清顕の方が本多の分身なのだという解釈もできてしまう。何しろ転生の更新は本多の認識に支えられており、本多の老化に伴って清顕の生まれ変わりであるはずの透は五衰してしまったのであるから。⇩引用（テクスト）の理論　（東原伸明）
〔参〕藤井貞和「三島由紀夫をめぐって」（『国文学解釈と鑑賞』一九七八・一〇）、高橋亨「省筆の文法・余情の美学」（『物語と絵の遠近法』ぺりかん社、一九九一）、小嶋菜温子「三島『豊饒の海』にみる転生と不死」（『かぐや姫幻想』森話社、一九九五）

ほうぶつしゅう【宝物集】　仏教説話集。〔編著者〕平康頼《たいらのやすより》。〔成立〕治承三年（一一七九）以降文治二年（一一八六）頃までか。

　一巻の宮内庁書陵部蔵本（伝康頼筆。首尾欠）、七巻の元禄六年（一六九三）刊製版本（大日本仏教全書所収）のほか、二巻・三巻など多種多様な形態の伝本があり、伝本間の記事の小異同は非常に多く、系統関係は入り組んでいる。当初の形態を窺う上で重要視されているのは、康頼に近い時期の写本とされる一巻本と、吉田本（古典文庫二五八『宝物集〈九冊本〉』として翻刻）など〈第二種七巻本〉と呼ばれる系統の諸本である。

　内容は、鬼界ヶ島の流刑から都へ帰った編者が嵯峨の清凉寺へ詣でるところから始まる。ここは、安元三年

（一一七七）、鹿ヶ谷陰謀事件により流された康頼の実体験を反映する部分で、全体の序となる。清涼寺の通夜の席で聞く物語が主要部となり、第一の宝が何かという問答が、〈仏法〉という答に落ち着いた後（この部分が書名に関わる）、法師が六道の苦とそこから出離するための十二門を説く。このような構成は『大鏡』などの鏡物に倣ったものであろう。序から仏法の部分まで、各小話題ごとに多くの関連する説話と和歌が配されている。説話はしばしば梗概化され、修辞的章句の形で列挙されるにすぎない場合も少なくない。現代の文学史ではふつう〈仏教説話集〉に分類されてはいるが、例証を伴う仏教入門書とも、和歌や故事を分類列挙した通俗的教養書とも言い得る面を持つ。また、同時代歌人の歌を含めて多数の歌を収めるところから、一種の和歌撰集としても受容されたことは、上覚の『和歌色葉』で歌書類を列挙する中に、〈康頼が宝物集〉と見えていることから推測される。和歌の収録数は伝本系統ごとに著しい相違があるが、最多の第二種七巻本では四〇〇首を越え、帰京後の康頼が歌人としてかなり活動していることとの相関を認めることができる。

　個々の説話の独立したおもしろさを重視する近代以降の文学観からは、高い評価を与えることの難しい作品であるが、引用される説話は和漢・内典外典にわたって広範で、中世初期の人々の知識の様相をよく窺わせる。また中世・近世の人びとにとっては、仏教の解説書として、説法や講話を作る上での参考書として、重宝な書物であったと思われ、異本の多さや江戸期における数度の刊行は、このような享受者側の需要を示すものと言える。他の文学作品への影響も少なくなく、『日蓮遺文』『四部合戦状本平家物語』『曾我物語』等が利用している。また、鏡物に倣った通夜物語の形式は、『無名草子』『三国伝記』『諸国一見聖物語』等にも受け継がれ、説話を教義の引証として用いる点は『雑談集』や〈直談《じきだん》〉と称する経典注釈書類にもつらなる面を持つ。とくに、仏典・漢籍起源の説話の中世以降における普及を考える場合、見すごすことのできない作品である。⇩三国伝記

（山本一）

〔参〕小泉弘・山田昭全ほか『宝物集・閑居友・比良山古人霊託』（〈新日本古典文学大系〉岩波書店、一九九三）

ほくえつきだん【北越奇談】　江戸後期北越地方に伝承されていた怪奇・奇事談などをまとめたもの。前編全六巻、一〇二話を収録。〔編著者〕橘茂世《もせい》、号は崑崙《こんろん》。柳亭種彦が校合。〔成立〕文化九年（一八一二）春、江戸の永寿《えいじゅ》堂から刊行された。

　本書の内容は、巻頭に柳亭種彦の序文、越後地理路程

略図並びに順路案内、明浦漁人林成の叙言、北越の勝所、崑崙の凡例、さらに葛飾北斎の挿絵が収載されている。巻之一は龍蛇の奇の話が一一話、巻之二は古来著聞する越後七不思議（逆さ竹・八房の梅など）に加えて俗説十有七奇《しちき》、新撰七奇の奇事奇談二六話、巻之三は玉石に関する説話で、化石・奇岩や大力五十嵐小文治、源頼政の室菖蒲の前を葬ったと伝える菖蒲《あやめ》塚など二四話、巻之四・五は怪談で各一四話、内容は主として伝説・世間話としての天狗・幽霊舟・山男・大蝦蟇・朝日長者などの話、巻之六の人物は、酒転（呑）童子・良寛・孝子・遊女など一三話が収録されており、特に「仁助《にすけ》大蜂の夢を買う」は昔話「夢買い長者」（夢の蜂型）の類話である。

著者は、巻六の末尾に「北越奇談後編・続出・古器・産物・名所旧跡・山勝・海絶・奇事・其外珍話等多く集む」と予告しているが、後編は未刊である。著者は三条（現、新潟県三条市）に文化七～八年（一八一〇～一一）頃に居住していたようであり、その生涯については不詳である。本書に引用した文献は非常に多く、博覧強記の人と言える。また、本書は鈴木牧之の『北越雪譜』へ多大な影響を与えている。（藤島秀隆）

〔参〕『北越奇談』（野島出版、一九七八）、田村賢一訳『北越奇談物語』（新潟日報事業社、一九八〇）

ほくえつせっぷ【北越雪譜】 随筆・地誌・説話等の要素をあわせもつ著作。二編七巻七冊。「越後雪譜」とも。〔作者〕鈴木牧之《ぼくし》（一七七〇～一八四二）。山東京山刪定。京山・京水序。京水・牧之画。〔成立〕初編、天保八年（一八三七）、二編、同一三年刊。読本《よみほん》の体裁で出版。

越後塩沢の人牧之が、越後の雪と雪中の生活の実態を多角的な視座から詳密に描出し、都市民に知らしめんとした特異な著作。

近世の都市民が著しく「世間話」を好み、ことに日常生活圏外の「国々の雑談」を歓迎する風は貞享頃から見られ、諸国奇談集の類が盛行する。牧之はともかく、京山が、こうした都市民の嗜好を充分意識して「刪定」したことはほぼ間違いない。初編では北越地方独自の世間話が生彩を放ち、牧之本来の主題に沿った「雪国の宿命を背負った悲しい人間像」が刻まれる。丹精して織った縮みに暈《しみ》を見つけて発狂した娘の話、絶壁に綱で架《たな》を吊りおろし鮭を獲っていた漁夫が、妻の過失で綱を切られ、吹雪の川にのまれる話等々。二編では、京山の意向によって、主題から逸脱した都市民向けの「好事の話柄」も収録される。橘南谿の『諸国奇談東遊記』や同じ越後の橘崑崙《こんろん》の『北越奇談』を引き合いに出し、これに倣って「化石渓《たに》」「異獣」等々一連の異物奇事譚を配したのもその一例。奇談に人間苦の極みを見る牧之と京山とでは、「奇談」をめぐる姿勢において絶望的に乖離していたのである。⇩世間話

〔参〕高橋実『北越雪譜の思想』(越書房、一九八一)　(青山克彌)

ほけきょうじきだんしょう【法華経直談鈔】 注釈。『法華経』八巻二八品に注釈を加えた仏典注釈書。一〇巻二〇冊。[作者]天台沙門栄心。[成立]栄心の帰寂に際して成菩提院に奉納した原本に「天文十五年(一五四六)八月廿六日還帰寂滅」とあるので、それ以前の近い時期に成ったであろう。

本書は当時隆盛をきわめた『法華経』の講説にならい、経典の配列順にしたがって一品ごとに来意・釈名・入文判釈と三段の解釈談義をしている。来意でその品の経中での位置づけを明らかにし、釈名でその品の題品を解釈して大意を述べ、入文判釈で本文の各科文の句意を解釈している。序品一巻本のみは大意と釈名の二段から成っている。栄心は序品の大意段において法華の妙理を明らめるのに天台大師の『法華玄義』『法華文句』『摩訶止観』の三大部の幽玄難解な注釈書に拠るならばかえって難しくなるので、この書では直ちに法華経をとりあげてその中心念願である即身成仏の旨を談ずるから直談とよぶのである、と述べている。実際、訓話注釈をできるだけ避けると同時に、内外の数多くの説話類を引用して在俗者にわかるように平易に法華経の趣旨を説いているのが特徴である。利益説話・因縁説話・比叡山に関する伝説などに類別される引用説話の出所は、経論・験記・往生伝・一般的説話集の類であり、説話が教説談義の方便となっている。

〔参〕栄心『法華経直談鈔』(池山一切円解題、臨川書店、一九八八)、菊地良一『中世の唱導文芸』(塙書房、一九六八)　(石川純一郎)

ほけきょうじゅりんしゅうようしょう【法華経鷲林拾葉鈔】 羅什記『法華経』の仏典注釈書。二四巻。[作者]尊舜(亮尊の異名がある)。[成立]永正九年(一五一二)。

本書は常陸黒子の千妙寺で著された談義本であり、『法華経』の配列順に各品ごとに来意・釈名・入文判釈の三段に大別してその意義を論述し、経文は章節に分科し、各科について文意・字意・訓釈・因縁物語に説きおよび、さらに和歌を添えて経文の意味を釈明している。引用説話の出所は、天竺・唐土・本朝三国の典籍におよびその数は数百話にのぼる。『法華経』にはもともと教説の方便として譬喩談を備えている。本書はさらに在俗者の理解を容易にするための補助手段として譬喩因縁談

を加えている。本書の構成は法会や講経などに伴う教典講談の形式にならったものであることは『百座法談』の実証するところである。特に『法華経』の講会は、八講・一〇講・二〇講・三〇講と種類が多く、各寺院において経釈がおこなわれた。講義にあたっては譬喩因縁談が好んで語られた。「ささやき竹」の説話もそうした譬喩談の一つとして用いられた。本書は『法華経直談鈔』に先行する直談鈔たること、教説の手段として比喩説話が重視されていること、講義・唱導の特色が顕著であることなどの諸要素を有している。（石川純一郎）

〔参〕新田雅章「鷲林拾葉鈔」解説（財団法人鈴木学術財団編・刊行『増補改訂日本大蔵経』第九七巻解説一『日本大蔵経法華部章疏三』一九七七）、田島徳音「鷲林拾葉鈔」（小野玄妙編『仏書解説大辞典』六、大東出版社、一九八一）、永井義憲「講経談義と説話―『鷲林拾葉鈔』に見えるささやき竹物語」（『大妻国文』四、一九七三）

ほっしんしゅう【発心集】 仏教説話集。八巻。〔編著者〕鴨 長 明（一一五五 ?～一二一六）。〔成立〕編者の出家（元久二年〔一二〇五〕）から没年（建保四年〔一二一六〕）までの間で、晩年に近い頃か。『閑居友』に『発心集』を鴨長明が著した事が見えるので、編者については確実とされるが、現存の本には増補があると見る説もある。現存本は八巻からなる江戸期の木版本二種と、五巻からなる江戸初期頃の写本二種があり、前者を流布本、後者を異本と称している。流布本の巻七・八に当たる部分、巻六の〈数奇〉の説話などが異本にはなく、逆に異本のみの独自説話が四話あるほか、文体にも差がある。異本を長明の編集作業の段階を示すものとする見解もあるが、成立時に近い頃の写本が発見されない現状では、流布本を用いつつ、異本を参照して行くのが穏当な方法である（異本は、説話配列・文体に改変や乱れがみられる一方、本文の細部には古体がとどめられている場合がある）。

序文には、自らの心を導くための座右の書として、耳にした話を集めたと記すが、実際には他の書物（往生伝類や『今鏡』『古事談』など。ただし『古事談』との先後関係については説が分かれる）から収集した話がかなりあると見られる。来世での極楽往生を願う仏道修行者としての模範となる例を中心にして、否定的な例も配置する。冒頭には、寺院生活すら否定する〈再出家者〉の厳しい生きざまの話が並ぶが、巻二以下では多様な修行のあり方が示される。説話の末尾には、多くの場合編者自身の評言が加えられており、それらを見て行くと、全体として、世俗的なものへの執着を絶った内面的清浄さと、自分自身にふさわしい修行の仕方を選ぶことを、重視する姿勢が目だっている。自らの生き方を自らの思考により捉えようとする主体的で真摯な姿勢に貫かれた説話集であり、配列も形式的な類集に依らず、内面的な思考の筋道を示しており、きわめて評論的な性格を持っていると言える。仏教思想の面では、天台浄土教の範囲に収まるものであり、わけても『往生要集』からの影響が顕著であるが、単に仏教の教理を説話化したと言うにとどまらない、編者独自の人間観・宗教観のにじみでた作品である。遁世者の生きざまを集めた集として、後の『閑居友』『撰集抄』の先蹤をなし、評論性において、『沙石集』『徒然草』に連なる。また『私聚百因縁集』『三国伝記』は、『発心集』から多くの説話を書承しており、受容史上注目される。なお、貞慶の『愚迷発心集』も〈発心集〉と呼ばれることがあるが、別個の作品。

なお、鴨長明論の側からは、『方丈記』『無名抄』との先後関係、思想的な関連が議論されている。⇩往生要集・閑居友・三国伝記・私聚百因縁集・沙石集・撰集抄　（山本一）

〔参〕井手恒雄『方丈記・発心集』（明治書院、一九七六）、三木紀人『方丈記・発心集』（〈新潮古典集成〉新潮社、一九七六）、簗瀬一雄『発心集研究』（加藤中道館、一九七五）、広田哲通『中世仏教説話の研究』（勉誠社、一九八七）

ほとけごぜん【仏御前】　⇩祇王《ぎおう》・仏御前

ほととぎす【不如帰】　小説。〔作者〕徳冨蘆花（一八六八～一九二七）。〔初出・初版〕明治三一年（一八九八）～明治三二年。明治三三年の単行本化の折に改稿。

片岡陸軍中将の娘浪子は、海軍少尉川島武男と幸福な新婚生活を送っていたが、結核に冒されると、浪子に横恋慕していた武男の従兄千々岩《ちぢいわ》と、娘を武男の嫁にと考える御用商人山木の画策もあって、武男の母は、武男の演習中に浪子を離縁する。やがて、日清戦争が始まり、死を覚悟で出征し、負傷兵として帰還した武男の元へ、浪子から偽名の見舞品がとどくが、結局、偶然駅ですれ違ったのが最後となった。浪子は「もう女なんぞには生れはしません」と言い残して世を去った。

「不如帰」は二つの相を持っている。家庭小説としての相と、戦争小説としての相である。前者として読めば、結核の伝染等によって家系の断絶をおそれる封権的な〈家〉の力学と、それに対峙しようとする武男の〈個〉としての葛藤が主旋律となる。武男の意識においては、死をもって抗い続けようとしているかのように見えるわけである。しかし、この結婚が、陸・海両軍の結合という意味合いを持つものであってみれば、軍人としての武男の忠誠心が常に浪子の不幸を呼び込んでいることは見逃せない。家庭小説における〈家〉と〈個〉との対立の構図は、戦争小説としては〈家庭〉と〈国家〉との対立の構図に変換される。武男の命はあくまで国家に捧げられるべきものなのである。そう考えた時、〈家庭〉から見た〈国家〉は、異郷の相を見せることになるだろう。（石原千秋）

ほんちもの【本地物】

本地という言葉が本地垂迹思想と深く関わっていることは諸家が一致して説く所であるが、本地物の定義という点においては、いまだ諸説一定していないのが現状である。

本地物と密接な交渉を持っているのは南北朝末期から室町初期の間に編纂されたと推定される『神道集』である。近藤喜博はその内容を神道論的なものと垂迹縁起的なものに大別し、さらに後者を物語的分子の希薄な公式縁起に近いものと物語的分子の濃厚なものとに大別した。本地物として問題になるのは、この最後の部類に属する諸篇である。それらはすべて地方的信仰の中心となっていた神々の縁起の次第を述べたもので、かつてこの世に生を受けた現実の人間が、様々の苦難を経た後に神と顕れるという内容の物語に重点がおかれている。松本隆信は『神道集』が神明の縁起の次第をこういう物語に求めた目的を、両部神道の立場から諸社の縁起由来を集成したものの、観念論的にただ仏菩薩がそのまま神の姿をとってこの土に跡を垂れたとするのみでは人をひきつける魅力に乏しいために、仏菩薩が人間として一度この世に生をうけ、人間的な苦難の果てに神として垂迹するという過程が考えられたと推測した。さらにその過程を語る物語自体は、日本古来の物語的伝承に見られる貴種流離譚の類型の域内にあるとして、本地垂迹思想が本地物の物語を成立させたというよりは、本朝の神々に関する古来の物語的伝承が、本地垂迹思想の敷衍に当たって利用されてきたのである。歴史の裏側に埋もれていた地方的伝承が、本地垂迹思想を契機として取り上げられたということに、文学史の問題として注意すべきであるとした。

本地物の多くは『神道集』に見られるような、神仏の前世譚としての人間的苦難を経たことを語る物語であるが、それですべてが括れるわけではない。一つには、江戸時代初期にそうした物語との類似性を持つ作品に「何々の本地」という題名を好んで付けたということもある。いずれにせよ、神仏の前生における人間的苦難の物語を基調におきつつも、個々の作品間にはかなり大きな幅が存在しているのである。しかし、本地物の持つ本来的な性格という点からすると、娯楽的な読み物の性格を濃厚に持つ草子文学作品よりも、地方的な語り物文芸作品において、より生々しいものが伝えられているようである。

本地物諸篇の作者は修験道関係の遊行の宗教家たちとほぼ推定される。修験道関係の宗教者といえば、山伏と、その妻となっていた者の多い歩き巫女である。本地物が対象とした社寺には、別に公式的な縁起が備わっていることが多い。本地物も寺社縁起の一種ではあるが、公式的な縁起のような特定の社寺の関係者ではなく、自由な立場の遊行の宗教家の手によったからこそ、対象とする神仏とは無関係の仏教説話や民間説話をも取り込んだ、多分に創作的な物語縁起である本地物が出来得たのであろう。そういう物語縁起を、山伏や歩き巫女たちが農山村を経廻りながら語り歩き、物語縁起が広く流布していったのである。その享受者が、まず修験の檀那であった地方豪族である地頭階層であったろうことは、権守・長者と呼ばれる人物の家をめぐって起こった事件として語られる本地物語が多々あることからも窺われる。そうした家々を拠点として、遊行の宗教家たちが信仰宣布のために、地域の民衆に本地物縁起を語ったのであろう。一方ではそうした口承的な広がりというものがあり、また一方では、それらの物語が台本化され、更に読み物として草子化され絵本などに仕立てられて、先の享受者層とはまた違った享受者層が形成されてゆく。そうして本地物は広汎な享受者層を獲得するとともに、個々の場面においては、物語の変質をも余儀無くされていったものと考えられる。「本地物」と一纏めに言いながらも、その中には神仏の本縁譚・寺社縁起譚・高僧伝等々、様々な性質を持った物語・作品が混在する所以でもあろう。

極めて雑多な内容を含みながら、一方では類型性に富む中世文芸の中にあって、時代の特色を最も濃厚に示し、説話としても興味ある問題を含んでいる作品群として、本地物は重要な位置をしめるものと言える。⇩神道集

〔参〕市古貞次『中世小説の研究』（東京大学出版会、一九五五）、松本隆信「本地物の問題点」（『国語と国文学』一九六二・一〇）、松本隆信「物語草子と庶民文学」（『中世庶民文学』汲古書院、一九八九）

（藤井奈都子）

ほんちょうごえん【本朝語園】　説話集。一〇巻一二冊。［編著者］未詳。孤山居士序があり、「客提携巻子来為之序矣」とあって編者名を記さない。孤山居士も何者かは未詳。［成立］宝永三年（一七〇六）刊。

本朝の諸書から故事・逸話・奇談等を抄出し、部類分けする。全五四九話。この方式は一条兼良の『語園』・浅井了意の『新語園』に倣う。ただし前二者は漢籍の抄

出、『語園』は部類分けをしない。

各巻の部類分けは次の通り。(巻一) 天地附時令、帝王附官姓、(巻二) 人臣、孝子、(巻三) 和歌、(巻四) 詩文、才智、(巻五) 法令、書籍、筆跡、書画、雑芸、(巻六) 武勇附逆臣、強力、(巻七) 医陰占相、管絃附雑事、隠幽、(巻八) 好色、無常、(巻九) 飛仙、釈門、(巻十) 天神地祇、恢異妖霊、獣虫、艸木附器物。各説話標題の下に掲げた出典は、『日本紀』『古今著聞集』『続古事談』『今昔物語集』『十訓抄』『袋草子』等々一〇二種。『日本紀』(日本書紀) が五二話と群を抜いて多い。出典を掲出しない例も相当数あり、出典として示した作品に該当話のない場合もある。「孫引き」の可能性あるか。本書は、啓蒙教化の意図とともに、単一の著作で広く本邦の故事を知り得る類書的な利便性をも狙ったであろう。『日本紀』重視の態度は兼良に相通い、本朝の説話の抄出という点では兼良の『東斎随筆』とも近似する。兼良の影響についてはさらに究明されてよいのではないか。⇩新語園・日本書紀・古今著聞集・続古事談・今昔物語集・十訓抄・袋草子　(青山克彌)

〔参〕 倉島節尚『本朝語園』〈古典文庫〉解説、一九八三)

ほんちょうしんせんでん【本朝神仙伝】　中国の神仙伝に範をとって撰述された日本の神仙の列伝。〔作者〕 大江匡房 (一〇四一~一一一一)。〔成立〕 承徳元年 (一〇九七) から天永二年 (一一一一) 頃。

本書は都良香「神仙策」「富士山記」、紀長谷雄「売白箸翁序」「白石先生伝」、三善清行「善家秘記」「善家異記」などの平安時代以来の神仙説話とその言説の伝統の上に書かれた。目録には、倭武命、上宮太子、役優婆塞、弘法大師、泰澄、慈覚大師、都良香、売白箸翁、竿打仙、浦島子など合計三七人の多彩な人物が「神仙」として取りあげられている (ただし現存本では三一人)。それぞれの文末に「あに神仙の類にあらざらむや」と記し、選ばれた人物が長寿であること、天空を飛行しえたこと、深山に住むこと、鬼神を呪縛し、使役すること、仙薬を服用したことなどが、その「神仙」たることの理由となっている。売白箸翁や竿打仙などのように文字通りの神仙も存在するが、しかし注目されるのは、上宮太子、弘法大師、泰澄、慈覚大師などの仏教徒が多数神仙に選ばれているところである。ここには当時の仏教が、山岳での修行や、苦行主義による呪力の習得といったような神仙的な要素を多くもつこと、また浄土信仰の一貫である「往生伝」の系列のなかで本書が成立したという問題が見えてくる。本書がもつ、信仰と説話との新たな関係を考えさせてくれる意義は大きい。　(斎藤英喜)

〔参〕井上光貞『往生伝・法華験記、文献解題』（〈日本思想体系〉岩波書店、一九七四）、下出積與『道教と日本人』（講談社、一九七五）、小峯和明「大江匡房の往生伝と神仙伝」（『中世文学研究』一〇、一九八四）

ほんちょうにじゅうふこう【本朝二十不孝】 浮世草子。五巻五冊。各巻四章、計二〇話の親不孝咄を収録した短篇小説集。［作者］井原西鶴（一六四二〜一六九三）。［成立］刊記貞享三年（一六八六）一一月、同四年正月西鶴自序。

徳育を重視した徳川五代将軍綱吉は諸国に「忠孝札」を立てさせるなど孝道奨励に力を注いだ。その結果中国伝来の「二十四孝」に代表される様々な孝行物語がブームとなって大流行した。そうした中で中国の「二十四孝」をパロディ化して「本朝」の「二十不孝」と銘打った所に西鶴らしさが見出される。

パロディ化されているのは単にタイトルだけに止まらず、登場人物の犯す親不孝の数々が逐一伝統的な孝行物語を裏返したものとなっている。そうすることによって西鶴は「二十四孝」的な孝道を諷刺し批判したのであるとも、新しい現実的な孝道を勧めようとしたのであるとも云われている。事実、ほとんどの話に於いて親不孝者は天罰を受け、不孝を戒める結びが為されているのであるが、教訓を施している作者の発想には、極めて皮肉なものがあったと考えられる。

一方本書が、親不孝者の所業をどぎつい程リアルに描き出している点は古来高く評価されている。人間の内に潜む醜悪なエゴイズムから眼を外らさなかった所に西鶴の見識の確かさが認められるが、それが孝道奨励という衣裳をまとい、パロディという可笑し味の中で表現されなければならなかった所に、文学作品としての本書の問題点が見出されるのである。（矢野公和）

ま

ままこ【継子】 継母のいじめに耐えながら成長し、立派な男性と巡りあって幸せな結婚に至る少女主人公。継子いじめ譚は世界的な分布をもち、日本では一〇世紀後半に書かれた『落窪物語』をはじめ『住吉物語』、中世の短編小説や説話あるいは昔話などにおいて、さまざまに書き継がれ語り継がれている。

一夫多妻制をとる平安朝の物語では、母に死なれた少女が父の邸に引き取られ、継母である北の方（正妻）からいじめられるという形をとり、昔話では実母の死によって父が新たに娶った後妻（継母）からいじめられるという形をとる。継母と父との間に生まれた子どもとの間で実子対継子という対立も生じるが、ヨーロッパのシンデレラのように継母が連れ子をつれて父と結婚したという語り方をとることは少なく、実子と継子とは異母姉妹と設定されるために、両者の対立はそれほど明瞭にならない。昔話「お銀小銀」のように年下の実子が主人公になって継子を援助するというふうな話もみられる。

昔話「灰坊」のように男子を主人公にした継子いじめ譚もあるが、物語や昔話に登場する継子のほとんどは少女であり、普通の少女を主人公とした成長物語におけるもっとも主要な登場人物が継子である。継子いじめ譚の発生については、成女式の通過儀礼などと重ねて論じられることが多いが、夫をめぐる二人の妻の対立や嫉妬を原因として生じてくるとみる視点も必要で、社会制度や家族などの問題も視野にいれた分析も有効である。⇩落窪物語・住吉物語

〔参〕三浦佑之『昔話にみる悪と欲望』（新曜社、一九九二）　（三浦佑之）

まんえんがんねんのフットボール【万延元年のフットボール】

小説。〔作者〕大江健三郎（一九三五～）。〔初出〕『群像』昭和四二年（一九六七）一月～七月。

兄根所密三郎は東京に住み、翻訳で生活をし、養護施設に赤んぼうをあずけていた。そこへ、弟鷹四がアメリカから帰国。四国の村へ自分たちの先祖代々の屋敷を売るために共に帰る帰郷譚である。そこでそれぞれの「生」の再建が計られる。根所家の屋敷を売り渡す相手が、この村の経済的支配者でもあるスーパーマーケット・チェーンの持ち主で、彼に対する村の若者を組織した鷹四の闘いが話の核をなす。密三郎は、この事件の観照者として、鷹四は「本当の事」という己れの過去からの呪縛から逃れ得ない者として、それぞれ生きる。そこに、村の共同体に生きる彼らの曾祖父とその弟の記憶が重ねられ、時間と空間の重層性を持った帰郷譚が生みだされる。そして、密三郎は、自己再建の手がかりを得、鷹四は自らプログラムした自死を選ぶ。

自ら貴種流離譚を自分と妹をめぐり作り上げていた鷹四は、アメリカ・東京を流れて、この村で貴種の証明に向かう。それがフットボール・チーム編成であり、連中と共に、スーパーマーケットを襲うことだった。曾祖父の弟が指導した百姓一揆の伝承と時間を超えてそれが結びついた時、同じく時間を超えた村共同体の外部が姿を現す。それはチョーソカベであり朝鮮人でありスーパーマーケットであった。絵解き・落人伝説・伝承などを背景に、観念的な個とその外部性との拮抗が描かれている。　（江藤茂博）

みなもとのあきもと【源顕基】

平安時代の貴族。長保二年～永承二年(一〇〇〇～一〇四七)。大納言俊賢の子。後一条朝の長元二年(一〇二九)に参議、長元八年権中納言となったが、翌年天皇の死に遇って出家し、永承二年没した。「忠臣は二君に仕へず」という倫理の実行者として、また高い官職を捨てて仏道におもむいた貴族出家人として、同時代および後世の人びとに非常に強い印象を与え、諸書にその説話が伝えられた。出家前から俗世を厭うて、白楽天の無常の詩句をくちずさみ、琵琶を弾きつつ〈罪なくして配所の月を見ばや〉と言っていたことは『江談抄』以下『袋草紙』『古事談』『発心集』から『徒然草』に到る多くの書物に伝承されていった。〈配所の月〉は、おそらく『撰集抄』がそう解しているように、白楽天の「琵琶行」を踏まえた言なのであろう。一方、『古事談』『発心集』『十訓抄』は、出家後に訪ねて来た頼通と一夜仏道について語り明かし、別れ際に思い余って息子の将来を依頼する一言を洩らしたという話を記す。宮廷に在って俗世になじまず仏道に入って人情を失わず、芸術・文学に理解の深い上流貴族というのは、平安中期以降の人びとが好んだタイプのひとつで、顕基はまさにこのタイプに一致する人物として受け取られ、そのような要素の説話が次次と伝承されていったのである。上記の書のほか、『続本朝往生伝』『今鏡』『古今著聞集』『普通唱導集』『東斎随筆』等に引く。⇩江談抄・古事談・撰集抄・袋草子・発心集　（山本一）

〔参〕藤島秀隆『中世説話・物語の研究』(桜楓社、一九八五)

みなもとのとおる【源融】

平安初期の政治家・歌人。弘仁一三年～寛平七年(八二二～八九五)。

嵯峨一世源氏で極官は左大臣。藤原摂関家に抗して四代の天皇に仕え、陽成後継選びの席では「融らも侍るは」と自薦して、基経に一蹴された逸話(『大鏡』『古事談』など)もある。その政治環境の類似や豊かな経済力を背景とした嵯峨(棲霞観)や宇治(のちの平等院)での風雅な別業生活から、光源氏造型の有力な準拠とされる。とくに河原院は、『源氏物語』と深い関係を結ぶだけでなく、生前は嵯峨源氏一統や在原兄弟、貫之・能有らとの雅交の場として(『伊勢物語』八一段ほか)、また後年は盛時を偲ぶ安法・恵慶らの河原院文壇が著聞する。その庭は塩竈の海景を模し、塩を焼く煙をあげたといい、徹底ぶりが中世の注釈世界で誇張されてゆく。三男昇の手から院が宇多法皇に移譲された頃には、ここに融の亡霊が出現して、宇多を悩まし(『今昔物語集』二七―二ほか)、あるいは諷誦の依頼をする(『本朝文粋』

一四）などの伝承が生まれる。その延長に、院政期には人喰い鬼や道摩法師の住む魔窟と化し、融自身、神仙の道に無関心でなかったともされる（『本朝神仙伝』）。そういう怪奇の相と並行して、院の荒廃は、一方、風雅の伝統を喪失・寂寥の基調に収束させる。廃墟を現在とする盛時の幻想は、やがて世阿弥の能〈融〉に典型が呈示される。融作の和歌は、『古今』『後撰』の両勅撰集に四首が入り、「しのぶもぢずり」の作を通じて、「いちはやきみやび」の道の先達の像も知られる。（西村聡）

〔参〕西村聡『能の主題と役造型』（三弥井書店、一九九九）

みなもとのよしいえ【源義家】 平安時代後期の武将。長暦三年～嘉承元年（一〇三九～一一〇六）。源頼義《よりよし》の長男。子息に、保元の乱で崇徳院の味方をし処刑された為義《ためよし》がいる。

頼義が八幡の夢告を受けたときに妻（平直方の娘）が懐妊して義家を産んだといわれ、七歳で石清水八幡宮において元服したので、八幡太郎《はちまんたろう》義家と呼ばれた。前九年の役（一〇五六～六二）で父とともに奮戦し安倍貞任《あべのさだとう》・宗任《むねとう》を討ったことが『陸奥話記《むつわき》』に詳しく伝えられている。若いころから武勇にすぐれ、後三年の役（一〇八三～八七）のときには陸奥守として赴任し、清原氏の内紛に介入して奥州の覇者となった。しかし朝廷はこれを私闘とみなし、何の恩賞もなかった。義家は陸奥守在任中に手に入れた砂金で従者への行賞を行い、ためにのちのちまで東国武士たちの信頼を得たとされる。彼に関する説話は『古事談』『宇治拾遺物語』『十訓抄』『古今著聞集』などに散見する。そして口頭伝承における義家は、東北地方に多くその足跡を残し、今なお生き続けている。例えば茨城県下では、奥州制圧の際常陸国を通ったといい、あちらこちらに義家に関わる地名伝説があって彼が割った大石や兜を掛けた松などが残る。また、福島県東白川郡塙町では湖の水を抜き龍を退治した話もある。さらに義家伝説の中で目立つものに、長者撲滅譚がある。莫大な富が義家のために無に帰した長者は郡山市の虎丸《とらまる》長者や水戸市の一盛《いちもり》長者など何人もいた。「八幡太郎」の名称に荒ぶる神の面影が窺える。（山本則之）

みなもとのよしつね【源義経】 平治元年～文治五年（一一五九～一一八九）。源義朝の末子。母は九条院の雑仕女常盤で、義経と頼朝とは異母兄弟である。義経が生まれてまもなく、平治の乱が起こり、父と死に別れ、八歳の年に京都の鞍馬寺にあずけられる。

義経の行動は、史実として『吾妻鏡』などに確認されるが、頼朝との黄瀬川での対面を機に平氏追討の大将軍として初めて歴史上に登場する。元暦元年（一一八四）、京都にて木曾義仲を討ち、一ノ谷では平氏軍を破る。翌文治元年（一一八五）には平氏軍を屋島で破り、壇ノ浦にて全滅させる。その後、頼朝の許可を得ずに検非違使になったことなどで、梶原景時らの関東の御家人と対立、鎌倉へ帰ることを拒否され、追放の身になった。叔父の行家と結んで反逆を企てたが失敗、西海へ逃れようとするが、難破したために畿内に潜伏する。その後、奥州の藤原秀衡を頼って平泉に逃れるが、秀衡の死後、子の泰衡の襲撃により、三一歳の若さで衣川の高館で自害する。

義経は、その功績に比べて報われることがなく、不遇のまま若くして戦火の中に死んだために多くの同情を集め、世に「判官びいき」という言葉を残した。しかし、義経の不遇を関東武門の制度の問題としてみるかぎり、親子や兄弟の血のつながりよりも惣領と庶子とのつながりを重視した当時の不可避的な状況が推定される。後世には、「判官びいき」が、彼を英雄視する多くの文学を生む原因の一つとなったが、義経の死後まもなく各地に生まれたであろう義経譚の成立には多くの原因が複合していたように思われる。たとえば、若くして大望をいだいたまま死んだ霊は強力な祟りをなすという御霊信仰などが背景にあり、その霊を慰めるために義経の語りが生まれたことも考慮される。義経が死去した高館には落城の後にさまざまな亡霊が現れたという菅江真澄の記録もある。

義経に関する伝承世界は、『平家物語』においては武人として活躍した世盛りの時代を中心として記され、『義経記』においては逆に世盛りの前後に当る生い立ちと没落を中心に当時の伝承がさまざまに集められている。そのために、鞍馬寺から脱出して、せっかく平泉へ行きながら、京都の一条堀川の鬼一法眼から兵法を学ぶために引き返したりする点など、叙述につじつまの合わないところが多い。しかし、鞍馬山の天狗や陰陽師の鬼一法眼との出会いは、平氏追討の際、一ノ谷の「逆落とし」や壇ノ浦の「八艘飛び」などの人力を超えた活躍を裏付けている。

『義経記』の成立に関しては、柳田國男が、異本の少なさから、義経記が京都の識字階級に入ることが遅く、これに係わった者が辺土を歩いていたことを述べ、「東北文学」という言葉を用いた。その理由として、奥州の地理の正確さ、山伏の作法のくわしいこと、義経の晩年の奉公人である亀井兄弟の活躍の場面が描かれていることなどを上げて、『義経記』の後編は熊野信仰の宣伝文学とみなした。『義経記』には、その語り手に関する伝承も多く、常陸坊海尊が残夢や清悦の名で登場し、人魚の肉などを食べたことで長命を得、源平合戦の様子を生き生きと語ったと伝えられている。柳田は、そのような「私が見たこう言った」という一人称の文学に巫者の姿を見出し、義経記の管理者として熊野に関係のあった座頭（ボサマ）を想定した。ボサマの語った奥浄瑠璃にも「判官もの」が多い。

一方、角川源義は、東北地方のボサマが義経譚を語ったのは、『義経記』の成立以後であって、直接には関与していないと述べた。その理由として、『義経記』の「北国落ち」においては北陸や東北地方の天台熊野修験の霊山聖地に立ち寄っても真言修験の羽黒山には無関心であること、「北国落ち」には「熊野の本地」に伝える山中棄児説話が愛発山と亀割山の二箇所で語られ、『義経記』の後半部でほとんど主人公のように活躍する弁慶の出生にもそれがまつわることなどを上げている。

また、筑士鈴寛は、義経伝説は先に熊野巫女の口頭にのぼり、山伏を夫に持つ遊行の芸能巫によって広められたとする。そして、義経伝説の地盤には、盲僧の小童物語が転生し、積み重ねられていると述べ、義経を「霊妙な童子」と捉えてきた伝統を憑霊信仰の方から明らかにしている。

さらに、東北地方には、義経は平泉で死んではおらず、奥州から北海道へと逃げたという伝説が、そのルートをたどれるほどに点在している。判官堂や義経寺という名称だけでなく、各地の寺社や民家に義経の一行が置いていったと伝えられている遺品がある。義経の笈は宮城県の気仙沼市、弁慶の笈は青森県の弘前市、亀井六郎の笈は岩手県の大東町にそれぞれ伝えられている。これらは『義経記』成立以後の伝説であろうが、成立期の義経伝説を想定する上で本格的な調査研究が望まれる。

（川島秀一）

〔参〕柳田國男「東北文学の研究」（定本七）、角川源義『語り物文芸の発生』（『角川源義全集』一、角川書店、一九八八）、筑士鈴寛『中世・宗教藝文の研究』（『筑士鈴寛著作集』三・四、せりか書房、一九七六）

みなもとのよしとも【源義朝】

平安時代末期の武将。保安四年～永暦元年（一一二三～一一六〇）。源為義の長男。源義家の孫にあたる。

青年期までは鎌倉の亀ヶ谷を根拠地として東国で勢力を張り、やがて上洛して下野守となる。保元の乱（一一五六年）で後白河天皇に味方し、手柄を立てたものの恩賞は薄く、崇徳院方に回って敵対した父為義・弟為朝らについての助命嘆願も棄却されるなど不遇をかこった。ために藤原信頼と組んで平治の乱（一一五九年）を起こすが失敗に終わる。『保元物語』は、父殺しという五逆罪の一つを犯してしまう義朝を批判的に描いており、『平治物語』も彼の死をその報いとしてとらえる向きがある。自己の栄達を夢見て非業の死を遂げた彼は、後世も、弟の為朝や子の義経のように伝説的英雄として形象されることはなかった。『平治物語』によれば、平清盛の軍勢に負けて郎等鎌田正清や金王丸《こんおうまる》らと共に敗走した義朝は、尾張国智多郡《ちたのこおり》内海《うつみ》の庄司長田忠致《おさだただむね》（正清の舅）宅に身を寄せるが忠致の心変わりによって湯殿で殺される。正月三日、享年三八歳であった。義朝の墓は、今に愛知県知多郡美浜町野間の大御堂寺《おおみどうじ》（通称野間大坊）にある。身に何の備えもない入浴中に憤死した彼の魂を慰めるために参詣者が木太刀を奉納する風習が残り、この寺では『源義朝公御最期之絵図』を掲げての絵解きを行う。隣接する南知多町には金王丸伝説や義朝に因む行事のあることが報告されている。なお、義朝の末期は『愚管抄』『吾妻鏡』にもみえる。（山本則之）

みなもとのよりとも【源頼朝】　久安三年～正治元年（一一四七～一一九九）。源義朝の第三男で、母は熱田大宮司藤原季範女。義経とは異母兄弟であり、彼に指令をして平家を滅亡させた後、建久三年（一一九二）に鎌倉幕府を開いた。その間に義経とは不仲になり、奥州にて滅ぼすが、その後に成立した『義経記』などの影響により、後世では非情な性格の持主のイメージを与えられた。頼朝の死をめぐる伝承にも、その正式な記録がないためもあって、義経の怨霊説などが現れた。御伽草紙の『頼朝之最期』には畠山六郎に誤って刺殺されたという趣向をとっている。

　また、東国の職人集団の中には、その権威の源泉を天皇にではなく源頼朝に求めていることが多い。マタギ、石工、甲斐の大鋸杣人、浅草の弾左衛門家などがその例である。東国では、西国とは異なる文化的伝統を背景に、潜在的に別の国家を生み出す力量と志向をもっていたという説もあり、源頼朝がその権威の象徴とされたのである。たとえば、東北地方の巫女が伝えている始祖のアサヒ和歌神子は頼朝によってその職業を許されたという。また、六十六部の起源伝承においては、頼朝が前生に頼朝房という法師として廻国したために再生し、源氏の将軍になったと縁起などに記されている。長野市の静松寺《じょうしょうじ》には頼朝房の笈というものが伝えられ、宮城県の気仙沼市には源頼朝房による「廻国九箇條禁戒之事」という掟書が所蔵されている。（川島秀一）

〔参〕小嶋博巳「六十六部縁起と頼朝坊廻国伝説」（『生活文化研究所年報』二、一九八八）、同「頼朝坊の笈とその掟書」（『生活文化研究所年報』四、一九九〇）

みみぶくろ【耳嚢】　随筆。一〇巻一〇冊。一〇巻完備本は旧三井文庫本のみ（岩波文庫に翻刻あり）。各巻一〇〇話、全巻でおよそ一〇〇〇話の奇談・雑談を聞書の形式で収録した大著である。〔作者】根岸鎮衛《やすもり》（一七三七〜一八一五）。［成立］鎮衛が佐渡奉行在勤中の天明四年（一七八四）から同七年の間に起筆し、文化六年（一八〇九）までに巻九まで書き上げ、跋文を付して一旦筆を擱いたが、五年後余力を振り絞って一巻を加えた。よって全一〇巻に成ったのは文化一一年である。鎮衛が翌年力尽きて他界したことを思えば、本書成立に自身の後半生を賭けていたことがよくわかる。

「耳嚢」の書名は、話の聞書の反故を入れる袋という意味から、耳を袋として大いに聞き溜めてやろうという気持ちを込めての命名であり、また、当時流行の咄本の書名に「譚嚢」「軽口こらへ袋」「機嫌袋」「笑ふくろ」「大黒ふくろ」等の何々袋と題するものが多くあったこととの影響とも考えられる。

内容は、自序に「公の御事等をも載せぬれば、世の人に見すべきにあらねど、聞きし儘にしるしぬ。市中の鄙語など誠に戯れ言なれど、是も聞きしまゝに洩らさず書綴りぬ。数多きうちには偽の言葉もありぬべけれど、語る人の偽は知らず、見聞きし事を有りの儘に記して、予が子弟に残し置きぬ。」とあるように、公平無私な態度で聞書に徹し、飾らぬ簡潔な文章で綴られている。語り手としては勤務上の友人、知人、医者、軍書講釈師等が多いが、市中の風説や旅先での風聞等語り手を銘記していないものが最も多い。また、その話を聞いた時の状況や、何故本書に書き残しておこうと思ったかという理由を述べているものも多く、採録者としての自己の役割を十分に認識していたと言える。話柄としては、武家の逸話や評判、生活の知恵（処世術）、教訓話、不思議の話（妖怪・幽霊・狐憑き・古狸等）、言葉や事物の原義・由来の話、病気の療法や俗信の話、事件や裁判の話等々種々様々であり、いわば当時の世間話・風説の集大成の観を呈している。中でも特に注目したいのは、和歌・狂歌に関する記述の多さである。巻一の第一話「禅気狂歌の事」をはじめとして「石谷淡州狂歌の事」「女をいましめし歌の事」「公家衆狂歌の事」等々題目になっているものの他に「戯書鄙言の事」や「下わらびの事」等々の中にも和歌・狂歌が多く見られる。これは、鎮衛の和歌・狂歌への関心・愛着の深さをしめすと同時に天明狂歌の流行が、江戸よりむしろ地方で根強く人気を博していたことの証左でもある。

鎮衛が事実として書き記している話の中に、意外にも先行の書にあるものが少なくない。例えば「悪しき戯れ致すまじき事」（巻二）は、落語の『大山詣』と同系の話だが、古くは狂言の『六人僧』がある。ひとつの話が実話として世間話化したのと作り話をして落語化していくのと両様の発展をしたと考えられる。これなどは話の変遷を考える上で大変重要である。

（上田渡）

〔参〕鈴木棠三編注『耳嚢』（〈東洋文庫〉平凡社、一九七二）

みやこのよしか【都良香】 平安時代初期の儒者。承和元年～元慶三年（八三四～八七九）。大内記、文章博士などを歴任。『文徳天皇実録』の編者で、『都氏文章』六巻（現存三巻）がある。当代有数の文人、儒者である都良香は、また「道場法師伝」「吉野山記」「富士山記」などの「説話作家」でもあった。そこには雷の申し子で怪力の童子や、役行者など吉野山の仙人たち、また神仙が遊び集う山としての富士山の伝承が、平明な散文で描かれている。こうした「雑文」は学者の余技でもあったが、しかし一方には、奇怪神異の記述を史官の役目とする考え方を持ったらしい。それは彼が編纂した『文徳天皇実録』から知ることができる。本書はあくまでも「正史」の体裁をとってはいるが、しかし他の史書にくらべて人物の伝記が豊富なこと、また民間の俗説巷談や神異譚をふんだんに取り込んでいることにその特質が見られる。とくに「米糞上人」の話などは、後の『宇治拾遺物語』などにも収録されている。「説話作家」としての良香は、また自分自身が説話の主人公となった。大江匡房の『本朝神仙伝』のなかで「常に山水を好みて、兼て仙法を行ふ」とされ、さらには菅原道真との出世争いに負けて、官を捨て、山に入って「仙」としての修行をつみ、不老長寿の力を身につけたと語られる。他に『江談抄』『十訓抄』『太平記』などにも良香説話がある。（斎藤英喜）

〔参〕大曾根章介「学者と伝承巷説」（『文学・語学』五二、一九六九）

みんかんせつわ【民間説話】 民間に伝わる説話。英語 Folktale の翻訳語。

柳田國男は日本には「昔話」という適語があるので、民間説話は必要ないといった。略していう民話もまた翻訳語であることや、後にはその語の持つ政治性などを理由にして斥けようとした。したがって、この語は、民俗学の中では不遇な位置にあったといえよう。その後「民話」は、昔話を本格昔話に限定して捉えるのに対して民話を本格昔話・動物昔話・笑話などの総体とする関敬吾の用法や、民話を民族遺産の話・民衆の話として、昔話・伝説・世間話の中でも民衆を感じさせる説話だとする民話運動の人々の用法などがあった。一方「民間説話」は、その民話との差異などが、今一つ明確ではない。

ここでは、柳田國男の提唱した「口承文芸」の中の一部を指すものとして捉え、以下、柳田の「口承文芸」を念頭に説明する。柳田國男の提唱した口承文芸は、柳田のいう「言語芸術」、「昔の国語教育」などと同義であると思われる。そうして、柳田のこの領域に対する関心は、おおよそ「ことば」への関心と重ねて考えることができる。たとえば、柳田の『郷土生活の研究法』（一九三五）では、言語芸術を「一 新語作成、二 新文句、三 諺、四 謎、五 唱えごと、六 童言葉、七 歌謡、八 語りものと昔話と伝説」の八つに分けていた。そうして、柳田の関心は、大きくことばの問題に傾いていた。なぜならば、柳田には、近代この方学校国語教育の下で標準語がしつけられていったが、標準語では語彙が不足しており、人々が思いの丈に見合ったことばを持ち合わせていないことを改善しようとする意図があったからである。そのために人々の「昔の国語教育」（口承文芸、言語芸術）に注目して、そこから現在、そして将来の国語を考えようとしたのである。しかし一方、昔の国語教育にも、欠点はあった。柳田はそれを型にはまったものいい、すなわち「語り」であると考えた。そこで、もっと自由にものをいう「話し」を活用しようとした。そこで着目したのが、「昔語り」ではなく「昔話」なのである。子供のころに昔話をたくさん聴いて育ち、地域の若者に育ったときに「世間話」を話せるようになることが、柳田のもくろんだ口承文芸の構想であった。伝説は、そのような話とは関わりのないものとされ、この構想からはずされたのであった。

さて、それでは、「昔話」とはいかなるものか。柳田はこれを「伝説」との対比から説いた。すなわち、昔話は信じられていないが、伝説は信じられている。昔話は語り始め、語り収め、語り口、相槌があるが、伝説にはそれがなく長くも短くもなる。昔話は時代、場所、人物が不特定であるが、伝説はそれらが特定されそれぞれの事物にまつわっているというのである。それからして、昔話はことばを操る口承文芸であるのに対して、伝説は信仰を重んじて口承文芸と心意現象との中間に当たるというのである。柳田國男のこの区分は、ストーリーの内部の違いではなく、そのストーリーを取り巻く人々の受け取り方や場の違いによるものであった。

今日、民間説話といえば、この昔話と伝説に世間話をあわせたものをいう場合が多い。まれに神話までを含ませる場合もあるが、これらの区分は、研究者の外部に客観的に存在するものではなく、研究者の内部からの要請によって用意されるものであることを、充分に意識しておく必要があろう。（高木史人）

〔参〕『岩波講座日本文学史』16・17（岩波書店、一九九七）

みんわうんどう【民話運動】 民話という語を旗印にして、第二次世界大戦後に現れた、社会運動のひとつ。

まず、昭和三三年（一九五八）一〇月の『民話』創刊号（民話の会編集・未来社刊）は、昭和三五年九月の休刊までに二四号を数えた。創刊号の「「民話の会」について」によると、民話の会は、昭和二七年の木下順二『夕鶴』上演をきっかけに、「民族の遺産としての民話を新しく見なおし、今日の課題にそくしてその研究と創造を発展させたいという多くの人々の願いの中から発足した」といい、民話への国民一般の関心は高く、それは「敗戦後の日本のおかれた半植民地的国情のなかで、国民の間におのずからうまれてきた感情にささえられたものであることはいうまでもない」が、その中で民話の会が果たした役割も大きかったという。そうして、会は理論部会と創造部会からなり、「単なる民話愛好者の趣味的な団体ではない」と強調している。同じく「「民話の会」会則」によると、その第二条に「この会は、民族の遺産である民話を中心にとし、民族の文化について、お互いの理解を深め、それらの普及と新らしい発展をはかることを目的とする」と明確に規定されている。

このようにして始まった「民話運動」は、当時の左翼的なスタンスを取っていたけれども、同時に当時の左翼自身が抱えていたことだが、「民族」「伝統」などのナショナリズム的な語とも連動していた。

民話の会は、やや理論倒れな面が否めず、二年ほどで雑誌も休刊した。その後、民話運動は、むかしむかしの会、民話の研究会などを経る。地方にも民話の会ができてくる。ディスカバー・ジャパン、エキゾチック・ジャパンなどの国鉄のコマーシャリズムなどと連動して、一九七〇年代に運動は一時盛り返した。平行して、民話に「民衆の話」というイメージも付加されていき、大きく瀬川拓男、大島広志らの民話と文学の会と、松谷みよ子、米屋陽一らの日本民話の会とが並び立った。これらの民話運動は、それぞれに微妙な変質を見せながらも、都市伝説や現代民話などの素材の魅力や語り手運動・児童文学活動などとの連携に文化市場での生き残りを賭け、平成一三年（二〇〇一）現在も運動は続いている。

（高木史人）

〔参〕重信幸彦「御伽噺、童話、民話」（『岩波講座日本文学史』17、岩波書店、一九九七）

むみょうしょう【無名抄】歌論。一巻。［作者］鴨長明（一一五五～一二一六）。［成立］建暦元年（一二一一）末から長明没の建保四年（一二一六）閏六月の間。『方丈記』『発心集』との先後関係は諸説あるものの決し難い。もとより、この種の「集の文芸」は準備期間を要し、草稿の一部は建暦以前に書かれていた形跡がある。約八〇章段の和歌関係記事を連ね、鎌倉時代写の梅沢本では八二段。章段の立て方、章段標題も諸本により若干の異同がある。章段群はいわゆる「連想の糸」によって連結される。和歌説話の範疇に入れるべき歌人の評伝・逸話をも豊富に収録し、作者の個人的な和歌体験にも言及することが多い。作者の関心は広範囲にゆれ動き、全体としては和歌随筆または歌話と呼ぶにふさわしい。「長明無名抄」「無名秘抄」「長明和歌物語」「鴨長明抄」「鴨明抄」とも。

冒頭、当代歌人の最重要課題たる題詠の技法から説き起こすが（「題ノ心」、章段標題は梅沢本による）、『俊頼髄脳』の所論を承けて、これを具体的実際的に解説するに留まり、以下の歌論的章段も、長明独自の見解を披歴するという内容のものは比較的少ない。伝統的な規範をまず提示し、例歌や歌会・歌合での具体的経験的実例によって解説・敷衍する態度であり、初学の者には実に重宝な指導書として読まれたであろう。松村雄二は、この「解説者もしくは伝達者という位置」に自らを据える点に、長明独自の「説話者的発想」をよみとる。歌論史的には、長明の師俊恵の歌論の祖述部分や、定家ら新風和歌の中心理念たる幽玄体に触れた「近代歌躰」が重要。

歌人の評伝・逸話の収録は『袋草子』雑談等に既に先蹤があるが、人物描写の冴えという点では、はるかに本書には及ばない。「マスホノススキ」の登蓮法師の狂態には、長明自身にも相通う、瑣事に執着してやまぬ数寄者の風貌が鮮明に刻まれる。歌人たちの無様な失敗の話も好んで取り挙げられ、「腰句ノ終ノテ文字難事」も、標題に示されたような歌論的主題よりは、大恥をかいた驕慢な基俊と、それを冷笑する俊頼との劇的状況の描写に比重がかけられる。歌壇の長老俊成すら、地名を誤読して妙な仇名をつけられた話（「無名大将事」）が紹介される。辛辣で底意地のわるい人間把握である。特に、俊恵の、俊成歌に対する酷評を二度も採録した（「俊成自讃歌事」「俊恵定歌躰事」）点は、「伝達者」を装って他者を撃つ姿勢が明瞭というべきであろう。長明自身の和歌体験は計一六章段にも及び、歌論歌学書の系譜の中では異色の感が強い。他者をわらい、陰微に撃つ一方、自らの回想に際してはほとんど自讃に終始する。かつて呼吸した後鳥羽院歌壇への郷愁と、過去の栄光の甘美な追憶とがその実質であり、いわば、遁世者長明に宿った「妄執の影」と言えようか。⇩俊頼髄脳・袋草子

（青山克彌）

〔参〕松村雄二「無名抄の〈私〉性」（『共立女子短期大学紀要』九、一九七五）、久保田淳『西行 長明 兼好』（明治書院、一九七九）、青山克彌『鴨長明の説話世界』（桜楓社、一九八四）、佐藤恒雄「鴨長明『無名抄』の形成」（『説話論集』第三集、清文堂、一九九三）

むらさきしきぶ【紫式部】　生没年未詳。天延元年(九七三)頃出生か。『源氏物語』『紫式部日記』『紫式部集』を著す。藤原兼輔の孫に当たる為時の女。藤原宣孝との間に一女賢子を儲ける。夫の死後寛弘二年(一〇〇五、または寛弘三年)より中宮彰子の女房として出仕、父為時の官職式部丞・式部大丞に因んで、藤式部と呼ばれた。〈紫式部〉の名は、『源氏物語』に最も重い位置を占める女主人公紫の上の名に由来するらしいが、おそらく紫式部死後定着したものであろう。『紫式部日記』には、「あなかしこ、此わたりに、若紫やさぶらふ」と、紫式部を求める藤原公任の姿が記し留められ、命名にまつわる説話の所在の片鱗を自身明かす趣である。

さらに本格的な紫式部の説話は、大きく二系列に分けられ、その第一は、『源氏物語』執筆の契機に関する話題である。新しい物語を創作せよとの彰子の要請を受け、石山寺に参籠したところ、八月十五夜の月が琵琶湖の面に照り映える折からの風景の美しさに感じ、まず須磨・明石両巻が執筆されたと伝える(『石山寺縁起』『河海抄』『野守鏡』『千鳥抄』他)。第二は、紫式部堕獄説話である。狂言綺語の過ちにより堕獄したとする、『今鏡』『宝物集』等の伝える説話は、やがてその供養の説話(謡曲「源氏供養」等)をもその延長に生じさせ、『今鏡』の紫女観音化身説をも併せ、『源語』の偉大さを前にした中世の人々の仏教的世界観との葛藤・融和の営みを実感させる。

(原岡文子)

〔参〕伊井春樹『源氏物語の伝説』(昭和出版、一九七六)

めいしょうせつわ【名匠説話】　名工、すなわち、すぐれた工芸家の事跡を伝える説話。『今昔物語集』巻二四第五話「百済川成飛驒工挑語」では、天下無双の名工、飛驒工が自宅の新築なった一間四方の堂に、中に入ろうとすると扉が閉じるという細工をなした上で、技芸家としてのライバルである絵師百済川成を招き一泡吹かせるといった話である。『新猿楽記』にも登場人物である飛驒国出身の大工、檜前杉光を名工として扱った話が見られるが、本来、飛驒工は『養老令』「賦役令」にあるように木工労働者として徴発された飛驒国の労民の呼称であり、大工を示す一般名詞に過ぎず、名工でも何でもなかった。名工としての伝説化が進んだのは平安後期頃からであろう。近世初期頃の作かと思われる謡曲「飛驒工」は「小鍛冶」の翻案曲で、後深草院の霊夢により建造された東福寺山門の雲竜の彫物を飛驒工が申しつけられる話で、古浄瑠璃「ひだのたくみ」とも影響関係がある。

日光東照宮の眠り猫、東京上野寛永寺の水呑み竜を作ったと言われ、江戸時代の彫物名人として理想化されて伝えられる左甚五郎は『人倫訓蒙図彙《じんりんきんもうずい》』「木彫師」に「上古には飛驒内匠名人なり、天正のころ左と号する名人あり」と記され『嬉遊笑覧』では飛驒の甚五郎を左と誤ったか、とあり、両者の伝承は混在するが、それは、漂泊の民大工によるところが大きかろう。石川雅望の『飛驒工物語』は『今昔』説話及び甚五郎の俗伝をヒントにして作られた読本である。⇩小鍛冶・今昔物語集

（村戸弥生）

めいど【冥途】　小説。［小説］内田百閒（一八八九〜一九七一）。［初出］大正六年（一九一七）。

「高い、大きな、暗い土手が、何処から何処へ行くのか解らない、静かに、冷たく、夜の中を走つてゐる」。土手の下の一膳飯屋にいると、隣の四、五人連れの客が「私」の噂をしているらしい。「まあ仕方がない。あんなになるのも、こちらの所為だ」という声に、「私」は急に涙を流した。声の主だけが影絵のように見えた。その男がビードロの筒に入れた蜂の話をすると、「私」はなつかしさに堪えられなくなって「お父様」と泣きながら呼んだが、聞こえず、連れと土手の上を去って行った。「私」も「土手を後にして、暗い畑の道へ帰って来た」。「私」がどこかへ行っていたという痕跡は、最後の一文に現れている。土手は冥途に続くことはタイトルにも示されている。しかし、土手は冥途ではない。作品集『冥途』（大一一・二）においては、土手があの世とこの世との境界線として何度か登場しているからでもあるが、話型としても異郷訪問譚とは読めないのである。父と思われる男もどこかへ去って行くし、「私」は物語を通して何も失わないし、何も得ない。つまり、境界を越えたしるしがないのである。もし越境があったとすれば、それは父を失っていたことの確認の形をとっていると考えねばならず、心的なレヴェルにおいてだと言えよう。「私」の流す、自分にも理由のはっきりわからない涙が、心的な越境のしるしだということになる。そこに、この小説の幻想性の源がある。

（石原千秋）

もうしご【申し子】　申し子の語義は、子供のいない夫婦が神仏に祈願して授けられた子、のことである。『日葡辞書』には「Mǒxigo マウシゴ」が採られており、「祈願によって授かった男児または女児」との注が記載されている。「申し子」の名称は御伽草子の時代に顕著であったことから、恐らく中世に出自した名称である。また、物語・説話・御伽草子・幸若舞曲・説経・浄瑠璃等の作品において、ヒーロー・ヒロインが申し子として登場し活躍するものがたりを申し子譚《たん》と呼称している。

子なきを歎き神仏に祈り申して、子を授けてもらうという申し子信仰は、古代に発生したのである。古代の申

し子信仰は様々であった。樹・石・天・月等に祈るというように、中世に見られる如く、特定の神仏に祈願するのとは異なっていた。申し子は、本来神仏が人間に化身したものである。換言すれば、神仏が人間の胎内にやどって人間として異常出自してくるのである。そのため、申し子祈願は宗教儀礼として、祭祀による祓除と寄進を行うのが常道であったと思われる。

中国仏典の『仏祖統紀』、『梁高僧伝』、『唐高僧伝』及びわが国の『日本往生極楽記』、『本朝法華験記』等に見える申し子は父系思想のもとに嫡男を願うのが究極の目的であった。古代・中古言わば初期の申し子は高僧（貴人）であり、その一代記は出生譚に重点が置かれたのである。中国及びわが国では天台宗系統の申し子僧が顕著である。わが国では建立者最澄を初めとし、増命・良源・千観・源信等多く記載されており、次いで華厳宗系の申し子高僧（義淵・良弁・行基・高弁・仁鏡等）がいる。一般に申し子高僧譚の書き出しは、法名・俗姓・どこの国の人であるか、先祖の略系譜を紹介した後、子がないから両親もしくは片親（母の場合が多い）が神仏などに祈るという順序である。物語的要素は稀薄ではあるが、貴人出生を神仏の霊験奇瑞にあることを強調しており、これが中世におけるわが国独特の申し子の着想を生む契機となったと言える。

一般に中世という時期に出自した申し子（御伽草子に申し子型が顕著）は単に凡小人であってはならなかった。神仏の霊験をアピールすることによって、神仏が現世の利益をもたらすと共に救世主であることを説き、信仰させることが目的であった。それ故、申し子は尋常な人物ではなく、神仏の化現による異常な出自に始まり、霊力を有し、いかなる苦難をも克服して行く。最後に概《おおむ》ねヒーロー・ヒロインは神仏に還元するという形態で構成されているのである。平安中期以降、観音信仰や地蔵信仰が盛況になると共に、申し子にも変化が見られ、ヒロイン申し子の登場ともなり、次第に庶民的な匂いのする申し子譚へと推移して行った。それは、『今昔物語集』・『長谷寺霊験記』あたりからであったと言える。

申し子譚は『神道集』あたりから最盛期に入り、内容も多様化し、複雑化して行ったのである。申し子の語例は『伊吹童子』『花みつ』『まんじゅのまへ』『縁覚上人』『十二段草子』等で用いられている。　（藤島秀隆）

〔参〕藤島秀隆『中世説話・物語の研究』（桜楓社、一九八五）、徳田和夫「『実隆公記』の申し子譚から―清水観音・勧進・室町期物語―」（『伝承文学研究』二〇、一九七七）

もうそう【盲僧】　広狭二義がある。広義には、座頭・琵琶法師一般をさして盲僧という。ただし三味線・箏・胡弓などを用いる近世の門付け芸人まで含めて盲僧と呼ぶことには違和感もある。狭義には、当道（平家座頭の座組織）と対立関係にあった地神座頭の一派をさす。すでに南北朝時代の大和に、興福寺を本所と仰ぎ、当道と対立した「盲僧」「地神座頭」の座が存在したことが知られるが、近世には、とくに九州地方の座頭が、当道に対抗して天台宗青蓮院を本所として、独自の盲僧座を形成する。ただし平家座頭も、中世には地神経を読み、カマド祓いに従事したらしく、盲僧と座頭の境界は時代を遡るほど曖昧になる。ただし絵巻・屛風絵等の絵画資料に見るかぎり、中世の座頭は、法師形にもかかわらず、袴をはいた俗形がふつうである。まさに半僧半俗のヒジリであって、その点、中世の座頭／盲僧は、近世九州の天台宗系の盲僧とは位相を異にした存在であるとはいえるようだ。

平家物語などのさまざまな物語を語り、祝言やカマド祓いなどの宗教儀礼にたずさわった中世の座頭＝琵琶法師（より一般的な呼称は座頭）は、一六世紀末頃からしだいに新しい三味線音楽へ転向していったようだ。近世の語り物音楽である浄瑠璃が、もとは座頭の語り芸であったことは周知だが、宮城・岩手県地方に伝わる奥浄瑠璃、新潟県中越地方の五色軍談、佐渡の文弥節の座語りなども、三味線を伴奏とした座頭の語り物であった。古浄瑠璃から祭文・チョンガレ等へいたる多様な語り物が、近世の地方盲人によって担われていたのだが、時代の流行が琵琶から三味線へ移行するなかで、九州地方（山口・島根県の一部を含む）だけは、座頭の琵琶が江戸時代以後も行われた。理由の一つは、九州の座頭琵琶が、カマド祓い等の宗教神事と密接に結びついて存在したからだろう。法具としての琵琶のあり方が、三味線との交替を困難にしたのだが、芸能者が同時に宗教者でもあるという中世的な芸能伝承のあり方は、現在の九州の座頭琵琶にも窺える。

彼ら九州の座頭は、江戸時代には制度的に「盲僧」と呼ばれ、九州北部は天台宗の配下に、南部では薩摩藩の強力な統制下に置かれて、それぞれ玄清法流・常楽院流を名のっていた。ともに一定の檀家をもつ盲僧寺の住持として、近世の宗門統制の機構に組み入れられたのだが、しかし一方では、そうした統制や保護の網から漏れた放浪の座頭が、いわゆる盲僧とは別に少なからず存在した。なかでも多かった地域が肥後（熊本県）地方だが、現在も行われる肥後の座頭琵琶は、その放浪芸的な芸態はもちろん、活動・組織の面でも中世的な座頭・琵琶法師の姿を伝えている。

（兵藤裕己）

〔参〕 中山太郎『日本盲人史』(八木書店、一九七六)、岩橋小弥太『芸能史叢説』(吉川弘文館、一九七五)、加藤康昭『日本盲人社会史研究』(未来社、一九七四)、成田守『盲僧の伝承』(三弥井書店、一九八五)、兵藤裕己「座頭琵琶の語り物伝承についての研究」(『埼玉大学紀要』二六、一九九一)

ものがたりとせつわ【物語と説話】

物語は、事実を語る機構を担う様々の説話群に依拠することによって、そのリアリティを大きく支えられはじめて新しく誕生したジャンルであると言ってよい。「物語の出て来はじめの祖」(『源氏物語』絵合の巻)と呼ばれる『竹取物語』は羽衣伝承(白鳥処女説話)をはじめ、竹中生誕譚、致富長者譚、婿難題譚等の様々な説話を汲み上げることにより成立したものに他ならない。一方、「語られる」説話から「書かれる」物語が生まれた時、重層する説話の個々の話型を遙かに越えて、新しい虚構の世界に人間の内面的真実を描き得る表現が獲得されたということに、むしろ注目せねばなるまい。『竹取』に即して述べるなら、五人の貴公子の求婚譚の部分の世態風俗のリアルな描写は、もとより婿難題譚の枠組を遙かに越えて微細に人間の内面を浮かび上がらせる(但しこの部分に関しチベットの竹娘説話に原型を求める見解もある)。さらに物語末尾、人間の憧れを負う理想的存在であるはずの天人が、人間の世界を生きたかぐや姫に「もの知らぬことなのたまひそ」とたしなめられる場面を置くことによって、白鳥処女説話の枠を大きく越えてはばたく、天上界への憧憬と人間的感情との矛盾という新しい主題を描いたのであった。『竹取物語』の物語の祖としての史的意義は、大きくこの矛盾・分裂を抱え込む人間性の真実への新しいまなざしに関わっている。『うつほ物語』もまた、貴種流離譚を踏まえる俊蔭の巻を中心とする物語、求婚譚の話型に依拠するあて宮をめぐる物語、そしてまた継子いじめ譚の話型に寄りかかる忠こその物語など、様々な説話を始原に、立坊争い等摂関政治の現実を見据える新たなまなざしを得ることによって、音楽の家の物語を新しく切り拓いた作品である。さらに『落窪物語』が継子いじめ譚を基に成立したことは言うまでもない。同時に継子いじめの悲劇の淵源を一夫多妻制に求める社会的現実的な視野を得ることによって、話型そのものを大きく超克していることも押さえられるのである。

こうした物語と説話とをめぐるメカニズムは『源氏物語』の中に最も大きく花開くことになった。光源氏の須磨流謫をめぐっての基層に沈められる貴種流離譚、藤壺への源氏の恋を支える白鳥処女説話の枠組をはじめとして、継子譚、三輪山説話、真間手児名伝説等、数多《あまた》の説話群が『源氏物語』を大きく支えていることは繰り返し指摘されてきた。と共に説話群に依拠することにより紡ぎ出された世界の新しさにも、それまでの物語を大きく越えるものがある。流離から比類ない栄華へという貴種流離譚の導く第一部世界が描き終えられた後、書き継がれた第二部の栄華の頂点を極めた人の苦悩の物語を顧みてもよい。あるいはまた、幼時に母を失った源氏や紫の上の物語の背後に継子譚を透き見せつつ、一方紫の上明石姫君をめぐり話型から離脱した理想的継母子関係が語られてもいる。説話を豊かに取り込むことによりかえって大きく達成された固有の濃密な人間へのまなざしを湛える世界がここに確認されるのである。⇩落窪物語 （原岡文子）

〔参〕三谷栄一「作り物語と説話」（『日本の説話』有精堂、一九七三）

ものくさたろう【物くさ太郎】

御伽草子。「民間説話」の寝太郎話・まめ祖物ぐさ祖等を基盤とする物語。

信濃国あたらしの郷の物くさ太郎ひぢかすは大変な無精者。その無精ぶりに目をとめた地頭のぶよりの命で、領内の人々に三年間養われるが、この郷に割り当てられた長夫に困った百姓達にすかされ、都へ上ることになる。都では人が変わったようにまめに働いた彼は、帰国する前に都の女を得ようと清水で辻取りをする。一七ほどの美しい女房を捕らえたが、女房は彼に様々の謎をかけ、歌を詠ませて、すきを見て逃げてしまう。彼は女房の歌の詞をたよりに捜し当て、歌の才によって彼女の関心を得、契りを結ぶ。身体衣服を整えた彼は男美男の名を取り、女房の才覚で礼法を仕込まれて、連歌の上手と評判になる。内裏に召されて詠んだ歌が御感に入り、先祖を調べられて、信濃へ流された二位の中将の善光寺如来への「申し子」であったことがわかり、信濃の中将になされ、甲斐・信濃の両国を賜る。後に彼はおたがの大明神、女房はあさいの権現となった。

本作は貴種流離譚、「本地物」の要素を持ち、民話的発想による庶民の立身出世談と見る説・基盤は民間伝承に置きつつも中世的な〈のさ者〉を描くものとする説、あるいは本地物のパロディーと解す説などの諸説が提出されている。また、物くさ太郎の出世のきっかけとなる、歌の才や女房とかわす謎解きも重要な要素であり、歌徳説話の影響や中世における「謎々」の流行との関連も注意される。⇩謎々・本地物・民間説話・申し子 （藤井奈都子）

ももたろう【桃太郎】

現在では野菜から宅配便にいたるまでその名を冠する商品が生活を囲むが、戦時意識の高揚に一役かった不幸な時期もある。柳田國男も昭和一七年（一九四二）には『桃太郎の誕生』の「改版に際して」に「珊瑚海を取り巻く大小の島々には、文化のさまざまの階段に属する土民が住み、そのある者は今も鬼ヶ島である」と記さざるを得なかった。江戸期の赤本で広く知られ、明治二〇年（一八八七）には『尋常小学読本』に登場、巌谷小波の『桃太郎主義の教育』（大正四年［一九一五］）等、近代にあっては国家あるいは郷土を形作る言説として大いに活用される。口承文芸の典型とも言える桃太郎は、実は口承がそれ以外のメディアと決して無縁ではありえないと証明する典型なのでもあった。例えば、各地の桃太郎神社をめぐる斎藤純の一連の論稿が参考になる。昔話研究のなかでは小さ子譚の典型として、柳田の完形昔話／派生昔話の二分類を支えるが、『昔話採集手帖』や『日本昔話名彙』に代表話として紹介されている「桃の子太郎」は一般的な桃太郎ではない。学問をしていると地獄から手紙が届き黍団子を持って出かける桃の子太郎である。「標準御伽の桃太郎」以外の伝承としては、力太郎や寝太郎に類似する桃太郎が確認できる。さらには福島県南地域では便所の屋根葺き中に落下したため洗濯が必要になる等、地域的な特色を見せる場合もある。これら各地の伝承については、野村純一『昔話の森』『新・桃太郎の誕生』が詳しい。

（野村典彦）

もんかく【文覚】　平安末から鎌倉初の真言宗の僧。保安五年～建仁三年（一一三九～一二〇三）。俗名遠藤盛遠。はじめ上西門院に仕えた渡辺党の武士であったが出家し、諸国を廻り修業した後に高雄神護寺の辺りに住む。事あって伊豆に配流され源頼朝の知遇を得て活躍。のち佐渡に流されるが許されて京都に帰ったという。度重なる流刑に処せられた荒法師文覚は、『平家物語』諸本を中心に伝説的で超人化され伝えられている。長谷観音の申し子として生まれたが早く孤児となり、「面張牛皮」の乱暴者で剛勇の士として成長した（「源平盛衰記」）。夫のある袈裟御前を横恋慕し、過ってこれを殺したため出家（「延慶本」）、修験荒行を経て種々の不思議を為し「やいばの験者」と呼ばれた。やがて神護寺を再興しようと後白河院に寄進を強要して、悪口雑言を吐き捕らわれて伊豆に流された。頼朝に出会いその器量を見抜き謀反を勧め、福原に上り平氏追討の院宣を賜り頼朝にもたらした。平家滅亡後は平家の嫡孫六代の助命に奔走し、頼朝・後白河院亡き後失脚して隠岐に流された。死後、亡霊となり後鳥羽院を悩ませたという。『平家物語』での文覚は、「天性不当」で「物狂」な人とされ、烈しい気性と行動力をもち平家を滅ぼす仕掛け人として語られている。また、『愚管抄』は彼を「天狗マツル人」と伝え、幸若舞では呪術者としての一面を示すよ

うに、宗教者として自己の信念を全うしようとする強さが、英雄化して伝えられているといえよう。（佐野正樹）

や

やまさちひこ【山幸彦】　⇩海幸彦《うみさちひこ》・山幸彦

やまとたけるのみこと【日本武尊】　『古事記』『日本書紀』などに登場する古代の悲劇的少年英雄の代表。第一二代景行天皇の皇子、景行記では倭建命。初め小碓命と言い、父景行から討伐を命じられた熊曽建を倒してヤマトタケルとなり出雲建も平定して倭に凱旋するが、その荒々しい力を恐れた父はすぐさま東征を命じる。姨《おば》の剣と火打ち石で難を逃れ妃弟橘比売の入水で荒海を渡り反逆者や土地神を平定し、ミヤズヒメとの恋を成就させるが、伊吹山で神の毒気にふれ伊勢国の能煩野《のぼの》で死に、魂は白鳥となって飛翔した。

　景行記では放浪する英雄として貴種流離譚・知恵と勇気・少年の成長物語・父と子の対立・「地名起源説話」など種々のモチーフによって長編化されているが、景行紀では父天皇に忠誠を尽くす英雄と立派な天皇という語り方をしており、父と子との対立から生じる苦悩や悲劇性はみられない。また『常陸国風土記』の各所に地名起源説話をもち、そこでは倭武天皇の呼称がみられる。『尾張熱田太神宮縁起』のほか諸書に取り上げられ、明治以後も国定国語教科書に苦難を克服する英雄として描かれてよく知られ、近年でも童話や漫画の題材となり、市川猿之助のスーパー歌舞伎も話題をさらった。古代国家の成立が歴史の中で回想されて一人の英雄像に凝集したのがヤマトタケルであり、英雄の時代が文学的にどのように構想されるかという点は、古代説話の本質を考える上で重要。（三浦佑之）

〔参〕上田正昭『日本武尊』（吉川弘文館、一九六〇）、吉井巌『ヤマトタケル』（学生社、一九七七）、三浦佑之『神話と歴史叙述』（若草書房、一九九八）

やまとにじゅうしこう【大倭二十四孝】　仮名草子。二四巻一二冊。序品の他二三話の孝行物語を集めた教訓説話集［作者］浅井了意の作かとも云われているが未詳。［成立］寛文五年（一六六五）刊。

　中国の『二十四孝』にならって日本の孝子説話を集めたもので、教訓的立場は因果応報・輪廻転生などの仏教思想に立脚しており、仏教語も多く使用されているところから作者は僧籍にあったと考えられている。

収録されているのは、孝皇・市守長者・業太夫・周防内侍・木村朝治《ともはる》・狭白《こうはく》・平桜子・佐藤ふぢわう・縁覚上人・壬生金寿・高橋種次・熱田縁采女・山口秋道・三保千寿丸・清原実元・山名玉松・木幡《こはた》藤栄・照田姫・二宮花満《はなみつ》・莧《ひゆ》之雄《おんど》・藤原弁太・千世能姫・福万長者の二三人。出典となっている作品のほとんどは、謡曲・幸若舞曲・説経節・御伽草子などの中世文学であり、内容もまた仏の霊験を説いたり、主人公が出家遁世したりするなど仏教色が濃厚で中世的なものとなっている。

「棄恩入無為」の言葉が示すように、仏教的な発想では親子の情愛等を断ち切ってまで仏道修行にいそしむのが良しとされていた。だが孝道奨励とは相容れないそうした考え方は近世に入って非難の対象となってしまうのである。そうした中で仏教の枠の中でも孝行は可能であることを証し立てようとしたのが本作の隠れたモティーフであったと考えられる。

挿絵も多く、娯楽・啓蒙的作品としての配慮もなされている。　（矢野公和）

やまとものがたり【大和物語】 歌物語。［作者］未詳。［成立］正確な成立過程や年時は不明であるが、登場人物の呼称その他から天暦四年（九五〇）頃もしくはそれよりやや後かと推定されている。

古来、『伊勢物語』と並んで扱われることが多く、書名も、明確な命名理由は不明ながら、〈伊勢〉との対偶を意識して国名を与えたものとみられる。現代の文学史においても、『伊勢』と共に歌物語を代表する作品とされている。しかし、『伊勢物語』が業平を主人公としてまとめられているのに対して、そのような明確な統一性は認められない。概して言えば、宇多院（八六七～九三一）の時代を中心に天皇・皇族・上流貴族・著名歌人の和歌に関する話を集めたものであるが、古伝説や奈良朝の話、業平関係の話などもあって、その性格は一様ではない。章段の大部分は、和歌とその背景からなる簡略な歌語りで、著名人の逸話であることに興味の中心があると思われるものであるが、平中の登場する一〇三段などやや長いものもある。一四七段（生田川伝説）、一四八段（芦刈伝説）などは物語的展開を持った長大な章段となっている。作品の統一性よりも、それぞれの話への興味に重点を置いていると見ることもでき、そのような意味では〈説話集〉に近い性格の作品と言ってよい。

現代の注釈書などに用いられているのは、〈二条家本〉と言われる系統の、為家本・伝為氏本などで、藤原定家の手を経ており、その子孫が伝えたものである。これらに対して異本の関係になるのが御巫《みかなぎ》本・鈴鹿《すずか》本・勝命《しょうみょう》本などである。平安後期や中世の人が用いた本の本文は、必ずしも二条家本に一致するわけではないので、他書との影響関係などを調査する時には注意を要する。北村季吟の注釈『大和物語拾穂抄』は二条家系統の本を用いており、近世以降は二条家系統が流布本である。御巫本・鈴鹿本には付載説話があり、『拾穂抄』の末尾の付載説話などと共に享受や伝来を考える際の問題となる。

順徳院（一一九七～一二四二）の『八雲御抄』に『伊勢』『源氏』と並んで歌人が学ぶべき書物として挙げられているように、歌書として享受されていったのであるが、説話文学という観点からは、説話集との関係も注意される。とくに『今昔物語集』巻三〇には、芦刈伝説等を含む六話の共通話がある。『大和物語』の話とは細部の異同もあり、『今昔』の編者が直接に参照しているかどうかはなお考究されなければならないが、何らかの関係のあることは否定できない。また、中世の説話集では、『十訓抄』が、かなり積極的に利用している。その方法は、歌がたりを教訓と結びつけて、〈十訓〉の組織に取り込むもので、一見すると無理なこじつけのように見えるが、編者の和歌の世界に対する関心や愛着をその裏に窺うこともできよう。⇩伊勢物語・今昔物語集　（山本一）

〔参〕本多伊平『大和物語本文の研究・対校篇』（笠間書院、一九八〇）、柿本奨『大和物語の注釈と研究』（武蔵野書院、一九八一）

ゆうづる【夕鶴】　戯曲。［作者］木下順二（一九一四～）。［初出］『婦人公論』昭和二四年（一九四九）一月号。

初演は山本安英と「ぶどうの会」によって、同年一〇月二七日丹波市天理教講堂で行われた。関西公演を皮切りに、昭和二七年四月までのわずか二年半の間に、東北・北海道を除く各地で、初演と同一スタッフによって一四五回上演され、観客動員数は一三万七一〇〇人にのぼる。この戯曲が、いかに敗戦後のこの国の人々の心をとらえたかがうかがえる。以来全国の職場・学校演劇で無数に上演され、團伊玖磨作曲の歌劇「夕鶴」もつくられ、現在まで上演を重ねている。

「夕鶴」の原形として、木下順二は昭和一八年（一九四三）頃に「鶴女房」という戯曲を書いていた。この戯曲のもとの材料は、柳田國男編『佐渡島昔話集』からとったと木下自身が述べている（「作品について」）。全国に伝承される「鶴女房」譚をふまえたこの戯曲の要は、「おかね」の介在によって「突然つうに與ひょうの話が分らなくなる」（同前）ところにある。いわば鶴に象徴される「自然」の側から、人間の在り方を逆照射したとき、近代資本主義の中で生きる人々の意識と無意識のはざまにある、政治・経済・社会をめぐる自明化された説話的枠組が浮き彫りにされるのである。一見何気ない科白の一つ一つの積み重ねの中で、與ひょうとつうの直接的なコミュニケーションが、愛を物象化した布によって崩され、さらに金銭の物象化によってディスコミュニケーションに至る過程が捉えられている。（小森陽一）

〔参〕『夕鶴総合版』（未来社、一九五三）

ゆうようざっそ【酉陽雑俎】 唐代の随筆集。前集二〇巻三〇篇、続集一〇巻六篇。一二四四話。［編著者］段成式（？～八六三）。

百科事典的な内容と体裁をもつ。各篇はテーマ別にわかれ、奇異な篇名がつく。忠志・礼異・天咫《せき》・玉格・壺史《こし》・貝《ばい》編・境異・喜兆・禍兆・物革・詭《き》習・怪術・藝絶・器奇・楽・酒食・医・黥《げい》・雷・夢・事感・物感・広知・語資・冥蹟・尸穸《しせき》・諾皐《だくこう》記・広動植・肉攫《かく》部（以上前集）、支諾皐・貶誤《へんご》・寺塔記・金剛《こんごう》経鳩異《きゅうい》・支動・支植（以上続集）。記述は唐代の社会全般から異国におよび、唐代あるいは古来信じられてきたこと、見聞したことをそのまま記録する。内容は奇事異聞、鬼神妖怪、習俗、呪術・占、仏・道教、酒食、器物、動・植・鉱物、神話伝説など各方面におよぶ。成式は宰相段文昌の子という恵まれた環境のなかで諸本を博覧し、前代の逸書も多く引用し、様々な人々と交友して異聞を蒐集した。南方熊楠はこれが民俗学や説話研究の資料としてすぐれていることを早くに指摘しており、続集巻一支諾皐上の第八七六話がシンデレラ譚に属すること（「西暦九世紀の支那書に載せたるシンダレラ物語」『南方熊楠全集』三）や、第八七三話が『宇治拾遺物語』の「鬼にこぶとらるること」の原話らしい（「鳥を食ふて王に成た話」『全集』四）とする。刊本は明代の趙氏脉望館本（『四部叢刊』所収）や明代の毛氏汲古閣本（『津逮秘書』所収）などがあり、日本では後者を翻刻した元禄一〇年（一六九七）の和刻本が通行した。（松岡正子）

〔参〕今村与志雄訳注『酉陽雑俎』全五巻〈東洋文庫〉平凡社、一九八〇

ゆうらんき【遊覧記】 紀行文。［作者］菅江真澄（一七五四～一八二九）。［成立］天明三年～文政一二年（一七八三～一八二九）。

江戸時代後期、名所図絵などの地誌や、考証学者らの随筆が多く著され、刊行されたものも多い。それらとは別に、書斎を出て、旅に身を置き諸国を遍歴しつつ、庶民の生活を綴った人の紀行文があった。その訪れた土地は概して辺境の地であり、苦難や危険を伴うものであったが、都を離れた地に生活する庶民の姿や、珍しい風

俗・景観を目の当たりにすることができた。

代表的なものに大坂の医師、橘南谿の『東遊記』『西遊記』、幕府巡見使に同道した地理学者、古河古松軒の『東遊雑記』、越後塩沢の商人、鈴木牧之の『秋山記行』『北越雪譜』などが挙げられる。いずれも、今日、民俗学の萌芽、原点との評価を得るような卓越した観察眼で書き留められたものばかりであり、説話伝承の研究にも多くの資料を提示し、活用を待っている。

特に、旅にあること、四七年という菅江真澄の『真澄遊覧記』は、忘れることのできないものである。真澄は、三河國の岡崎もしくは豊橋に、宝暦四年に生まれ、出羽國の秋田仙北郡に文政一二年七月一九日に没した。本姓、白井秀雄。郷里で国学、本草学を修め、近国に足を運んでもいる。天明三年春に旅立ち、信濃、越後を経て、奥羽を目指し、秋田、弘前、青森、南部、岩手、盛岡、仙台などを経巡り、蝦夷地松前にアイヌを訪れ、後、津軽に滞在し、秋田藩の城下、久保田（現在の秋田市）を根拠地として、領内の地誌編纂や、旅での見聞をまとめる随筆執筆業に携わり、その地に永眠した。

晩年に記した随筆『水のおもかげ』の冒頭には、「そのゆゑよしをことごとに、それとつばらかに知るてふ人しもあらねば、其処に滞りてかれを問ひこれを尋ね、また、としたかき里の老人が聞キとき、伝へと伝ふる古物語（ムカシモノガタリ）を栞とたのみて、それをしるべの糸口とたどりて……」と記していることは注目すべきである。真澄が旅の目的と記す、神社を巡る信仰の営み、名所旧蹟の探訪とは、彼独特の粉飾であり、旅そのものが目的であると同時に、観察と記録、転じては地誌編述が目的となっていったであったろう。

『真澄遊覧記』は、旅に出立したばかりの頃から徹底して庶民の生活の中に立ち入って、庶民が伝える口碑・国風を庶民のことばで記録する。方言（クニコトバ）を記し、故郷三河のことばと比べ、故郷への思慕を募らせる。旅の盲瞽法師が宿の童に求められ、囲炉裏の端で昔話をする現場を鮮やかに記し留めている（『かすむこまがた』）。義経・弁慶・海尊、田村麿、小町伝説をはじめ、貴種流離譚、地名起源譚、長者譚、小鳥前生譚など、中世の歌学書、説話集、物語草子の伝承と通じるものなども見出している。風景・風俗を絵に描く貴重な民俗図誌でもある。庶民の意識・生活を実感するのが、己が生を見つめることであったろう。

（磯沼重治）


〔参〕内田武志・宮本常一編『菅江真澄全集』全一二巻、別巻一（未来社、一九七一～八一）、野村純一「菅江真澄の旅と昔話」（『伝統と現代』三八、一九七六）、徳田和夫「中世説話・物語の片影」（『菅江真澄全集』一二、月報、一九八一）、磯沼重治「菅江真澄の伝承文芸への関心」

(『國学院雑誌』九九―一一、一九九八)、同『菅江真澄研究の軌跡』(岩田書院、一九九八)

ゆきぐに【雪国】

小説。[作者]川端康成(一八九九～一九七二)。[初出・初版]「夕景色の鏡」(『文芸春秋』昭和一〇年[一九三五]一月)「白い朝の鏡」(『改造』同)から連作として書きつがれ、未完本『雪国』(創元社、昭和一二年六月)を経て『雪国』(創元社、昭和二三年一二月)。

「国境の長いトンネルを抜けると雪国であった」という高名な書き出しからも窺われるように、東京で生活する島村が「国境」を越え「雪国」に行き、そこで駒子(動物的な名前に注意)という女性と結ばれるという、典型的な異郷訪問譚、異類婚姻譚の話型をとっている。しかしそこから「雪国」という異郷＝ユートピア(桃源境)への主人公の往還をのみみるのは早計だろう。

島村が訪れる毎に、その間に駒子は変化していったことが語られ(「雪国」は無時間的な異郷＝ユートピアではない)、駒子の愛にたじろぎつつ島村は東京へと再び還ってゆく存在である(結婚してその地に留まり、子供をもうけたりはしない)。『雪国』は類型的な話型の約束事をズラすことで、島村と駒子との結びつきのはかなさを浮き上がらせた作品とも言えるだろう。

島村が駒子の「狐狸の棲家」のような部屋を訪ねる場面は昔話「見るなの座敷」のタブー(禁忌)の犯しをどこか思わせ(駒子の方から島村を誘うのではあるが)、最後の「雪中火事」の場面で島村の背後に浮かび上がる「天の河」は牽牛織女の七夕伝説とのつながりを暗示している。

(吉田司雄)

ゆめじゅうや【夢十夜】

小説。[作者]夏目漱石(一八六七～一九一六)。[初出]明治四一年(一九〇八)。

第一夜。枕元に座っていると、女は、自分はもう死ぬが、また逢いに来るから墓の傍で一〇〇年待ってほしいと言う。待ち続けて女に欺されたのではないかと思い出した時、墓の下から一輪の白百合が咲いた。自分は、一〇〇年は来ていたのだと気付いた。

第二夜。坐禅を組んで悟れない自分は、侍ではなく人間の屑だと侮辱された。時計が次の時を打つまでに悟って、和尚の首を取ろうと、意識が朦朧とするまで坐禅を続けた。ところに忽然と時計が鳴り始めた。

第三夜。背負っていた六歳の息子が、いつの間にか盲目の青坊主になって大人びた言葉遣いをし、予言めいたことを言う。捨てようと森に急ぐと、「ちょうどこんな晩だったな」と言う。杉の根のところに来ると、一〇〇年前にここで俺を殺したろうと言われ、忽然と、自分が人殺しであったことに気付いた。

第四夜。酒を呑んでいる白髭の爺さんが家を出たので、子供の自分もついて行った。爺さんは、手拭を蛇に変えると笛を吹いて、「今になる、蛇になる」「深くなる、夜になる、真直になる」と唄いながら川の中へ消えてしまった。

第五夜。神代に近い昔のこと、自分は戦に負けて捕えられ、降服を拒んだので処刑されることになった。鶏の鳴くまでに来るなら、恋する女に会う事を許されたが、馬で駆けつける女に、あまのじゃくが鶏の鳴く声を聞かせ、女を深い淵の底へ落としてしまった。

第六夜。運慶が護国寺の山門で仁王を刻んだというので見物に行った。鎌倉時代のはずなのに、見ているのは明治の人間ばかりである。運慶は無心に彫り続ける。見物人の一人が、あれは作るんじゃない、木の中に埋まっているのを掘り出すのだと言う。しかし、自分がやってもうまくは行かず、明治の木に仁王は埋まっていないと悟った。

第七夜。西に落ちる日を追いかけているだけでどこへ行くとも知れない大きな船に乗っている自分は、心細くなって、ついにある晩、死ぬ決心をして海に身を投げた。宙に浮いた刹那に急に命が惜しくなったが、無限の後悔と恐怖を抱きつつ、自分は、黒い波の方へ静かに落ちて行った。

第八夜。床屋に入って鏡の前にすわると、鏡に映った窓から外を通る人が見える。庄太郎、豆腐屋、芸者……。一人の女が床屋の帳場で十円札を数えているが、いつまでも一〇〇枚のままだ。振り返ると女はいない。床屋の外に出ると、金魚売りがじっとしていた。

第九夜。今にも戦争が起こりそうなのに、家の中は静かである。戻って来ない父を、三歳の子供とその母は待っている。夜になると、母は子を背負ってお百度参りに行くが、父はとっくに浪士に殺されていた。

第十夜。パナマ帽を被ってぶらぶらしていた庄太郎が、買い物をした美女の荷を持ってついていってしまった。女は、彼に絶壁から飛び込まないと大嫌いな豚になめられるがいいかと言う。次から次にやって来る豚を、ステッキで谷底へ落として七日防いだが、とうとうなめられてしまった。帰った庄太郎は、床に就いているが助かるまい。

「夢十夜」は、時間的に他界に移動することが、形を変えて何度も試みられている説話群から成り立っている。たとえば、第一夜の男にとって、目の前に横たわる女の黒い眸は、明らかに水鏡の機能を果たし得るものとして映っている。しかし、男は水鏡を通して空間的に他界へ移行せず、一〇〇年という無限の時間を待つことでそれを果たすのである。第二夜の余韻も、時計が一〇〇回、すなわち無限に鳴り続けるかもしれないという期待からしか導き出すことはできない。第三夜の一〇〇年前、第四夜の爺さんの誕生から死までの儀式めいた行動、第五夜の男の神代からの恨み、第六夜の鎌倉から明治までの時間、第八夜の一〇〇枚の札、第九夜の御百度、第十夜の無数の豚といった具合に、時間的な無限の象徴が、主人公達の他界への移行を手助けすることになる。一方、無限が徹底的に空間化された第七夜では、主人公は決して他界へ移行できないし、第二夜の無も、第四夜の川も、第六夜の護国寺の山門も、第八夜の床屋の鏡も、第十夜の絶壁も、主人公達を他界へと旅立たせないのである。この説話構造から取り出すことができるのは、時間的な自己同一性への確信と、空間的な自己拡大への障害であろう。そして、他界が抽象化された他者であり、他者が身体化された他界であるなら、「夢十夜」は、一度失った他者と、他界で出会おうとする空しい努力の物語なのである。（石原千秋）

ゆりわかだいじん【百合若大臣】　幸若舞曲や説経節の『百合若大臣』をはじめ、壱岐の神官や巫女イチジョーの唱える百合若説経などに登場する主人公の名前。

幸若舞曲によれば、百合若大臣は、嵯峨天皇の時、左大臣公満が大和国の泊瀬寺・岡寺に祈願して得た申し子で、蒙古《むくり》襲来の時に金の弓矢を使って征伐に成功するが、帰還の途中別府兄弟の裏切りにあい、玄海が島に置き去りにされるが、愛鷹緑丸の援助を受けて故郷に帰り、別府兄弟に復讐し、ついに日の本の将軍になるという話。

百合若説経では、長者間の宝比べに負けたための申し子である、鞍馬に登って学問・武芸・天狗の秘法を学ぶ、輝日の前を盗んだ罪で鬼退治に派遣されるなどの点に違いがある。百合若説経は他の語り物のモチーフを取り入れた点が多いことから、新しいものだとみる説もあるが、百合若と輝日の前が由生原八幡と淀姫大明神の本地であることを弓祈禱の中で語るという形態は、中世的な語り物のあり方をよく示している。

百合若大臣の登場する話は、九州地方を中心に日本各地の口承文芸の中にも見られる。『日本昔話大成』は新話型に認めるが、『日本伝説大系』も話型として認めるように、伝説と判断されるものが多い。上記の語り物などと一致するものもあるが、多くは、緑丸伝説・巨人（強弓）伝説・海洋流浪伝説・異国征伐（鬼退治）伝説・別府兄弟伝説など断章化している。なかには、百合若大臣の幼名を桃太郎として鬼退治をする話など、昔話の話型と習合したものも見られる。これらの伝説の担い手は宇佐を中心にした海上部族や巫祝の徒だとする説もある。宇佐には八幡があり、伝説の背景に八幡信仰があることも否定できない。ただし、上記の語り物とこれらの伝説の前後関係は不明なところが多い。

百合若という名は、幸若舞曲によれば、〈夏の半ばの若なれば、花にもよそへて育てよ〉との願いで付けられた。これは、百合若大臣が別府兄弟に名乗る〈今、春草と萌え出づる〉という表現と対応するもので、主人公の成長や再生を象徴している。その間、苦難の生活で変わりはてた百合若大臣は、〈異形者〉〈けうがるもの〉あるいは〈餓鬼〉〈苔丸〉とも呼ばれる。「小栗判官」や「甲賀三郎」などとも通いあう主人公の造型であるが、具象性に乏しく、再生の経緯も問題にされない。

この百合若の名の本源を、坪内逍遥は、ギリシアの叙事詩『オデュッセイア』のユリシーズに求めた。この雄大な仮説に対しては津田左右吉や和辻哲郎などの批判があり、いまだに決着を見ていない。昨今、世界的な規模で叙事詩の研究が進んでいることを考慮するならば、作品の構造などをめぐって新たな比較研究が可能な時代に来ている。⇩小栗判官・甲賀三郎　（石井正己）

〔参〕折口信夫「壱岐民間伝承採訪記」（全集一五）、山口麻太郎『百合若説経』（一誠社、一九三四）、前田淑「日本各地の百合若伝説（上）（下）―その分布・分類・性格―」（『福岡女学院短期大学紀要』一九六九～七〇）

ようきひ【楊貴妃】

唐の玄宗皇帝の寵妃。七一九年～七五六年。蜀州司戸楊玄琰の末子として生まれ、両親に死別して叔父楊玄璬の養女となった。幼名、楊玉環。七三五年、玄宗の皇子寿王李瑁の妃に迎えられたが、やがて武恵妃を亡くした玄宗の求めで、女冠（号太真）を経て貴妃となる。玄宗の寵を独占し、一族の男女も高位を極め、とくに楊国忠は宰相として権勢をほしいままにした。七五五年、玄宗の寵臣にして貴妃の養子でもあった安禄山が、突如叛旗を翻し、東北の漁陽（今の北京地方）から長安に迫った。蜀へ逃れる玄宗の軍には、これまでの傾国政治への不満があり、楊一族の処罰を求めて、渭水のほとり、馬嵬駅を動こうとしない。やむなく玄宗は国忠を誅し、貴妃の縊死を認めた。乱後、長安に戻った玄宗は、亡き貴妃を忘れられず、旅の方士に命じてその行方を探させると、東海の蓬莱宮に住む仙女となっていた。という物語は白楽天の「長恨歌」によって喧伝し、『源氏物語』への投影が有名であるが、『今昔物語集』一〇―七や『唐物語』一八などの説話、能〈楊貴妃〉〈皇帝〉、古浄瑠璃〈楊貴妃物語〉等の諸ジャンルでも翻訳・翻案が試みられた。また貴妃が舞った霓裳羽衣《げいしょううい》の曲について、玄宗が八月十五夜、月宮殿に上り、妓女の舞と楽の旋律を憶えて帰り、世に伝えたとする説が、『十訓抄』一〇をはじめとして、『唐逸史』『西清詩話』などを引き、「長恨歌」の抄物、『源氏物語』『和漢朗詠集』の注釈、『教訓抄』以下の楽書などに頻出する。（西村聡）

ヨーロッパのせつわ【ヨーロッパの説話】

口承、書承で伝承されてきた話を「説話」と考える。ヨーロッパの説話においては、口承と書承、両者間の相互依存を認めることができる。口承説話が文字に記録されて伝承され、再び口承に降りることも少なくなく、口承と書承を完全に区別することは難しい。

ヨーロッパの説話の出自は、国際的に普及した物語文学のなかに見いだすことができる。説話の題材、タイプ、モティーフが、ヨーロッパ共通の伝承文化財に由来しているのはもちろんのこと、インドやオリエントの説話とも関係のあることは、つとに指摘されているところである。

書承説話のなかに、口承説話が見いだされる例は枚挙にいとまがない。そのようなヨーロッパの文献及び説話集の代表的なものを挙げる。まず、古代ギリシア・ローマにおいては、ホメロスの叙事詩『オデュッセイア』『イーリアス』、オヴィッド『転身物語』、アプレイウス『黄金の驢馬』、また『イソップ寓話集』などがある。中世においては、一三世紀後半のウオラギネ『黄金伝説』と一三世紀末から一四世紀初めに成立したとされる『ゲスタ・ロマノールム（ローマ人物語集）』がキリスト教説話集としてよく知られ、一四世紀後半には、枠物語の形式で書かれたイタリアのボッカッチョ『デカメロン（十日物語）』、イギリスのチョーサー『カンタベリー物語』があらわれる。一六世紀前半には、ドイツの修道士パウリによる説教説話集『冗談とまじめ』が発表される。一六世紀半ばから、一七世紀末にかけて刊行された、イタリアのストラパローラ『楽しき夜』とバジーレ『ペンタメローネ（五日物語）』、フランスのペロー『童話集』は、それぞれ再話者の好みによって手を加えられてはいるが、すぐれた説話集である。一九世紀初めには、ドイツのグリム兄弟による『童話集（子どもと家庭のメルヒェン集）』があらわれ、説話研究の端緒が開かれる。以下に、口承と書承の相互依存関係を示す説話の例をいくつか挙げる。

「アモールとプシケ（キューピッドとサイキ）」という異類婚姻譚は、ギリシア・ローマ時代から知られている数少ない説話のひとつである。ローマの作家アプレイウス（紀元後一二四年生まれ）の『黄金の驢馬』に収められたこの話は、中世以降多くの類話によって広まり、イタリアのボッカッチョやバジーレ、フランスの仙女物語の女流作家たちによっても再話され、一九、二〇世紀の口承話としても知られている。人間の娘が熊や狼などの動物あるいは異類の夫と結婚するが、その結婚生活は禁令を守ることと結びついている。娘は禁令を破り、夫は失踪してしまう。娘は夫を捜しにでかけ、苦しい試練に耐えなければならないが、最後に夫といっしょになる。夫は救済され、その異類の姿から解放される。この話は、ヨーロッパでは一八世紀以来「美女と野獣」として知られるようになり、再話作品や映画などにより広く普及している。

「狼と七匹の子やぎ」は『グリム童話集』五番としてよく知られているが、その起源は『イソップ寓話集』に遡る。『イソップ寓話集』は、一四七六、七七年にハインリヒ・シュタインヘーヴェルによるドイツ語版がでて以来ヨーロッパ各国に広まるが、そこでは「狼と子やぎの話」となっており、子やぎの数は七匹でなく一匹である。母やぎが子やぎに「誰にも戸を開けるな」と忠告して出かけると、狼がやってくるが、子やぎは母やぎの言いつけを守り狼を中へ入れない。そして、父親の命令や両親の教えに従いなさい、という教訓が読者に与えられる。このような教育的見地から、ドイツでは「狼と七匹の子やぎ」は今日でもしばしば教科書にとりあげられる。

修道士ヨハネス・パウリが一五二二年に刊行した説教集『冗談とまじめ』に「国の相続がかかった三人の怠惰な息子のこと」という話がある。王が臨終に際し三人の息子に、いちばんの怠け者に国を譲ると言うと、息子が各々いかに自分が怠け者であるかを主張する。この話をグリム兄弟は『童話集』に採用し、一五一番「三人ものぐさ息子」とした。パウリの話では、三種類の怠惰は人間の犯している罪だと解釈されるのに対し、グリムの再話では、王はすでに三男を後継者にする。怠け者についての同様の話は、すでに『ゲスタ・ロマノールム』の「一番の怠け者」に見られ、また口承でも知られている。

（間宮史子）

〔参〕S・トンプソン著　荒木博之・石原綏代訳『民間説話—理論と展開—』上下（社会思想社、一九七七）、Enzyklopädie des Märchens. Handwörterbuch zur historischen und vergleichenden Erzählforschung. Begründet von Kurt Ranke. Hg. Rolf Wilhelm Brednich u. a. (Berlin/New York: de Gruyter 1977ff.)、Märchen von Grimm. Hg. Hans-Jörg Uther (München: Diederichs 1990)

よこぶえ【横笛】　⇩滝口《たきぐち》・横笛

よしのくず【吉野葛】　小説。［作者］谷崎潤一郎（一八八六～一九六五）。［初出・初版］

『中央公論』の昭和六年（一九三一）一、二月号。後に昭和一三年（一九三八）に、創元社から潤一郎六部集の一冊として、葛の葉をすきこんだ吉野の紙を連想させる和紙の表紙をもつ書物として、北尾鐐之助の写真二五葉を収めて出版される。創元社版『吉野葛』は、モノとしての書物がもつ、媒体（メディア）であることを越えるメッセージ機能を象徴している。

吉野に伝わる「自天王」伝説をふまえた歴史小説を書くことを、かねてから企図していた「私」は、今（初出発表時とほぼ重なる）から二〇年前、一高時代の友人であった津村に誘われ、吉野に旅することになる。津村が執着していた謡曲『二人静』にまつわる「初音の鼓」を見せてもらった後、「柴橋」の袂で、「私」は津村から今回の旅をめぐる「因縁」話を聞かされる。母を早く亡くした津村は、『義経千本桜』の世界に憧れ、「母―狐―美女―恋人」という連想にうながされながら、母の過去を探っていた。母の生家が吉野の国栖《くず》にあることをつきとめた津村は、そこで紙をすいていた、母の縁者であるお和佐という娘を見染め、結婚を決意する。その後、津村と別れた「私」は、ひとりで「自天王」伝承の中心となる隠し平まで足をのばす。その帰りに吊り橋を渡ってくる津村とお和佐に出会う。二人は結婚するが、「私」の歴史小説はついに実現しない。

一見紀行文でしかないように思えるこの小説は、読者の側がどのディテールにこだわり、それをどのようにつなげるのか、というコードの選択の仕方によって、変幻自在に姿を変える特質をもっている。

津村と「私」二人を主人公にすれば、過去の「因縁」が堆積する吉野への異郷訪問譚になる。また同じように母を早く亡くした二人の青年が母恋の旅をしたにもかかわらず、津村が嫁を手に入れたのに対し、「私」の方は歴史小説が書けなかったのだから、その意味では「隣の爺」型の話ともなる。津村一人を主人公にしてみると、「母―狐―美女―恋人」という連想にもとづく物語は「婚姻・異類女房」の型の物語とも言えるし、津村の回想に「信田《しのだ》のもウリのうウラみ葛の葉」という唄が出てくるように、「狐女房」の話型を基盤にした信太の狐をめぐる系統に属するとも言える。「私」を主人公とすれば、小説の種探しに出たにもかかわらず当の歴史小説が成就しなかったのだから、成功しなかった呪宝譚とも言えるし、逆に唯一旅の成果といえるのが「ずくし」（熟柿）を食べたことだとすれば、「聴耳」のように「忠信狐」である津村の話に耳をかたむけたがゆえの呪宝譚ともなる。さらには歴史小説は書けなくとも『吉野葛』という小説が書けたということをよしとすれば呪宝譚、その逆なら狐にばかされた話ともなる。こうした話型の転換はまた、鼓や琴、あるいは伝承が偽物か本物かというテーマとも結びついている。語り開く口承伝達と書く読む書記伝達とを重層させた世界は、歴史記述をも相対化するメタヒストリーになっている。（小森陽一）

よしのしゅうい【吉野拾遺】 南朝（吉野朝）の人々の逸話・異事奇聞譚を拾い集めた説話集。［編著者］未詳。［成立］跋文には「正平つちのえいぬのとしの春。草のいほりの夜の雨によし野の花の露をしたて、、よしなしごとを書つらね侍るこそものぐるをしけれ。隠士松翁」とあるが、従来の考証的研究によって、本書の成立は正平一三年（一三五八）以後と言われ、実際に成立したのは南北朝時代から室町時代であろう。作者「隠士松翁」については、古来藤原忠房・藤原吉房・兼好法師の弟子命松丸・足利尊氏の侍童命鶴丸・北畠親房・藤原基任等が推定されてきたが、いずれも信憑性に乏しい。

本書には『群書類従』本など三五話から成る二巻本のほかに、貞享三年（一六八六）版本の三巻本は二九話を増補し合計六四話が収録されている。各説話に登場する人物として、後醍醐天皇、後村上天皇をはじめ南朝の臣洞院実世、四条中納言隆資、北畠親房・顕家、楠木正行・正儀《まさのり》、また武家方として高師直、足利尊氏などがいる。本書所収の説話には雑多な逸話のほか、恋愛譚や発心遁世譚が多い。さらに、説話の典拠と指摘されている『徒然草』『神皇正統記』『太平記』などから取材して改変したものや虚構的創作譚も含まれている。発心遁世譚のうち、注目すべき説話は下巻第一六「右馬允行継が遁世の事」である。行継の発心遁世譚は御伽草子『三人法師』と酷似しており、両話共主人公が高野入山の遁世者であり、懺悔《ざんげ》告白譚を形成している。なお、本書は後代文学の『塵塚物語』『大日本史』『南山巡狩録』『本朝語園』などに影響を及ぼしている。（藤島秀隆）

〔参〕小泉弘「吉野拾遺と東斎随筆の世界」（『日本の説話』第四巻、東京美術、一九七四）、杉本圭三郎「吉野拾遺」（『日本短篇物語集事典』東京美術、一九八四）

よしのだゆう【吉野大夫】 小説。［作者］後藤明生（一九三二～一九九九）。［初版］昭和五六年（一九八一）二月、平凡社。

「『吉野大夫』という題で小説を書いてみよう。」と書き出されるこの小説は、毎年夏の二月ばかりを浅間山麓の追分の山小屋ですごす「わたし」が、江戸末期の中仙道追分宿の遊女であった吉野大夫の墓を訪ね、その「史実」を探ろうとする過程が随筆的な文体で綴られてゆく。しかし現在の避暑地での交遊がはさまれたり、郷土史家らの文献が引用されたりなどしながら、さらに高名な京都島原の名妓吉野大夫と宮本武蔵、そして西鶴『好色一代男』との関係についての私説が開陳されたりもして、小説の主筋はなかなか進展しない。ついには「アミダくじのように脇道から脇道へそれてゆき、迷路から迷路へとはまり込んだ」まま、「史実」は何一つ分らずに終ってしまう。

　著者は「後記」で、「伝承」「きき書き」「能のようなものを作中劇ふうに使う」「いかにも小説らしいフィクション」と、ありえたかも知れない小説『吉野大夫』の別の形を列挙している。しかし、それらの形を回避したところに〈伝説〉と〈小説〉とを架橋する特異な試みがみてとれよう。『吉野大夫』は〈伝説〉を〈史実〉によって〈小説〉化することを志向しながら、その不可能性を露呈する形で〈小説〉というフィクションのあり方そのものを宙づりにするという、極めて現代的な（反）〈小説〉なのである。〈伝説〉という「古い遠い噂」をたどること、そして〈書く〉ことの意味を問うた作品だとも言えよう。　（吉田司雄）

よつぎものがたり【世継物語】　説話集。一巻。王朝貴族を題材とした五六話の説話を収録。『小世継物語』の別称がある。［編著者］未詳。［成立］年時は確定していないが、現存『世継物語』の成立は鎌倉期と推定される。上限を平安末期とする説から下限を室町期とする説まである。

前半は『栄花物語』はじめ『枕草子』『大和物語』などを出典とし、後半は『今昔物語集』『宇治拾遺物語』に同文的類話がある。なお、『古本説話集』との密接な関係がうかがえる。本集各説話は文章の長短・内容ともに大きな差異があり、第四七話前後を分界として、前半は短章の歌物語を中心とし、後半は比較的長文の説話を含んでいる。構成は同一文献からの引用話を類従した配列をなしている。主な登場人物は一条院・円融院・藤原道長・小野篁・紫式部・和泉式部・清少納言などで、内容的には恋愛・出家・旅情・芸能などにまつわる話題を展開し、王朝の情趣をただよわせている。第一話は『栄花物語』からの抽出になり、道長の婿となった一条院に去られて悲嘆の末に病没した堀河女御の悲恋物語で、歌物語風にまとめあげている。第五六話は『今昔物語集』に類話を有する、時平に北の方を奪われた国綱（国経）の悲話である。本集は後日譚として北の方の子敦忠を介して、平中が北の方と和歌の贈答をしたことを叙している。　（石川純一郎）

〔参〕河内山清彦「今物語・世継物語の世界」（『日本の説話』四　中世II、東京美術、一九七四）

ら・わ

らしょうもん【羅生門】 小説。［作者］芥川龍之介（一八九二～一九二七）。［初出］『帝国文学』大正四年（一九一五）一一月。

羅生門の下で雨やみを待っている下人は、盗人になるしかない已れの状況に途方にくれていた。やがて羅生門の上に登っていくと、捨ててある死体だけだと思っていた場所に白髪頭の老婆がいるのを見つける。その老婆は、死体から髪の毛を抜いていた。それを見ていた下人は恐怖から憎悪へと心が動いていく。下人は老婆をねじ倒し、何をしていたか答えさせた。老婆は生きるためには、それが悪いことであっても死体から髪の毛を抜いて鬘にすると言う。それを聞いていた下人の心にある勇気が生まれる。老婆の話を聞き終わった下人は、老婆と同じ論理により老婆の着物を剥ぎとり去っていった。

芥川龍之介の代表作として広く読まれるこの作品は、『今昔物語集』を先行とする物語とする作品であった。その『今昔物語集』巻二九第一八話は「羅城門にて上層に登り死人を見る盗人のものがたり」であり、それに巻三一第三一話の「太刀帯の陣に魚を売る媼のものがたり」を重ねて、『羅生門』に組み込まれた。話の骨組は同じである。しかし、已れの生きんがための論理を手に入れようとする下人と老婆は、その倫理がきわめて個人主義的である為、いわゆる近代人になってしまっていると言えよう。「盗人になるより外に仕方がない」という考えの前での下人の倫理的葛藤は、出典『今昔』の下人には無いのである。

この『今昔』的下人と近代人下人を結びつけたのが、作中の「作者」であった。作中「作者」の視線は下人の外から内へと縦横に移動しながら、「今昔」的下人へ心的内面をつくり上げる。読者はこの「作者」と共に、ある時は下人と老婆の世界を眺めおろし、また、ある時は下人の内面世界をみつめる。

本来、羅生門という場には異界のイメージがつきまとっていたようである。長野甞一は「直ちに想い出す話」として「頼光四天王随一渡辺綱が、この門の下で鬼の片腕を切り落とした、という伝説」と「その他これに類する霊鬼譚がこの門には多くまつわりついている」（『古典と近代作家』有朋堂、一九六七年四月）と言っている。また、松岡譲の回想でも「友人は羅生門といふから鬼のこと位に高を括ってゐたのだろう」（『勉強家で多能な人』『新潮』、一九一七年一〇月）という記述もある。当時の読者は『羅生門』の世界を悪鬼の住む異界と見、異界訪問譚の期待が裏切られていくという読みのダイナミズムがあったのである。鬼的行為であれ、それを為していたのは、そこでは人である老婆だったのだ。

　この鬼のような行為に、当時の芥川の人間認識を結びつけた地点から、現在の『羅生門』論の基本線が引かれることになった。無論、先に指摘した羅生門のイメージそのものに留意する論もあった（平岡敏夫「羅生門」『国語教育評論』、一九八二年一一月）が、多くは、下人の老婆と同質の行為に人間のエゴイズムの認識が芥川に存すると読むのである。そして、その背景として指摘されるのは、芥川の恋愛体験、という図式である。『羅生門』を論じる際にいつも言及された「イゴイズムをはなれた愛があるかどうか」という書き出しの恒藤恭あて書簡が、この恋愛体験の意味を示すものとして援用されてきたのであった。この芥川との直接的な関連が論じられることが多かった論義のなか、三好行雄は、「〈イゴイズムをはなれた愛〉の形とは、実はこの作家が、喪われた母の代替として無意識にはぐくんできた無償の愛の幻想」であり、「人間の孤独も苦悩もついに癒されることは不可能」とみるが、「人間の原風景を見つづけねばならぬ」「決意もしくは感傷」を「選びと」り、そこから人間一般の「存在悪」について「語りはじめ」たのがこの作品であるとする（三好行雄『芥川龍之介論』筑摩書房、一九七六年九月）。さらに三好は、ここで言う「存在悪」とは「人間であるゆえに永遠に担いつづけねばならぬ痛み」だという。初出からの異同があった結びの部分「下人の行方は、誰も知らない」を示し、「必然の一行」とした上で「このとき、下人は真に〈無明の闇〉のかなたに放逐された」とする。そこにはどんな救いも無いのである。

　無論、「永遠に担いつづけねばならぬ痛み」は作者芥川のものであり、下人とは結びつく筈もない。下人は異界訪問によって生の方向に蘇生するのであり、この意味に於いては変身譚でもあった。それは、羅生門の上の世界での下人の変化であり、「誰も知らない」地上界でのさまざまな下人像を読者に期待させて終わることになる。また、下人と主人との主従関係が前提として存在しているので、そこにその後の老婆との力関係を接続すると、いわゆる権力関係によって自らが変転する下人の物語が浮かび上がる。変身譚というよりは、他との関係性の変化という意味での変転譚として、この物語は永遠に変転し続けるべく闇に向かうのであった。

　当然ながら、下人にとっては羅生門という異界への訪問なのだから、ここには境界性が十分に含み持たれていることになる。そこから通過する下人の行為の意味よりも、羅生門を境界とする空間性に言及する論考が、作家論的立場（関口安義『芥川龍之介　実像と虚像』洋々社、一九八八）やテクスト論立場（石原千秋「テクスト論は何を変えるか」『国文学』一九九六・四）から重ねられてきている。　（江藤茂博）

りょうさいしい【聊斎志異】　清代の文語体の怪異小説集。一六巻四三一篇。

［作者］蒲松齢（一六四〇～一七一五）。

蒲松齢は山東省淄川《しせん》県満井荘の人で、三〇年間、一一回の郷試に落ち続けて不遇であったため、これを自ら「孤憤の書」とよび、好んで怪をもとめ、人にも語らせて、山東及びその周辺の伝承を記し、創作した。内容は神鬼妖怪や異事奇聞に関するもので、とくに妖狐にまつわる話が多い。記述は「唐代伝奇」小説系の浪漫性の強い長編の創作読み物と、「六朝志怪」小説系の異聞の短い見聞記録とに大別される。説話研究では、故郷の地で蒐集された山東周辺の地方伝承に価値がある。また松齢の残した俚曲《りきょく》（市井の演芸の台本）には第四〇七話「珊瑚」にもとづく「姑婦曲」、第三六六話「張鴻漸」にもとづく「磨難曲」などのように『聊斎志異』の話を脚色したものがあり、口承文芸の語りものに展開されているという点で注目される。版本としては、乾隆三一年（一七六六）の青柯本一六巻四四五篇が最も古く、張友鶴輯校『会校会注会評本　聊斎志異』三冊一二巻五〇三篇（中華書局、一九六二）が後の主要な刊本を校合し、諸家の評注も収めて最も充実している。日本には天明（一七八一～一七八九）頃までに伝わり、関亭伝笑の「褄重思乱菊」（文政九年［一八二六］、原話は第六九話「蓮香」）等の翻案ものもでて影響を与えた。　（松岡正子）

［参］増田渉ほか訳『聊斎志異』上下（〈中国古典文学大系〉平凡社、一九七〇～七一）、藤田祐賢「聊斎志異の研究と資料」（『中国の八大小説』平凡社、一九六五）

るにんでんせつ【流人伝説】　罪人として辺境の地や離島に送られたり、あるいは都から追放され各地を流れ歩いたと伝える伝説。『古事記』に〈島放り〉〈島葬り〉とあるように、古来から神の怒りに触れた者を捨て殺しにすることが行われていたが、この思想が強く残った結果それ以降、時の権力者による政略的な放逐が行われることになった。軽大娘・役小角・和気清麻呂・小野篁・藤原成親・文覚・後鳥羽上皇・土御門上皇・親鸞・日蓮・後醍醐天皇・世阿弥など、その流れは後世にも引き継がれている。こうした流人を迎え入れた土地では、さまざまな後日譚が伝えられている。例えば伊豆に流されていた源頼朝の八重姫との悲恋、頼朝七騎落の際に上陸した房総には、頼朝から賜った姓や頼朝にちなんだ地名などが、また佐渡に流された順徳上皇にも、配所での哀話や、母が明らかでない皇子たち、梅や桜など花に関わる伝説も伝えられている。さらに鬼界ケ島を脱出した俊寛、初代琉球王舜天王をもうけた源為朝、各地に散った後醍醐天皇の皇子たちなどの伝説は、歴史的時空を超えて伝承の世界へと広がっている。こうした伝説の背景には貴種流離の思想や異人歓待の信仰、その伝播には民間宗教者の存在が指摘されている。一方、江戸時代遠島の地とされた伊豆諸島には島抜けに成功した中村安五郎、大奥の不義密通を問われた生島新五郎、禊教の井上正鉄、『八丈実記』を著した近藤富蔵など流人生活の厳しさを島民が同情をもって伝えている。（佐野正樹）

れいげんき【霊験記】　〈霊験記〉とは、神仏の不思議な感応・利益などを記した書、の意。『長谷寺霊験記』『地蔵菩薩霊験記』はもとより、『本朝法華験記』も〈霊験記〉である。

◆長谷寺霊験記　「長谷寺験記」、「長谷寺観音験記」とも呼称する。上下二巻。上巻に一九、下巻に三三の霊験談は、「序」に「十九説法に象て当時の旧記を拾い、三十三身を表して諸家の記録を選す」るのだという通り。作者は、長谷寺の住僧、個人名は、不詳。正治二年（一二〇〇）、後鳥羽院の長谷臨幸の際の下問に答えて、霊験談が整理されたか。上・下巻の始めに「目録」を載せ、ほぼ年代順に同類の話を類集する。長谷寺の霊験のあらたかさは既に奈良時代からのもの、吉備真備が唐へ渡航中、「本朝の方に向かひ、しばらく本朝の仏神を祈り申す。神は住吉大明神、仏は長谷寺観音なり」と『江談抄』は伝える。平安初期の史書に、「元来、霊験の蘭若なり」（続日本後記・承和一四年〔八四七〕一二月丙辰条）、「霊像殊験」（日本三代実録・貞観一八年〔八七六〕五月二八日条）という証言を見るとおり、霊験第一級の観音であった。『源氏物語』玉鬘巻、夕顔遺児玉鬘が、無事、都に帰って、長谷寺に詣で、右近に再会する。『長谷寺霊験記』下巻・第二四話は、事情あって捨てられた大納言が、長谷寺参籠中に、自分を捨てた当の女房に偶然にも再会する話。伝承話は『源氏物語』玉鬘巻の一原拠と目される。

◆地蔵菩薩霊験記　続群書類従本は、上・中の二巻。下を欠巻とするものの如くであるが、もと上・下の二巻構成であったらしい。原形本は「三井寺上座実叡」の撰。一四巻本の巻四以下は、良観上人の編。類従本の上中二巻は、一四巻本の巻一巻二に密接に関係する。つまり、原形二巻本に後代の者が一巻の追加を志したが中座し（これが上・中二巻本）、さらにそれを継承して成った本が一四巻本で、この時に巻三が実叡の撰とされたのではないか、というわけである。鎌倉時代初中期までには実叡撰本の成立及び流布をみていたようであり、地蔵信仰があらためて隆盛を見た室町時代に至って現行一四巻本が成ったものらしい。

一四巻本は、一五二話からなる。そのほとんどは、書名の通り、地蔵菩薩の霊験・利益談を内容とする。蘇生談にしろ、身代わり談にしろ、これらの地蔵説話は、地蔵信仰と不可分である。地蔵信仰の中心的課題は、〈地獄抜苦〉にあったから、本書の説話群は根本に地獄必定観を持っていたと知られる。登場人物達は中・下層の人々であり、説話舞台は全国にわたる。地獄を必定のものとした民衆の説話世界が、本書には繰り広げられているのである。『今昔』の地蔵説話は、原形二巻本の面影を伝えるとされる。

◆**本朝法華験記**　「日本法華験記」、「大日本国法華経験記」ともいう。著者は、首楞厳院沙門鎮源。源信の講座に列した人物。序に「長久之年、季秋の月に記せり」といい、長久年間（一〇四〇〜四四）の成立。巻中末から巻下の始めは長久四年頃に書かれた徴証がある。上・中・下の三巻構成、計一二九の伝から成る。中国・宋の義寂の法華験記に範を取り、日本における法華経信者の伝記集たる事を編著の目的とする。内容的に、(1)菩薩、(2)比丘、(3)在家沙彌、(4)比丘尼、(5)優婆塞、(6)優婆夷、(7)異類、に類別される。(2)がおよそ九〇話と最も多い。『日本往生極楽記』の構成に習いつつ、(7)の異類（蛇・鼠・猿・野干など）を立てた所に本書の特長が見られている。本書が依拠した主要先行文献は、源為憲『三宝絵』、慶滋保胤『日本往生極楽記』の二著で（『日本霊異記』は『三宝絵』からの間接的引用である）、他に僧伝資料が用いられた。一方、口伝・見聞の他に、著者が架空に述作したと見られるものが四話指摘されている（巻上・一七、三三、巻中・四八、五七）。本書は、輪廻転生の思想を語り、法華持経者の功徳説話を集大成する。法華経第一主義を標榜しつつ、また山岳信仰に関わる内容を有し、神祇信仰の側面をも窺わせる。本書は『今昔物語集』「法華経霊験談」の大部分に中核的な資料を提供した。

（下西善三郎）

〔参〕永井義憲「勧進聖と説話集」（『国語国文』一九五三・一一）、友久武文「説話文学の魅力—長谷寺霊験記を通して—」（『日本の説話1』東京美術、一九七五）、真鍋広済『三国因縁地蔵菩薩霊験記』第1〜4（古典文庫、一九六四）、井上光貞『往生傳　法華験記』〈日本思想体系〉岩波書店、一九七四）

ろうおうやたん【老媼夜譚】　佐々木喜善著。昭和二年（一九二七）に郷土研究社から郷土研究社第二叢書の一冊として刊行された。扉絵に本書の昔話の大部を語った遠野郷の旧土淵村丸古立の辷石谷江媼（はねいし・たにえ、本名たに。一八五八～一九二七）の写真があり、続いて佐々木の長めの自序のあと、一〇三話の目次、本文が収められている。本書は、早い時期のある一人の昔話の語り手に着目した昔話集として重要である。それというのも、後に野村純一によってとなえられた昔話の語り手論において、本書は幾度も顧みられることになるからである。たとえば、自序では作業をしながら語るという語りの場への言及、また、興奮したときの語り手の身ぶりへの言及、語り手が「ひじように」「感心して」などの新語を使用していたことの紹介、また、一人の語り手が伝える一七〇種ほどという話数への言及、語り手が佐々木に昔話を伝えたいとする心理の記述、語られた順番に記録していく記録方法、話の題名を佐々木がつけていたこと、などを紹介しているのは、後の昔話研究に、大きな示唆をあたえるものであった。また、最近では、佐々木の採集ノートの存在が確認されて、それと昔話集との比較なども試みられるようになった。（高木史人）

〔参〕石井正己「佐々木喜善の昔話ノート」（『昔話―研究と資料―』二八、二〇〇〇）、遠野常民大学編『注釈遠野物語』（筑摩書房、一九九七）

ろうべん【良弁】 奈良時代の僧侶。?～宝亀四年（?～七七三）。東大寺の開基として知られる。相模国浅部（漆部）氏、または近江国百済氏の出という。金鷲・金鐘優婆塞（行者）とも言い、霊鷲山に因む名であろう。鍛冶に関係する宗教者とする説もある。義淵に師事した。日本華厳宗第二祖。東大寺第一代の別当。宝亀四年入寂。

『宝物集』『沙石集』によると幼時鷲にさらわれ、春日山の木に育てられたという。大伽藍を建立するという請願を起こし、「聖朝安穏、天地長久」と祈る声が聖武天皇に聞こえた。聖武がたずねさせると、大木の上に小童がいた。その地に、行基を勧進として東大寺が建立された。良弁は弥勒であるとの説も記されている。鷲にさらわれた子の話は『日本霊異記』（上九）にもあり、神に選ばれた聖者の説話の表現である。

『日本霊異記』（中二一）などには、奈良の金鷲寺（東大寺の前身）の執金剛神像の踵に優婆塞（在俗の行者）が縄をつないで昼夜祈ると、踵から光が出て皇居に届いたという。驚いた帝は勅使を遣わして尋ねさせた。見出された優婆塞は勅許を得て出家の意を果たし、金鷲と名のった。『今昔物語集』（巻一一・一三）には聖武天皇の勅により、金峰山に東大寺の大仏鋳造のための金が得られることを祈って、夢に神託を得た。石山の如意輪観音の供養をすると陸奥下野から金が奉られたとある。

行基と共に東大寺建立に貢献した在俗の行者が良弁で

ある。良弁の事跡は『扶桑略記』・『元亨釈書』などに見えるが、諸書を集成する『東大寺要録』金鐘行者伝良弁僧正伝に詳しい。

〔参〕筒井英俊『東大寺論叢』（国書刊行会、一九七三）　（清水章雄）

わかい【和解】 小説。［作者］志賀直哉（一八八三〜一九七一）。［成立］『黒潮』大正三年（一九一四）一〇月。

父との不和の状態にある主人公が、それまでのいきさつをふり返りながら、自分の気持の変化を辿る。第一子の誕生と死、そして第二子の誕生という出来事が主人公の身辺に起こりながら、父との不和を小説に書こうとするが書けない。しかし、第二子の留女子誕生の頃から「自分」の気持が少しずつ変化してくる。高齢の祖母への気づかいとなってそれはまず現れた。やがて、父と対面し、和解する。みんなが涙を流す和解であった。「自分」には父と不和を材料とした小説を書く気がなくなってしまう。

第一子である主人公が父親と和解するのは王位継承の物語であり、その和解へ向かう間に地方住いを転々とするのは、貴種流離譚とも言えよう。しかし、読者の多くは、作家志賀直哉の実生活そのものが描かれた作品として読んできた。この作品の構造的な特色は、すでに和解への兆しが主人公の心境に現れている頃の時点から書き始められ、間にそれ以前のエピソードを入れ、また現時点にもどるという時間構成をとっていることである。和解へ向かっての心境にある主人公にとっては、過去の父親とのいきさつも、語られている現時点と、過去において体験した時点とでは、その意味は異なっているだろう。このような特殊な時間構成によって、読者は、主人公が語る和解の方向での物語とは別の、語られることのない物語も受けとることになる。それは、継母の実子、義弟のもう一つの非継承と流離を示唆する物語なのである。　（江藤茂博）

わかとせつわ【和歌と説話】 平安朝の歌物語の背後には、和歌を中心にした口頭の「歌語り」ないし「歌物語」が行われていたことが認められる。この歌語りが奈良時代以前に遡るかについては、疑問も提示されているが、『万葉集』巻一六には「由縁有る」短歌群が見える。古歌および新作の短歌をめぐる由縁が漢文の長短の題詞・左注形式で記載され、民間の伝承や貴族集団内の伝承・噂などをもとに、漢字表現を借りて記されたとおぼしい。短歌と由縁との齟齬に付会や作為の痕が窺え、説話が創出され、増殖されてゆく現場を想起させる。他巻の題詞・左注にも悲恋、密通、横死、配流などの作歌事情をめぐって、また柿本人麿や雄略天皇といった伝説的な作者をめぐっての説話生成の痕跡を見てとれる。平安の歌物語とくに『大和物語』は、こうした『万葉集』以来の歌と説話の係わりの流れをくむものと言えよう。

『伊勢物語』は説話性を止揚することで物語文学へと近づくが、一方平安中・後期になると『今昔物語集』巻二四、三〇に見るように、説話集が豊富に和歌説話を収集する。『今昔』巻二四は芸能の名手と並んで業平、貫之、公任といった名歌人にまつわる逸話を、巻三〇は『大和物語』・『俊頼髄脳』と共通した和歌説話を多く収めている。この『俊頼髄脳』そして『古本説話集』あたりには、「歌の徳」という語の早い例が見える。和歌に神仏が感応する、和歌によって昇進を果たすなど歌の徳をかたる歌徳説話は以降、『古今集』仮名序を注釈する歌学書類(『古今注』)と密接に交渉しあう形で『十訓抄』『古今著聞集』などに表れることとなる。歌なるもののの呪的な力はその発生にまで遡及しよう。神代に起源し、天地・神鬼をも動かす和歌の不可思議な威力については、『古今集』仮名序に説かれてもいた。しかし古今序注という注釈のなかでは、和歌や歌語の起源たる「神代」自体が新たな装いをもって登場する。歌学書が「日本紀云」として引くのは原典の『日本書紀』とはかけ離れた、誤解・牽引・孫引きの果てのものであり、従来学問として荒唐無稽もしくは低級なレベルにあるとされてきた。しかし説話研究としては、捏造さえも辞さない荒唐無稽さそのものに注視される。「日本紀云」が開示するのは歌学から日本紀注、神道説や仏説までが相互に係わり合うダイナミズムの直中にある〈中世日本紀〉の世界なのである。最近目覚ましい〈中世日本紀〉研究は、和歌や歌語をめぐる説話を中世的注釈の多様な言説世界のなかへと解き放つべきことを示唆する。見えてきたのはたとえば、難解な古歌や歌語の起源の捏造に熱中する言談の時空である。古歌の権威化と並行して、和歌の故実や古語の由来をかたる「歌学的歌語り」の〈場〉が歌学書類の背後にあったらしい。その〈場〉もまた多領域に広がる中世の知のネットワークの中に見据えられるべきであろう。 (猪股ときわ)

〔参〕上岡勇司『和歌説話の研究』(笠間書院、一九八六)、藤井貞和『物語文学成立史』(東京大学出版会、一九八七)、菊地仁「〈和歌説話〉の研究をめぐる諸問題」(『国学院雑誌』九二―一、一九九一)、本田義憲他編『説話の場 唱導・注釈』(〈説話の講座〉三、勉誠社、一九九三)

わけい【話型】 話型とは、単一のモティーフ、ないし一定の序列で組み合った複数のモティーフからなる話の型(タイプ)で、まとまった一主題をもつもの(稲田浩二・小澤俊夫『日本昔話通観』二八、同朋舎、一九八八)と、ひとまず規定できる。

日本の話型研究は、民間説話としての昔話の研究に始まり、神話や物語文学など他ジャンルはその成果を恩恵として受けている。昔話の研究は、まずその総体を分類すること、一義的体系的に秩序を与えることに始まった。柳田國男の『日本昔話名彙』は、昔話の総体を〈完形昔話〉と〈派生昔話〉とに二大分類する。神話（＝固有信仰）の堕落・残存と仮定する柳田の昔話観によれば、昔話はもともと英雄の異常誕生・異常成長・厄難克服・幸福な婚姻という一連の構造化された物語ということになる。したがって前者は英雄の一代記の変形、後者はその一部分が脱落して生成したものということになる。

これに対して昔話をその社会的機能・構造から考えたのが関敬吾である。関の『日本昔話集成』とその補訂版『日本昔話大成』は、〈動物昔話〉〈本格昔話〉〈笑話〉〈形式譚〉に四大分類し、伝説・語り物との中間にある話を〈補遺〉に収めている。この大分類は、アールネ・トンプソン・タイプインデックス（AT）に準拠したものので、これにより国際的な比較研究の道が拓かれた。この関の分類を批判しながらも、関と同様の方法で新たに一義的な体系化を試みたのが稲田浩二の研究（前掲書）なのであった。

ところでこのように、昔話の総体を閉じた系として一義的に分類が可能だとする発想は、実は近代の合理主義的な思考の産物なのだが、そのことについて研究者の自覚はあまり明確なものではなかった。研究の進展が同時にまた、その限界を露呈させたのだともいえる。つまり、分類する者（＝柳田・関・稲田）の主観（＝価値観）によって認知命名された話型は客観的な実体（態）ではないし、一義的な分類・体系化は作業仮説（＝手段・便宜）にすぎないからである。

たとえば「桃太郎」という昔話を、柳田・関・稲田の三者が判を押したように「異常誕生」に相当する項目に一義的に分類してしまっているのであるが、どこに重点（＝価値）を置いて読むのか、その見方を転換してみることで「異常誕生」とは別の話型の話として多様に読むことも可能である。すなわち柳田の「不思議な成長」「財宝発見」「厄難克服」「動物の援助」「言葉の力」「知恵の働き」として、あるいは関の「呪宝譚」「異郷」「動物報恩」「愚かな動物」として、さらに稲田の「異郷訪問」「呪宝」「厄難克服」「動物の援助」「知恵の力」のそれぞれの話型として読むことができるのである。

さて以上は昔話という口承の説話についてであったが、〈書くこと〉によって成立した説話文学の場合は、「桃太郎」の昔話のように個々の話型を明確に指摘確定し難いのである。それは〈書くこと〉が書き手の主体を分裂させる行為だからであり、そこでは口承の話型が交錯・複合化していることで、分裂・断片化しているからである。

たとえば『竹取物語』は、全体がほぼ天人女房譚（↓貴種流離譚）に枠取られているとはいえ、その冒頭に注目すれば昔話「龍宮童子」のような小さ子譚に連動した致富長者譚から長者没落譚が読みとれるし、五人の貴公子に注目すれば難題求婚譚、かぐや姫が「変化のもの」であることによって異類婚姻譚であるとも読める。しかし、口承の話型を基準にしてみた時、そのどれもが話型としてはどこか不完全であることに気づく。これらの話型は相互に矛盾・錯綜化していると言えるだろう。それは『竹取物語』が書かれた文学作品であることによって、話型が分裂・断片化しているからである。

ところで、筆者が指摘したそれらの話型は、今この稿を書いている筆者の主観的な〈読み〉を介して現象したものであるから、また別な読者の解釈によっては別な話型から読み取ることも可能なはずである。そのように説話文学の話型は、昔話の話型よりもさらに不確定的であり、その時々の読者の〈読み〉によって多様に現象しうると言えるのである。

ただし、冒頭を筆者のように「龍宮童子」のような小さ子譚の話型と理解して読むことで、かぐや姫の昇天、すなわち異人の異郷への帰還という結末を、話のほぼ発端の時点で予想することができるのである。話型の引用による先取り（カタドリ）の機能ともいうべきものである。これにより、かぐや姫の帰還という〈期待の地平〉が読み手の側に切り拓かれ、読者はそれがどのように引き延ばされ、あるいは裏切られるのかという興味から、その後の叙述のなされ方に一喜一憂することになるのである。

いずれにせよ、話型に分類するのではなく、話型で読むことが、今後の話型論的研究の生産的な方向であるといえよう。⇩引用（テクスト）の理論・説話の表現（言説）と内容・新釈遠野物語・吉野葛（高木史人・東原伸明）

〔参〕高木史人「近代文学研究と現代文教育」（『國學院雑誌』一九九一・一）、東原伸明「物語文学の話型」（『物語文学史の論理』新典社、二〇〇〇）

をこ【嗚呼・烏滸】 愚かなこと。思慮の足りない事を行うこと。馬鹿者。嗚呼は尾籠とも書かれ、中世にはビロウとも音読され、汚いこと、の意味をもつようになる。この語の古い用例として『三代実録』元慶四年（八八〇）七月二九日の条に、散楽（即興の滑稽芸）をよくし、人を大いに笑わせた右近衛内蔵富継と長尾米継を「嗚滸人」と呼んだものがあり、また、『新猿楽記』に、猿楽をよくする定縁を「嗚呼之神」と称した例も見られ、芸能に深く関わる言葉である。嗚呼の笑いが文芸的に展開するのは、笑話の集成の巻ともいうべき『今昔物語集』巻二八である。第一話「近衛舎人共稲荷詣重方値女語」は稲荷詣での途中に出会った美女を、自分の妻と気付かずに、彼女の悪口を並べて口説いた重方の話だが、彼は妻にひっぱたかれた挙句、その嗚呼ぶりを散々嘲笑される。このように『今昔』に見られる嗚呼話は徹底的に嘲笑されるものとしてあり、その他、亀とキスして食いつかれた話（第三三話）、自分の影を盗人と間違え大失態を演じた話（第四二話）等も同様である。

『宇治拾遺物語』にも嗚呼の話は多数ある。第七四話「陪従家綱行綱互謀事」は人の笑いを取るために心を砕く陪従のさまが描かれるが、嗚呼がいかに芸能と関わっているかを伺わせて興味深い。（村戸弥生）

〔参〕柳田國男「嗚滸の文学」（『不幸なる芸術・笑の本願』〈岩波文庫〉一九七九）、阿部泰郎「〝笑い〟における芸能の生成」（『日本の美学』二〇、一九九三）

いま、説話を考える

「説話」ならびに「説話文学」ということばは、近代に入ってから、民俗学や文学などのジャンルとして認識され、その魅力を喧伝され、また研究の対象とされるにいたったものだと思われる。

説話や説話文学は、現在の形で用いられる以前、口承ではムカシ、イイツタエ、ウワサ、セケンバナシ、ゾウタン、モノガタリなどの口にし耳にするしかたで呼称されたり、書承では『日本霊異記』『今昔物語集』『宇治拾遺物語』『打聞集』『古今著聞集』『撰集抄』『雑談集』『三国伝記』などの名称に見られるように、記、撰(選)、集、拾遺、伝などの書物をまとめる呼称で呼ばれたり、あるいは昔、今、三国、日本などの時空をあらわす意味で呼ばれたり、宇治(大納言源隆国)などの説話や説話集にかかわる人名で呼ばれたり、霊異などの話題を示唆するかたちで呼ばれたり、物語、打聞、著聞、雑談などの口にし耳にするしかたで呼ばれたりしてきた。いわば「口承文芸」「言語芸術」「謂れ因縁故事来歴」「街談巷説」などを幅広く含む人々のストーリーにかかわる言語活動の大部をカバーしてきたものであった。

いずれにしても、これらのストーリーの総称が、説話や説話文学という語で呼び習わされることによって、新たな領域が切り開かれたことになる。一般に、口承(ここでは口にし耳にするの意味にとらえておく)の説話は「説話」と、書承(ここでは書記し読書するの意味にとらえておく)の説話は「説話文学」と区分されてきた。これに対して小峯和明は、

近代に古典としての輪郭や相貌をあらわしてきたさまざまなジャンルがある。そのひとつにたとえば「説話」がある。「説話」研究には現在にもつらなる

> 研究方法や対象そのものを異にするふたつの路線があり、他分野には充分認識されていないため、しばしば混同されるきらいがある。それを回避するために「説話」と「説話文学」の呼称の使い分けがなされてきたが、その結果、双方の路線が対立も統合もないまま別個に共存したまま進んできている。しかし、多くの前近代の分野がそうであるように、文字と口頭の世界は相互に緊密にかかわりあい、一方にのみ偏することはできない。たとえば、対話形式や場の分析に顕著なように、実体の談話世界とその場を文字テキスト化した世界が交差するごとく、今やそうした二分法自体さして意味をなさなくなっており、あらためて双方を一元的に再検証する必要に迫られているのではないか。「文学」の語彙の有無による峻別という特権的な二分法を廃し、根本にたちかえって見直す方策がもっともとめられていいようにおもう。（「説話の輪郭」『文学』岩波書店、二〇〇〇・七／八）

という。傾聴すべき意見であろう。小峯の言にしたがうならば、口承の説話と書承の説話とをむやみに分け隔てることはないのである。以下、ここでもそれらを一括して「説話」と称することを基本にしよう。

さて、それはそのとおりとして、さらに、説話を伝える道具が異なることの意味も、小峯のいう「根本にたちかえって見直す方策」の一環として考えてみなくてはならないであろう。そこで、ここでは説話について、口承と書承との差異と相同に留意しつつ、人々が説話を読む、聴く、観る、感じる、意識する、などのいとなみについて、なるべく具体的に考えてみよう。

一　説話を読む—説話への想像力

説話を読むとはどういうことか。ひとつの短い話から出立したい。

> 一七三番　馬鹿嫁噺
>
> 鶯言葉（其の二）
>
> これも馬鹿嫁噺である。嫁子に行つたら、鶯言葉を使ふもんだと云はれた嫁子が、婚礼の時に、仲人《ナカド》嬶様《ガガサマ》し、セウベン、セウベン、セウベン、チコチコ

ツと言つて便所へ行つた。鶯言葉とは上品な言葉と云ふ意味ださうである。（佐々木喜善『聴耳草紙』三元社、一九三一）

佐々木喜善（一八八六―一九三三）の昔話集『聴耳草紙』に収められた話である。この話は、日本の昔話の話型分類のカタログとして重要な関敬吾『日本昔話大成』（角川書店、一九七八～一九八〇）では、大成番号三六八「鶯言葉」と名づけられた話型に属する。一読の限りでは、他愛ない話に過ぎない。

　けれども、この話の笑いのつぼを抑えるのには、ちょっとした想像力が必要なのである。それというのも、佐々木はこの話について、本文の中で、「鶯言葉とは上品な言葉と云ふ意味ださうである」とだけ説いて、済ませてしまっていた。しかし、これでは「セウベン」（小便）や「チコ」（近くカ）といったことばの持つ「音声」のニュアンスが、正確に伝わりにくい。佐々木のいう「鶯言葉」は、「鶯言葉を使ふもんだと云はれた」というときの「上品な言葉」の意味に限定される。だが、嫁子は「鶯言葉」をそのままに「鶯の鳴き声」だと誤解して、鶯の鳴き声の擬音語として「仲人嬶様《ナカドガガサマ》し、セウベン、セウベン、セウベン、チコチコツ」と鶯を真似たというのが、この話の笑いの栓なのである。しかし、これを文字化したときに、その発音のイントネーションまでは移せないから、あの「法法華経」のように、まず「ほーう」と音を伸ばし、その後にちょっと音をとぎれさせてから「ほけきょーう」と続けるよう発音する。すなわち、「仲人嬶様《ナカドガガサマ》し」を「ナカード　ガガサマシ」と抑揚をつけて鳴くように発音する。次には「華経、華経、華経」と鶯が繰り返し鳴くのに「セウベン、セウベン、セウベン、」を当て、続けて「経経」と囀る鶯の谷渡りの声を「チコチコツ」に読み解くことは、時代も地域も遠く離れたいまここの、特に若い読者には、なかなか難しいことのようにも思われるのである。

　これらは鳥の鳴き声の聴き做しの話題である。

　これをもう少し抽象化して述べるならば、音声と文字とを交通するときに生ずる理解の難しさの問題であるといえよう。佐々木は、この話ではそこまで説明していない。それは、佐々木の生きられた時代と地域においては、言わずもがなのことがらだったからであろう。

　それにしても「説話」や「説話文学」という語には、この種の理解の難しさが、絶えずつきまとっていたように思われる。いわば口承と書承との両岸の間に横たわる川の瀬や淵のありようをおもんぱかりながら、川面を見つめつつ、いかにして向こう岸に渡るのかという難問である。この間のありようを説明をするために、説話の研究者はさまざまな工夫を試みた。たとえば、益田勝実は次のように述べる。

説話文学は、説話そのものではない。説話は口承の文学の一領域である。また、説話文学は、しばしば誤解されているように、その説話を文字に定着させたものでも、説話が語る内容を素材として文字で書いた文学でもない。過渡的にはそう見える現象を含みつつも、本質的にはそれとも違う、独自なものである。一口にいえば、それは、口承の文学である説話の文学である説話と文字の文学との出会いの文学である。それぞれに異る点を持つ二つの文学の方法が、助けあったり、たたかいあったりしてできる、文字による文学の特別な一領域である。(『説話文学と絵巻』三一書房、一九六〇)

あるいは、西尾光一は近代文学などにもしばしばいわれる「説話的」という評語について、説話の「素材」の他に「説話的発想」という語を設定して説いている。そうして、

説話的発想という言葉は、ややあいまいであるが、口がたりによって伝えられる説話の特質である口誦性・伝承性を、発想の基盤の中にふくみこめたような創作方法がとられていることを指す。(『中世説話文学論』塙書房、一九六三)

と述べる。また、同書において、いわゆる説話集のような説話の合集された形態にも留意した上で、

その意味で、わたくしは、「説話文学とは、説話集およびその他の書物に収載された口承・書承の説話が、伝承的説話的発想の文学としてのジャンルを形成したもの」と一応規定し、伝承的発想と説話的発想という点をさらに再規定することによって、説話文学の概念を明らかにしたいと考えている。

と述べている。

ここに注意しておきたいのは、先に小峯が述べていた「文学」の語をめぐる権威化などの要素はさておいて、「口承の文学」といい、「口がたり」といい、「口誦性・伝承性」といいい、説話を説明するに当たっては、これらのオーラリティへの言及を抜きにしてはおよそ不充分だと感じられていたらしいことである。

たとえば、臼田甚五郎は次のように述べている。

広義の説話の例としては、神話・伝説・昔話・世間話・童話・民話等を総称して説話といふことなどである。この時の説話には、文献に記載されたものから、未だに記載されることなく口頭で伝承されてゐるものまで含まれてゐる。文学から文学以前の非文学にひろがつてゐると言つてよい。(「説話文学の世界」臼田甚五郎他編『日本説話文学』桜楓社、一九六六)

これは「広義」の定義づけだとことわってはいるが、説話を説明するとき、口承性は説話の根幹であるととらえられ、口承こそが説話であるかのように、なにもかもが口承のストーリーとして把握されていく。

説話の定義づけのほんの一端を見ただけだけれども、説話が設定されたその背後には、オーラリティの問題が存し、すなわち、説話の研究は、柳田國男が構想した「言語芸術」「口承文芸」を基盤に成長していったことが知られるのである。そこで、次には、口承と書承との交通を念頭に、説話を口承として「聴く」いとなみについて考えてみよう。

二　説話を聴く——口承の説話から

ところで、口承とはなにか。

まず、柳田國男の説いた口承文芸から説明していこう。

柳田國男(一八七五—一九六二)の提唱した「言語芸術」や「口承文芸」について、特に後者については、柳田自身が述べるように、「口承」(口と耳との活動)と「文芸」(手と目との活動)という、本来、相容れない語を接合した「自家撞着」を含むことばだということになる(「口承文芸とはなにか」全集一六。初出は「口承文芸大意」と題し、『岩波講座日本文学』の一冊として、昭和七年[一九三二]に発表された)。

しかし、柳田の文章には、多重の読み方を容認する含蓄が、そこかしこに用意されていた。『口承文芸史考』の場合は、記載文芸に対して「口承文芸」を言挙げすると同時に、

従うてもしこの矛盾ある「口承文芸」の語を借用せず、是非とも在来の所謂文字と引離し、相対立せしめて考察するがよいといふならば、他の欧米の国々はいざ知らず、日本ばかりは格別その用語の無きに苦しまない。綺語又はアヤコトバと謂つて居れば用は足りるのである。（中略）

但しさういふことをしない方が、文学の研究には却つて遥かに有利なのである。我邦には限らず、この口承の文芸が孤立して居た国、即ちその隣に在る手承眼承の本格文芸と、手を繋いで歩んで居なかつた国などは一つも無い。民に文字の無い時代又は種族が有つて、まるで書物の文字を持たなかつた場合は幾らでも想像することが出来るが、是と反対に今日謂ふ所の文芸のみは有つて、綺語はまるで解しない社会といふものは絶対に考へることが出来ぬ。さうして此二つが並び存すとすれば、互ひに又交渉せずには居られなかつた筈である。（「口承文芸とは何か」）

とも述べるのである。ここでの柳田は、「口承文芸」だけを取り上げて、論じようとしているのではなかった。初出文献の性質上、「日本文学」を学ぶ人々を読者に想定していた柳田は、口承と書承との交通を問題にしていたのである。この点は、先の小峯和明の論と通底していた。

他方、柳田は、目に一丁文字無き人々を想定して口承文芸を考えていたことも、柳田の「戦略」を知る上で重要である。

柳田の指す「口承文芸」とは、第一に、「綺語」「アヤコトバ」のことだった。つまり、ストーリー性を有するものという以上に、「語」「コトバ」への関心が高かったのである。昔話などもことばへの関心のもとに発見されてきたジャンルだった側面を無視できない（佐藤健二『歴史社会学の作法』岩波書店、二〇〇一）。

このとき、そこには、柳田國男の生きられた時代の刻印もまた強く押されていたというべきであろう。道具が思考を規定することを考える必要がある。柳田が「口承

文芸」を考え始めた一九三〇年代には、口承文芸を捉えるために「聴き書き」という道具立てを用いていた。ノートと筆記具を手にして、口承と書承とが、それこそ「交渉せずには居られなかつた筈」なのが、「聴き書き」の場であった。そうして、そこに「口承」として立ち現れていたのは、「口承」とはいいながら、実は、文字にすることが可能なことば、すなわち土地土地の生活の中のことば（方言と通常いわれている）が筆録されたものだったのである。このように、昔話も伝説も世間話も語り物も、ことばの集積として現前した。これが、柳田のいう「言語芸術」「口承文芸」だったのである。

だが、何としてもこの道具立てでは、「口承」の特色の「音声」や「パフォーマンス」を捉えるのは、なかなかに難しいことであった。そのような中でも次の場合は、音声に着目したまれな例であり、やがて次に来るテープレコーダーという道具立てを迎え入れる地ならしともなった採話だったとはいえまいか。

鶯声こ

昔、なもかも正直なめらしがあって、嫁に行くことになって、本家のアヤ《(主人)》が、「あねァ、あねァ、嫁ずものァ、鶯言葉で喋べるもんだでェ」と教えてやった。祝儀で座敷へ坐っている中に、なもかも小便が出たくなった。そこで鶯言葉使るのあァここだべと思って、細い声で「仲人——かかさま《(ホホホケチョに合わす)》、小便ァこ、——出ます。出ます、出ます《(鶯の谷渡の啼音、ホホーケチョ、ケチという)》」といった。座敷に坐っていた客たちは可笑しくても笑るもされないで、妙だ面していると仲人嗅は、「これ《(嫁が)》ァ来る時、本家《おや》のアヤね、嫁ね行ったら鶯言葉つかるもんだて言《へ》られてきただしけァ、こう言《へ》ごッこえ」といったので、客たちが始めてわかって大笑いした。（能田多代子『手っきり姉さま』未来社、一九五八）

この昔話は、昭和五年夏か、一〇年夏に能田太郎と多代子夫妻の手によって、もしくは昭和一二、一三年にかけて多代子未亡人の手によって採話された。場所は、青森県三戸郡五戸町である。この報告にあって特筆すべきは、話の題名が「鶯言葉」ではなく、「鶯声こ」とされていたことであろう。それは「ことば」を見つけ出すいとなみから「声」を拾い上げる、すなわち「聴く」いとなみへの変遷を、この昔話集での題名があたかも他に先がけて宣言しているかのようである。

具体的には、本文の脇に付された音声への注記がある。「細い声」で、「仲人――かかさま」と語り手が語った部分には「ホホホケチョに合わす」と注を付け、「小便ァこ――出ます。出ます、出ます、出ます」の部分では「鶯の谷渡の啼音、ホホーケチョ、ケチョ、ケチョ、ケチョという」と注している。ここに、昔話の語り手が語ったのは「ことば」だけではなく「声」でもあったのだということへの、編者・能田のこだわりが窺える。だが、佐々木喜善の「鶯言葉」と能田多代子の「鶯声こ」との間には、採話の時期にはさほど開きがあるわけではなかったが、出版の時期においては、じつに二七年もの時の隔たりが存していた。

三　説話を観る―パフォーマンスとしての説話

> 谷江婆様はニソ（新麻）を、指の先きと唇とで巧に細く裂き分けて、長い長い一筋の白子絲《シラゴイト》を作つた。それを苧籠《ヲムケ》に手繰り入れつ、物語つたが、話に興が乗つてくると、其苧籠をばくるりと己が背後に廻してやつた。さうなると言葉は自らりずむがつき、自然と韻語になつて同じ文句がしばしば繰返されこりした。或時などは少量の酒を買つて行くと、平素物静かな人ながら興奮して、老いたる腰を伸ばしてちよいちよいと立ち上り、物語の主人公の身振りなどをした。それがりずむが高調に達した時であつたから少しも不自然でなく、却つて人を極度に感動させた。私は其感動を筆記し得なかつたのが、此記録の最も大なる憾み事である。尚又私としては婆様の語つた通り、其儘の地方語で記録することが好ましいとは思つたけれども、さうすれば大方の読者には往々合点のゆかぬ節もあらうと思つて、本文の如き文体にした。（佐々木喜善「自序」『老媼夜譚』郷土研究社、一九二七）

昭和初期、柳田國男の主導によって日本の「昔話」が発見されていった時期に、荒削りではあったかもしれないが、さまざまな「口承」をすくいとる試みがなされていた。先の能田太郎・多代子の「声」への着目も、また、ここでの佐々木喜善の語りの場への着目も、それほどの時を隔てずになされていた。ただ、それらの中から、時代の文脈が、とりわけ柳田國男が何を称揚し引き立てていったかの分け隔てが、昔話研究の本流を作り上げていった。

『老媼夜譚』の「自序」には、語りの場のようすが記されているが、「りずむ」と「身振り」の語、「人を極度に感動させた」という聴き手（佐々木）の反応、昔話集の「文体」への記述などがみえることに注意したい。特に「りずむ」（リズム）についての着目は、ことばではなく「声」の調子・抑揚に対する注意を喚起させるものであり、「身振り」についての着目は、語り手の身体やパフォーマンスについての注意を喚起させるものである。これらは柳田國男が構想した「口承文芸」の「口承」からは、逸脱した問題を提起していた。先述のように柳田は「コトバ」に対して注意を払うことが、第一に肝要だったのである。もっとも、ここでの佐々木は「婆様の語つた通り、其儘の地方語で記録する」のではなく、読み物として人に読まれる文章（標準語）を重要だと判断したようである。

それにしても、ここでの佐々木の視点は冴えていた。「声」や「パフォーマンス」についての研究が本格化したのは一九八〇年代以後だったのである。テープレコーダーなどの音声録音のための道具立てが一般化したのは一九六〇年代以後のことだが、その過程から、カメラやビデオカメラのような映像録画のための道具立てが一般化する中で、昔話の報告も、録音・録画が心身に構造化された人々からの報告が、道具立ての変化を進歩だと短絡しがちな弊害を多く含んでいるにせよ、見えるようになっていった。たとえば、次のような報告である。

鶯声

親父さんがね、

「女の子は言葉遣いを良くせにゃいかん。お行儀を良くせにゃいかん。人と話をする時も気をつけて言わにゃ。鶯の鳴くように優しい声を出いてね。女ってもんは、鋭い声を出いちゃいかん。鶯声を出いて鳴かにゃいかん」

って言ったらね。そのお父さんと、お客に行ったってね。行ったら、ご不浄に入りたくなったって。そうしたら娘がね、

〽手水場に行きたいわ

ってね。鳴き声のように言ってね。

〽ケツ　ケツ　ケツ　ケツ

って、こうやって跳び回ったって。（昭和六〇年、愛

知県北設楽郡東栄町月の女性〈明治四一年生まれ〉から筆者が聴き、録音し、「鶯声」と題名をつけた。）

ここでは「〽」記号を用いてそこにリズム、韻律があることを示した。話の中で語り手が「声」という語を何回か用いていることからも、この話の栓に「声」があることは、疑いない。

だが、それと同時に、ここにはもうひとつの話の栓があった。それは、最後にみえる「こうやって跳び回った」の一条である。それというのも、ここでの語り手は、「〽ケツ　ケツ　ケツ　ケツ」と調子よく鶯の谷渡りの鳴き声を真似ながら、座ったままではあったけれども、半ば腰を浮かせるようにして、尻を左右に振る身ぶりすなわちパフォーマンスを行ったのである。この女性の証言によれば、女性はこの昔話を、子供のころ、父から聴いて覚えたそうだが、父親もやはり同様の身ぶりをしたという。説話は「観る」ものでもあった。

それからして、佐々木喜善の「鶯言葉」（『聴耳草紙』）では、「言葉」の滑稽を説く昔話だとされ、能田多代子の「鶯声こ」（『手っきり嫁さま』）では「音声」の声色を説く話ともされていたのだが、やがて筆者の報告する「鶯声」では「身ぶり」の擬態を説く話ともされたのである。そうして、ひょっとすると、佐々木や能田の聞いた話にも、この身ぶりは、伴っていたのかもしれないのである。

四　説話を感じる—書承の説話へ

このように「ことば」から始めて「音声」や「パフォーマンス」へと相貌を変えつつ立ち現れる口承の説話の姿を、いまここにふたたび書承の説話の問題としてとらえ返してみるならば、いかなる事態を招来することになるのだろうか。

かつて益田勝実が「口承の文学である説話と文字の文学との出会いの文学」と規定した説話文学も、また西尾光一が「説話集およびその他の書物に収載された口承・書承の説話が、伝承的説話的発想の文学としてのジャンルを形成したもの」と規定した説話文学も、今では小峯和明の論じるように「今やそうした二分法自体さして意味をなさなくなって」いるという。

一方、それと平行して、「口承」もこれまでに、柳田國男以後の「口承文芸」研究に、多くの再検討を加えられてきている。

ここにあらためて口承と書承とが交通する方策を探ってみるのも、あながちむだなことではあるまい。たとえば、書物の中の音声は、濃淡の差こそあれ、いつの時代のいかなる文学であっても、説話ならばなおさらのこと、読み取られるはずであった。

さしずめ、梵舜本『沙石集』巻八「姫君事」などは、恰好の題材であろう。殿のもとに嫁入りすることになった姫君が、乳母に「春ノ鶯ノ、籬《マガキ》ノ竹ニヲトズレムヲ聞《キカン》ヤウニ」優雅にふるまうようにさとされる。諾う姫君。ところが、二三日してから、膳に出された酢茎がおいしくてたまらない。お代わりを求めて、姫君は、

> ヨニヨキスイクキノアリケルヲ、ナヲホシク思ハレケルニヤ、膝ヲ立、肩ヲスベ、頸ヲ延《ノベ》、声ヲ作(つくり)テ、「酢茎《スイクキ》クワウ」ト二声、鶯ノ鳴クコワ色ニテノ給ケル。乳母、餘ニ心憂ク、浅猿(あさまし)ク覚(おぼえ)テ、又イワセジトテ、「聽而(やがて)参ラセム」ト云ケルガ、遅カリケレバ、「キト〳〵」トゾ云ケル。実(まこと)に興サメテ殿モ思ワレケル。(渡邊綱也校注『沙石集』岩波書店、一九六六)

という次第である。

姫君のことばが、鶯の声を真似て発声されていたこと、すなわち、ここでの語り手もまた、声色芸を披露していただろうことが知られる。だが、さらに注目されるのは、姫君が鶯の声色を真似て鳴くときに、「膝ヲ立、肩ヲスベ、頸ヲ延《ノベ》」たという描写であろう。

この説話の語り手が、声色だけではなく身ぶりも伴っていたように推測できるのである。先の愛知県の「鶯声」と同様のパフォーマンスが行われた可能性を読み取るのである。ただし、愛知県の例は、手水場に行きたい娘が鶯の谷渡りの鳴き声に合わせて尻を振る身ぶりをするのであって、『沙石集』での酢茎をおかわりしたいと上半身を中心に動かすのとは、そうとうに趣向が異なる。しかし、ここに語り手のパフォーマンスを想定するのは、書承の説話と口承の説話との連続性を考える上で有効なのではなかろうか。

一方、身ぶりを伴うとしても、書承と口承とではその表現に違いがみられることも、同時に観察されなければならない。口承の場合、見ぶり、パフォーマンスとは目

前の語り手と聴き手との関係の中で現象する。身ぶりは身ぶりとして現前する。したがって、語り手はわざわざ身ぶりについて語りの中で言及しなくともよい。だから、「こうやって跳び回ったって」と、これを読んだだけでは、いったいどうやったのか分からない語り口でも充分に事足りるのである。けれども、書承の場合、「こうやって」と記してすませるのでは、読者に、身ぶりのようすが伝わらない。そこで、口承であれば不要な身ぶりの事細かなようすを、語り口の中で説明しようとするのである。すなわち、書かれた説話と口伝えの説話との間には、同じ性質を、たとえばここではパフォーマンスを「感じる」ようにと読み取ることもできるけれども、それが同時に違う性質でもあるという、二極の解釈が同時に成り立ち得るところに、この両者をつなぐ勘どころがあると見做さなければならないであろう。

五　説話を意識する―近代文学と話型

「鶯言葉」「鶯声こ」「鶯声」「姫君事」と、似た話を読んできた。

ところで、いま「似た」と述べたが、これらの話を似ていると感じさせるのは、いったいどのようなこころの働きによるのであろうか。

それについては「話型」の項目に委ねるが、この似ているとされるストーリーを、一定の区分によって一括したものを「話型」と呼ぶのである。話型は、従来、口承のものであっても文字に書かれた資料、たとえば昔話集などから考察されたため、文字にしても変わらないストーリーなどから似ている類を抽出して、話型とした。しかし、ここにみてきたように「鶯声」の場合では、音声やパフォーマンスなどにも似ている類を抽出できるのである。ここに、話型を多義的に捉える可能性が広がる。話型は、説話を読み解くときに多いに役立つものだけれど、それは、実体としてそこにたった一つのものが存在するというものではない。ストーリーにかかわる人々のそれぞれが、かかわる中からさまざまに見出していくもの、読みこむための道具として活用していくものなのである（高木史人「悦ばしき話型」安藤徹・高木信編『テクストの性愛術』森話社、二〇〇〇）。

話型は、特に口承の説話を研究する人々によって開発されてきたけれども、それじたいは説話にしか活用できないものではなかった。おおよそストーリーと呼ばれるものの多くに、話型は活用することができる。そうして、ここに話型を通して説話を知るのと同じように、話型を通してそれ以外のストーリーの領域を知ることもできるのである。話型は説話とほとんど重なって理解されてきたことから考えるならば、話型を通して他の領域を知ることができるというのは、いいかえるならば、他の領域を説話的に理解し得るということであろう。たとえば、近代文学を説話として読みこむことも可能になるのである。

従来、特に口承の説話は作者がいないことから集団の文学であるのに対して、特に近代文学は個人の個性が傑出していると見做す傾向があったのではないだろうか。名もなき民の文学と文学史に名を残す芸術家の文学といった対比である。だが、話型を用いて近代文学、小説を読みこむと、近代文学といえども説話から遠く離れることはできないことが明らかになってくるのである。なぜならば、近代文学の作家といえども、彼の中には意識の他に前意識や無意識を含み持っており、そうしておそらく話型とは、前意識の働きにかかわる部分が大きいものと考えられるからである。前意識とは普段はそれと意識していないが、意識しようとすれば意識できる領域をいう。すなわち、なかば知らず、近代文学にかかわる人々もストーリーを扱うときには、話型を反復したり差異をつけたり活用して、書いたり、読んだりしているのである。

したがって、今回の事典では「説話」と銘打ったにもかかわらず一つの試みとして、従来説話とは縁遠いものとされてきた近代文学の諸作品を、話型を意識して読むという形で、いわば説話として扱った。近代を担当した執筆者たちは、柳田國男監修『日本昔話名彙』（日本放送出版協会、一九四八）や関敬吾『日本昔話大成』における話型の分類などによって、近代文学を多義的に読みこむことと、言説研究の成果を盛り込むこととの共通理解をはかった上で、執筆に臨んだ。

そうしてこれらの諸作品は、それぞれ、たった一つの話型によって読んだのではなかった。一つの作品に、どれだけの読みのふくらみを持たせられるか、豊かなテクストとして生成させられるか、先に音声の話型やパフォーマンスの話型によって一つの昔話を多義的に読みこんだように、読むいとなみを試みようとしたのである。

だが、近代の文学は、話型を十全に活用してこなかったのではないか（石原千秋「近代文学と話型」『海燕』一九九二年五月号、福武書店)。異郷訪問譚と異人来訪譚とに異様に偏っていたのではないか。もし、そうだとするならば、欧米という異郷(異界)や異人(他者)と出会ってからの日本の文学は、話型的にも欧米に翻弄されつづけているのかもしれない。

なお、近代の執筆者たちから、近代の項目が他の項目群といささか性格を異にしているのではないかという点から、近代を一括して別仕立ての章にしたいという提案が出されたが、ここではそうしなかった。説話と近代文学とが直接に交通する可能性を追究したのである。また、ここでのいとなみが契機となって、執筆者の一人の岡部隆志が『異類という物語 『日本霊異記』から現代を読む』(新曜社、一九九四)を著したことを記しておこう。

以上、説話の性格について、日本説話小事典を読むためのヒントになればと願い、考えるところを少しく述べた。だが、説話は是非ともこのように読まねばならないという作法はないし、またその必要もあるまい。ただ、口承/書承、音声/文字などの対比によって見出されてきた経緯を持つ説話の領域には、それらの問題以外にも、探求すべき多くの課題を抱えているのは、確かなことのようである。

最後に、この事典の編者の役割分担について、紹介しておく。古代を三浦佑之、中世を藤島秀隆、近世を野村純一、近代を高木史人が担当し、全体の調整を野村純一が行った。そうして、引く事典の機能に読む事典の興味を加えることをめざした。

(高木史人)

を

ら

り

る

れ

ろ

わ

ま

み

む

へ

ほ

ふ

な

に

ぬ

ね

つ

て

と

ち

す

せ

し

さ

き

う

え

あ

い

索引

◇この索引は、事典全項目から、主な人名・書名・話名・事項等を拾い出し、五十音順に配列したものである。

◇書名は『　』を付した。なお、人名と書名とが同一のものについては、『　』を省略した。

◇人名・書名等で、異なる呼称があるものについては、一般に通行している名称にまとめ、参照を示した。

函絵：「鯉金」

日本説話小事典

初版第1刷——2002年4月20日

編者——野村純一・藤島秀隆
三浦佑之・高木史人
発行者——鈴木一行
発行所——株式会社大修館書店
〒101-8466 東京都千代田区神田錦町3-24
電話 03-3295-6231（販売部）03-3294-2352（編集部）
振替 00190-7-40504
［出版情報］http://www.taishukan.co.jp

装丁者——阿部　壽
印刷所——壮光舎印刷
製本所——牧製本

ISBN4-469-01270-X Printed in Japan